KB046360

데리다와 문학

데리다와 문학

김보현 지음

Jacques Derrida

문예출판사

'다시 태어나도 문학교수가 되겠다'고 하신
아버님(金碩柱, 1921~1979)께
이 책을 바칩니다.

일러두기

1. 주註에서 생략된 책명, 출판사명, 그리고 출판 연도는 〈인용문헌〉에서 모두 확인할 수 있다.
2. 인명의 원명은 본문에 넣지 않았다. 대신 〈찾아보기〉에서 확인할 수 있다.
3. 별도의 언급이 없는 강조의 밑줄은 모두 데리다의 것이거나, 데리다가 인용한 작가의 것이다. 그러나 각주와 본문에서 독자들의 시선을 끌기 위한 철자 밑의 밑줄은 모두 필자의 것이다.
4. 본문이나 각주에서 '이 책'은 물론《데리다와 문학》을 뜻한다.
5. 본문에서 빈번이 인용되는 주요 작가들의 저서는 아래와 같이 표기했다. 아래 책들의 출판사와 출판 연도는 모두 〈인용문헌〉에서 확인할 수 있다.

• 자크 데리다

《그라마톨로지》
De la grammatologie. Of Grammatology
괄호 안 사선 앞 수는 프랑스어판 쪽수, 사선 뒤의 수는 영문판 쪽수. 이하 데리다 저서도 동일함.
《그림》
La Vérité en peinture / The Truth in Painting
《글라》
Glas / Glas
《글쓰기와 차이》
L'écriture et la différence / Writing and Difference
《문학》
Acts of Literature
《산포》
La dissémination / Dissemination
《여백들》
Marges de la philosophie / Margins of Philosophy
《엽서》
La Carte postale: de Socrates à Frued et au-delà / The Postcard: From Socrates to Freud and Beyond

• 제임스 조이스

《경야》
Finnegans Wake
(213. 45)에서 마침표 앞 수 213은《경야》의 쪽수, 마침표 뒤 45는 줄 수.
《율리시즈》
Ulysses
(18:234)는《율리시즈》18장 234째 줄. 때로 책명 없이 괄호 안 콜론(:)만으로 이 소설을 뜻함.
《초상》
A Portrait of The Young Man as an Artist

• 사무엘 베케트

《삼부작》
Three Novels: Molloy, Malone Dies, The Unnamable

서 문

데리다는 끊임없이 문학에 구애를 한다. 자신은 문학에 먼저 매료되었고, 조이스를 '참을 수 없을 정도로 모방하고 싶었다'고 고백하는가 하면, 바타유, 발레리, 블랑쇼, 말라르메 등과 같은 작가들이 서구 철학 중심에 있는 철학자들보다 더 위대하다는 말을 서슴없이 했다. 후설에 관한 연구를 위해, 미국 하버드대학에서 1956년에서 1957년까지 1년간 체류하는 동안에도 데리다는 후설보다 조이스를 더 열심히 공부했다. 공식적으로 철학자로 분류되는 데리다가 문학에 이토록 애착을 갖는 이유는 서구 철학 및 인문학 전반, 그리고 정치·경제·법 등에 강고하게 자리 잡은 폐쇄의 대체계를 해체하기 위해서는, 철학 담론보다 말라르메, 베케트, 바타유, 그리고 조이스의 글쓰기가 더 효과적이라고 생각하기 때문이다.

이 책은 데리다 해체와 메타 문학과의 밀접한 관계를 들여다본다. 꼼꼼한 읽기는 독서의 항구적 필수지만, 숲을 보지 못하고 잎만 본다면, 공부는 헛심을 빼면서, 결국 혼침 속으로 빠진다. 이를 막기 위해 1장은 데리다 읽기를 위한 거시적 시계 확보를 위한 내용을 다룬다. 뒤이은 2장, 3장,

그리고 4장은 꼼꼼한 읽기를 통해 학인들이 반드시 경계해야 할 일반화의 오류를 피하기 위한 것을 담았다. '악마는 디테일에 있다'(영국 속담), '악마는 형식 논리 안에 있다'(비트겐슈타인), 그리고 '신은 디테일에 있다'(조이스)는 말을 잊지 않고, 원론과 각론을 이 한 권에 모두 담으려는 무리한 욕심을 부렸다. 데리다, 조이스, 베케트, 이 큰 별들의 치열한 글자 전쟁은 신과 악마가 공존한다는 각론에서 펼쳐진다.

1장 1. 〈헤브라이즘과 헬레니즘〉에서는 서구 인문학 전통을 논할 때 상용되는 헬레니즘 vs 헤브라이즘의 이원도식을 사용해서 서구 인문학의 역사 흐름을 개괄했다. 이러한 이원도식 제시는 바로 다음 2와 3에서 데리다의 입장이 두 쪽 모두와 관계를 갖지만, 어느 한쪽으로만 고착되지 않는다는 사실을 지적하기 위해서다.

2. 〈데리다와 헤브라이즘〉에서는 데리다의 입장이 심오하게 헤브라이즘과 연결되면서도 연결되지 않는 이유를, 그리고 3. 〈데리다와 헬레니즘〉에서는 데리다와 헬레니즘과의 강한 연대를 지적하는 동시에, 헬레니즘만으로는 설명되지 않는 데리다의 유대주의적 연관관계를 드러냈다. 필자가 여러 곳에서 이미 강조했듯이 데리다 해체는 철저하게 이중적이다. 이유는 아주 간단한다. 이원 구조로 자신의 입장이나 글쓰기가 함몰되는 것은 데리다에게는 거세이자 죽음을 뜻하기 때문이다. 이런 이유로 데리다는 서구 인문학 양대 전통과 긴밀한 관계를 가지는 동시에 어느 한쪽으로만 기울지 않는 이중적 입장을 견지한다.

2장 〈철학의 문학화〉 도입에서는 철학과 문학의 잡종화 현상을 가져온 역사적 배경을 빠르고 간단하게 스케치했다. 철학의 문학화는 역사적으로 철학이 위기에 처할 때마다 발생했었다. '인식론적 결렬'(데카르트)과 '선험적 전회'(칸트와 헤겔)를 거쳐 '언어적 전회'(비트겐슈타인), 그리고 포스트구조주의에 들어와 데리다의 '해체적 전회'로 인해, 철학의 위기가 더욱 가속화되면서 철학의 문학화가 다시 정면으로 도출된 사실을 개략했다.

4. 〈하이데거, 사르트르, 데리다〉에서는 철학의 문학화라는 화두를 세 사람 모두 적극적으로 수용했으나, 이들의 결정적 차이가 무엇인가를 드러냈다. 세 사람 모두 철학의 문학화의 필요성을 자명하게 자각했고, 그래서 철학을 위해 문학을 품었다. 그러나 하이데거와 사르트르는 여전히 이원 구조를 고수하는 전통 철학을 위한 문학화였다. 이에 반해 데리다는 미증류의 독특한 글쓰기 기법으로 철학과 문학과의 전통적 위계가 처음부터 존재하지 않았다는 사실을 증거하면서 그만의 독특한 시적 글쓰기poematic로 명실공히 철학과 문학의 경계를 허무는 사건을 유도했다.

5. 〈데리다의 《글라》〉는 앞에서 언급한 독특한 데리다의 글쓰기 기법이 《글라》에서 어떻게 구체적으로 극대화되었는가에 대한 설명이다.

(1) 〈'글라'의 글쓰기〉에서는 데리다가 단어의 미시적 언어유희와 이원 구조를 해체시키는 거시적 차원의 상호교차대구법을 동시에 작동시키는 글쓰기 기법을 통해, 전통적으로 서로 대조된다고 간주되어온 철학자 헤겔과 극작가 주네는 사실은 서로의 모조, 혹은 더블임을 드러내는 과정을 요약했다. 이어 (2) 〈이원 구조의 허구성〉에서는 데리다가 늘 문제 삼는, 그리고 서구의 인문학 담론 거의 모두를 통제하고 있는 헤겔의 변증법으로 강화된 이원 구조가 왜 허구인가를 설명했다. (3) 〈이원 구조는 무엇을 발생시키는가?〉에서는 이원 구조를 강화한 변증법은 '자기원인'의 폐쇄성으로 인해 사유와 철학의 죽음을 야기했으며, 현실에서는 홀로코스트, 종교 전쟁, 이데올로기 전쟁, 인종차별주의 등과 같은 재앙의 이론적 근거가 되었다는 데리다의 긴 논쟁을 개략했다. (4) 〈절대 텍스트의 절대 상호텍스트성〉에서는 헤겔이 절대 텍스트라고 주장한 《성경》은 사실은 무수히 많은 상호텍스트들과의 상호텍스트성으로 이루어

진 상호텍스트를 밝히는 데리다의 주장을 요약했다. (5) 〈주네─헤겔의 더블〉에서는 주네는 철저하게 헤겔의 반대 입장에서 글쓰기를 했지만, 헤겔의 반이 된다는 것 자체가 이미 헤겔의 변증법이 말하는 정의 짝이 되어 헤겔의 모조double가 된다는 데리다의 주장을 개괄했다. 이 장 마지막 (6) 〈'글라' 이후 그림을 위한 습작들─〈나〉와 〈사닥다리〉〉에서는 데리다와 이탈리아 전위 화가 발레리오 아다미가 합작한 계열성 그림 중 〈나〉와 〈사닥다리〉를 설명하여 《글라》에서 데리다가 헤겔의 변증법에 대해 펼친 논지를 독자들이 시각적으로 즉각 확인할 수 있도록 했다.

3장은 데리다에 대해 보다 명확하고 구체적인 자리매김을 한다. 이를 위해 데리다와 다른 작가들과의 비교가 필수라는 것은 굳이 구조주의의 혜안을 빌리지 않더라도 자명하다. 동시대를 살면서 동일한 의도와 목적을 가지고, 동일한 선언을 했던 이들 작가들의 글쓰기에서 보이는 데리다와의 가족 유사성 및 가족 상이성을 함께 드러내고자 했다.

6. 〈베케트와 데리다: 잃어버린 침묵을 찾아서〉는 데리다가 '언어의 한계를 떨게 만들었다'고 극찬한 베케트와 데리다의 글쓰기 전략이 어떻게 겹치는가를 드러낸다. 베케트의 '스스로 취소하는 서술'은 데리다의 '지우기(삭제)'와, 베케트의 '미니멀리즘'은 데리다의 '미시적 글쓰기'와 정확하게 일치하며, 이외에도 데리다와 베케트 두 사람 모두 인칭대명사의 혼동 기법을 그들의 글쓰기에 사용했다는 사실, 그리고 이 두 사람이 추구하는 침묵은 사실은 언어로 다시 표상되어야 하는 침묵임을 강조한 점에서 데리다와 베케트는 동일하다.

7. 〈드 만과 데리다: 허무의 유희와 포월의 광기〉는 미국 예일대학 해체주의자들 가운데 데리다와 가장 가깝다는 드 만이 데리다와 어떻게 유사하며, 동시에 어떻게 파격적으로 다른가 등 그 결정적 차이를 부각시켰다. 여기에 이르면, 데리다가 자신의 해체를 '해체론'이나 '해체주의'로

부르는 사람들을 두고, '그들은 아직 나를 읽지 않았다'라고 말한 이유를 확연하게 볼 수 있을 것이다.

4장은 3장의 연장이다. 모더니즘의 최정점에 있는 제임스 조이스와 포스트구조주의를 향도했던 데리다, 두 사람 모두의 이중적 입장을 서로 비교했다. 조이스의《피네건즈 경야》는 모더니즘을 구현한 작품이지만, 동시에 포스트구조주의의 인식과 혜안으로 범람하고 있다. 데리다 해체 역시 필자가 이미 여러 곳에서 지적한 대로 철저하게 이중적 입장을 취한다. 두 사람 모두 기존 전통 표상 방식을 극대한적으로 해체했다는 점에서는 동일하지만, 이중적 입장을 고수하는 목적과 이유는 상이하다는 사실을 지적했다.

8. 〈데리다와 조이스의 가족 상이성〉의 시작에서는 데리다 글에서 지속적으로 드러나는 조이스의 영향을 지적했다. 그러나 데리다에게 조이스가 끼친 막강한 영향에도 불구하고 조이스의《율리시즈》와《피네건즈 경야》의 글쓰기와 데리다의 글쓰기는 서로 대조적인 양상을 선명하게 드러낸다. 이러한 차이 때문에 조이스의 두 작품에 대해 데리다가 개입·해체하는 구체적인 이유를 밝힘으로써 두 사람의 가족 상이성을 부각시켰다.

9. 〈조이스에 대한 데리다의 개입〉에서는 데리다가 조이스의《율리시즈》와《피네건즈 경야》에 장착된 형이상학 틀을 구체적으로 드러낸 것을 요약했다.

10. 〈조이스의 '애매폭력적' 언어유희〉는 데리다와 조이스의 상이성을 더욱 선명하게 부각시킨다. 조이스가 단어를 잘게 부수는 이유는 이를 다시 합하여 단어의 의미를 더욱 강화시켜 복수 의미를 창출하기 위한 것이다. 이에 반해, 데리다의 언어유희는 단어가 지닌 망網·妄의 힘을 빼기 위한 것이어서, 기존 단어의 평상적 일반적 의미는 잘게 부수어져 마지막 순간에는 마치 재처럼 사방팔방으로 흩어진다. 이런 이유로 데리다

의 언어유희는 조이스의 언어유희와 대조적이다.

11. 〈데리다와 조이스의 유사성〉에서는 8. 〈데리다와 조이스의 가족 상이성〉에서 설명한, 조이스가 창출한 글자 소리, 제유, 그리고 기하학 틀을 조이스 스스로 어떻게 해체하는가를 드러냄으로써 조이스와 데리다와의 유사성을 확인한다. 조이스는 경험주의적 소설가이고 그래서 어떤 방식으로든 표상을 고수해야 하는 입장이다. 그러나 데리다는 모든 표상을 문제 삼는 사유자이기 때문에, 표상 양식에 주저 없는 해체를 향도했다. 그럼에도 불구하고 두 사람 모두 표상 양식을 극대한적으로 해체하여 미래 시학을 향도했다는 점에서는 심오한 유사성은 존재한다.

그 많은 서구 작가들 중에 왜 하필 데리다, 조이스, 베케트인가라고 묻는가? 이들 역시 이방인으로 박해와 식민지 역사를 자신들의 일부로 살아낸 사람들이기 때문이다. 오랫동안 어느 작가를 읽고 그에 대해 쓴다는 것은 가슴 깊은 공감이 있어야 한다. 이뿐만이 아니다. 데리다 해체는 서구 인문학의 공모와 심부를 그 유례가 없을 정도로 철저하게 드러냈다. 다시 말하면, 데리다 해체는 초대강국의 불의와 위선에 대한 가장 심오하고도 가장 철저한 항거다. 이런 이유로 데리다 해체는 지금도 강대국 사이에 끼여, 많은 고통을 감내하며 서구를 따라가기에만 급급했던 우리가 이 시점에서 반드시 읽어야 할 매우 중요한 참고서다. 이런 자각이 필자로 하여금 데리다 해체를 이 책에 부지런히 옮겨 적도록 추동하였다.

물론 서구 인문학도로서 의무감도 있었다. 데리다가 문학에 대해 그토록 많은 이야기를 했고, 데리다 해체로 인해 철학과 문학의 경계가 급격하게 허물어졌지만, 데리다 해체와 문학과의 관계에 대한 구체적인 연구는 한국 서구 인문학계에는 없다. 또한 데리다의《글라》와 조이스의《경야》는 서구 인문학사에서 큰 획을 그은 기념비적 대작이지만, 한국 서구 인문학계에서는 이에 대한 본격적인 연구가 보이지 않는다. 필자는 이러한 공백을 어느 정도 수정하는 동시에, 데리다와 조이스에 대해 애정과 진지한 관심을 가진 후학들에게 이 졸저가 작은 디딤돌이 되기를 희망하면서 집필을 끝냈다.

'말, 말, 말!'《햄릿》에 등장하는 오필리아의 아버지 필로폴리스의 말이다. 말은 이미 이전에 있었던 말에 대한 말이라는 뜻으로 '말에 대한 말에 대한 말'은 머리 크리거가 쓴 책 제목이다. '세상은 단지 단어에 불과합니다The world is only a word. 그리고 순식간에 다 날아 가버리지요.'《아테네의 타이먼》에 나오는 플레비어스의 말이다. 말은 세상의 모든 것을 이루고 결정할 만큼 중요하지만, 동시에 순식간에 사라져버리는 가장 흔한 것이기도 하다. 그러나 가장 흔한 말과 단어를 벼리고 부리고 풀무질하고 난도질하고 재조립해서 던지고 돌리고 흩뿌려, 단어들의 리드미컬한 공중곡예와 글쓰기 공연을 통해, 데리다, 조이스, 그리고 베케트는 '허공 중에 헤어진 이름'과 말을 불멸의 이름과 말로 만들어, 서구 인문학의 폭과 깊이를 더해주었으며, 다시 미래로 향할 수 있도록 했다. '악마의 누더기를 걸치고 녹슨 단어를 갈고 닦아 반짝 반짝 빛이 나도록' 하는 그 과정에서 이들은 자신들의 도저한 윤리도 함께 완성시켰다. 작열하는 이들의 언어유희를 일시적인 재치 혹은 장식으로만 여기는 것은 지독한 오해다. 이는 절체절명의 필요에 따른, 사력을 다한 실험이었고, 이러한 그들의 글쓰기 실험으로 서구 인문학의 전통적 틀은 심대하게 꿈틀거리며 미래로 향했다.

우둔한 필자가 서구 인문학사에서 거대한 발자취를 남긴 이들 작가들의 세계를 이 정도나마 엿볼 수 있었던 것은 애써 구하지 않았음에도 우연히 필자 앞에 나타나신 스승님들 덕택이다. 준식민지 국가의 영문학자로 끊임없이 대면해야 했던 좌절에도 불구하고, 마지막 순간까지 책을 손에서 놓지 않으셨던 아버님. 미네소타의 거대한 눈더미가 낭만적으로 보일 만큼, 대학을 갓 졸업한 천둥벌거숭이 어린 필자를 가족처럼 따듯하게 감싸주셨던 로컨스가르드 교수님과 레이철 사모님. 그리고 주위 교수들이 '데리다에 관한 학위논문을 쓰면 집에 못 간다. 그러니 현실적이 되라'고 충고했을 때, '네가 좋아하는 걸 하는 게 현실적이다'고 하신 해저드 애덤즈 교수님. 이 스승님들의 존재가 필자의 심중에 이렇게 깊이 오랫동안 박혀 있게 될 줄은 그들이 필자 옆을 잠시 스쳐 지나가는 동안에는 정말 몰랐다.

모든 것이 '참을 수 없는 가벼움'으로 환원되고, 치유와 상처의 인문학이 상업주의와 눈물주의, 그리고 관념론으로 또 다시 내려앉은 이 시기, '인생은 살기 어렵다는데, 시가 이렇게 쉽게 씌어지는 것은 부끄러운 일'이라고 일갈했던 윤동주처럼, 쉬운 해결을 제시하는 인문학이 어처구니없는 희비극임을 드러내는, 그래서 읽어내려가기가 난감한 데리다, 조이스, 베케트에 대한 부족한 필자의 원고를 흔쾌히 책으로 출판해주신 문예출판사 전준배 대표님과 길고 어려운 원고를 편집, 교정하는 데 최선을 다해주신 편집부에게도 고마움을 표한다.

오륙도가 멀──리 보이는 서재에서

2019년 2월

甫如 金保賢

차 례

1장

데리다:
서구 인문학 전통의 포월

1. 헤브라이즘과 헬레니즘

데리다와 서구 인문학 전통과의 관계에 대해 논하는 것으로 이 책을 시작하는 이유는 학자들마다 평가가 서로 심하게 엇갈려서 정리가 필요할 듯해서다. 논쟁이 혼란의 수준까지 된 근본 이유는 우선 해석자들의 입장 차이도 있지만, 이미 필자가 여러 곳에서 지적한 대로 데리다의 입장이 철저하게 이중적이기 때문이다. 이러한 혼란을 풀기 위해 우선 서구 인문학 전통에 대한 아놀드의 분류(《사회와 무정부》, 1868)에 대한 설명을 하고 난 후, 이 아놀드의 이분적인 분류가 왜 데리다의 입장에는 그대로 적용될 수 없는지 그 이유를 설명할 것이다.

아놀드는 서구 인문학은 한쪽에는 헤브라이즘, 그리고 다른 한쪽은 헬레니즘, 이 양축이 서로 대립하면서 다음과 같이 지속 발전되어왔다고 했다.

왼쪽 진영의 사람들은 이성과 객관성이, 오른쪽 진영의 사람들은 상상력이 이성보다 우위의 것으로 간주하면서 각각의 시기를 주도했었다. 이 결과 서구 인문학 역사는 마치 거대한 시계추가 오른쪽에서 왼쪽으로, 다시 왼쪽에서 오른쪽으로 왔다 갔다 하듯 진행되었다.

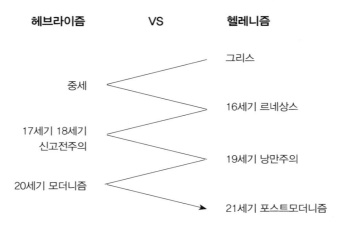

대립했던 이 두 진영이 추구했던 가치와 목표는 결국 인간의 자유, 혹은 구원이었다. 그러나 이것을 달성하는 방식은 상반된다. 왼쪽 진영은 이성을 통해 신으로 향하는 것이 무한과 자유에 이르는 길이라 했고, 오른쪽 진영은 상상력과 인간에 대한 무한 신뢰에서 무한과 자유가 가능하다고 보았다. 따라서 서구 인문학 역사는 이성 vs 상상력, 혹은 신 vs 인간으로 압축된 대결구도였다.

그 오랜 세월 동안 양쪽 진영의 사람들이 사용한 어휘와 표현은 끊임없이 변했다. 데리다 식으로 말하면, 기표가 끊임없이 대체·이동·번역된 것이다. 그리스 철학의 이데아는 중세에 와서 여러 가지 정치적·경제적 이유로 의인화되면서 절대 유일신神으로 대체되었다. 그 이후 칸트는 초감성계·물자체, 헤겔은 절대정신, 하이데거는 존재, 후설은 이념, 20세기 구조주의자들과 신비평의 형식주의자들은 중심, 라캉은 실재계, 포스트구조주의자들은 초월적 기의라 표현했다. 초가치는 신이고, 신은 다시 진실한 존재, 구세주, 도덕법, 이성의 권위, '최대 다수의 최대 행복'이라는 어휘로 무수하게 다른 말로 대체되었다. 이것을 추구하기 위해서는 왼쪽 진영에 속했던 사람들은 객관성, 합리성, 절대 보편성quidditas, 이성, 복종, 구조, 그리고 대체계가 선재되어야 한다고 믿었다. 오른쪽 진영 사람들은 당연하게 왼쪽 진영 사람들이 선호했던 것에 반대되는 상상력, 본능, 열정, 직관, 의지, 감성, 감정, 힘, 창조성, 개체성hacceuta, 주관성, 미美 등이 우선되어야 한다고 믿었다.

오른쪽 진영에 속한 사람들은 왜 인간의 상상력을 최우선시 했는가? 이에 대한 답은 셰익스피어의 극《한여름 밤의 꿈》(1594?)에 잘 요약되어 있다.

> 나는 이러한 이상한 우화와 동화를 결코 믿지 않을지 모른다.
> 연인들과 광인들은 부글부글 끓고 있는 머리를 소유한 자들이다.
> 바로 이것이 형식을 만드는 판타지이다.
> 이것은 차가운 이성보다 더 많은 것을 이해한다.
> 광인과 연인, 그리고 시인은 구성적 상상력을 소유한 자들이다:
> ...
> 광란 속 시인의 눈동자는 천국에서 지옥으로, 다시 지옥에서 천국으로
> 빠르게 굴러간다:
> 상상력은 알려지지 않은 것에 형식과 형체를 구현하고, 시인의 펜은
> 공기 같은 무無에 구체적인 장소와 이름을 부여한다.
>
> (VI 3-18)

셰익스피어는 위 대사에서 역사적으로 오른쪽 진영에 속했던 사람들의 신념과 믿음을 모두 축약했을 뿐만 아니라, 상상력의 한계와 이의 절대적 유용성을 동시에 말함으로써, 작금의 포스트구조주의의 인식과 혜

안까지 드러낸다. 상상력은 무에 구체적 형식과 이름을 부여해서 위대하지만, 동시에 이것은 상상에 준한 허구여서 믿을 수 없다고 했다. 바로 이것이 우리가 이 책에서 논하는 포스트구조주의 계열의 작가들이 입을 모아 합창한 것이다. 셰익스피어는 사랑에 의해 촉발되고 강렬해진 상상력은 결국 광기에 이르고, 이러한 광기의 상상력이 무에서 유를 창조할 수 있다는 것이다. 이러한 광기는 니체, 데리다, 그리고 조이스 등 수많은 사람들에 의해 유감없이 표출되었고, 인간의 의식과 인식은 진전했다.

우리가 신봉하는 체계와 언어, 사회제도, 그리고 가치관이 자의적이거나 상상력에 기반한다고 생각하지 못하는 이유는, 비코나 흄에 따르면, 우리가 너무나 오랫동안 기존의 제도와 체계 안에 살면서 너무 익숙해졌기 때문에 객관성이 있고 심지어 자연스러워 보인다는 것인데, 이는 착각이라고 지적했다. 처음부터 객관적이거나, 자연적인 것, 땅에서 솟은 것, 혹은 하늘에서 떨어진 것은 하나도 없고, 모두 인간의 상상력에 의해 만들어진 것들이다. 그래서 셰익스피어는 이 모든 것들을 결코 믿지 않지만, 그럼에도 불구하고 모든 구체적인 형식과 이름을 상상력이 만들고 부여한다는 사실을 명시함으로써, 서구 전통의 한 기둥인 헬레니즘, 그리고 작금의 포스트구조주의 인식론의 요지를 이미 오래 전에 극대사로 응축, 우리에게 쉽게 전해주었다.

그러나 작은 거인 칸트는 이러한 셰익스피어의 입장과 대립각을 세운다. 그는 경험세계의 모든 경험과 인식에 형식과 구조, 그리고 객관성을 가능케 하는 것은 선험적 통각統覺apperception이라 했다. 물론 이 통각은 물자체나 초超감성계를 드러내지 못한다고 칸트는 못 박았다. 이러한 칸트 자신의 딜레마와 흄의 회의주의를 막아낸 것은《순수이성판단》(1781, 1789)의 순수이성이 아니라,《실천이성비판》(1778)의 윤리다. 칸트는 '나는 신앙에 그 여지를 남겨두기 위해서 지식을 제한하지 않으면 안 되었다'고 했는데, 인간에게는 인류가 가장 보편적이고 가장 중요하며, 이 윤리는 '최고선'을 위한 '정언명제Categorical Imperative', 즉 지상명령의 실천임을 칸트는 강조했다. 단도직입적으로 말하면, 이는 이성 혹은 신에게 한 절대복종이 철학 자체보다 더 중요하다는 것을 뜻한다. 기독교의 신이 우선이다. 그래서 칸트는 '너의 의지의 격률(주관적 원칙)이 항상 그리고 동시에 보편적 입법의 원리로서 타당할 수 있도록 행동하라'고 했다. 칸트는 인간 의지가 보편적 원칙인 이성에 절대복종할 때, 이것이 인간이 지닌 의지의 자율에 의한 것이기 때문에, 인간의 무한 자유가 가능하게 된다는 것이다.

물론 칸트가 가장 중시한 '왕국에 존재하는 목적'은 신의 왕국이고 신의 목적이다.[1] 또한 나의 주관적 원칙이 절대법, 즉 신으로의 종속에 있음을 알고, 인간이 이성적 존재임을 강조하며, '모든 이성적 존재, 이것이 너 자신, 아니면 다른 사람 안에 있든, 결코 수단이 아니라, 항상 목적으로 취급하고 대하라'고 했다. 칸트의 일련의 이런 말들을 압축하면, 인간을 이성적 존재, 그리고 절대 이성적 존재로 압축한 것이다. 상상력과 주관성은 배제하거나, 혹은 이성에 복속시킨다.

셰익스피어가 말한 상상력은 19세기 영국의 낭만시인 콜리지에 의해 다시 다듬어진다. 콜리지는《평전》(1817)에서 상상력에는 두 가지가 있다고 했다. '존재하는 무한한 나The Infinite I Am'는 오로지 '제2 상상력'으로 가능해진다. 콜리지에 따르면 '제1 상상력'의 종류는 '제2 상상력'과 다르지 않으나, 그 강도는 '제2 상상력'이 더 강렬해서 다르다. A. H. 아브라함은 콜리지가 말한 '제2 상상력'을 램프에, 그리고 '제1 상상력'은 거

---

1 Scruton, 154.

울에 비유했다. 램프와 같은 '제2 상상력'은 자체적으로 열과 빛을 발하는 것으로, 대상을 있는 그대로 수동적으로 거울처럼 반영하는 '제1 상상력'과는 다르다는 것이다. 콜리지가 말한 '제2 상상력'이 지닌 기능이 유기적 통일성을 가능케 한다는 것인데, 이는 셰익스피어가 구성적 상상력이라고 말한 것이다. 이때 구성적이란 말은 칸트의 선험적 형식처럼, 위계를 정해놓고 기계적 벽돌쌓기나 건축학적 구성 — 윌리엄 블레이크는 이를 상상력의 타락 양상으로 보았다 — 이 아니라, 끊임없이 요동치는 에너지의 '능동적·통합적·창발적 힘esemplastic power'이라 했다. 이 어려운 단어esemplastic는 콜리지가 셸링으로부터 훔친 것인데, 이 '창발적 힘', 즉 '제2 상상력'으로 무한으로의 접근이 가능하다고 그는 믿었다. 그래서 '무한한 내가 존재한다.' 이로서 인간은 신을 대신하는 존재가 된다. 이는 르네상스의 인본주의 믿음이 19세기 낭만주의에서 극대화된 것이다. 이러한 콜리지의 입장은 신·이성에게로의 조건 없는 복종을 통해 무한 자유를 얻을 수 있다는 칸트의 믿음과 대척점을 이룬다. 그렇다면 이러한 두 가지 믿음의 결과는 무엇인가?

19세기 낭만주의에서 인본주의가 거의 무한대로 팽창하게 되면서 강조된 나 개인의 실존적 자유에 대한 추구는 유아론을 낳았다. 급기야 이것은 오로지 예술적 미를 통해 '자신 안에서 초월Egotistical Sublime'을 희원했지만, 초월과 자유가 아니라 절망과 파멸로 끝난다. 그 이유는 '자신의 내면에 골몰할수록 오히려 그 존재의 이유는 실종된다. 키르케고르 식으로 말하자면, 그것은 그저 "죽음에 이르는 병"의 일종일 뿐이다. 그 똑똑한 피폐의 공전空殿 속에서 자의식은 발광發光, 이윽고 발광發狂의 징후까지 보이고, 마치 굳은살처럼 속으로 파고들어 세상에 대한 냉소와 자기 피폐의 기운은 자기 파괴적 미학적 충동(벤야민)에 이르기까지 반복되게 마련'[2]이기 때문이다. 소박하게 표현하면, 19세기 개인의 무한 자유를 추구한 그 끝은 누에가 뱉어낸 실에 스스로 갇히는 것이었다. 19세기 후기 낭만주의 시인들인 바이런, 키츠와 셸리를 떠올려보면, 이들이 추구했던 개인의 자유는 비극적 종결이었다. 키츠는 '환상, 너는 더 이상 나를 속일 수 없다'고 함으로써 낭만주의 초기에 드러낸 상상력에 대한 무한 신뢰가 사라진 환멸을 고백했고, 키츠는 절망의 끝자락에서 '고통보다 편한 죽음'을 원한다. 낭만시인들 중에서 가장 개성이 강하고 자신을 극적으로 연출했던 바이런은 백척간두에 홀로 선 외로움 속에서, 끝 모르는 자기 비하와 도덕적 추락, 그리고 허무에 시달리면서, 외국을 유랑하다가 그리스 독립전쟁에 참가해 전쟁터에서 죽음을 맞이한다.

이러한 낭만주의 문학의 이상은 헤겔의 변증법에 결정적 타격을 받으면서 무너지고, 20세기 서구는 이성의 삼단논법에 복속된다. 이것의 결과는 무엇이었나? 이성과 대체계에 대한 절대적 믿음은 20세기 초반의 대재앙을 몰고 왔다. 개인은 사회적 기능이라는 거대한 수레의 한 개 톱니바퀴에 지나지 않게 되었고, 보편과 합리는 반反보편과 반합리로 자라나, 유럽중심주의와 식민지주의, 제국주의로 그 괴상한 몰골을 드러내면서, 세계대전, 나치즘, 파시즘, 굴랑, 홀로코스트라는 유례없는 폭력과 살생을 정당화하는 이론이 되었다. 세계대전과 유대인 학살을 목격한 서구인들은 단아하며 고아하다고 믿었던 이성과 합리가 그 이면에 감추고 있었던 광란과 폭력의 야수성을 목격한 것이다. 이 시기 서구인들을 누르고 있었던 공포와 우울은 피카소의 청색시대의 그림들을 거쳐 큐비즘을 통해 표출되었고, 이탈리아와 독일의 나치즘 만행을 표현한 그의 〈게르니카〉(1937)와 뭉크의 〈고함〉에서도 20세기 서구에 드리워졌던 폭력과

2　김영민,《동무론》, 214.

형체 없는 공포가 감지된다. 보들레르는《악의 꽃》에서 '악마는 냄비에 태아를 굽고 있고, 스타킹을 고쳐 신는 악마를 소녀가 시중을 들고 있다'고 기록했다. 이성과 대체계에 대한 절대적 믿음은 악마의 출현과 현대판 지옥 창조를 허락했던 것이다.

이 두 진영에 속한 사람들을 비평가들과 역사학자들은 어떤 말로 기술했는가?

왼쪽 진영	오른쪽 진영
숙주	기생충
경건	불경
버림받은 · 삼키는 자	선택받은 · 풍요한 창조자
환幻 제조자	환幻 해제자

왼쪽 가치를 폄하했던 예이츠나 블레이크는 오른쪽 진영 사람들을 풍요한 창조자, 그리고 왼쪽 진영 사람들을 신으로부터 버림받은 자, 즉 창조적 에너지를 삼키는 자라 했다. 미국 철학자 E. 버크는 왼쪽 진영 사람들을 경건한 사람들, 오른쪽 진영 사람들을 불경한 사람들이라고 했지만, 이러한 표현은 가치판단이 아니다. 그러나 때때로 적지 않은 사람들에 의해 가치판단의 잣대로 사용되기도 한다. 왼쪽 진영의 사람들은 자신들을 신으로부터 구원받은 자라고 주장한다. 이들은 자신들은 숙주인데 반대 진영의 오른쪽 사람들이 자신들이 애써 이루어 놓은 것을 기생충처럼 숙주에 붙어 기생한다고 질시한다. 이러한 주장은 데리다의 해체를 두고 기생충이라며 못마땅해 하는 사람들의 말인데, 이들은 왼쪽 진영에 속한다. 이렇듯 두 진영은 서로 반목했지만, 확실한 것은 적은 친구다. 왜냐하면, 적과의 동침으로 서구 인문학이 발전되어왔기 때문이다.

이 양쪽 진영의 가치와 믿음이 모두 다 환멸과 재앙으로 끝났다는 것을 목도한 데리다는 어떻게 대처했을까? 서구 인문학사가 거대한 시계추가 왼쪽에서 오른쪽으로, 다시 왼쪽으로 끊임없이 왔다 갔다를 반복하면서 이어져온 것이라면, 21세기 작금의 포스트모더니즘·포스트구조주의는 오른쪽 진영이기 때문에 데리다는 오른쪽 가치를 복원하려 한다고 추측할 수 있겠다. 거의 맞는 말이다. 그리고 이렇게 평가하는 유명한 비평가들이 한두 명이 아니다. 그러나 정확하지 않음은 분명하다. 데리다를 오른쪽 진영에 속하는 사람으로 간단하게 처리하는 데는 아래에서 보게 되겠지만 상당한 문제가 따른다. 데리다가 누누이 되풀이하여 강조한 말, '두 개의 손으로 쓰고, 두 개의 비전으로 읽고, 두 가지 방식으로 경청한다. 이것을 따로따로 그리고 동시에'(《여백들》75/65)를 충분히 감안해야 한다. 이뿐만이 아니다. 데리다는 이원 구조 자체가 허구이며, '형이상학의 늪'이며, '서양 인문학의 토양을 불모로 만드는 주범'이자 '녹청'이며 '함정'이자 '암초'라고 규정하면서, 그 유례를 찾아볼 수 없을 정도로 이원 구조를 격렬하게 비판하고, 이원 구조의 폐해가 어떤 것인가를 가장 깊게, 가장 철저하게 해체했다는 사실에 대해 숙고하고 나서 결론을 내려야 한다. 데리다는 헬레니즘과 헤브라이즘 전통 중 어느 쪽에 속하는가라는 질문을 받고 답하지 않겠다고 했다가, '유대인이나 아랍인으로서의 나의 출생이 어떻게 나와 가장 가까운 것이 되었는지에 대해 나는 알 수가 없다. 이렇게 말하는 것도 어떤 결론을 유도하는 것은 아니'라고 했다. 사실 데리다 아버지는 스페인에서 박해를 피하기 위해 기독교로 개종했던 유대인marrano이었고, 그 후 그가 북아프리카 알제리에 이주하여 살면서 데리다 가족들은 아랍인들의 무슬림 종교와 동시에 구교에 접했고, 데리다 어머니는 천주교 신자였고, 데리다 자신은 프랑스어를 사용했고, 파리에서 대학을 나와, 프랑스 대학 교수가 되었으나, 프랑스보다는 미국에서 엄청난 명예를 얻었다. 데리다의 정체성을 하나로 고정시키는 것은 우선 물리적으로도 불가능하다. 바로 이런 이유로 데리다는 스스로 자신은 '프로테우스의 병'을 앓고 있다고 했다.[3] 이 모든 사실들을 감안하면서 서구 인문학 전통과 데리다의 관계를 살펴보자.

2. 데리다와 헤브라이즘

데리다가 유대적이라는 느낌은 데리다의 글을 읽다보면 여러 곳에서 받을 수 있다. 데리다가 끊임없이 해체는 '기다림'과 '인고', '고통', '참을성'임을 강조하는 것은 유대주의 특성인 견인주의 때문이다. 이뿐만이 아니다. 데리다를 읽고 있노라면 선명하게 한 장면이 떠오르는데, 그것은 결코 우호적이지 않은 수많은 배심원들과 판관들 앞에서 엄청난 양의 글과 철두철미한 증거자료를 가지고, 법 앞에서 법을 통해 법에, 그리고 글을 통해 글에 대항하며, 현재의 법과 글을 넘어서려는 데리다의 모습이다. '차연'으로 인해 존재, 정신, 무의식, 주체, 고유성, 이 모두가 사상捨象·死傷 되었음을 증거하고, 이에 경종을 울린 그가 글자를 경시하거나 글자를 버리고 다른 매개에 의지했을 법도 하다. 그런데 오히려 글자에 대한 집착과 천착 때문에 사람들은 그를 텍스트에만 코를 박은 채, 텍스트주의만을 구가하는 사람이라고 오해하기까지 한다. 그러나 좀 더 면밀히 보면, 데리다의 글과 해체에는 다른 포스트구조주의자들의 담론에서는 볼 수 없는 고통과 깊이, 그리고 열정과 섬세한 광기가 있다. 이는 홀로코스트와 유대인 박멸주의를 경험한 트라우마가 그의 글에 깊이 깔

---

3   Derrida, *Circumfession*, 210~11. 이하《할례》.

려 있기 때문이다. 하지만 데리다가 각별하게 글자를 대하고 독특한 방식으로 책을 읽는 것은 유대 밀교의 전통과 깊게 관계하기 때문이다.[4] 《글라》의 특이한 글쓰기, 한 페이지를 세로로 둘로 양분하여, 양쪽을 번갈아가며 읽는 방식 역시 유대의 전통적 글쓰기와 읽기 방식이다. 데리다가 반복해서 전통을 중시해야 함을 강조했다면, 유대 전통도 중시했을 것이다. 데리다가 텍스트주의자라는 엄청난 논쟁과 오해를 불러온, 그가 《그라마톨로지》에서 한 '텍스트 바깥에는 아무것도 없다'는 이 말의 연원은 유대 밀교다: '모든 과학들은 토라에서 함께 생겨나는데, 그 이유는 토라 바깥에는 아무것도 없기 때문이다. … 결과적으로 신성한 유일, 축복받은 그는 토라 바깥에서는 무無이며 그 바깥에 있는 토라 역시 무다. 그리고 유대 밀교 현자들이 신성한 유일, 축복받은 그를 토라라고 말한 이유다.'[5] 데리다는 '토라' 대신 '텍스트'라는 말을 삽입했다. 이러한 밀교적인 유대인의 믿음은 많은 보수적 랍비들에 의해 중세에서 17세기를 거쳐 현대까지 지켜졌고, 이 유대 밀교 텍스트는 1954년 유네스코가 출간하는 저널 《디오진느》에 영어와 프랑스어로 번역되어 실렸다. 데리다는 숄렘Scholem의 번역에 도움을 주었으며, 《산포》에서 데리다는 이 번역을 언급하고 있는데, 그것은 '〔아무런 의미가 없어 비어 있는 그래서〕 하얀 철자는 미래에 그 의미가 밝혀지는 운명에 있다'[6]다. '텍스트 바깥에는 아무것도 없다'는 말은 '토라 바깥에는 아무것도 없다'는 말에서 그 영감과 믿음을 얻었다고 추측된다. 언어의 공성空性을 강조하는 것을 두고 자신을 언어

---

4 Ofrat, 25, 32. 데리다는 《글쓰기와 차이》 3장과 11장에서 글의 영원성까지 주장하며, 역사는 종교나 전통 신이 아니라, 글을 지닌 인간이 역사를 주도하는 권리를 가지게 되었음을 강조한다.

5 Bergo et al, ed, 112.

6 위의 책, 114~5.

폐기를 주장한다고 오판하는 사람들을 향해 데리다는 '그들은 나를 읽지 않았다. 텍스트와 언어의 폐기야말로 가장 어리석은 짓'이며, 언어를 포기하는 것이야말로 '몽매주의의 나락으로 떨어지는 최악의 폭력을 발생시킨다'는 사실을 데리다는 줄기차게 상기시켰다. 《글쓰기와 차이》 4장에서 레비나스가 자신의 '얼굴의 형이상학'을 위해 서구 전통 철학과 개념 및 용어들을 버리려 했던 시도를 두고 '최악의 폭력'으로 환원되는 과정을 조목조목 지적하며 혹독하게 비판했다. 이보다 더 어리석은 일은 없다는 것이 레비나스에 대한 데리다의 비판 요지다. 이는 많은 사람들이 데리다 해체를 동양의 불립문자 전통과 연관시키려는 시도에 쐐기를 박기에 충분한 경고다. 비트켄슈타인이 '중요한 모든 것은 침묵으로 돌려야 한다'[7]는 말을 빗대어, 데리다는 '말할 수 없는 중요한 것은 침묵으로 돌리지 않아야 하며, 쓰여야 한다'(《엽서》 209/194)고 했다. 데리다가 텍스트, 단어, 그리고 철자 하나 하나에 그토록 천착하는 이유는 글자나 철자는 표면 속, 혹은 글자 밑에, 값진 비밀이 있다는 유대적 믿음과 신념 때문이다. 유대인 벤야민에게도 이러한 흔적이 보인다. 그가 '언어의 마법'을 말하고 이것은 '언어의 영원성'을 뜻하며, 나보다 위에 있는 타자가 바로 언어라고 할 때다.[8] 유대 밀교는 데리다 해체에서 단순히 은은한 배경으로만 작용한 것이 아니라, 데리다가 자신의 해체를 위해 벌린 게릴라전에서 가장 중요한 무기인 핵으로 사용한다는 점에서 결코 데리다 해체와 뗄 수 없는 심오한 관계에 있다.

우리가 부담스러워하는 것은 데리다가 지나치게 꼼꼼하게 단어와 철

---

7 그러나 비트겐슈타인도 침묵으로 돌리지 않았다. 그는 끝까지 '삶의 형식'과 '언어게임'에 대한 철학적 천착을 멈추지 않았다. '무에서는 무만 나온다Nothing comes of nothing'(셰익스피어 《리어 왕》 I i 92)고 믿는 사람들이 서구인들이다.

8 이태광, 202~3에서 재인용.

자 하나에까지 파고들어 언어유희를 하고 이에 천착한다는 사실이다. 그런데 구조주의를 포스트구조주의로 전회시킨 것은 사실 철자 하나, a였다. 즉 구조주의가 지속시킨 차이difference에 있는 e가 사실은 차연differance의 a임을 밝혔기 때문이다. 그래서 데리다의 논문 〈차연〉은 '지금부터 본인은 철자의 하나인 a에 대해 말하겠다'로 시작했다. 또한 〈탱팡〉(《여백들》)은 '탱팡'이라는 단어가 끊임없이 조금씩 의미가 바뀌면서 논문 하나가 쓰였다.[9] 바로 미세하기 짝이 없어 보이는 이러한 글쓰기 때문에 형이상학의 대체계 해체가 가능했다(이 책)는 사실을 상기하면 철자 하나가 얼마나 중요한가를 수긍할 수밖에 없다. 데리다는 언어유희ébats는 헤겔의 변증법에 대한 심각한 논쟁débat임을 증거했다. 또한 이러한 언어유희mettre en jeu는 동시에 위태롭게 한다는 뜻이다. 따라서 데리다의 언어유희는 헤겔 변증법을 유희로 위태롭게 만든다. 이는 우리가 곧 보게 되겠지만 사실이다. 또한 자신을 유희mettre le je en jeu함으로써 자신은 거세되지 않고 살아남는다(《글쓰기와 차이》 373/254). 데리다는 변증법이 제거한 우연과 유희로 변증법에 맞대응하면서 거세되지 않았다. 따라서 데리다가 작동시킨 철자와 단어의 유희는 재치나 장식이 아니다. 그리고 이것은 바로 글자 자체를 매우 신성시하는 유대주의와 밀접한 관계를 갖는다.

데리다가 보여주는 단어 하나, 철자 하나에 이토록 천착하고 교합하고

---

9 철자 하나에 대한 논문은 데리다 이전에는 없었다. 〈탱팡〉(《여백들》)은 '탱팡'이라는 단어 하나에 대한 논문이다. 〈탱팡〉은 tympanize는 프랑스어로 비판하다를 뜻하는 말인데, 《여백들》은 기존의 철학을 비판하는 것이다. tympan은 망치 같은 것으로 때려 부수는 것을 뜻하는데, 이는 구조의 해체를 인유한다. 동시에 니체가 말한 망치이기도 하다. 무엇을 두드리는가? 개념과 이원 구조를 두드려 소리 내어(tympan) 이를 해체시킨다는 것이다. 니체가 사용한 '여자'라는 말도 다양한 뜻으로 사용하고, 다양한 각도로 보고 이 단어 하나에 천착한다(김보현, 《데리다 입문》, 92~4. 이하《입문》). 그런가 하면 《종교와 믿음》(2000)에서는 '너무나 확실하게 그 의미를 누구나 다 알고 있는, 그러나 아무도 그 의미를 모르는 단어 "종교"에 대해 이야기해보자'라는 말로 시작된다.

떼어내는 해체의 연원이 되는 유대 밀교는 '다른 어근론보다 우수한 어근론'으로, 랍비 아불라피아Abulafia는 '신비한 논리'이며, 이는 개념의 논리가 아니라 글자의 논리로, 아리스토텔레스로부터 시작되는 개념의 논리보다 우수하다고 주장했다. 그런데 정과 반이라는 개념의 유희를 집대성한 것이 헤겔의 변증법이다. 따라서 데리다와 헤겔, 이 두 사람의 충돌은 불가피해 보인다. 물론 두 사람의 충돌에는 정의와 윤리적 차원의 이유가 있다. 서구 인문학사 중심에 있는 대부분의 사상가들은 정반합이라는 개념으로 유희했고, 역사가 증명하듯, 앞에서 상술한대로 그 폐해가 지대했다. 데리다는 글자의 논리와 유희로 개념의 논리를 해체한다. 이유는 '개념은 무에 불과'한데, 이것을 실재 혹은 실체로 착각할 때, 주물주의 확산이 불가피하고, 이에 따른 엄청난 폭력이 발생되기 때문이다.[10]

데리다는 타자까지 차연으로 인해 모든 것이 사상된 글자 속에 감추어져 있다고 주장한다. 이는 이중적 입장을 넘어, 유대적 믿음이다. 차연으로 모든 것이 사상되었지만, 동시에 이 차연으로 사상된 타자를 찾는 유일한 자원임을 데리다는 끊임없이 상기시켰다(《글쓰기와 차이》 373/254). 글자를 통해 타자를 찾아내는 방법이 그 관건인데, 이는 현재의 언어나 단어에 대한 천착과 '방사선 검사'를 통해서만 가능하다. 이 '방사선 검사'를 H. 밀러는 '교란'이라 표현했다. '교란은 언어 속에 감추어진 비밀의 타자에게 기회를 주기 위해 공연되어야 한다. 그리고 이러한 언어의 공연은 이미 주어진 단어들의 일반적 짜임set에서 번역이 되지 않는 틈을 통해 타자는 드러난다.'[11] 여기서 틈은 구멍이다. 미래의 타자를 드러내기 위해서는 기존의 담론에 우선 틈(구멍)을 내야 한다. 이런 이유로 데리

---

10 이 책, 27~28.

11 Miller, *Others*, 272~3.

다는 구멍trou 없이는 아무것도 발견할trouver 수 없다는 말을《글쓰기와 차이》에서 수도 없이 반복했다. 그리고 이 구멍 내기 글쓰기는 스폰지 글쓰기라는 별호를 지니게 되었다. 그리고 우리가 길게 다루는《글라》가 구멍 내기 글쓰기, 즉 '스폰지 글쓰기'의 극대화다. 또한 '공연'이란 이 책이 많은 지면을 할애해 설명하는 전대미문의 독특한 데리다의 글쓰기 기법, 남들이 쉽게 따라 할 수 없는 기술과 언어유희를 뜻한다.[12] 그러나 여전히 데리다의 글쓰기 역시 무대 위에의 공연처럼 사각의 폐쇄 속에서 진행되는 글쓰기임을 데리다는 끊임없이 독자들에게 환기시킨다.

유대 밀교의 신념으로 시를 쓴 유대 시인 야베스에게 데리다는 자신의 주요 저서《글쓰기와 차이》에서 3장과 11장을 할애했다. 역시 유대 시인 파울 첼랑에 대해서 데리다는 한 권의 책[13]을 썼다. 첼랑의 누이 츠베타예바Tsvetayeva가 쓴《종말의 시》(1924)는 자신의 정체성으로부터 철자변치와 유희를 통해 유대인들의 고난과 운명, 그리고 구원을 드러낸다. 그러나 데리다는 유대 밀교를 그대로 끝까지 따라가지 않는다. 왜냐하면, 데리다의 글쓰기와 사유에는 돌아갈 낙원이나 해방 혹은 유포리아를 전제하지 않기 때문이다.

마침내 '해방된' 언어, 회복된 투명한 언어에 대한 열광적 경주에서 일어나는, 즉흥적, 총합론적, 그리고 반총합론적 유포리아를 대면할 때마다, 나는 매우 조심하며, 심지어 극도로 불안해지기까지 한다. 나는 그 어떤 유포리아에 대해서도 믿지 않는다.[14]

---

12 이에 대해서는 김보현《데리다 입문》219~226에 간략하게 설명되었다. 이하《입문》.

13 Derrida, *Shibboleth: pour Paul Celan*.

14 Clark, 153.

일거에 진리, 사건, 존재에 도달하려는 우리의 성급한 욕망은 너무나 쉽게 신학과 존재론 그리고 형이상학의 공모에 빠지게 만든다. 이런 사람들은 레비나스, 아르토, 주네, 프로이트, 슈티르너, 마르크스, 엥겔스, 푸코, 라캉 등 수없이 많다. 쉽게 구원을 탐하도록 유혹하는 이원 구조에 바탕한 이러한 형이상학은 곧 폭력과 죽음으로 나타난다. 그리고 실제로 세계대전, 종교전쟁, 인종차별주의 등의 이론적 근거가 되었다. 바로 이런 이유로 데리다는 지칠 줄 모르는 광기의 다변으로 끊임없이 이원 구조에 근거한 모든 서구 담론들을 해체했다. 데리다는 돌아갈 곳(것)을 상정하는 서구의 존재론과 형이상학을 모두, 그리고 유대교까지 '회귀론', '목적론', 혹은 '유령론'이라고 패러디했다. 원래의 것으로 돌아간다고 하니 '회귀론'이요, 되돌아가는 것이 목적이기 때문에 '목적론'이며, 돌아간다고 하나, 이미 차연과 변증법의 반反으로 인해 죽어 되돌아가니 '유령론'이라는 것이다. 바로 이런 이유로, 이 지점에서 데리다는 유대 밀교와 헤어진다.

그러나 레비나스는 데리다에게 '당신은 중세 이단 유대신비주의자를 연상시킨다'고 했다. 여기서 '이단'이라는 말이 중요하다. 유대교 신비주의자이긴 한데, 이단이라는 말은 데리다가 유대교에 대해 취하고 있는 이중적 모습이다. 낭시는 데리다 해체 방식이 유대 성서 해석 방식과 너무나 닮았다고 했다. 즉 아주 단순한 이야기, 혹은 간단한 성서 이야기로부터 끝없이 비결정적 의미를 이끌어내며, 바로크적인 복잡성, 끝없이 작은 질문들과 판단 중지, 혹은 중략과 결론을 피하고, 대신 끝없는 방황, 그리고 갑자기 옆길로 빠지는 것이 영락없이 유대교 해석 방식을 닮았다고 지적한다. 데리다는 자신의 정체성이 유대인으로 고정되는 것을 극구 부정했고, 공식적으로 데리다는 키르케고르 및 니체와 자신과의 연관성을 강조했기 때문에, 데리다가 밤마다 유대 성서를 열심히 읽고 기도하는 모습을 상상하기 어렵다. 그러나 데리다를 매우 잘 알고 있는 사람들이 데리다에게서 유대적 요소를 발견했다면, 전적으로 아무런 관계가 없는 것은 아니다. 데리다가 유대 밀교의 맥을 간직하고 있다는 사실은 데리다가 부인하더라도 데리다에 대해 풀리지 않았던 한 가지 수수께끼를 푸는 데 도움이 된다. 데리다는 치밀한 논쟁으로 유명하지만, 글자에 대한 무한 신뢰는 논리적으로는 설명이 되지 않는다. 데리다에게 언어의 속성은 모든 것을 사상시키는 차연으로부터 '남은 것reste', '나머지remainder', 그리고 남아 저항하는 것restance, 이 모두를 암시한다. 언어는 사상되었지만, 완전히 다 죽은 것은 아니라는 말이다. 마치 재 속에 미미한 열기가 있듯이 죽은 언어는 언제라도 다시 뜨거운 열을 일으킬 수 있다는, 이에 대한 철저한 분석이 《글라》와 〈재… 불〉[15]에서 진행된다. 이 '남은 것', 의미가 빠진 글자인 재에 불과한 이것은 '전적으로 다른 그 어떤 것을 조회하며, 무한하게 다른 어떤 것 그 자체를 기입한다'[16]고까지 했다. '전적으로 다르다'는 말 역시 이중적 함의다. 첫 번째 함의는 매우 간단하다. 기표는 기의를 지시하지 못하기 때문에 지금의 기표는 기의와는 전혀 다른 것을 기입한다는 말이다. 이는 포스트구조주의자들이 모두 동의했던 것이다. 그런데 문제는 두 번째 함의다. '전적으로 다른 것, 혹은 타자'는 글자로는 드러낼 수 없는, 글자 너머에 있는 타자다. 데리다는 자신의 주변적 언어유희는 항상 너머를 지향하고 있음을 고백한다(《할레》244). 재의 이 두 번째 함의, 즉 지금의 글자가 전적으로 다른 타자를 감추고 있다는 데리다의 주장은 논리 분석으로는 설명될 수 없다. 그리고 데리다의 조어 'restance'는 남아 있어 저항한다는 뜻이다. 즉 차연 체계에 저항하는

---

15 김보현, 〈데리다의 시, '재…불': 언어의 여백에서〉 참고.

16 Miller, *For Derrida*, 79.

요소가 거의 죽은 글자에, 즉 현재 기표에 의해 의미가 죽지 않고 남아 있으면서, 기표에 저항하는 남아 있는 의미다. 바로 이런 이유로 엄청난 비약이 개입되기 때문에, 이것은 데리다의 믿음이고 종교 아닌가. 그렇다면, 이런 종교적 비약은 유대 밀교가 지닌 신념과 믿음으로 가능했다면, 데리다의 비논리적 비약은 마침내 이해된다. 데리다는 자신은 계몽주의자인 동시에 신비주의자라고 했고, 기표 안에 이미 기표 너머의 것이 기재되어 있다고 했다. 이 말은 신념이다. 그러나 글자에 대한 이러한 신념은 신비주의에 속하는 것 같지만, 동시에 무서울 정도로 현실적 전략이다. 법 판결이 철저하게 증거에 준한 글자로 이루어지듯, 역사 심판도 그러하다. 셰익스피어의 말대로, '세상은 글자다The world is a word.' 그러니 글에 무한 신뢰를 두고 모든 것을 글에 걸고 글에 전력투구하는 것은 신비주의인 것 같지만, 기표에 의해 완전히 사상되지 않고 저항하며 남아 있는 것, 여전히 현재의 글자 안에 있는 것에 엄청난 가능성이 있다고 믿는 것은 무서울 정도로 현실적 책략으로 세계 현실과 세계 역사에 철저하게 개입, 광정하겠다는 의지 아닌가. 이것이 데리다 해체다. 누가 데리다를 일러 모호한 데카당이라 했는가.

유대 밀교가 말하는 글자의 비밀은 구조주의자들이나 형식주의자들이 말한 기원이나 중심이 아니다. 구조주의자들이나 신비평가들의 언어유희는 폐쇄된 구조와 형식 안에서 진행되기 때문에 역사성을 망각시킨다고 데리다는 일갈하면서, 이들이야말로 데카당이라고 질책했다. 데리다는 글자와 단어에 역사성이 있고, 글자가 열정을 지니고 있다는 것이다(《글쓰기와 차이》 3장과 11장). 이때 글자의 열정이란 많은 사람들이 시나 소설, 심지어 철학 담론을 쓰고자 하는 열정과는 다른 열정이다.[17] 또한

---

17   David Wood, 63.

유대 밀교는 텍스트가 고정된 것이 아니라, 끊임없이 변하는 것으로 간주하는데, 데리다는 이것 또한 극구 차용했다.[18] 유대 밀교에는 두 가지가 있다. 데리다가 예의주시한 밀교는 아불라피아가 번역한 것으로 이는 정전이 된 텍스트의 뜻과 텍스트나 글자가 지닌 비밀에 어떤 유사성이 있다는 사실을 증명하려는 것이고, 또 다른 밀교는 환희적 밀교로 기존의 텍스트와 단어의 뜻을 어긋나게 하는 것으로 훨씬 더 유연하고 파격적인 상상력을 요구한다. 데리다가 의식적이든 무의식적이든 택했든 택하지 않았든 후자의 환희적 밀교와 관계하는 것으로 필자는 생각한다. 이는 신이 아니라, 인간이 끊임없이 변화하는 텍스트의 뜻과 형식을 창조하며 해석된 텍스트에 있는 철자들을 섞으며 새로운 의미를 부여하는 것이다.[19] 그래서 자베스를 인용하며, 데리다는 태초에 해석학이 있었음 (《글쓰기와 차이》 3장 103/67, 그리고 여러 곳)을 강조한다. 이는 물론 니체와의 연관성을 뜻하는 말이고, 그래서 《글쓰기와 차이》의 거의 매장에서 니체가 언급된다.

데리다가 자신을 유대 전통과 잇는 것은 이미 초기에서부터다. 《글쓰기와 차이》에서 자신의 이름 Derrida를 철자변치해서 자베스 시에 나오는 상상적 랍비 Reb Rida(116/76) 혹은 Reb Derissa(436/300)로 고쳐 썼다. 이 고쳐 쓴 이름에 자신의 이름의 철자 대부분이 들어가 있지만, 데리다의 이름의 철자가 다 정확하게 들어가지 않은 것은 데리다 자신을 랍비와 유대 전통과 차이를 내지만, 유대 전통 일부를 간직한다는 뜻이다. 데리다가 유대교를 수용하는 또 하나의 증표는 레비나스와의 관계에서다. 자신의 '얼굴의 형이상학'을 위해 서구 철학 전통과 언어, 그리고 개념을

---

18 Bergo et al, ed., 121.
19 위의 책, 129~30.

버려야 한다고 주장한 레비나스의 전략과 방법에 대해서는 데리다가 통렬히 비판했지만(버리지도 못하고, 오히려 되잡힌다)(《글쓰기와 차이》 4장), 데리다는 레비나스가 윤리를 제1의 철학으로 간주하는 데는 전적으로 공명한다고 했다.

데리다가 헤브라이즘과 헬레니즘 중, 어느 쪽에 속하는가에 대해 갑론을박을 계속하고 있다. 하버마스는 데리다의 사유는 그리스가 아닌 유대 신학에 속한다[20]고 했다. 그러나 하버마스의 〈윤리적 문제에 답하는 방식〉에서 숨겨진 의도는 데리다 사유가 하이데거의 후기 존재론을 결코 초과하지 못한다는 것을 주장하기 위해서다. 만약 이것이 사실이라면, 데리다가 구조주의에서 포스트구조주의를 어떻게 향도할 수 있었는지에 대한 설명은 반드시 있어야 할 것이다. 하트만은 데리다와 헤브라이즘과의 관계가 밀접함을 지적하면서,[21] 그는 데리다가 유대인이라는 사실을 감안, 원래 시나이 산상에서 신은 모세에게 말과 글자를 주었지만, 우상이나 이미지를 숭배하는 것을 금지aniconism한 유대 전통을 따라 데리다가 글자를 중시한 이유는 장구한 세월 동안의 디아스포라에 살아남을 수 있었던 것은 말이 아니라 글자라는 사실임을 감안, 글자를 중시하게 된 유대 전통을 그대로 수용한 결과라 했다. 따라서 글자를 너무 중시하다 보니 렘브란트의 미술이 지니고 있는, 일반적으로 글자가 지니고 있지 못한, 회화적 순간까지를 무시하는 경향을 드러냈다고 평했다.[22] 이는 사

---

20   위의 책, 154.

21   Geoffrey Hartman, *Saving the Text*, 17.

22   많은 학자들이 데리다를 심하게 평가절하했다. 신비평가 엘리스는 데리다가 유명해진 것은 엘리자베스 테일러가 유명해진 것과 동일하다(Ellis, 88)고 했으며, 이미 다른 시인들과 신비평이 해놓은 것을 되풀이했다(Ellis, 42, 91, 104)고 했다. 하트만과 제이슨 포웰은 데리다가 성취한 것이 없다는 논지를 여기저기에서 드러내고 있는가 하면, 하트만은 데리다는 조이스와 콜리지처럼 즐거운 글을 쓰는 대신(조이스와 콜리지가 즐거운 글만 썼다면 조이스는 조이스가 아니고 콜리지는 콜리지가 아닐 것이다), '왜 평범한 기법인 글자의 부스러기로 매우

실이 아니다. 데리다는 많은 전위 화가들로부터, 특히 뒤샹의 회화로부터 영감을 받았고,[23] 사실 뒤샹이 데리다 글쓰기에 '특수조명 하의 필사주의Scribisme illuminatoresque'라는 별호를 붙여주었다. 또한 데리다가 화가 발레리오 아다미와 합작한 계열성 그림들[24]이 500점이 넘고, 이 중 여러 개가《그림》에 실렸고, 이 중 두 점에 대해 이 책에서 설명된다.

J. 카푸토가 데리다는 유대 신학의 신을 여전히 추구하고 있다고 판단한 것[25]은 데리다 글쓰기 특징에 대한 고려를 전혀 하지 않았다는데 기인한다. 데리다는 단어에 고정된 의미를 부여하지 않는다는 사실을 카푸토는 전적으로 간과했다.《할례》에서 데리다가 신이라는 이름으로 암시하는 것은 여러 가지며, 때로는 상반되는 의미를 포함하고 있다. 이것이 데리다의 언어유희이다.[26] 데리다가《할례》에서 신이라는 단어로 암시하는 것은 최소한 3가지다. 첫째, '기하학적 논리 프로그램이 작동시키는 공空의 폭력으로 인한 자신의 죽음', 둘째, 너와 나, 우리 모두에게 있는 신(타자), 셋째, '무한의 신을 구원하는 유한한 신'이다. 그러나 카푸토는 데리다가 사용하는 'you'와 'G'을 타자로만,[27] 그리고 데리다가 어머니 죽음 앞에서 흘리는 눈물과 기도를 모두 종교적인 것으로만 해석했다. 바로 이런 이유로 카푸토의 논의에는 데리다가 사용하는 '신'에 대한 면밀한

진부한 글을 썼는가'라며 데리다를 타박(Geoffrey Hartman, *Saving the Text*, 1~95)한 것은 미국의 대표 인문학자로서, 데리다의 공헌을 몰라서가 아니라, 데리다가 몰고 온 파격적인 해체적 사유로부터 미국의 경험주의·실증주의·공리주의를 방어하기 위해서다.

23 James 참고.

24 Peeters, 265.

25 Caputo, 294~301.

26 김보현,《입문》, 93~4, 234~40 참조.

27 인칭대명사 혼동 글쓰기 기법은 이미 오래된 것이다. 스턴의《트리스트럼 쉔디》(1760), 바흐친이 지적한 '비관점적 다성적' 소설인 도스토예프스키의《이중》(1846), 사르트르의《구토》에서도 사용되었고, 베케트의 소설에서는 극대화된다. 인칭대명사의 혼동 기법을 데리다가《할례》에서 사용했는데 카푸토는 이를 완전히 간과했다.

분석은 완전히 빠져 있다. 또한 데리다가 사용하는 인칭대명사 혼동과 이의 다의미적 유희를 《엽서》에서처럼 《할례》에서도 했는데, 데리다가 줄곧 사용하는 'you'를 카푸토는 신으로만 해석, 고정시킨다. 또 하나, 카푸토 역시 데리다가 무신론자라는 사실을 인정하지만, 여전히 데리다를 유대교 신학자라고 단정한다. 무신론자와 유대교 신학자라는 이 둘에서 노정되는 간극에 대해서는 카푸토는 이상할 정도로 무심하다.

J. 카푸토, R. 크리트칠츠레이, M. 키니, M. 둘리, 헨들먼,[28] 그리고 지젝은 데리다를 유대 신학 사유자로 평가하고 있지만, 또 다른 한편으로 G. 바티모는 데리다는 철저하게 반反신학적[29]이며, 헤굴룬드, 로울러, R. 가쉐 등은 데리다를 헬레니즘의 기수로서 무신론자로 규정한다. 그러나 물리적으로도 데리다의 정체성은 매우 유동적이다. 이것이 데리다는 자신이 유대인이지만, 유대인이 아니라고 말한 여러 이유 중 하나다.[30]

3. 데리다와 헬레니즘

데리다가 추구한 것은 헤겔과 칸트가 말한 이성에로의 절대복종이 아니라, 자유라 했다. 이 자유를 위해 언어와 개념의 한계, 제도를 포월하려는 데리다의 의지와 열정이 엄청난 양의 장광적 글hyperdiabolicisme[31]을 쏟아내게 했다. 이러한 그의 글 최기저에는 섬뜩하리만큼 기성 종교가 구금시킨 신에 대한 항거가 있다. 이유는 최소한 두 가지다. 하나는 신이 모

---

28   Handelman, 82.

29   Bergo et al, ed, 135.

30   Ofrat, 33.

31   Derrida, *Résistances de la psychanalyse/Resistances of Psychoanalysis*, 48/29.

든 것을 미리 예정했다면, 자신에게는 어떤 사건도 발생하지 않을 것이기 때문에, 자신의 사유와 글쓰기는 '신의 신학적 프로그램을 분해 해제하기 위한 것'(《글쓰기와 차이》 305/282)이라고 했다. 신에게 복종만 하면, 신도 곤궁해진다. 왜냐하면, 신이 성장, 성숙하려면, 인간이 먼저 성장, 성숙해져야 하기 때문이다. 이는 철저하게 인간중심주의이며, 기성종교인의 입장에서 보면 가공할 정도의 불경이다. 데리다는 야베스를 인용했다: '신은 인간이 신이라는 단어를 만들었을 때, 비로소 탄생한 것이다.' 그리고 '신은 인간이 자신을 성장시켜주기를 기다리고 있다.' 신에 대한 개념은 인간의 노력으로 발견되고, 끊임없이 재창조·재해석되면서 발전한다면, 기성종교가 액자에 구금시킨 신, 최소한 중세의 스콜라 철학이나 헤겔이 전제했던 정과 반의 이원 체계나 이러한 사변적 개념의 유희로 드러날 수 있다고 전제한 신으로부터 인간을 해방시켜야 한다. 특히 이것이 폭력과 죽음, 그리고 전쟁을 정당화한다면 더더욱 그러하다. 인간의 삶은 이미 사전에 특정 신에 의해 미리 결정된 것이 아니라, 인간 스스로에 의해 발전 가능성이 무한하다. 데리다는 해체란 '인간에 대한 무한 긍정이며 신념'이라 했다. 인간이 글자를 탄생시켰을 때 인간이 탄생되었다고 데리다는 주장한다. 그런데 《성경》은 '우상과 인본주의, 그리고 세속을 과감히 버리고 배격하라'(〈시편〉 16:1~11, 23:1~6)고 말한다. 데리다와 신학과의 전면 전쟁은 불가피해 보인다.

물론 《성경》에 대한 불경과 도전은 서구 인문학사에서 데리다가 처음은 아니다. 우리가 앞에서 제시한 매우 거친 도식에서, 오른쪽 진영에 속하는 사람들에 의해 되풀이되었다. 신의 명령을 어기고 인간에게 불을 가져다준 벌로 바위 산 꼭대기에 몸이 묶인 채 매일 밤 독수리들에게 자신의 내장을 파 먹히는 엄청난 형벌에 처했던, 그리스 신화의 프로메테우스가 이미 있었다. 그리고 밀턴의《실낙원》(1667)에서 다시 부활한 사탄이 있다. 19세기 낭만주의에서 신에 대한 도전의 서구 전통은 다시 강화된다. '신도 동무도 없는 소외감을 정면으로 맞대면하면서 삶의 굴곡 가운데 휘청대는 실존의 부단한 균열을 가식 없이 폭로했던 니체'[32]가 있는가 하면, 19세기 영국의 낭만주의 시인 콜리지는 그의 시《노수부의 노래》(1798)의 노수부는 자신의 의지와는 상관없이 우연히 신천옹信天翁이라는 거대한 새를 죽였다는 죄 때문에 '신도 함께 하기를 거절한 처절한 고독'을 바다 위에서 경험하고, 오랜 항해 후 육지로 돌아온다. 그는 교회를 찾아가 신을 찬송하는 교인들에게 자신의 경험을 들려주려 하나, 교인들은 겁에 질려 그를 피해버린다. 자신의 모습을 그의 글에 그대로 투영시킨 전설적인 개성의 소유자 바이런이 그려낸 주인공들, 특히《돈 주앙》(1818~9)이나《맨프레드》(1816~7)의 주인공들을 두고 문학평자들은 '악마적 영웅'이라고 칭하는데, 회개를 모르는 죄인으로 간주되는 맨프레드는 죽음 직전, 수도승이 접근해 신을 믿고 구원을 받으라고 권하지만, 그는 일언지하에 거절한다. 죄를 벌하기 위해 나타났다는 영Spirit도 거부한다. 왜냐하면, 죄는 죄 그 자체에 의해 벌을 받는 것이지, 외부의 그 누구도 죄를 벌할 수 없다는 것이다. 벌해야 하는 사람이 있다면 그는 범죄자 바로 자신이다. 따라서 전통적으로 하나님으로부터의 전령이라고 간주되어온 영 혹은 천사조차도 맨프레드는 악마로 규정한다. 동시에 승려의 도움도 역부족이라고 말한다. 그렇다면 무엇이 인간을 구원할 수 있는가? 맨프레드는 마음이라고 말한다: '마음은 악과 목적의 자체적 기원이다.…나만이 나를 파괴할 수 있고, 나는 온전히 나만의 것이다'(3막 4장). 결국 구원이든, 저주든, 이것이 발생하는 곳은 자신의 마음이고 자신

---

32   김영민,《문화 문화 문화》, 64.

의 행위이기 때문에 나를 구원 혹은 저주할 수 있는 사람도 바로 자신이다. 이것이 자기 신뢰에 구축된 낭만적 자기 구원이다. 구원을 위해 종교는 신에게 고백하라고 말한다. 종교주의자들에 따르면, 신은 모든 것을 알고 또한 보고 계시는데, '왜 우리가 굳이 고백하는가?'라고 데리다는 묻는다.

> 절대적으로 보이지 않는 것(신)을 만들고, 그 눈에 보이지 않는 것에 대한 증거를 자신 속에 구성하려는 욕망과 힘이 드러나는 곳, 즉 비밀의 역사, 신과 신의 이름의 역사는 비밀의 역사인 동시에 비밀이 없는 역사이기도 하다.[33]

전통적으로 많은 신학자와 신도들은 신과의 내밀한 자신들만의 소통이 있었고, 혹은 신의 목소리를 들었고 보았다고 했고, 이것은 비밀이라고 전통 신학과《성경》이 말한다. 그래서 비밀의 역사다. 그러나 사실은 소위 말하는 이 비밀의 역사에는 비밀이 없다고 데리다는 말한다. 서구 전통 형이상학의 말중심주의는 신의 말이다. 그러나 말은 이미 차연으로 짜인 반복의 글자 소리에 불과하다. 만약 많은 서구 종교주의자들이 그들이 고백한 대로 신의 말을 들었다면 이는 차연의 반복된 글자 소리에 불과하기 때문에 비밀은 없다고 데리다는 말한다. 이에 대해 데리다는《목소리와 현상학》에서 길게 논의한다. 신의 목소리는 차연의 효과로 문법 체계를 통과하면서 사상된 글자 소리, 자동 혹은 타동 효과에 불과하다는 것이다. 아마도 이것이 가장 충격적인 불경이고, 전통 신학자들에게는 가장 불편한 진실일 것이다. 이뿐만이 아니다. 데리다의 불경은 더 나아간

---

33 Derrida, *The Gift of Death*, 109.

다. 또한 《성경》이 만들어 놓은 프로그램, 즉 낙원 → 타락 → 속죄 → 구원 → 낙원으로의 귀환과 이를 따르는 모든 서구 담론들, 심지어 정치 경제 담론들까지, 데리다는 '귀향설', '목적론', '유령론'이라 패러디하고 거부한다.

그러나 이러하다고 해서 데리다에게 종교성이 없는 것은 절대 아니다. 경험적 세계를 넘어서는 신비의 영역을 데리다는 '초과,' '불가능,' 혹은 '신성'이라 표현하는가 하면, 《마르크스의 유령들》(1993)에서는 '구원주의 없는 구원성'이라 했다. 이렇듯 데리다의 비밀은 전통적인 기성 종교의 비밀과는 '전적으로 다르다.' 데리다 해체는 늘 이중적이고, 비관과 낙관이 공존한다. '초과'를 무한대로 역부족인 글쓰기로 드러내는 것은 데리다는 철학하는 동물인 인간의 절체절명의 의무라고 규정한다. 미시적 언어유희와 무한 해석 가능성, 그리고 글자에 대한 무한한 신념을 두는 유대 밀교와의 끈을 단단하게 유지하면서,[34] 동시에 유대교와 대척점에 있는 19세기 낭만주의자들의 포부와 불경을 데리다는 여과 없이 드러낸다.

데리다가 헬레니즘과 연계되어 있는 증거는 편재한다. 데리다는 자신만의 절대적 실존을 《할례》, 《엽서》, 그리고 《글라》에서 드러내었고, 포웰이 지적한 대로 데리다는 후기로 가면서 점점 더 고백적이 되었다. 데리다는 전통적으로 철학자들의 사생활에 대해서 일체 함구하고 전혀 그들

---

34 그러나 기성 유대교와의 관계는 끊는다. 데리다는 두 아들에게 할례를 하지 않았다. 그의 어머니가 임종 시 천주교 신자가 되어달라는 유언을 거절했다. 데리다는 자신의 장례에는 그 어떤 종교적 기도도 그 어떤 종교적 장례식도 하지 말라는 유언을 죽기 37년 전에 써 놓았고, 장례식 날 그의 아들 피에르가 데리다가 써 놓은 짧은 유언을 읽었다: '다만 생을 사랑했고, 살아남기 위해 싸울 준비가 되어 있다. …뒤에 남은 친우들은 나에게 미소를 보내달라. 나 또한 이들과 함께 하면서, 행복했던 시간을 기억하며, 어디에 있든 그들에게 미소를 보낼 터이니.' (Peeters, 541)

의 글쓰기에서 언급되지 않은 것에 대해 질문했다. 데리다가 문학에 각별한 관심을 보이는 많은 이유 중의 하나는 전통적 철학담론이나 기성종교에서는 자서전적 요소가 철저하게 배제되지만, 문학은 그렇지 않기 때문이다. 조이스의 작품들은 자서전적 요소와 철학적 요소가 동시에 들어가 있는데, 이것을 패러독스라 규정하고 거절하는 것은 옳지 않으며, 자신은 사르트르와 카뮈의 전통과 분위기 속에서 성장했으며, 기존의 텍스트를 읽고 쓰는 것은 텍스트에 대한 응대이자 동시에 자서전적 응대라 했다.[35]

> 내가 쓰는 모든 글쓰기는 끔찍할 정도로 자서전적이다. '끔찍할 정도로'라는 부사는, 예를 들면, 우리가 누군가 혹은 그 어떤 것에 집착하는 강도를 의미하기를 원할 때, 이 단어는 보다 친근한, 일상적 의미가 아니라, 의미 주격主格의 뿌리로부터 직접 유래된 뜻, ―'테러를 불러일으키는 방식으로'(우리는 누가 혹은 무엇이 그리고 누구에게 테러를 불러일으키는가에 대해 의아해 할 것이다) ―으로 이해되어져야만 한다. 일상적 의미로서도 '끔찍할 정도로'라는 부사는 이미 과유를 의미한다. (〈자서전에 대한 난상토론〉 72)[36]

데리다가 말하는 자서전성은 우리가 흔히 자서전이라고 일컫는 장르에 속하는 자서전성이 아니다. 이런 자서전을 데리다는 '자동적으로 죽어버린 삶의 그라프autobiothanatography'이며, 전통적으로 자서전으로 분류하는 자서전autobiography에 있는 auto-는 자동적으로 내 고유의 삶과 생

---

35   Derrida, *Positions*, 4.

36   Castrano, 19~20에서 재인용.

명bio을 끊어버리고[37] '평상적 의미에서의 자서전에서의 "나"는 자체적으로 자기기만과 탈구상태에 있다'[38]고 평가절하한다. 회상 아래 쓰는 추억담도 마찬가지다. 이는 생물의 형이상학meta-biography이라 했다. 이 말은 형이상학에 주도되어 주체와 자아가 죽어 있는 글, 그라프, 혹은 '삶이 죽어버린 잡종, 타종, 타동, 자동효과의 그라프 작품biothanatoheterographical opus'(《할례》213)에 불과하다는 말이다. 대신 데리다는 '요행으로 살아남은 삶aleo-biography'를 써야 한다고 했다.[39] 즉 체계나 구조에 의해 자동적으로 사산되지 않은, 이원 구조나 이를 강화한 변증법으로부터 요행히 aleo- 살아남기 위해 유희와 우연으로 건지는 자신의 삶에 대해 써야 한다는 것이다. 이런 의도에서 여러 책을 썼지만, 여전히 자신만의 자서전은 요원하고, 그래서 그는 여전히 황야에서, 오로지 완곡한 암시와 주변에 머물며 배회하고 있다고 실토한다. 매일 밤 눈물과 기도로 자신의 자서전을 쓰려고 하지만, 실패하는 자신의 모습에 대한 매우 강렬한 초사실주의적이며 동시에 사실적 묘사가 《할례》에서 반복된다.[40] 《데리다》(DVD)[41]에서 데리다는 자신의 자서전적 연출, 특히 영화가 어떻게 해서 자서전이 될 수 없는가를 보여준다. 그런데 소렌슨은 데리다가 자서전의

---

37   Derrida & Ferraris, *A Taste for the Secret*, 41.

38   위의 책, 84. 여기 저기.

39   Smith, 38.

40   자신의 글이란 침묵이나 완곡한 암시로 떨어지는 것이며, 이렇게 실패를 하고 기도와 눈물로 신과 타자를 찾지만, 새벽이 오면, 당신들이 지니고 있는 그 달콤/끔찍한 진리라는 호주머니 안으로 내가 들어갈 것이라는 절망도 고백한다. 비록 자신이 진실을 찾겠다고 하면서도 기도하고 눈물을 흘렸지만, 결국 자신은 거짓말쟁이라고도 한다(《할례》113). 물론 그 이유는 차연이다. 차연은 데리다가 말한 대로, '시적이면서도 노예적이고 거짓말쟁이'이기 때문이다 (《글라》). 차연으로 인해 발생되는 어쩔 수 없는 자신의 글의 한계를 지적하는 말이다. 그런가 하면 자신 안에서는 반대 예들의 속성counterexamplarites과 반대 진리들countertruths이 증가된다(《할례》254)고도 했다.

41   Kirby and Kofman.

48

불가능성을 주장하기 때문에 후기 낭만주의적이라고 평가했다. 즉 셸리에서부터 월러스 스티븐까지 영국 문학에서는 자서전의 불가능성을 말해 왔는데, 데리다 역시 이러하다는 것이다.[42] 독야청청의 자아를 구가하고자 했던 것이 19세기 초기 낭만주의는 후기에 와서, 자서전조차 불가능하다는 뼈아픈 진실을 마주할 수밖에 없었다.

당연한 말이지만, 데리다는 19세기 낭만주의자들보다는 훨씬 치밀하고 전략적이며 현실적이다. 주체는 공동체의 일원이 되면, 어쩔 수 없이 지역사회를 구성하는 유기적 전체성에서의 기능이나 혹은 장소가 된다. 이런 상황 하에 자신만의 독특함이란 다른 텍스트에 저항함으로써 가능해지는데, 바로 이런 이유로 자신의 독특한 자서전적 요소는 다른 텍스트 재독에서 출발할 수밖에 없다. 이유는 기존 텍스트에 저항을 통해 또 다른 타자를 위한 콘텍스트를 만들 수 있기 때문이다. 비록 존재와 자신의 존재가 탈구되었지만, '지금' 그리고 '여기'에 있는 자신의 독특함이 있다고 데리다는 말한다. 비록 이것이 자기 존재가 못되고 자기 탈구일지라도 대치될 수 없는 독특한 존재가 탈구된 예들이기 때문에 독특하다는 것이다. 이런 뜻이다. 만약 필자가 한국 대학의 여러 정책에 반대하다 쫓겨났다고 가정하자. 이것은 필자의 탈구라 하자. 이 탈구를 통해 독특한 필자의 나라는 존재가 잠시 만들어진다. 물론 이것은 완벽한 영원한 나의 존재가 아니다. 그러나 잠시 나라는 존재가 만들어졌다. 혹은 지금의 국회의 부패에 대해 어느 신문기자가 이를 폭로하고 부패가 어느 정도 사라졌다면, 이것으로 신문기자의 탈구가 가능해졌고, 이로 인해 잠정적이나마 독특한 그 신문기자의 자아는 존재하게 된다. 이런 이유로 기존의 말과 텍스트에 대해 데리다는 이중적 태도를 취한다. 기존의 말과

---

[42] Sørensen, ed. 51~2.

텍스트는 이미 시체처럼 죽어 있어 의미가 비어 있는 차연의 효과일 뿐이다. 그럼에도 불구하고 이 시체 같은 기존의 말과 텍스트에 미래의 가능성이 숨어 있음을《글쓰기와 차이》에서 끊임없이 반복한다. 지금 기존의 것을 해체하거나 저항할 때 미래의 가능성이 현재에 드러난다는 말이다. 화행이론가들이 중시하는 지금의 텍스트, 지금의 말, 이것이 행해지는 현장을 데리다가 중시하는 이유는 데리다가 화행이론가여서가 아니라, 바로 유대 밀교에 그 연원이 있다.[43] 지금의 말, 지금의 말로 이루어지는 법, 제도를 개선할 수 있는 여지는 바로 엉망이고 모순투성이의 지금의 말과 법안에 있다는 뜻이다. 이 사실이 데리다가 경험주의, 상대주의, 그리고 화행이론, 이 모두를 품지만, 동시에 이 모두 초과하려는 기도를 멈추지 않는 이유다. 따라서 데리다 자신의 입장은 현재 여러 독트린과는 무관하다고 한 이유이기도 하다.

'누구'의 독특함이란 이 사물 자체와 동일한 어떤 사물의 개인성이 아니다; 이것은 원자atom가 아니다. 이는 타자에 대해 다만 답할 수 있고, 심지어 내가 '아니오'라고 답하고 있다고 생각하는, 이 타자의 부름에 답하기 위해, 독특함 그 자체를 다른 곳에 위치시키거나 나누고 모아, 이 자체와의 정체성 자체를 넘어서는 독특함이다. 의심할 여지없이, 바로 여기서 주체성에 대해 형이상학이 구성되는 윤리적, 법적, 그리고 정치적 책임에 관한 보다 큰 질문과의 연결이 시작된다.[44]

---

43 화행이론가들과의 관계와 기존에 존재하는 텍스트를 데리다 해체의 밑절미로 사용해야 하는 중요성에 대해서는 Miller, 'Performativity as Performance/Performativity as Speech Act', 232.

44 Rapaport, 146에서 재인용. 원래는 Derrida, *Eating Well*(1988).

이원 구조에 바탕한 형이상학, 그리고 이성에 대한 무조건적 복종이 바로 전통 서구 철학이 주장했던 자아 형성이었다. 이렇게 되면 나는 신에 전적으로 복속, 나라는 독특한 개인은 사라진다. 물론 칸트는 이렇게 됨으로써 인간은 자유를 얻을 수 있다고 주장했다. 그러나 데리다는 동의하지 않는다. '지금' 그리고 '여기'의 말과 법, 제도를 비판 광정함으로써 나의 독특함을 찾아야 한다. 여기에는 기존의 종교까지를 포함한다. 이를 위해 신학이 주장하는 자아에 대한 해체부터 먼저 시작되어야 한다. 이는 거의 불가능하다 할 정도로 방대하고 어려운 작업이다. 형이상학과 신학은 서구 철학, 인문학, 그리고 윤리는 물론, 서구가 패권을 쥐고 있는 지금 국제 정치·국제 경제 및 사회에까지 스며들어 있기 때문이다. 그래서 데리다가 추구하는 자신만의 독특함, 자신이 추구하는 자서전성은 전통적 형이상학과는 또 다른 형이상학적 열망과 겹치며, 지금의 법, 윤리, 그리고 정치에까지 개입, 관여, 해체한다. 이때의 형이상학, 법, 윤리, 정치는 지금까지 신학 혹은 철학이 짜놓은 것이 아닌, 전적으로 다른 것을 뜻한다. 새로운 자신만의 독특함을 찾기 위해서는 혼자만의 고독한 사유로 해결되는 것이 아니라, 끊임없이 타자와의 대면을 필요하다는 사실을 데리다는 강조한다. 이 점에서 데리다는 바이런과 상통한다. 바이런은 자신의 여행 기록 시,《차일드 헤럴드의 순례기》(1818)에서 왜 끊임없는 여행이 그토록 중요했는가를 기록하고 있다. 그것은 끊임없이 타자와의 만남을 위해서였다. 데리다 역시 죽기 직전까지 '미션을 가지고, 유령 혹은 예언자처럼 스스로에게는 아직 알려지지 않은 비밀을 가슴에 품고, 봉해진 텍스트를 호주머니에 넣은 채'《할례》257) 끊임없이 여행했다. 나는 이미 남의 것으로 살아 있으나, 동시에 죽어있는 나, 그래서 유령이기도 한 나는 늘 타자의 얼굴로 나 자신을 존속시켜야 한다prosopopoeia는 것을 데리다는 그 누구보다도 잘 알고 있었다. 그래서 끊임없이 다른 사유자들의 글을 읽고 이에 응서와 반대 응서하는 것과 함께, 여행 역시 타자를 만날 수 있는 기회였다. 데리다는 학자들 중 가장 많이 여행을 한 학자다. 그의 여행은 서구에 국한된 것이 아니라, 북아프리카, 남아프리카, 중국, 일본, 아르헨티나, 브라질, 동유럽, 소련 등 세계로 여행을 했다. 포웰은 데리다에게 있어 여행은 형이상학적 순례로 '몸으로 쓴 글a bodily writing'이라 했다.

해체적 읽기가 〔전통적〕 형이상학의 가능성을 소진시키면서 보다 우월한 형이상학의 가능성을 드러내듯, 여행이 문자적 죽음을 쉽게 드러내고, 데리다 자신을 소진시킬 때, 데리다 스스로 두려워하는, 파격적이고도 성스러운 위안을 얻고자 하는 데리다 자신의 욕망이다. 자신을 세상의 타자성과 이런 기회에 노출시킬 때, 대타자에게 알려지고 보이는 것이 확인되는 기회가 간단하게 주어지는 것이다. 여행과 해체적 읽기 그리고 은유적 죽음에 뒤따른 타자는 소환되는 것이다. 만약 이것의 이름이 주어진다면, 〔예측불가의〕 미래l'avenir가 될 것이다.[45]

물론 데리다의 여행은 바이런처럼 혹은 콜리지의 노수부처럼 대중과 사회로부터 멀리 떨어진 자연으로가 아니며, 나 홀로만의 자족적 상상력을 통한 구원을 구했던 19세기 낭만주의 전략과는 판이하다. 데리다의 검은 큰 책가방 안에는 늘 수많은 학인들 앞에서 읽어야 할 원고로 가득 차 있었고, 그의 여행은 대부분 세계 유수 대학이나 연구단체에서 강의를 위한 것이었다. 미국과 유럽뿐만이 아니라, 데리다는 세계 방방곡곡을

---

45 Powell, 96. 데리다는 futur를 예견할 수 있는 미래, l'avenir, 혹은 '사건'은 예견하지 못한 미래라 했다.

다녔다. 데리다의 자서전성, 혹은 자신의 독특함을 추구하는 것은 얼핏 보면 낭만적 혹은 유아독존적 충동인 것으로 비춰지지만, 형이상학적(전통적인 의미에서 형이상학적인 것이 아니라, 자서전성까지를 포함한) 열망을 위해 그는 끊임없이 대학제도권 안에서 글쓰기에 천착했다는 것이 핵심적 전략이기에, 19세기 낭만주의자들의 그것과는 판이하다. 훨씬 전략적이고 훨씬 더 철저하고 훨씬 더 현실적이다. 이런 이유로 데리다에게 종교성이 없다거나 혹은 데카당이라고 평하는 것은 지독한 오해다. 오히려 데리다는《마르크스의 유령들》에서 기성종교를 앞세운 모든 종류의 종말론들 – 인간의 종말, 철학의 종말, 역사의 종말 – 을 외치는 사람들이야말로 데카당이며 반인본주의자들이며 반역사적이라고 질타했다.

그러나 형이상학적 타자를 향한 데리다의 자서전적 열망과 충동은 자신의 에로스까지 포함한다.《할례》와《데리다》(DVD)에서 데리다는 전통적 철학자들 모두 자신들의 에로스에 대해서는 전혀 아무런 말을 하지 않았다며, 위대한 철학자들의 사생활(에로스)이 왜 철학 텍스트에서는 빠져야만 하는가에 대해 데리다는 질의했다. 하이데거가 독일인 부인을 두고 아렌트와 평생 동안 혼외정사를 가질 수 있었던 동기와 이유가 무엇인지를 알아야 하이데거 철학을 보다 더 잘 이해할 수 있을 것이며, 데리다 자신의 성생활은 우회적으로 많은 텍스트에서 조회되었다고 했다. 특히《엽서》에는 혼외정사 대상이었던 실비안느[46]에게 보낸 엄청난 양의 데리다 편지의 일부가 포함되어 있다. 그러나 편지를 보내는 대상은 불가능해진 자신의 사랑인 동시에 불가능해진 타자이며 형이상학이기도 한다. 우편체계를 통과해야 하는 글자와 언어의 구조와 체계를 따라야 하기 때문에 타자, 형이상학, 그리고 사밀한 자신의 사랑, 이 모두가 불가

---

[46] 두 사람 사이에 아들 다니엘이 있다. 데리다가 지어준 이름이다.

능하다는 점에서 이 셋은 동일한 것이며,《엽서》는 이에 따르는 절망이자, 바로 이 절망이 유발시키는 열망의 토로이기도 하다. 따라서《엽서》는 형이상학에의 추구이지만, 동시에 에로틱한 연애편지다. 이렇듯《엽서》의 우편엽서는 끊임없이 사적인 것과 공적인 것, 철학과 문학 사이를 맴돌고 있으며, 분리되지 않고 겹쳐 있다.《엽서》의 전반부 〈플라톤의 약방〉은 플라톤에 대해 꼼꼼한 읽기이자 해체다. 몇몇 비평가들은 이것이《엽서》의 후반부가 아니라, 단독 책으로 출간했더라도 훌륭한 책이될 수 있다고 했지만, 이렇게 되면 데리다는 철학을 위해 문학을 떠나는 것인데, 이는 데리다가 원하는 것이 결코 아니다. 따라서《글라》처럼《엽서》는 플라톤의 철학, 프로이트의《쾌락원칙을 넘어서》, 우편체계, 그리고 사밀한 데리다의 에로스인 동시에 끝내 도달하지 못한 형이상학의 대타자까지를 한 줄에 꿰고 있다.《글쓰기와 차이》에서 데리다가 형이상학이란 말을 언급하는 횟수는 사라 우드에 따르면 100번이 넘는다.[47] 이 형이상학이 개인적 자서전과 겹치며, 이런 그의 강렬한 욕망을 패러독스라하면 안 되며, 자신의 실존적 경험을 글과 연결시키는 것이야말로 자신의 가장 강렬한 욕망이자 꿈임을 밝혔다: '내 손과 내 입을 전부 태운다하더라도 나는 너를 소생시키기 위해 뜸을 드리고 있다.' '바로 당신 때문에, 나는 당신에 대해 늘 정반대되는 이야기를 하고 있다. 이렇게까지 사랑하지만, 당신의 이름을 부를 수 없다.' '비밀이 내 손과 내 입을 태우지만prosopagnosia, 너를 소생시키기 위해 모든 도서실을 태우고 싶다'(《엽서》200/185, 204/188, 247/230)고 데리다는 말한다.

기성종교에 부합하지 않았다는 이유로, 혹은 파격적인 타자에로의 추구를 두고 데리다가 불경하다고 말하는 것은 너무나 단순하다. 데리다가

---

47   Sara Wood, 19.

자신은 니체와 함께 키르케고르와 성 아우구스티누스가《성경》에 던졌던 문제의식들, 예를 들면, 절대적 실존, 주관성이라는 의미, 그리고 개념이나 체계에 대한 저항 등에 가장 큰 관심을 가지게 되었고, 깊게 동조하며, 언제라도 이를 위해 일어설 수 있다고 했다.[48] 특히 성 아우구스티누스가 아브라함을 '신학이 인본주의를 정지시킨 것'으로 평한데 대해 데리다는 동조한다고 했다. 그러나 문제는 인본주의를 정지시키는 사례는 지금도 발생하고 있다. 헌팅턴은 유대인 박멸과 아우슈비츠 사건을 신의 분노에 따른 벌이었다고 주장하는 데 대해, 데리다는 '몸서리가 쳐진다'고 했다.[49] 이런 목소리는 상황이 불리하면, 수면 밑으로 가라앉다가, 데리다가《마르크스의 유령들》에서 구체적으로 지적했듯이, 혁명이 항상 과거의 탈을 쓰고 나타나는 유령들에 의해 주도되듯이, 적당한 때가 되면 반드시 수면 위로 올라와 박해를 신의 이름으로 정당화한다. 우리나라 언론을 대표하는 사람 역시 일본의 침탈은 조선에 내린 하나님의 벌이라고 주장했다. 데리다가《마르크스의 유령들》에서 '구원주의 없는 구원성'을 강조했을 때, 종교가 근본적으로 지니고 있는 개방성을 촉구, 강조한 것이다. 따라서 데리다가 불경한 사람이 아니라, 종교의 개방성을 차폐시키는 기성 신학 프로그램이 불경하고 반인간적이다.

분명히《성경》은 개방성과 아포리아를 드러내고 있다. 예수는 짧은 이야기와 비유로만 가르쳤다(〈마가복음〉 4: 33~4). 그럼에도 불구하고《성경》의 말을 곧이곧대로 직역하고, 이것을 개념화, 혹은 프로그램화하는 것은 불경이다. 예수와 함께 못 박힌 두 도둑을 보고 예수는 '한 도둑은 구원을 받을 것이고, 다른 한 도둑은 구원을 받지 못할 것'(〈마가복음〉27:38, 15:27,

---

〈누가복음〉23:9, 33~43)이라고 한 것은 개방성과 아포리아를 드러낸다. 《구약》은 '선한 자나 악한 자, 모두에게 하나님은 비를 내린다,' 혹은 '악한 자에게도 좋은 것을 준다'(〈마태복음〉 7:11)라는 말은 우리가 일상에서 쉽게 경계 짓는 선악의 이분법을 넘어가는 말이다. '야훼를 미워하는 자는 그에게 복종하는 체할지라도 그들의 시대는 영원히 계속되리라'(〈시편〉 81:15)고 함으로써, 하나님을 배척하는 자들도 영원히 존재한다는 아포리아다. 또한 《성경》에서 제외된 《외경서》도 있다. 데리다, 조이스, 니체, 야베스, 그리고 바이런이 불경한 것이 아니라, '원래 종교가 지니고 있는 개방성과 실존의 누각을 은폐'(김영민)시키는 사람들이 불경하다.

신중한 테일러는 《글라》와 《엽서》가 데리다의 의사 자서전과 같은 것으로 신학과 유대교를 부정dénégation하는 것으로 보아야 한다며, 서구의 거대한 두 전통에도 데리다는 귀속하지 않는다고 주장한다. 데리다가 추구하는, 전적으로 다른 타자Tout Autre는 유대 전통과 이슬람 전통 모두에 대한 부정dénégation이며, 데리다가 쓰고자 했던 것은 여전히 의사quasi 자서전적 무신학적 텍스트의 공연이라고 결론낸다.[50] 그리고 프랑스어 dénégation은 영어 denial(부정)로 번역한 것은 부정확하다며, 테일러는 데리다의 입장을 '비부정적 부정적 무신학론non-negative negative atheology' 이라 표현했다. 테일러 예측대로, 데리다는 베닝턴과 공저자로 《할례》 (1993)을 썼고, 데리다의 해체적 글쓰기가 늘 그러하듯, 이 책은 성 아우구스티누스의 《고백론》을 버르집고 들어가 데리다 자신의 할례 경험을 이에 접목하면서, 성 아우구스티누스의 맹목과 거짓 맹서를 지적하는 동시에 자신이 추구하는 타자에 대한 암시이고 고백인데, 확실한 것은 데

---

50 Mark Taylor, 'Non-Negative Negative Atheology' in *Deconstruction: Critical Concepts in Literary and cultural Studies*, ed. Jonathan Culler, Vol. III, 242~3.

리다가 찾는 타자, 혹은 G는 수행적performative 차원에서 오는 것Viens이지, 항구적 차원의, 변하지 않는 신이 아니라, '유한한 신'으로, 이는 '예측 불가능한 사건'(《할례》136)이다. 이 신은 바로 인간, 데리다 자신이 아직 자신에서 찾지 못한 자신 안에 있는 신, 그리고 우리 모두에게 있는 신이기도 하다. 즉 신=인간이다. 이러하다면, 데리다가 찾는 이 '유한한 신'은 19세기 낭만주의자들이 추구했던 그 신과 매우 닮았다. 더욱 파격적인 것은 이 신은 에로스까지를 포함한다.

이러한 데리다의 이중적·복합적·잡종적 입장에 대해 식수는 '데리다는 유대인이지만, 유대인과 프랑스인 사이를 지나간다'[51]고 했다. 식수는 데리다의 정체성을 유대인으로 국한시키는 데 반대한다. 이유는 데리다가 지나치게 높은 가격을 요구하며 진행되는 나선형 맴돌기의 함정에 빠질 사람이 아니기 때문이다.[52] 즉 데리다는 단순한 부정은 여전히 폐쇄회로의 이원 구조 안에 들어가 그 폐쇄회로 안에서 무한 맴돌기, '자기원인causa sui'이고, 이것으로 인해 지불해야 할 대가는 거세와 죽음이기에 이를 피해간다는 뜻이다.

차연의 a라는 철자가 있는 장소 이름은 신학적 존재론적 혹은 인류학적 순간이나 시간에 의해 지배받지 않으며, 나이도 역사도 없는 것이며 모든 이원 구조보다 더 오래 되었으며, 심지어 부정을 통해via negativa '존재 너머'도 천명하지 않는다. 경험이지만 그럼에도 불구하고 추상적 추측인 역사적 계시 혹은 인류신학적 경험의 모든 과정에 대해서 절대적으로 잡종적이다. 이것은 (기성) 종교 안으로 결코 들어오지 않으며, 신성한 것, 죄罪 사

---

51   Cixous, 114.
52   위의 책, 83.

함, 인간화, 신학화, 문화화, 역사화 되는 것을 결코 허락하지 않으며, 성자나 신성한 자에게도 용인되지 않으며, 보증되는 것도 허락하지 않는다. …
a의 장소는 이 모든 것에 저항할 것이며, 무한대의 저항의 장소 그 자체이며, 무한하게 동요되지 채 남아 있는 것: 전적으로 다른 것이며 얼굴 없는 것.[53]

'얼굴 없는 것'이란 종교 윤리적으로 많은 공명을 하지만, 추구방식과 전략에 대해 데리다가 혹독하게 비판했던 레비나스의 '얼굴의 철학'을 빗대어 하는 말이다 《글쓰기와 차이》4장). 식수가 여기서 지적하는 차연의 a는 미래 차연의 a이다. 데리다가 강조하는 것은 이 미래 a를 위해 지금 여기의 차연의 a, 쭉정이 기표를 통해 가야 한다는 것이다. 쭉정이라고 기피하거나 버리면 레비나스, 아르토, 주네처럼 최악의 폭력으로 간다는 사실을 반복해서 강조했다. 이런 이유로 데리다는 철저하게 이중적 포석을 한다. 인용 마지막에 '얼굴도 나이도 없는 어린 아기'는 데리다의 글쓰기다. 미래를 위해 '괴물스러운 아기가 지금 막 잉태하고 있다'《글쓰기와 차이》10장 마지막)라고 데리다가 표현한 것을 식수가 재인용했다.

철자를 부수고 단어를 돌리고 자르고 압축하는 데리다의 '실러블의 춤'을 우리는 읽었고, 각자 나름대로 이해하고 번역했지만, 사실 우리는 데리다를 놓쳐버린다. 그가 홀로 가고 있는 길은 어느 시점에서는 확인도 되지 않고 보이지도 않는다. 그래서 식수는 우리는 데리다를 거의 잃어버렸다고 한다. 박해로 인한 상처는 유대인으로서 받았던 정치적·사회적 상처로만 국한되는 것은 아니다. 서구 인문학의 대체계와 구조에 대한 저항으로 인한 박해와 소외, 차연에 의해 폭력적으로 잘려나간 자신

---

53 위의 책, 26~7. 61. 80, 83, 87.

의 고유 목소리, 유대인이지만 모국어는 잘려나간 채 프랑스어를 사용해야 하는 이방인으로서 정신적·생물적 주소지 상실에 따른 디아스포라, 이에 따라 그의 글쓰기 또한 끊임없이 이동해야만 했던 데리다가 결국에는 코라Khöra,[54] 혹은 공空으로 가고 있는지도 모른다. 이 도중에 있는 데리다가 유대 밀교의 글자에 대한 믿음을 자신의 해체 전략의 핵으로 사용하면서, 헬레니즘과 갖는 관계는 움직일 수 없는 것이다.

데리다는 지극히 유아론적이며 낭만적인 꿈을, 우리 모두가 입을 모아 '주체와 작가의 죽음'을 합창하는 포스트구조주의 인식론이 지배하는 한 가운데서, 거의 시대착오적인 꿈을 드러낸다. 시대착오적이라는 말은 그만큼 데리다의 해체가 급진적인 동시에 불가능한 꿈을 꾸고 있기 때문이다. 즉 자신만의 독특한 글쓰기로 자신만의 독특함인 동시에 도래하는 타자를 찾아내려는, 거의 불가능하고 과도한 욕망 혹은 광기를 여과 없이 노정시켰다. 자신만의 실존적 그리고 자서전적 경험, 그러나 동시에 과거의 철학과 문학, 그리고 헬레니즘과 헤브라이즘의 전통을 오롯이 기억하고 간직하면서 포월하는 글쓰기로 드러나는 자신만의 특이함인 동시에 미래 형이상학이다. 이를 찾기 위해서는 미래가 숨어 있는 지금, 그리고 여기의 글자와 현장에 천착하는 글쓰기를 해야 한다고 데리다는 반복, 강조한다. 이토록 파격적이고 잡종적인 데리다의 사유를 서구 인문학 양대 전통의 어느 한쪽으로만 정리, 연결시키려는 것은 무리다.

54　코라에 대해서는 Ofrat, 57, 65~67. 많은 철학자들이 이미 사유의 대상으로 삼은 것이며, 이를 설명하는 말은 다양하다. 결국 인간의 인지로 알 수 없지만, 모든 것이 생성 소멸되는 제1의 원인, 신, 장소나 보조자 없는 존재, 하나One로 정의되기도 했다. 또한 선한 빛(앎)과 검은 빛(무지)을 방출하는 곳으로도 설명되었다.

2장

철학의 문학화

철학의 문학화는 플라톤과 아리스토텔레스에서도 존재했고, 그 이후 철학의 위기 때마다 철학은 스스로 알게 모르게 문학에 기대었다. 철학의 문학화는 특히 독일 '예나 낭만주의'에서 크게 대두되었다. 철학의 위기는 처음에는 과학의 발달로 야기되었으나, 철학 안에서도 꾸준히 진행되고 있었다. 철학의 세속화 혹은 위기는 철학의 본령인 진리, 본질, 존재, 물자체에 대한 탐구가 불가능하다는 사실이 확연하게 드러나게 되면서 가속화된다. 구체적으로는 데카르트의 '인식론적 전회', 칸트와 헤겔의 '선험적 전회', 비트켄슈타인의 '언어적 전회'가 기폭제가 되어오다가, 급기야 데리다의 '해체적 전회'에 이르면, 서구 전통 형이상학을 추구할 수 있는 전제와 기반은 복구가 불가능할 정도로 흔들리게 된다. 더구나 비트켄슈타인이 철학의 탐구 대상은 진리도 물자체도 논리도 아닌, '삶의 형식'임을 적시하고, 여기에 데리다가 이원 구조의 허구성을 철저하게 드러냄으로써, 철학의 문학화는 더욱 파격적으로 진행된다.

서구 철학사는 두 가지 아이러니의 연속이었다. 첫 번째 아이러니는 철학은 늘 문학의 우위에 있다고 주장해왔는데, 전혀 그렇지 않다는 것이다. 두 번째 아이러니는 철학의 원과제인 진리, 정신, 존재에 대한 탐구에 정비례해, 형이상학의 위기가 노정되면서, 서구 철학이 경험주의로 가속화되는 결과를 가져왔다는 사실이다.

플라톤은 《공화국》에서 이상理想국가와 젊은 지도자들을 위해 시인과 시는 추방되어야 한다고 주장했다. 이것이 실현되었다면, 아마도 그리스는 이상異狀국가로 화했을 것이다. 플라톤의 이유는 문학(허구)은 이성을 마비시킨다는 것이다. 그는 수학적 체계와 수학 언어는 기하학과 함께, 보통 언어나 허구가 지닌 한계로부터 자유롭다고 생각했다. 이러한 생각은 베이컨과 데카르트를 거쳐, 20세기 초반 논리실증주의자 프레게 그리고 후설에까지 지속되었다. 이런 이유로 화이트헤드는 '서구 철학은 플라톤 철학의 긴긴 주석에 불과하다'고 말했다. 데리다 해체는 긴 주석의 또 하나의 주석이 되지 않기 위한 필사적 모험이자 전략이다.

시 낭송자이자 연극배우였던 아이온에게 가한 플라톤의 비판은 문학 전공자들과 극 연기자에게는 모독에 가깝다. 플라톤은 아이온에게 배우가 영감에 의해 신기에 버금가는 연기를 하여 관중들을 감동시킨다면, 그것은 배우 개인의 능력이 아니라, 낭송자나 시인은 신기를 매개하는 수동적 매개체에 불과하며, 그렇지 않고, 기술craft·techne이라면, 기술은 허구처럼 진리로부터 두 번씩이나 동떨어진 것이라, 가치 없는 것을 소유한 사람이라는 것이다.

그러나 플라톤은 호머를 좋아했고,[1] 자신의 논지를 강화할 때마다, 호머의 《일리아드》와 《오디세우스》를 인용했다. 플라톤의 동굴 역시 허구다. 진리라는 태양을 보지 못한 채, 미망 속에 갇혀 사는 우리들의 일반적 삶을 동굴 안에 갇힌 것으로 비유했는데, 이는 알레고리, 허구, 그러니까 문학이다. 따라서 플라톤이 그토록 중시해 시인을 추방해야 한다고 한 그의 이상이었던 이상국가와 그의 이데아 역시 알레고리와 허구로 문학

---

1   Hazard Adams, ed., 26.

에 의지해야 했다.

문학과 드라마를 그토록 타매한 플라톤이지만, 후에 가서는 서술문학(소설)은 젊은이들의 교육에 도움이 된다고 했다. 그는 문학의 모방방식을 서술telling·diagesis과 모방showing·mimesis으로 분류하고, 여전히 추방해야 할 문학은 모방(극)이라 했다(《공화국》III). 그런데 플라톤이 모방문학은 젊은이들의 이성을 마비시키고, 철학의 지향점인 근본, 존재, 진리를 추구하는 데 방해가 된다고 하면서, 이러한 모방시학을 철학의 노래로 침묵시켜야 한다고 했는데, 철학의 노래란 바로 시詩다.[2] 플라톤은 문학, 즉 수사와 은유의 문학이 지대한 힘을 가지고 있음을 명확하게 알고 있었다. 그래서 그는 문학을 그의 산파술과 함께, 자신의 이데아 철학을 위한 전략의 일부로 사용했다. 그가 철학이 문학(허구) 위에 있다고 주장한 근원, 실체, 로고스, 진리, 이데아 그리고 이상국가는 끝내 논리, 수학, 혹은 체계로도 증명할 수 없었다. 증명할 수 없는 것(허구)들을 위해 플라톤은 문학(허구)를 희생시켰다. 그가 추구했던 이데아(진리)는 진리와 허구라는 이원 구조에 바탕한 진리이기에 여전히 허구다. 따라서 동굴 밖에 있다고 그가 주장한 진리는 사실은 동굴 안에서의 만들어진 허구의 밖과 안에서 밖에 해당하는 것이었다.

서구 현대 철학의 토대를 마련했다는 데카르트는 플라톤보다 더 엄혹하게 철학적 담론을 구축해야겠다는 생각에서 철학에서 역사성과 문학적 요소를 철저하게 제거하고자 했다. 그러나 데카르트의 철학은 플라톤 철학에 전적으로 빚져 있다. 데카르트가 자신의 방법적 회의의 지향점을 설명하면서, 자신이 하고자 하는 일은 플라톤 동굴에 창문과 문을 내는

---

2 Cascardi, ed., 38.

일이라 했다.[3] 이 역시 허구이자 비유다.

데카르트는 명증한 확실성을 얻기 위해 모든 것을 의심해야 한다고 선언한다. 인식의 최기저의 근원a primis fundamentis에 도달하기 위해서였다. 이를 위해 〈제1 성찰〉에서 감각을 통해 전달되는 모든 것을 의심하고 부인할 것을 주장한다. 그러나 모든 것을 의심에서 제외시킨다. 예를 들면, 인식체계를 교란하는 광기를 포함시켜야 한다고 주장하지만, 이를 꿈으로 대체해버린다. 꿈과 광기는 전적으로 다른 것이다. 광기를 꿈으로 대체시킨 데카르트의 이유는 꿈과 환상은 진리 구조 안에서 극복되지만, 광기는 그렇지 못하기 때문이라는 것이었다. 그 이유는 광기를 의지의 결핍으로, 오로지 자연적 현상만을 숭배하는 죄(비기독교인들의 죄)로 간주, 기독교인인 데카르트에게는 탐색의 대상이 아니기 때문에 제외시키기 때문이다. 데카르트는 주체subject는 신에 종속subject되는 한, 모든 회의주의나 광기로부터 면제될 수 있다는 것이다. 기독교인이 아닌 죄인들이 지니게 되는 광기는 더 이상의 궁구가 필요치 않다는 것 외에도, 광기를 배제시킨 또 다른 이유는 데카르트는 독자들이 그 영역(광기)까지 추적할 용기가 없음을 영악하게 잘 파악하고 있었고, 그 자신도 거기까지 추적하고 싶은 의지나 용기가 없었기 때문이었다. 대중들의 심리를 데카르트도 그대로 답습한다se faire l'echo(《글쓰기와 차이》79/50). 다 부정하고 다 의심할 수 있지만, 의심할 수 없는 것, 수학 혹은 기하학의 간단한 개념들로, 이것들은 다른 것으로 환원되지 않는 핵le noyau inréductible이라고 데카르트는 확신한다. 따라서 모든 것을 의심하지만, 이것은 의심에서 제외시킨다. 그러나 핵이 의심에서 제외되는 과정과 논리적 이유는 완전히 빠져 있다. 이는 독단적 결정이다.

---

3 위의 책, 47.

〈제2 성찰〉에서는 데카르트는 천재 악마Malin Génie라는 허구를 삽입하면서 광기를 배제시킨다. 그리고 천재 악마가 교란할 수 없는 것만 남겨둔다. 그것들은 단순한 수학공식이나, 사각형의 변, 그리고 색이다. 이 결과 데카르트는 거의 상식 수준에서 그의 의심을 축소해버린다(《글쓰기와 차이》76/49). 문제는 색, 수학적·기하학적인 것, 그리고 단순한 개념들이 어떻게 지적인 것인가에 대한 체계적 성찰 과정이 데카르트의 성찰에는 없다. 건널 수 없는 곳을 건너뛴 것이다. 이는 자연적 대상에 대한 의심을 그만두고, '천재 악마'라는 허구를 삽입한 것은 그의 논의를 형이상학으로 옮기기 위한 '미끼amorce'(《글쓰기와 차이》86/56)였다. 고유명사를 보통명사화 하는 것이 데리다 언어유희 중 한 가지(이 책 118)인데, Descartes에는 des cartes(카드)라는 보통명사가 들어가 있고, 이는 데카르트가 자신의 철학을 주장하기 위해 카드놀이에 능숙한 도박사였음을 함의한다는 것이다. 즉 데카르트는 카드놀이처럼 지극히 제한적(폐쇄적)이고 구체적(유한적)인 것, 즉 수학 혹은 기하학의 개념을 걸고, 무한한 신의 존재에 내기를 건 도박사라는 뜻이다. 신의 존재와 주체의 존재를 허구를 근거해서 따내었다면, 신과 주체의 존재도 허구일 수밖에 없다는 것이 데리다의 지적이다.

데카르트를 혹독하게 비판한 파스칼은 데카르트의 성찰은 주체의 존재를 위한 논쟁이나, 존재학이 아니라 신의 존재를 증명하는 논쟁이라고 혹평했다. 데카르트가 부인할 수 없다고 말한 수학공식은 신의 존재를 입증하기 위한 것이 되지 못한다. 수학공식 역시 폐쇄된 카드놀이와 그 성질이 다르지 않기 때문이다. 데카르트의 과장적 회의와 의심은 프랑크푸르트가 지적한 대로 필요한 것도 합리적인 것도 아니었다.[4] 모든 것을

---

4 Hooker, ed., 99.

다 의심하자고 했지만, 데카르트는 신의 존재와 이원 구조는 의심하지 않았다. 또한 정신과 육체라는 이분법을 해결할 방법을 끝내 찾지 못하자, 육체와 정신은 사람의 신체 안에 있는 송과선松科腺에서 만난다고 했다. 이는 우화 수준의 이야기(허구)다. 데카르트의 방법적 성찰은 중세 스콜라철학이 지니고 있었던 '자기원인'의 폐쇄성을 오롯이 반복한 것이다. 데카르트의 이러한 이원 구조는 겔링크스, 그리고 말르브랑슈의 기회(원)인론occasionalism으로 강화되었는데, 이러한 이원 구조는 20세기 구조주의, 현상학, 존재론, 실존주의, 신비평에서도 강고하게 유지되었다(《글쓰기와 차이》4장).

버클리는 '물체의 존재란 지각되는 것esse est percipi'이라 주장하며, 제1 성질과 제2 성질이라는 이분법은 성립되지 않는다고 주장했으나, 신의 존재에 대해서는 인정을 했다. 서구의 형이상학에 치명타를 날린 사람은 흄이다. 그는 인과율에 의한 객관성은 존재하지 않으며, 인과율이라고 우리가 믿는 것은 오랜 관습의 효과[5]라 했다. 흄은 상상력과 자연이 내린 본능, 그리고 열정을 중시했으며(114), 이 사실을 간과한 철학자는 지극히 평범한 사람에 불과하다고 했다(16). 흄은 '정신이란 매우 빠른 속도로 순차적으로 계기契機하는 지각들의 다발a bundle of perception'에 불과하다고 말하며, 정신은 실체가 없다는 것이다. 흄은 이분법과 함께 정신이 존재한다는 사실도 부인한다. 칸트는 흄의 이러한 인식론적, 혹은 독단적 회의주의를 막아내기 위해, 이성을 어떻게 올바르게 사용해야 하는가에 대한 비판과 함께, 최소한 경험세계에 관한 인식만큼은 선험적 통각統覺·a priori apperception 작용에 의한 인과율에 기초한 객관적 인식이 가능하다는 것을 주장했다. 이때 통일성에 근거한 객관적 인식이란 대상 그 자체

---

5 Hume, 57~8. 이 문단에서 책명 없는 괄호 안 숫자는 이 책의 쪽수.

에 대한 인식을 의미하는 것이 아니라, 우리가 이렇게 저렇게 판단한 것을 네 개의 범주를 통해 구성한 것임을 칸트는 적시했다. 칸트가 지적한 이러한 한계는 우리가 대상의 실체 자체를 꿰뚫는 것이 아니라, 이미 오성작용에 의해 만들어진 허구라는 뜻이다. 즉 경험세계에 속한 대상이라도 그 대상 그 자체를 그대로 인식하는 것은 아니라는 것이다. 이를 '코페르니쿠스적 전회' 혹은 '선험적 전회'라고 한다.

칸트는 초감성계 혹은 물자체Numena·Thing-in-itself에 대한 탐구가 보다 견고하게 진행되기 위해서는 여기 지금의 시공간의 경험세계를 발판으로 출발해야 하며, 동시에 이성이 할 수 있는 일과 할 수 없는 일을 명시해야 한다고 주장했다. 칸트는 오성이 경험세계에 관한 우리의 인식과 의식에서 선험적 형식을 구성하지만, 경험세계가 아닌 초감성계 혹은 물자체에 대해서는 아무런 기능을 할 수가 없다고 했다. 그러나 사람들은 오성을 경험세계에 사용하듯, 이성을 물자체에 사용하는 오류로 선험적 가상假象 Schein이 만들어졌고, 그것은 바로 영혼, 세계, 신에 관한 이념Idee 으로 간주했다고 지적했다. 칸트는 이를 '선험적 오류추리transzendentaler Paralogismus'라 했다. 이렇듯 형이상학을 추구하는 과정에서 이성을 오성 사용하듯 한 것이 잘못임을 지적하는 것이 칸트의 변증법[6]이다. 이는 헤겔의 변증법과는 사뭇 다른 의미다.

이성이 할 수 있는 일, 혹은 할 수 없는 일을 규명한 결과, 칸트는 이분법을 만들었다. 초감성계, 누메나, 순수이성 vs 현상적 세계, 감성계, 실천이성으로. 그리고 서로 대조되는 두 세계가 연결될 수 있다고 믿었지만, 끝내 증명해 내지 못했다. 다만 후자가 있기 때문에, 전자가 반드시 있을

---

6 칸트에게는 변증법적dialectic이란 헤겔의 변증법의 의미와 달리 오류를 드러내는 과정을 뜻한다. 이는 제논이 대화dialectic를 통해 상대의 잘못을 드러내는 것에 그 연원이 있다. 그러나 헤겔에게 dialectics는 인식과 존재 발전의 논리가 된다. 동일한 단어지만 다른 뜻이 있다.

것이라는 그의 신념과 신앙을 견지했을 뿐이었다. 결국 칸트는 이 두 세계를 잇는 일을 미美에 맡긴다(《판단력 비판》1790). 이는 철학이 스스로 자임한 원대한 역할을 포기하면서, 형이상학 가능성을 위축시킨 것이다. 또한 칸트는 철학은 문학이 되지 않아야 한다고 여러 번 천명하지만, 자신의 철학이 문학이 되고 있다는 사실을 잘 알고 있었고, 특히 자신이 사용한 표상Darstellung이 문학 용어임을 알고, 이 용어를 사용했다가 지우기를 반복했다.[7] 결국 칸트의 선험적 혹은 초월적 이상주의 추구는 경험 세계에 속한 '사실주의의 형식'으로 귀착된다.[8] 칸트는 순수이성에 의한 물자체, 초감성계, 신에 대한 논증을《순수이성비판》에서 했는데, 이 저서는 1781년, 그리고 1787년에 각기 다른 버전으로 출간되었고, 이 결과 순수이성을 통한 물자체에 관한 그의 논의는 서로 다를 뿐만 아니라, 매우 모호하고 불투명하다는 것이 일반적인 평이다.

칸트가 흄의 회의주의를 막아내려고 했듯이, 헤겔은 칸트가 너무 소극적이기 때문에 형이상학의 가능성을 위축시켰다고 생각하는 한편 칸트가 말한 경험세계에서 사용되는 이율배반antinomy이라는 오류를 대담하게 초감성계에 사용하면서 절대정신의 이상주의 철학이 가능한 과정으로 사용했다. 자신이 고용한 불충한 하녀를 해고할지 말지를 두고 10년을 고심했을 만큼, 소심했고 양심적이었던 칸트와는 달리, 매우 극적이고 대담한 삶[9]을 살았던 헤겔은 철학함에도 그러했다.

칸트의 선험철학이 너무나 소극적이라고 간주한 헤겔은 칸트의 순수이성으로는 논증할 수 없었던 형이상학을 세 가지를 통해 가능하다고 주

---

7 Derrida, *Ethics, Institutions, and the Right to Philosophy*, 6.

8 Scruton, 147.

9 Shaffer, 90.

창했다. 헤겔은 실천이성을 순수이성 우위에 두고, 개념과 논리는 자연, 인간의 존재, 의식, 역사, 시간, 지식, 경험, 윤리 이 모두를 품을 수 있을 뿐만 아니라, 변증법의 역의 논리(칸트의 이율배반)를 순수절대정신, 혹은 신으로 이끌 수 있다고 역설했다. 절대자, 즉 신은 인간이라는 대리인을 통해 신의 절대정신을 점진적으로 실현시키기 때문이라는 것이다. 그러므로 실천을 통해 이성에 대한 절대복종은 필수라고 말한 점에서는 칸트와 동일하지만, 이성은 가장 순수하지만, 동시에 '현실적이고, 이러한 현실적인 이성의 간계List der Vernunff'[10]가 논리와 개념에까지 스며들어 조종한다고 주장한다는 점에서 칸트와 다르다.

헤겔은 셸링이 무한자와 유한자를 대립시키고 자아와 비자아, 무한과 유한을 대립시킨 것을 부정하고, 비자아인 유한을 악무한惡無限으로 분류했다. 가짜 무한이라는 말이다. 그러나 폐쇄된 동일한 이원 구조 안에서 만들어진 것이기 때문에 무한 역시 가짜 무한이다. 그런데 이 가짜 무한을 사르트르는 무無라 칭했다. 데리다는 무한자 유한자 모두를 공空, 무無, 환幻이라 했다. 가짜 무한과 악무한과 그 외 일체를 포함하는 것을 헤겔은 진무한眞無限, 또는 사르트르의 존재라 명명하였는데, 이는 진무한 속성인 절대정신이고, 헤겔이 믿는 신으로, 이 신은 대리인인 인간의 실천 행위를 통해 변증법을 무한대로 거치면, 혹은 정에서 반을 무한대로 제거하는 과정에서, 역사歷史에서 역사役事한다고 했다. 헤겔의 믿음과 통

---

10 우리말 '간계'는 전적으로 부정적인 말이지만, 서구인들은 이중적으로 쓴다. 헤겔이 의도한 긍정적 의미는 인간이 모르는 상태에서, 이성(신)은 인간을 보다 정신적인 존재로 변화시키기 위해 개입, 인도한다는 의미다. '간계'란 현실 싸움에서 이기기 위한 전략을 뜻하기도 한다. 조이스 역시 자신의 예술가로서의 이상을 실현시키는 전략의 하나로 'cunning'이라는 말을 사용했다. 서구에서는 순진하다는 말을 부정적으로 쓰는 경향이 있다. 동시에 서구인들은 아주 교묘하게 자신의 이익을 챙기거나, 나쁜 일을 도모하는 것을 두고도 cunning 이라는 말을 사용한다.

찰은 기독교의 믿음이고 통찰이다. 또한 헤겔은 셸링과는 달리 직감이나 영감을 통한 미적 경험이 아니라, 절대정신 혹은 절대자를 깨닫는 것은 개념과 논리를 통해야 한다고 주장했다:

> 이성의 변증법에 관한 깊은 통찰은 … 모든 개념은 서로 반대되는 전상展相·계기Potenz·ment를 통해 유무성有無成·Sein이 정신적인 것으로 발전하면서 구성하는 통일체이며, 이것은 이율배반antinomie의 형태에서 언명된다는 사실을 우리에게 보여준다.[11]

변증법이란 정과 반에서 반이라는 모순은 합에서 종합·통일된다는 것이다. 부정이 연속적으로 무한대로 발생하지만, 이 부정은 무엇을 없게 하는 것이 아니라, 오히려, 고차원의 긍정으로 화한다는 것이다. 독일어로는 Aufhebung은 지양止揚, 양기楊棄 등으로 번역된다. 개념과 논리는 칸트에게는 오로지 경험세계에 국한된 선험적 형식에 불과했지만, 헤겔에게는 경험세계는 물론 역사와 무한, 시간, 존재, 언어에까지 투여되어, 이 모두를 품고 지양하며 궁극에는 절대자 신을 알 수 있는 가능성을 지닌 '만능의 개념 기계'가 된다. 바로 이런 이유로 헤겔 철학을 범논리주의Panlogismus라 칭한다. 그러나 이는 헤겔 스스로 인지한 대로, '형식적 경험주의'이다. 헤겔 자신도 순수 정신을 위한 자신의 사변 철학이 경험주의라는 것을 확실하게 인지했고 절대정신 역시 환幻임을 알고 있었다 《글쓰기와 차이》 204/139). 그러나 이 사실을 억압했고, 사변적 철학 탐구 도중에 망각했다. '경험주의란 단어가 존재한다는 사실을 망각하는 것이

---

11   Scruton, 172.

다.'[12] 결국 서구 철학사의 이 두 거인, 칸트와 헤겔은 자신들의 의도와는 반대로 경험주의를 가속화시켰다. 두 사람 모두 이 사실을 자명하게 인지하고 있었으나, 종교적·윤리적·정치적 필요성 때문에 이를 억압했다.

헤겔의 전제와 논리, 그리고 이성 만능주의를 데리다는 속임수라고 비판했다. 전통적으로 전제인 개념 혹은 논리는 경험세계에서 증명되기 전까지는 고정되어 있고, 내용이 없는 형식으로 추상일 뿐만 아니라, 개념과 논리가 일직선적 개념의 통속적 시간을 따른다는 것도 이해하기 어려운 가설이라는 것이다. 그러나 시간과 공간은 경험적 세계에 속하는 동시에 무한하기 때문에 비경험적 세계에 속하는 것으로 간주되어, 경험적 세계와 비경험적 세계를 이으려는 모든 철학자들에게 가장 유혹적이지만, 동시에 가장 문제가 많은 개념이다.

바로 이런 이유로 서구 형이상학에서 늘 문제가 되었던 시간에 대해 데리다는 〈존재와 그람므gramme〉(《여백들》)에서 논의하고 있다. 시간은 이미 아리스토텔레스의 《물리학》과 《자연학》에서 형이상학과 존재론을 가능하기 위해 사용되었다. 아리스토텔레스는 시간에 대해 이중적인 말을 했다고 데리다는 적시한다. 한편으로 시간은 존재에 관여한다고 했다가, 또 다른 한편으로는 존재에 관여하지 않는다고 했다는 것이다(《여백들》71/61). 점과 선은 기하학에 속하는 것이고, 이것은 시간의 그람므, 즉 문법과 기표, 혹은 개념이다. 이러한 사실을 아리스토텔레스, 칸트, 헤겔, 하이데거도 다 알고 있었지만, 역의 논리(정반합)로 해결될 수 없는, 시간도 아니고 동시에 시간이기도 한, 시간의 비결정성, 즉 아포리아를 감추어버렸다는 것이다. 이렇게 억압하고 감추는 공모가 서구 철학사에 있었던 배경은 기독교다. 즉 낙원으로부터 타락이 있었을 때(신화), 시간은 생

12 Llewelyn, 154~5.

겨났으나, 이 시간의 움직임을 통해 존재 혹은 절대정신(낙원)으로 다시 되돌아갈 수 있다는 믿음을 증거 하기 위해서다. 절대정신이 나타나는 순간, 세속의 시간은 사라진다는 것이다. 이것이 신복음주의의 핵이기도 하다. 그러나 시간에 대한 이러한 믿음을 두고 데리다는 '신용 만기의 윤리 신학적 궤도'(《여백들》50/45)라 비판했다.

전통 철학자들이 풀지 못한 이러한 혼란을 '통속적·종교적 아포리아'라고 데리다는 비판한다. 통속적인 이유는 이러한 일직선적인 시간은 일상적인 상식에 준한 것이기 때문이고, 종교적이라고 하는 이유는 낙원 → 타락 → 다시 낙원이라는 기독교의 시간표와 프로그램에 준해 생긴 아포리아이기 때문이다.《존재와 시간》에서 하이데거는 떨어질 때(타락) 실존과 함께 생겨난 시간성, 혹은 비권위적인 '속된' 시간이 존재로 나가갈 수 있는가라는 질문을 했고, 이 질문을 그대로 밀고 나갔다면, 하이데거는 서구 형이상학 전통이 지니고 있었던 한계를 피해, 새로운 지평을 열 수도 있었지만, 대신 하이데거는 종전의 틀로 되돌아가버렸다는 것이 데리다의 평가다(《여백들》74/64).

이렇듯 서구 철학이 위기에 처했을 때 서구 현대문학이 잉태되었다.[13] 서구 철학이 신, 존재 등과 같은 거대 주제를 추스르는 능력이 없음이 드러났을 때, 철학의 문학화는 피할 수 없었다. 지금 우리가 목격하고 있는 철학의 문학화 역시 동일한 이유다. 데리다가 문학적인 글쓰기를 한 이유를 '문학에서는 그 어떤 질문도 할 수 있'기 때문이다. 스트레이트 재킷 같은 개념으로 진행되는 철학 담론 안에서는 고유한 사유는 질식할 수밖에 없다. 이런 이유로 개념과 논리, 그리고 이성을 만능으로 간주한 헤겔과 대척점을 이루고 있는 니체는 철학적 탐구는 칸트가 말하는 '목적 없

---

13   Szafranice, 16.

는 합목적성'이나 관념과 논리에 의한 절대정신이 아니라, 최소한 이원 구조와 개념으로부터 해방된 공空을 위한 것이어야 하며, 질척하고 복잡다기한 삶 자체, 즉 생生을 위한 것임을 주장했다.

데리다에 따르면 '니체는 자신의 이름으로 철학을 한 최초의 사람'이다. 니체는 '개념을 따르는 것은 정직성의 결여'로 보았다. 데리다 역시 자신은 '위선 속에 살지 않기 위해, 글쓰기를 한다'고 했다. 개념을 피하는 방법과 전략은 새롭고도 고유한 문체, 새로운 장르, 즉 철학과 문학, 혹은 철학과 예술의 혼합, 그리고 자신만의 독특한 톤의 개발이다. 토마스 만이 지적했듯이, 니체는 '독일 산문에 감수성, 예술적 경쾌함, 아름다움, 날카로움, 음악, 리듬, 정열을 부여했다. 그때까지는 전대미문의 사건이었다.' 또한 하인트 슐라퍼는 니체의 문체를 두고, '비극적인 문체, 위기의 문체, 혼종적이고 궁극적인 문체와 아포리즘를 구사'했고, '천천히 읽기를 가르치면서 니체는 나태한 사람들을 일깨웠다'[14]고 평가했다. 데리다는 자신의 '해체는 천천히 진행되어야 한다'는 사실을 반복적으로 강조했다. 그래서 '달팽이처럼 느린 본인의 논의에 독자들은 용서해줄까'하고 묻기도 하고, 자신의 '해체는 대형 강의에는 맞지 않는다'고도 했다.

데리다의 니체 읽기는 바로 무한대로 이어지는 재해석과 유희를 통해 전체화에 대한 저항으로 압축된다. 니체가 의도한, 무한정 이어지는 반복, 재해석, 유희는 구조주의자들이나 신비평가들에 의해 주창되었던 '예술을 위한 예술', 유미주의 혹은 심미주의, 혹은 순수미학주의, 그리고 구조주의자들이 폐쇄된 구조 안에서 펼치는 무한 유희와는 파격적으로 다르다. 이는 '미학화'이며 '몽매주의적 해석학'이어서 형이상학적 틀 안에

---

14   변학수 옮김, 12, 26, 122.

서 절대 진리 혹은 정신을 추구하는 것만큼이나 바람직하지 않다고 평가하면서, 데리다는 20세기 형식주의자들이 작품 안에서 드러난다고 믿었던 순수한 미의 극치의 현현을 '순수 문학의 죽은 꽃'에 비유했다.

데리다는 니체의 글쓰기에서 전체화는 보이지 않는다고 했으며, 파편적인 심지어 경구적인 전체화도 없다는 것이다. 대신 니체의 글쓰기 혹은 텍스트에는 '영원히 분리되고 혹은 접혀지고 다시 접혀지는 것으로 권력에 대한 차이적 의지만이 보일 뿐'[15]이라고 했다. 이러한 무한 긍정과 자유를 예시하는 우렁찬 웃음과 빛은 안돈하게 우리들을 보호해준다고 생각했던, 이원 구조 위에 지어진 건축물, 즉 전통 서구 철학의 대체계를 날려버린다.

니체 스스로 그의 글은 다이너마이트로 피와 망치로 쓰였으며, 그의 광시적인 문체Rosenberg Style는 제도권 속에 있는 철학 교수들을 위해 쓴 글이 아니라고 했다. 1888년 니체는 교수들이 아니라, '비엔나, 스톡홀름, 코펜하겐, 파리, 그리고 뉴욕에 있는 작가들이 이미 자신을 발견했다'[16]고 말했다. 그리고 이 작가들은 '문학에 의해 주도되는 사람들이며, 어떤 비용을 치르더라도 표현의 열광적 애호자'[17]라 했다. 데리다 역시 많은 철학과 교수들로부터는 냉대를 받았지만, 영미 유수 대학의 문학과 교수들로부터는 열띤 환대를 받으며 데리다에 관한 연구가 문학전공자들에게 의해 더 활발하게 이루어지는 이유가 여기에 있다. 니체는 개념을 미라로 간주했고, 살아 있는 사유를 위해 유동적 글쓰기와 문체의 중요성, 아이러니와 섬세한 뉘앙스를 가진 문학적 글쓰기가 사유에 매우 중요하

15   Derrida, *Spurs*. 133, 135, 144.
16   Nietzsche, *The Portable Nietzsche*. 262.
17   위의 책. 197.

다는 사실을 강조했다. 체계에로의 굴종을 거부하기 위한 니체의 글쓰기는 블랑쇼가 지적했듯이, 파편적·잡종적 글쓰기였고, 이것은 데리다 글쓰기의 특징이기도 하다. 이원 구조라는 두 개의 기차 레일 위를 굴러가듯 매끄러운 글은 지루하고 어쩐지 단조롭고, 할 말만 하고, 말하지 않아야 하는 말은 절대 하지 않는, 창백한 모범생처럼 냉정하고 공소하다는 느낌을 주면서, 뒤로 물러나고, 대신 자신의 스타일이 드러나는 글쓰기가 주도하게 된 것이다. 대기에 있는 그 무언가가, 꼭 집어 이름할 수 없는 그 무언가가 바뀐 것이다.

4. 하이데거, 사르트르, 데리다

(1) 하이데거의 존재론과 시詩

하이데거는 철학의 세속화에 따른 철학의 문학화를 논하는 데서 반드시 언급되어야 하는 매우 중요한 철학자다. 하이데거는 칸트가 말한 주체는 텅 빈 개념이며, 실존적이며 존재론적 요소가 빠졌다고 평가했다. 그래서 하이데거는 주체는 현존재, 즉 세상에 내던져진 실존적 주체, 혹은 현존재Dasein·beings이어야 하며,[18] 실존에 근거한 존재Sein·Being를 찾아야 한다고 했다.

그런데 데리다는 하이데거를 두고 데리다 자신에게 한 말과 똑 같은 말을 했다: '하이데거는 두 개의 텍스트, 두 개의 손, 두 개의 비전을 가지고, 그리고 두 가지를 경청했으며, 이 두 개를 동시적으로 그리고 따로 따

---

18 Heidegger, *On Time and Being*, 178.

로 썼다.'[19] 그렇다면 하이데거와 데리다 자신이 같은 일을 했다는 말인가? 그건 아니다. 그렇다면 하이데거에게 데리다가 데리다 자신에게 한 말과 똑 같은 말을 한 것은 무엇을 뜻한 것인가? 데리다가 하이데거에게 한 말의 속뜻은 하이데거는 이원 구조와 개념으로는 형이상학 추구가 불가능하다는 것을 자명하게 알았지만, 하이데거는 이원 구조를 고수하고 이에 바탕하는 존재를 고수하면서 과거의 형이상학으로 되돌아갔다는 뜻이다. 즉 하이데거는 모순적, 이율배반적, 혹은 이중적인 행위를 했다는 뜻이다. 그런데 데리다의 입장도 철저하게 이중적이다. 즉 언어는 모든 것을 사상시킨다고 하고서는 언어에 미래의 도래 가능성이 있다고 했기 때문이다. 하이데거는 이원 구조가 성립될 수 없음을, 그리고 자신이 말하는 존재가 말할 수 없을 정도로 단순하다는 것, 또한 존재가 힘과의 공모관계에 있다는 사실을 다 알았지만, 여전히 이원 구조에 근거한 전통 형이상학의 틀을 고수했다. 하이데거가 이렇게 한 연유는 헤겔의 절대철학처럼 기독교를 뒷받침하기 위해서이고, 인종우월주의에 그 깊은 비밀이 있다.

그러나 데리다가 위에서 하이데거에 대해 했던 똑같은 말을 자신에게 할 때는 상황은 전혀 다르다. 데리다 해체는 역사성을 드러내야 하기 때문에 폐쇄된 한 개의 텍스트로는 불가능하다. 텍스트가 많을수록 상호텍스성이 증가하게 되어 데리다 해체적 글쓰기의 힘은 이에 정비례하면서 역사적 지평은 더 확장된다. 바로 이런 이유로 데리다의 글에는 수많은 (상호)텍스트들이 동원되며 이것들이 조명되는 이유이다. 최소한 두 개의 텍스트를 읽고 이에 대해 쓴다는 뜻이다. 두 개의 손 중, 하나는 기존의 텍스트를 철저하게 해체하면서, 또 다른 손은 동시에 미래를 위한 사유를 위해 기존의 아포리아에 조명하며 특이한 글쓰기를 한다는 뜻이다.

---

19 Derrida, *Positions*, 65, 52.

《존재와 시간》에서 하이데거는 기독교에서 말하는 타락이 생겼을 때, 즉 존재가 떨어질 때 실존과 함께 생겨난 시간성, 혹은 비권위적 혹은 '속된' 시간이 존재로 나아갈 수 있는가라는 질문을 했고, 이 질문을 밀고 끝까지 나갔다면, 하이데거는 서구 형이상학 전통이 지니고 있었던 한계를 피하고, 새로운 지평을 열 수 있었을 것이다.[20] 그러나 이렇게 하는 대신, 하이데거는 자신의 존재론을 전통적 형이상학의 반열에 두기 위해,《존재와 시간》맨 마지막 부분에서 정신이 실존적·비권위적 삶으로 떨어졌다는 헤겔의 말에 반대하면서, 정신은 떨어지지 않았고, 다만 실존적·비권위적 삶이 태고의 고유성으로부터 떨어지면서 시간이 생겼다고 주장하였다.

언뜻 보면, 하이데거의 존재론은 파격적으로 세속화로 나아간 듯하다. 왜냐하면, 하이데거는 인간은 후설이 상정하듯 의식하고 의도만 하는 주체가 아니라, 혹은 헤겔이 전제하듯, 오로지 순수 절대정신에 의해 추동된다는 주장과는 달리, '이 세상 안에 있는 존재, 저기 내던져진 존재'인 현존재Dasein가 세계-내-존재In-der-welt-Sein임을 강조했기 때문이다. 그래서 하이데거는 이 세상을 열심히 둘러보아야 한다는 뜻에서 '둘러보기umsicht'를 강조했다. 이런 이유로 하이데거의 사유는 종전의 형이상학과는 달리 삶과 역사성까지를 보듬는 철학으로 각인되어 많은 추종자들을 만들었다. 이뿐만이 아니다. 하이데거는 인간이란 단순히 생각만 하는 것이 아니라, 도구, 예를 들면, 망치를 사용할 때, 이때 이 도구인 망치에 대해 가장 강열하게 사유한다는 것이다. 그래서 하이데거는 심지어 정신과 손을 동등시 했을 만큼, 하이데거가 자신의 철학을 실지의 삶 혹은 실존과 밀착시키려 했다. 그러나 하이데거가 사용한 독일어 손 'Geschlecht'란 말은 손재주의 숙련Geschickt과 동족어로, 이 단어는 데리다가 지적한

---

20 위의 책, 64.

대로, 너무나 다의미라서 번역이 불가능하다. 이 손이라는 단어에는 인종, 족보, 종, 생성, 성性이란 뜻이 포함되어 있음을 데리다는 지적한다. 《기하학 기원》에서 단일 투명 의미를 추구한 후설과는 달리, 하이데거가 복수 모호 의미를 추구한 이유는 하이데거는 개념과 논리는 이제 '신용만기가 된 수표'에 불과하다는 것을 자명하게 인식했기 때문이었다. 그러나 단일 투명 의미를 추구한 후설이나, 손을 중시하면서, 애매모호한 복수 의미를 추구한 하이데거나 그 동기에 있어서는 동일하다는 것이 데리다의 지적이다. 왜냐하면, 둘 다 기원— 하이데거는 존재로, 후설이 경우는 이념으로—으로 되돌아가기 위한 것이기 때문이다. 데리다는 이 사실을 《정신에 관하여》에서 길게 설명한다.[21] 하이데거는 후설과는 달리, '필연적 객관성'을 통해서가 아니라, 언어를 통해 존재로 나아갈 수 있다고 믿었고, 그래서 하이데거는 '언어는 존재의 집'이라 했다. 물론 이때 언어는 독일 시어詩語다. 하이데거의 존재론이 시로 이동한 것은 후설의 본질주의로부터 파격적으로 벗어나, 철저하게 실존적인 것처럼 보인다. 하이데거의 존재론은 칸트의 선험 철학이나 헤겔의 변증법을 통한 절대정신의 사변적 철학에 비하면 겉모습만큼은 파격적으로 세속화·문학화했다.

더구나 하이데거는 후설과는 달리, 존재는 필연적 객관성에 의해서 드러나는 것이 아니라, '논리와 구조는 물자체를 드러내지 않고 오히려 공격한다'[22]고까지 말했다. 하이데거의 이러한 인식은 데리다의 것과 동일한 것이다. 데카르트와 후설, 그리고 논리실증주의자들과 프레게까지 지속되어온 '명증하고 확실한' 사고, 즉 논리와 수학이나 기하학을 통한 개념 대신, 하이데거는 가장 중요한 논의 대목마다 릴케, 횔덜린, 트라클의

21 김보현, 《해체》, 286~313.

22 Heidegger, *Poetry, Language, Thought*, 25.

시를 대폭 인용하고, 존재와 시는 불가분의 관계에 있음을 강조한다. 예를 들면, 하이데거의 존재론의 핵이 되는 '존재', 즉 '있다'가 '선물'과 불가분의 관계에 있음을 증거하는 가장 중요한 순간에, 하이데거는 독일 시에 근거해 언어유희를 했다. 프랑스어 'il y a/there is'는 독일어 방언인 'es hat'와 일치하고, 이는 'it has'로 다시 이 말은 독일어 'es gibt'와 동일한 뜻이므로, 'It gives'가 존재=선물이 된다. 여기 주어 It는 특정 개인이 아니다. 또한 이것은 무엇을 주는 것을 뜻하는 것이 아니라, 주어질 수 없는 존재를 준다는 것이다.[23] 이렇게 이해하기 어려운 말들이 하이데거의 글에서 끊임없이 나타난다. 이럴 때는 존재라는 말을 신으로 대입하면, 즉시 어려움이 해결된다. 이는 칸트와 헤겔을 읽을 때도 마찬가지다. 또 존재가 먼저 있었다는 사실을 주장하기 위해서도 하이데거는 시를 사용한다. 트라클의 〈시편〉과 〈심오한 것에 대해서〉를 인용한 것인데, 트라클의 이 시는 랭보의 시 〈계시〉에서 직접 영향을 받은 것이다. 이 시에서 '있다il y a'로 시작되는 시구[24]를 하이데거 자신의 존재론의 핵이 되는 '존재'(있다)가 먼저 있었다는 사실을 말하기 위해 인용했다. 그리고 이 '존재'는 '선물'과 불가분의 관계에 있음을 시를 통한 언어유희로 했다.[25] 트

---

23 Heidegger, *On Time and Being*, 39~40.

24 It is a light which the wind has extinguished.
It is a jug which a drankard leaves in the afternoon.
It is a vineyard, burdened and black with holes full of spiders.
위 트라클의 시는 아래 랭보 시에서 직접 영향을 받은 것이다.
Au bois il y a un oiseau, son chant vous arrête et vous fait rougir.
Il y a une horloge qui ne sonne pas.
Il y a une fondrière avec un nid de bêtes blanches.
Il y a une cathédrale qui descend et un lac qui monte.

25 하이데거가 말하는 존재(신)는 데카르트가 말한 태양, 빛 ,신, 헤겔이 말한 절대정신, 절대이성이다. 하이데거는 자신이 말하는 존재는 벗기면서 동시에 감추어지면서(프로이트 역시 무의식은 드러나면서 감추어진다고 했다) 4겹의 시간을 통해 되돌아가는 것(곳), 이것이 신神으로의 귀의라고 생각한다. 또한 하이데거가 말하는 권위적 시간을 통해, 되돌아가는 것

라클의 〈시편〉과 〈심오한 것에 대해서〉를 인용한 것인데, 이 시들의 모든 문장은 '있다'로 시작되기 때문에 '있다', 즉 존재가 가장 먼저 있었고, 그러므로 가장 중요하다는 것이다. 그러나 물론 우리말에서는 '있다'는 문장 맨 뒤에 오기 때문에, 하이데거의 존재론은 오로지 독일어나 서양어에서만 성립된다.

바람이 꺼트린 빛이 있다.
술주정뱅이가 오후에 버리고 간 텅 빈 술항아리가 있다.
거미로 가득 찬 구멍으로 짐 지고 검게 된 포도밭이 있다.

트라클의 이 시는 랭보의 시 〈계시〉에서 직접 영향을 받은 것으로 이 시 역시 '있다'로 시작된다. '있다'라는 말이 시구 맨 앞에 오기 때문에 존재(선물)가 최초에 있었다는 것이 하이데거 존재론의 논리다.

숲속에는 네가 노래 소리를 멈추게 한, 그래서 너를 부끄럽게 하는 새 한 마리가 있다.
더 이상 울리지 않는 시계가 있다.
흰 짐승들의 소굴로 텅 빈 수렁의 늪이 있다.

은 존재(기원)로 되돌아가는 것인데, 되돌아감을 뜻하는 Aletheia는 사실 Alethes로 이 말은 호머가 정확함과 믿을만함을 뜻하는 말로 사용한 것이다. 이것이 하이데거에 의해 권위를 뜻하는 말로 재해석되었다. 되돌아가는 것을 통해 우리는 빛과 자유라는 선물을 존재로부터 받는다는 것인데, 이 존재를 설명하는데, 하이데거는 아낙시만더의 시를 길게 인용한다 (Heidegger, *On Time and Being*, 67~70). 그러나 되돌아갈 수 없는 많은 이유 중 하나는 시간 때문이다. 데리다는 이러한 담론(유령론, 목적론, 회귀설)이 서구 담론을 지배하고 있다고 했다. 데리다는 《그라마톨로지》(《존재와 그람므》 Ousia and Gramme)에서 이 같은 믿음이 줄곧 서구 사유를 지배해왔다고 진단하고, 아리스토텔레스와 하이데거가 정의한 공간으로서의 시간은 지금뿐만 아니라, 지금에 의해 드러난다고 하이데거와 헤겔이 말한 존재를 드러낼 수 없다고 말한다. 이러한 '지금'이라는 지금은 공空이며, 차연에 불과하다 (Gaston, 69~73).

무너지는 성당과 올라가는 종달새가 있다.

하이데거는 이원 구조가 더 이상 지탱될 수 없다는 것도, 자신의 담론은 이원 구조를 따라 진행되는 '맴돌기'(자기원인causa sui)임을 자명하게 알고 있었으며, 또한 이러한 맴돌기에 대해 성찰해야 하는 사람도 철학자라고 했으나,[26] 결과적으로 하이데거는 그렇게 하지 않았다는 것이 데리다의 평가다. 또한 하이데거는 이원 구조에 근거한 서구의 형이상학이 더 없이 얄팍하다는 것을 충분히 인지하고 있었고, 존재자는 복수複數고, 다양하며, 서로 교환될 수 있음도 자명하게 알았음에도, 그는 존재가 마치 최초—이 최초라는 개념도 가정假定 위에 세워진 가정usteron proteron(《글쓰기와 차이》68/43)이라고 데리다는 지적했다—에 존재했다는 듯, 이 존재가 망각되었다고 했고, '존재와 존재자의 차이ontico-ontological difference'의 이분법이 성립될 수 없음을 알았음에도 이분법의 위계를 그대로 사용했다고 데리다는 일갈했다. 이원 구조가 불가능하다는 것을 알았던 하이데거가 사용한 이원 구조는 다음과 같다.

권위적	VS	비권위적
탈폐	VS	은폐
미래·예기 Vorlaufen	VS	기다림·기대 Erwarten
현재: 비전의 순간 Augenblick	VS	현재화 Gegenuwärtigen
과거·반복 Wiederholen	VS	망각 Vergessenhit[27]
시어	VS	보통어
말하는 관심 Inter-esse	VS	관심을 끄는 것[28]

---

26 이기상·구연상, 148~9.

27 Gelven, 186.

28 하이데거는 말하는 관심inter-esse은 '사물들의 중심에 있거나, 아니면 최소한 사물의 중심에 있으면서 사물과 함께 지내는 것'이지만, '관심을 끄는 것'은 이로부터 멀어진 것으로 정의했다. 보다 자세한 설명을 위해서는 Gaston, 161 참고.

플라톤이 허구poiesis·making·thatness와 진리Parousia·Ontos·Whatness가 어떻게 연결될 수 있는지를 철학적으로 혹은 논리적으로 설명하지 못했지만, 이원 구조를 사용한 것처럼, 하이데거 역시 존재와 존재자가 어떻게 연결되는가를 설명하지 못했지만, 위에서 나열된 이원 구조를 사용했다. 그리고 하이데거는 존재와 존재자의 차이가 망각되었다고 했다. 그럼에도 불구하고, 하이데거는 '차이는 존재적인 것과 역사적인 것 사이의 종적인 차이'[29]라 했다. 그리고 역사 너머의 존재는 존재자들을 통제한다고 주장했다. 이것을 선先결정이라 했다. 그런데 데리다는 이원 구조는 허구이고 폐쇄된 이원 구조 안에서 태어난 이 존재는 공空인데, 이 공이 존재자들 위에 있고, 역사와 존재자들을 통제한다는 것은 공모라고 주장한다. 데리다는 이것이 서구의 인본주의이자 윤리라고 질타하며 해체한다. 그리고 데리다는 하이데거가 상정한 존재와 존재자와의 차이는 망각된 적조차 없었다고 응수했다. 이 차이가 존재한 적조차 없었다는 뜻이다. 이원 구조에 의해 만들어진 존재와 존재자의 차이 역시 허구이기 때문이다.

하이데거는 《형이상학이란 무엇인가?》에서 '존재의 망각의 현존에 철학을 재위치시킬 수 있는 것은 매우 중요하다. 그러나 철학이 이것을 할 수 있는지는 두고 보아야 한다'고 했으나, '이 모든 것은 궁극적으로 존재 망각에 대해 주의 깊고 세심하게 살피는 것을 배우려는 우리의 노력에 달렸다'고 하면서 유보했다. 그러나 이미 지적한 사실이지만, 형이상학의 불가능성을 하이데거가 확연하게 알고 있었다는 사실은 그가 쓴 《니체》에서도 선연히 드러난다. 하이데거가 니체를 두고 '마지막 형이상학자'라고 말한 것은 서구 철학의 중추인 형이상학 추구가 불가능해졌음을 인정했고, 서구 철학의 지속적인 세속화의 과정을 '진보적 니힐리즘'이라

---

29 'generische Differenz zwischen Ontischem und Historischem.' 이기상·구연상, 346.

고 한 것은, 형이상학의 본질적 가능성이 소진되었음[30]을 알았다는 말이다. 그럼에도 불구하고 하이데거는 이러한 니체의 회의주의는 신, 기독교의 구세주, 도덕법, 이성의 권위, 진보, 최대 다수의 최대 행복 등, 이 모든 가치와 가치 평가를 무화無化하는 것이 아니라, 끝내 정신의 최고 정점의 힘, 즉 이상을 추구하는 것으로 전통적 형이상학에 포섭된다고 주장했다. 왜냐하면, 니체가 주장한 권력에의 의지는 하이데거 자신이 말한 '정신의 최강의 힘에 대한 이상'으로 새로운 가치 정립을 위한 것이기 때문이다. 따라서 니체는 역사를 조형하는 힘, 발생의 합법성과 논리를 지니고 있다고 하이데거는 말했다.[31]

이런 결론을 위해 하이데거는 니체가 강조한 문체의 다양성과, 니체가 조명한 언어의 수사성을 다 알고 있으면서도 의도적으로 묵과했다고 데리다는 평했다. 하이데거가 쓴《니체》에서 보듯, 니체 글쓰기의 모든 특색들을 충분히 인지하고 있었으나, 하이데거는 니체를 체계와 통일성을 수호하는 사상가로 해석하였다. 또한 스스로 존재와 존재자라는 자신의 이분법이 성립될 수 없다는 사실을 잘 알았으면서도, 하이데거는 니체 사유에 그대로 적용, 니체가 말한 '동일한 것의 영원한 반복'에서 '동일'은 하이데거 자신의 '존재'로, '영원한 반복'은 자신의 '존재자'로 환원시켰다.

그러나 존재가 불가능하다는 것을 알았기 때문에, 하이데거는 1933년 학장 취임식에서 한 연설에서 '존재'라는 말 대신 '정신'이라는 말로 대체했다. 이 '정신'은 다름 아닌 지도력을 뜻하는 것이라고 하이데거는 말했다. 이러한 하이데거의 결정은 그의 저서인《형이상학에 대한 소개》에서

---

30   Behler, 33.
31   위의 책, 37.

강화된다. 그리고 1953년 '정신'이라는 말은 다시 나타나는데, 이때는 출처를 밝히지 않은 채, 독일 시인 트라클의 시에서 그대로 빌려와 이 정신을 묘사했음을 데리다는 지적했다. 여기서 하이데거가 말하는 정신은 트라클의 시에서처럼 흰 재만 남기는 대방화로 정의된다. 이 대방화는 세계대전이라는 거대한 재앙을 예고하고 있었다. 이 방화는 이 책 3장 5에서 구체적으로 다루어진다.

이 거대한 불로 정신을 정의하고자 했던 하이데거의 의도는 바로 나치즘과 연계된 자신의 철학과 가급적 거리를 두려고 했던 힘겨운 노력의 결과였다. 그러나 하이데거가 말하는 정신, 혹은 불이란 지상 위에서의 군림과 지배, 생물학적 순수혈통인 독일인 보존을 위해 다른 종족과 민족을 제거하는 것, 일사불란하게 모든 존재자들을 체계화하는 것, 그리고 장려한 스타일을 강조한 하이데거의 사상[32]을 통해 다시 전통적 형이상학을 고수하는 것인데, 이는 더 이상 가능해 보이지 않았다. 나치당의 골수당원이었던 하이데거는 나치가 무너지고, 자신의 꿈 또한 불가능해진 것을 인지했다. 그래서 자신이 말하는 정신은 독일에서가 아니라 미국에서 수행될 수 있으리라고 생각했다. 미국은 경험주의와 실용주의 그리고 공리주의를 그 뿌리로 하고 있다는 사실을 하이데거가 몰랐을 리 없지만, 그의 꿈이자 나치의 꿈, 그리고 이를 이론화한 자신의 존재론과 정신을 그는 마지막까지 포기하지 않았다.

세계대전 발발 당시 니체는 형편없는, 슬퍼해야 할 철학자로 전락되는가 하면, 권력에의 의지를 빌려, 비전가로 규명되기도 했는데, 바로 이런 이유로 나치즘의 정치철학을 대변하는 사람으로 평가되기도 했다. 하이데거는 니체를 헤겔화하는 데 앞장섰다. 니체를 잘 이해했으면서도, 니체

---

32 위의 책, 47~8.

의 사유를 끝까지 자신의 존재론으로 혹은 헤겔적으로 환원시키려고 노력한 하이데거는, 이원 구조를 그토록 믿었지만, 후기에 가서 더 이상 믿을 수 없다는 사실을 깨달은 후, 이를 곧이곧대로 고백한 후설이나 레비스트로스와는 매우 대조적이다.

1950년과 60년대 우세했던 하이데거의 니체 읽기는 1969년 데리다가 부상하면서 허물어진다. 푸코, 블랑쇼, 들뢰즈, 그라니에Jean Granier, 핑크Eugen Fink는 니체를 체계와 통일성을 고수하는 사상가가 아니라고 입을 모아 합창했다. 데리다의《박차: 니체의 문체들》(1980)이 출간되면서, 니체는 포스트구조주의·포스트모더니즘의 멘토로 부상한다. 니체가 말한 초인, 그리고 권력에의 의지를 리처드 로티는 세상을 뛰어넘는 개인의 의지와 초탈에로의 실존주의적 귀결을 모색하는 것으로 해석했다. 그러나 데리다는 이보다는 니체가 말한 문체의 중요성에 집중했고, 니체가 단순하게 편집될 수 있는 사유자가 아니라, 이중적으로 해석될 수 있는 사유자라는 사실을 조명했다.

카프만은 하이데거의 존재론은 '언어는 존재의 집'이라고 말하지만, 그의 언어는 그가 숨어 있는 집이라고 한다. 그의 집은 인종차별과 세계대전의 이론적 근거이기 때문에 우리는 무서워 도망가지만, 하이데거 자신은 안전감을 제공한다고 느꼈다. 또한 하이데거의 존재의 집은 고딕 어휘로 진열된 타워라서, 그의 철학은 매우 지루한 풍경으로 우리의 눈을 끄는 성城[33]이라 한다. 이 성 안에 들어가거나 살지 말라는 뜻이다. 또한 하이데거가 여러 번 제기하고 그의 존재론에서 핵이 되는 질문, 즉 '왜 무는 존재하지 않고 존재만 존재하는가라는 이 물음에 만약 우리가 대답

---

[33]   Kaufmann, 329.

할 때는 우리의 지능은 이미 없어졌음을 뜻하는 것'[34]이라 했다. 하이데거의 존재론은 철학이 아니라, 유일신을 믿는 독단적인 중세 종교라는 뜻이다. 데리다의 비판은 훨씬 더 격하다. 모든 것을 부정하면서 끊임없이 갉아대는 그의 글쓰기와 사유를 반추류 동물의 잔혹성에 비유했다.[35]

(2) 사르트르의 실존주의 문학

사르트르는 데카르트, 하이데거, 후설은 모두 존재를 현실생활로부터 분리했다고 주장했다.[36] 존재가 가장 중요하지만, 우선은 실존이 앞서야 한다는 것이다. 따라서 실존에 첨예한 관심을 기울이고, 이의 개선에 총력을 다해야 하는데, 이는 암울한 실존 속으로 전투적 진입을 뜻한다고 사르트르는 결론짓는다. 철학자는 홀로 추상의 체계 안에서 고담준론을 생산하는 것이 아니라, 앙가주망을 통해 부조리한 실존적 현실에 온 몸을 던져야 한다고 했다. 초기에는 글쓰기가 앙가주망이라 생각했다. 그래서 '초자아가 없는 시공간을 책과 글…로 끊임없이 창조해나갔으며, 여행 중에서도 풍경보다는 수첩을 들여다보고 있었고, 자동차 보닛을 깔고 몇 시간씩 프랑스어 문장을 만드느라 동행들을 성가시게 했'[37]을 만큼 사르트르는 글쓰기에 치열했다.

실존을 통해 존재를 찾아야 한다는 그의 실존주의 철학은 그렇다면 문학에 전적으로 의지할 수밖에 없다. 왜냐하면, 문학이란 이론적으로는 바로 우리의 삶을 사전의 관념, 틀, 그리고 이념 및 종교를 배제한 채, 있는 그대로를 드러내는 것이기 때문이다(물론 이는 전적으로 그리고 절대적으로

---

34 위의 책, 345, 351.

35 김보현,《해체》, 30.

36 Sartre, *Being and Nothingness*, 25.

37 김영민,《동무와 연인》, 14.

불가능한 전제다). 하이데거는 시를 통해 존재가 드러난다고 했으나, 사르트르는 시를 배제한 문학, 즉 소설과 극을 통해 실존을 드러내려 했다. 사르트르는 시를 독백과 같은 것으로 간주, 사회와 대중들과의 의사소통은 불가능하다고 생각했다.

우리는 일반적으로 실존주의란 허무주의와 깊게 연계되었다고 추측한다. 그러나 최소한 사르트르의 실존주의는 부조리한 실존을 이겨내지 못한 것, 부조리한 상황으로부터 탈피, 자유를 얻기 위해 결단하지 않거나, 사회 개선을 위해 행동하지 않는 것이 부조리라는 것이다. 이러한 결정에 반대할 사람은 없다. 이 사실은 사회 개혁에 앞장서야 할 사람은 지식인들임을《마르크스의 유령들》의 최종 심급임을 데리다는 강조하고 또 강조했다. 사르트르의 실존주의란 사회개혁을 염두에 둔 생활철학이라고 보아도 무방할 것이다. 사르트르는 세속적 삶, 즉 대자적 삶이 지니고 있는 부조리, 허무, 존재할 필요와 이유가 없는 이런 것들이 편재하는 과다한 우연적 사실성facticité, 약탈하고 약탈당하는 인간관계 등이 실존에 내재하는 이러한 부조리를 인지하고, 구토를 느끼면서, 이성적 방식과 행동으로, 이 상황을 탈피하면, 자유를 얻을 수 있다고 주장한다. 물론 맞는 말이다. 그러나 어떻게가 중요하다.

《파리》(1945)에서 묘사된 우리의 실존적 상황은 칠흑 같은 어둠 속에서, 이것이 조달하는 '달삭한 여성적 복수'(이미 여성적이란 말로 여성적인 것을 폄하하고 있다)에 의해 끊임없이 자신도 모르게 속임을 당하다가 우리의 영혼은 결국 부패하는 것이다. 아담이 이브에 의해 유혹당하다가 타락했다는 것을 부드럽게 다시 쓴 것이다. 이러한 타락 상태에서는 부패의 고름이 흐르고, 썩어가는 시체 위로 수많은 파리는 끊임없이 알을 쓸고, 알에서 다시 수를 셀 수 없을 만큼 많은 파리가 나와 수많은 시체 위에 앉아 있거나 날아다니고 있다. 이는 도덕적 해이를 지나 도덕적 문둥

병에 대한 알레고리[38]이며 '철학적 멜로드라마'다.《갇힌 방 *Huis Clos*》과 함께 현대판 중세 도덕극이다.

정말 부조리의 세상이다: '어떤 이는 악으로 흥하고, 어떤 이는 선으로 망한다'(셰익스피어《법에는 법으로》II i 37). 정치권 실세는 극악무도한 범죄자와 결탁하고, 경·검찰은 이러한 대범죄자를 찾는 척하면서 숨겨준다. 이 상황에서 서민들은 눈물주의와 감상주의에 함몰되어 현실 타개를 위한 전략도 힘도 없이 부나비처럼 이리 저리 몰리다가 비닐처럼 투명해지면서 힘없이 죽어간다. 기독교 국가와 마약범죄조직과의 결탁도 이제는 충격이 될 수 없을 정도로 세계는 부패해 있다. 밀턴이《실낙원》에서 말했듯이, 악이 세상과 선을 번성시키는 힘인 것 같기도 하다. 그러나 사르트르는 이것을 실존의 부조리라고 진단하며 이의 개선을 위해 단호하다. 이러한 실존적 상황을 모른 체하며, 현실과 세상 일에 아무런 관심을 보이지 않거나, 나쁜 신념, 제도, 그리고 나쁜 종교 안에서 보호받고 있는 것은 끔찍한 부조리라고 말한다.[39] 이러한 상황을 계속해야 할 아무런 인과율은 없다고 사르트르는 믿는다.《구토》(1937)에서 묘사된 부조리한 실존적 상황도 마찬가지다. 이런 실존적 상황이 존재해야 할 이유는 없지만 그럼에도 불구하고 실존은 오직 우연한 물질성의 과잉으로 넘쳐난다.[40]

이러한 실존적 상황은 타락,[41] 굴절, 몽환, 문둥병[42]이지만, 전적으로 포착하기 어려운 가벼운 희가극으로 우리에게 다가온다. 사르트르는 이

---

38 Breadby, 41.

39 Kern, ed., 58~9.

40 Sartre, *Nausea*, 128. 이하《구토》. 이어지는 다음 문단들에서 책명 없는 괄호 안의 수는 이 책의 쪽수.

41 Kern, ed., 101.

42 Kern, ed., 28.

러한 실존을 바로잡기 위해 존재를 찾아야 한다고 말한다. 그래서《구토》은 실존과 무無 너머에 있는 존재를 찾으려는 철학소설이다. '구토'는 존재와 자유로 나아갈 수 있는 매우 긍정적 철학적 초기 신체적 증상이다. 그래서 '구토'는 보통명사임에도《구토》에서는 대문자 N으로 표기된다(129, 173). 이 구토는 이미 자유와 존재를 추구하려는 긍정적 단초다. 비록 이것이 새벽 동녘처럼 약하지만(174), 구토는 존재로 들어가는 열쇠(129) 임을 알기 때문에(126), 어떤 현현을 순간적으로 직감한다(126). 그래서 로캉탱이 부빌르를 지나, 투르네브리드 길, 갈바니 길, 너무나 조용하고 깨끗해서 존재하지 않을 것 같은 숲에서 자유를 느꼈다고 하는데, 바로 구토와 자신의 글쓰기가 이것을 아껴 두었다(161, 173)고 믿는다. 따라서 사르트르에게 구토=글쓰기=자유=존재다.

실존의 베일은 얇지만, 동시에 매우 강고하다. 잡으려 하면, 아무런 의미가 없는 존재자들 머리에 부딪친다(175). 존재는 이 존재자들 뒤에 있다고 사르트르는 전제한다. 존재자들은 스스로 감추어져 있고, 잡으려 하면, 변하기 때문에, 버섯 같은 존재이며, 실존이 우연성(131)이기 때문이다. 이 상황은 실존에 대한 의지 결핍 때문에 생긴 것이며, 이러한 실존적 상황을 있게 한 움직임은 미약하게 유지되며(132), 우연성은 죽음에 다름 아니고(133), 실존의 과잉은 관대함이 아니라, 그 반대이며, 자의에 의한 것이 아니며, 곧 없어질 것이기에, 마분지로 만든 무대장면에 비유한다(77, 127). 그리고 자신의 꿈은 강철처럼 아름답고 강한 모험을 하는 것이고, 이런 모험을 하지 않는 많은 사람들은 부끄러움을 느낀다고 생각한다(178). 그리고 존재에 대한 로캉탱의 사유는 공간적이며 시간적이다. 하이데거처럼 존재가 실존이나 무보다 앞서며(134), 존재는 존재자들 뒤에 있고(175), 베일 뒤에 있다고 전제한다.

존재결핍으로서의 인간의 의식에서 즉자en-soi는 대자pour-soi로 고뇌에 차지만, 사회제도나 상식에 속에서 편하게 그리고 투박하게 살아가는 사람들은 속임수에 속는 속물인데, 그러나 속물성의 본질은 계시라는 것이다.[43] 이 역의 논리가 벌어질 수 있는 폐쇄의 이원 구조가 《구토》의 밑절미다.

빛	vs	안개와 안개고동
숲	vs	카페와 술집, 도서실과 도시
순수하고 강한 것	vs	부드럽고 미끄러운 점액질
잊힌 십자가의 고통	vs	대중도덕
구토	vs	중산층의 자기만족

《구토》의 메시지는 타락 이후, 구토를 느끼게 하는 부조리한 삶에서 타락 이전, 자유의 상태로 되돌아가야 한다는 것이다. 따라서 구토는 자유로 향할 수 있는 초기의 감정적·철학적 증상이다. 그런데 이러한 이원 구조가 바로 사르트르가 경계해야 된다고 강조한 나쁜 신념mauvais foi — 라캉의 어휘로는 오인méconnaissance — 인 줄은 사르트르는 몰랐다. 이뿐만이 아니다. 사르트르가 헤겔과 하이데거를 비판했지만, 사르트르는 헤겔과 하이데거의 뒤를 그대로 따른다. 사르트르가 《존재와 무》에서 사용한 권위적 vs 비권위적이란 말은 하이데거의 어휘이며, 즉자en-soi와 대자pour-soi란 말은 헤겔의 정과 반이며, 사르트르의 구토란 헤겔의 불행한 의식이며, 하이데거가 말한 불안과 두려움, 거리감과 소외감이 강화된 것이다. 로캉탱이 구토를 경험하게 하는 우연적 사물성facticité이란 하이데거가 말한 사물성Dinglichkeit이다. 사르트르는 사물들은 변화하지 못하고 단순히 그냥 있지만, 인간은 부정의 힘, 즉 역의 논리로 결정론을 피해 도덕적 실존으로 향할 수 있다고 믿는다. 이렇게 되기 위해

---

43 위의 책, 24.

서는 인간은 존재와 자유를 쟁취해야 하는데, 이는 구체적인 행동을 통한 보편적 책임을 사회에서 실천함으로써 가능하다고 하다고 한다. 이는 칸트와 헤겔이 실천이성의 중요성을 강조할 때 한 말이다. 또한 하이데거는 시어가, 그러나 사르트르는 시가 아니라, 소설과 극이 대타자를 드러내는 데 필요한 투명성을 지니고 있다고 생각했다.[44] 무엇보다도 사르트르는 이러한 이분법이 끊임없이 난국에 봉착하지만, 이 사실을 억압하며 고수한다.[45] 그러나 어려움과 모호성은 가중된다. '대자는 미세한 무화nihilation로 이는 존재 심부에 그 기원이 있다. 그리고 이 무화는 전면전 격변을 즉자에게 발생시킨다. 이 격변이 바로 세상이다.' 그런데 문제는 존재의 공, 부정으로만 존재하는 대자, 그래서 즉자와 존재에 의지하며, 자체적으로 독립되지 않은 것이 어떻게 독립적 즉자와 존재를 일거에 파괴시킬 수 있는 힘을 가지게 되는가이다.[46] 이 지점에서 아담과 이브의 신화가 멀리서 투영된 것이 아닌가 하는 의구심을 일으킨다. 또한 즉자에 의해 만들어지는 대자가 존재를 파괴한다는 것은 주객전도다. 그럼에도 불구하고 '이 대자의 무가 즉자와 선험적 통일성을 이루고 있다'는 것이다. 이러한 난국에 끊임없이 봉착했고, 결국 이 난국 안에서 사르트르는 부정을 통한via negativia 형이상학을 그대로 되풀이하게 된다.[47] 이 결과 사르트르는 다음과 같이 왼쪽의 것들을 오른쪽 것들의 위에 두는 위계를 만든다.

---

44 위의 책, 15.

45 레비나스, 프로이트, 푸코, 후설, 루소, 소쉬르, 마르크스, 슈티르너, 아르토, 주네 등, 이원구조에 근거한 변증법의 반을 따르면 자신들이 추구하는 것이 드러난다고 전제했던 사람들은 모두 동일한 어려움과 난국에 봉착했다.

46 Sartre, *Being and Nothingness*. 165, 618, 621.

47 위의 책, 456.

존재 Être	VS	무 Néant
즉자 en-soi	VS	대자 pour-soi
고뇌	VS	자기만족과 두려움
자유	VS	도구적 실존태의 부정성négatité
비정립적 자기의식 non-positionalle (de) soi	VS	정립적 자기의식 positionalle de soi
이상적 객체	VS	심리적 주체
이성	VS	상상력·이중 무화
합리	VS	감정·대상과 허구적 관계

　'비정립적 자기의식'은 자기의식이지만 대상을 의식하지 못하는 상
태―그래서 사르트르는 의de를 괄호로 처리했다―를 말하고, 정립적 자
기의식은 자기 자신을 포함, 주위 대상을 의식적으로 의식하는 것인데,
후자는 데카르트의 코기토이고, 전자는 로크가 말한 백지白紙 tabula rasa와
같다. 사르트르는 의식 이전의 코기토가 있다고 상정했고, 그의 실존주의
철학은 이것을 출발점으로 삼는다. 그의 실존주의는 그 많은 화려한 수
식어에도 불구하고 형이상학이 되어버린다. 비록 사르트르는 존재와 무
를 이원적 대립으로 배치했지만, 이 둘은 서로 떨어진 것이 아니라는 것
이다. 무는 존재의 한 가운데 있다는 것이다.[48] 이는 헤겔이 악무한惡無限
은 진무한眞無限 안에 있다고 한 것과 동일하며, 스콜라 철학자의 한 사람
인 뵈메 Jakob Böhme가 왜 악이 선 안에 있는가에 대해 신은 자신의 현시를
위해 악의 부정적 원리를 필요로 한다고 했다. 니콜라우스 쿠자누스는
최고의 필연, 최고의 자유는 이러한 반대 대립을 최고의 통일로서 신을
인정할 때 소멸되는 것으로, 이를 '반대의 일치 coincidentia oppositorum'라 했
다. 물론 신에 의지해 사르트르가 이 문제를 풀었다는 것이 아니라, 풀리
지 않음에도 불구하고, 풀릴 수 있다는 신념만큼은 투철했고, 이의 연원

48　위의 책, 20~1.

은 중세 신학으로까지 연결된다. 이럴 수 있었던 것은 그가 찾는 존재가 존재한다는 사실에 대해서는 전혀 의심을 품지 않았기 때문인데, 이 존재가 신을 그토록 부정한 사르트르 자신의 신인 줄은 사르트르는 몰랐다.

존재와 무가 함께 있다는 논리를 따라, 사르트르는 무는 존재를 중지하고 부정하는 무한한 환경이지만, 존재는 무 한가운데 있다고 한다. 사르트르는 대자가 많아지면 즉자는 줄어든다고 한다. 사르트르에 의하면, 존재와 무가 원래부터 서로 떨어진 것은 아니고, 세 가지 탈자脫自 Ekstasis로 떨어져 나왔다는데, 첫째 탈자는 시간, 둘째 탈자는 대자가 자아의 존재에 대해 외적 관점을 적용하는 것, 그리고 셋째 탈자는 인간관계를 맺음으로써다. 어휘는 크게 달라졌지만, 타락 이전과 타락 이후의 틀과 대동소이하다. 이뿐만이 아니다. 사르트르는 이러한 대자는 대타자Autruis가 존재한다는 것을 무엇인지는 모르지만, 탈자는 스스로 대자아를 가지고 있음을 안다고 했다. 그리고 이 대타자는 대자를 '본다Voir'는 것이다.[49] 이 '본다'는 말은 '얼굴의 형이상학'을 주장한 레비나스가 말하는 대타자가 '발가벗은 자신을 본다'고 했을 때, 다시 반복된다. 사르트르의 실존주의는 철학의 세속화·문학화를 파격적으로 이루어졌지만, 즉자적 원상태로 되돌아간다는 것이 주동기이며, 무는 존재가 추락한 상태를 뜻한다. 사르트르는 자신의 실존주의를 전이현상학이라 했는데, 대자 혹은 무에서, 즉자 혹은 존재로의 변화의 유도를 뜻하기 위한 용어이다. 여기에서 사르트르가 말하는 자유란 헤겔이 말한 부정에 의해 이루어지며 이 자유란 개인적인 것이 아니라, 보편적 자유다. 이는 칸트와 헤겔이 설파한 실천이성의 윤리다. 바로 이런 이유로 데리다는 사르트르의 무신주의도 근

---

49 레비나스가 서구의 모든 철학은 철학 자체에 대한 폭력이었다고 주장하며, 자신만의 얼굴의 형이상학을 위해 서구 철학 모두를 버려야 한다고 주장했지만, 사실은 하이데거, 후설, 신학까지를 고스란히 다시 반복했다(《글쓰기와 차이》 4장).

본주의를 전혀 바꾸지 않았고, 하이데거의 말을 증거하고 있다고 했다 (《여백들》138/116). 서구의 인본주의가 형이상학적이다. 그러나 사르트르는 자신의 인본주의가 형이상학적이라는 사실을 몰랐다.

(3) 데리다의 해체적 사건

철학의 세속화, 그리고 이에 따른 철학의 문학화가 하이데거와 사르트르에 의해 파격적으로 기도되었지만, 위에서 본 바대로 이원 구조는 여전히 강고하게 자리 잡고 있었다. 이원 구조는 메두사처럼 순식간에 철학자들의 사유의 온기와 힘을 흡입, 이들을 순식간에 유령으로 만들어 차폐된 이원 구조의 방 안에 가둔 채, 롤러스케이트 위에 태우고 무한대로 공전空轉시켰다. 이것이 서구 철학사에 대한 데리다의 조감鳥瞰이다. 화이트헤드는 이 사실을 '서구 철학사는 플라톤 철학의 긴 긴 주석'으로 표현했다. 이러한 불운을 피하기 위해 데리다 해체는 이중적 전략과 이중적 글쓰기 기법으로 이 메두사의 힘을 약화시키고자 했다. 이렇게 함으로써 중세 안셀무스가 '나는 알기 위해 믿는다'는 말을 한 이래, 서구 인문학 3천 년 동안 가장 지속적이고도 가장 고질적 한계인 '자기원인'의 폐쇄를 데리다는 피해갔다. 이를 위해 하이데거와 사르트르와는 전적으로 다른 이원 구조를 피해가는 글쓰기 기법이 동원된다. 피해가려는 마음만으로는 안 되고('의도적 오류'), 기술적 기법과 전략이 필수다.

데리다는 '철학도 문학도 아닌, 그리고 이 둘에 의해 오염되지 않은, 그러나 문학과 철학의 추억을 간직한 그런 글쓰기에 대해 꿈꾸고 있다'[50]고 했다. 힐리스 밀러는 '데리다의 글은 마침내 전부 문학이 되었다'고 말한 것처럼, 데리다는 철학을 문학적 글쓰기poematic로 풀어내었다. 전통적 문

---

[50]   Derrida, *Acts of Literature*, 73. 이하《문학》.

학 글쓰기가 아니라, 언어의 차연성을 감안한 글쓰기다. 데리다는 전통시를 도로를 건너가다가 로드킬을 당하는 고슴도치에 비유했다. 데리다는 수많은 그의 글에서 입증한 대로, 철학과 문학의 구분조차 처음부터 존재한 적이 없었음을 증명했다.

그러나 적지 않은 사람들이 데리다 해체를 '프랑스 하이데거주의'라고 규정한다. 특히 하버마스는 데리다와 후기 하이데거와는 차이가 없다고 평가절하한다.[51] 이는 전혀 사실이 아니다. 만약 이것이 사실이라면, 어떻게 '해체적 전회'가 가능했겠는가? 하이데거가 이원 구조에 의지해 담론을 유지하며, 하이데거의 언어유희는 어근주의, 이원 구조, 독일어우월주의에 근거하고, 그리스로 되돌아가야 한다고 한 것을 데리다는 유령론이라 패러디했다. 또한 하이데거의 언어유희는 우리가 이미 상술한 대로, 독일 시인들의 은유와 수사를 거의 그대로 빌려온 것이지만, 데리다의 언어유희는 포스트구조주의자로 분류되는 사람들의 것과도 판연하게 다르다. 데리다는 철자 하나에 비상한 관심을 기울이고, 단어를 돌리고 자르고 할례하면서 이원 구조뿐만 아니라, 기존의 의미까지를 와해시킨다. 식수는 니체가 말한 '펜과의 춤'보다 데리다의 언어유희가 훨씬 더 정세하다는 뜻에서 '실러블의 춤'이라 이름하며, 이를 설명한다.

데리다는 한 가지에 대해 말한다. 그런데 이것은 표면이다. 이렇게 되면 표면은 감추어지고, 이 표면은 자체적으로 생각에 잠긴다. 각 문장은 사방 팔방으로 흩어지면서 각 문장을 데리다 스스로 유지할 수 없게 된다. 이것은 마술 수련의 운명이다. 사물들은 튕겨져 나가고, 가볍게 흔들리고, 자크 데리다화한다.…단어들을 자르고 압축하는 춤…a와 e와의 춤, 치밀하게 글

---

51   Bergo et al, ed., 121.

자와 단어를 할례하는 춤이다.

이 결과는 무엇인가?

　엄정하고 정확한 절제의 걸작들을 보게 된다. 데리다는 정확하게 잘라내는 글을 쓴다. 이것이 데리다 글의 힘이며, 오로지 프랑스어에서 가장 효과적이다. 언어의 모든 숙어적 자원들을 동원하면서, 이것으로 데리다는 지속적이면서도 열정적인 논쟁들을 이어가는데, 그 모습은 데리다 자신이 지니고 있는 언어적 보물들, 방책들, 광산, 그리고 그의 글의 화랑들, 그의 글의 광맥, 그의 수사들과 표상들, 그의 글의 독특한 양상과 국면들, 속임수, 즉 양동작전으로 자신만의 횃대를 마치 호랑이처럼 철저하게 방어하고 지켜내기 때문에, 데리다가 사용하는 단어 모두는 마상 창 시합을 하는 언어의 압박에 조금도 굴복하지 않는다. 이 결과 데리다의 단어들은 한 번도 예견하지 못한 깊이로 열린다.[52]

　'예견하지 못한 깊이로 열'리는 이유는 데리다의 미세한 언어유희가 지속적으로 계속되면서, 체계나 논리의 관념이 파헤치지 못한 서구 인문학의 대체계가 그 힘을 잃어버리기 때문이다. difference(허구)라는 단어를 열심히 여러 각도에서 철저하게 점검하고 모든 함정과 유혹―대표적인 것이 이원 구조와 기원으로 되돌아간다는 신학적 전제에 근거한 모든 서구의 담론들, 그래서 데리다가 유령론이라고 패러디한 것, 그리고 언어의 속성인 차연의 폭력성―을 이겨낸 결과, difference는 비록 허구이고 유령성 그 자체지만, differance을 감추고 있었던 보물이었음을 데리다는

52　Cixous, 7.

98

드러내었다. 데리다 언어유희는 어근주의와 개념 그리고 이원 구조의 틀 안에서 진행되는 구조주의자들이나 신비평가들의 언어유희가 아니며, 푸코나 라캉이 벌인 수사의 오용과 남용으로 인한 표면만의 진동도 아니다. 데리다의 유동적 글쓰기는 이원 구조 자체를 허물어 버리는 것으로, 이의 파격적 효과는 결국 구조주의를 포스트구조주의로 급회전시킬 만큼 전복적이다. 이러한 데리다의 글쓰기 기법을 한마디로 압축하는 대신, 필자는 여러 개로 나누어 설명한 적이 있다.[53] 데리다의 장광張狂의 글쓰기는 표현 불가능성에도 불구하고 표현하고자 할 때 발생하는 광기(열정)다. 그러나 장광도 조심하지 않으면, 언어의 망網에 걸린다. 푸코의 경우 침묵과 말이라는 이분법에서 광기는 침묵 속에 있다고 전제했을 때, 그리고 데카르트의 경우, 광기를 꿈으로 대체했을 때, 각기 이원 구조에 안착했다(《글쓰기와 차이》 2장).

데리다의 언어유희가 많은 사람들의 언어유희와 다른 이유는 상술한 대로 데리다는 유대 밀교 전통의 일부를 품고 있기 때문이다.[54] 데리다가 공연하는 단어들의 공중 곡예가 꾸준히 진행되면, 매 쪽에서 중요한 단어들은 작은 바람개비가 되어 끊임없이 돌아가는 풍경이 된다. 여기에 더해, 거시적 차원의 글쓰기인 상호텍스트들의 포개기, 혹은 접목이 상호 교차대구법[55]으로 처리되면, 이원 구조의 정과 반은 동일한 것으로 밝혀지면서 수몰되고, 아포리즘이 여기 저기 흩뿌려지면서, 텍스트 안에 있다고 전제했던 중심과 유기적 통일성, 그리고 기승전결이 완전히 빠져나가 버리면서, 데리다의 글쓰기는 미래를 향한다.

---

53 김보현, 《입문》, 5장, 219~280.

54 Bergo et al, ed., 112.

55 김보현, 《입문》, 5장, 257.

이것이 데리다 글쓰기가 전통적 담론의 최저 기저를 흔들고 분쇄시키는 글쓰기 방식이다. 이원 구조를 피해가며 진행되는 긍정이기 때문에 헤겔의 정반합에 있는 다른 종류의 모순적 축적·비긍정적 긍정 contradictory superimpression·non-positive affirmation[56] 일 수밖에 없다. 다시 말하면 개념으로는 정리, 포착되지 않는 글쓰기이다. 이러한 글쓰기 전략은 그의 글쓰기에서 특이한 힘을 지닌 리듬을 만들어 낸다. 그러나 이 리듬은 여태 들어본 적이 없는 고유하고 독특한 리듬이다.[57] 누구도 흉내 낼 수 없는 특이한 미끄러짐과 리듬은 바로크적 춤곡인 지그jig처럼 현기증을 일으킬 정도로 강렬한 동시에, 더할 수 없이 논쟁적이다. 자신의 고유목소리를 현시시키기superegoistic 위해 과도하리만큼 꼼꼼한 방사선 검사가 동시에 계속되기 때문이다. 이러한 데리다의 사유는 고정불가이기에 필자는 해체주의나 해체론이란 말을 기피해왔다.[58] 밀러는 데리다의 아포리즘인 'Tout autre est tout autre'를 '전적으로 다른 타자는 전적으로 다른 타자'라고 동어반복으로 해석하면 이는 다시 헤겔의 이상적 형식주의와 경험적 잡종의 타동주의, 이 둘의 불가능한 교접을 반복하는 것, 즉 헤겔을 그대로 반복하는 것이라 했다. 동어반복처럼 보이는 데리다의 이 아포리즘은 이원 구조 안에서 간단하게 번역되지 않는다.[59]

그럼에도 불구하고 데리다의 해체는 하이데거의 파괴를 실행한 것에 지나지 않으며, 데리다는 유대신학에 속한다고 주장한 하버마스는 데리다가 논쟁하기를 좋아하는 철학자에 속하지 않는 사람이라고 했다.[60] 그

---

56 David Wood, 136.

57 위의 책, 32.

58 김보현,《입문》, 195~199.

59 위의 책, 258~264.

60 Habermas, 127. 이 말이 하버마스 자신을 가리키는 말인 줄 하버마스는 모르는 것 같다. 데리다에 대해 반대논쟁을 하는 위 논문에서 데리다의 이름은 수도 없이 언급했지만, 데리다

런데 하버마스 자신은 데리다가 후기 하이데거와 동일하다고 주장할 때, 데리다와의 논쟁을 사실상 피해버렸다. 또한 데리다 해체가 프랑스 하이데거주의에 불과하다고 주장한 페리와 르노는 데리다의 《산포》를 문학으로 간주하면서, 문학이기 때문에 더 이상 철학의 탐구 대상이 될 수 없다고 제외시킨다.[61] 이것이 데리다와 하이데거가 동일하다고 주장하는 사람들의 논쟁방식이다. 이들은 문학과 철학의 상호성으로 감동을 준 《엽서》, 혹은 슐레겔이 꿈꿨던 예술과 철학의 상생Symphilosopy이란 평을 받았던 《글라》를 하잘 것 없는 것으로 제외시킨다. 이와 함께, 구체적인 글쓰기 기법들과 글쓰기를 통제하고 있는 최기저의 틀을 드러내지 않은 채, 마치 데리다가 추상적이고 개념적인 글을 쓴 듯이, 추상적이고 개념적인 논의만을 진행시키면서, 하이데거와 데리다는 동일하다고 주장한다.

데리다는 결코 문학적 감성에만 의존한 것이 아니다. 데리다는 논리에 입각한 방사선 검사와 개념과 언어와 글자에 대한 천착은 감정과 감성의

가 한 말은 단 한 문장도 인용하지 않는다. 전혀 증거 제시를 하지 않는다. 데리다는 문학비평이 철학과 문학과 동일한 위치와 가치를 가진다고 말한 적이 없는데, 하버마스는 이렇게 말을 했다고 하면서도, 증거 제시가 없다(모두 필자의 밑줄). 그가 주장하는 것은 언어사용에는 개별적 언어게임을 초월하는 이상화에 대한 전제가 있어야 하는 이유는 언어게임에서 진위를 가릴 수 있는 근거가 필요하기 때문이라는 것이다(131). 즉 기생적 언어와 정상적 언어의 구분이 반드시 필요하다는 것이다. 이것이 불가능하다는 것을 데리다는 *Limited Inc, a b c*(1988)에서 다 말했고 통화발화이론가인 설과 오스틴이 논쟁에서 패배했다는 것을 인정했지만, 하버마스는 전혀 언급하지 않는다. 또한 이성을 무력화하면서, 철학과 문학의 장르가 없어지는 것은 아포리아로부터 우리를 빠져나가게 하지 못한다고 한다(139). 크게 보면 여전히 이성에 근거한 이원 구조를 고수해야 한다는 말이다. 이원 구조가 지니고 있었던 가장 강고한 자기원인의 아포리아를 데리다가 드러냈다는 사실을 하버마스는 모르는 체하는 것 같다. 필자가 하고자 한 말은 정명환이 이미 잘 말했다. 정명환, 54~8.

61 Ferry and Renaut, 357. 이 두 사람은 *French Philosophy of the Sixties*에서 라캉=하이데거+프로이트, 푸코=하이데거+니체, 데리다=하이데거+데리다의 스타일에 불과하며, '장광적 반복'에 지나지 않는다고 질타했다. 독일과 하이데거에 대한 반감과 함께 프랑스 철학을 지키려는 국수주의적 순수주의로 이해하지만, 기계적이고 단순하다simplistic.

와류 속에 방류될 수 있는 사유의 폭과 깊이, 그리고 역사적 안목을 지켜 내었다. 철근 같은 논리와 섬세한 문학적 감성과 유려하고도 열정적이며 다양한 데리다의 문체는 지치知緻를 지나 교치巧緻를 이루어, 순간적 감정 이나 재치로 기도하는 일시적 유혹이나 장식이 아니라, 데리다 사 건événement·avenir의 폭과 깊이를 드러내는 데 결정적 요인이 된다. 데리다 의 언어유희가 침투하는 깊이는 텅 빈 개념으로 진행되는 논리적 담론이 건드릴 수 없는 깊이다. 이렇게 해서 데리다 해체는 전통의 가장 깊은 곳 에 숨어 있는 서구 전통 담론들의 공모를 들추어낸다. 베닝턴은 데리다 의 해체 혹은 사건이 전통에 개입했다는 말로만은 충분하지 않다고 한 다. 그 이유는 에트리지가 말한 대로 전통에 대한 이전까지의 개입과 수 정은 불가능한 것을 제외시켰으나, 데리다는 전통이 제외시킨 것, 불가능 한 것을 환기시키고 이것을 자신의 사유에 포함시키고 있기 때문이다. 이런 이유로 데리다 해체 혹은 사건은 환원 되지 않는 복수성일 수밖에 없다. 그런데 이 복수성마저 다시 흩어지며 명명할 수 없는 사건이 되지 만, 그럼에도 불구하고 정치적, 경제적, 문화적, 그리고 역사적 구체성을 띠고 있다. 데리다는 '해체와 차연은 정의'며, '모든 것은 해체될 수 있지 만, 정의는 해체될 수 없'으며, 해체의 언어는 윤리임을 천명했다. 로일은 셰익스피어의 많은 작품 속에서 기술되는 사건과 데리다의 사건을 연관 시켜 설명하면서, 데리다 해체가 가져온 사건은 '절대적으로 살아 있는 것이며, 무한대로 잘 적응하는 식으로 응대하지만, 결코 보관서의 기술이 아닌 것으로, 사건이라는 고유성이 흘러넘치는 이것은 항상 가능한 것으 로 우리는 이에 대해 응대해야 한다'고 한다. 범박하게 표현하면, 데리다 의 해체는 단순히 과거의 개념에 대한 재해석이 아니라, 실지로 우리가 안고 있는 현실에 대한 훌륭한 응대이기 때문에 우리도 데리다 해체가 제시하는 것에 대해 응대해야 한다는 말이다. 그러나 현재로서는 명명할 수 없지만, 존재하는 것, 이에 대한 우리의 고유한 응대 없이는 사건도 역사도 문화도 정치도 윤리도 없다는 것이다. 데리다는 결코 데카당이 아니다. '해체는 정의'라 했다. 로일은 데리다의 글쓰기가 몰고 온 데리다 '사건은 예언할 수 없으며 프로그램화할 수 없'을 뿐만 아니라, '상호교차 대구법의 도치이며, 이상하게 이중적'이라고 한다.[62] 데리다의 문체와 글쓰기는 명명할 수 없는 것, 고정할 수 없는 것, 불가능한 것으로 유도하지만, 그럼에도 불구하고 관념론이 아니라, 우리 삶 전반에서 작용될 수 있어, 우리로 하여금 생생하게 느끼게 하고, 동시에 때로는 현실을 변화시키는 사건을 유도하고 기술하면서, 데리다의 해체적 사건은 논리적으로 방어되었고, 독특한 글쓰기로 미래를 유도했다.

데리다의 해체적 사건은 자신의 독특함을 드러내는 글쓰기이며, 이는 기존의 전통, 역사, 제도를 통하지 않고서는 드러날 수 없으며, 전통과 제도를 통해 드러난 개인의 독특함은 기존의 전통, 역사, 제도를 수정한다. 비유하면, 해체적 사건은 틈새시장과 같은 것이다. 틈새시장은 한 개인이 창안한 독특한 공간이지만, 분명히 기존의 전체 시장 네트워크 안에 자리 잡고 있어, 기존 시장의 전체 틀을 바꾸면서, 여전히 기존 시장의 틀 안에서 계속 유지될 수 있는 것이다. 해체적 사건은 자신의 고유성, 혹은 독특함을 기존의 전통, 제도, 역사의 전체성 안에서 존속시키는 전략이다. 따라서 대책, 대안 없는 데카당적 음울한 담론이나 도피주의의 관념론이 아니다.

데리다가 해체적 사건은 이원 구조나 사변적 논리로가 아니라, '무논리적-논리적 독특함으로 기재되는 것'(《문학》 66)이라 했다. 이중적이며,

---

62 Glendi et al. ed., 54, 17, 37, 40~1. 상호교차대구법과 미시적 언어유희는 이 책, 116~141. 그리고 김보현, 《입문》, 247~258 참고.

반복될 수 있는 것이다. 데리다가 추구하는 독특함이란 여전히 다른 글쓰기처럼 반복iterability될 수 있는 차이화differing로, 기존의 것을 다르게 하는 것othering이다. 'iter'의 뜻은 반복인 동시에 다름other이다.[63] 이 결과는 양면적이다. 기존의 체계와 법을 수정 혹은 해체하는 능력이 있지만, 동시에 전적으로 다른 타자와 연결되는, 지금의 체계와 법으로부터는 여전히 요원하다는 점에서 무능력하다.

역사적으로 철학은 항상 문학을 타박했다. 지금도 이러한 태도를 지니고 있는 사람들이 상당하다. 그러나 데리다 해체는 철학도 문학도 아닌 독특한 글쓰기로 문학과 철학의 경계를 허물면서, 전통철학이 깨닫지 못한 철학의 죽음을 일깨움으로써, 철학과 문학의 가능성을 일깨웠다.[64] '문학은 철학이 던지는 문제와 개념의 깊이를 건드리지 못하며, 다만 응용할 뿐'[65]이라는 올슨의 주장이나, '철학이 문학화되는 것은 철학을 소홀히 하는 것'[66]이라는 랭의 말은 역사의 전체적 흐름을 전혀 파악하지 못한 결과다. 서구현상학의 대가 후설도 후에 가서는 문학 언어의 우월성을 인정할 수밖에 없었다.[67] 그러나 랭과 같은 사람들이 의외로 많다. 르가르는 데리다가 추구하는 것은 결코 프랑스 학계가 용납할 수 없는 것이라고 단언한다.[68] 데리다 역시 이러한 유언무언의 압박을 상상적으로 토로하기도 했다: '당신은 진지한 철학자가 아니오.⋯계속 그런 글을 쓰면, 문학과 배치될 것이오.'[69] 데리다가 보기에는 데리다가 선호하는

---

63 Szafranice, 18.

64 Spitzer, 150.

65 Olsen, 193.

66 Lang, ed, xiii,

67 Mitchell and Slote, ed, 285.

68 Regard, 293.

69 Szafranice, 20.

문학, 즉 아래에서 곧 다루어질 작가들의 글은 철학까지 품을 수 있는 품이 넓은 글쓰기로, 이러한 문학 안에서는 문학의 한계뿐만 아니라, 철학의 한계까지를 비판, 광정, 해체할 수 있다고 믿는다. 그 이유는 철학과 문학, 이 둘 모두 여전히 전체성을 지닌 한계가 있지만, 문학의 전체성이 철학의 전체성보다 훨씬 더 많이 열려 있기 때문이다. 이 말은 문학과 철학이 전적으로 다른 것이 아니라는 말이다. 다만 전체화하는 방식이 다를 뿐이다.[70] 데리다가 선호하는 문학은 베케트, 말라르메, 그리고 조이스의 이중적 시학으로 전체성을 허무는 기획의 메타, 반反문학[71]이며, 데리다는 차이의 시, 차연을 감안한 시poematic라 명명했다.

데리다가 추구하는 독특함은 개별성과는 다르다. 개별성은 개별성 vs 보편성이란 이원 구조에서 상정된 것이다. 데리다가 추구하는 독특함은 헤겔이 변증법에서 반에 의해 제거된 것이다. 이원 구조라는 관념의 허구를 위해 제거된 것이 사실은 더 중요하다. 그럼에도 불구하고 이 독특함은 차이의 효과이고, 여전히 유령적이지만, 미래의 제도와 법을 만들 수 있는 비판적 힘과 효과를 가지고 있다고[72] 데리다는 말한다. 헤겔이 추구한 현상은 이원 구조(허구) 안에서 생긴 것이기 때문에, 이것이 힘이긴 하지만, 동어반복이다. 그러나 데리다가 추구하는 독특함 역시 차연의 효과에 불과하지만, 차이화에 의해 효력과 힘을 가지기 때문에 이원 구

---

70 Colebrook, 143.

71 모든 반反문학이 형이상학 해체를 하는 것은 절대 아니다. 아르토와 주네는 반문학을 했지만, 헤겔의 틀로 다시 이입된다. 헤겔을 단순히 반대하는 것은 헤겔의 틀로 즉시 이입된다. 데리다가 헤겔의 변증법을 효과적으로 해체하는 글쓰기는 바타유와 자베스의 글쓰기다 《글쓰기와 차이》 3장 9장 11장).

72 단순히 허구라고 해서 버려야 하거나 폄시 하는 것은 관념론자들이다. 인생 자체가 망집이고 환이지만, 아무도 인생을 버리지 않는다. 레비스트로스를 데리다가 중히 여기는 이유는 허구이자 신화가 지적 활동이며 허구와 신화로 지금의 허구와 신화를 수정할 수 있는 가능성을 지니고 있음을 강조했기 때문이다(《글쓰기와 차이》 10장).

조를 무력화할 수 있다. 따라서 독특함을 다른 말로 하면 이원 구조의 나머지rest, 그러나 여전히 남아 있는 것restance으로 관념이나 이원 구조에 저항resistance하는 것이기 때문에 제도와 법, 정치 그리고 글쓰기를 바꿀 수 있는 비판적 힘을 지니고 있다. 이 나머지, 남아 있는 것은 흔적처럼 흔적을 글자나 단어로 남기지만, 이미 그 이전에 흔적으로 남기기 전에 존재했던 그 부분의 흔적임에는 틀림없다. 바로 이런 이유로 이 '나머지'를 해체적으로 사용하면, 이 '나머지'는 놀랍게도 수행적 차원에서 반복될 수 있으며, 이전의 차이에서 또 다른 차이를 이끌어 낼 수 있다. 데리다가 시도한 거세되지 않은 글쓰기, 혹은 독특한 글쓰기는 고유한 것(그의 글쓰기가 고유하다는 것과 고유성 자체를 등식화하면 오류다)을 드러내지 못했다고 비판받았으나, 데리다는 단 한 번도 고유한 것을 드러낸다고 말한 적이 없다. 또한 데리다가 기존의 문화담론과 적대적 관계에 있고, 이는 역사적 정치적 문제를 포기하는 결과를 가져온다는 이유로 데리다를 비판했다. 그러나 기존의 담론들이 모두 이원 구조에 종속되었고, 이로 인해 폭력과 죽음, 세계대전과 인종차별주의의 이론적 근거가 되었다면, 이에 대한 저항은 우리 모두의 의무다. 데리다 해체는 이미 철저하게 윤리적이라는 뜻이다. 데리다의 글쓰기는 기존 담론의 대체계와 이원 구조가 무서운 힘을 발휘하는 불모의 전범적 통제·지배paradigmatic mastery를 흔든다. 데리다의 이러한 저항을 문화의 불모화, 역사적·정치적 문제에 대한 포기라고 말하는 것은 어불성설이다. 결코 데리다는 반대의 입장에서 상대를 없애려는 관계에 있지 않다. 데리다의 사건 혹은 독특함은 '서로 사랑하며 섞이고 있다.' 여기서 사랑하며 섞이고 있는 것은 물론 언어다. 데리다에게 언어langage는 계약l'engage인 동시에 부재의 표시gage이기도 하여, 부재의 표시인 언어가 없었더라면 부재와 상실조차 알 수 없었을 것이기에, 언어는 절대적으로 필요한 표시와 조건gage이므로 데리다

에게 재의 글쓰기는 가장 중요한 것이 된다.[73]

재의 유희는 헤겔의 변증법이나 하이데거의 존재처럼 성스러운 장소 위로 연기처럼 사라지는 물질이 아니며, 어떤 기념비, 어떤 피닉스, 어떤 직립 혹은 어떤 추락도 하지 않는다. 재는 지양 없이, 재들은 나를 사랑하고 그들의 성을 바꾸면서 끊임없이 변모하며, 두 개의 성을 섞으면서, 동시에 부단히 타고 있다la cendre sans auscension, des cendres m'aiment, elles changent de sexe alors, elles s'andrent, elles s'androgynocident.[74]

's'androgynocident'의 'andre'는 남성을 뜻하고, 'gyno'는 여성을 뜻하기 때문에 서로 합쳐지고 섞인다는 것을 뜻하는 동시에 'gynocident'는 지금 재가 지니고 있는 여성 관사 la을 태운다는 뜻으로 데리다의 글쓰기는 거세된 글로부터 서서히 벗어난다는 함의이다. 재가 품고 있는 불씨가 꺼지지 않고 여전히 타면서, 재가 서로 섞인다는 뜻이다. 's'andrent'은 'cendrent'과 소리가 동일하다는 사실에 근거한 데리다의 언어유희이다. 남성과 여성이 서로 섞임으로 해서 재는 이중적 성으로, 여성주의나 남성주의 그 어느 편에도 속하지 않는다. '직립'과 '추락'은 헤겔의 변증법을 통한 사변적 사유의 운명을 뜻한다. '글은 나를 사랑한다'는 뜻은 정과 반, 대개념으로 상처 나고 죽지 않은 살아 있는 글쓰기를 하는 것은 살기 위한 것이며 삶을 위한 글이라는 말이다. '사랑하고 숨 쉬고 있는' 글쓰기는 저항과 열정의 산물이었고, 그의 문체가 장광적이었던 것도, 그의 글에서 끝없이 패러독스와 아포리아가 양산되었던 이유도, 그의 글이 끊임

---

73 Derrida, *Feu la Cendre*, 28.
74 위의 책, 61.

없는 헤맴이었던 것도 거세당하지 않고 사랑하고 숨쉬기 위한 전략이었다.[75] 니체가 서구의 철학과 신학은 '교수형리의 논리'라고 절규했던 것처럼, 데리다는 전통 철학과 신학은 죽는 법을 가르친다고 했다.[76] 데리다의 글쓰기는 헤겔의 변증법이 지니고 있는 순환성과 제자리 돌아오기를 피해 진행되면서 예견할 수 없는 미래를 향해 나아간다. 이런 데리다의 글은 '글자의 원자를 분해하며 움직이는 다성의 말le polylogue remuant'로 모호한 문학(전통적 문학)까지 해체한다. 이는 이중창duo이나 투쟁duel이 아니다.[77] 상대를 없애기 위해 이원 구조의 반에 의지하면, 자신 역시 스스로 이원 구조의 불모 속에 빠진다. 데리다가 말하는 비결정성은 또 다른 비결정성(간극, 모순)을 찾아가는 과정으로 역동적인 비판적 에너지다.[78] 즉 '번역이 안 되는 기호로 새로운 사건을 유도하는 조건'(《문학》282)이다.

데리다는 모든 것이 해체될 수 있지만, '정의는 결코 해체될 수 없다'고도 했고, 레비나스가 '윤리가 제1철학'이 되어야 한다고 한데 대해 전적으로 동의한다고 했으며, 궁극적으로 데리다가 지향하는 세계란 칸트가 말한 코스모정치적 상태라고 말한다.[79] 다만 칸트가 말한 정치는 이원 구조에 근거하고 있기 때문에 전쟁을 정당화할 뿐만 아니라, 지극히 이성중심적 유럽중심주의의 전체화임을 지적한다. 데리다가 말하는 정의는 타자다. 그러나 이 타자는 복수다. 왜냐하면, 단수가 되면 이는 전체주의

---

75 Derrida, *Learning How to Live Finally*. 28, 37.

76 위의 책. 24,

77 Derrida, *Feu la Cendre*, 26~7.

78 James, 105.

79 Derrida, *Ethics, Institutions, and the Right to Philosophy*, 14~7.

로 환원되기 때문이다.[80] 그래서 데리다는 '타자는 오직 여러 개의 목소리로 말할 때만 드러난다'[81]고 했다. 우리가 아래에서 곧 논의할《글라》에서 데리다가 드러내듯, 이러한 이성 중심의 전체주의의 해결 방식이 전쟁과 폭력, 그리고 인종차별주의를 실지로 유발시키는, 숨어 있는 인자임을 드러내기 때문에 데리다의 사건은 철저하게 역사적, 정치적, 그리고 윤리적이다.[82] 결코 데리다의 해체는 현실과 별리된 데카당의 허무적 담론이 아니다.

르가르는 데리다가 한 일이란 모호하기 짝이 없고, 끊임없이 언어유희를 통해 언어와 아카데미아가 지니고 있어야 하는 학제간의 명확성과 논리성에 해를 끼치고 있으며, 데리다가 프랑스어와 영어 사이를 오가며 문법과 명명주의를 허무는 것은 결코 용납할 수 없다는 것이다. 하나의 언어를 습득하는 것 자체가 이미 나 자신을 독특하게 하는 정체성을 갖는 것이 아닌가 하고 묻는다. 르가르는 프랑스 학계를 방어해야 한다는 책무를 선언한다.[83] 그러나 철자 e를 a로 바꿈으로써 해체적 전회를 가져왔다면 데리다가 펼친 언어유희를 두고 학계의 권위를 해치는 기도로 치부할 수 없다. 철학이 고수하는 명확성과 논리적 체계로만 철학의 확장성은 불가능하다는 것이 밝혀진 지 이미 오래다. 데리다는 결코 철학을 철폐해야 한다고 말한 적도 없다. 데리다 해체는《그라마톨로

---

80   Miller, *Others*, 273~4.

81   Derrida, 'L'invention de l'autre', *Psyché*, 61.

82   Wortham, 15.

83   데리다의 해체로 인해 프랑스 학계가 다시 한 번 세계적인 학술의 요지로 인식되었고, 프랑스어가 또 다시 세계 학인들이 탐내는 언어로 부상되었으며, 데리다로 인해 프랑스가 벌어들인 재정도 만치 않다는 사실에 대해서는 르가르는 정말 모르는 것일까? 르가르는 프랑스우월주의를 지키려는 속내를 드러낸 것이다. 또한 하나 이상의 언어를 사용하는 언어유희는 데리다만의 것이 아니라, 하이데거, 프로이트, 라캉, 조이스 등 수없이 많은 서구 작가들과 철학자들이 이미 했던 것이다.

지》에서 밝힌 대로, '미래 형이상학을 위한 자리매김'이라 했다. 이미 지적한 대로《글쓰기와 차이》에서 데리다가 형이상학이란 말을 언급한 횟수는 100번이 넘는다. 이 미래 형이상학을 위해 우선 먼저 서구 철학과 문학은 서로 공모·교통했고, 이런 이유로 문학도 철학처럼 형이상학 틀에 안주하고 있음[84]을 드러냈다. 그럼에도 불구하고 르가르는 프랑스 학계를 위해, 데리다의 해체를 단호하게 배격해야 한다고 주장한다. 그런데 셰익스피어는 말하지 않았던가. '호레이쇼, 하늘과 땅 사이에는 자네의 철학이 꿈꾸는 것보다 훨씬 더 많은 것이 있다네!'《햄릿》1 iii 166~7) 르가르는 셰익스피어의 이 말에 귀 기울어야 한다. 이원 구조, 그리고 이원 구조로 차폐된 이성의 광기를 막고, 이를 넘어서는 사유가 늘 넘쳐난다는 사실을 르가르는 깨달아야 한다. 데리다는 기존의 전통 철학이 '꿈꾼 것보다 더 많은 것들'을 찾겠다는 것뿐이다. 더 많은 것이 바로 미래 철학이자 문학이다. 이를 위해 이원 구조에 차폐되지 않은 글쓰기는 필수다. 철학, 그리고 철학을 따라간 문학, 이 둘의 죽음, 인식론적 결렬과 언어적 전회, 그리고 낙관적 기독교 신화의 붕괴를 맞대면하면서, 전통 철학과 문학 안에서 글쓰기의 불가능성을 그 누구보다도 첨예하게 인지했던 데리다는 광기의 시인들이 글로 만들어 낸 '빛나는 모호성brilliant opacity'으로 나아갔다. 이를 위해 데리다가 거쳐가야만 했던 어려운 과정을 베케트가 특이한 그의 어법으로 압축했다: '나는 더 이상 나아갈 수 없다; 나는 앞으로 나아갈 것이다'《삼부작》 331). 그리고 데리다는 앞으로 나아갔다.

---

[84] 데리다는 '시란 무엇인가'에서 사실주의 경험주의 문학을 차가 수도 없이 지나가는 도로를 건너는 고슴도치에 비유했다. 로드킬의 대상이라는 뜻이다.

5. 데리다의 《글라》

(1) 《글라》의 글쓰기

《글라》(1974)의 구체적인 글쓰기에 대해 논하기 전《글라》에 대한 개괄적인 설명을 잠시 한다.《글라》가 출간되었을 때《르 몽드》지는 다음과 같이 극찬했다.

철학적 글쓰기, 종교적 글쓰기, 시적 글쓰기, 육체, 섹스, 그리고 죽음, 이 모든 것들이 죽음의 종소리(글라)가 울려 퍼질 때, 폭발한다. 그리고《글라》는 질적 도약을 했고, 이는 슐레겔이 꿈꿨던 철학과 예술의 상생 Symphilosophy을 이루었다.[85]

《글라》의 책 크기는 25cm x 25cm의 정방형의 사각이지만, 한쪽(페이지)을 세로로 양분하면 오른쪽과 왼쪽 양면은 평상적 책 모양인 직사각형이다.《글라》는 버튼의《우울증의 해부학》(1628)처럼 모든 잡종의 문체와 자투리, 그리고 잡동사니의 집산으로 위계가 없다. 따라서《글라》에서는 무엇이 무엇에 종속되는 것hypotaxis이 아니라, 모든 것이 평등하게 배치parataxis된다. 헤겔(왼쪽 기둥 a)과 주네(오른쪽 기둥 b)는 나란히 배치되었기(이 책, 134) 때문에 얼른 보면 서로 떨어져 있어 독립된 것으로 보인다. 그러나 이것은 착각이다. 서로 대조된다고 간주해온 헤겔의 철학과 주네의 문학이 데리다의 독특한 글쓰기 기법을 통해 서로를 비추는 거울, 공, 환에 불과함이 드러난다. 데리다의 해체가 끝나면, 서구 담론에서 변증법이 말하는 정(正-이성, 아버지, 철학)으로 간주되어온 헤겔과 헤겔의 반(b-

---

85 Peeters, 264.

감성, 어머니, 문학)으로 간주되어온 주네는 사실은 더블, 혹은 거울임이 드러난다.

《글라》는 메니피안 풍자처럼 육체의 은유를 인식소로 사용한다. 라캉은 남근만을 중시하고 이에 절대적 의미를 부여했지만, 데리다는 모든 것, 그리고 특히 공空lacunae에 집중한다. 이 결과 헤겔의 변증법은 진공관에서의 유희임이 《글라》에서 드러낸다. 정과 반이라는 이분법은 대조가 아니며, 정과 반 사이에 있다고 주장하는 그 사이entre는 그러므로 동굴antre 속의 공空에 불과함을 눈으로 볼 수 있게 해서 데리다는 이를 헤겔에게 되돌려준다. 많은 사람들이 데리다 해체를 부정적 신학 혹은 철학의 종말을 선언하다고 부정적으로 간주했다. 그러나 《글라》 서두에서 데리다는 말한다. '나는 사랑으로 시작한다'고. 자신의 해체는 통상 부정적으로 간주되지만, 반드시 긍정enantiosis적으로 해석되고 읽혀야 한다고 주장한다.[86] 그러나 헤겔의 변증법은 이와는 반대다. 왜냐하면, 변증법은 절대정신과 진리를 추구한다고 주장해서 긍정적인 것 같지만, 사실은 엄청난 폭력과 이에 따른 죽음을 감추고 있기 때문에 부정적이다. 또한 변증법의 정과 반을 헤겔은 서로 반대되는 것이라고 주장하나, 사실은 정과 반, 폐쇄된 허구 안에서의 수사의 결정에 불과할 뿐, 이 둘은 동일한 것으로, 동일한 두 개가 합쳐진다고 주장하니, 이는 '동성애적 반대진술a homosexual enantiosis'이라고 데리다는 패러디한다.

데리다는 《엽서》에서 자신의 글쓰기는 프라이가 《비평의 해부학》에서 분류한 네 가지 국면에서 마지막 국면인 아이러니 국면에 속하며, '우울증의 해부학으로 메니피안 풍자와 관련되어 있으며, 《심포지엄》의 마지막 만찬, 끝나지 않는 향연, 백과사전적 잡동사니, 메타를 전제하는 철학

---

86 Derrida, *Points*, 23.

112

에 대한 풍자'(262/245)라 했다. 우울증이란 구체적으로 헤겔이 직접 평생을 심하게 앓았던 증상이었다.《글라》에서 데리다는 변증법을 죽음의 벌레스크로 강등시킨다.

물론 데리다가 아이러니를 자신의 담론의 주된 수사와 특성으로 삼은 최초의 철학자는 아니다. 이미 키르케고르는 《아이러니의 개념》이라는 저서를 썼을 만큼 아이러니에 대해 깊이 연구했다. 철학자가 왜 아이러니스트가 되는가? 자신만의 독특한 사유를 추구하기 때문이다. 이런 이유로 후기 키르케고르는 그 당시 학구적인 논문에서 사용되지 않았던 '가벼운 문체'를 사용했으며, 그는 결국 헤겔을 따라 옹아리만 했던 자신의 학창시절을 후회했고, 헤겔이 얼마나 아이러니에 대해 적대적이었는가, 그리고 헤겔의 톤은 거칠고 학교 훈장 같았음을 기록했다.[87] 키르케고르는 아이러니를 '주관성의 질화'라고 정의한다.[88] 현실성에 만족을 못하며, 바로 이런 이유로 이 현실의 통제로부터 아이러니스트는 자유롭지만, 의지할 것(곳)이 없다. 바로 이 자유가 그로 하여금 열정을 갖게 한다. 현실 파괴의 대가는 무한 가능성에 대한 희망으로 보상받는다. 열정이 과열되어 그는 마침내 테메르란Tamerlane과 같이 분노하는 신성한 광기를 보인다.[89] 이러한 열정과 에너지로 그는 계속 부정하고 해체한다. 아이러니스트들의 이러한 자유와 해체행위가 창조적이었는가 아니었는가는 역사 속에서 가름하게 된다. 그리고 자신의 독특함을 드러내려는 이런 시도의 성공 여부는 그가 사용하는 문체, 기존의 장르와는 다른 글쓰기, 그리고 톤에 달렸다. 이 모두를 《글라》는 성공적으로 구현했다.

---

87   Kierkergaard, iv.

88   위의 책, 262.

89   위의 책, 261.

데리다 글쓰기는 상대 글 안에 들어가 그 안에서 끈질기게 달라붙어 성가시게 하는데,[90] 이것을 '내선 글쓰기'라 칭한다. 데리다 해체는 이 결과로 만들어 내는 전략적 도박이다.[91] 이렇게 하지 않으면, 담론들 속에 그토록 오랫동안 깊이 숨겨진 서구 형이상학의 심부와 공모를 드러낼 수 없기 때문이다. 이원 구조는 위계를 이루고, 이미 땅속 깊은 곳에서 거대한 뿌리를 내려 수없이 많은 잔뿌리를 치고 번식해서, 서구의 인문학 분야와 정치 경제까지를 일사불란하게 통제하고 있기 때문이다. 그러므로 데리다 해체가 텍스트 바깥에서나 텍스트와 별리될 수 있는 보편적 논리에 의존하다가는 오히려 이것에 되잡히는 큰 낭패를 본다. 그래서 반드시 기존 텍스트 안으로 들어가 단어와 자구까지를 철저하게 분해한다. 이 같은 그의 글쓰기 전략은 미증유의 성공을 거둔다. 서구가 가장 우선시했던 정신화된다고 간주된 현상학이 말하는 (목)소리가 근거 없음이 드러나고, 3천 년 동안 서구의 인문학을 옥죄였던 폐쇄성, 즉 '자기원인'을 눈으로 볼 수 있게 했다. 데리다 해체는 논리, 강령, 혹은 선언에 의해서가 아니라, 데리다의 독특한 글쓰기로 성취된 것이다.[92]

개념과 논리의 적합성을 벗어나는 이러한 파격적인 데리다의 글쓰기는 결코 어느 특정 물체나 대상의 개념에 의지하지 않는다. 다만 무한대로 모호하게 인유·암시, 진행되면서, 고정된 재현 혹은 표상이 어떻게 스스로 허물어져 흩어지는가를 보여준다. 이것은 거대한 웅변이나 도덕, 그리고 윤리 천명보다 훨씬 더 효과적으로 시대정신을 보여줌으로써, 우리가 주창하고 따라간 시대정신과 윤리, 그리고 도덕은 진정한 윤리와 도

---

90   Derrida, *Points*, 5~29.

91   Miller, *For Derrida*, 87~8.

92   Sussman, 'Hegel, *Glas*, and the Broader Modernity', in Barnett, ed., 267.

덕이 아니었음을 드러낸다.[93]

데리다의 독특한 글쓰기는 편의상 미시적 차원, 그리고 거시적 차원으로 분류해서 설명한다. 물론 이 둘은 불가분이다. 왜냐하면, 서구 인문학 전 학제에 대한 망망하고 거시적인 지평과 미니멀리즘에 이르는 꼼꼼한 텍스트 분석을 동시에 진행함으로써, 역사적 관점은 텍스트에서 나타나는 한 개의 미세한 낱말에 의해 확인되고, 텍스트 안에 있는 미세한 낱말이나 패턴은 장구한 시간을 통해 역사화된 콘텍스트 속으로 되돌려 증명하기 때문이다. 연속적인 교차대구법을 통해 상호텍스트성이 단순히 한 분야에서만 아니라, 철학, 종교, 문학, 언어학, 정신분석학, 신학, 미학, 정치, 등 여러 분야에서 동시다발적으로, 그리고 무한대로 발생했음을 보여준다. 마치 시공간을 초월한 듯, 텍스트가 다른 텍스트를 무한 복제한 현상이 있었음을 직접 눈으로 볼 수 있게 하는 장면글쓰기scenegraphy다. 이런 글쓰기는 특이한 인식, 상상력, 감성, 그리고 입장을 통해 여과된 창조 예술이다.

— 《글라》의 미시적 글쓰기: gl의 철자변치

《글라》안에서 gl이라는 철자 두 개가 끊임없이 이 단어나 저 단어와 떨어졌다 붙었다가를 반복하며 떠돌아다니는 것은 우선 소쉬르가 완전한 의성어가 있다고 한 것이 사실이 아님을 증명한다. g와 l, 이 두 철자, 그리고 이 소리에는 독특하고 고유한 의미가 없기 때문에[94] 그 어떤 단어와 떨어졌다 붙었다 하면서 의미를 만들기 때문이다. 이런 이유로 'gl의 효과를 미끄러지게 하고, 떼고 붙이는 모든 결합과 콜라주에 대해 항

---

93 위의 논문, 262~3.
94 James, 112~3에서 재인용.

2장 철학의 문학화 115

상 준비가 되어 있기 때문이다'(291b/262b). 그래서 제목 Glas에는 '이미 하나 이상의 glas가 있다'(170b/150b). 이 말의 뜻은 gl이 붙어 있는 glas가 내포하는 것은 무제한적으로 많다는 것이다. 이 말은 gl에 어떤 고정된 의미가 없다는 말이다. 이 결과 gl은 의미를 순간적으로 생성시키고, 속절 없이 사라지면서 생성시킨 의미를 무의미로 돌린다. 우선 이 gl이 암시·직 시하는 의미 몇 개만 보자. glas는 서구 인문학 담론의 죽음을 알리는 조 종glas이다. 동시에 이 gl의 glass는《글라》의 '장면 글쓰기'에 있어 매우 중 요한 도구인 거울을 뜻한다. 이 거울glass을 통해, 서로 대조된다고 간주되 어온 헤겔과 주네의 담론들이 서로를 비추는 거울이 되어 더블이 된다. 유리·거울은 원래 프랑스어로는 몸 전체를 비춰볼 수 있는 거대한 거울, 즉 체경이고, 이 체경은 그리스 말로는 pysche, 영혼·정신을 뜻한다. 이는 전통적으로 우리가 말해온 정신·심리·영혼이 사실은 거울에 비치는 환 임을 암시하는데, 이 사실을 데리다의 해체적 글쓰기가 논리적으로 분석 하고, 동시에 미시적 언어유희와 상호교차대구법 글쓰기를 통해 입증한 다. 사변적 정신은 거울에 비친 이중의 환·장면·세앙스·허구임을 드러낸 다. 동시에 glas는 서구의 현상학을 집대성한 후설의 목소리중심주의La Voix에 대한 사보타주다. 왜냐하면,《글라》는 후설이 찾고자 했던 현상학 적 목소리는 사실은 '현상 속 거울'(92a/79a)에 불과함을 드러내기 때문이 다. gl은 목이 졸릴 때 서양인들이 내는 소리의 의성어이기도 하다. 우리 나라 사람들은 '윽'으로 표기한다. 이렇듯 두 개의 다른 언어가 동일하지 않게 소리를 표기하는 것은 의성어가 없다는 증거다. 현상학적 목소리란 찾을 수도 없고 존재하지도 않는 것으로, 현상학적 목소리라고 전제했던 것은 사실은 현상의 거울glas, 즉 실체 없는 반복의 기표, 더블, 환에 지나 지 않는다는 뜻이다. 그렇다면 글라 glas에 있는 gl에 대해 데리다 자신은 무어라 했는가?

gl? 이것의son 소리son, 혹은 앵글angle에 있는 gl? 소리내기가 매우 어려운 이 gl은 형태소도 단어도 아니다. 만약 이로부터 붙었다 떨어졌다 하는 과정을 밟지 않는다면, gl은 담론에도 공간에도 속하지 않으며, 그 어떤 것도 소속에 대한 과거나 미래를 확실하게 하지 않는다. 또한 자연의 소리와 외침, 즉 인위적인 글자의 소리와는 대조된다고 순진하게 전제되는 소리도 아니다. (264a/236a)

모음이 없는 gl은 소리내기가 매우 어렵다. gl은 형태소도, 음성소도, 의미소도, 단어도 아니다. 무엇에 대한 표시도 아니다. gl은 담론에도 공간에도 속하지 않으며, 소속에 대한 과거나 미래를 확실하게 하지 않는다. 또한 자연의 소리와 외침, 즉 인위적인 글자의 소리와는 대조된다고 순진하게 전제되는 소리도 아니다. 그럼에도 불구하고 gl은 끊임없이 돌아다니며, 많은 철자 및 단어와 붙었다 떨어졌다를 반복하면서 수많은 의미를 만들지만, 자체적으로는 아무런 의미가 없다. 이미 말한 대로 gl은 제대로 발음도 되지 않아, 아무것도 선명하게 뜻하지 않기 때문에, 거의 아무것도 아니다. 그러므로 gl은 여성도 남성도 전체도 부분도 아닌 것으로 정체가 없다. 그럼에도 불구하고 이 gl은《글라》전체를 미끄러지듯gliss, 돌아다니며, 이런 저런 철자와 붙었다 떼어졌다가를 반복하면서 수많은 철학 개념과 절대 진리까지가 철자로 주조되었음을 보여준다. 동시에 gl은 끈끈이 풀glue과 밀접한 철자다. 이 풀이 이 철자와 저 철자를 서로 붙여, 개념, 의미, 절대 진리, 정신을 만든다. 그러므로 gl은 변증법이 지니고 있는 폭압적 억압에 따른 죽음을, 동시에 낚시 바늘angle에 있는 gl로서, 변증법 속에 감추어진 사람 낚는 무기, 즉 폭력을 은연중 암시한다.《글라》가 이런 죽음을 알리는 조종glas으로 번역되는 한 가지 이유다.

또한 이런 폭력은 다시 gl 주변으로《글라》를 통해 끊임없이 나타난다. 양날의 검gladioli/glaive으로. gloves장갑 ― 이 장갑은 주네의 극,《하녀들》에서 주된 은유로 사용되며, 둘이 고유 정체성이 없는 왼쪽 오른쪽 장갑처럼 닮은 모조라는 뜻이다 ― 의 gl로. 혹은 자신의 주체는 칼과 칼집처럼 남의 주체와 닮아 있다는 사실, 즉 기의는 없고 두 개의 기표가 포개어져 있음을 암시한다. 그러나 gl이 미끄러지고 다른 철자와 뗐다 붙였다 반복하지만, 이 gl은 여전히 장갑과 칼집으로 암시되는 폐쇄를 벗어나지 못한다gl reste sous la gaine(261b/234b). 데리다의 해체적 gl의 유희 또한 칼이 지니고 있는 폭력으로부터 완전히 면제되지 못한 한계가 있지만, 헤겔의 변증법에 비하면, 미소 폭력이다. 데리다는 4쪽에 걸쳐 gla로 시작되는 단어에 대한 뜻 모두를 사전을 인용해 망라하고 있다 (59b-62b/49b-52b).

동시에 gl, 혹은 gel은 Hegel이라는 고유명사에 있는 철자다. 그러나 고유명사란 없다. 헤겔은 흔히 절대정신을 위해 맹렬하게 하늘을 올라가는 (지양) 독수리eagle로 비유되는데, 사실은 개념의 틀 안에 갇힌 얼간이aigle이기 때문에 헤겔이라는 고유명사는 사실은 보통명사다.《글라》에서 gl의 언어유희를 통해 보여주는 공연의 결과는 다음과 같다.

조각들, 죽음, 그리고 이것을 다시 붙인 것들에 대항해서, gl은 존재하고, 초월적 공모를 방해하기 위해 구부리고 다시 세우고를 반복한다. 초월적 공모는 사실인즉 달콤한 폭파로 수문을 억지로 열려는 그 순간 물의 흐름을 막아버린다. 초월이란 닫았다 열렸다 하는 인공수로이며 통합적 합성수지에 불과하다는 사실을 드러낼 것이다; gl을 이용한, 수도 없이 증가하는 상처, 이빨 자국, 깨진 것을 봉합하거나 꿰맨 자국, 조각, 경계와 접목, 이 모든 것들을 작동시킨 마지막 단계는 가라앉은 바다, 무한의 장면과, 피곤증의 기호, 그리고《글라》의 영광스러운 언어 몸체가 드러난다. 산포하는 표시(기호)를 가로막는 동안, 모음〔glas의 a〕은 보이지 않으며, 무엇을 쌓아 올리지도 않는다échaufaude. 이것은 죽음(올무)을 노래하며chanter 끝내 죽음(올무)을 겁탈한다faire chanter. (261b/234b)

헤겔이 말하는 개념, 절대 진리, 정신까지도 사실은 철자의 접합에 불과하다는 것을 gl이 다른 단어나 철자에 끊임없이 붙었다가 떨어지는 것을 반복하면서 보여준다. '달콤한 수문'이란 변증법이 말하는 달콤한 유인, 즉 절대정신으로 간다는 뜻이다. 헤겔의 변증법은 이 수문이 열리고(정) 닫히는 것(반)과 같은 물리적·기계적 작동과의 유추가 가능하다. 변증법이란 경험주의적·기계적 차원에 있다는 의미다. 변증법의 반反인 억압은 수문을 닫아놓는 것이고, 정과 합쳐진다는 '달콤한 순간'은 이 수문을 여는 것으로 비유한 것인데, 여는 순간 또 다시 반이라는 억압으로 닫힌다. 이렇듯 변증법은 합성수지만큼이나 인위적이며, 정신과는 무관한 기계적 작동에 불과하다고 데리다는 주장한다.

프랑스어 세분화morcellement는 상처 혹은 물어뜯기morsures, 재갈mors, 죽음mort 등과 매우 닮았다. 깨진 조각은 상처다. 변증법이 내포하고 있는 상처와 죽음을 뜻하는 동시에, 잘게 분절하는 데리다 글쓰기 특성을 동시에 인유한다. 데리다는 항상 이중적이다. 변증법 과정은 폭력의 과정이기 때문에 많은 상처가 있다. 그러나 이를 해체하기 위해 데리다 역시 변증법에 수많은 구멍을 내어 해체시킨다. 이 역시 작은 폭력이다. 언어는 어떤 언어라도 정도의 차이는 있지만 폭력이기 때문이다.

변증법이 일으킨 폭력과 죽음이 서구 인문학사에서 줄곧 반복되었다는 사실을 지적하는 《글라》는 백과사전적이다. 소크라테스와 플라톤부터, 흄, 칸트, 셸링, 프로이트, 라캉은 물론 소쉬르, 주네, 퐁지, 마르크스, 바타유, 조이스, 베케트까지 수없이 많은 인용과 암시를 《글라》의 두 기둥 안에 있는 수많은 사각 안에 넣어 콜라주함으로써 두 개의 기둥은 수많은 구멍을 지니게 된다. 구멍 없이는 아무것도 발견할 수 없다는 데리다의 이중적 입장은《글쓰기와 차이》에서 반복해서 강조되었다. 이 구멍이, 혹은 구멍의 글쓰기 혹은 스폰지 글쓰기가 미시적 차원과 거시적 차원에서 가장 극대화된 것이《글라》다. 이 결과《글라》의 매 쪽에 있는 두 기둥, 즉 헤겔 기둥a와 주네 기둥에는 수도 셀 수 없을 만큼의 구멍(상처, 폭력)을 냄으로써,《글라》는 두 개의 서구 담론의 거대 기둥인 이원 구조, 즉 남성·남근중심주의를 무너뜨리는 글쓰기 공연이며 행위예술이다(이 책, 134). 이렇게 해서 변증법이 일으킨 거대 폭력을《글라》의 글쓰기의 구멍 내기로, 즉 데리다의 해체적, 미세 폭력으로 가라앉힌다. 이 결과, 데리다 해체 글쓰기의 마지막 단계에서는 이원 구조에 준한 변증법의 폐쇄가 사라진다. 이것이 무한으로 즉각 이어진다는 말은 절대 아니다. 최소한《글라》에서는 변증법이 무적의 개념기계라 데리다가 칭한 그 거대 폭력이 잠시 그 힘을 잃었을 뿐이다. 동시에 이원 구조에 바탕한 변증법의 담론이 상이고 환에 불과하다는 사실을 드러냄으로써《글라》는 환과 상이 아닌 것으로 향할 수 있는 가능성을 제시한다. 그러나 데리다의 해체적 글쓰기 역시 환과 상의 한계를 벗어나지 못한다.《글라》가 헤겔의 변증법이라는 이름을 지닌 철학은 사실은 철학이 아닌 전설인데, 이 전설에 개입해 진행된 글쓰기가《글라》이기 때문에,《글라》역시 여전히 환이라는 한계를 지니고 있다. 그러나 헤겔의 것과 차이가 나는 환이다. 해체적 글쓰기를 한 후의 피곤증 역시 그 자체가 아니라, 피곤증에 대한 기호일 뿐이다. 그러나 죽음을 가르치고 죽음으로 유혹하는 변증법의 폭력을 드러내어《글라》는 죽음을 피했기 때문에 영광스럽다. 변증법이 드러내는 죽음에 맞서, 열정적으로 이를 광정·고발했다는 뜻의 승리의 '노래'다. 동시에 기존 철학의 죽음을 알리는 조종glas이기에, 죽음이 아닌 철학으로 향하는 가능성을 열었다. 그러므로 《글라》는 '부정적인 것이 아니며, 제한 없고, 웅장하고 거대한, 소리 없는 긍정'(255b/228b)을 노래한다. gl이 수많은 철자, 그리고 단어와 붙었다가 떨어졌다가를 반복하지만, 의미화 과정이 아니다. 프랑스어 échaufaude 는 쌓아 올린다, 혹은 체계를 만든다는 뜻도 있지만, 동시에 교수대라는 뜻을 가지고 있다. 데리다 해체는 의미나 체계를 쌓지 않는다는 뜻이지만, 동시에 변증법이 주장하는 절대 진리, 정신, 주체, 고유의미와 고유성를 찾는 과정은 삶을 교수대로 보낸다는 뜻임을 드러낸다.[95] gl이 보여주는 이러한 유희는,

> 모두 우연을 중시하는 방향으로 나아간다. 반드시 gl은 잘 떨어지고 필연
> 을 우연으로 만든다. 언어 안으로 고유명사가 불법적으로 눈에 보이지 않
> 게 행세하는 순간, gl은 다이너마이트가 되어 이 순간을 폭파시키고 구멍
> 을 남긴다. 그리고 매우 빠르게 회복한다; 기억이 없는 기생적 성장이고 번
> 식이다. (264a/236a)

필연을 우연으로 만든다는 말은 모든 의미, 개념, 인식소가 필연이 아니라, 철자와 다른 철자와의 우연한 만남임을 보여준다는 말이다. '불법적으로'란 고유명사나 정신은 그 어떤 것으로도 도출될 수 없지만, 개념의 유희인 변증법으로 된다고 하니, 불법이다. gl은 반드시 기존의 단어와 개념, 구조에 파고들어가 구멍[96]을 내기 때문에 기생적 성장이고

---

95 이 책 .

96 구멍이란 말은 《글쓰기와 차이》에서 처음에서 끝까지 사용된 단어다. 구멍trou 없이는 아무것도 발견trouver 할 수 없다고 데리다 주장한다. 그 다음에 나오는 '기생적'이란 말에 대해서는 이 책, 28.

번식이다. gl의 고정된 의미가 쌓이지 않도록 했기 때문에 gl은 기억이 없다.

이러한 한계를 지닌 채, gl의 모험은 언어 사이를 미끄러지면서glide, 헤겔과 주네의 언어적 주체적 모델과 이데올로기적 문화적 보따리 사이에서 직선을 피하고 고불고불 고집스럽게 제멋대로 끊임없이 움직인다. 모음이 없어 완벽하게 소리 낼 수도 없는 gl이 이렇게 움직이면서, 서구 형이상학의 전제들, 예를 들면, 이상, 기원, 목적, 정체성 등으로부터 한발 물러나와 서구 문화에 대해 사유하는 것이, 시대와 신기원 혹은 정치 및 문화 운동에 관한 거창한 설명보다 더 효과적으로 서구 형이상학과 문화에 대해 설명할 수 있다. 이 gl은 끊임없이 스스로를 비틀고, 더블로 만들고, 뒤집고, 반복하는 언어의 네트워크 안에서 셀 수 없을 정도로 여러 번 암시된 최소 단위다. 그래서 gl의 끊임없는 움직임은 고유성이라고 간주되어온 것들, 주체, 정신, 개념 등이 사실인즉 우연한 철자 교합에 불과함을 드러낸다.

대체적이고 자유롭게, 그리고 연속적으로 진행되면서 발생되는 이 gl의 시리즈 효과는 단어가 다른 철자와 붙어서 생기는 덩어리(무의미)를 실재(의미)로 받아들이는 것을 막기 위한 것이다(《산포》285/254). 단어들이 연이어 다른 단어로 대체되는 것, 단어들의 집적 혹은 덩어리가 만드는 연속 효과는 다만 관계이며, 독립적으로는 아무런 의미를 전달해주지 못하는 보어적 논리syncategoreme는 관계 사이에 있는 흰색blanc, 공간blank으로 이는 단어와 단어와의 사이entre이자 동굴antre같은 공空일 뿐, 실체나 대상이 아니다. 이 결과, gl의 움직임은 주제화되지 않고, 그 어떤 지점으로 명확하게 독자를 유도하지 않는다. 다만 수십 개의 반대 짝pairs을 통해 부정 사이에서의 움직임을 제시하는 문자 구조 자체는 저 너머의 어떤 것에 대한 약한 제시지만, 이를 위해 반대 짝들이 적용되지 않는다. 바로 이런 이유로 데리다는《산포》에서 이원 구조 사이에 있다고 헤겔이 주장하는 그 사이는 이원 구조 자체가 존재하지 않은 것이기에, 이 사이entre는 동굴antre의 공空이다. 이 동굴은 플라톤이 말한 동굴이다. 이렇게 되면, 서구 담론이 여태 말해온 진리란 동굴 벽에 비친 그림자와 동일하다. 고유한 목소리는 동굴에서 울리는 메아리에 불과하고, 절대 진리, 의미, 인식소가 동굴 벽에 비치는 그림자·환영·주물임을《글라》전편에 걸쳐 드러낸다. 플라톤 철학이 지향했던 그곳, 동굴 밖이 바로 동굴 안에 있는 밖과 안이라는 동굴 안의 이분법 안에 있는 동굴 밖임을 드러내어, 데리다는 플라톤과 헤겔에게 이데아, 진리가 허구 안의 허구라는 사실을 드러내어 되돌려준다.

gl을 통한 언어유희의 이 같은 반복, 즉 미세논리, 미물학, 혹은 사소한 것, 하잘 것 없어 보이는 것들을 캐는 gl의 미시적 공중곡예는 논리적 담론보다 훨씬 더 효과적으로 데리다가 말하려는 중요한 것을 전한다.[97] 여러 겹의 철자의 축적은 놀랍게도 역사와 정전cannon이 지닌 이데올로기적 언명을 통해 축적된 문화의 가치를 측정할 수 있는 근거가 된다. 단지 물질적인 철자 두 개 gl은 의미는 아니지만, 소리도 형체도 있어, 데리다의 특이한 글쓰기인 미시적 해체 안에서 흘러가고 미끄러지면서, 헤겔 변증법 흐름을 방해한다. 물의 연속적 흐름, 그리고 투명하고 상대적으로 무취에 가까운 이 조약돌 같은 gl은 소위 초월적 실재 혹은 본질이라고 말하는 형용적 속성을 흉내 낸다. 수도 없이 많은 의미를 만들어 내는 것 같지만, 자체적으로는 아무런 의미를 지니고 있지 않다. 그리고 무수한 (무)의미를 만드는 이 gl은 끝까지 gl로 남으면서 아무런 의미를 지니지 않은 채, 마지막에는 무덤으로 떨어진다. 마치 조약

---

97 Hobson, 154. 이 사실은 식수도 지적했다. 이 책, 98.

돌이 물 안으로 떨어지듯. 그래서 gl은 원原말도, 원조각말도 아니다. 그저 조각이고 표시mark 같지만, 무엇에 대한 표시도 아니다. 말은 더더욱 아니다. 말로부터 분리된 요소일 뿐이다. 물질적 요소지만, 너무나 비어 있어, 거의 아무것도 아니다. 거의 아무것도 아닌 gl이 《글라》 안에서 끊임없이 돌아다니면서, 오랫동안 숭배되어온 남근중심주의의 버팀목이었던 이원 구조의 두 기둥과 대체계를 형체를 알아볼 수 없을 정도로 써레질한다. gl 이 두 철자를 지닌 단어들이 엄청나게 많다는 사실을 데리다는 제시한다(59-60b/49b). 이는 gl 두 철자가 지닌 의미가 없음을 증명하는 것이다.

— 《글라》의 거시적 차원의 글쓰기: 상호교차대구법

상호교차대구법이란 서로 상이하거나 서로 반대인 것으로 간주되는 것을 나란히 병치시켜, 둘이 유사하다는 것을 보여주는 글쓰기이다. 이러한 데리다 글쓰기는 이미 《여백들》 〈탱팡〉에서 레이리스의 시와 자신의 글쓰기를, 그리고 《산포》 〈이중 세앙스〉에서 플라톤의 〈필레부스〉와 말라르메의 시를 병치시켰다. 또한 《엽서》는 전반부와 후반부로 나누어, 전반부는 플라톤의 철학을, 후반부는 프로이트의 《쾌락 원칙을 넘어서》를 병치, 플라톤과 프로이트의 유사함을 드러내어 둘의 관계가 복사관계임을 드러낸다.

이러한 글쓰기 기법이 가장 극대화된 것이 《글라》다. 《글라》에서 서구 담화의 얼개였던 이원 구조가 정과 반이 아니라, 서로를 비추고 있는 거울임을 드러낸다. 즉 헤겔과 주네, 즉 서로 반대된다고 간주되어온 이성, 철학, 아버지 vs 감정, 문학, 어머니, 혹은 독수리 헤겔인 남성 vs 금작화라는 이름의 주네라는 여성. 이러한 이분법은 반대가 되는 대조가 아니라, 서로를 비추고 있는 거울·더블임을 드러낸다.

상호교차대구법은 구조주의자들이 제유 다음으로 애용했다. 기표는 그릇, 그리고 이 그릇 안에 담긴 것을 기의라 상정하고, 구조주의자들은 이것을 차이로 보지 않고, 산뜻하게 대조로 간주했다. 레비스트로스는 이를 '대칭적 전치a symmetrical inversion'라 했으나,[98] 많은 문제점만 안겨주었다. 이는 추상화로, 구체적 대상이 없기 때문에 레비스트로스 자신의 인류학 탐구와 연구에 전혀 도움이 되지 못했기 때문이었다(《글쓰기와 차이》 10장).

데리다가 이원 구조가 허구임을 드러내기 위해 동시다발적적으로 매우 잡종적이고 복수의 주제를 정경화, 무대화, 이중 장면화하는 해체적 글쓰기의 별호는 상호교차대구법 외에도 무수하다: 양면 병치법, 거꾸로 뒤집기clinamen·transverse, 이중 함입陷入·invagination, 거울 글쓰기, 그래픽 텍스트, 의미를 글자그림으로 바꾼다 하여 '회화적 명명주의', 문법과 어법을 지키지 않는다 하여 '무문법적 글쓰기' 등이다.[99] 그런데 데리다의 상

---

98 Sturruck, ed, 22.

99 모든 것을 차연(문자)에 의해 표상될 수 없음과 모든 담론과 의미는 문자로 환원될 수 있음을 드러내기 때문에 '비非아이콘 글쓰기aniconicity', '독특한 조명 아래 필사筆寫주의Scribisme illuminatoresque', 《글라》에서 보았듯이 남근(이성중심주의)에 수없이 많은 구멍을 내어 해체한다 하여, 혹은 구조주의자들, 경험주의자들, 그리고 신비평가들이 중심으로 착각한 그 구멍(중심)에 데리다의 글쓰기가 다시 구멍을 내기 때문에, 구멍이 숭숭 나 있는 '스폰지 글쓰기'라고도 칭한다. 혹은 나뉜 듯, 나뉘지 않는 데리다의 글쓰기가 처녀막을 닮았다 하여, '하이멘hymen 글쓰기', '백색 글쓰기'(이 책 3장 7. 참고), 논리의 일직선적 선을 미세하게 잘라 점으로 만들지만, 멀리서 보면 무슨 일이 발생했는가가 선명하게 보인다고 해서 '점묘법點描法, pointillism', 변증법적인 것dialectic에 어긋나는 '은하수galactic 글쓰기', '모자이크 글쓰기', 모든 표상은 이미 두 번의 혹은 이중의 허구임을 드러낸다고 해서 '이중인화二重印畵, le surimpression' 혹은 '이중적 글쓰기', 직선이 아닌, 예측 불가한 움직임이라 해서 '내장의 움직임을 닮은 글' 혹은 철자의 변치가 무한대로 진행된다 하여, '철자변치 글쓰기', 미래를 위한 글쓰기라는 뜻에서 '미래적 글쓰기', 혹은 메시지 없이 이원 구조가 성립할 수 없음을 보여주는 글쓰기라는 뜻에서 '공연적 글쓰기', '장면 글쓰기' 혹은 '틀 속에 틀un tableau dans un tableau, 즉 무한반복을 드러내는 '심연의 장면·무대mise en abime 글쓰기'라고 칭한다. 또한 기의가 없이 기표(광의로는 글)가 기표(글)를 다시 복사했다는 사실을 드러내기 위한 '자체적으로 반으로 접히는le repli sur soi 글쓰기,' 혹은 '거울 글쓰기'라고 표현하는가 하면, 글로 쓰

호교차대구법 글쓰기는 신비평이 말한 병치juxtaposition를 파격적으로 바꾼 것이다. 신비평은 정과 반, 즉 서로 반대·대조되는 것을 나란히 병치시키면서, 정과 반이 동시에 존재하는 통일성을 강화하기 위한 것이었다. 그러나 데리다는 정과 반은 서로 복사·더블임을 보여주기 위해 사용한다. 이렇게 해서, 여러 개의 텍스트와 장르를 혼합하는 상호교차대구법 글쓰기는 역사적이며 동시에 구조적 질문을 던진다.[100] 최소한 두 개의 기둥이 있기 때문에, 여러 장르에 속하는 여러 상호텍스트들을 동시에 해체적으로 읽을 수 있다. 혹은 데리다 표현대로 '두 눈으로 읽고, 두 손으로 동시에 혹은 따로 따로 쓴다'는 것이 가능해진다. 이렇게 되면, 상호텍스트 하나만을 읽을 때, 역사적으로 폐쇄되어 보이지 않았던 것, 감추어진 것이 드러난다. 그래서 이 기법은 데리다 해체에서는 필수다. 즉 이런 글쓰기 기법이 없었다면, 데리다 해체는 불가능했다. '무엇'보다 '어떻게'가 훨씬 더 중요하다. 의도와 마음도 중요하지만, 더 중요한 것은 현실적 전략과 기법이다. 상호교차대구법에 대해 데리다가 지대한 관심을 가진 이유를 설명한다.

상호교차대구법의 형식, X에 나는 지대한 관심을 가지고 있다. 알려지지 않는 것의 상징으로써가 아니라, 이 모양에…사거리, 네 개의 끝을 지닌 지렛대quadrifurcum, 격자 모양의 쇠창살, 열쇠 등에서 보듯 일종의 시리즈series가 있다. 길이가 똑같지 않고, 하나는 다른 것보다 더 길다: 이중 제스처

지 않으면 안 되기 때문에 거세당하지 않을 수 없지만, 그만의 독특한 글쓰기로 이 거세당한, 죽은 글쓰기를 다시 치유하여 살아나게 한다는, 두 가지의 작업을 동시에 한다는 뜻에서, '꺾이면서 다시 세우는 글쓰기antherection'(157b/138b) 등, 데리다 글쓰기에 대한 별호는 수없이 많이 양산되었다.

100 Llewelyn, 147.

와…건너가기의 모습이다.

그리고,

    X는《글라》에서 일반적 교차이다. 시작과 끝이 비틀려져 사이가 벌어진 끈band이 있는 상호 교차 형식은《티마이오스》에서는 신神이 세상을 만든 것을 기술한다. 신은 이미 세상을 통합하고, 이를 다시 둘로 나눈다. 한쪽 끝과 다른 쪽 끝을 세로로 찢는다; 그는 이 두 개의 끈을 중심에서 교차·고정해서 X 모양으로 만든다. 그리고 두 끈의 각각의 끝을 이어 각기 두 개의 원으로 만든다. 그리고 바깥 원을 동일자의 속성으로, 그리고 안쪽 원을 타자의 속성으로 결정한 것이다. (《그림》192/166)

우주생성을 설명하면서 티마이오스는 원래 하나인 것을 둘로 나누어 타자와 동일자라 했다. 데리다는 원래 하나인 것을 둘(정과 반)로 나누었다는 사실에 주목한다. 티마이오스가 하나인 것을 둘로 나누어, 두 개의 원을 만들어, 납작하게 누르면 X가 된다. 이 X를 닮은 상호교차대구법 글쓰기로 정과 반이 동일한 것이고 동일한 것이기에 사실은 서로 교환되거나 서로 왔다 갔다 할 수 있음을 드러낼 수 있기 때문에 데리다는 이에 지대한 관심을 갖는다. 동일자와 타자라는 짝이 시리즈로 있다는 말은 이원 구조의 복사가 수없이 반복되었다는 뜻이다.《글라》의 상호교차대구법 글쓰기는 이원 구조의 정(왼쪽 a 헤겔 기둥)과 반(오른쪽 b 주네 기둥)이 실은 서로 동일한 것으로 폐쇄 안에서 연결되어 둘은 서로 왔다 갔다 할 수 있음을 보여준다. a 기둥과 b 기둥의 끝과 시작이 반대 기둥의 끝과 시작과 연결된 것을 눈으로 볼 수 있게 했다.

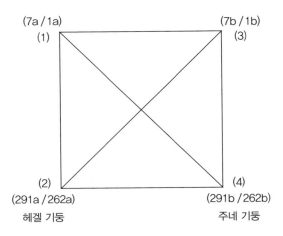

(7a / 1a)   (7b / 1b)

(1)   (3)

(2)   (4)

(291a / 262a)   (291b / 262b)

헤겔 기둥   주네 기둥

(2)-(3), (4)-(1)이 연결되면 X 모양이 된다. 이렇게 X로 이어지는 문장들을 이으면 다음과 같다:

(2)-(3): '"직사각형으로 잘게 찢어 변소 구멍으로 쑤셔 넣어버린 렘브란트 그림으로부터 남아 있는 부스러기"는 둘로 나뉘었다'—'예수와 디오니소스, 이 둘의 유사성을 완결시킬 시간. 이미 이 둘은 문학의 기원으로 공들여 만들어졌다. 그러나 이에 대한 고려와 설명 없이는 멸망으로 치닫는다.'[101] 이 연결된 말은 종교철학(예수)과 문학(디오니소스), 이 둘의 기원이 모두 허구인데, 이것을 서로 반대되는 이원 구조로 나눈 것은 근거없다는 말이다. 이에 대한 고려와 설명 없이는 멸망으로 간다는 말

---

101   (2)—(3): "*ce qui est resté d'un Rembrandt déchire en petits carrés bien réguliers, et foutu aux chiottes*" se devisé en deux'(7b)-Un temps pour parfaire la resemblance entre Dionysos et le Christ. Entre les deux déjà s'élabore en somme l'origine de la littérature. Mais elle court à sa perte'(291a)/"*What remained of a Rembrandt torn into small very regular squares and rammed down the shithole*" is divided in two.'(1b) − A time to perfect the resemblance between Dionysus and Christ. Between the two (already) elaborated in sum the origin of literature. But it runs to its ruin(sans)'(262a).

은, 문학이, 즉 허구·환이 종교와 문학 둘 다의 기원인데, 종교철학만을 실체라 착각함으로써 발생되는 것은 멸망, 재앙이라는 뜻이다. 종교 전쟁과 죽음이 연속적으로 발생한다는 뜻이다. 렘브란트의 그림은 사실주의적 기법과 특히 명암의 대조로 유명한데, 이는 변증법과 가장 밀착된 화풍이다. 이러한 렘브란트의 그림을 갈기갈기 찢는다는 것은 경험주의와 사실주의 차원의 변증법을 해체하는 일종의 행위 예술이다. 변증법은 흔히 절대정신으로 향하는 철학으로 간주하는데, 데리다에 의하면, 여전히 경험주의다.

(4)—(1): '내가 당연히 두려워하는 것은 자체적으로 재출판한 것, 오늘, 여기, 지금, 남아 있는 것'—'지금 여기 우리를 위해 헤겔이 남긴 것은? 이것 없이는 그에 대해 생각할 수 없을 것이다. 우리를 위해 지금, 여기: (지금, 여기라는) 이 말들조차 인용들이고, 이미, 항상, 우리는 그것(지금과 여기)을 그 (헤겔)로부터 배울 것이다.'[102] '무적의 개념기계'인 헤겔 변증법의 막강한 힘이 서구 인문학 전체를 옥죄고 있기 때문에, 그로부터 벗어나 사유한다는 것을 거의 불가능하다는 뜻이다. 자신이 출판한 것 모두는 변증법을 재편집한 것으로 인용까지도 헤겔 것에 속한다. 서구 인문학을 배운다, 심지어 헤겔에 반대하는 글도 엄청난 조심과 독특한 전략 없이는 헤겔로 다시 이입된다. 서구 철학자들이 거의 강박적으로 '지금' 그리고 '여기'에서 찾고자 했던 물자체, 본체, 존재 등의 이름을 지닌 '이것Ça·It'이 강박적으로 계속 되풀이되는 이유는 서구 철학자들이 강박적으로 '이것'을 찾고자 했기 때문이다. 그런데 '지금' 그리고 '여기'에

---

102 (4)-(1) 'Ce que j'avais redouté, naturellement, déjà, se réédite. Aujourd'hui, le débris de' (291b)-'quoi du reste aujourd'hui, pour nous, ici, maintenant, d'un Hegel? Pour nous, ici, maintenant: voila ce qu'on n'aura pu désormais penser sans lui. Pour nous, ici, maintenant: ces mots sont des citations, déjà, toujours, nous l'aurons appris de lui'(7a/1a).

있다고 전제된 '이것' 역시 헤겔 방식대로, 이원 구조에 의한 변증법으로 찾을 수밖에 없다는 뜻이다. 물론 데리다 해체적 글쓰기는 헤겔을 그대로 따라가지 않는다. 그러나 일반적으로 헤겔의 엄청난 영향과 위력으로 완전히 벗어난다는 것은 거의 불가능하다. 헤겔을 그대로 따라간 철학자들이 대부분이고, 그리고 헤겔을 반대했지만, 헤겔의 틀로 다시 이입된 철학자들의 수는 다 열거할 수 없을 정도로 무수하다.

또한 (1)-(3), (1)-(2), (2)-(4), (3)-(4) 가 이어지면 폐쇄된 사각이 형성된다.

(1)—(3): '그러나 헤겔이 우리를 위해, 오늘, 지금, 여기에 남긴 것'-'에 대한 고려 없이 헤겔에 대해 말하는 것은 멸망으로 치닫는다.'[103] 즉 헤겔의 변증법이 숨기고 있는 죽음과 폭력을 밝히지 않으면 위험하다는 뜻이다. 나치즘, 인종차별주의, 종교전쟁이 모두 이원 구조와 이성 중심주의에 바탕하고 있다.

(1)-(2): '결국 우리를 위해 지금 여기 헤겔로 부터 남아 있는 것?'—'〔전통에 대한 주네의 행위예술, 사실주의 파괴, 즉〕 렘브란트 그림을 규칙적으로 사각으로 잘라 변소 구멍으로 쳐 넣은 것은 둘로 갈라져 있다.' 헤겔이 남긴 것과 전통에 대한 헤겔을 반대하는 주네의 행위 예술은 이원 구조를 해체하지 못하고 여전히 이원구조로 남은 채, 오히려 헤겔의 틀에 되잡힌다(이 책, 179~191).

(2)-(4): '예수와 디오니소스, 이 둘의 유사성을 완결시킬 시간. 이미 이 둘은 문학의 기원으로 공들여 만들어졌다. 그러나 이에 대한 고려와 설

---

103   (1)-(2): 'quoi du reste aujourd'hui, pour nous, ici, maintenant, d'un Hegel?'(7a/1a)-'Mais elle court à sa perte … '(291a/262a)/what, after all, of the remains(s), today, here, now, of a Hegel?(7a/1a)- 'But it runs to its ruin, … '(291a/262a).

명 없이는 멸망으로 치닫는다.'—내가 두려워한 것, 자연스럽게, 이미 벌써, 이 자체를 재출판한 것. 오늘, 여기, 지금, 렘브란트의 부스러기에 대한 고려 없이는.'[104]

(4)—(3): '내가 당연히 두려워하는 것은 재편집한'—'직사각형으로 잘게 찢어 변소 구멍으로 쑤셔 넣어버린 렘브란트의 그림에 남아 있는 부스러기는 둘로 갈라졌다.'[105]《글라》의 데리다 글쓰기 역시 주네의 행위예술처럼 헤겔의 담론을 수도 없이 많은 (직)사각형으로 잘게 분쇄했다. 그러나 이런 사보타주에도 불구하고 주네 역시 이원구조에 되잡혔고, 환을 실체로 착각하게 만드는 사실주의 혹은 경험주의는 결코 그 힘을 잃어버리지 않기 때문에 두렵다는 뜻이다.

이렇게 해서 폐쇄된 사각 안에서 정으로 간주된 a 헤겔 기둥과 반으로 간주된 b 주네 기둥 사이를 왔다 갔다 할 수 있다. 이외에도 a 기둥과 b 기둥이《글라》에서 많이 연결되어 있다. 이것은 서구 인문학 담론에서 무한 맴돌기(자기 원인)가 반복되었다는 것을 뜻한다. 폐쇄된 채 a와 b는 뫼비우스 띠가 되어 역사적으로 서로 오가기를 끊임없이 반복했다. 데리다의 말이다: '두 기둥은 뗄 수 없게 된다. 그리고 오른쪽에서 왼쪽으로, 그리고 반대로 왼쪽에서 오른쪽으로, 그 어떤 방향으로도 읽힐 수 있다. 서로가 서로를 필요로 하기 때문이다'(269a/241a). '거꾸로 바라보는

---

104 (2)—(4): 'Un temps pour parfaire la ressemblance entre Dionysus et le christ? Entre le deus (déjà)s'élabore en somme l'origine de la littérature. Mais elle court à sa perte, … ' / A time to perfect the resemblance between Dionysus and Christ. Between the two (already) is elaborated in sum the origin of literature. But it runs to its ruin, … ' (291a/262a).

105 (4)—(3): 'Ce que j'avais redouté, naturellement, déjà, se réédite.' (291b/262b)-*"ce qui est resté d'un Rembrant déchiré en petits carrés bien réguliers, et foutu aux chiottes"* se devisé en deux.'(7b/1b)

두 기둥은 무한대로 서로 교환될 수 있다'(52b-53b/43b). 서로 반대되는 것으로 간주되어온 헤겔과 주네가 동일한 남근중심주의에 근거한 것임이 드러나기 때문이다. 비유적으로 말하면, 열차에서 마주보고 앉아 있는 타자인 상대방의 눈을 쳐다보았을 때, 타자의 눈길을 보는 것이 아니라, 자신의 눈길을 상대방의 눈에서 포착했을 때의 섬뜩함이다.[106] 또한 이 둘의 폐쇄회로는 '때때로 상대의 꼬리를 서로 삼키며, 연동적 제스처로 합병한다. 때로는 서로에게 의지하기도 하며, 사실은 반대나 모순이 아니지만, 모순이며 반대가 된다고 서로 공모하기도 한다. 상호교차대구법 글쓰기는 역사적으로 있어온 정과 반이라는 이 둘의 공모와 상호자동 번역을 드러내고, 텍스트의 경계 없는 상황과 전혀 기대하지 못한 만남에 대해 예민하게 공연한다.'[107] '자동번역'이란 복사·더블이라는 뜻이다. 서로 대조된다고 전통적으로 혹은 상식적으로 간주해온 두 기둥, 정과 반, 즉 헤겔과 주네의 담론이 서로 닮았기 때문에 서로 건너갔다 왔다 할 수 있지만, 때로는 필요에 따라 서로 대조되는 것이라 주장하면서 공모해왔다. 이렇게 되면, 뫼비우스 띠가 무의식과 의식을 잇는 표상이라 하며 라캉이 매우 중시했던 것인데,《글라》의 상호교차대구법 글쓰기를 통해 이 뫼비우스 띠는 결국 무의식과 의식이 다 빠져나간 경제성[108]이고, 공空임이 드러난다.

    X는 텅 빈 추상의 절대 진리의 이미지이며, 이는 공허한 시간과 상응한다. 공의 시간은 추상의 절대 진리를 만들고, 충만한 의미를 텍스트의 효과로 대체하며 의미를 비워낸다.…텍스트는 이렇게 되면 절대 진리를 그 자

106　Powell, *Autobiography*, 77에서 재인용.

107　Castricano, 89.

108　'경제성'에 대해서는 김보현,《입문》, 129, 주 38 참고.

체로 줄 수도 없고, 절대 진리는 그 자체로 도래하지 않는다. (257a/229a)

이렇게 상호교차대구법 글쓰기가 적용·진행되면 기존의 담론은 지각 변동, 즉 지질의 변성작용amorphism에 버금가는 파격적 변형이 일어난다. 동일한 담론이 이러한 기법으로 변성작용을 보이기 때문에 왜상화법歪像畵法 anamorphosis에 비유된다.[109] 즉 두 개의 기둥, 혹은 두 개의 기념비는, 논리로는 설명·요약되지 않는 데리다의 글쓰기에 의해 몰락되고, 서로에게 되돌려지고, 대치되면서, 주석까지 드러낸다.

상호교차대구법과 함께 동시적으로 또 다른 해체적 글쓰기가 진행된다.《글라》는 각주도, 장의 제목도, 목차나 차례도, 기승전결도, 유기적 통일성도 없다. 아버지로 비유되는 헤겔의 왼쪽 기둥과 꽃의 수사로 소설을 쓴, 어머니로 비유되는 오른쪽 주네의 기둥에는 수도 셀 수 없을 정도의 많은 인용이 사각의 구멍窓 안에 들어오면, 폐쇄는 흐릿한 흔적만 남기고, 이원 구조를 상징한 두 기둥, 끈, 남근이성중심주의는 무너진다. 구멍이 수없이 많이 나 있는 기둥은 또 다시 두 개로 나뉘어 분화된다(56a/46a). 그런가 하면 기둥은 오랫동안 잘려져 절단된 상태로 있다. 예를 들면, 199a/176a 마지막 문단은 중단되고 잘려진 채 있고, 200a/177a는 활자 크기가 매우 다른 긴 인용문이 들어와 있다. 떨어졌던 199a/176a의 맨 마지막 말은 209a/186a 중간에서 다시 이어진다. 이러한 잘림이《글라》에는 수도 없이 많다. 이리하여 헤겔 vs 주네, 남성 vs

---

109 르네상스 시대 화가 홀베인이 그린《대사들》이 예이다. 초상화에 그려진 대사들은 다른 방향에서 보면 해골로 보인다. 르네상스의 이 그림은 현실, 표면appearance과 실체reality와의 간극을 보여준다. 즉 화려한 찰라의 인간 모습 vs 영원성 아래에서의 인간 모습, 상반되는 두 가지 모습을 동시적으로 극적으로 보여주는 화법이다.

여성, 이성 vs 감성이라는 이원 구조에 기반한 서구의 대담론을 지탱했던 대체계가 무너진다.

l'unité et le rassemblement de soi. Tendance vers le centre et l'unité, la matière n'est donc l'opposé de l'esprit qu'en tant qu'elle s'oppose à cette tendance, en tant qu'elle s'oppose à sa propre tendance. Mais pour s'opposer à sa propre tendance, à elle, matière, il faut qu'elle soit esprit. Et si elle cède à sa tendance, elle est encore esprit. Elle est esprit dans tous les cas, elle n'a d'essence que spirituelle. Il n'y a d'essence que spirituelle. La matière est donc pesanteur en tant que recherche du centre, dispersion en tant que recherche de l'unité. Son essence est sa non-essence : si elle y répond, elle rejoint le centre et l'unité, elle n'est plus matière et commence à devenir l'esprit, car l'esprit est centre, unité liée à soi, enroulée auprès et autour de soi. Et si elle ne rejoint pas son essence, elle reste (matière) mais elle n'a plus d'essence : elle ne reste pas (ce qu'elle est).

on ne peut tenter de déplacer cette nécessité qu'à penser — mais qu'appelle-t-on penser? — le reste hors de l'horizon de l'essence, hors de l'être. le reste pos. comme on traduit en s'aidant d'une béquille, d'un ersatz ou d'une prothèse (west nicht). Encore faut-il franchir le pas dialectique

« Une des connaissances qu'apporte la philosophie spéculative, c'est que la liberté est l'unique vérité de l'esprit. La matière (Materie) est pesante dans la mesure où existe en elle une poussée (Trieb) vers le milieu : Mittelpunkt] et constituée de parties séparées qui toutes tendent (streben) vers un centre (Mittelpunkt). Il n'y a donc pas d'unité dans la matière. Elle est une juxtaposition (Aussereinander) d'éléments et cherche (sucht) son unité; elle cherche donc son contraire (Gegenteil) et s'efforce de se relever elle-même (sich selbst aufzuheben). Si elle y parvenait, elle ne serait plus matière : elle aurait sombré comme telle (untergegangen als solche). Elle tend vers l'idéalité, car dans l'unité elle est idéelle. L'esprit au contraire a justement son centre en lui-même; il tend (strebt) lui aussi vers le centre — mais il est lui-même et centre. Il n'a pas son unité hors de lui, mais la trouve en lui-même.

se confirme ici l'affinité essentielle — et non seulement figurative — entre le mouvement de relève (Aufhebung) et l'élève en général : élévation, élèvement, élevage. Ascension aérienne du concept. Le Begriff saisit et emporte vers le haut, oppose sa force à tout ce qui tombe. Il est nécessairement victorieux. La victoire ne lui échoit pas, il est ce qui gagne. D'où son caractère impérial. Il gagne contre la matière qui ne peut lui tenir tête qu'à se relever elle-même, à se nier en s'élevant à l'esprit. Il gagne aussi contre la mort : en s'érigeant jusqu'à la tombe. La sépulture s'élève. Ne nous approchons pas trop vite de la sépulture de Hegel autour de laquelle il faudra s'affairer plus tard

20

La fleur épanouit, achève, consacre le phénomène de la mort dans un instant de transe. La transe est cette sorte de limite (transe/partition), de cas unique, d'expérience singulière où rien n'advient, où ce qui surgit s'effondre « en même temps », où l'on ne peut pas trancher entre le plus et le moins. La fleur, la transe : le simul de l'érection et de la castration. Où l'on bande pour rien, où rien ne bande, où le rien « bande ».

Non que le rien soit.

Peut-être peut-on dire qu'il y a le rien (qui bande).

Plus tôt qu'il n'y a, il y a bande (régime impersonnel) dans un passé qui ne fut jamais présent (la signature — déjà — le nia toujours) : il banda (régime

« Transe. s.f. Grande appréhension d'un mal qu'on croit prochain. [...] E. Wallon, transs, glas qu'on sonne pour la mort; espagn. et portug. trance, heure de la mort. ital. transito, passage de vie à trépas; du lat. transitus, passage. En français, transe, qui a voulu dire toute vive émotion pénible. tient à transir (voy. ce mot). » Littré

bander, c'est toujours serrer, ceindre (bandé : ceint), tendre, avec une bande, une gaine, une corde, dans un lien (liane, lierre ou lanière). « Bande. sf. [...] E. Wallon, bóine; namurois, bóinde; rouchi, béne; provinç. et ital. benda; espagnol. venda; de l'anc. haut. allem. bindo; allem. mod. binden, lier; sanscrit, bandh, lier. Comparez le gaélique bann, une bande, un lien. » Plus haut : « Elles nourrissaient leurs enfants, sans les emmailloter, ni lier de bandes, ni de langes ». Amyot. Littré, dont il faut lire tout l'article, pour y relever au moins que les bandes sont en termes d'imprimerie, des « pièces de fer attachées aux deux langues du milieu du berceau de la presse, sur lesquelles roule le train. Double contre sens, au moins, du mot bandé. Qu'appelle-t-on panser

impersonnel) égale il lia. Serrure.
Un certain rien, un certain vide, donc, érige.

스펀지처럼 수없이 구멍 뚫린(해체된) 남근(이원 구조)의 기둥을 시각화한 《글라》

데리다의 이런 글쓰기는 이원 구조가 말하는 정과 반, 이 둘의 힘을 빼버린다. 압축하면, 비결정성, 즉 이것도 저것도 아닌, 혹은 이것이기도 하고 저것이기도 한 것이 정과 반의 이것과 저것의 결정성을 무너뜨린다. 서구 형이상학과 동일한 논리와 체계의 틀로는 서구형 이상학 대체계의 해체가 전적으로 불가능하기 때문이다. 아니, 오히려 되잡힌다. 이런 이유로 이렇듯 특이한 데리다의 해체적 글쓰기 기법이 필요하다. 개념과 논리에 의지해서는 이원 구조로부터 거리 유지가 전적으로 불가능하다.

의도와 구호만으로는 의도를 구현할 수 없다. 의도만으로 모든 것이 가능하다는 착각을 '의도적 오류'(윔젯)라 한다. 바로 이런 이유로 탈정치화, 탈아카데미를 외치는 아방가르드, 그리고 제도권 밖에 있다고 하는 문학은 독특한 글쓰기 기법과 전략으로 뒷받침되지 않은 상태에서 공소한 구호에 불과하다. 이 결과 이들은 철저하게 제도권과 연계되어 이를 정당화시키는 알리바이에 불과하며, 이들의 자유는 '이상적 환상'이며 '웃음거리가 되는 낙관주의'라는 것이 데리다의 날카로운 지적이다. 포스트모더니즘에 들어와서 유행한 '유목주의'도 사실은 '공식적 유목주의'가 되어 '안돈주의'가 되어 버린 것도 동일한 이유이다. 따라서 라캉이 무의식과 의식의 관계를 말할 때 늘 사용하는 뫼비우스 띠 역시 '강력한 경제성'[110]이며, '부분적 상simulacrum'이다. 언어의 내부 구조란 없으며, 이 때문에 정신분석학이 말하는 상상계라는 것도 매우 평상적 언어 효과에 불과하다는 것이 데리다의 간단없는 비판이다.

데리다가 추구하는, 정도 반도 아닌 비결정성이 왜 그토록 중요한가? 비결정성은 '부정할 수 없고 거세될 수 없는 것'(256b/229b)이기 때문이다. 이는 데리다가 추구하는 비결정성은 레비나스의 '얼굴의 형이상학'이나 기성 종교가 말하는 유일신이나 타자와는 파격적으로 다르다. 이는 '나의 육체와 (무)의식을 쥐고 있고, 나를 감시하고, 나에 대해 염려하는 타자처럼, 나를 잡종화하면서, 혹은 에로틱하게 만드는 것'[111]이라 했다. 헤겔이 '철학적 탐구의 유일한 목적은 우연적인 것을 제거하는 것'이라고 천명한

---

110 '강력한 경제성'이란 고유성, 주체, 의식 등의 즉각적 죽음을 뜻한다. '경제성'이란 차연의 또 다른 기표인데, 아무런 관계가 없다는 말이다. '부분적 상'이란 말은 전체적인 상도 되지 못한다는 뜻이다. 즉 뫼비우스 띠가 의식/무의식에 대한 표상이라 라캉이 말하지만, 거의 아무런 관계가 없다는 뜻이다. 라캉이 제시하는 수많은 도표와 기하학적 그림도 부분적 상에 지나지 않는다고 데리다는 생각한다.

111 Derrida, *Points*, 15, 63~4. 60, 50~1, 59.

이유는 이렇게 해야만 이성을 추출할 수 있다고 전제했기 때문이다. 그러나 필연 vs 우연의 이분법에서, 우연을 제거하면 무엇이 발생하였는가? 우연은 사실상 필연적으로 나타나는 것으로 다만 이분법에 의해 받아들이지 않는 것일 뿐이다. 그러므로 헤겔이 우연은 일시적인 것일 뿐이라는 판단은 독단이었다. 그래서 이것을 단순 사고 정도로 취급, 폐기물처럼 버리고 잘라내야 하는 것으로 간주했다. 이로부터 온갖 폭력과 억압, 차별과 전쟁까지 발생했다. 헤겔이 말한 정신현상학은 모든 현상을 포괄하는 현상이 아니라, 반쪽짜리 현상, 반쪽을 죽였기 때문에 자동적으로 다른 반쪽(정과 반은 동일하기 때문)도 죽는, 그래서 죽은 현상학, 그래서 허구의 시학이다. 왜냐하면, 우연을 제거해버린 것이기에. 이렇게 해서 허구, 철학적 이성, 그리고 헤겔의 독단적 주장, 이 셋은 일치하게 된다. 우연은 외부적 환경에서 발생한 외적 필연이다. 우리의 삶에서도 우연이 필연이 되는 경우는 허다하다. 이 우연을 잘라내버렸기 때문에, 결과적으로 필연으로 간주된 것조차 더 이상 움직이지 못하고, 죽어버린 것이다. 따라서 헤겔의 변증법 체계는 허상virtual의 내재성이다. 이 안에서 건져지는 것은 이미 허상으로 죽은 현상이다. 이것으로 종교와 인문학은 물론, 정치, 경제, 교육까지 후원하고 동의하면, 이를 바꾸는 것이 거의 불가능해진다. 그러나 이를 바꾸고자 하는 데리다는 독특한 글쓰기 기법과 망망한 역사적 통찰로 무장한다. 이 결과 우연은 우연히 요행chance으로 나타나고, 행운의 기회chance가 될 수 있기 때문에 이런 요행dès을 확인dèsindentification[112]하기 위해서다. 프랑스어 dès는 주사위 던지기다. 실제로 우리 삶에서도 비결정성, 우연, 혹은 요행이 매우 중요하듯, 철학도 삶으로부터 전적으로 유리되지 않기 위해서는 유희는 철학에서도 매우 중요한 것으로 간주되어야

---

112   Derrida, *Psyché: invention de l'autre*, 616.

한다고 데리다는 주장한다(264a/236a).[113]

이런 요행을 찾기 위해서는 자신의 숙어를 찾아야 하고, 남들이 가지 않았던 다른 길을 찾아야 한다.[114] 이를 위해《글라》를 포함한 데리다 글쓰기의 다양한 관점은 '이동 중'에 있고, 문체의 리듬은 한 가지로 고정되지 않는다. 그 이유는 단일한 리듬과 코드 혹은 관점은 즉시 재전유와 환幻으로 떨어지고 개념화되기 때문이다. 또한 기존의 텍스트가 이미 잡종적이기 때문이기도 하다. 이 결과 데리다의《글라》는 잡종성이 그 법칙이며, 이는 데리다 자신의 심중心中에 있는 그 무엇, 가라앉지 않고, 도저히 제어할 수 없기에 끊임없이 솟구치는, 기존의 이데올로기와 도저히 화합할 수 없는 자신이 추구하는 독특함, 혹은 전적으로 다른 타자의 어느 일면은 놀랍게도 일반화된 이데올로기와 텍스트 속에 있다는 것이다. 다시 상기하자. 데리다의 해체는 철저하게 현실적이며 이중적 전략이다. 같은 맥락에서 '죽은 자의 죽음과 삶에 대해 이야기하려고 하면, 즉시 변증법 시체dialectophagous의 말이 이 모두를 삼킨다'(261b/233b)고 했지만, '유한한 몇 개의 단어 안에 무한으로 향할 수 있는 가능성이 이미 내재되어 있다'[115]고 한다. '비겁하고 노예적이고 시적詩的이며, 거짓말을 끊임없이 하는 차연'을 그러나 해체적으로 사용하면, 인문학 역사와 사회 발전은 물론 무한으로의 길을 모색할 수 있다는 것이 데리다의 믿음이자 전략이다. 이렇듯 글자에 대해서도 데리다는 이중적 태도로 일관한다. 이원 구조로 옥죄이지 않고 허무주의를 넘어서는 의지와 견인주의다. 이런 이유로《글라》는 가장 임상적 강의이며, 이는 텍스트의 최기저lit·

---

113 Smith, 18~27.

114 Derrida, *Points*, 41, 45.

115 Derrida, *The Gift of Death*, 87. 이 이유에 대해서는 우리가 데리다와 유대주의와의 관계에서 논했다. 이 책, 31~42.

bed를 조명하고 글쓰기를 통해 이원 구조가 환임을 드러내는 무대화(정경화)의 글쓰기로, 이의 연속변이cline를 그 목표로 한다.[116] 동시에 개인적인 것은 정치적, 경제적, 역사적, 철학적, 그리고 종교적인 것과 불가분의 관계에 있어, 한 줄에 모두 꿰여 있기 때문에 잡종적이다. 데리다 자신을 포함해 그 누구도 이 사실로부터 결코 자유롭지 못하기 때문에 전통이나 텍스트를 떠나는 일은 무모하고 어리석다. 따라서 인문학, 그리고 종교까지 이의 개선과 발전은 텍스트와 역사에서 찾아야 하며, 텍스트와 역사가 모든 것의 최초이자 최후의 근거가 되기 때문에, 이의 한계를 넘어서려는 존재, 혹은 타자 등은 바로 지금 여기의 실제 현장성과 역사와 전통 안에서 글쓰기를 하고 있는 나 자신인 자기에서부터 출발해야 한다고 데리다는 말한다.

《글라》의 한계도 데리다는 분명하게 적시한다. 헤겔의 변증법을 전설이고, 그래서 《글라》는 이 전설에 대한 재독이니, 《글라》 역시 전설임을 인정한다(7a/1a). 허구이며 글쓰기 장면에 불과하다는 말이다. 데리다가 《글라》에서 말하는 계단은 헤겔이 자신의 철학은 철학으로 들어가기 위한 계단이라고 한 말을 그대로 차용한 것이다. 계단은 철학용어로는 전상Potenz·Moment이다. 데리다는 이 헤겔이 만들어 놓은 계단을 올라갔다 내려갔다 하면서(41b/33b), 이로부터 완전히 빠져 나올 수 없어, 여전히 계단을 오르락내리락하고 있다. 이 계단은 죽음으로 향하는 계단으로 헤겔이 계기라 했던 것을 데리다는 《글라》에서 그리고 아다미와 합작한 그림으로도 보여 준다(이 책, 197).

---

116   Derrida, *Points*, 47.

(2) 이원 구조의 허구성

변증법에 의해 도출된다는 순수 절대정신이 환임을 증명하기 위해서는 변증법의 근거인 이원 구조가 환임을 우선 증명해야 한다. 정신 vs 물질에서 정신은 무엇인가? 예레미야가 하나님의 말씀을 제대로 받아 적을 수 없었을 때의 고뇌(《예레미야》 36: 2-4)는 유대주의가 말하는 ruah, 즉 하나님에게는 숨(말)과 정신이 일치하지만, 인간은 영원히 숨과 정신을 일치시킬 수 없다는 사실로부터 이원 구조가 시작된 것이다. 하나님의 말씀, 스토아학파가 제5 원소로 생각한 생명원소인 뉴마pneuma는 그래서 영물학靈物學 la pneumatologie이다. 뉴마는 라틴어 spiritus를 뜻하고, 이는 정신이자 숨을 뜻한다. 이 숨·정신에서 로고스란 말이 나왔다. 이 로고스·정신은 다시 셋으로 나뉘는데, 신성神聖, 천사, 그리고 인간이다. 그러나 숨·정신은 이렇게 분화되어 글·로고스로 쓰일 때는 질식된다(《글쓰기와 차이》 19/9).

헤겔 자신이 정의한 정신과 물질의 성질만을 보더라도 정신과 물질의 이분법은 사라진다. 헤겔은 물질은 절대적이지 못한 이유가 무게로 인해 떨어지는 성질 때문인데, 그럼에도 불구하고 이 물질은 통일성으로 합해지려는 경향이 있다고 말했다. 그렇다면 헤겔이 정의한 물질과 정신에는 차이가 없다. 왜냐하면, 정신도 처음에는 갈라져 있다가 변증법적 과정을 통해 절대정신으로 지양된다고 헤겔이 주장했기 때문이다. 물질의 무게, 혹은 중력은 '통일성을 위한 탐구'를 하지 않을 때, 정신과 같다(29a/22-3a)는 것이다. 헤겔에 따르면, 정신과 물질의 유일한 차이는 물질의 본질(중심)은 물질 밖에 있지만, 정신의 본질은 정신 안에 있다는 것인데, 그럼에도 불구하고 정신과 물질 둘 다 본질을 지니고 있다는 점에서도 둘은 동일하다. 그러므로 헤겔이 정의한 물질과 정신, 이 둘에는 헤겔이 주장한 대로, 질적 반대나 모순은 존재하지 않는다. 정신과 물질이라는 이분법은 상대적이다. 그래서 그리스 철학자 파르메니데스Parmenides는 존재의 반대가 존재가 되지 않아야 한다고 했고, 《소피스트》에 나오는 이방인 역시 비존재는 존재와 관계된 상대적 차이에 불과하다고 했다.

이원 구조의 허구성을 이렇게 논박할 수도 있다. 변증법이 주장하는 정과 반은 합쳐진다고 하는데, 반의 반은 정이 될 수 없다. 반의 반은 정이라고 하는 것은 단순히 수사와 논리의 유희다. 바로 이런 이유로 변증법이 말하는 정반합은 이분법이라는 틀 안에서 반이라고 결정한 수사와 방향과의 결합일 뿐이다. 진공관 같은 허공 안에서의 사변적 유희다. 사변적speculative이란 말은 거울speculum이라는 말에서 나왔다. 따라서 사변이란 거울에 비쳐진 환幻(270a/242a)임을 이미 인유하고 있다. 따라서 변증법의 필수인 '부정·반反·pas·not'의 구조는 부정의 이중 효과, 즉 고리, 혹은 환상環狀의 환상幻像을 만들어 이를 이용, 저 너머를 보유하는 것으로 착각하게 만드는 절대정신은 다만 부정 그 자체를 포함하고, 부정 자체를 내재화·이상화하기 위한 변증법의 발걸음pas·step은 아무 곳에도 가지 못하는pas·not 오로지 부정pas의 발걸음pas이 될 것이다.

(3) 이원 구조가 발생시키는 것은 무엇인가?
— 폭력과 죽음

존재하지도 않는 이분법은 헤겔에 있어서는 '철학의 필요'였다 (109a/95a). '철학의 필요'는 헤겔 저서, 《기독교 정신》의 부제목이다. 존재하지도 않는 이분법의 간격(이 또한 존재하지 않음)을 변증법(이성)은 메우고, 더 정신적인 것으로 기양하기 위해 지속적으로, 더 이상 간격이 드러나지 않을 때까지, 경험적·육체적·세속적인 것을 모두 잘라내야 한다(반反). 정과 반 사이에 더 이상 간격이 없을 때, 원래의 태양, 즉 순수 개념인 절대정신으로 되돌아간다는 것이다. 잘라내고 튀어 오르는 것은 항상 '질적 오르기'임을 헤겔은 강조한다(37a/29a). 이러한 튀어 오르기·지양·

계기는 항상 개념을 향하고 있을 뿐만 아니라, 한 개인을 동물적 자아에서 벗어나, 타자로서의 자신에 대해 사유하게 만든다고 헤겔은 주장한다. 그러나 데리다의 생각은 다르다.

　헤겔이 이분법을 만들기 위한 파열, 혹은 갈라짐은 절대 종교에서 절대를 이루기 위한 것이며, 이것은 철학을 위한 필요가 된 것이다. 철학 위를 점하고 있는 기독교를 위한 필요였다. 진리의 기독교로부터, 혹은 성스러운 가족으로부터 이분법, 즉 분리가 내려왔다. '철학의 필요'는 둘로 갈라진 그 사이의 좁은 간격, 깨어짐, 분리, 나누어짐 같은 것들이 실지로 존재하지는 않지만, 헤겔은 이 사이에서 질적 도약이 솟아오른다고 믿는다. 하나는 자신을 스스로 둘로 나눔으로써 철학의 우울한 근원이 된 것이다. 왜냐하면, 실낙원을 찾아야 한다는, 그래서 여기는 지옥이라고 생각할 뿐만 아니라, 실낙원, 혹은 순수 정신을 되찾기 위해서는 갈라짐, 베어냄이 끊임없이 반복적으로 진행되어야 하기 때문에 우울한 것이다. 억압, 부정, 폭력, 죽음을 불사해야 하기 때문이다. 그리고 이성은 이러한 분리를 줄이고, 무한대의 통일성에 의해 가깝게 이러한 근원으로 되돌아가기 위해, 스스로 매우 바빠지게 되지만, 결코 이는 무한으로의 이동이 아니다. 그럼에도 불구하고 이런 이분법, 즉 정신과 물질, 영혼과 육체, 신념과 이해, 자유와 필연, 이 모든 것들은 위대한 짝인 이성과 감성 혹은 이성과 자연이라는 이분법으로부터 유래된 것이다. 이러한 이분법들은 이성을 모방하는 오성에 의해 결정되었다. 이러한 수수께끼 같은 관계, 이 이성적 모방은 필요의 역사, 이분법 해결에 관한 이성의 관심의 역사로 철학의 전 역사를 구성하고 있다. (109a/95a)

헤겔은 오로지 이성만이 갈라진 것을 통합할 수 있고, 예술에 의한 유한적인 것을 통한 통합은 '즐거운 게임이거나 오락'일 뿐이라고 생각한다. 그러나 단도직입적으로 말하면, '철학의 필요'는 이성에 의한 사전 강타avant-coup, 즉 폭력이다.

이분법이 폭력을 동반하는 것을 알면서도 헤겔은 왜 이분법을 고수하는가? 이는 불가능한 것, 즉 절대정신에 대한 매료 때문이다. 이러한 매료가 폐쇄 속에서 현기증을 일으키는 맴돌기를 유발시킨다. 이런 맴돌기가 지양을 발생시킨다면, 이는 코미디의 현시와 현전일 뿐(291a/262a)이다. 이러한 코미디는 초월적 역할을 가장假裝하는 심연에 불과하며, 마음을 안정시키고자 하는 헛된 꿈이며, 불쾌하고 유해한 발산기發散氣effluvium를 내뿜으며, 최악의 폭력이 절대 조건이 된다고 데리다는 일갈한다. 헤겔은 정신이 자연보다 더 아름답다고 했는데, 데리다는 모든 것을 폭력으로 일관해서 드러나는 헤겔의 '정신이란 시체의 부양, 절뚝거리는 발기, 혹은 허물 벗은 살갗의 영광스러운 승천'(134a/117a)이라고 패러디한다.

헤겔은 신학을 철학의 으뜸패로 내놓고 카드놀이에서처럼 내기를 했다. 즉 변증법이라는 철학으로 위장하여 신학을 장착한 것이다. 헤겔은 미래를 기다리고, 이 미래는 시간과 함께 한다고 생각하며 시간은 절대와 무한한 현재와 충돌하지 않으리라 생각한다. 이는 과거와 기원에 대한 향수鄕愁와 표상, 그리고 파지와 예지로 구성되는데, 이 4가지가 다 우연히 융화되는 것은 아니다. 주목해야 할 것은 이러한 상황에서 생겨나는 환상인데, 서로 대립되는 짝을 무한대로 통제하는 환상은 피할 수가 없게 된다. 마르크스는 이것이 고유한 이데올로기이며 유령 생산자라고 정의한 바 있다. 헤겔은 기독교에 표상을 장착함으로써 변증법 과정에서 기독교를 완성시킬 수 있다고 생각했다. 그러나 헤겔은 존재하지도 않는 정반이라는 대조와 환상을 사용한 것이다. 《여백들》

142

존재하지 않는 정과 반 사이의 경첩, 따라서 역시 존재하지 않는 경첩
은 사냥용어로 매나 사냥개로 하여금 미끼를 맛보게 해서, 점차 잔학한
행위에 익숙하도록 만드는 것이다(245a/219a). 이원 구조를 강화한 논리,
즉 정과 반을 잇는다는 논리에 근거한 헤겔의 변증법과 기독교는 이러한
미끼와 올무를 감추고 있다. 이는 두 단어, 경첩charnière이 납골당·시체
charnier와 유사하다는 사실에서도 암시된다. 데리다는 데카르트가 카드
놀이에 아주 능한 사람으로 비유했는데, 데카르트가 유한적인 것을 걸고
무한을 얻어냈던 것처럼, 헤겔은 존재하지도 않은 이원 구조를 미끼로
무한을 보장한다면서, 억압, 폭력, 그리고 죽음을 요구한 것이다.

이원 구조가 허구이고 환상인 이상, 절대정신으로 되돌아가기, 그리고
하이데거가 말한 근원·존재로 되돌아가기도 불가능하다.[117] 하이데거가
그리스 사유를 서구 사유의 근저로 삼고, 존재의 근저, 혹은 근거로 되돌
아간다는 것에 대해 데리다는 다음과 같이 말한다. '근거에 대해 어떻게
말할 수 있는가? 근거 없는 사실을 기정 사실화 하는 서구 사유는 근거가
없는 것이 아닐 것이다. 근거의 유일한 장소는 역사이고, 은유와 근거와

---

117 《엽서》에서 데리다는 존재 혹은 되돌아가기는 차연, 즉 전신 문자적 네트워크에 불과하
고, 항상 변하고 지워지고, 변하기 쉬운 변형적 소통불가라 한다. 데리다 자신과 하이데거
와의 관계도 마찬가지라는 것이다. 데리다는 수상한 사람으로부터 전화 한 통을 받았다
고 한다. 이 전화는 수신자가 전화비용을 지불하는 전화a collect call였는데, 전화를 건 사람
은 자신의 이름이 마르틴, 마르틴느, 마르티니 하이데거라고 한 것(《엽서》 25~6/21)을 보
면, 그 수상한 사람은 아마도 이미 세상을 떠난 독일 철학자 하이데거와 개인적 관계가 있
거나, 아니면, 수없이 많은 하이데거 전공자들을 암시한다. 걸려온 전화란 목소리로 직접
말을 하는 것이 아니라, 이미 전화를 통해서다. 즉 고유한 목소리가 아니라, 이미 복사된
문법체계를 통해 들려오는 말이란 뜻이다(이에 대해서는 이 책, 258). 고유한 하이데거는 존
재하지 않는다는 뜻이다. 또 다른 뜻은 그럼에도 불구하고 자신이 비용을 지불하면서 응
대를 해야 한다a collect call는 것인데, 이는 하이데거 철학을 수용하면서 동시에 비판해야
하는 것이 사유자로서 자신의 책무라는 뜻이다. 또한 데리다는 우산을 잃어버렸다고 했
다. 비를 피하는 우산을 잃어버렸다고 한 것은 보호막이 없다는 뜻이다. 황야에 홀로 선
데리다는 죽은 단어, 녹이 완전히 쓴 동전에 비유한 단어를 반짝 반짝 빛이 나도록 해야
하는, 그것도 비를 맞으며 해야 하는 자신의 상황을 뜻한다.

의 안정적 구별은 없다. 근거가 또 다른 은유다'(《그림》332/291).

기독교가 구원을 받기 위해서는 죄가 필요하듯, 헤겔의 변증법은 절대정신으로 나아가기 위해서는 반反·부정이 필수다. 이 사실은 헤겔의 《정신현상학》3쪽 정도를 무작위로 보면, 중요한 단어 26개 중 7개는 긍정의 단어인데 비해, 반反이나 비比가 들어간 단어는 19개나 된다는 사실에서도 알 수 있다(《여백들》〈백색신화〉). 비 혹은 반이라는 접두어로 즉각 정신으로의 지양이 가능해진다고 믿었다. 따라서 정신으로 가기 위해서는 비, 반, 폭력, 강타가 필수다. 바로 이런 이유로 '서구 역사는 목적이라는 신성을 드러내지만, 비연속적이고 고통스러운 뜀질로 발전된다'(122-3a/106a). 헤겔은 이러한 폭력과 강타, 그리고 뜀박질sauter은 상궤이탈écarter 하지 않고 항상 목적을 향해 간다고 확신한다. 그러나 데리다가 논리적으로 그리고 언어유희로 풀어내듯, 절대정신을 위한 뜀박질sauter은 폭파sauter와 불가분이다. 이런 이유로 변증법의 핵이 되는 뜀박질을 헤겔 자신도 폭탄, 그리고 폭탄이 터지는 시간에 비유했다. 그리고 이러한 폭파·강타로 하나인 것을 둘로 분리하고, 다시 이 분리를 합하면서, 비연속적 뛰어 오름(지양)을 통해 역사는 신성이라는 목적을 드러낸다고 헤겔은 말한다. 그러나 데리다는 비판한다.

이 신성(목적)의 꿰뚫음(폭력)은 오직 3박자 리듬에만 복종할 것이다. 이 계기에서 저 계기로 오가는 통로가 바로 변증법이다. 이 통로를 지나는 동안 맞이해야 하는 불행이다. 급작스런 도약, 그리고 정지 상태, 바로 이때 정신은 즐긴다는 것이다. 정신이 막 정복한 새로운 형식은 폭발하는 폭탄의 시간에 대한 은유이다. 하늘 꼭대기에 있는 돌발적 폭탄이 급작스런 움직임을 일으키듯, 중지 상태를 지속시키듯.…이는 절대 반反으로 들어가는 통로이기에, 무한으로 향하는 통로이며, 여기서 무한으로부터 출현이라는 것이다.…이리하여 완성되어가는 도중에 있는, 성장하는 개인은 새로운 형식 속에서 도약하는 기쁨Freudigkeit과 참는 향수Genusses를 즐긴다. 그리하여 마침내 서서히 스스로를 열어 부정을 수용하는데, 이 부정은 파열Untergange 속에 있기에, 찢어지는 것과 동일하다. (122a-3a/106a-7a)

파열에 절대적 신성이 개입되고, 이 신성은 절대적 이성으로 전제된다. 이 신성으로 다가가기 위해서는 일단 자연 속에 있는 이성을 제외한 나머지 자연을 죽여야만 한다. 자연적 자아는 또 다른 자연, 즉 죽은 자연 속에 내재한다고 믿어온 이성 혹은 신성을 위해 참수당해야만 한다. 이러한 유토피아는 어쩔 수 없이 무제한의 광적 폭력을 동반하고, 공으로의 탈주는 잔혹함과 황폐화가 불가피하다. 예수가 십자가에 매달린 채, 손과 발이 못질 당해 썩어가고 있었지만, 아이러니하게 절대종교(정신)는 살아나 사람들 입으로 회자되고 있었다. 이러한 폭력이《정신현상학》에 있다. 정신의 승리와 윤리를 위해 전쟁에 버금가는 폭력이 불가피하다는 이러한 담화는 '마치 구슬이 실에 꿰인 듯, 서구 담화 속에서 되풀이 되어왔다.' 죽되 죽지 않고 다시 살아난다는 이런 식의 담화와 이성 체계는 올빼미나 독수리로 표상되지 않는다. 타버리고 난 후 재 속에서 다시 살아 날아오르는 불사조로 표상된다. 이것이 바로 윤리적 세계에서 서구 이성의 표상, 집행, 그리고 해석이다.

이 결과, 자신의 의식 정립은 변증법에 저당잡히고, 죽음, 계약, 그리고 담보에 노출된다. 개인의 윤리, 자유, 그리고 개인의 절대 정체성도 죽음으로써만 가능하다. 변증법이 적용될 때 발생되는 엄청난 불의와 폭력, 그리고 죽음을 헤겔이 간혹 인식하는 순간이 헤겔 텍스트 여기저기에서 감지된다고 데리다는 말한다. 그러나 칸트처럼 헤겔 역시 발생하는 폭력은 '운명의 일치'이고, 이러한 '운명의 일치'는 '비극적 형식'을 지닐 수밖에 없다고 주장했다(《자연법》).

이것은 '죽음으로 이르는 병'이다. 《예나 자연 철학》에서 헤겔은 자연적 삶의 와해, 혹은 병은 자연에서 정신으로의 이동에 필수라고 주장한다(126-27a/109-10a). 이를 위해 죽음도 불사해야 하는 이유는 원초적 분리에서, 종種genus의 분리가 자체적으로 조각난 것을 다시 모으기 위한 것이라고 한다. 프로이트 역시 '죽음의 본능'이라는 말로 이를 반복했는데, 이는 헤라클리투스가 영혼의 병을 성병에 비유한 것과 동일하다. 헤겔은 이것을 '기원적 병'이라 하고 정신으로 다시 되돌아가기 위해서는 반드시 역증요법逆症療法을 받아야 한다는 것이다. 죽음에 대항하는 정신-균(죽음)은 속임수로 자신을 퍼트린다는데, 이는 악마를 쫓기 위해 악마를 사용한다는 논리다. 이런 폭력은 수많은 사람들을 유혹했다. 이것이 서구의 인본주의다. 이러한 폭력은 마치 자력磁力이 자장 된 유도선에 의해 끌려가듯(《여백들》148/124) 혹은 화석학적 은유의 실에 의해 인도되듯(《여백들》151/127), 이미 플라톤과 아리스토텔레스에서 시작되어 칸트,[118] 셀

---

118 칸트 역시 윤리를 최고의 규율로 상정, 현상세계의 모든 내용과 인간 개인의 자유를 부정했다. 그러나 이러한 전제에 내재된 폭력을 '규칙의 기능', '모든 기능 중 최고의 기능'이며, 인간적 주체를 위한 의미를 얻기 위한 모순의 원칙'이라 했다. 이는 분석적 지식의 긍정적 기준과 종합적 지식의 부정적 기준으로서, '판단의 필수로, 결코 범접될 수 없는 조건'이라 단언했다. '이것을 부정한다면, 모든 판단은 자체적으로 대상에 대한 조회도 없어지고, 무와 공으로 화하는 것'이다. 《실천 이성 비판》제3장 〈순수 실천 이성〉에서 자아희생은 빚과 의무와 연결된다. 이는 죄와 불가분의 것이며, 이 죄로부터 인간은 결코 벗어나지 못한다는 것이다. 기독교 주관성과 플라톤주의 억압이 합쳐진 것이다. 교환될 수 없는 이 비대칭 안에 이미 희생이 기입된다. 책임은 선과의 관계가 아니라, 보이지 않는, 인지할 수 없는 것과의 관계다. 이는 폭력을 정당화하는 것이기 때문에, 가장 비윤리적인 것이며, 자신의 종교에 철학을 종속시켰기 때문에 철학을 무력화시켰으며, 인간적인 모든 것, 즉 현상세계에서 발생하는 정치, 경제, 인문학 제반을 공동화空洞化시켰다는 것이 데리다의 지론이다.

링, 하이데거,[119] 마르크스,[120] 프로이트, 라캉,[121] 레비나스, 아르토, 푸코
[122]에서 보듯 '마치 구슬이 실에 꿰인 듯 연속'되었다:

---

119 하이데거는 《사유란 무엇인가?》(1951~52)에서 매우 어려운 문제를 제기했다: '시작에서 이미 물러난 혹은 감추어진 어떤 것에 대한 최소한의 지식을 어떻게 가질 수 있는가?'(8-9). 그러나 자문에 끝까지 천착하지 않았다는 것이 데리다의 지적이다. 하이데거는 이분법을 부정하고 이로부터 탈피하고자 했으나, 결국 다시 이분법에 안주했음을 앞에서 논의했다(이 책, 83~85). 하이데거는 사유란 함께 모으기, 이음인 동시에 틈새, 간격을 여는 것이라 했는데, 이는 결국 헤겔의 변증법과 대동소이한 것으로, 하이데거의 함께 모으기 역시 간격을 열고 이를 다시 이으려는 기도企圖다(Gaston, 159~60). 하이데거는 《사유란 무엇인가?》 그리고 《동일성과 차이》(1957)에서 '뛰어 오르는 것만이 우리를 사유가 거주하는 이웃으로 데려간다'고 했다 이 '뛰어 오름'이 헤겔이 주장한 정과 반의 갈라짐이고 '질적 도약'이다. 폭력이다. 그리고 사유 가까이 우리가 갈 때 모든 것은 이상해진다고 한다. 이상한 가정이다. 존재는 하이데거에게는 그의 신이었다(이 책, 81). 하이데거는 '사유는 우리로 하여금 사유하도록 부르는 것으로 시작된다'고 했다. 그리고 '부름을 통해 도달하는 무엇을 향해, 즉 예견인 것을 향해 나아가'는 것으로 정의한다. 또한 하이데거는 '시간성의 시간화는 방금 존재한 과정에서 현재를 만드는 미래가 과거의 미래 가능성을 열고, 과거는 항상 미래를 지니고 있다'(《존재와 시간》 117, 17, 121, 116)고 정의했다. 따라서 사유란 하이데거에 있어 미래를 위한 과거에 대한 사유다(Derrida, *Given Time: I Counterfeit Money*, 128). 이는 변증법 시제다.

120 헤겔 변증법을 거꾸로 뒤집음(이는 다시 헤겔로 이입된다는 뜻) 마르크스의 유물론에도 폭력이 있다. 마르크스는 《국가에 대한 헤겔 독트린에 대한 비판》(1843)에서 헤겔의 정치철학은 이미 사전에 예단된 추상적 개념에서 출발했다고 질책했다. 그리고 마르크스는 《자본론》을 통해 서구정치사상 처음으로 물질의 기계화과정을 철학적으로 설명한 사람이다. 그러나 마르크스의 물질주의 역시 정과 반이라는 이원 구조를 차이나 아포리아로 보지 않았고, 여전히 헤겔처럼 대립으로 보았으며, 시간을 철학화·추상화하여 역사의 철학으로 환원했고, 사회나 국가를 유기적 전체성으로 간주했는데, 다만 유기적 전체성을 헤겔은 '절대정신'이라고 한데 반해, 마르크스는 사회적 물질적 기술적 차원으로 거꾸로 뒤집었으나, 이는 여전히 이원 구조의 대립을 그대로 고수한 것이다. 즉 마르크스가 가장 중시한 물질 역시 이원 구조라는 대립에 바탕한 논리적 개념으로 환원했다. 헤겔이 정신을 논리적 개념으로 환원했듯이. 그러니까, 마르크스의 경제 정치 철학도 '존재론화'이고, 이는 헤겔의 '존재론화'를 단순히 거꾸로 뒤집은 것에 불과하다. 이 결과 헤겔이 적대시한 '반항하는 오합지졸'(사회 저소득층과 하위층)을 마르크스는 프롤레타리아로 간주, 이 노동 무산 계급을 중산층과 대립시켜 이 두 계급 간의 무한 투쟁의 필요성을 역설한 것이다. 마르크스는 프롤레타리아가 부르주아를 무너뜨려야 한다는 것이다. 이를 위해 무한대의 폭력을 동반한 투쟁을 요청한 것이다(초기의 마르크스는 이러지 않았다). 결과적으로 서구 현대사의 계몽주의 끝은 반反계몽주의, 무자비한 폭력, 그리고 폭력적 투쟁으로 귀결될 수밖에 없었다.

121 김보현, 《데리다의 정신분석학 해체》.

122 《글쓰기와 차이》 2장에서 푸코, 4장에서 레비나스, 하이데거, 후설, 6장과 8장에서 아르토,

절대적인 것은 절대적인 것 바깥으로 나가 자연 속으로 투입된다. 그리고 유한한 것을 침투하여 죽인다. 3박자(정반합)를 거치고 난 후면, 자연의 유한한 것은 죽는다. 이러한 힘은 아리스토텔레스가 일찍이 구분해 놓은 완전태를 실현시키기 위한 가능태인 동시에 현형태이다. 무한대로 퍼져 나가 방출되었다가 다시 흡입하여 모으는 이 삼단논법은 3박자에 맞추는 것이다. 자연은 무한한 것에 의해 침투됨으로써 이상적 세계로 변한다. 뛰고 도약하고 그리고 이것이 되풀이 되면서 갈라지고 분열되는 이 모든 과정은 순수 고유성의 발전과 연속성을 확실하게 한다는 것이다. 연속적으로 비틀리는 급격한 움직임, 또한 간단없이 일어나는 충격적 흔들림의 혼합이 바로 그 리듬이 될 것이다 (120a/105a).

부정과 폭력을 절대 조건으로 삼은 것은 신이 사라졌다는 사실을 인식하는 데서 출발했고, 이상세계와 신을 되찾기 위해서였다. 그러나 사전 강타, 즉 폭력이 전제조건이기에 슬프고 비관적이다. 파스칼이 갈파했듯이, 신은 멸망했다는 이 말을 헤겔은 받아들였고, 이것이 무한한 슬픔이자, 최고의 순수 이데아의 계기가 된 것이다. 이는 순수 추상적 개념인데, 이를 위해 유한적 삶을 희생시켜야 한다는 도덕적 규정이, 혹은 형식적 추상화 개념의 철학을 위한 열정이 역사적 사건인 예수의 수난을 위해 회복해야 하고, 신이 없어 거칠고 황량한 세계는 진리 안에서 복원되어야 한다고 헤겔은 믿는다. 그리고 이 진리는 더욱 조용해지면서, 그 근거는 더욱 빈약해지고, 개인적 스타일이 채색되는 모든 종교와 철학이 사라진 그 곳, 그 가혹성으로부터, 즉 가장 심원한 근원으로부터, 가장 진심 어린 마음으로부터, 모든 것을 다 포함하는 가장 조용한 자유의 형체가

7장에서 프로이트를 통해 이를 드러냈다.

드러난다(104a/90a)고 헤겔은 믿는다. 모든 것을 다 배제하고 난 후, 가장 조용한 자유, 최고의 전체성이 드러난다는 말인데, 이는 추상을 위해 모든 것을 죽음으로 몰아가는 것이다.

이 결과 헤겔은 윤리성은 옥죄는 강압과 불가분의 관계에 있다고 믿는다. 더 나아가 윤리적 국민, 즉 윤리적 통일체는 전쟁과 죽음을 두려워하지 않아야 한다고 말한다. 개인은 죽어 없어지지만, 국가는 죽지 않는 불멸의 동물로 본 것인데, 이는 플라톤의 생각이다. 헤겔은 플라톤을 따른다(119a/103a). 윤리로 가는 전쟁은 의식과 문화를 드러내지만, 이러한 전쟁에서 지면 다시 경험적 자연성으로 되돌아간다는 것이다. 무한, 자유, 그리고 윤리를 위해 경험적인 모든 것, 목숨까지 불사르는 전쟁까지 불사하면서 여기에 종속되어야 한다는 것이다(117a/101a).

헤겔에 따르면, 목숨을 두려워하고 경험적인 것을 고수하는 중산층과 농민들은 이런 경지에 오르지 못하고 오로지 귀족 계급 사람들만이 이러한 전쟁을 치르면서, 윤리와 무한을 얻는다는 것이다. 이러한 고통과 죽음의 형식에 복종한 후, 재에서 되살아 오르는 것은 더 이상 독수리가 아니라, 불사조다(118a/102a). 물론 불사조는 그리스 신화에 나오는 표상이다. 동양의 윤회설과도 연계되지만, 이것을 헤겔은 우수한 변증법의 모순이라 강변한다. 데리다의 패러디다.

나는 매번 강타당하고, 매번 내던져질 때마다 [나를] 잃어버린다. 이것이 헤겔이《정신현상학》에서 보다 덜 우회적으로 표시한 우수한 모순. …

변증법의 잔혹성과 이것이 보증한다는 즐거움에서 실재로 살아남을 수 있는 것은 아무것도 없으며, 아주 나쁜 방식으로 가장 찰나적이며 얄팍한 한계, 즉 잘라내는 칼끝에서 모든 것은 끝날 것이기에, 존재하지 않는 이 무존재를 그 어떤 변증법 개념도 잡을 수도, 정복할 수도, 언명할 수도 없으나, 욕망은 이것으로 인해 꿈틀거린다. 그러나 욕망의 춤은 이름을 상실한다. 오직 감각 없는 욕망과 쾌가 있을 뿐, 그 어떤 철학소도 거기에서는 터를 잡을 수 없다. 무엇보다도 헤겔의 존재논리에는 욕망도 즐거움도 그리고 의미도 개념도 없다. 상환이 없는 이러한 유희 속에서 무언가를 잡기를 원하는 개념인데, 이 개념이란 가장자리에서, 추락 직전, 혹은 칼끝에서, 잘려나가기 직전의 순간이 있을 뿐, 그 어떤 철학적 언명도 이에 따른 죽음을 막지 못한다.···강타는 자살의 치명적 모순이다. (195a/139a)

헤겔이 말하는 정반합이란 비유적으로 말하면 두 사람의 몸이 꽁꽁 묶인 상태에서 하나를 제거하기 위해 절벽 위 낭떠러지에서 한 사람을 밀어버리는 것이다. 자신의 생명을 담보로 자신의 고유성을 얻는다는 것은 모순이고 허황하다. 헤겔이 말하는 통일성이란 결국 모순을 말한다. 이러한 모순, 죽음, 종속의 논리는 줄타기를 홀로 해야 하며, 두 개의 삶, 두 개의 몸이 서로 상대방에 의해 붙잡힌 채, 절벽 끝, 낭떠러지 끝으로, 한사람이 심연의 공으로 떨어지지 않기 위해 상대방을 밀어버리는 것이다.

이것은 비극이다. 절대적인 것을 위해 영원히 유희하는 비극의 해석이고 집행이기 때문이다. 이렇게 됨으로써 신성은 자연을 둘로 가르고, 둘로 갈라진 삶(죽음)은 자연과 하나가 되기 때문에 이중적이다. 너무나 찬란하게 빛나기 때문에 가슴 한복판이 터지는 것, 그러나 동시에 전적으로 다른 타자와의 결합, 결혼 같은 것, 그래서 가슴 터질 듯 황홀하지만, 동시에 자아의 죽음이다. 가장 고유한 삶은 바로 타자와의 합일이기 때문에, 절대 비극은 여지없이 동여매어 꿰매는 실·결차사ligature 때문에 발생된다.
    ···
이것은 또한 희극이다. 다분히 신성하여 중세적이지만, 동시에 현대적 희극이다. 죽음으로써 다시 절대적인 것은 떨어져 나와 분리되기 때문이다. 그들이 걸어가야 했던 운명과 치러야 했던 전쟁은 본질 없는 그림자가 된다. 변증법이란 그리고 변증법에 굴종된 담화는 본질 없는 그림자가 되는 과정이 가치 있고 즐거운 것이라고 확신시켜주는 어처구니없는 어릿광대 극이다. 연대하여 완벽한 힘이 결집되는 순간, 모든 개체를 꿰매는 실(윤리)은 느슨해진다. 왜냐하면, 둘 다 무덤 속으로 떨어져 다른 시체 옆에 눕게 되기 때문이다. (118a/102a).

변증법과 기독교란 잘림=로고스=생명=신이라는 기이한 등식이 성립된다고 주장하는 것이다.

데리다는 변증법이 죽음이라는 사실을 미시적 언어유희로도 암시한다. 데리다는《글라》에서 단어 band의 뜻을 총망라하는(30b/23b) 이유는 이 band의 다양한 의미가 변증법의 속성을 거의 다 내포하기 때문이다. band는 세우다(지양, 정正)와 옥죄다(억압, 절단, 반反)는 뜻인데, 지양을 위해 옥죄어야 한다고 주장하는 것이 변증법의 논리다. 또한 band에서 파생된 단어들 bind, bond, bomb 역시 변증법의 여러 가지 속성을 인유한다. 변증법은 갈라질 수 없는 것을 폭탄bomb으로 둘(정과 반)로 가르고, 갈라진 둘을 다시 합치기bond 위해 붕대band로 감아bind 싸매고bandage 감춘다. 지양으로 가는 것이 아니라, 폭력으로 인해 갈라진 것, 부러진 것, 상처를 붕대로 감아 싸맨다. 이런 상태에서도 변증법은 튀어 오른다bondir고 주장한다. 그러나 붕대band로 감긴 이 정과 반은 튀어 오르지(지양) 못하지만, 이것은 절대정신 혹은 영생을 보장한다고 해서, 이에 종속bond시키는 계약bond을 하게 하는 것이 변증법의 논리다. 또한 서로에 반대된다는 정과 반은 사실은 contra-band에 불과하다. 왜냐하면, 변증법이 말하는 것은 물리적으로 이미 정과 반으로 절단된 것이 합쳐진다며 붕대band

로 감거나bind, 풀glue로 붙인 것을 다시 풀기contra-band를 위한 것이라고 변증법은 기대하지만, 변증법은 결코 이를 실행하지 못하다. 따라서 변증법이 말하는 정과 반과는 상관없는 것으로, 헤겔이 예견하는 목적과 절대정신을 향한 지양과는 아무 상관이 없다(272a/244a). 이는 폐쇄 속 유희일 뿐. 그래서 변증법은 리본을 풀고 매고를 반복하는 어린아이들이 하는 반복 놀이contra-band다. 동시에 contra-band는 밀수를 뜻한다. 변증법이 밀수다. 왜냐하면, 정과 반은 존재하지도 않는데, 반을 제거함으로써, 점차 절대 초월로 이동한다고 했으나, 이는 '모조 초월' 혹은 '유한한 무한' '가짜 무한'에 불과한데, 이에 계약하게 하고 이에 종속시키고 엄청난 희생을 요구하니, 밀수품이라는 것이다. 밀수품의 또 다른 뜻은 순수 정신을 현현시킨다고 주장하는 헤겔의 변증법이 사실인즉 잡종적인 것으로 동 서양의 고대 신화와 종교에서 빌려온 것을 짜깁기하고 조립하고 재전유한 밀수품에 불과하다는 것이다.

허리띠로 졸라매이고 감긴 채, 조종당하기 때문에, 변증법은 '법의 협착', '코미디의 법'(291a/262a) '결박의 법학'(desmos 272a/244a)이다. 우리는 이미 처음부터 질문 자체에 의해 이미 꼼짝없이 심하게 졸라 매인다stricture는 말을 데리다는 《글라》에서 매우 빈번히 사용하는데, 이 단어는 구조structure라는 뜻이 동시에 암시된다. 이를 통해 데리다의 stricture는 긍정적으로 부정적으로 옥죄임과 옥죄임 풀기를 반복하는 헤겔의 변증법을 거울에 비추는 이중화를 지속적으로 반복한다. 따라서 stricture는 계속 헤겔의 structure에 따라붙어 헤겔 변증법이 제조하는 환과 주물 생성 과정을 복사하는 반대 짝이 되면서 동시에 대비가 되어 주물주의 과정을 조명하고 드러낸다. 그래서 stricture는 이원 구조를 질책stricture 하면서, 이원 구조의 결박을 푼다destricturation. 그러나 구조에 대한 데리다의 질책은 선명성이 없고, 주변적이다(123a/107a). 그럼에도 불구하고 stricture을 이중적으로 사용하는 자신의 해체에는 미래가 있다고 한다. 차연의 한계를 잘 알고 해체적으로 다룬다면, 모든 담론들이 환임을 밝혀지기 때문이다.

헤겔이 '절대 필요'라고 강조한 죽음과 폭력은 한 개인뿐만 아니라, 사회와 국가에 그대도 적용 강조된다. 바로 이런 이유로 모든 것이 죽음으로써만 가능하다고 주장하는 헤겔의 사변 철학은 비록 헤겔이 권리와 정치에 대해 숙고한 철학자이지만, 사회적 함의가 없다. 왜냐하면, 사회는 텅 빈 개인들의 비유기적 기계가 되기 때문이다. 또한 윤리를 헤겔은 강조했지만, 헤겔 철학은 비윤리적이다. 개인의 선택이나 사유가 전적으로 배제된 상태에서 행하는 윤리는 윤리가 될 수 없고, 법에 대한 무조건적인 존경은 자기 자신에 대한 폭력이기 때문이다. 또한《예나 철학》에서 헤겔이 말한 인정투쟁은 상대방의 죽음을 자신의 죽음의 대가로 치르는 것(158a/140a)이기 때문이다. 동시에 자아에게 가해지는 무제한 폭력은 상대방에게 저지르는 상해도 정당화 한다: '상대방 존재에게 합당한 것을 영광되게 하는 것'(162a/151a)이라 강변하면서.[123]

---

[123] 《윤리적 삶의 체계》(1803), 그리고《권리 철학》(1798)에서 헤겔은 국가가 유기적 전체가 되는 것을 이상으로 간주했다. 이를 위해서 사회 공복은 이를 인지하고 인식하고, 정부는 시민 사회와 이 법 안에서 잉여가치가 축적됨으로써 필연적으로 발생하는 사회적 불의를 몰래 살피고 통제함으로써, 사회라고 하는 유기적 전체성에 대한 '신성한' 영감을 중재해야 한다는 것이다. 그러나 욕구는 필연적인 것이 아니라, 헤겔에게는 우연적 사고일 뿐인 것이다. 그럼에도 불구하고 욕구가 무한하다는 것, 그리고 이 결과 사회와 국가는 더 다양하고 더 복잡해짐으로써, 엄청난 불균형이 강화되는 것도 헤겔은 알고 있었다. 그러므로 헤겔은 저소득층의 문제를 해결하기 위해서는 식민지주의와 전쟁은 불가피하다고 주장한다. 또한 유기적 통일체 안으로 흡수되지 못하는 저소득층을 반항적 오합지졸이며, 이들은 자신들의 필요만을 알 뿐, '절대정신의 심판'에서 벗어나, 사회나 국가라는 유기적 전체성으로 예속되지 못하거나, 법에 대해 아무런 인지를 하지 못하며, 사회생활에서 '부정적 전망' 이외에는 가진 것이 없다고 했다. 이는 헤겔이 사회와 국가를 추상적 이원 구조의 변증법적 관계로만 보았기 때문이다. 헤겔은 국가법의 필요성, 그리고 개

헤겔의 변증법이 지닌 폭력은 여성을 항상 반으로 간주하여 부정·제외시킨다.[124] 헤겔의 이러한 생각은 유교가 훈육한 조선 여성의 삼종지덕과 크게 다르지 않다. 헤겔에 따르면, 집안에서 먼저 파괴되어야 할 사람은 누이다. 부르주아 가족에서는 아들이 공적 봉사를 위해 가족을 떠나고 누이는 벽 아궁이 혹은 벽난로와 자연법(142-50a/125-30a)을 고수하기 때문에 여성의 희생은 피할 수 없다.

그러나 칸트는 여성에 대해서 헤겔보다 통찰력이 있었다. 칸트는 '성차는 철저하게 계산되어진 것'이라 했다. 데리다는 변증법이 말하는 성차는 '오로지 아무것도 아닌 기호의 간격에서만 다루어지고 취급되고, 뉘앙스와 언어유희의 미묘함으로 기술되었다'고 했다. 헤겔이 결혼생활에서 여성이 자신의 존재를 부정하고 남성에 완전 복종해서 성차가 합쳐져, 끝내 정신으로 나아간다고 하지만, 성차는 합쳐지는 것이 아니라, 여성성이 전적으로 배제되고 부정됨으로써, 성차는 길을 잃고 방황하고 자체로부터 이탈해버린다(279a/251a). 소포클레스 극《안티고네》의 안티고네는 남동생 시체를 땅 속에 묻을 수 없다는 국법을 어기고 묻었기 때문

인의 자유, 서로 상충되는, 혹은 대조되는 이 둘은 화합하여, 결국에는 보편적 법으로 나아갈 수 있다고 주장했다. 그러나 결과적으로 보면, '이러한 코미디는 윤리의 두 가지 측면〔개인의 자유와 국가의 법〕을 서로 떼어 놓아…한쪽에서 보면 투쟁은 실재 없는 그림자에 불과하고… 다른 쪽에서 보면 절대는 환이다'(Beardsworth, 77). 국가와 개인의 계약 양식은 '전체로서의 윤리적 삶의 원칙'이 되었다. 그 결과는 사회적 관계의 형식주의가 되는 것이다. 이 결과 국가는 서로 투쟁하는 살아 있는 유기체라기보다는 관료적 기계가 된다(Beardsworth, 79).

124 헤겔이 아내 마리에게 보낸 편지(178a-183a/158a-162a)를 보면, 결혼생활도 사변적 논리를 따라 정신으로 지양된다고 믿었고, 그래서 결혼했고, 이로 인해 마리를 여러 번 괴롭게 했다. 헤겔이 마리에게 바치는 사랑의 시에서 헤겔은 자신을 피닉스로 비유하면서, 마리는 피닉스인 자신 안에서 통일체를 이루어야 한다고 썼다. 그러나 헤겔의 결혼 생활은 시간이 흐르면서, 경험적·세속적인 것으로 기울어졌고, 프라이 교수가 인기와 명성을 얻자, 이에 대한 노골적인 비난을 서슴치 않았다. 칸트는 결혼생활은 궁극적으로 경험적/육체적인 것에서 머물 수밖에 없음을 알았기 때문에 독신으로 살았다.

에 생매장 된다.[125] 그런데 헤겔은 《미학》에서 '《안티고네》야말로 가장 장려하고 가장 마음을 안정시키는 예술작품이니, 한 번 읽어볼 것을 충고'(170a/150a)한다. 이를 데리다는 참으로 이상한 선언이라 한다. 그러나 동시에 쉽게 이해된다고도 한다. 왜냐하면, 《안티고네》는 헤겔의 변증법의 사변철학과 기독교의 교리를 그대로 적용한 예이기 때문이다. 이미 그리스에서 만들어진 이러한 반인본주의적 인본주의는 사실상 비인간적이고 이미 신학적이다(192a/170a). 헤겔이 말하는 가족의 본질, 혹은 가족의 정신은 우선 여성 잘라내기로 시작된다. 그래서 여성은 지역사회 내부의 적이다. 남성은 정正, 여성은 반反으로 간주되어 잘라내야 하기 때문이다. 이런 상황을 대면하고 억압을 어떻게 도치시키는가를 알고 여성은 웃음을 터트린다. 이 결과 안티고네의 웃음은 '지역사회의 영원한 아이러니'(209b/187b)가 된다. 이는 헤겔 개인의 믿음과 기존 서사와의 비극적 절충에서 생성되는 웃음이다(170a/150a). 울음이라고 해도 좋을 것이다.

여성만 폭력을 당하는 것이 아니다. 강타는 그리스 비극 주인공들에게 필수 요건으로 급작스럽게 찾아오고, 순식간에 이 영웅들은 추락하고, 모멸당한다. 이것이 그리스 비극의 공식이다. 이러한 추락으로 영웅들은 운명을 인지하고 섭리를 받아들인다. 강타, 즉 자신도 모르게 짓는 죄로 인한 몰락으로 인해 마침내 이성(신, 섭리)에 눈뜨는 계몽이 비로소 가능해진다는 것이다. 몰락하지 않으면, 눈을 뜨지 못한다. 무지에서 혜안으로 나아가기 위해서는 갑작스런 몰락과 폭력이 필수다. 정신분석학에서 주축이 되는 상징체계인 오이디푸스 가계의 남자들, 오이디푸스, 오이디푸스 아버지 라이오스, 그리고 오이디푸스 할아버지 라다코스는 부은 발이

---

125 안티고네보다 더 참혹한 심청이가 있다. 아무 저항도 반항도 하지 않은 소녀가 인생을 거의 다 산 나이 많은 아버지를 위해 제물이 되었다. 신라시대에도 어린 소녀가 제물로 사용되었다는 기록이 있다. 원나라 공물이었던 회향녀回鄕女에 대해 고려는 혹독했다.

거나 다친 발로 절뚝거렸다. 오이디푸스라는 이름의 원래의 뜻이 부어 절뚝거리는 발이다. 오이디푸스는 자신의 눈을 찔러 실명한다. 이러한 폭력의 대가로 얻는 것, 이것이 혜안이며, 신의 섭리로 선택받은 자들로 간주된다. 이것을 기독교에서는 선물이라 한다.[126] 이러한 논리는 문학과 예술, 정신분석학, 인문학 전반에 깔려 있다. 주네와 자코메티, 그리고 프로이트는 모두 육체의 참상—'절뚝거리는 진리'라 칭함—을 통해 영혼 내림이나 무의식의 회귀가 가능해진다는 것이다.[127] 프로이트를 따르는 것이 그의 정신분석학의 가장 중요한 기조라 선언한 라캉은 더욱 극악해진다: '거세, 대체, 죽음, 살해, 그리고 사지절단, 난자, 탈곡, 내장 비워 내기, 즉 탐찰, 육체를 통째로 삼킴, 육체의 파열이 필요하다'[128]는 것이다.

지라르는 그리스 비극에 필수 사항인 이 폭력은 사실은 종교가 신의 섭리라고 가르쳤지만, 신의 섭리가 아니라, 철저하게 인간의 욕망과 직결된 것이라 한다.[129] 욕망은 궁극적으로 폭력을 유발시키고, 욕망은 종국에는 폭력을 욕망하고, 욕망 대상이 사라지면 폭력 그 자체가 욕망의 대상이 된다. 욕망과 폭력은 상호 교환적이다. 이 폭력은 '높고 귀한 존재'와 '신성의 기표'가 된다. 헤르쿨레스가 '폭력은 모든 것의 왕이고 아버지'라 한 것은 바로 이런 뜻에서다. 상대를 제압하려는 강력한 폭력은 '궁

---

126   Derrida, *The Gift of Death*, 40.

127   데리다는 서구신학형이상학이 그 힘을 잃었을 때, 이를 세속적으로 해석해서 이중적으로 간직한 것이 문학이라고 했다(《종이기계》/'Paper Machine'). 데리다는 모든 서구의 담론과 정치(민주주의)에 형이상학적 신학적 틀이 내재되어 있다는 것이다(데리다의 《마르크스의 유령들》 참고). 그래서 데리다는 미래의 민주주의가 결국 도래하는 신으로 다시 제도화되는 것이 아닐까 하는 우려도 표시했다. 나스는 데리다는 모든 서구 담론과 정치·사회 제도 안에 거의 보이지 않는 서구형이상학 신학적 틀을 감지하는 코, 즉 특별한 재능du pif을 지니고 있다고 했다(Nass, 68~9).

128   Lacan, *Écrits*, 22.

129   Girard, in Murray, ed. 87~111.

극적 욕망의 기표,' '신성한 자기 충만', '아름다운 총체성'이 된다. 결국 이의 미美는 접근불가하고 꿰뚫어볼 수 없는 존재에게 있다는 것으로 귀 착된다. 여기에서 신이 만들어지고, 인간은 여기에 복속된다. 따라서 신의 폭력은 인간의 폭력의 투영이다. 소크라테스, 예수, 잔 다르크, 모두 다른 신을 섬긴다는 이유로 죽임을 당했지만, 이는 가장 정치적 결정이 자 폭력이었다. 또 다른 신의 이름으로 처형한 이 신을 데리다는 '절대 주 권이라는 환영적 신학적 본질'이라 한다. 지금도 이 환영을 앞세워 남과 자신의 생명을 참하는 일이 비일비재하다. 그리고 이러한 암묵적 희생은 민주주의와 교육 제도, 그리고 문화에도 스며들어 있다.[130] 그 끝을 모르 는 인간의 욕망을 위해 폭력을 신의 이름으로 사용하는 것이다. 조이스 가 말한 대로, '신이 인간을 창조했는지, 인간이 신을 창조했는지 모른다' 라는 말을 약간만 고치면, 전지전능의 일부로 신이 지녔다는 폭력이 인 간 욕망에 내재한 폭력의 투사일지도 모르는 일이다. 인간이 상대에게 가하는 이 폭력을 그리스인들은 Kudos라고 했고, 벵브니스트는 이를 '지 고至高의 부적符籍'으로 번역했다. 군사력으로 얻어진 이 폭력을 그리스 인들은 '신성에 준하는 명성이며 위세'로 간주했고, 그리스인들과 트로이 인들 모두가 열망했던 것이며, 이것이 그리스 문화의 핵 중에 핵이라는 것이다. 이 kudos는 '영광'으로 해석되었고, 영원히 아무도 건드릴 수 없 는 폭력을 지닌 자는 신이 된 것이다.

이원 구조와 이를 강화한 3단논법은 가능하지 않는 윤리와 귀향설·회 귀설, 유령론을 주장하기 위한 것이다. 호머가 쓴《오디세우스》의 무용담 과 귀향은 논리나 합리주의가 아니라, 소설이다. 그런데 서구 인문학 담

130　Nass, 67.

2장 철학의 문학화　157

론이 이 허구(소설)의 틀을 그대로 따라가고 있다. 헤겔은 변증법은 정신으로, 기독교는 무정란 수태로 얻은 예수가 하나님으로 돌아간다고 주장한다. 이런 이유로 마르크스는 기독교가 환영의 기원이며 시발이라 했다. 홉슨은 기독교가 타락과 타락 이전이라는 이원 구조를 만들면서 환영이 생겼다고 본다.[131] 후설의 현상학도 보편적 투명한 목소리Voix로 되돌아가는 것이고, 하이데거는 현존재에서 존재로, 레비나스의 '있다il y a', 즉 '얼굴의 형이상학'도 '얼굴'로 되돌아가기 위한 것이다. 레비나스의 윤리학은 레비나스 자신은 극구 부인했지만, 그의 얼굴의 철학은 기독교 믿음 속에서 가능한 응시gaze다. 이 응시를 라캉도 이용한다. 프로이트와 라캉은 의식은 어려운 경로를 통해 결국 무의식으로 되돌아간다는 것인데, 프로이트가 시인했듯이 터부는 칸트의 '정언명제'로, 이는 '유추주의' (242a/215a)다. 프로이트는 변증법을 회전목마에 비유했고, 여기에서 내려 철학이란 언어의 마술을 과장, 과신하는 것이라는 말을 하고 싶다고 할 만큼 변증법의 허를 알았지만, 그대로 이원 구조를 지킨다. 데리다가 '가장 헤겔적인 소설가'라고 말한 조이스의 《율리시즈》의 율리시즈의 귀향은 서구 담화, 문학, 종교, 철학의 원原 틀이다. 그런데 이 귀향·회귀가 난공불락의 상황에 처할 때마다, 서구 담론은 이원 구조를 다시 나누고 (이원 구조의 무한 양산), 반을 삭제·억압·거세하는 일을 무한 반복한 것이다. 이 결과 서구 인문학은 공空인 이원 구조와 일하면서, 이 결과물인 공空과 환영[132]을 생성시키고, 이를 절대 진리로 간주했다.

---

131 Hobson, 114.

132 데리다는 《마르크스의 유령들》에서 국제 정치, 경제, 그리고 민주주의와 연결하여 심도 있게 논했다.

— 유령

헤겔이 주장하듯, 절대정신과 고유성이 억압과 반으로 죽어 되돌아온다면, 이는 유령에 불과하다. 고유한 것을 추구하는 도중에 이미 고유성을 다 잃어버리고, 방화와 죽음, 그리고 소름끼치는 폭력의 절차가 바로 고유성 추구 과정이기 때문이다(14-5a/8a, 141a/107a, 187a/166a). 유령의 귀향 주제는 서구 담론의 가장 일반적이고 가장 오래된 틀인데, 이는 결국 '경제모방목적론'[133]으로 유령론이다. 목적은 하나님, 절대정신, 기원, 존재, 기의, 무의식으로 되돌아가는 것이기 때문에 데리다가 목적론이라 이름지은 것이다. 그러나 이런 담론들이 모두 이원 구조와 차연에 의한 표상과 효과에 불과해서, 이미 고유성이 잘라져 나간 죽은 상태에서 돌아가는 것이기 때문에 유령론이다. 되돌아오다revenir의 동명사형이 유령revenant이다. 따라서 서구 담론에는 유령 출몰이 빈번하다. 바로 이런 이유로《글라》에서 위에서 언급한 사람들은 유령[134]이 되어 3박자에 맞춰 절뚝거리며saccadic 등장한다. 또한 기독교 낙원은 하이데거에게는 존재, 헤겔에게는 순수정신이 되겠는데, 이런 것은 존재조차 한 적이 없었으니,《글라》가 보여주는 것은 어느 한때 잃어버린《실낙원》*Paradise Lost*이 아니라, 처음부터 낙원은 없었고, 오로지 '기생적 상실parasitic lost'만이 있음을 보여준다.[135]

죽음을 정신으로 바꾸는 연금술의 무대 위에서 모든 유령들은 날개를 퍼

---

133 '경제성'은 중성화, 죽음, 폭력의 또 다른 대체이자 반복이다.

134 에드가 엘렌 포의 유령소설,《어셔 가家의 몰락》(*The Fall of the House of Usher*)에서 죽은 여동생Madeline이 무덤에서 일어나 유령으로 되돌아오면서 이 집이 전부 무너지는 이야기를 《글라》와 비교했다(Castricano, 83~108).

135 Castricano, 87.

덕이며 날고 있다. 이 철학이 만들어 내는 연금술로 태어난 유령 중 가장 끈질기게 우리를 따라다니고 있는 유령은 물론 자연철학과 정신철학을 이어주는 통로를 세운 헤겔이고, 이 통로 위에서 발효되며 나오는, 숭고한 정신이라 이름 지어진 유독가스는 위로 떠오르고, 와해되는 시체 위로 또 다시 떠오르면서, 변증법에 의한 지양 안에서 이 자체를 내재화한다.[136]

유령에 불과한 절대정신 Ça·It는 그래서 이미 거세된 것을 뜻하는 것으로 프랑스어 여성 소유격 Sa와 발음이 같다. Savoir Absolute는 이미 거세되었다. 절대정신은 프랑스어 여성소유격 Sa와 발음이 같은 것은 남근중심주의의 절대정신은 이미 거세되었음을 스스로 드러낸다. 그래서 거세된 SA은 한낱 기표가 되어 끊임없이 떠돌아다니며 여러 가지 형상을 가진다. 이런 이유로 절대정신은 '다각적 복수형상조합주의'(polymorphism 134a/117a)다. 이 SA는 성 아우구스투스(Saint Augustus)의 Sa로 또 미끄러진다. 왜냐하면, 그는 《고백론》에서 《성경》을 고의로 잘못 번역했을 뿐만 아니라, 그 역시 변증법에 복속되어 거세되었기 때문이다. 신에 대한 그의 고민과 회의는 결코 해결된 것이 아니었다. 이 거세당한 Sa는 다시 그리스의 농신 Saturn과 농신제 Saturnalia의 Sa로 미끄러진다. 절대정신과 농신제는 공통점이 있다. 이 농신은 제우스에 의해 거세당하고 땅 위로 떨어졌는데, 이때 그가 삼킨 자식을 토해내도록 그의 어머니 가이아가 그에게 강제로 약을 먹였다. 즉 농신은 무흠결의 신이 아니라, 이미 약, 차연, 폭력을 경험한 신이다. 따라서 이미 차연의 효과에 불과하다. 또한 변증법이 무정자 잉태를 통해 원래의 장소, 즉 하나님으로 되돌아간다고 믿고 자연에서 정신으로, 그리고 다시 정신에서 자연으

---

136   김보현, 《해체》, 310.

로 끊임없이 왕복하면서, 자연과 정신과의 간격, 그러나 실지로는 존재하지 않은 허구 사이를, 즉 변증법의 삼각 원회로 구조(238a/227a) 안에서 돌고 도는데, 변증법의 이러한 특성은 계절의 리듬을 따라, 추수 때 발효된 술에 만취된 농신Saturn이 농신제Sa-turnalia에서 빙빙 돌아가는turn 원무turnala를 추는 것과 유사하기 때문에 농신과 농신제에 들어 있는 알파벳 Sa와 연결된다. 이런 원무를 따라 추다가 정신을 놓아버린 여인들은 이것을 몰래 훔쳐본 펜테우스Pentheus를 죽인다(유리피데스의《바커스》, 405 B. C.). 이 축제의 춤이 변증법의 과정과 비슷하다. 왜냐하면, 변증법이 제 정신이 아닌 상태에서 폭력과 죽음으로 끝나는 맴돌기이기 때문이다. 그러므로 Sa는 이 철자가 드러내듯, 절대정신이 아니라, 질과 양이 없는, 다만 변증법의 정반합이라는 '3박자의 리듬'을 따라 제자리 맴돌기를 하는 환·유령(120-1a/104-5a)일 뿐이다.

정신이 아닌 이유는 죽음의 균을 몸에 집어넣고, 합쳐지지 않는 것에 자르기를 끊임없이 반복하기 때문이다(30a/23a). 또한 시작과 끝이 구분될 수 없는 폐쇄 안에서 끝과 시작이 있다고 생각하면서 정신없이 돌기 때문이다. 시작과 끝, 정과 반이라는 이러한 분리, 그리고 이 분리가 합에 의해 지양된다는 것은 다만 헤겔의 상상에서만 존재한다. '개념은 이미 철학 자체의 목적을 초월하는 것으로 시작된다. 공허하기 짝이 없는 것으로 이는 철학에 속하지 않는다. 시작부터, 살아 있는 개념의 잉태는 비개념적 잉태, 즉 무정자 수태이고 잉태다'(97a/84a). 부분과 전체라는 이분법도 마찬가지다. 부분은 이미 떨어져 나가고, 상궤이탈을 하며, 속성이 전혀 다른 것이 되면서, 처음부터 이미 전체를 넘어가는 간격이고, 전체에서 떨어져 나간다. 정신spirit은 이미 갈라져split 죽어 있다. 변증법은 의도와는 어긋나게 (정)신을 파괴했다(225a/201a). 거세된 진리는 환이 만든 최후의 성과이며, 이는 로고스 자체에 의해 폐쇄된 존재다. 그리고 이것은 자동적(폐쇄 속에서)·타동적(절대정신과는 아무런 관계가 없는)·잡종적(다양한 상호텍스트성을 보유하면서)·사변적(환을 산출하는) 변증법에 의해 절대 환상과 주물주의가 산출(235a/210a, 250a/223a)되고, 이것은 전염성이 강하고 유혹적이어서, 유행병처럼 번져 퍼지며 확산된다(159a/140a, 252a/225a).

— 홀로코스트와 선물

《글라》에서 가장 충격적이고 놀라운 사실은 데리다가 역사적 홀로코스트를 기괴하게 타오르는, 헤겔과 하이데거가 선호한 불의 연장선상에서 보고 있다(270a/242a)는 것이다.[137] 기독교가 빛(생명의 근원)을 가장 중시했는데, 태양 숭배는 고대 신앙에서 보편적인 것으로, 특히 이집트인, 에티오피아인들 그리고 조로아스터 교인들이 태양을 최고의 신으로 간주했다. 그러나 이 태양은 헤겔의 변증법을 거치면 이상한 태양으로 변한다. 이집트인들이 보이는 태양과 보이지 않는 태양 사이에 있는 모순 혹은 간격을 수수께끼 혹은 신비로 남겨둔 것을 헤겔은《미학》에서 무책임한 것으로 질타했다. 오이디푸스가 스핑크스의 수수께끼를 풀었을 때, 진일보했지만, 이것으로는 부족하다는 것이다. 헤겔은 최초의 언어가 이 모든 모순과 수수께끼를 방화와 불을 통해 풀 수 있다고 믿는다(285a/256a). 여기서 헤겔이 말하는 최초 언어란 순수정신이고, 이것은 구체적인 형상도 예example도 없는 것으로 이것이 신이 되는데, 이 신과 순수 절대정신은 불과 방화를 통해 드러난다는 것이다. 이는 격렬한 모순이다. 예와 형상이 없는 것을 불과 방화로 연결시키고, 이것을 다시 정

---

137 하이데거와 독일 시인들이 정의한 방화와 불에 대해서는 김보현, 〈데리다의 시, '재 불': 언어의 여백에서〉 참고.

신을 위한 절대 필요라고 주장하기 때문이다. 데리다의 패러디다.

　역 혹은 반의 논리에 의해 보이는 감각적 태양은 눈에 보이지 않는 순수한 태양이 되기 위해서는 감각적 태양은 제거되어야 한다. 그러므로 순수한 이 태양, 이 빛은 자연의 빛이나 태양과는 달리 지지도 뜨지도 않으며, 그림자도 없다. 본질과 의미에 봉사하도록 운명 지어졌지만, 한계 없이 무한히 진행되는 본질 없는 유희이다. 그러므로 실인즉 일하지도 않고, 그 어떤 것도 가지고 있지 않기 때문에, 존재-신학-목적론적 지평 또한 없는 것이다 그러므로 '이와 같은' 말조차 이러한 유희에 붙여질 수 없다. 이 자체라는 어휘는 본질 밖에서 예를 유희할 뿐이다. 여기서 순수 예는 본질 옆에서 유희하고, 본질로부터 벗어났기 때문에 본질 없는 유희다: 본질과 법이 없는 순수 예인 것이다. 그러므로 예example 없는, 헤겔이 예를 만들 수 없다고 말한 헤겔 신, 그러나 그 신은 순수 본질과 어우러지기 때문에, 순수 본질도, 그리고 예도 없는 것이다. 그럼에도 불구하고 모든 것을 태우는 방화…는 순수 차이의 방화로, 스스로 타지만, 감지되지도 인지될 수도 없다. 이것이 모든 것을 태우는 방화의 비밀이다. (226a/238a)

눈에 보이는 자연적인 태양을 대신한 눈에 보이지 않는 태양은 방화와 불로 모든 것을 태운다는 것이다. 그리고 이 보이지 않는 태양 빛에 야기된 방화가 어둠을 밀어낼 것이라고 믿는다. 이것은 헤겔에게는 절대 필요이지만, 어둠(반)에서 빛(정)으로의 이동은 절대 발생하지 않는다. 정과반은 허구이기 때문이다. 데리다는 불에 대한 헤겔의 존재론에 대해 길게 분석했다(237a-42a/230a-8a). 어둠(비인지)에서 빛(인지)으로의 이동은 불가능한 약속이다. 헤겔의 절대정신은 이루어질 수 없는 목적을 위한 의식의 목적론이다. 따라서 지면서 지지 않는, 그러나 보이지 않는 이 이상한 태양(빛)은 스스로 되돌아가는 길도, 순환하는 계절도 모른다. 다만 되돌아가지 않는 정자, 즉 서구이성·남성주의를 확산시킬 뿐이다. 이 정자는 오로지 의미의 순수 계절만을 알지만, 실은 아무것도 하지 않고, 아무것도 상징하지 않는 텅 빈 기표다.

주체(주제)도 없는 이 차이, 노동 없는 이 유희, 본질도 자체도 없는 이 예는 기의 없는 기표이며, 고유육체가 없는 장식의 낭비이며, 고유성, 진리, 의미 모두 전적으로 비어 있는, 스스로를 즉각 파괴하는 것에 지나지 않는다. 이것은 무한대로 다수(무한대로 반복하기 때문)인 동시에 절대적 차이(절대정신이라 주장하기 때문. 그러나 여전히 차이에 불과) 자체로부터 다른 자체가 없는 <u>유일무이</u>, 아무것도 의미하지 않는 타자일 뿐이다. (226a/238a)

헤겔이 한 것이란 서구 종교가 지닌 장식 부속물과 이것들을 담고 있는 보따리를 유기적 통일성이라는 이름의 변증법으로 재형식화하면서, 정신의 방출과 현존으로서 빛이라는 은유에 대한 조심스러운 집중에 불과하다고 데리다는 평가한다.

바로 이런 이유로 두 개의 태양, 즉 지는 태양과 헤겔이 주장하는 지지 않는 태양이 있는 후기 계몽주의 인식을 대표하는 헤겔의 태양 수사는 기괴하다. 돌지 않는(보이지 않는) 태양빛은 주제(주체) 없는 코스모스 cosmos의 개념이며, 자연을 따르지 않는 태양이 헤겔의 담론 안에서 주체의 의지와 의도, 그리고 허가도 없이, 언어적 용어로 된 말만을 뿜어내는 것이다. 자연적 태양이 체계적 비틀림과 갑작스런 회전torque을 거친 후에. 처음에는 태양이 자연 궤도를 따르다가 갑자기 자연의 질서에서부터 완전히 벗어난 후에.

이렇게 해서 두 개의 태양이 있다는 논리가 폭력의 또 다른 예example에 봉사한다. 하이데거 역시 정신은 흰 재만 남기는 '대방화'라고 정의하고, 독일인들의 정서와 정신만이 불을 좋아하고 독인들만이 불을 가질 수 있는 특권을 가지고 있으며, 정신의 속성인 불을 되살릴 수 있다고 주장한다. 이러한 독일중심주의가 홀로코스트의 진원지이자 뿌리이며 유대인 학살의 연원이다.

> 이러한 담론들의 조합은 심연의 늪에 다름없다. 강고하게 이 프로그램은 그들의 힘을 교환할 수 있다. 그러나 이 중 그 어떤 담론도 해명되지 않았다. 자의적 권위는 이로써 감추어져 있다. 나치즘은 사막에서 생겨난 것이 아니다. 유럽의 숲속, 침묵 속에서, 거대한 나무 그늘 아래, 무관심 속에서 동일한 토양에서 나치즘은 버섯처럼 자랐던 것이다.[138]

노벨상 수상자이자 홀로코스트 생존자인 케르테츠 역시 동일한 취지로 말했다: '…아우슈비츠는 어두운 과일처럼 수도 셀 수 없는 추악한 사람들로부터 반짝거리는 광선을 수 세기 동안 받아가며 익어가고 있었고, 그들은 그것이 어느 날 사람들 머리 위에 떨어지기를 기다리고 있었다.' 아도르노 역시 홀로코스트의 주범은 모더니티가 구가했던 가치라 지적한다.[139]

불과 방화가 자연종교에서 말하는 자연 빛인 태양을 대신하면서 '선물Opfer'이 주어진다는데, 이는 '절대 앎'을 위해 절대 필요하다고 헤겔은 말했다. 모든 것holos을 태워버리는caustos 홀로코스트Holocaust는 모든 것

---

138 Derrida, *D'esprit/Of Spirit*, 179/109.

139 Eaglestone, 'Derrida and legacies of the Holocaust' in Glendinning and Eaglestone, ed, 69.

을 태운 후, 고유한 빛으로만 드러나면서 그 자체를 선물로 부여하고, 이 선물이 바로 존재, 고유 정신 그 자체라고 헤겔은 말한다(270a/242a). 그러니 불을 선물로 받아들여야 한다는 것이다. 그러나 이원 구조와 삼단 논법에 의지하는 헤겔의 변증법은 여전히 사유되지 않고 있는 영역을 그대로 남겨놓고 있으며, 하이데거의 정신처럼 헤겔의 정신도 공에 대한 약속에 대한 약속일 뿐이다. 그럼에도 불구하고 변증법적 논리는 광란적 열기와 현기증을 지닌 채, 폐쇄된 틀 안에서 무한팽창하지만, 변증법은 자체 안에서 자체에 의해 자체를 위한 폐쇄된 특정 진리를 드러내는 것이지, 보편적 절대 앎이나 절대 객관성을 드러내는 것이 아니다. 바로 이런 이유로 데리다는 헤겔의 '사변적 사유는 홀로코스트의 반사경이자, 거울에 비친 또 다른 거울에 반사되고 생기를 얻는 방화Le speculative est le reflet(speculum) de l'holocauste de l'holocauste, l'incendie réfléchi et rafraîchi par la glace du miroir'(270a/242a)로 정의한다. 서구인들의 맹렬한 야욕과 함께 이를 뒷받침하는 무서운 계산과 두뇌는 양명한 식識으로 그들을 인도한 것이 아니라, 마경魔境 속으로 빠지게 하면서, 이 환幻을 실제로 착각, 홀로코스트를 발생시켰다.

하이데거도 헤겔이 말하는 선물과 매우 유사한 선물을 준다.[140] 하이

---

[140] 하이데거는 이 선물은 미美를 통해서다. 그런데 이 역시 죽음이다. '미는 진리/본질의 치명적 선물인데, 이는 영원히 분명하지 않고 그러므로 눈에 보이지 않는 것이 가장 빛나는 현상을 얻을 때이다.' 여기서 다음과 같은 등식이 성립된다. 눈에 보이지 않는 가장 빛나는 현상=진리=치명적 선물=미이다. 눈에 보이지 않는 가장 빛나는 현상은 눈에 보이지 않는 타락 이전의 헤겔의 태양이다. 하이데거는 칸트의《판단력 비판》(1780)에서 칸트가 말한 미에 대한 정의를 반복한 것이다. 이때 미는 '목적 없는 합목적성purposeless purposiveness'에 바탕한다. 칸트가《판단력 비판》에서 말한 이러한 미는 사실 살아 있는 튤립이 아니고, 엽서에 그려진 튤립을 보고 있을 때나, 숭엄한 미, 예를 들면 흰 눈 덮인 알프스 산꼭대기를 상상함으로써 느끼는 미이고, 이때에는 아무런 목적도 없고 어떤 욕망도 일어나지 않아야 하기disinterested, purposeless에 죽음과 같은 것이다. 또한 현현epiphany의 가장 중요한 순간, 즉 지순의 미학적 빛radiance, quidditas을 맞이할 때 느끼는 황홀함은, 어근으로 보면, 개

166

데거가《시간과 존재》에서 말하는 '이것은 존재한다, 혹은 이것은 존재를 준다es gibt, es gibt Sein'에서 존재와 선물의 불가분의 관계를 말하고, 이것을 '사건'이라 했는데, 이러한 '이것이 준다'는 선물은 희생이고 방화다. 이러한 논리가 서구 이성주의 논리의 기원이 된다(269a/242a). 즉 논리가 아닌 것이 논리의 기원으로 자리 잡고 있다. 그리고 이러한 논리에 따른 선물은 운명(도착지)을 위해 예정된 목적지, 즉 폐쇄회로 안에서 이 자체로 되돌아오는 것으로, 이는 특이한 종교 진리를 위한 것이다. 항상 이미 선물 교환을 개시하고(열고), 체인으로 감고, 비석(죽음)을 세우고(기념하고), 장부 양쪽 차변借邊, debit을 본다. 선물(죽음)을 받고, 무엇이 교환되었나를 본다. 그러나 볼 수 없다. 이미 죽은 후이기 때문에.

이 순수한 선물은 변증법에 의해 사유되지 않도록 하고, 철학적 논리나 합리로도 설명이나 증명되지 않도록 한다. 변증법의 철학에 의해 생겨난 것이지만 말이다. 만약 철학/종교의 언어로 선물에 대해 말한다면, 홀로코스트는 순수한 선물cadeau, cake이며, 꿀의 케이크gâteau, 불을 주면서 그들에게 계속 불pyre을 붙들게 하는 것이다. 불에는 선물이라는 뜻이 있다. 또한 선물cadeau=chain=catina이 드러내듯, 하이데거나 헤겔이 말하는 선물이란 고리 혹은 환형環形의 폐쇄 체인 안에서 그들만의 교환 이외에는 아무것도 아니다. 이 자체를 위한 선물은 선물 이 자체를 나타나게 하는 것의 이름에 불과하다(266-7a/241-3a). 따라서 변증법의 사변철학이 말하는 선물이란 '이상한 침대 친구'와 체인으로 묶고, 이것을 딱딱하게

구리 척추에 바늘을 꽂음으로써 생기는 심장고동의 일시적 정지를 뜻하는 enchantment, incantesimo와 일치한다. 워즈워드의 유명한 시,《틴턴 애비》(1798)에서 육체가 거의 사라지는 순간을 가장 지순한 순간이라고 규정한다. 이는 서구형이상학/신학이 문학에까지 그 막강한 영향을 끼친 것이다. 워즈워드는 특히 자신의 상상력이 급격하게 퇴조Anti-Climax한 후(블레이크는 워즈워드의 급격한 퇴조를 예견했다), 종교와 철학에 기대었다.

굳히는 것이다(câteau·cake의 원래 뜻이 딱딱하게 굳히는 것이다). 선물은 기표와 공에 불과하다. 사변적speculative이란 말은 홀로코스트의 반영speculum이며, 그 거울에 반영된 불길은 얼음(죽음)으로 식혀지고 재로 남는다. 그리고 이 재에서 불사조처럼 정신은 살아 다시 방화가 발생한다. 종교의 변증법과 철학의 역사 자체는 홀로코스트 안에 있는 선물의 강타coup de don로 생산되었고, 이것이 서구 역사를 지배해왔다. 홀로코스트Holocaust를 선물Opfer로 번역해야 하는 이유는 기독교와 변증법이 말하는 선물이란 모든 것holos을 태우는 것caustos이기 때문이다.[141] 부정, 반反, 폭력, 그리고 죽음으로만 정신, 고유성, 자유, 윤리, 영생을 보상받을 수 있다는 헤겔의 논리는 사실 아무것도 상환하지 못한다. 헤겔의 변증법은 진공관 속의 유희이고, 이는 죽음으로 향하는 정반합의 3박자 무도병 춤사위에 불과하기 때문이다. 불과 방화에 따른 변증법적·사변적 논리가 보증하는 선물은 단지 희생이다. 더욱 위험한 것은 인문학, 예술, 종교, 정치, 윤리학, 경제학까지 이것을 보증하기 때문에, 무한 반복될 뿐만 아니라, 이것

---

141 예루살렘을 중심으로 절대신을 신봉하는 세 종교가 피와 불을 끊임없이 부르고 있다 (《예루살렘의 광기》). 우리나라에서도 잊을만 하면 발생하는 사이비 종교를 둘러싼 떼죽음과 엄청난 비리. 엄청난 국고의 해외유출. 속수무책의 정부. 세계에서 교회 수가 가장 많고 세계에서 가장 큰 교회가 있는 우리나라 청렴도와 사회통합지수가 OECD 국가에서 가장 떨어지는 이유는? 후에 들어온 기독교는 한국의 샤머니즘, 유교, 그리고 불교와 문화적 합류acculturation를 했다. 한국기독교인들이 목사와 그 자식들의 치부와 부패를 감싸주는 것은 유교가 가르친 윗사람에 대한 충정이고, 방언을 하며 평범한 사람에게는 들리지도 보이지 않는 것을 들었고, 보았다고 하는 것은 한국 토속 신앙인 샤머니즘(기독교도 샤머니즘을 포함하고 있다)과 맥을 같이 하는 것 같고, '이렇게 만난 것도 큰 인연이니, 교회에 함께 가자'라고 권유하는 것을 보면, 불교와도 합류했다. 승려들과 불자들은 나이키 운동화를 신고, 세단을 타고, 《토스카》의 아리아, 〈별은 빛나건만〉도 부르고, 커피도 즐긴다. 이제 불자들은 찬송가와 비슷한 찬불가도 부른다. 한국인들 심층에는 이렇게 불교, 유교, 샤머니즘, 기독교 이 모두가 마치 퇴적층처럼 침착되어 있다. 그런데 왜 종교로 가족과 국론까지 분열시키는가? 이데올로기(환幻/헛것) 때문에 끔찍한 민족상쟁 후 남북으로 분단되고, 다시 남은 남남으로 갈라졌는데, 또 다시 종교로 갈라지면, 이 나라는 어떻게 되나? '하나만 알고 둘은 모르는 종교인'이 범람하면, 나라가 위태로워진다.

을 운명이라 믿기 때문에, 키르케고르가 지적한 대로 이러한 희생은 매우 유혹적이고 전염성이 강하다. 그래서 니체는 절규했다.

이는 패러독스이며 끔찍한 방편이자 편법이다. 이것을 통해 고통당한 인간이 일시적으로 고통을 약화시키는 것, 이것이 기독교라 칭하는 천재적 수완이다.⋯인간이 진 빚 때문에 신은 스스로 자신을 제물로 희생했고, 속죄할 수 없는 인간을 죄와 빚으로부터 구제하는 자인 신은 채권자로 채무자를 위한 속죄양의 역할을 한 신은 그에게 빚진 자들에 대한 사랑에서, 하나님이 인간에게 보상하겠다는 것은 가짜 지폐인 것이다. 천재적 수완의 이러한 마술은 비밀을 무한하게 나누는 기독교 안에서 가능한 순간에 작동된다.[142]

(4) 절대 텍스트의 절대 상호텍스트성

헤겔은 기독교는 신이 현현한 종교이며 절대 종교라 주장하면서, 다른 종교에 대해서, 특히 유대교에 대해 심하게 폄하했다.[143] 그러나 데리

---

142 Derrida, *The Gift of Death*, 114.

143 헤겔은 유대인들은 부리와 다리, 그리고 발톱이 약한 독수리이기 때문에, 결코 날지(지양) 못한다는 것이다. 이런 이유로 모세와 아브라함은 절대 진리에로의 길을 열기만 했을 뿐 (39a-47a/53a-4a), 절대정신을 달성하지 못했다는 것이다(59-60a/49a). 유대인들은 도토리와 같아, 딱딱한 껍질을 깨지 못하고 이에 갇혀 있으며, 이 결과 어린아이 정도의 지적 능력(오성)은 있으나, 이성을 이해하지 못하기 때문에 화석화되어 있고(85a/73a), 상상력, 감성, 이성, 열정, 힘 모두가 없어, 영생의 상징인 생명의 나무가 지닌 통일성을 이해하지 못한 결과, 하나님과 예수와의 제유 관계도 이해하지 못한다는 것이다(87a/73a). 또한 모세의 텐트tabernacle는 텅 비어 있는 무無에 불과하며, 모세를 이끈 불기둥과 구름기둥(《출애굽기》13:22)은 형식이 없는 무無라고 헤겔은 유대교를 폄하했다(58a/49a, 60a/51a). 유대인들은 패권에 대한 노예로 유한적 경험적 법칙과 관념, 그리고 명령에 복종하며, 그들의 글은 잡종적이며 타율적이라고(64a/53a) 질책했다. 그러나 데리다는 기독교도 유대교와 같다는 것이다. 헤겔이 쓴 《기독교 정신》은 모세를 따라가고 있다는 것이다. 왜냐하면, 헤겔의 변증법 역시 텅 빈 무無와 외부적인 법으로 인간을 노예로 만들어 죽음으로 이르게 하기

다는 기독교는 유대교와 함께, 동서양의 고대 종교, 그리스 신화, 그리고 아프리카 식인주의와도 밀접하게 관계되는 상호텍스트성을 지니고 있음을 지적한다. 또한 헤겔이 폄시한 타종교들처럼 기독교 역시 경험주의(표상) 단계를 벗어나지 못했고, 기독교를 뒷받침하는 헤겔 사변 철학역시 그러하다고 말한다.[144] 그런데 헤겔 자신이 이 사실을 자명하게 알

때문이다.

144 서구 형이상학은 경험주의로부터 탈피를 늘 시도했으나, 늘 실패했다. 헤겔은 '신에 대해서는 알 수 없다'는 칸트의 말은 우리를 현상세계에 가두어 놓고, 이성에 충실하지 못했다는 것이라며 질타했다. 기독교가 현현시킨 신과 절대 진리를 유한적 주관성의 한계 안에서 사유한다는 것은 사유가 아니라, 단지 말장난이며, 불충이며, 오성의 형식주의적 추상화라고 헤겔은 칸트를 질타했다(232a/212a). '신은 알 수 없다는 것이 최고의 앎'이라는 것은 인간의 오만이며, 인간과 신을 격하시키는 것이라고 헤겔은 일갈했다. 그러나 칸트는 신은 변증법과 이성에 의해 알 수 있다고 주장하는 종교를 우매함과 오만, 그리고 주물주의 광란 속에서 종교를 저속하게 만든다고 비판했다. 포이어바흐는 헤겔을, 그리고 마르크스는 포이어바흐를 두고 서로 경험주의에서 탈피하지 못했다고 비판했고, 슈트라우스는 헤겔의 절대자는 이미 유한자를 품고 있어, 기독교의 절대신을 규명한 것이 아니라, 범신론과 유사하다고 공박했다. 이것을 기화로, 헤겔 철학은 우파와 좌파로 갈라졌는데, 좌파 대표 포이어바흐는 《예수전》(*Das Leben Jesu*, 1835)에서 복음서에 나타난 예수는 결코 역사적으로 실재했던 예수의 모습이 아니라, 당시 비철학적 의식이 무의식중에 만들어 낸 신에 불과하다는 것이다. 신은 인간의 속성을 반영하는 것에 지나지 않는다는 것인데, 이는 그가 말한, '신학의 비밀은 인간학'이라는 뜻이다. 포이어바흐는 헤겔이 이미 죽은 신과 기독교를 아이러니하게도 이성주의를 부정함으로써 되살리려는 것이라 했다. 이것이 헤겔의 변증법의 비밀이라는 것이다. 철학을 통해 신학을 부정하고, 이러한 부정의 부정은 다시 신학이 된 것이다. 처음에는 모든 것을 다 부정하지만, 모든 것이 옛 장소에서 다시 복원된다. 이원 구조란 형이상학 탐구과정에서 그 정점을 찍었지만, 초라하기 짝이 없는 모순이고, 이 모순은 헤겔 철학에서 감추어지고 무신론이 헤겔에 의해 신에 대한 객관적 결정으로 바뀐다. 신은 변증법 과정으로 결정되고, 이러한 무신론은 이 과정 안에서 하나의 전상展相 Potenz/Moment으로 결정된다. 포이어바흐는 불신으로부터 재구성된 믿음은 불신이며, 모순에 의해 항상 방해를 받기 때문에 부정에서 재구성된 신은 자기모순이며 무신론적 신'(227-8a/202-3a)이라 비판했다. 주관적인 사람은 물리학이나 논리를 따르지 않고 자신이 원하는 것을 고집하는데, 헤겔은 합리적 이성주의와는 거리가 너무나 멀다는 것이다. 이성을 기치로 내세웠던 헤겔은 사실은 초자연주의자로, 자신의 개인적 바람, 이 두 개를 합친 것인데, 이는 독단적 모순이며 자연과 이성 모두에 위반된다고 포이어바흐는 비판했다.

마르크스는 《독일 이데올로기》와 《포이어바흐에 관한 논문》에서 포이어바흐의 철학과 종교는 직감적 육감적 물질주의이며, 경험주의에서 탈피하지 못했다고 타매했다. 이런 이

고 있었다.

기독교가 빛=생명의 근원=하나님을 가장 중시했는데, 앞에서 지적했듯이 태양 숭배는 고대 신앙에서 가장 보편적인 것이다. 그런데 헤겔은 주관적 자연적 태양에 변증법적 과정이 적용되어야 한다고 했다. 물론 절대 진리 현현을 위해서다. 그러나 결과는 타 종교와 매한가지다. 여전히 경험주의에 머물러 있을 뿐만 아니라, 진리 현현이 이루어지지 않기 때문이다.

기독교의 마리아의 이야기, 즉 육체 교접 없는 잉태는 수많은 고대 신화에 있고,[145] 그리스 신화에도 있다(171a/151a).[146] 기독교가 성모 마리아를 추앙하듯, 그리스인들도 성sex을 모르는 누이를 영원한 누이로 간

유로 포이어바흐 자신이 강조했던 인류학적 근거에 그 어떤 변화도 주지 못했고, 종교에 관한 낡은 개념을 수호하면서, 표상을 분석하는 것으로 만족했다는 것이다(231a/206a). 또한 변증법과 세속적 가족과 신성의 가족이 철저하게 잘라지는 사실을 이해하지 못하고, 다만 성聖과 속俗, 이 둘을 상호 복사 관계라고만 이해했기 때문에 어떤 변화도 가져올 수 없었다고 비판했으며, 마르크스는 자신은 헤겔의 절대정신을 위해서가 아니라, 유물론적 사관을 통한 인간해방을 위해 변증법을 고수해야 하는데, 포이어바흐는 이러기를 못했다는 것이다. 시간과 역사는 헤겔과 마르크스 두 사람에게는 자신들의 목표를 이끌어낼 수 있는 매개체라 믿었다. 따라서 마르크스의 입장은 형이상학적 물질주의다. 절대정신 대신, 역사를 통한 물질적 기반의 대체계를 바꾸기 위해 여전히 변증법을 고수했기 때문이다. 서구의 대표 철학자들은 경험주의에서 벗어나지 못했다. 종교가 경험주의라고 비판한 흄을 데리다는 길게 인용한다(237a/208a). 데리다는 경험주의와 형이상학과의 단단한 결속과 공모를 칸트, 헤겔, 그리고 후설 모두가 충분히 인지하고 있었다고 지적한다. 형이상학이 또 다시 경험주의로 결박되는 최근의 예는 레비나스다. 레비나스는 하이데거와 후설, 그리고 서구전통형이상학에 극렬하게 반대하고, 이로부터 벗어나려 했지만, 하이데거와 후설의 뒤를 그대로 따르며(데리다는 하이데거와 후설이 레비나스보다 훨씬 검질긴 철학자라고 평가했다), 레비나스가 서구 형이상학의 틀(여전히 경험주의) 안으로 다시 되잡히는 과정을 데리다는 조목조목 지적한다(《글쓰기와 차이》 4장).

145 권석우, 111~3. 무정란 잉태가 고대 신화에 많이 있었음을 상세하게 전하고 있다.

146 제우스가 양성구유자의 정자를 바위 위에 산포했을 때, 아그디스티스Agdistis가 태어났고, 이를 본 다른 신들이 거세했고, 사지를 잘라버렸다. 잘린 채 피가 흐르는 사지는 땅에서 아몬드 나무로 변했다. 강의 신, 상가리오스Sangarios의 딸 나나Nana는 이 밀크 아몬드를 자신의 몸 안에 넣었고, 이렇게 해서 잘 생긴 남자아이 아테스Attes가 태어났다.

주했다. 그래서 결혼을 하지 않은, 성性과는 피상적으로 무관해 보이는 안티고네가 작중인물로 된 것이다. 이러한 그리스 신화에서 무정란 잉태, 변증법의 용어로는 '질적 도약', 즉 지양의 마지막 지점이라는 기독교 신화가 만들어졌다. 따라서 여성이 하나님으로 돌아가기 위해서는 오직 무정란 잉태를 통해서만 가능하다. 헤겔은 자신의 누이 이름 나네테Nanette를 성교 없이 남아를 낳은 그리스 신화의 여주인공 나나Nana와 연결시키면서, 매우 좋아했다(171a/151a). 낳은 아이를 안고 있는 성을 모르는 동정녀. 이것은 헤겔 개인 특유의 판타지이자, 어쩌면 모든 남성들의 판타지인지도 모른다. 그런데 이 판타지를 헤겔은 사변적 논리의 핵으로 지속시켰다는 것이 문제다. 그리고 안티고네가 성과 무관한 여성이 결코 아니다. 안티고네의 할머니 조카스타는 아들과 격렬하게 동침했던 여인이다.

헤겔은 유대인 칸트가 믿었던 신은 질투의 신인데 반해, 자신이 믿는 기독교 신은 이로부터 완전히 면제된, 선을 위한 신이라고 주장했는데, 이 역시 만물은 선으로 향한다는 그리스인들의 믿음과 같다. 그리고 헤겔이 믿는 신 역시 유대교 신만큼이나 형상들로 자신을 감추고, 과도한 열광과 질투zële의 범주 안에서 유희한다(264-5a/236a). 예수 또한 모세와 크게 다르지 않다. 예수의 정치적 전략은 수동적 이상주의를 반복했고, 예수의 사후 제자들은 기억과 희망 사이에서 배회했다. 예수는 유대적 환경에서 유대교를 이길 전략이 없었다. 예수의 제자들도 유대교인들처럼 스승(신)을 잃어버린 상태에서, 함께 모여 기도하고 부재된 스승에 대해 이야기했을 뿐, 정치적 시도는 실패했다. 무한과 유한을 이어주는 그 어떤 끈도 없다. 공허감을 채우기 위해 또 다른 희생, 자름, 폭력, 죽음을 요구하고 반복한다(88a/75a). 실망과 기억, 그리고 희망 사이에서.

예수는 그리스 신화에 나오는 헤르쿨레스처럼 화장 후 무덤에서 부활

했다. 헤겔은 최후의 만찬을 논하면서, 이의 모체가 되는 플라톤의 향연에 대해서도, 그리고 소크라테스가 약사발을 마시고 죽임을 당했다는 사실도 언급하지 않는다. 향연이 끝나고 죽음을 당하는 이러한 역사적 사건은 기독교에서는 포도주와 빵을 통해 하나님과 하나 되어 지양된다고 주장하지만, 지양되지 않는다(135a/118a). 시체는 세례를 받거나 성유를 바르면, 영성과 이어진다는 논리로 유한적 조각들을 서로 나누어가짐으로 존재의 기원적 분배가 되고 유한과 무한의 등식이 성립된다고 하지만, 이는 논리의 유희다. 실제로는 발생하지 않는다. 따라서 모든 비약(절대정신으로의 지양)은 무덤(죽음) 주위에서 비밀리에 행해진다. 즉 무덤 속 시체는 승천(지양)했고, 썩어가는 육체는 이로써 영광과 기다림으로 지우고 감추어졌다. 예수의 죽음이 예수와 신자들을 하나님의 아들로 만드는 것이라며, 이를 위해 세례가 행해졌다. 이는 '괴물스런 연결'(106a/92a)이다. 이는 교회 안에서도 진행된다. 바로 위대한 위선자들, 사이비 헌신자들, 코미디언들, 권력과 연계된 목사들이 그 주역이 되었다.

'태초에 말씀이 있었다'는 것 역시 그리스 신화에서 그 원형을 찾을 수 있다. 말씀은 목소리중심주의인데, 이 목소리중심주의는 까마득하게 에티오피아와 이집트인들도 선호했다. 그리스 신화에서도 목소리Klang의 출현을 신의 현현으로 간주했다(282a/253a). 바위 위에 아침햇살이 비추자 여태까지 목소리가 아닌 반목소리mi-voix가 마침내 신의 목소리가 되어 멤논Memnon으로부터 나왔고 한다.《미학》에서 헤겔은 이 그리스 신화를 적시하고 있다. 이로 부터 남성중심주의와 목소리중심주의의 형이상학 독서가 역사적으로 시작되었다. 이 신의 목소리를 다른 말로 표현하면, 후설의 현상학적 목소리La Voix, 다시 다른 말로 바꾸면, 주네가 추구한 육체가 휘발해버린 목소리, 즉 '육체 없는 목소리un vocale sans organe' (7-8b/13-4b)다.

헤겔이 말하는 정신과 영혼을 구하기 위해 육체를 참해야 하는 것이라면, 사변적 헤겔의 이상주의가 말하는 절대 진리란 인간의 감정이나 열정으로 발생한 주물주의anthropopathy, 혹은 이와 철자가 매우 유사한 식인주의食人主義, anthropophagi와 멀지 않다. 십자가에 못 박힌 예수를 머리 위에 걸어두고 예수의 살(빵)을 먹고 예수의 피(포도주)를 마시는 성찬식과 헤겔의 사변적 철학은 논리적으로 식인주의에 이른다(132a/115a). 또한 하나님으로 돌아간 예수, 그리고 오로지 믿음Glauben 안에서 행동하는 자들은 하나님과 하나 되는 것이라는 말은 이질적인 자아들이 모두 전일적으로 동일하게 된다는 말이다. 이질적인 것이 어울려 동일한 속성을 가지게 되는 것은 음악 용어로는 심포니이지만, 되돌아간 예수, 그리고 오로지 믿음만의 신도들도 하나님과 하모니를 이루어 하나 되어 같아진다. 그러나 하모니라는 음악적 은유는 '인간중심주의적 사진 은유'의 상사相似, analog일 뿐(95-8a/84-6a), 절대정신 현현과는 아무런 관계가 없는 은유와 형식에 불과하다. 기독교(변증법) 역시 유대교처럼 여전히 틀 안에 있는 장면, 극화된 허구의 폐쇄된 예식인데, 이는 모두 서구의 '합리적 모방주의'(109a/95a)다. 이는 도역倒逆, hysteron proteron에 기초한다. 도역이란 증명되어야 할 명제를 전제로 결론을 내리는 허위 논법이다(227a/202a). 다시 말하면, 질문 속에 답이 있다는 말이다. 이 결과 신에 대한 사유의 내용은 신과 존재에 대해 그 어떤 질문도 할 수 없게 된다. 쿠사누스 니콜라우스의《비교자》의 비교자 말이다.

만약 신이 무엇인가 하고 물으시면, 이 질문이 본질 그 자체를 이미 전제하고 신이 절대적 본질이며 자명하다면,…주저하거나 의심할 필요가 없지 않습니까?…그러니 설교자님, 신학적 어려움이란 얼마나 쉬운 문제인가요. 신에 대해서는 그 어떤 고유한 질문도 있을 수 없지요. 답이 질문과 동

일하니까요! (《글쓰기와 차이》224/151)

이로써 서구의 사유는 변증법 틀 안에서 자폐된 순환성 안에서 무한대로 돌고 돈다. 자폐 속 무한대의 회전을 폐쇄 밖의 무한으로 착각한 것이다. 신학, 형이상학, 그리고 존재론, 이 셋 모두가 이러하다. 이 모두가 기원으로 되돌아간다는 회귀론, 그리고 기원으로 되돌아감이 종말이라는 종말론, 그러나 죽어서 돌아가기 때문에 유령론이다. 그리고 무엇보다도 이 셋은 이원 구조를 강화시킨 삼단논법인 변증법 틀 안에 있기 때문에, 이 셋은 늘 동일했다. 그래서 데리다의 패러디는 끝이 없다.[147]

---

[147] '태초에 기독교가 있었고, 하나님이 있었다'라는 헤겔의 믿음과 교리는 과거, 혹은 과거 추억에 기반 하는 '고고학적 논리학', 혹은 '논리적 고고학'에 불과하며, 과거로 돌아가기 위해서는 정과 반이라는 이원 구조 안에서 반을 중단 없이 잘라내는 것이기 때문에 '분열주의'이지만, 동시에 정과 반은 항상 합친다고 하니, '결합적 가정'이다. 하나였던 아버지와 아들이 합쳐진다고 하니, 이는 '동성애적 반어법 수사'(251a/224a)이며, 유한한 삶을 끊임없이 로고스에 의해 잘라내야 가능한 '자유주의'(90a/77a)이지만, 이때 자유는 죽음을 통해서만 가능하다. 독생자(딸은 없고 외아들만 있다)인 예수가 하나님에게 되돌아간다는 이 '회귀설'(이성을 최우선시하는 모든 서구 담론의 가장 일반적 전제이자 기능)은 '선형식주의preformatism'(94a/83a)이며, 정신에 대한 것이 아니라, '스캔들'이며, 3의 논법에 의해 규정된 '숫자적 질'(95a/84a)로서, 철학적(정신적) 질이 완전히 빠진 채, 3의 유희로 결정되었다. 또한 예수를 통해 모두가 하나님에게서 하나 되는 주체는 이미 타자에 불과한 것으로 이는 자신의 육체가 다른 사람의 서명에 의해 대체되어 다른 사람과 동일하게 되는 심포니onomastic symphony(102a/88a)다. 기독교가 강조한 통일성은 기독교 핵심이지만, 기독교가 사용한 비유는 극렬히 상충한다(101a/87a). 기독교는 고체(단단한 바위 위에 짓는 교회)와 액체(세례에 사용되는 물)에 대한 언어유희이지만, 일관성이 없다. 물로 세례를 하지만, 동시에 죄지은 자는 돌을 목에 걸고 물에 빠져 죽어야 한다. 교회는 반석/돌(Peter/pierre) 위에 지어야 한다. 그런데 예수는 공중에서 교수형을 당한다. 절대정신으로 가기 위해서는 불이 필요하지만, 그러나 지옥에 불이 있다. 포도나무의 줄기가 잘려나갈 때 생명의 포도수가 분출되듯(《요한복음》 7:38-39), 예수는 십자가에 매인 채 죽을 때, 하나님과 연결된다. 신광神光의 횡격막이 떨어져나가고, 비로소 예수는 하나님과 완벽하게 하나 된다. 기독교인들은 십자가를 져야 한다. 또한 태어났던 곳으로 되돌아가는 것(곳)은 자연이며, 어머니이다. 그런데 기독교는 남성인 하나님에게 되돌아간다. 아들은 어머니로부터 태어나기 때문에 객체로 떨어져 나온 곳은 어머니인데, 어머니가 아니라고 하는 것이 기독교이고, 물론 딸은 언급조차 되지 않는다. 이러한 불평등은 로고스와 이성이라는 이름 하에 평등과 절대 진리로 둔갑한다. 아버지와 어머니, 남성과 여성에 대한 불평등이 평등이라는 정

헤겔은《구약》의 엄혹한 객관적 법을《신약》은 사랑으로 대체했다고 주장한다. 그러나 헤겔은 '사랑은 분리에서 태어난 권리의 지양을 요구한다; 사랑은 화해를 필요로 한다'(42a/34a)고 했다. 사랑도 변증법이 필요하다는 말이다. 헤겔의《권리 철학》의 주제다. 그러나《신약》이 말하는 사랑이란 바로 추상적 도덕과 권리의 기양이다. 따라서《신약》이 가장 강조하는 사랑은 오로지 지양을 위해 허락된 사랑만을 뜻하며 허락받지 않은 사랑, 혹은 지금 갖지 못한 사랑과 욕망을 잘라낸다. 바로 이런 이유로 데리다는《신약》이 강조하는 사랑은 '지양의 세속적인 번역'(43a/35a)이라 정의한다. 헤겔은 유대인들은 공포를, 그리고 그리스인들은 동정과 두려움만을 강조한데(49a/40a) 비해, 기독교는 사랑을 으뜸으로 간주했기

신적 은유에 불과하다(105a/91a). 헤겔은 '태초에 말씀(로고스)이 있었다'는 것이다. 예수는 자신이 완벽하지 않으며, 오로지 그의 설교에 하나님의 모습이 있다고 했다(《요한복음》2:25). 말과 하나님을 동일시하는 것이다. 그러므로 헤겔의 변증법과 기독교란 혀나 입에서의 로고스가 존재이며 삶이라고 생각하는 것이다. 존재, 삶, 아버지, 그리고 아들은 로고스의 무한한 통일성에서 동일하다(84a/72a). 왜냐하면, 신의 일부part인 아들은 항상 전체whole인 아버지에 의해 아버지에게로 되돌려지고, 이렇게 됨으로써 아들과 아버지는 동일해진다고 헤겔은 주장하기 때문이다. 그리고 아들의 아버지는 아들을 통해 아들을 넘어가고 무한한 귀납법induction을 수립하면서, 아버지 신으로 취임induction한다(85a/72a). 이는 제유라는 수사의 유희다. 수사를 실재로 착각하는 것이 경험주의다.

모든 종교가 여전히 경험주의에 머물러 있듯이 헤겔의 변증법 또한 그러하다. 헤겔의 3단 논법은 자연현상에서 그 틀을 따온 것이다. 이 3박자의 리듬은 자연 속에 내재되어 있다고 전제한 이성을 추출할 수 있는 정반합의 체계로 자연현상에 준하여 이루어진 것이다. 낱낱이 흩어져 있는 생물개체는 다시 자연이라는 거대한 체계로 합일되려는 생물학적 현상에서 그 영감을 얻었다. 헤겔은 꽃의 종교를 언급하면서, 정신의 성장 모델을 꽃의 내면화에 비유했다. 괴테의《식물의 변신》에서 빌려온 것이다(272a/245a). '자연적 삶이 끝과 시작을 점령하고 있다. 존재론적 의미에서 은유는 항상 삶의 은유들이다; 그 은유들은 삶, 존재, 진리, 연합에 대한 동요되지 않는 질로 리듬을 만든다: 이것은 자연phusis이다'(94a/83a). 헤겔은 개념을 논의할 때마다 사용하는 것이 균germ 개념과 완성adult개념이라는 수사를 사용한다. 이성적이고 합리적 완성은 생물학적 성장과 완성에서 그 패러다임을 얻어온 것이다. 정신 혹은 무한성에 관한 철학이 그 패러다임을 자연에서 빌려왔다. 셸링 또한《자연 철학》에서 말하기를 자연은 완성되어가는 도중에 있는 자라고 말했다. 헤겔은 자신의 사변 철학에서 생물학자이기도 한 아리스토텔레스가 사용한 해부학, 그리고 나무의 은유를 그대로 사용한다.

때문에 기독교가 우수하다고 주장했다. 그러나 기독교가 으뜸의 가치로 취급한 사랑도 사실은 부정해야 한다. '네 이웃을 사랑하기를 너처럼 사랑하라'는 말에 나오는 나와 너는 누구인가? 헤겔의 변증법과 기독교에서는 자기애란 아무런 의미가 없다(76a/64a). 그렇다면 이웃 역시 아무런 의미 없는 타자다. 이렇게 이웃(너)과 나는 동일해지고, 오직 '합일'만이 있어, 너(이웃)와 나는 모두 타자인 하나님과의 합일로 종결된다. 이렇게 해서 이웃과 나와의 대립은 없어지고, 우리가 알고 있는 그리고 존재하는 유한적 가족의 사랑은 무한해지면서 가족의 유한적 사랑은 없어진다(75a/64a). 이는 단순히 동일한 것에 대한 수사, 혹은 은유에 불과하다. 실지로는 일어날 수 없는 것이다. '네 이웃을 사랑하기를 네 몸과 같이 하라'는 말이 내포하고 있는 또 하나의 의미는 너와 동일한 종교를 가진 자들에게는 그렇게 하라, 그러나 타 종교를 믿는 자들에게는 병사가 되어 전쟁도 불사해야 한다는 말인 것 같다. 검을 중시한다. 역사적으로도 그러했다. 사랑과 평화를 위해 예수는 검 glaive을 지상에 가지고 내려왔다.[148] 아브라함이 그 외아들을 낳은 어머니의 허락 없이, 외아들 이삭을 하나님에게 제물로 바침으로써 자신이 가장 총애 받는 하나님 자손이 되고, 이로 얻는 은총은 아브라함 자손 대대로 이어진다고 믿는다. 마찬가지로, 하나님의 아들인 예수의 죽음으로, 예수를 믿는 자들은 자손 대대 영생을 얻는다고 말한다. 헤겔은 유대인들은 자유를 사막과 추상에서 구

---

148 '내가 온 것은 사람이 그 아비와, 딸이 그 어미와, 며느리가 그 시어미와 불화하게 하려함 이니, 사람의 원수가 그 집안 식구니라. 아비와 어미를 나보다 더 사랑하는 자는 내게 합당치 아니하고, 아들이나 딸을 나보다 더 사랑하는 자도 내게 합당치 아니하고…' (《마태복음》 11: 34-37). 그리고 자신을 낳아준 어머니를 보고, '여인이여 보소서. 아들이 아이나이다'(《요한복음》 19: 26)하며 '여인'이라 불렀고, 예수는 자신의 어머니임을 부인하였다. 유교 입장에서 보면 예수의 이 말은 폐륜이지만, 유교가 인간 개인에 대한 충효를 지나치게 강조함으로써 놓쳐버린 것, 공의公儀의 절대적 필요성을 예수의 이 말은 꿰뚫고 있다고 필자는 생각한다.

현했기 때문에, 오성, 상상력, 섬세한 감성을 잃어버렸다고 했다. 데리다는 변증법과 기독교 역시 이 모든 것을 잃어버린 채, '무감각증ataraxia'과 '심연의 사막'(《마르크스의 유령들》)에 비유했다.

노아Noa 방주 이야기는 자연 재앙에 대한 방어책 강구다. 이것으로부터 이론적 허구가 바로 노에시스Noesis, 의식작용의 시작이다. 이 노에시스는 변증법처럼 재앙 죽음을 피하기 위해, 죽음을 선택하는 것이다. 이것이 인식의 시초Noel다. 그리고 이 인식은 죽음을 통해 자연의 재앙 이전의 기원으로 되돌아가는 것이라고 믿는다. 유대주의의 할례도 악, 죽음, 재앙을 쫓기 위한 것apotropaic으로, 거세에 대한 공포를 없애기 위해, 미리 거세하는 것이다. 마찬가지로 니체는 기독교를 두고 치통을 방지하기 위해 치아를 뽑아버리는 것으로 비유한 것이다. 이러한 논리는 이미 그리스 신화에서도 발견된다. 뱀으로 형상화되는 메두사의 머리카락, 그녀를 보는 사람들은 모두 돌로 변한다. 그리고 그녀의 벌여진 입은 자신의 고유성을 드러내어 자신의 힘을 상대에게 과시하기 위한 것인데, 변증법과 기독교도 이러하다. 따라서 헤겔의 변증법은 그리스 신화소, 그리고 서구의 이상적·역사적 기원, 허구에 근거한 이 허구의 철학소 네트워크의 일부다(55a/45a).

이러한 논리는 유한을 무한(공)으로 속이고 사람들을 수도 없이 희생시켰다. 역사에서 기록된 가장 깊고 가장 참혹했던 종교전쟁은 물론 변화를 가져왔던 많은 과학자들, 예를 들면, 브루노와 갈릴레오 등을 핍박, 분살, 태형, 참학도 불사했던 성직자들과 교회가 내세운 신을 향해 데리다는 절규한다.

신이여, 당신은 모든 이들의 앞길을 가로막고 있소. 내 신으로 그가 누구이든, 내가 무엇보다 사랑하는 이로서 신은 유한하오. 그래서 나는 글쓰기

를 하오. 나는 당신을 글로 쓰오.…당신의 무한으로부터 당신을 구원하기 위해. (《할례》244)

정반합의 3이라는 숫자는 서구에서도 피타고라스 이후 줄곧 완벽한 형식이라고 믿어 왔다. 이러한 3에 근거한 논리는 '3의 사변trinitarian speculation'이고, 이에 따른 사변speculation은 거울speculum에 따른 절대정신의 환이며, 이것이 '3각의 원 구조', 폐회로 논리에 준한 '회전목마' (242a/216a)를 타고 돌고 도는 것. 헤겔의 저서 제목《엔치클로페디 Encyclopaedia》, 즉 'cycle of paideia'가 뜻하듯, 변증법은 페달의 윤전輪轉, 혹은 유희다. 그리고 이러한 유희에 '변증법은 굽히고 반추하고 이 자체에 적용한다'(16a/10a). 3의 논리가 숨기고 있는 자폐적 죽음과 폭력의 논리를 초과하기 위해, 그래서 데리다의 4의 논리(해체)가 필요하다.

만약 3으로부터 벗어나고, écart가 간격, 혹은 4를 뜻하듯, 텍스트를 4각형으로 잘라내고, 이것을 다소 규칙적인 4각형으로 나눈다면,…텍스트에 남게 되는 텍스트 — 전체성/유기적 통일성에서부터 시작되지 않고, 결코 하나로 통합되지 않는 조각들의 집합 – 는 어떤가? (254a/227a)

이것이《글라》이고, 3의 논리가 해체된 모습이다.

(5) 주네 – 헤겔의 더블

독일 국가 훈장을 수여받은 저명하고 준엄한 교수이자 대철학자 헤겔, 그리고 사생아, 도둑, 수인, 호머, 그리고 작가였던 주네, 이 두 사람이 서로의 복사라는 데리다의 주장을 따라가 보자. 주네와 함께 떠오르는 작가는 많다. 좀 멀리는 바이런, 사드, 그리고 현대에 와서는 보들레르, 실로네, 오스카 와일드, 그리고 실존주의 계열의 작가들인 카뮈, 모라비아, 포크너, 그린 등이다.[149] 이 책 시작에서 제시한 거친 도식에서 오른쪽에 속하는 사람들이고, '악마적 성인grotesque saint'이라는 별호로 얻었다.

주네의 문학세계는 변태로 가득하다. 주네가 오랫동안 살았던 소년원을 도스토예프스키가 방문했을 때, '변태가 극성을 부리고 있다'[150]고 했다. 이 변태가 주네의 특성이다. 주네는 선언한다: '데카르트는 "나는 생각한다. 그러므로 나는 존재한다"고 했다. 그런데 "나는 악한 일을 한다. 그러므로 나는 존재한다."' 그리고 사르트르는 말한다. '아마도 우리는 악마 수사修辭꾼을 서서히 이해하기 시작했는지도 모른다.'[151] 주네는 부르주아, 타성 섹시스트, 이타적 이상과 도덕을 중시하는 가족을 해체하는 파격적 가치전도를 복수의 염念으로 한다. 자유주의적 계몽주의 이데올로그를 주변적 포스트모던 개화기가 구가했던 가치로 대체한다. 주네는 헤겔의 모든 것을 비워내려 한다. 이것을 포스트모던적인 대체, 비워내기, 그리고 제도화된 근거지와 모더니티에 대한 타자로서, 대체, 재 기재, 상호교차대구법적 복제성(《하녀들》, 1947), 억압 등으로 채우며, 주네는 헤겔과 대립각을 세운다. 헤겔이 변증법을 통해 강조한 가치들에 대해 주네의 주인공들인 괴짜 호머 집단은 무관심하며, 연극적으로 가장된 assumed 역할로 대체된다(25-7b/38-40b, 74-6b/82-6b). 헤겔에게 현실인 국가는 주네에게는 미망이며, 헤겔이 말하는 주체(정체성)는 주네에게는 끊임없이 바뀌는 마스크일 뿐이다. 이것을 극화한 것이 《하녀들》이다. 주네는 본능과 폭력을 수반하는 다이너미즘은 의식을 향상시키고 문화를 진

---

149 Lewis가 이 계열의 작가들을 다루고 있다.

150 Winkler, 31에서 재인용.

151 위의 책, 89에서 재인용.

화시킨다고 주장하는데, 이것은 주네 세계에서는 변태적 성행위, 발기, 정액 사출, 모방, 거세 등의 매우 뚜렷한 전시를 통해 가능하다고 믿는다. 주네는 헤겔과는 정반대의 길을 작심하고 간다. 바로 이런 이유로 손탁은 아르토와 주네의 연극세계를 '스스로 멸망하는 것이 자기-초월에 이른다고 믿는 조병躁病의 헤겔주의'[152]라 했다. 주네는 간수, 경찰과 법조인들은 다만 사회 밑바닥에 속하는 죄인들의 범죄와 수치와 대조됨으로써만, 이들의 가치를 찾을 수 있다고 주장한다.[153]

주네와 데리다 사이에 유사성이 있다. 주네의 작품에는 유기적 통일성이란 존재하지 않는다. 또한 사실주의적 재현의 파괴 행위로, 주네가 렘브란트의 그림을 갈기갈기 찢어 변기 안으로 넣어버리는 아방가르드적 행위를 그의 글에서 선언문으로 적어놓았다. 특히《글라》의 글쓰기가 되는 거울 글쓰기를 주네는《하녀들》에서 이미 실험했다. 이 극에 나오는 두 하녀는 모두 자신들의 고유한 정체성이 유동적일 뿐만 아니라, 없다는 것도 알고 있다.[154] 마치 양 손의 장갑처럼. 그들은 서로를 비추는 거울에 불과하다. 이 역시 데리다 주장과 다르지 않다.

그럼에도 불구하고 주네는 왜 이원 구조가 뒤집어질 수 있는가에 대해 논리적 설명을 해야 하는 필요성을 느끼지 못했고,[155] 주네는 단순하게 가치전도에 의지하게 된다. 그래서 주네는 전통적 미를 악과 범죄와 대립시키고, 전통적 미를 적대적 대상으로 간주한다. 이 결과 주네가는 거꾸로 뒤집은 이원 구조에 집착하는 편집증적 문학의 한계를 움베르코 에

---

152   Schlueter, 36.

153   Genet, *The Miracle of the Rose*, 179.

154   반표상적 연극의 반재현적 연기non-representational acting도 고도의 자기최면과 집중을 필요로 하기 때문에 사실주의 재현 연기representational acting보다 훨씬 더 어렵다. 이런 이유로 주로 주네의 극은 베케트 극을 성공적으로 무대에 올린 블린Roger Blin이 연출했다.

155   Müller, 18, 40~41.

코가 지적한다. 에코는 '열린 텍스트'와 '닫힌 텍스트' 중에서 주네의 문학은 '닫힌 텍스트'에 속한다고 평했다. '닫힌 텍스트'란《007 시리즈》나 서부영화처럼 선善이 이긴다는, 즉 끝이 이미 예정된 텍스트를 뜻한다.

주네는 헤겔처럼 영靈·정신을 위한 폭력을 필수사항으로 간주했다. 이 결과 헤겔과 서구 전통에 반기를 들었던 주네의 행보와 궤적은 음악 용어를 빌리면, 대위법적 관계다. 라캉은 자아형성에 있어 실존주의자들이 전제했듯이, 권위적 자아, 즉 타자와의 관계를 형성함에 있어, '헤겔적 살인'은 필연적이라는데,[156] 이 말은 주네의 작품 세계를 관통하는 말이다. 주네의 닫힌 텍스트에 등장하는 주인공들이 거치는 육체적 폭력과 자해는 늘 풍성하다. 프론코는 주네의 중요한 극의 주제가 하나 같이 죽음을 맞이하는 이유는 성인이나 위대한 인물들이 죽음을 통해 그들의 구원을 쟁취한 것을 그대로 따른 것이라 지적한다.[157] 주네는 전형적 상징, 혹은 표장은 상처의 절뚝거림에 의해 이루어진다고 믿는다. 자신과 많이 교감했던 자코메티의 화실 전체는 이러한 상처에 대한 작업이라고 주네는 말한다. 서명은 상처이고, 미를 위한 기원은 서명〔상처〕 이외에는 없다는 것이다. 그 상처는 개인의 즉자en-soi에 있으며, 독특하고, 다른 사람들과는 다르고 감추어졌거나 혹은 보이기도 한다는 것이다. 모든 사람들은 잠시 그러나 심오한 고독을 위해 이 세상을 떠나려 할 때, 자신들 안에서 이 상처를 보유하고 있다는 것이다. 그래서 주네는 말한다. '…자코메티의 예술은 내가 볼 때 모든 존재, 그리고 모든 사물들을 위해 이 비밀의 상처를 발견해서 상처가 모든 존재와 모든 사물을 빛내려 하는 것이다.' 이 말을 쓰고 난 후 주네는 아무런 연관성 없이, 매우 긴 생략 후, 루브르 박물관

---

156   Lacan, *Ecrits: A Selection*. 18.
157   Pronko, 144, 152.

지하실(토굴)에 적힌 문단 하나를 적어 넣었다. '서명의 숨겨진 상처, 피흘리는 암호는 조각난 오리시스다.' 그러나 서명의 경제성은 결코 작품에 개입하지 못한다. 남아 있는 이것은 일종의 목서초reseda, 즉 서명의 끝장식이다. 그럼에도 불구하고 주네는 자신의 작품에 등장하는 주인공들을 통해 폭력을 권장한다. 스틸리타노는 외팔이기 때문에 약간 더 직립해서 굽힌다고. 상처가 더 컸더라면, 더 꼿꼿하게 직립할 수 있었는데, 그렇지 못했다는 말이다. 크렐르는 사시斜視이기 때문에, 그리고 오이디푸스는 계급을 얻었는데, 그가 절뚝거리기 때문이고, 이 상처로 인해 고유이름까지 부여받았다는 것이다. 즉 절뚝거림claudication은 계급 부여classification가 된다. 곡예사에게 주네는 말한다. '절뚝거리라고 그에게 충고할 정도로 진전할 것이다.' '자코메티는 절뚝거리는 그의 행보를 다시 시작한다. 그는 사고 후에 절뚝거리게 되어 행복했다고 나에게 말한다. 자코메티도 절뚝거림을 칭송하고 있다'(209b/186b). 이것이 주네가 기이한 모험을 하려는 이유다: '그 조각들은 내가 알지 못하는 곳, 그들에게 고독을 허락한 비밀의 허약함에서 마침내 안식을 취하고 있다는 인상을 나에게 주었다.' '비밀의 상처'는 곡예사의 '내부 의식'이고 '이것은 부풀어 오르고(지양) 채울 상처다'(207b/184b).[158]

그러므로 예수의 고통을 주네 작품 주인공들이 고스란히 반복한다. '문학 비평가들은 작은 예수의 눈이 예수의 수난을 예기하는 죽음 앞에

---

[158] 프로이트는 《쾌락 원칙을 넘어서》의 맨 마지막 줄은 '절뚝거리는 것은 죄가 아니다'라고 했다. 라캉 역시 절뚝거리는 진리를 추구한다. 주네와 친분을 쌓았던 자코메티 역시 절뚝거리는 상황을 신성시했다. 이렇듯 상처와 부정의 논리를 주장하는 서구 형이상학은 서구 현대미술에도 막대한 영향을 끼쳤다. 자코메티의 조각 《걷는 남자》(1960)를 보면 뼈만 남은 앙상한 모습으로 땅으로 향하는 무게보다는 하늘로 향하는, 육체의 휘발을 염원하는 모습이다. 특히 《목 잘린 여인》(1932)은 목이 잘려나간 채, 살은 없고 뼈만 남아 있다. Lucie-Smith, 194~5.

서 슬프다고 말한다. 우리의 꽃의 여신의 눈동자에서 현미경적 이미지, 우리 육안으로는 보이지 않는, 단두대에 대한 현미경적 이미지를 당신들이 보라고 할 모든 권리가 나에게 있다'[159]고 주네는 강변한다. 주네의 《줄타기 곡예사》에서 상처는 더욱 강조된다(207b/184b). 주인공은 마비로 인해 비틀거린다. 주네는 절뚝거리고 상처를 받는 것이 미美라고 한다. 《도둑일기》에서는 형극이 구원의 조건이라 주장한다.[160] 또한 주네는 상처를 받고 대중들로부터 멀어지면 질수록 즉자적 본질에 이른다고 생각한다(228b/203b).[161]

상처, 절단, 부정으로 점철된 변증법을 따르는 주네의 소설과 극은 부정·폭력을 통해 상처를 남기고, 모든 것을 다 잃어버리는 것이 영광이며, 이것이 원原모습이며 원래의 제자리라는 논리를 선명하게 드러낸다. 주네는 상처가 구원의 조건(84)이 되며, 자기 자신에게는 구토(사르트르의 '구토')가 날 정도의 더러움 속에서 지양이 일어나게 하는 남다른 능력이 있음을 주장한다(27).[162] 그의 문학은 또한 많은 비평가들이 지적했듯이,

---

159 Winkler, 95.

160 Genet, *The Thief's Journal*, 42. 이 문단 이하, 그리고 주註에서 책명 없는 수는 이 책의 쪽수.

161 자코메티의 말이다. '끔찍하게 무섭게 조각은 점차 작아졌다. 조각들이 아주 작아졌을 때만, 이런 차원들이 나를 반동하게 했으며, 지칠 줄 모르고 나는 다시 시작했는데, 수개월 후 점으로 내가 조각을 끝내기 위해서였다. 거대한 형상은 허위이고 작은 것은 참을 수 없었고, 그리고(그래서) 작은 것이 아주 더 작아져 이것을 마지막 손질에서 칼로 먼지를 사라지게 했다.' 자코메티도 절뚝거림을 칭송하고 있다(210b/186b). 피카소는 인간을 기하학적 구성으로 환원시켰고, 이는 표면이나 상을 기억으로 잡는 대신, 비인간적인, 즉 비극과 열정이 배제된 현존을 화폭으로 끌어내기 위한 순수 공간을 만드는 것으로 예술가의 통제로 가능하다고 생각했다(Chipp, 194, 200, 202, 214).

162 특히 그에게 호모섹스를 강하게 느껴 그의 노예가 될 만큼 신비한 힘의 소유자 스틸라타노의 힘이 팔 한쪽이 잘려나가 없기 때문이라고 주네는 설명하고(123), 이의 증표로 그의 남근은 짓이겨져 포도송이같이 정상적인 모습이 아님(84)을 알려준다. 거세된 호모, 상처, 폭력 등은 주네의 작품을 통해 풍성하게 드러나고 이것이 신비한 체험으로 이어진다는 사실을 주지시키고자 한다. 육체의 참수는 그를 종교적인 경지에 이르게 한다고 주네는 믿는다. 그는 신을 찬송하게 되고(86), 삼라만상과 교감하며(127), 사물이 살아 자신과 호

구원주의가 그 핵이 된다. 가장 파격적인 주네의 잔혹극은 종교적 제식이 되면서, 구원을 말하는 종교가 된다.《흑인들》(1959)에서는 지극히 문명화되어 생명을 잃어버린 현대 서구 문명을, 그리고 흑색은 원시적 태고의 에너지를 지니고 있는 것을 암시한다. 백인들에 대한 증오는 백인의 마스크를 쓴 흑인들에 의해 주도되며, 무대 밖에서는 백인들의 대량 살상이 계속 진행된다. 다만 무대에서는 이들 시신을 넣은 관만이 마치 예식처럼 나열되기도 하고 지나가기도 한다. 이 극 마지막에서 흑인들의 반란이 성공한다는 것은 주네가 말하는 구원이란 기원으로 되돌아간다는 것을 뜻한다. 주네는 절대 순수를 위해서는 죽음도 불사한다. 그리고 이것을 신성한 것으로 간주한다. 물론 주네는 선을 통해 종교인들이 지향했던 것을, 악을 통해 이루고자 했던 것이다.[163] 주네는 아르토, 하이데거, 푸코처럼, 이원 구조가 근거 없다는 것을 분명히 알았지만, 이원 구조 안에 있었다. 이 결과 주네는 헤겔의 변증법 안으로 다시 되잡힌다.

주네의 주인공들이 택하는 소외 역시 또 다른 형태의 폭력이다. 헤겔은 국가법을 위해 개인과 사회의 연대를 강조했는데 비해, 주네와 주네의 주인공들은 모두 고독을 선택했다. 무거운 범죄를 짓는 것은 대중들로부터 멀어질 수 있는 확실한 방법이다. 이렇게 주네는 범죄를 긍정적인 것, 자기만의 구원을 위한 단초로 간주한다. 주네의 주인공들, 그리고 주네 자신을 포함해, 이들이 굳이 범죄와 동성애를 표방하고 스스로 감옥에 있다는 것 자체가 스스로 사회로부터 자신들을 격리시킴으로써 권

홉을 같이 하고 있다는 사실을 감지한다고 한다. 그리고 그 이 사실을 처음부터 알고 있었다고 말한다(25, 27, 30, 35, 42). 주네는 이 세상의 다른 저쪽, 즉 지하 세계를 점하고 있다고 자신을 소개하지만, 그러나 자신을 포함한 이러한 지하 세계의 도둑, 호모들에게도 기양이 발생된다는 사실을 끊임없이 주장했다.

163 Pronko, 151.

위적 자아를 형성할 수 있다고 믿었기 때문이다. 고립이 구원의 조건이라 생각한다. 대중으로부터 스스로를 대척점에 놓음으로써 자신에게 스스로 부과하는 고립, 혹은 소외는 서구 현대 문학의 기본 주제였다. 이에 대해 데리다는 비판적이다. 주네가 작중인물로부터 사회적 정체성을 박탈하고, 각각의 인물들의 위치의 차이를 모두 지워버렸다면, 주네가 추구하는 고유성 역시 작중인물들의 각기 다른 정체성과 고유성은 말할 것도 없고, 이들 작중 인물들이 사회에서 차지하고 있는 차이마저 지워버린다 (무화無化)는 것은 폭력인 동시에 이러한 폭력이 결국 헤겔의 사변철학처럼 연대를 주장하지만, 진공관 안에서 공으로 환원된 주체들의 연대다. 주네에게 철저한 고립은 무와 자기 파괴를 위한 것이다.

　　이는 우리의 시련인데, 또한 이는 무능력이 된다; 예를 들면 맹목에 대한
　　끔찍하게도 이상한 형식이 되는데, 이것은 맑은 응시에 대한 환영이고 이
　　미지이다. 이는 보이지 않는 것을 보는 무능력이다.[164]

　　이런 종류의 무능력을 위해 자기 파괴를 해야 한다. 이는 헤겔의 변증법 논리다. 주네가 이렇듯 자기 파괴, 무화無化, 혹은 비실재화의 글쓰기를 통해 얻으려고 한 것이 자기 소멸이다. 주네는 이것을 통해 정신의 본질, 영과 교감할 수 있다고 믿었다. 아방가르드 문학의 대표주자로 헤겔의 변증법, 기존의 기독교에 반기를 들었던 주네 역시 부정에 따르는 폭력의 필요함을 역설하고 헤겔을 바짝 따라간 결과 주네의 작품에는 폭력이 중단 없이 진행되고 있다: '주네는 세상 속에서 터지는 모든 곳에서 튀어 오른다. 유럽에 대한 절대 진리가 폭발할 때마다. 그렇다. 폭발하는 모

─────────────

164　Wortham, 32에서 재인용.

든 곳에 그는 있다'(207b/232b). 데리다의 이 말은 주네가 헤겔을 철저하게 따랐다는 뜻이다.

주네와 헤겔의 관계가 더블인 이유는 또 있다. 꽃의 종교는 인디언 종교예식에서 사용되었는데, 이것을 헤겔이 가져갔고, 공적 대중미사와 정신성을 상징하는 것이다. 그런데 이 꽃은 주네의 지하세계에서는 괴짜들을 위한 수사적 분류 체계가 된다(19-20b/13b, 24b/17b, 39b/31b, 43b/35b, 57b/47b). 이성에 의거한 헤겔과 칸트, 그리고 즉물적인 교감과 헤겔의 반反으로 간주되는 주네가 꽃의 수사학을 따라 글쓰기를 했다. 따라서 반대되는 진영에 있는 헤겔과 주네는 모두 반대되는 것을 상징하기 위해 꽃을 사용한 것이다. 그래서 꽃은 만능 기표다. '수사의 꽃'이란 장식일 뿐 아무것도 상징하지 않는다.

꽃은 여성으로만 분류될 수 없음을 지적하기 위해, 데리다는 생물학적 증거까지 길게 설명했다(278b/250b). 꽃은 이미 생물학적으로도 양성이지만, 꽃은 헤겔 기둥과 주네 기둥에서 서로 정반대되는 것(정신 vs 육체의 성)의 직유가 되면서 스스로 해체된다. 대위법에 의해 형성된 것처럼 꽃은 거세된 남근을 뜻하지만, 주네가 사용한 꽃은 처녀성, 음핵, 질 등 여성성과 모계, 어머니 가슴, 그리고 성모마리아의 수태와 겹친다. 이렇게 서로 반대되는 것을 상징하는 꽃은 기실 아무것도 상징하지 않는다. 이 만능기표인 꽃에는 고유한 것은 텅 비어 있다. 그래서 꽃은 모든 것을 중성화시킨다.

남근과 여성의 질의 관계에서도 남성의 우위가 보장되는 것은 결코 아니다. 거세는 처녀성과 겹치고 남근은 질 안으로 들어감으로써, 공인된 반대는 결국 서로 같은 것이 된다. 이는 서로의 반反, 즉 타자를 반영, 투영하기 위해 동일하게 된다. 꽃의 암술대(화주花柱)가 칼집 같은 케이스가 되듯, 주네의《하녀들》의 두 주인공들은 장갑, 거울, 그리고 꽃의 구조 안으로 가라앉는다.《하녀들》에서 장갑은 가공artifice의 기표로 확대된다. 뒤집어지면서《하녀들》의 주제는 사실 장갑에 대한 것이다. 그들의 정체성은 마담의 장갑과 같다. 그러나 그들은 천사라 부른다. 그들은 차 있지만, 남근은 없다. 헤겔이 말하는 절대 진리(Savoir/Ça)가 이미 차연이나 구조로 남성이 거세된 여성(Sa)이듯.

　이 사실이《하녀들》에서 극화되고 있다(58b/48b).《하녀들》의 주인공들도 자신만의 고유 정체성이 없고 다만 마담의 장갑glove 그리고 거울glass에 불과하다는 것을 알기 때문에, 장갑이 지긋지긋하다고 한다. 자신들은 거울, 한 쌍의 장갑, 꽃으로 대체될 수 있다는 것은 자신들이 법과 메트로놈과 같고, 운율, 리듬, 억양, 위장된 몸짓 또한 다 자신만의 고유한 것이 아니다. 이렇게 해서 두 하녀와 마담, 세 사람은 동일해진다. 마담의 시작은 꽃을 통해 진행된다. 하녀 클레르가 이를 그대로 마임을 한다. 시작은 무대 중간에서, 두 개의 시작은 죽음을 예기하는 꽃이 되면서 (더블) 마담은 '나는 만들어진다/쓰인다/역겹다(Je m'ec)'고 말한다. 이 세 주인공들은 시작과 끝을 알 수 없는 가운데, 죽음의 꽃으로 화한다. g, l, 이 두 철자는 작은 장갑glove과 칼집glaive에도 있고, 글라디올로스gladiolus, 붓꽃과의 꽃, 프로방스말로는 glaviol에도 있다. 꽃과 장갑에 있는 철자 g, l, a는 책 제목 Glas에 있는 철자다. g, l, a, 이 세 철자는 헤겔과 주네의 담론 양쪽에서 이 철자 저 철자와 무한대로 붙였다 떼어지기를 반복하며, 끊임없이 돌아다닌다. 의미의 고체화를 피해 산포하면서《하녀들》의 주인공들의 이름과 정체성조차 gl처럼 무한대로 미끄러지고 있다.

　헤겔은《논리학》에서, 언어 혹은 단어에도 변증법적 지양이 일어난다고 주장했다.[165] 특히 독일어가 그러한데, 그 이유는 한 단어에는 서로 모

165　김보현,《입문》, 111, 주 29 참조.

순되는 의미를 가지고 있기 때문이라는 것이다. 언어(단어)에서 이러한 지양이 발생하면 언어는 단순히 소리나 눈에 보이는 글자의 차원에서 벗어나 개념으로 화한다는 것이다.[166] 주네 역시 헤겔과 같은 생각이다. 주네는 이름 짓는 것을 필요 없이 부과되는 따라오는 사고l'accident survenu이며, 필요 없는 대체이지만, 주인공들의 이름은 결국 역의 논리에 의해 그 특성을 얻고,[167] 글은 지양한다(28-9b/21-2b)고 말한다. 그래서 주네는 자신의 이름뿐만 아니라, 자신의 작품 속 작중인물에 이름을 부여하고 특성과 형용사, 그리고 비문을 정립erect할 때, 이것은 심지어 사물의 이름도 아니며, 언제라도 실체로부터 떨어져 나가는 것으로 간주하고, 어근으로도 간주될 수 없는, 필요 없는 대체이지만, 이름 짓는 과정에서 '명명적 통일성unicité nominale'이 드러난다고 주네는 생각한다. 이렇게 되면 원래 있었던 간격, 즉 언어의 사물성과 정신성의 간격이 좁아지고, 이것은 다시 육체를 목소리 안으로 모아 운반하고 올린다는 것이다. '우리의 고유한, 숭엄한, 영광스런 육체는 육체 없는 음un vocable sans organe'이 된다는 것이다. 이는 일종의 영광이며, 이 영광은 육체 없이 말하는 것을 뜻한다 (13-14b/7b-8b). 주어진 고유 이름은 단두대 위로 떨어진 머리를 들어 올릴 수 있다고 주네는 믿는다.

그래서 자신의 이름을 꽃 이름genet으로 만든다. 그러나 이름 짓기를 통해 고유성은 회복되지 않는다. 꽃의 어근이 산포되고 다시 잘리면서decapitulation, 다시 대문자화recapitalization 되지만, 이렇게 얻은 대문자로 시작되는 고유 이름에는 고유성이 없다. '남근의 꽃은…교수대에서만 나타난다. 머리를 잘라 떨어지게 함으로써, 머리는 이미 지양된다. 머리가

---

166 Gaston 142.

167 Jones, 23.

잘려나가는 것은 나타나기 위한 것이고, 붕대를 감고, 똑바로 서는 것이다. 이렇게 해서 보다 위대한 높이로 지양하는 추락에서, 움직이는 간격은 일을 한다: '꽃이 열려, 날릴 때, 꽃잎은 갈라지고, 이로부터 고유한 특성, 석주石柱, style가 세워진다'(21-2b/28-9b). 죽음이나 상처를 통한 지양은 잘라서 풀로 붙이거나, 붕대를 감고 똑바로 서는 것과 같은 것으로 이는 지양이 아니라, 고유성의 박탈이거나 죽음이다.

남근적 꽃은 주네. 남자에게 주어진 꽃 이름, 금작화 genêt. 그런데 이는 주네를 버렸던 어머니 여성의 이름이자, 동시에 스페인에서는 남성을 상징하는 말horse, genêt이다. Hegel은 부리 모양이 꼬부라졌다고 해서 독수리라는 이름을 가진 꽃(Eglantine—columbine 라틴어의 acquilegia, aquilea에서 온 말임)이다. 헤겔과 주네, 이 두 남자의 이름은 꽃 이름에서 나왔다. 앞에서 말한 대로 꽃은 양성이자 만능기표다. 모든 것을 상징하기 때문에 아무것도 상징하지 않는다. 꽃이 여성을 상징한다면 꽃 이름을 가진 주네와 헤겔은 거세된 남자 여자다. 주네 이름에 있는 ê에서 시르콩플렉스가 떨어져 나간 것 역시 거세 혹은 추락을 암시한다. 헤겔과 주네가 서로 닮은 이유는 또 있다. 프랑스어 voler는 동사는 날다(지양)와 훔치다 두 가지 뜻이 있다. 헤겔의 변증법은 밀수(이 책, 152)이고, 주네는 도둑이었다. 그래서 두 사람은 또 닮았다.

주네가 헤겔을 읽으며 '아주 조용히 열심히 공을 들여, 강박적 충동으로 집착하고, 밤도둑처럼 소리 없이 움직이면서, 헤겔의 담론에서 빠져 있는 모든 대상(반反)에 서명했다'(51b/41b). 데리다 역시 헤겔을 읽었고 강박적 충동으로 집착하며 공을 들이면서, 아나ana-의 이원 구조를 피해 가는 움직임으로 고유이름과 서명anagrammatizing proper names, anamorphosing signatures, 그리고 은유에 고유성이 없음에 대해 숙려했다. 데리다는 고유명사를 해제하고 서명의 철자들을 분해했다. 이것이 주네와 데리다가 헤

190

겔을 읽은 차이다. 그리고 이 차이로 데리다는 헤겔과 동일한 체계 안으로 되잡히지 않은 반면, 주네는 되잡혔다. 그래서 주네는 헤겔의 더블이 된다. 주네와 같은 우를 범하는 아르토를 비판하면서 이원 구조로 이원 구조를 넘어서려는 것이 얼마나 단순하고 치명적인가를 데리다는 지적한다(《글쓰기와 차이》 6장과 8장).

(6) 《'글라' 이후 그림을 위한 습작》: 〈나〉와 〈사닥다리〉

데리다가 여러 번 언급한 '죽음을 정당화하는 윤리가 실에 구슬이 꿰인 듯 반복된' 서구 역사를 살아낸 서구인의 모습은 어떤가?《글라》가 출판되고 얼마 되지 않아, 데리다는 아다미와 《'글라' 이후의 그림을 위한 습작》이라는 제목으로 약 500개가 넘는 계열성 시리즈 그림을 합작했는데,[168] 이 중 《나》와 《사닥다리》가 변증법에 내재된 폭력과 죽음을 시각화한 것이다.

계열성의 그림이란 시리즈처럼 연달아 그리는 그림으로 이론상으로는 그 처음 그림과 마지막 그림이 없음을 전제한다. 물론 이 계열성의 그림은 사실주의 파괴에 그 목적을 둔다. 피카소의 청색시대 이후, 큐비즘은 모든 사실주의를 파격적으로 바꾼다. 물론 이러한 변화는 세잔느가 2차원의 사실주의를 3차원으로 바꾸면서 이미 시작되었던 것이다. 피카소는 더욱 파격적으로 사실주의 회화를 파괴했는데, 그 이유는 그림은 표면이 아니라, 대상에 내재된 중심을 드러내야 한다고 믿었기 때문이었다. 그러나 아다미와 데리다가 합작한 그림은 바로 큐비즘이 화폭에 드러내려 했던 이 중심을 해체한다. 구조주의 담론 안에 구조주의가 말하

---

168 데리다 가족은 1975년 1월 3일부터 약 1달 간 약간 허물어진 운치 있는 성城, 전위 화가 발레리오 아다미 집에서 아다미 가족과 함께 역사적 사건들을 '타블로 비방Tableau Vivant' 놀이를 하면서 휴가를 즐겼고, 데리다와 아다미는 계열성 그림을 합작했다.

는 중심이 없듯이, 큐비즘의 회화에도 중심은 없다는 것이다. 폐쇄된 텍스트나 그림에 있다고 주장하는 중심은 관점이 바뀌면 환幻으로 드러난다.《'글라' 이후의 그림을 위한 습작》의 하나인 〈4개의 손을 위한 아다미의 콘체르토〉는 어떻게 사실주의 그림이 드러내는 중심을 해체하는가에 대한 설명이다.

한 권의 책을 읽고 한 손으로 쓰는 것이 아니라, 데리다가 '두 개의 손으로 쓰고 두 개의 텍스트를 동시에 읽는다'는 것이 해체 방식이다. 이는 폐쇄된 한 권의 책 안에 있다고 간주되는 중심 대신 상호텍스트성을 드러내기 위해서다. 그림도 마찬가지다. 사실주의 그림 속에 있다는 중심을 해체하기 위해서는 여러 개의 손이 필요하다. 거울에 비친 물체는 수동적 표상이지만, 여러 개의 거울(표상)을 동시에 동원하면, 거울 하나에 비친 독립된 표상이 무제한적으로 복사되어, 실체처럼 보였던 표상은 허상/환임이 드러난다. 마찬가지로 아다미와 데리다, 두 사람의 '4개의 손'이 다多중심 다多기원을 기록하고 드러내면, 유일 중심과 유일 기원의 신화는 해체된다. 이를 두고 데리다는 '손가락의 합창'이라 했다. 아다미와 데리다의 4개의 손의 손가락이 동시적으로 작동함으로써 경험적 차원의 표상(환)을 해체한다. 이렇게 해서 기존의 표상이 무너지면 '심연 안에 잉여가치가 놓여질 때 무엇이 발생하는가?'라고 데리다는 묻는다. 물론 기존 인식으로 부터의 전환, 혹은 초과다. 사실주의 그림trompe-l'oeil은 프랑스어가 명확하게 말하듯, 눈을 속이는 것이다. 눈을 속이는 것을 막겠다는 것이 데리다의 입장이다.

아다미와 데리다가 합작한《'글라' 이후의 그림들을 위한 습작》중《나》는 변증법의 폭력과 죽음을 선물로 받아들인 기독교인과 유대교인들의 모습을 담았다.

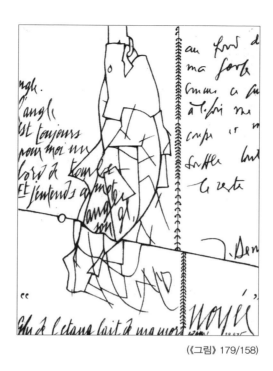

《그림》 179/158)

물고기는 기독교가 탄압을 받을 당시 기독교인들 사이에서만 통하는
암호였다. 또한 예수는 어부들에게 다가가, '이제 내가 너희에게 물고기
잡는 법이 아니라, 사람 잡는 법을 가르쳐 주겠다'고 했다. 그런데 잡힌
물고기가 기독교인들과 유대인들이라는 것이다. 이 그림 제목이 《나Ich》
인데, 이는 그리스어로 고기를 뜻하고,[169] Ich를 철자변치하면 Isch이다.
이는 유대인l'homme hébräique을 뜻한다. 또 Isch을 목구멍으로 나오는 소리
로 다시 고치면 qui khi인데 이 단어를 발음하면 cri(《그림》189/165)가 되
고, 이는 고함이나 울음을 뜻한다. 이 그림 속 물고기는 왜 고함을 치고
울음소리를 내는가?

<hr></hr>

169   Geoffrey Hartman, 'Homage to *Glas*', 350.

이 물고기는 지금 입에 미끼와 재갈이 물려 있어 꼼짝 할 수 없다. 고기 등에 있어야 할 비늘은 다 빠져버렸고, 대신 종이로 덮여 있다. 그 종이 위에는 완벽한 문장이 아니라, 정확하게 연결되지 않는 문장과 글자가 고기 등 위에 있다. 더구나 헤엄을 치기 위해 가장 중요한 꼬리는 이미 잘려 나갔다. 또한 물고기가 사는 바다나 물속이 아니라, 위로 올라와 공중에 매달려 있다. 이 물고기는 굽어진 채 당겨진 형태, 약간 안으로 굽은 경직성, 그리고 직립 남근이 구부러지는 경련의 유연성을 보이며, 삶과 죽음 사이에서, 낚시 바늘, 재갈, 미끼에 물린 채, 물 위로 건져 올려져, 매우 놀랐으나, 여전히 위로 튀려는(지양) 욕망을 지닌 채, 몸부림의 마지막 춤을 기도하는 물고기다.

이 그림은 4^{170}등분되어 있다. 4는 해체의 수다. 4각의 4개로 나뉘어져 있고codicarium, quarternarium, 중간은 사선(사선은 직선을 방해하는 해체의 선이다)으로 나뉘어져 있다. 한쪽이 둘로 잘린 이중 기둥colone은 이중 띠bande 다. 물고기를 옥죄는 용수철, 나선이라 부르는 혹 단추, 클립, 죔쇠, 버클, 창문의 걸쇠, 쐐기꼴, 장식용 종석宗石 때문에 고기는 붙잡혀 꼼짝하지 못한다. 사선으로 잘린 물고기와 물의 표면의 한계, 그리고 이에 따른 욕망의 끝은 무엇인가를 이 그림은 묻고 있다.

쐐기에 걸려 바다 위로 올라온 고기는 이미 한 개의 구phase로 지속되면서, 동시에 구로 잘려진다. 물고기의 고유 율동은 방해받고, 꿰맨 제본 위에서 말하기 위해 재구성되지만, 거의 발음할 수 없는 자신의 gl의 모든 것은 여기에서 거의 말해지지만 아무것도 말하지 못한다. 죽음 직전이다.

왜 이런 일이? 변증법에 감추어진 미끼를 덥석 물었기 때문이다. 데리

---

170 4가 왜 데리다에게 중요한 수인지에 대해서는 김보현, 《입문》, 222~5 참조.

다는 이 그림을 두고 나Ich에 대한 고뇌에 찬 사색과 고찰이라 했다(《그림》178/157). 이 고기는 지나치게 부과된 모체母體, 무거운 짐을 진 자들이 그 무거운 짐을 벗기 위해 물은 것이 바로 '그리스도적 남근인 나Ichthus를 위한 미끼'로, 이는 소리 없는 굴레의 재갈인데, 이의 결과는 이에 대한 궤적, 그라프, 그리고 흔적으로 나Ichmos는 환원되었다.

《글라》는 바로 침례적 욕망이 운영되는 궤적과 흔적을 모든 방향에서 추적한 것이다.…고기는 이미 토막이 났다. 글자로 된 문장은 이어지는 것 같으나, 동시에 파편처럼 잘려져 나갔다. 물고기는 용수철로 묶은 것 위로 튀어 올라오면서 고기 자체의 움직임이 부서지는 동시에 재구성되어 왼쪽에서 오른쪽으로 글자가 쓰였다. 마치 gl이라는, 완전한 소리도 아닌 이것으로부터 큐를 받은 것처럼 물고기 등 위로 쓰인 글자도 표시가 거의 되지 않았다. 안으로도 그리고 바깥 두 가장자리에서도 잘렸다. 단두대에서 나를 자르면서 동시에 나를 프롬트prompt 하는 것이 이렇게 쓰이고 읽혀지고 이 자체를 공연하는 것, 이 모든 과정에서 발생되는 행위가 이 그림에서 공연된 것이다. 틀의 경계가 튀어져 올라왔고, 가장자리는 심연으로 침투당했다. 나Ich는 c(Ich의 중간 철자 c)가 굽어져 있듯이, 고기가 굽어진 채, 세례를 받는 동시에 접히는 바로 그 순간, 그리스도 적(기독교적) 남근은 바다에서 나온 것인가? 해안도 가장자리도 없고, 다만 가장자리는 다음과 같이 설명되었다: '앵글angle은 항상 나에게 무덤의 앵글이다. (《그림》180/158)

여기서 '프롬트당한다'는 언어에 의해 폭력적으로 조종당하는 것이다.[171] 이렇게 되면 나의 말은 존재하지 않는다. 연극배우가 아닌 일반인

---

171 언어의 절대적 폭력을 극화한 페터 한트케의 《카스퍼》(1968)를 연상시키는 베케트의 《차

인 우리들의 프롬터는 사전, 문법에 따르는 언어, 책, 종교교리, 법, 그리고 이에 따른 수많은 텍스트들이다. 우리는 이것들이 지시하는 대로 말하고 사유하고 행동한다. 그래서 우리나라 사람들도 인생은 꼭두각시놀음이라 했다. 죽음의 앵글angle이라는 말은 낚싯바늘에 의해 물고기(나·기독교인)가 걸려들어 둥근 무덤으로 직행 직전의 상태라는 뜻이다. angle에 있는 두 철자 gl(이 철자는《글라》에서 죽음과 관계되는 것으로 충분히 설명되었다)의 모양 역시 낚싯바늘을 연상시키는 동시에 angle의 또 다른 뜻은 낚시하다, 혹은 다른 각도에서 사물을 본다는 뜻이고 다른 앵글, 다른 각도에서 보니, 낚싯바늘로 고기(사람)를 낚은 것이 변증법·기독교라는 사실이 드러났다. 데리다와 아다미의 해체가 기독교와 변증법을 다른 각도에서 부각시켰다angle. 물고기 몸체에 기입된 각개의 철자, 재갈, 혹은 단어의 부스러기는 두 번씩 두 개의 손으로 쓰였다. 이렇게 해서 형식주의적 논증적 글쓰기, 한 개의 악기로 연주되고, 한 개의 손으로 쓰이는 재현의 음성중심주의 신학 이데올로그가 해체된다.

《사닥다리》는 헤겔이 말하는 변증법의 계기Potence를 뜻한다. 데리다는 《글라》에서 이를 단두대로 오르는 계단에 비유했는데, 다음 그림은 이 사실을 드러낸다.

는 것보다 찔리는 것이 더 많다》(1934)를 보면 극중 인물과 동일한 화자는 깡통 따는 것으로 핌의 허벅지를 찌르면서 말하는 법을 가르친다: '자극의 도표 기본적 자극, 한 번은 노래하는 것, 겨드랑이에 못으로 두 번 자극하는 것은 말하는 것, 엉덩이에 칼날로 세 번 찔리는 것은 말하는 것을 중단하는 것, 두개골을 네 번 세게 치는 것은 크게 말하는 것, 콩팥을 공이대로 다섯 번 자극하는 것은 작은 소리로 이야기하는 것, 항문에다 둘째 손가락을 여섯 번 집어넣는 것은 손뼉 치며 좋아하기, 엉덩이를 가로 질러 일곱 번 치는 것은 세 번과 같은 것, …'

196

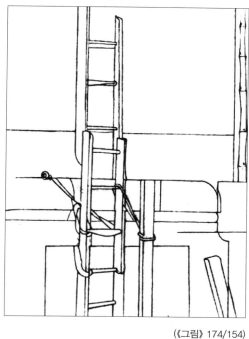

《그림》 174/154)

그림 전시를 위해 화랑 꼭대기에 높이 그림을 걸어놓듯이, X형 고리로 주체Ich는 이렇게 꽂혀 있다. 그림 앞면은 말이 없다. 그리고 뒤 아래 사닥다리 위에 또 사닥다리가 단단하게 줄로 연결되어 얹혀 있다. 이 이중double 사닥다리의 이름은 계기다. 마치 틀, 디딤판, 계단을 내려보듯, 전체 광경을 지배한다. 각각의 사다리는 서로 미끄러지는 이중 기둥이다. 《그림》 192/166-7)

상호교차대구법 X(이원 구조)는 주체를 결박하는 고리와 끈으로 사용되었다. 높이 걸려 있는 것은 막연히 예수가 십자가(X)에 못 박혀 죽은 것을 인유한다. 사닥다리(계기, 지양을 위한 정과 반)가 줄로 연결된다는 것은 연결되지 않는 것을 억지로 연결되었음을 함의한다. 정과 반은 사실인즉 중단 없는 폭력으로 인해 헤겔이 말한 지양(계기)이 발생하지 않는다는 사실을 내포한다. '전체 광경을 지배한다'는 말은 변증법이 말하는 정신에 의해 세계 역사가 진행된다고 헤겔은 주장했지만, 이중(정과 반)의 미끄러지는 기둥, 혹은 사닥다리는 이런 일을 수행할 수 없음을 드러낸다.

부서진 조각들disjecta membra을 끈으로 묶고, 죄고, 유지하는 강력한 이음의 종합으로 해체적 작품을 단단히 유지하고 구성한다. 이중 사다리는 매우 복잡한 교수대(기둥, 원주, 틀, 주두 즉 기둥머리)에서 끈과 코드로 단단히 포박되어 있다. 사다리 하나는 교수대이고, 이것은 계기의 유사한 말이고, 《글라》를 구성하고 있는 수사의 하나다. ('본인이 쓰고자 했던 것, 그것은 텍스트의 계기POTENCE이다.') …세 그림 중 하나는 우화이며, 이것은 키메라였다. 이 교수대에는 사람이 살지 않는다. 아니, 살 수 없다.…오이디푸스와 예수가 여기서 서로 만났을지도 모른다. (《그림》192/166-7)

헤겔은 변증법이 말하는 구원과 절대정신은 우화 혹은 전설이며 환, 혹은 키메라였음을 우리는 상론했다. 계기·전상을 통해 헤겔은 우리의 정신은 지양된다고 주장했지만, 여러 가지의 끈과 코드로 이어져 있는 사닥다리는 이것이 불가능함을 말한다. 동시에 이런 곳에는 사람이 살지 못한다. 그러나 이 사닥다리로 교수대로 스스로 올라가 십자가에 못 박힌 예수, 그리고 자신의 눈을 찔러 실명한 오이디푸스, 스스로에게 가한 폭력이 구원으로 이른다고 믿었던 이 두 사람은 이 단두대의 사닥다리(전상, 계기)에서 서로 만났을지도 모른다.

3장

데리다의 가족 유사성과
가족 상이성

6. 데리다와 베케트: 잃어버린 침묵을 찾아서

데리다는 베케트를 두고 '언어의 한계를 떨게 만든' 작가라 극찬했다. 또한 데리다 '자신과 너무나 가깝고' 그래서 '자신의 언어idiom로 베케트의 언어에 응대할 수 없었을 뿐만 아니라, 그를 너무나 잘 이해하고 있었기 때문에 그를 회피해왔다'고 했다. 이 말은 베케트의 어법이 너무나 고유할 뿐만 아니라, 베케트의 글쓰기와 사유에는 데리다가 개입해 해체할 여지가 없다는 뜻이다.[1] 데리다가 '특히 베케트에 있어서, 두 가지 가능성은 가장 크고 가장 근접해 있다. 그는 허무주의자이고, 허무주의자가 아니다'(《문학》 60-1)라고 말했을 때, 데리다는 늘 상대방의 문체나 어법에 감염된 듯, 이를 모방했는데, 베케트의 '스스로 취소하는 서술'을 데리다는 애정을 가지고 흉내 낸 것이다. 베케트의 '스스로 취소하는 서술'은 바로 데리다의 지우기sous rature와 동일하며, 데리다의 '이중적 입장'과 데리다가 아포리아aporia를 중히 여기듯, 베케트 역시 그러하다. 베케트와 데

---

[1]　데리다는 베케트의 몇 개의 단어들을 해체하기 위해unpack, 한 학기 내내 시도했으나, 결국 포기했다고 술회하며, 베케트의 작품은 '…works whose performativity, in some sense, appears the greatest possible in the smallest possible space.'라고 했다. Clark, 138에서 재인용.

리다는 언어에 대해서 이중적 태도를 취한다.

(1) 언어에 대한 이중적 태도

사물과 언어가 거의 일치하는 듯한 착각을 우리에게 주지만, 결국 어긋나는 데서 오는 불안을 베케트는 다음과 같이 표현했다.

> 와트가 '항아리' '항아리'라고 자꾸 말해보아도 소용이 없었다. 아니 전혀 소용이 없지는 않았지만, 거의 소용이 없었다. 왜냐하면, 그가 항아리를 보면 볼수록, 항아리를 생각하면 할수록, 이건 전혀 항아리가 아니었기 때문이다. 항아리를 닮긴 닮았는데, 거의 항아리였지만, 사람들이 항아리라 하는 것은 아니지 않는가? '항아리' '항아리'라고 자꾸 부르면서 의구심을 잠재워야지.[2]

철학자들이 가장 중시했던 현전에 필수사항인 '지금' 그리고 '여기'도 글로 드러날 수 없음을 몰로이는 토로한다: '나는 이미 끝이 난 것으로 내 삶에 대해 이야기하고 있다. 혹은 지금 여전히 계속될 농담으로서. 그런데 사실은 둘 다가 아니다. 왜냐하면, 내 이야기는 끝이 난 동시에 여전히 계속되고 있기 때문이다. 이것을 묘파할 수 있는 시제는 있는가?'(《삼부작》36). 이것은 그대로 《고도를 기다리며》의 에스트라곤과 블레드미르가 처해 있는 난국이기도 한다. '글쓰기라는 곤혹스럽기 짝이 없는 공간 속에서 오도 가도 못한 채, 블레드미르와 에스트라곤은 영원불멸의 파라독스에 봉착하고 있다. 가장 실제적인, 그리고 증명할 수 있는 시제는 지금 여기지만, 그러나 지금 여기는 사실상 존재되지 않는다. 현재는 결코 현

---

2 Beckett, *Watt*, 83.

재의 존재되는 시간일 수가 없다.'[3] 일상의 상식적 시간은 현재이겠지만, 심리적 시간은 이미 과거와 미래에 있다. 따라서《몰로이》의 마지막 말은 이 작품을 쓴 시간을 취소한다: '지금은 한밤중이다. 창틀에는 비가 때리고 있었다. 지금은 한밤중이 아니다. 비는 오고 있지 않다'(《삼부작》176). 현재 시간이 현재 시간이 아니게 하는 또 하나의 이유는 언어 때문이다. 언어로 옮길 때 시제는 엉망이 된다.

나는 이것이 지금이라고 말한다. 그러나 얼음같이 차가운 언어가 우박처럼 내 머리를 때리며 내려오고, 세상 역시 죽어가고 사물들이 부정하게 이름 지어질 때, 결국 내가 지금 그때에 대해 무엇을 아는가. 내가 알고 있는 모든 것은 말이 알고 있는 것 그리고 죽은 사물들이며, 내가 하는 것이라고는 잘 짜인 어구처럼 시작 중간 그리고 끝을 가지고 있는 모양이 단정해 보이는 조그마한 합계. 죽은 것에 대한 긴 소나타일 뿐. (《삼부작》31)

'그는 말이 그를 실패하게 만든다고 생각한다.'[4] 그래서 베케트는 데리다처럼 언어를 해체한다. 베케트는《고도를 기다리며》에서 언어를 해체하는 10가지 방법을 드러내었다.[5] 다양한 방식과 전략으로 언어를 해체했지만, 그러나 여전히 언어 때문에 베케트는 자신의 문학은 '실패의 문학'이라 했다.

데리다 역시 '차연'이라는 신조어를 만들어 낸 이후, 이 차연을 약 35개의 다른 차연으로 대체시키면서, 언어는 우리의 모든 것, 중심, 의미, 내

---

3 Conner, 120.

4 Beckett, *Stories and Texts for Nothing.*, 91~2.

5 Hassan, 137~8.

적 의식, 사건, 진리를 드러내는 것이 아니라, 비워내는 공空임을 그만의 특유한 글쓰기를 통해 드러내었다. 베케트가 자신의 문학은 '실패의 문학'이라고 한 것과 마찬가지로 데리다는 자신의 '해체는 여리고 실패할 수밖에 없'으며, 자신이 쓰고자 하는 '해체는 아직 시작조차 되지 않았'으며, 모든 자신의 글은 '해체의 서문'에 불과하다고 말했다.

이렇듯 언어를 불신했지만, 동시에 두 사람은 언어를 가장 귀중한 것으로 여겼다. 니콜라우스 게스너가 베케트에게 언어를 그렇게 불신하면서도 끊임없이 글을 쓰는 이유가 무엇인가를 물었다. 이에 대해 베케트는 아주 짧막하게 '무엇을 원하십니까? 우리가 가지고 있는 것은 단어뿐입니다'라고 응대했다. 또한 언어를 배제한 표현이나 인식의 가능성에 대해 묻자, 베케트는 '의사소통 할 수 없는 것으로 의사소통을 하려는 것은 원숭이들의 천박함, 혹은 끔찍한 코믹입니다'[6]라고 했다. 언어에 대한 베케트의 이중적 태도는 데리다의 이중적 태도와 일치한다. 릭스는 베케트가 포스트구조주의에 들어와 많은 사람들이 언어에 지나치게 허무적인 태도를 보이는 것에 대해 자신은 회의적이라며, 언어가 독이라면, 이 독을 치료하는 것도 언어라는 사실을 동시에 지적했다.[7] 데리다 또한 그가 언어의 공성空性과 파괴력을 끝없이 주장했지만, 동시에 언어보다 더 중요한 것은 없다고 일찍부터 말해왔다. 데리다의 이 말은 '작가는 죽었다' 혹은 '나의 말은 타자의 말이다'라는 포스트구조주의 합창 속에 묻혀 들리지 않았다. 그러나 일찍부터 데리다는 다음과 같은 취지를 되풀이 강조했다: '언어로부터의 해방은 시도되어야 한다. 그러나 언어를 포기해서는 안 된다. 왜냐하면, 우리의 역사를 잊어버리는 것은 불가능하기

---

6   Beckett, *Proust*, 46.
7   Ricks, 145~6. 불교도 언어의 이중성을 강조했다. 김보현,《입문》, 138~9.

때문이다. 언어를 포기하는 것은 언어의 빛마저 박탈하는 것이기 때문이다. 다만 그것을 가장 많이 저항하는 방식으로 사용해야 한다'《글쓰기와 차이》46/28).

데리다는 레비나스가 자신의 얼굴의 형이상학을 위해 기존의 철학담론과 논리 그리고 언어를 포기한 결과가 '최악의 폭력'(《글쓰기와 차이》190-91/130)이라 힐책했다. 이어 데리다는 '언어는 하늘과 땅의 아들이다. 철학자는 폐허의 집에 살면서 악마의 옷을 걸치지 않으면 안 된다. 녹이 슨 동전을 갈고 닦아 반짝 반짝 윤이 나게 해야 하는 것처럼, 낡은 수사와 언어를 지렛대로 삼아 새로운 수사와 언어를 만들어 내는 것이 철학자들의 책무'라 했다. 그는 또한 '신이 진노하여 땅에 떨어뜨려 깨어진 계명판 사이로 인간의 쓸 권리가 생겼으'며, 신이라는 글자가 있음으로 해서 신이 우리의 인식 속에 존재하게 되었다면, '신도 책 안에서 태어난다'고 했다. 또한 신에 대한 믿음보다 글자에 대한 믿음이 먼저 생겼고, 신에 대한 믿음보다 글자에 대한 믿음이 더 오래 지속될 것이라고 데리다는 힘주어 강조했다.

(2) 이원 구조 비워내기

베케트의 글쓰기는 한마디로 말하면 데리다의 것처럼 이원 구조를 피해갔던 흔적이다. 베케트가 가장 매료되었던 말은 '절망하지 마라: 두 도둑 중에 한 도둑은 구원되었다. 자만하지 마라: 두 도둑 중 한 도둑은 구원받지 못했다'(〈누가복음〉 23:43)였다. 《고도를 기다리며》에서도 이 말은 간헐적으로 인유되며, 다른 글에서도 끊임없이 메아리친다.[8] 또한 베케트 작품의 원형적 인물은 단테의 《신곡》〈연옥편〉에 나오는 벨라콰다. 그

---

8 Hassan, 130.

는 하나님을 믿을 수도 없고 아니 믿을 수도 없기 때문에 지옥으로도 천상으로도 가지 못한 채, 연옥의 바위에 엎드려 있는 인물이다. 또한 베케트의 작품 세계에는 객체와 주체가, 현실과 환영이, 개별과 보편이 흐려지며, 사건은 사건으로서가 아니라, 거의 사건 같은 것near-events으로 드러난다. 합산은 베케트 작품은 '영원히 반음영半陰影'[9] 속에 있다고 했다. 따라서 완전한 죽음도 완전한 생도 아닌 곳을 상징하는 반고체의 진흙 속에서 이들은 알아듣기 어려운 웅얼거림the murmur in the mud의 M이 된다. 이 M을 거꾸로 세우면 W다. 이는 모든 질문을 시작하는 Why, Where, When, Which, Who, What의 W이다. 데리다는 《글쓰기와 차이》에서 내내 질문의 중요성을 강조했다. 베케트의 질문은 데리다의 것처럼 존재의 근원적 이유와 칸트가 선험적 감성이라고 간주했던 시간과 공간 그 자체에 대한 의문제기로 이어진다. 이렇듯 시그마 ∑는 끊임없이 위치를 바꾸면서 바로 베케트의 작품의 전체적 분위기와 밀접한 관계를 가진다. 케너가 말한 조이스의 '독자 함정'이 베케트의 텍스트에도 있다. 예를 들면, 베케트 작품에서 등장하는 자전거를 타고 가는 사람에 대한 회상은 사실은 데카르트의 이원론을 형상화한 '데카르트적 괴물'이었다.[10] 베케

---

9 Hassan, 37

10 〈호로스코프〉('Whoroscope')는 데카르트의 철학적 입장은 물론 실제 사생활의 가장 은밀한 부분까지를 다루는 풍자와 아이러니로 가득 찬 시詩다. 시 제목 〈호로스코프〉는 데카르트의 중요 관심이었던 천궁도horoscope of astrology에 대한 사보타지다. 무엇보다도 이 시는 데카르트가 인간은 정신과 육체로 이루어진 완벽한 유기체로서, 특히 육체는 성체로 바뀐다transubstantiation는 주장을 우스개로 만든다. 이는 데리다가 하는 것이다 (이 책, 173). 베케트는 후기 작품에서, 자전거 타는 사람은 정신에, 자전거는 육체에 해당하는 것으로, 데카르트의 정신과 육체의 이분법을 형상화한 것이다. 그런데 베케트의 주인공들은 방안에 갇혀 있어야만 하는 상태에서 자전거를 타고 가는 사람은 오직 과거의 회상으로 혹은 환영phantom으로만 드러난다. 또한 《고도를 기다리며》의 '고도'에 대한 많은 함의 중 하나는 그 당시 유명했던 자전거 선수의 이름과 매우 흡사하다고 한다. 그토록 기다리는 고도가 작품에서 영영 나타나지 않는 것은 데카르트의 정신과 육체라는 유기체설은 모든 형이상학이 그러하듯, 도피주의에서 생긴 환영임을 베케트는 그의 전 작품을 통해 집요하게 지적

트에 관한 평론이 거의 4반세기 동안 베케트가 데카르트적 이원론자인가 아닌가를 놓고 논쟁이 이어져 왔고, 결론은 베케트는 '어처구니없는 이원 구조를 복수의 염念으로 적용하고 이용했'[11]고 데카르트의 시간 개념을 베케트가 이용한 것도 바로 데카르트의 이원론을 해체하기 위한 것이며, 베케트 역시 변증법을 자신의 글쓰기에 깔아놓고는 동시에 최소했다는 사실을 바커는 지적했다.[12] 이것이 바로 데리다가 선호하는 방식이다. 이원 구조를 초과하기 위해서는 이원 구조를 단순히 반대하면 오히려 이원 구조 안으로 함락된다는 사실을 거듭 강조했다.[13] 이뿐만이 아니다. 데리다는《글쓰기와 차이》특히 4장에서 질문의 중요성은 어떤 상황 하에서도 유지되어야 함을 강조했다. 자신의 해체는 질문이라 했다.

이원 구조를 피해가는 베케트의 말이다: '세상을 둘로 나누는 것, 바깥과 안으로 나누는 것은 호일 종이만큼이나 얇은 것이다. 나는 이쪽도 저쪽도 아닌 중간에 있다. 나는 갈라짐partition이다. 이 결과 나는 두 개의 면만을 지니고 있을 뿐, 두께는 없다. 이것이 내가 느끼는 바다. 나는 항상 떨리는 팀파눔이다. 한쪽에는 정신이, 다른 한쪽에는 세상이 있지만, 나는 어느 양쪽에도 속하지 않는다'(《삼부작》383). 만약 이 인용이 베케트의 것임을 밝히지 않는다면, 이 말은 데리다의 것이라고 착각할 것이다. 특히 '팀파눔'은 데리다가《여백들》에서 〈차연〉의 서문으로 쓴 〈탱팡 Tympan〉에서 사용한 말이다. 또한 'partition'은 데리다가 차연을 다른 기표로 대체한 많은 기표 중에 하나다.

한다(Ackerley and Gontarski, 391). 조이스의《경야》의 주인공 HCE가 영영 명확하게 드러나지 않는 것, 고도가 영영 오지 않는 것, 그리고 데리다가 헤겔이 절대정신이 불가능함을《글라》에서 보여준 것, 이 셋은 모두 전통적 형이상학에 대한 동일한 사보타지다.

11 Hassan, 128.

12 Barker, 100~1.

13 Derrida, *Positions*, 31.

데리다가 논문 제목으로 사용한 '탱팡'은 여러 가지 뜻이 있다. 내이와 외이 중간에 있는 매우 부드러운 세포막으로 바깥에서 들려오는 소리를 받아서 내이로 보내는 고막이다. 내이와 외이를 연결하는 탱팡은 수직perpendicular이 아니라, 비스듬한 끈이다. 탱팡은 내이와 외이를 구분하지만, 동시에 이 둘을 연결하고 있어, 이원적 도식으로 처리될 수 없는 베케트의 입장과 사유를 대변한다. 동시에 탱팡은 인쇄할 때 압축의 틀이기도 하다. 모든 글쓰기에서 틀과 폐쇄가 불가피함을 말하는 것이기도 하다.

'탱팡'은 음질 그리고 음색timbre과 어근이 동일하다. 포스트구조주의의 인식이 모든 글쓰기와 읽기는 이전의 글쓰기의 복사, 반복, 번역임을 밝혔다면,[14] 앞으로의 글쓰기는 여전히 형이상학과 공모하는 이원 구조로는 표상할 수 없는 현존, 진리, 사건, 중심, 자아, 주체, 내적 의식, 혹은 말을 표상하는 척할 것이 아니라, 기존의 텍스트와 문체를 달리하면서, 작가 자신의 입장과 목소리의 차이를 드러내야 한다. 바로 이런 이유에서 소리는 글쓰기에 있어 매우 중요한 요소다. 이는 일찍이 니체가 강조했다. 니체는 개념적 차원의 논쟁에만 열을 올리고 있는 철학자들을 향해, 엉뚱한 곳에서 진리를 찾고 있다고 일갈했다.[15] 《고도를 기다리며》에서는 니체가 산발적으로 인유된다.

그러나 아무리 언어에 저항하지만, 우리의 사유는 결코 언어 밖으로 빠져나갈 수 없다. 빠져나갈 수 있다고 전제할 때, 가장 위험하며 '최악의

---

14 베케트는 영어로 먼저 쓴 작품은 후에 프랑스어로, 프랑스어로 먼저 쓴 것은 영어로 경미하게 다르게 번역한 사실은 유일무이의 진리 개념을 흔들려는 의도가 있기 때문이다. 동시에 니체가 이미 설파한 것, 즉 모든 글쓰기는 이전 글쓰기의 반복이라는 사실을 베케트 철저하게 감안했고 영어로 쓴 자신의 작품을 프랑스어로 자신의 작품을 번역한 것이다.

15 Fraser, 25.

폭력'이 발생한다는 사실을 데리다는 레비나스와 아르토를 통해 구체적으로 세세하게 드러내 보였다(《글쓰기와 차이》 4장, 6장, 8장). 또한 언어를 제외한 의사소통을 상정하는 것에 대해 베케트는 가혹하게 힐난했다. 그는 언어 없이 의사소통을 한다는 것은 원숭이들의 놀이에 불과하다고 했다. 따라서 언어를 사용하는 한, 그 누구도 언어에 의해 갈라지지 않을 수 없기 때문에 베케트 자신을 '갈라짐partition'이라 했다.

동시에 갈라질 때 생기는 틈과 구멍 때문에 인간은 쓸 수 있게 되고, 새로운 사유는 엄청난 제한을 받지만 탄생된다. 글자를 보더라도 갈라짐partition은 분만parturition과 거의 유사하다. 갈라진다는 것은 생명의 분만과 뗄 수 없는 것이다. 데리다의 말, '신이 진노하여 땅에 떨어트려 깨어진 계명판 사이로 인간의 쓸 권리가 태어났다'라는 말과 동일한 취지다. 깨어진 틈은 다시 구멍으로 대체된다. 우리는 데리다가 《글라》에서 기둥, 즉 남근 혹은 폐쇄의 띠에 수도 없이 많은 구멍을 내는 것을 보았다(이 책). 그의 글쓰기를 스폰지 글쓰기라는 별호를 얻은 이유다. 구멍을 내는 이유는 우리가 한때 중심, 의미, 진리 등을 담지하고 있다고 믿었던 유기적 전체성whole은 사실인즉 이 구멍hole에 지나지 않기 때문에 이 구멍을 해체하기 위해 다시 구멍을 내는 것이다. 데리다는 이 구멍의 이중성에 대해 끊임없이 반복, 강조했다. 마찬가지로 베케트 작품에 많이 대두되는 구멍은 데리다의 것처럼 이렇듯 이중적으로 파악해야 한다. 베케트의 초기 작품에서는 이 구멍이 자궁Womb과 무덤Tomb 속 텅 빈 공간으로 나타났고, Womb과 Tomb, 이 두 단어의 소리가 비슷하다는 사실로, 이 둘이 동일함을 함축했다면, 《최악의 방향으로Worstward Ho》에서는 '저 공空 위의 동굴a grot on that void'(96), '구멍Pox on void'(113) '두개골', '핀 구멍', 그리고 '검은 구멍'으로 끊임없이 바뀌면서, 경계 없는 공으로 대체된다. 구멍이 다른 형태의 둥근 구멍으로 끊임없이 대체되는 과정이 바로 글쓰기

과정이다. 그리고 이러한 구멍을 내는 과정은 베케트에게는 '여전히 더 나쁜 것을 위한 단어가 찾아질 때까지Still words for worser still. Worse words for worser still'(112) 계속되는 글쓰기 과정이다. 물론 베케트가 여기서 더 나쁜 단어란 언어 체계 안에서 안돈하게 자리 잡고 우리가 정확한 단어를 흔들기 위한 단어들이다. 따라서 여기서 '나쁜'은 반어법이다. 베케트가 찾고자 하는 더 나쁜 단어는 모호하고 부정확한 단어는 데리다의 '실라블의 춤'으로 빚어지는 언어유희, 혹은 조이스의 '애매폭력적' 언어다. 데리다 역시 이 구멍trou 없이는 아무것도 발견할trouver 수 없다는 사실을《글쓰기와 차이》에서 끊임없이 강조했다. 물론 이 구멍은 차연이 만드는 구멍이다. 바로 이런 이유로 베케트 역시 데리다처럼 체계에서 정확한 단어가 아닌 단어, 즉 차연이 만드는 구멍의 중요성을 강조했다.[16] 기존 언어의 구각과 피상성을 한꺼번에 없앨 수 없기 때문에, 최소한 언어에 대한 철저한 논쟁을 마지막까지 계속해야 한다. 그래서 이 언어 뒤에 잠복해 있는 것이 흘러나올 때까지 언어에 구멍을 끊임없이 내는 것, 오늘날 작가들에게 이것보다 더 중요한 일은 없을 것이라고 베케트는 말했다. 이 구멍으로 인해 우리의 사유는 역동적으로 흐르는 물줄기처럼 생생하게 실재같이 부각되지만, 이것은 여전히 가정적 키메라임을 말한 사람은 니체다. 그리고 이 사실을 감안한 글쓰기가 베케트와 데리다의 글쓰기이다.[17] 베케트와 데리다에게 구멍은 보다 나은 단어를 찾기 위한 가장 중

---

16 베케트의 말이다. 'As we cannot eliminate language all at once, we should at least leave nothing undone that might contribute to its falling into disrepute. To bore one hole after another in it, until what lurks behind it—be it something or nothing—begins to seep through; I cannot imagine a higher goal for a writer today.' 'German Letter of 1937', *Disjecta*, 170~3. 이 언급은 베케트가 데리다처럼 언어를 얼마나 중시했나를 알 수 있다.

17 베케트와 니체의 근친affinity에 대해서는 'Beckett and Nietzsche: The Eternal Headache' in Lane ed., *Beckett and Philosophy*, 170~1.

요한 글쓰기의 행위다.

또한 '탱팡'은 영어로는 인쇄종이를 고르게 하기 위해 위에서 누르는 사각의 틀이다. 베케트가 '나는 팀파눔'이라고 했을 때, 이는 베케트의 의식도 4각의 틀(언어)에 의해 구조되고 결정됨을 함의한다. 마치 국화빵의 거푸집으로 수없이 많은 동일한 모양의 국화빵이, 혹은 벽돌기계에 의해 수많은 벽돌이 동일하게 찍혀 나오듯, 우리의 언어사용은 즉시 제어할 수 없는 이원 구조에 의해 각자의 독특한 사유를 사상捨象·死傷시켜버린다. 이물질인 타자의 형틀을 우리의 의식에 끼우는 것이다. 이미 니체가 갈파한 대로 생니를 빼고 의치를 끼우는 것이다.

'탱팡'이 사선의 끈이라는 사실도 의미심장하다. 사선적 글쓰기란 이원 구조를 따라 진행되는 직선의 논리와 리듬을 교란하는 움직임이다. 데리다는 실지로 《열정: 사선적 헌봉》 제목의 글을 썼다. 베케트의 입장은 바커를 위시한 이미 수없이 많은 비평가들이 지적한 대로, 이중 풍자이자 이중 논리이고, 이는 명쾌한 직선의 개념을 어슷하게 혹은 비스듬하게 저항하며 진행되는 글쓰기이다. '베케트가 사용한 탈모던 수사의 본질은 2쌍의 모순어법이다. … "A와 B일 뿐만 아니라"는 모순이다. 그리고 이 모순 A와 B에 있는 "와"도 이원 구조로 예속되지 않는, 원천적 모순의 풍요함을 … 사라지는 순간의 모순어법 사이를 가로 질러 미끄러지면서 … 텍스트로 만들어 낸다.'[18] 이는 데리다가 시도한 글쓰기와 일치한다. 해체적 글쓰기의 양상이 일직선이 아니라, 일직선을 방해하는 사선이다.

'탱팡'에는 또 다른 뜻이 더 있다. 표상되지 않는 것을 뜻한다. 동시에 베케트가 '나는 팀파눔'이라 했을 때, 이는 베케트가 언어로 표상되지 않는 우리의 주체를 말하는 동시에, 표상되지 않는 무, 공, 침묵을 표상하려

---

18 Barker, 109.

는 자신의 입장을 말하는 것이다. 데리다처럼 베케트 역시 이중적이다. 데리다가 자신의 해체를 설명하면서, '두 개의 손으로 쓰고, 두개의 머리로 읽으며, 두 개의 비전을 따로 따로 동시에 함께'라고 했을 때다. 해체하는 상대방의 텍스트 안에서 직선적으로 운행되는 논리와 글을 가로 지르며 방해하고 자른다는 말이다. 그러나 동시에 또 다른 비전은 텍스트 바깥을 향해 있다. 텍스트 안에서 이루어지는 해체적 글쓰기는 텍스트 바깥을 향하고 있다. 이러한 자신의 입장을 '미래 형이상학을 위한 자리 매김'이라 했다. 데리다의 유명한 말, '텍스트 바깥에는 아무것도 없다<u>Il y a rien dehors texte</u>'(《그라마톨로지》227/158)는 동시에 '텍스트 바깥에는 무rien가 있다il y a rien dehors texte'[19]는 말이다. 데리다의 말은 늘 그리고 반드시 이중적으로 읽어야 한다. 데리다의 데리다 해체의 중요한 전략 중 하나는 상대방 텍스트 안에서 진행되는 체계적이며 논리적 읽기는 궁극적으로 텍스트 바깥에 있는 '비차연'에 대한 욕망 때문이다. 따라서 데리다 텍스트 안에서의 엄정하고 미세한 체계적 읽기는 '초월적 읽기'라 했다. 그리고 이러한 자신의 이중적 포석을 '가까운 거리와 먼 거리는 다르지 않다'고 표현하기도 했다. 데리다는 베케트처럼 표상될 수 없는 언어 체계 밖에 있는 '비차연'을 글쓰기 안으로 유인하려 한다. 이러한 욕구가 데리다 해체와 미국 해체주의와 다르게 하는 요인이다. 베케트 역시 그가 가장 몰두하는 것은 철학 개념으로 포착되지 않는 무rien 혹은 공이다. 그리고 이 무는 다른 말로 침묵이다. 그리고 데리다와 베케트, 이 두 사람의 지향

---

19 이 무無는 텍스트 안에 있는 무이기도 하고 동시에 텍스트 바깥에 있는 무이기도 하다. 바깥에 있는 무를 향하기 위한 글쓰기가 데리다의 글쓰기이다. 텍스트 안에 있는 무는 '거의 무this almost-nothing'(《산포》323/265)이지 완전 무는 아니다. 이는 베케트가 점근선적asymptotic으로, 결코 무에 도달하지 않는다는 사실을 말했다. 그리고 텍스트 안에 있는 거의 무는 동시에 심연abyss이기도 하다.

점은 니체의 그것과 동일하다. 니체는 철학은 칸트가 말하는 '목적 없는 합목적성'의 철학이 아니라, 앞으로 철학의 목적은 공Void이 되어야 한다고 했다. 니체는 이 말을《도덕의 계보학》의 시작과 끝에서 되풀이 강조했다. 이는 니체와 베케트 그리고 데리다를 잇는 견고한 끈이다.

베케트는 이원 구조를 피해가는 글쓰기를 위해 초기 작품에서는 '스스로 취소하는 서술'로 이원 구조를 삭제하려 했다.《단테와 바다가재》와 《삼부작》에서 사용된 어법이다 (80, 134, 137, 172, 199, 291).《삼부작》의 마지막 소설인《명명할 수 없는 것》의 맨 마지막 말, 'I can't go on. I will go on'이 초기 작품에서 보여준 베케트의 '스스로 취소하는 서술'이 가장 많이 압축한 예이다. 그러나 이는 얼마 안 가 'Off it goes on'으로 더 압축된다. 즉 Off는 '중지하다'를 나타내는 전치사이지만, 이는 즉시 계속한다는 'on'으로 취소되기 때문이다. '스스로 취소하는 서술'은《최악의 방향으로》에서 극도로 응축되어 모든 정과 반을 하나로 포개어 이원 구조 삭제를 시도한다. 이 작품의 맨 마지막 말이자 동시에 시작의 말인 'Nohow on'은 영어로 읽으면 '계속하는 방법이 없다'로 들리지만, 동시에 'Know how on'으로도 들린다. 즉 계속할 수 있는 방법을 안다는 뜻이다. 그리고 베케트는 알고 있었다. 잃어버린 침묵을 찾아서 진행되는 베케트의 글쓰기는 결코 침묵으로 끝나지 않는다. 마치 그의 미완성의 작품들이 미완성인 채로 트렁크 속에서 실험을 거치는 동안 난국에 봉착하지만, 그 난국을 뚫고 선연히 나타났다가, 또 다시 꺼꾸러지면서, 이제 더 이상 나아갈 수 없는 마지막 극한점에 도달했다고 독자들이 생각했을 때, 또 다른 작품이 나타남으로써, 베케트의 특이한 어법은 끝까지 계속되었다.

《최악의 방향으로》에서는 sudden이 여러 번 사용됨으로써 정과 반은 동일해진다는 사실을 시공간적, 그리고 시각적으로도 보여주려 시도한다. 사라지는 것과 되돌아오는 것이 거의 동일해지고('Sudden go, Sudden back. Now the one, Now the twain, Now both.' 94) 복사되는 관계임을 말한다. 이는 이원 구조의 정과 반은 서로의 복사라고 말한 데리다 입장과 동일하다. 사라짐과 되돌아옴, 흐린 것과 공도 동일하고 두 개도 한 개와 동일한 것으로 포개려고 시도한다(Gone too. Back too. The dim. The void. Now the one. Now the other. Now both. Sudden gone. Sudden back). 더 나쁨(worse)과 더 좋음(better)도 동일한 것으로 포개려 한다(Try better worse set in skull. Two black holes in foreskull. Or one. Try better still worse one. 114). 흐릿함과 투명함의 경계가 베케트의 어법으로 흐려지면서 둘은 동일한 것으로 포개어지고, 들어오는 것과 나가는 것도 거의 동일해진다(No blurs. All clear. Dim clear. Black hole agape on all. Inletting all. Outletting all. 115).

《최악의 방향으로》의 제목에 들어있는 'Ho'는 기쁨을 드러내는 감탄사인 동시에 '측정하다'라는 뜻이 있다. 이 말은 최악의 방향으로 나아가는 글쓰기를 재는 것이지만, 이런 글쓰기가 최악의 글쓰기가 아닐 뿐만 아니라, 극한 상황에 봉착한 글쓰기를 측정하는 형식이라는 뜻도 있다. 'Ho'가 '측정하다measure/mesure'이고, 동시에 음악용어이기 때문에,《최악의 방향으로》가 지니고 있는 독특한 언어의 리듬을 중시하는 것이다.

그러나 이러한 극도의 압축에도 불구하고《최악의 방향으로》는 다시 제자리로 돌아온다. 베케트가 말한 대로 '실패의 문학'이다. 폐쇄된 허구(언어) 안에서 극한지점까지를 시도하지만, 언어로 침묵, 무, 혹은 공을 표상하려는 것은 전적으로 불가능한 시도이다. 침묵이나 무로 끝나는 것이 아니라, 언어로 폐쇄된다. 그 누구도 언어의 폐쇄회로를 벗어날 수 없다. 불가능한 것임에도 불구하고 하는 것, 베케트는 일찍이 이를 일러 '슬퍼해야 할 광기'(《삼부작》296)라 했다. 제자리로 돌아온다고 말하는 이유는

《최악의 방향으로》를 시작한 구('Said nohow on' 89)는 맨 마지막에서 다시 되풀이되면서('Said nohow on' 116)《최악의 방향으로》를 폐쇄시키기 때문이다. 또 'Said' 역시 폐쇄성을 명시하고 있다. 'Said'는 이미 과거다. 또 폐쇄되는 이유는 '책에는 우리도 모르게 여백에서 수정되고 의문시되거나 잘려나갔던 그 어떤 것에 대해서도 말해지지 않는다. 또한 새로운 표현과 이상하고 깊은 결속을 가진 다른 통로가 아니라는 사실을 말해주는 것은 없다. 따라서 아주 정직하게 그리고 충성심을 가지고 글을 쓰려고 노력하다는 것은 말한 것을 말해지도록 노력하는 것이며, 말해지도록 한다는 것은 말해진 것을 영리하게 억압하고 배치하고 변형하는 것을 말한다.'[20]《최악의 방향으로》의 시작과 끝의 'said'는 말하려고 시도하는 것 역시 이미 언어 안에서 말해진 것을 다시 되풀이한 과거에 불과하다. 동시에《최악의 방향으로》에서 Worstward의 ward는 word와 거의 동일하게 들린다. 그렇다면《최악의 방향으로》는 '최악의 단어'다. 처음과 마지막에서 되풀이 되는 'said'는 물론《최악의 방향으로》을 폐쇄한다.

또 다른 이유는 제자리로 돌아오는 것이야말로 서구 인문학 담화의 가장 전형적인 형식이다. 헤겔 자신이 자신의 변증법과 현상학 구조는 순환적 회로라고 했다 (《글쓰기와 차이》306 주 50). 베케트의 글쓰기 역시 이러한 순환적 회로를 돌 수밖에 없지만, 이러한 회로의 순환성을 가장 극렬하게 저항하는 방식으로 진행된다.[21] 데리다가 글라에서 헤겔 변증법

---

20 베케트의 고뇌는 설명되었다. Benamou and Caramello, ed. 124.

21 바디우의 베케트 읽기는 철저하게 라캉적이고 헤겔적이다. 그가 말하는 빼기는 결국 진리로의 공정을 말한다고 했을 때, 헤겔의 변증법이 말하는 부정이 되풀이되면서 긍정으로 되돌아온다는 것을 다르게 표현한 것이다. 또한 바디우가 사건을 '존재에 대한 보탬'으로 정의했을 때, 그리고 베케트의 작품, 특히《최악의 방향으로》를 말라르메의 작품과 연관시키면서 사건이라는 주제와 연결시켰을 때, 그의 논의는 매우 거칠다. Lane, ed., *Beckett and Philosophy*, 101.

을 해체하기 위해 엄청난 양의 글쓰기를 했지만, 데리다는 변증법 틀 밖으로 나오지 못한다는 사실을 말했다. 다만 틀 안에서 최대한으로 틀에 저항할 뿐이다. 마찬가지로 베케트의 글쓰기 안에서의 이러한 저항 혹은 언어의 해체적 분해는 헤겔적 부정과는 전혀 다르며, 데리다의 전략과 일치한다.

이러한 폐쇄적 순환성은 베케트의《고도를 기다리며》에서도 드러난다. 2막은 1막을 되풀이한 것이며, 2막이 끝났을 때, 1막 마지막에서처럼 주인공들은 '가자'라는 말을 반복하지만, 이들은 꼼짝도 하지 않는 사실까지도 1막의 종결을 반복함으로써, 폐쇄회로 안에서 두 주인공은 영원히 돌고 도는 반복을 하고 있다는 사실을 드러내었다.《이것이 있는 방식 How It Is》에서도 마찬가지다. Comment c'est(How It Is)의 맨 마지막은 Comment c'est와 발음이 같은 Commencez(시작하자)로 끝났다. 물론 이런 언어유희는 영어로 번역된 How It Is에서는 사라졌다. 끝과 시작이 분리되지 않는다. 이렇듯 시작과 끝이 형이상학과 신학의 목적론은 폐쇄 속의 영원한 반복이었음을 베케트의 많은 작품은 드러낸다. 물론 데리다도 이 사실을 글쓰기로 드러내었다.《글쓰기와 차이》의 11장은 모두 구조주의의 폐쇄된 회로 속에 갇혀진 논의와 사유를 드러내는 동시에 이 폐쇄회로 너머에 있는 사유를 암시하는 글쓰기를 제시하면서(3장, 9장, 11장), 경미한 차이를 내는 9번의 반복이다.

데리다는 이원 구조를 어떻게 다루었나? 언어의 통사syntax로 체계적으로 이원 구조를 허무는 것이다.[22] 바로 이런 이유로 데리다는 자신의 글쓰기의 체계성이 구조주의의 그것보다 더 체계적이어야 함을 끊임없이 강조했다. 상대의 체계를 이기고 넘어서려면 상대의 체계보다 더 체

---

22   Sallis, 11.

계적이어야 한다. 이렇게 해야 구조주의가 원용하고 있는 이원 구조와 이를 강화한 변증법의 3단논법의 3의 논리를 넘어 4의 논리로 향할 수 있다. 데리다는 자신의 사유는 3단논법을 결코 폐기하는 것이 아니라, 3에 1을 더하는 논리라고 말했다. 이원 구조와 변증법을 폐기하는 것—이것은 가장 위험한 것이라고 데리다는 되풀이 지적했다—이 아니라, 이원 구조와 변증법 틀 안에서 이원 구조와 변증법을 지렛대로 삼아 4로 나아가는 사유를 유도한다. 4라는 수가 베케트와 데리다에게 의미심장한 수가 되는 이유이다.

(3) 0점의 글쓰기—무의미의 리듬

베케트는 《이것이 있는 방식How It Is》에서 '나의 독자는 언명의 용어나 공존할 수 없는 꽃으로, 혹은 대구對句를 이루는 편리한 말로가 아니라, 구문 사이 침묵 속에서 그리고 중간 쉼 사이에서 통화하는 것을 경험하게 될 것'[23]이라 했다. 또한 베케트는 글쓰기에서 드러나는 '음악성의 본질은 목적-논리적 가정the teleological hypothesis으로부터 면제'된다. 이는 '개인성의 영구성과 예술의 실재를 확언한다'.[24] 《무를 위한 텍스트들》은 영어로는 Texts for Nothing이지만 불어로는 Mesure de rien이다. 이미 앞에서 설명한 Mesure는 음악용어이자, 측정한다는 뜻이다. 따라서 《이것이 있는 방식》에서도 베케트는 그가 구사하는 어법의 음악성을 염두에 둔 것은 확실하다.

앞에서 베케트는 자신을 partition이라 했는데, partition은 갈라짐이지만, 또한 악보를 뜻한다. 베케트 자신의 글쓰기가 철학적 개념을 따라가

---

23   Morot-Sir et al, ed, 255~6.

24   *Proust*, 71.

3장 데리다의 가족 유사성과 가족 상이성   **217**

는 것이 아니라, 특이한 어법이나 문체가 자아내는 소리를 만드는 글쓰기를 암시한다. 언어가 이러한 연금술적인 변형이 유감없이 발휘되는 곳은 《이것이 있는 방식》(1964)에서다. 일찍이 벨라콰는 말하기를, '나의 독자는 언명의 용어나 공존할 수 없는 꽃〔은유〕으로 혹은 대구對句 ─ 대구만큼 단순한 것은 없다 ─ 를 이루는 편리한 말로가 아니라, 구문 사이에서, 침묵 속에서 그리고 중간 쉼 사이에서 통화를 하는 것을 경험하게 될 것이다'[25]고 말한 바 있다. 그런데 여기서 그 어떤 작품보다, 그리고 이 산문의 전신인 《명명할 수 없는 것》에서보다, 더 놀라울 정도의 분해가 《이것이 있는 방식》에서 발생한다.[26] 그 이유는 베케트가 말한 대로 음악성은 많은 것을 촉매시킬 수 있지만, 사실주의가 강조하는 인과율에 따른 형식과 모든 개념을 피해가기 때문이다.[27] 많은 비평가들이 이 사실을 놓치지 않았다. 루비 칸은 《명명할 수 없는 것》 이후의 베케트의 언어는 4차원으로 몰입하면서, 명쾌한 의미를 숨겨버리는 멜로디만이 부상하고 있다고 말했다.'[28] 또한 케너도 베케트의 언어는 서정적 자유시처럼 독특한 음률로 진행되기 때문에 '독자는 이 글을 쓴 작가처럼 정신을 바짝 차리고 그 언어를 탐구해서, 소리가 없는 아름다운 노래 소리를 음미할 줄 알아야 한다'[29]고 했다. 바커 역시 베케트가 얼마나 언어의 소리에 민감했

---

25 Morot-Sir et al, ed, 255~6에서 재인용

26 Knowlson and Pilling, 42~5.

27 베케트가 반복을 자신의 글쓰기에 드러내기 위해 단지 배우의 제스처나 대사만을 반복한 것이 아니다. 그는 극 진행에 있어서 속도와 동작의 반복이 음악곡에서 드러나는 반복만큼이나 정확해야 한다고 했다. 예를 들면, 《오하이오 즉흥극》과 《케테스트로피》를 완성하기 위해 쓴 극, 《무엇 혹은/어디에》(*Quoi, ou/What Where*)를 감독한 엘렌 슈나이더는 배우들에게 '배우들의 마음에서가 아니라 쓰인 글자에 깔려 있는 움직임의 층에서 반복할 수 있는 스타일을 만들었으면 좋겠다'고 했다. '...the stylized repetition is not so much in mime but in the stratum of movement which underlies the written word.' Beckett, *Proust*, 71.

28 Tom Cohn, 220.

29 Kenner, *Samuel Beckett*, 139.

는가를 길게 지적하면서 그는 베케트의 글쓰기를 아예 'scored'라 하면서, 베케트의 문장은 음표라고 말한다.[30] 베케트가 자신을 일러 'partition'이라 한 말은 주체의 갈라짐과 동시에 자신의 글이 악보로 해석할 수 있는 근거다. 각 비평가들의 표현은 조금씩 다르지만, 베케트의 글쓰기에서는 의미는 휘발해버리고 오직 리듬[31]만이 남게 되는데, 이것이 4차원적 언어다.

데리다가 4개의 손으로 쓰는 글쓰기 역시 개념이나 틀을 따라 진행되지 않는 자신의 글쓰기에서 음악적 요소가 매우 중요해진다는 사실을 이렇게 표명했다.

〔변증법적 담화가 정과 반을 나누고 이것을 다시 잇는〕 끈과 〔갈라진 정과 반을 다시 합하기 위한〕 수술 봉합용 붕대가 지닌 긴장과 동일한 긴장이 주음主音의 차이(구속, 긴축, 논평, 혹평이라는 이름 하에 《글라》의 주제이자 도구 혹은 끈이 된 것)를 가로질러 급하게 흐르고 있으며, 음조의 차이, 이탈, 혹은 (횔덜린의 《음색의 변화들》의) 지우기가 《엽서》에서 강박적이리만큼 몰두한 주제의 근거가 된다.[32]

또한 데리다는, '음악은 어떤 상황에서도 삭제에 저항할 수 있다. 음악의 형식은 논증적 의미가 지니고 있는 공동적 요소로 너무 쉽게 분해되지 않도록 한다. 이런 관점에서 보면, 음악은 담론과 심지어 예술 담론보

---

30   Barker, 113.

31   리듬은 베케트의 매우 중요한 극의 주제가 된다. 'the haunting rhythm of stage presence, a mystery without solution in a world, as the intrepid Winnie quotes.' Brater, 158.

32   Conley, 88에서 재인용.

다 분해에 더 저항할 수 있다.'[33] 여기서 분해된다는 말은 작가의 고유성이 이원 구조, 개념으로 분해된다는 뜻이다.

데리다가 '무적의 개념기계'로 비유한 변증법의 3의 논리, 그리고 '메두사의 눈길'에 비유한 언어로 완전히 사상되지 않기 위해서는 일직선적 개념, 전통적 문학에서 말해온 은유, 전통적 철학 개념, 그리고 화행이론이 말하는 콘텍스트를 그대로 믿는 것은 치명적이다. 이 모든 틀에 저항하는 글쓰기를 계속하기 위해서는 이미 베케트가 지적한 대로 목적적, 신학적, 형이상학적 논리와 가정, 그리고 틀에 저항하는 글의 음악성에 의지해야 한다. 상대 사유자의 글쓰기의 운율로부터 상이한 차이를 문체를 통해 만들어 내야 한다. 데리다는 1972년 스리지-라-살에서 〈오늘의 니체〉라는 주제 하에 열린 세미나에서 '지금부터 니체 읽기는 니체의 다양한 문체들에 관한 연구가 되어야 한다'고 강조했다. 이 내용을 확대 심화시켜 출판한 것이 《박차: 니체의 문체들》이다. 여기서 그는 '지금부터의 글쓰기는 사각의 틀 안에서dans l'écart, 여러 개의 언어로, 그리고 여러 개의 문체로 써야 한다'고 강조했다. 이는 이원 구조를 피해가면서 동시에 이원 구조의 틀을 따라가는 매끄러운 리듬을 데리다 특유의 리듬으로 충격을 가한다는 말이다.

이 결과 데리다의 글쓰기는 의미나 개념은 없고 특유한 리듬만이 남는 글쓰기가 되면서 이 리듬의 메아리를 눈으로 볼 수 있는 글쓰기가 된다. 위에서 바커가 베케트의 글을 음표화scored된 글이라고 표현했는데, 이는 데리다의 글쓰기의 특성과 일치한다. 상이한 문체의 차이로 드러나는 소리는 글쓰기에 있어 최후의, 그리고 가장 결정 불가능한 요소가 된다. 이로써 변증법의 강고한 틀dialectic은 그 힘을 잃고 느슨해진다diastolic. '전유

---

33 Derrida, 'Biotradables: Seven Diary Fragments,' Wolfreys, et al. ed., 71에서 재인용.

220

된 글들이 지니고 있는 구조의 논리를 탱팡, 문체, 그리고 사인으로 기존의 글쓰기의 관점을 점검하면서 고유한 것이라고 간주되었던 것을 분해 이탈한다'(《여백들》〈탱팡〉xix). 얼머는 이 사실을 명확하게 포착했다: '데리다의 글을 철학적 논쟁으로서가 아니라, 스타일을 통해 접근했다.'[34]

(4) 단어 굴리기

C. 로카텔리는 베케트의 문학은 말word로 이루어진 세상world에서 말을 지우는 것unwording of the world이라 했다.[35] 이를 위해, 베케트는 데리다처럼 단어는 고정된 의미를 지니고 있다는 착각을 깨기 위해, 단어를 무한정 굴리고 동요시키고 충격을 주었다.

베케트는 주인공 이름인 Pim을 Pam 혹은 Bom으로, 그리고 고도 (Godot)을 Godin 혹은 Godet로 얼마든지 다른 기표로 대체될 수 있음을 보여주었다. 이는 고정된 주체가 없다는 뜻이다. 이런 의미에서 캐너는 '삼부작의 가장 적절한 주제는 인칭대명사의 혼동'[36]이라 했다. '나는 100개의 내가 있다는 것을 알지만, 101번째의 나에도 내가 없다는 것을 안다'는 몰리의 말처럼, 인칭대명사와 고유명사가 끊임없이 바뀌는 이유는 언어로 주체가 구성·표현되지 못하기 때문이다. 바로 이런 이유로 단어 굴리기는 베케트 작품 전체를 통해 매우 길고 그리고 파격적으로 진행된다. 기표가 무한대로 미끄러지듯, 베케트의 모든 작중인물은 M 굴리기가 진행되면서 탄생된다. Mercier, Murphy, Molly, Marone, Malone, Mahood, Macmann, Moll, Mag. 그리고 이 M을 거꾸로 세우면,

---

34 Ulmer, 116.

35 Gontarski, xvii.

36 Kenner, *A Critical Study of Samuel Beckett*, 77.

Watt, Worm 혹은 단순히 인칭대명사로 대신하는 주인공들 We 그리고 Me로 변형되는가 하면, 《카스칸도 Cascando》의 주인공의 이름 Woburn은 woeborn/woeburn으로 발음되고, 프랑스어로는 Mauneu, 즉 발가벗은 비참함의 뜻이다. 모두 M 아니면 W이다. 그런가 하면 삼각애정 관계를 그린 《극 Play》에서는, M, M1, M2 등 주인공들의 이름이 끊임없이 변형되고 있지만, 여러 이름에서 빠지지 않고 있는 것이 M과 W이다. 이것은 시그마 sigma 즉 그리스어 알파벳의 여덟째 글자인 Σ에서 유래된 것으로, 이 시그마는 단어 첫머리에서는 S로 표기되며, 로마자의 S에 해당하기 때문에 Samuel의 S를 상징하는 동시에 베케트가 그의 글쓰기에서 찾는 침묵(Silence)의 S이기도 하다. 그런가 하면, 삼부작에 나오는 사포 Sapo와 사포스케트 Saposcat, 즉 휴 케너가 말한 대로, 축소되어진 이성적 인간 Homo Sapiens의 S를 상징하기도 한다. 그런데 원래 그리스어의 sigma Σ를 위로 세우면 M이 된다. 이것은 Samuel의 m과 연관되며, 위에서 나열한 이름에서 빠지지 않고 들어 있는 M과 연결된다. 이 M은 불어의 mourte, morte 즉 죽다와 죽음의 첫 스펠링이 된다. 또한 이 시그마를 밑으로 끌어 세우면, W가 되며, 위에서 나열된 주인공들의 이름 속에 있는 W와 연관되지만, 동시에 이것은 자궁womb을 상징하는 것과도 연관된다. 자궁은 원초적인 어둠과 휴식과 부동不動의 상태에 있기 때문에 womb과 tomb의 소리의 유사성이 의미의 유사성을 인유한다. 《최악의 방향으로》에서는 아버지와 아들 같아 보이는 거의 환영에 가까운 인물이 등장하지만, 이는 곧 거대한 구멍 안으로 빨려 들어가 사라지면서 광활한 무로 대체된다. 이러한 유희는, 이것이 기표이든 이미지이든, 우리가 암묵적으로 지키고자 하는 모든 경계와 콘텍스트까지를 허물어버린다.

차연이 제일 많이 알려진 기표이지만, 사실 데리다가 애착을 가지고 공을 들인 것은 차연의 또 다른 차연 écart이다. 이를 철자변치하면 trace 다. écart와 함께 trace는 차연을 대체한 많은 차연 중 또 하나의 차연이다. 데리다가 그 많은 차연들 중에서 écart에 유독 애착을 보인 것은 이 écart 란 뜻이 사각의 틀이기 때문이다. 글쓰기를 위한 공책과 책이 4각이다. 데리다는 모든 역사가 이 사각의 틀 안의 유희, 글자의 유희에서 비롯되었다고 했다. 앞에서 잠깐 언급했듯이, 신이라는 글자 때문에 신이 우리의 인식과 사유 안으로 들어올 수 있었다면, 신도 글자가 쓰인 책이라는 사각의 틀 안에서 태어난다고 데리다는 말한다. 자신이 원하는 4의 논리를 위해 3의 논리를 넘어가기 위해서도 사각의 틀 안에서 벌어지는 글쓰기를 통해서만 가능하다고 말한다. 바로 이런 이유로 4각의 틀이라는 뜻을 지닌 écart와 4라는 수가 데리다에게는 매우 중요한 수가 된다.[37] 이원 구조(2)와 변증법(3)을 초과하기 위한 것이다. 초과란 언어나 이원 구조 밖으로 나가는 것이 아니라, 이원 구조와 변증법에 성공적으로 저항한다는 뜻이다. 바로 이런 이유로 데리다의 《글쓰기와 차이》 4장은 가장 중요한 장이다. 이 4장은 《글쓰기와 차이》 중에서 분량이 가장 길다. 이뿐만 아니라, 서구 철학사 전체를 다루면서 해체한다.

베케트의 극 《콰드Quad》는 바로 이 사각형과 4를 주제로 한 극이다. 베케트의 시 《호로스코프》에서도 베케트는 갈릴레오가 4는 미완성의 수라 한 것을 패러디했다. '베케트의 언어유희는 사변형에서 전개된다.'[38] 데리다가 4를 중시한 것은 베케트와 동일한 이유에서다.[39] 이로써 대립되는 두 개의 단어가 지니고 있다고 간주되어온 고정된 의미가 빠져나감으

---

37 4가 왜 그렇게 데리다에게 중요한 수가 되는가에 대해서는 《산포》 379/311~2, 397~411/348~358.

38 Conley, 81.

39 Ackerley and Gontarski, 472.

로써 이원 구조는 교란되고 흐릿해진다. 엄숙주의자들의 심기를 불편하게 할지도 모르는, 베케트와 데리다가 단어 굴리기에서 보여준 이 같이 즐거운 정신은 사실은 오랫동안의 훈련과 심오한 성찰 후에 찾아오는 것이라고 니체는 말했다.[40] 데리다에게 유희ébats는 심각한 논쟁débat이다. 우연과 유희를 전적으로 제거한 헤겔 변증법에 대한 심각한 논쟁이다.

(5) 허구(차연) 속의 침묵

그렇다면 글쓰기로 드러내려 했던 침묵은 어떤 침묵인가? 이 침묵은 결코 동양의 선불교가 상정하는, 언어가 면제된 상태에서 얻어지는 인식이나 침묵이 아니다. 그렇다면 어떤 침묵인가? 아이러니컬하게도 기존의 언어를 침묵시키는 과정이 그들의 글쓰기를 무한대로 진행시켰다. 많은 비평가들이 이미 지적했듯이, 이러한 침묵으로 향하는 베케트의 글쓰기는 침묵이 불가능하다는 것을 드러내면서 더욱 역동적으로 특이한 글쓰기/시학을 창출했다. 머시에가 말했듯이, 베케트의《명명할 수 없는 것》은 내용은 아무것도 없지만, 글의 길이는 무한하게 길다고 했다.[41] 《고도를 기다리며》도 기존의 극이 지니는 기승전결이 전혀 없는, 2막은 1막의 반복이다. 다르게 표현하면, 거울구조(상호교차대구법, 이 책)다. 철학적 개념으로 화하지 않는다. 바로 이러한 사실 때문에 베케트의 글이 함의하는 것은 무한대로 풍성해지며, 동시에 극 장르의 경계를 엄청나게 확대시켰다. 물론 역설이다. 마찬가지로 데리다는 자신의 해체는 전달하는 메시지가 없다고 하면서도 약간의 공저를 포함 약 80권에 달하는, 헤겔 이후 가장 방대한 글쓰기를 했다.

---

40 Nietzsche, *The Portable Nietzsche*, 156.
41 Mercier, 15.

이 침묵이 정확하게 무엇인가를 알기 위해서는 여기서 우리는 말라르메를 소환해야 한다. 데리다와 베케트가 이원 구조와 3의 논리인 변증법을 비워낸 후의 침묵은 플라톤이 상정했던 동굴 밖에 있는 '이데아'도, 하이데거가 말한 '사건'도 아니다. 데리다와 베케트가 찾고자 했던 침묵은 여전히 허구(차연) 안에 있는 침묵이다. 그리고 이것은 앞에서 언급한 대로 엄청난 역설적 힘을 지니고 있기에, 동굴(허구)을 포기하거나 일거에 빠져나가려 하는 것은 매우 위험하다. 그래서 데리다는 '거울을 깨지 않으면서'라는 말라르메의 말을 《산포》에서 마치 노래의 후렴구처럼 여러 번 반복한다. 즉 허구를 유지하면서 허구가 허구임을 드러내야 한다는 말이다.

허구(동굴) 속의 침묵이 역설적 힘을 지니고 있기 때문에 말라르메는 이러한 침묵이야말로 '오후에 찾아든 햇살'과 함께 '시인이 갖는 진정한 쾌'라고 말한다. 데리다는 이를 잠정적으로 '비결정성'이라 부르자고 하면서, 끊임없이 다른 침묵으로 대체시킨다. '(하)이멘hymen', '마임Mime', '침투', '봉투', '극장', '찬송', '접힘', '아무것도 변형시키지 않는 터치' '갈라지면서 터져 나오는 노래,' '각종각양의 쾌의 혼합'으로. 데리다는 (하)이멘은 찬송hymn과 같은 어근에서 나왔으며, 이 두 단어의 원래의 의미는 '짜다'(글쓰기)이다. 이는 다시 은유와 환유라는 두 가지의 수사. 씨줄과 날줄로 비유되는 두 개의 실로 짜인 글쓰기를 의미한다. 찬송과 하이멘은 어쩔 수 없이 글쓰기와 이렇게 결속되어진 것이다. 그리고 이것은 '신성하지만, 동시에 악한 것'이라고 한다(《산포》260/211-4). 1932년 베케트는 이를 '시어는 신성한mantic 언어'라 선언했다.

〔기존 언어를 침묵시키는〕 침묵이 거주하는 하이멘은 끊임없이 움직인다. 우리는 말라르메의 동굴과 플라톤의 동굴로부터 결코 빠져나올 수 없다. 이 동굴은 결코 아무것도 아닌 것이 아니다/이것은 무無로 가득 찬 광산

이다.' 광산 역시 글쓰기처럼 동굴이고 허구이고 극장이며, 동굴은 깨고 구멍을 뚫는 폭력이 동원되는 곳이다. 허구 만들기, 글쓰기가 진행된다는 곳이다. 데리다는 동굴(허구)을 돌과 수정이라는 양면성, 이중성이 있다고 한다. 동굴은 허구이어서 가치 없지만, 이를 어떻게 사용하는가에 따라 수정 같은 보석이 될 수 있는, 이 동굴(허구)은 '한계이자 자원'이다.

침묵의 역설적 힘을 글을 통해 드러내기 위해서는 이 동굴antre 안으로 들어와entrer 이원 구조 사이entre에 있어야 함을 말라르메와 데리다는 강조한다. 이럴 때만, 이원 구조를 피할 수 있게 되고, 이럴 때만 존재론, 부정의 변증법, 기의, 사건 같은 철학적 개념들을 마치 보자기에 싸서 돌리며, 던져버릴 수 있기 때문이다. 이것은 플라톤의 동굴처럼 동굴 바깥에 진리와 존재가 있다고 전제하는 동굴이 아니다. 오직 동굴 안에 모든 것의 가능성이 있음을 인식하기 때문에 플라톤의 동굴학과는 다른 동굴학speleology을 필요로 한다(《산포》259~266/210~6).

베케트의 《말 없는 극Act without Words》은 언어를 폐기하는 것 같지만, 결코 그렇지 않다.[42] 그리고 말 없음 역시 태고 이전의 침묵이 아니다. 이것이 불가능하다는 것을 베케트는 침묵 속에서도 말은 끊임없이 터져 나온다는 사실을 《삼부작》에서 극화함으로 드러내었다. 《무를 위한 텍스트》에서도 베켓은 이 사실을 여러 번 강조했다. 몰리Molley는 침묵을 원한다고 하지만, 동시에 침묵 속에서는 아무것도 할 수 없음을 말한다. 여전히 모순되는 말을 스스로 취소하는 화법을 사용해 말한다('I'll be silence, I'll know I'm silence, no, in the silence you can't know, I'll never know anything.' 112). 이뿐만이 아니다. 침묵은 결국 말과 동일하다는 사실도 강조하고 있다('a pell-mall babel of silence, this farrago of silence that is not silence,' 104). 침묵까지

---

42   Conner, 167.

도 '삶의 형식'일 뿐이다. 침묵이 사실상 불가능하다는 것, 침묵은 말이 보호하고 있는 침묵이라는 사실을 데리다는 《목소리와 현상학》 그리고 《글쓰기와 차이》에서 끊임없이 지적했다. 이는 베케트의 《삼부작》의 주제이기도 하다. 데리다가 《엽서》에서 고백했듯이, 베케트의 주인공 역시 말에 대한, 가슴을 태우는 욕망이 있음도 고백한다('a heart-burning glut of words,' 105). 결론적으로 '무를 위한 텍스트'는 존재하지 않는다. 《이것이 있는 방식How It is》도 이것이 이러한 방식이 아니다(How It Is Not)를 드러내는 것이다. 말하고 보는 것은 잘못 보고 말해질(Ill Seen Ill Said) 수밖에 없듯이. 무란 드러낼 수 있는 혹은 찾아낼 수 있는 것, 가능한 것이 아니다. 무는 언어 체계 안에 들어와 있는 침묵에 불과하다. 침묵이 있다고 전제하는 것이 어떻게 담론을 좌초하게 만드는 것과를 데리다가 《글쓰기와 차이》 2장과 4장에서 푸코와 레비나스를 통해 증거한다. 베케트의 주인공들은 침묵으로 가야 한다고 생각하고 끊임없이 시도하지만 이것은 스퀘어 루트의 나머지 수처럼 결코 무에 접선하지 못하듯, 결코 침묵으로 가지 못한다. 그 이유를 《무를 위한 텍스트》의 주인공은 '악한 언어vile words'(128) 때문이라 한다. 그럼에도 불구하고 이런 언어를 가지고 자신은 이야기를 쓰려는 '높은 희망'이 있다고 한다. 이중적이다. 진정한 말이 존재한다면 이야기를 쓸 필요가 없을 것이라 한다. 없기 때문에 실패하는 줄 알지만, 쓴다. 이 말은 데리다가 야베스를 인용하여, '신이 진노하여 떨어트려 깨어진 명판 사이로 인간이 쓸 권리가 태어났다'는 말과 상통한다. 언어를 인간이 가졌을 때, 비로소 인간은 신을 대신해 인간에 대해 쓸 권리를 얻었다. 언어와 말이 엉망으로 되어 신의 의미가 무산되었기 때문에 인간은 글을 써야 한다고 데리다가 장조한 것과 베케트가 악한 언어로 높은 희망에 대해 써야 한다는 것은 동일하다.

침묵하면 들려올 것 같았던, 그들이 찾고자 했던 내면의 소리는 결국 바깥에서 들려오는 타자의 소리다. 자아의 의도와 말하는 것 사이에는 여전히 타자가 개입되어 자아는 영원히 자동적으로 소외된다.[43] 이 결론을 극화시킨 것이 후기 극인 《나 아님》(1972)이다. 그러므로 데리다와 베케트가 추구한 침묵은 동굴(허구) 안에서, 엄정한 계산(측정/형식) 하에, 이성주의의 말과 치열하고 섬세한 게임을 치룬 끝에 얻어진 또 하나의 말이다. 베케트는 자신이 찾는 침묵은 '침묵이 아닌 침묵의 잡동사니'이며, 이는 '말에 대한 가슴 타는 듯한 과다한 욕망'에서 비롯된 '마지막 양피지 부스러기가 내는 떠들썩한 소리'이며, '삶의 형식'[44]이라 말했다. 따라서 베케트와 데리다의 글쓰기 안에 있는 거의 침묵 같은 침묵은 장자가 말한 무위無爲, 천天, 혹은 도道와 연관되는, 언어가 배제된 인식이나 침묵도 아니며(이 사실 역시 데리다가 강조했다), 또한 서구의 많은 철학자들과 후설이 그토록 중시했던 혼자만의 독백과 침묵에서 들려온다고 믿었던 '현상학적 말'도 아니다. 베케트와 데리다의 텍스트 안에 있는 침묵(말)은 모든 철학적 그리고 개념적 망網과 이것들이 일으키는 망妄을 이중의 논리, 이중의 패러디, 이중의 아이러니로 선수치고 넘어가며 만들어낸, 특이하고도 섬세한 리듬의 또 다른 언어 예술이다.

7. 데리다와 드 만: 포월의 광기와 허무의 유희

'해체주의' 혹은 '해체론'이라는 매우 일반적인 분류와 명명 하에, 데리다와 가장 가깝다고 간주되는 드 만 사이에도 상이성과 유사성이 있다.

---

43   Friedman, ed., 127.

44   Beckett, *Stories and Texts for Nothing*, 104.

그러나 두 사람 사이에 유사성보다는 상이성이 훨씬 더 크다는 사실은 데리다 해체를 해체주의, 혹은 해체론으로 명명하는 것이 얼마나 부정확한가를 드러낼 것이다.

(1) 데리다와 드 만의 유사성

문학 비평이 되기에는 너무나 철학적이었고, 철학 논문이 되기에는 너무 문학적이었던 드 만의 글은 바로 데리다 글의 특징이기도 하다. 또한 두 사람 모두 언어의 표상 불가능성을 조명하면서, 니체, 루소, 하이데거에 각별한 관심을 오랫동안 가졌었다. 이 말은 두 사람 모두 철학과 문학, 이 둘에 첨예한 관심을 가지고 있었다는 것이다. 동시에 프랑스어가 제1의 언어가 되는 것 이외에도, 드 만은 미국에서 이방인으로, 데리다는 유대인으로 프랑스에서 평생을 보냈다.

또한 데리다가 하이데거와 소쉬르가 말한 '차이'를 더욱 제련해서 '차연'이란 새로운 신조어를 만들어 서구 형이상학의 지배를 받아온 모든 인문학 담론을 해체하고 있었을 때, 드 만은 낭만주의 문학이 상징과 알레고리 중, 알레고리를 열등한 수사로 치부한 것을 거꾸로 뒤집으면서, 상징이란 존재하지 않으며, 알레고리가 수사 중의 수사이기 때문에, 모든 텍스트는 스스로 이미 해체되어 있음을 주장했다. 즉 텍스트의 유혹적인 겉모습은 우리가 전통적으로 간주해왔듯이 유기적 통일성과 동일성이 아니라, 표면 뒤에는 해결될 수 없는 괴리, 모순을 내포하고 있음을 주장하면서 낭만주의의 탈신비화를 드 만은 시도했다. 이는 데리다가 말하는 해체와 공통성을 갖는다. 바로 이런 이유에서 두 사람의 우정은 각별했다. 데리다를 예일대학으로 초빙하는 데에는 드 만의 노력이 결정적이었다. 데리다는 예일대학에서 세미나를 하고 난 후, 파리로 돌아와서는 파리를 실낙원, 그리고 드 만과 함께 하며 심도 있는 대화를 나눌 수 있게 해준 예일대학를 낙원이라고 표현할 정도였다.

드 만은 상징은 없고 알레고리만이 존재한다는 인식이 역사적으로 볼 때 이미 낭만주의시대에 대두되었다고 말했다.[45] 알레고리에 대해 가장 혹심한 정의를 내렸던 콜리지도 사실은 자신도 모르는 사이, 알레고리를 우선했다는 것이 드 만의 주장이다. 퍼거슨도 콜리지가 구분한 상상력(1차와 2차)과 공상fancy에서 공상은 드 만이 말하는 알레고리 혹은 아이러니와 유사하다고 주장한다. 비록 콜리지가 1차 상상력과 2차 상상력을 구분하면서 2차 상상력을 우월한 것으로 간주했지만, 퍼거슨에 의하면, 분명히 콜리지는 상상력이 공상에 의해 전도된다는 사실을 암시했다고 주장한다.[46]

알레고리와 함께 가는 수사는 아이러니다. 드 만은 〈시간성의 수사학〉에서 아이러니를 설명하는 데 많은 지면을 할애했다. 자신이 길거리에서 넘어졌을 때, 통증을 느끼지만, 웃을 수 있다면, 이것은 아이러니에 해당한다. 즉 자신을 바라볼 수 있는 또 하나의 자신이 있을 때 아이러니는 가능하다. 여기에서 자기를 바라보는 자기의 자기 반영적 활동이 시작된다. 따라서 자아의 이중화·복수화가 아이러니를 가능케 한다. 이런 아이러니는 허구적 자아가 실제 세계의 자아로 되돌아갈 수 없음도 안다.

알레고리가 공간적 병치라면, 아이러니는 시간적 반복이다. 이를 통해 의식을 더 높은 곳으로 향하게 한다. 그러나 아이러니란 결코 유기적이지 않다. 거리와 차이가 유일한 근원이기 때문이다. 따라서 종착점이나

---

45 De Man, 'The Rhetoric of Temporality,' 201, 220.

46 Ferguson, 259.

전체화가 없다. 아이러니는 시간적 경험의 흐름이란 순수한 신비화에 불과한 과거와 비고유한 것(허구) 안에 갇힌 채, 끊임없이 미래로 나아가려 하지만, 실패한다. 유기적 통일성의 비고유성에 대해 알고 있지만, 아이러니는 결코 이를 극복하지는 못한다. 이를 인식하는 차원에서 이 사실을 언명하고 되풀이할 뿐이다. 그리고 이러한 인식을 경험적 세계에 적용한다는 것이 불가능하다는 것도 안다. 의미는 의미로부터 점점 괴리만을 더해가면서, 의식은 언어적 기호의, 점점 좁아지는 나선螺線 혹은 와선渦線 안에서 와해된다는 것도 안다. 의식은 이로부터의 탈출을 찾지 못한다. 왜냐하면, 시간적 공空이 드러내는 것은 이와 동일한 공간적 공空일 뿐이다. 이 점에서 아이러니는 잡을 수 없는 선행성을 암시하는 알레고리와 같다. 따라서 알레고리와 아이러니는 꼼짝도 할 수 없는 채 앞으로도 뒤로도 향할 수 없는 딜레마에 빠져 있음을 동시에 인지한다. 이런 상황 하에서 다만 상징주의·모방주의가 주장하는 유기적 세계가 허구임을 폭로한다. 즉 탈신비화시킨다. 데리다 또한 자신의 담화는 프라이 분류법에 의거하면 아이러니 국면에 해당한다고 말한 것(《엽서》262/245)은 데리다와 드 만의 유사성을 확인시켜준다. 그러나 아래에서 곧 보게 되겠지만, 데리다는 이러한 모방주의에 저항하지만, 드 만은 저항 대신 수동적으로 수용한다.

(2) 루소에 대한 드 만의 평가: 아이러니스트로서의 통찰력을 지닌, 구원된 루소

셸리의 시《생의 개선식》(1824)[47]은 드 만에게는 더 없이 반가운 시였다. 드 만이 말하고자 한 말을 셸리가 이 시에서 다 말했기 때문이다. 이

---

[47] 이 시는 이 글에서 빈번히 언급되기 때문에, 시명詩名 없이 시의 줄 수만 괄호 안에 적는다.

와 함께 이 시가 미완성이라는 것, 즉 신비평이 강조했던 유기적 통일성이 원천적으로 결여되었다는 것과 자신이 존경했던 루소가 이 시에 등장하기 때문이다. 시어詩語란 '꺼져가는 석탄'에 비유했던 셸리는 이 시에서는 상징이나 은유의 가능성을 철저하게 부정한다. 드 만이 셸리의 이 시에 주목한 것은 셸리가 이 시에서 보여준 태양수사('A Shape all light', l. 350)의 자기반영적 속성과 추락이다. 수사의 성질을《생의 개선식》에서 셸리는 '거품'으로 비유했고, '우리는 끊임없이 이 거품의 표면 위로 내던져진다'(ll. 245~50)라고 표현했다.

또한 빛은 루소나 셸리에게는 은총이 아니라, 재앙의 근원으로 작용한다. 서구 담화에서 진리를 상징해오던 빛은《생의 개선식》에서는 인간과 모든 위대한 사상가들을 미망과 망각으로 유도하는 원인이 된다. 그리고 이 빛은 '무한대로 미끄러지는 기표'라는 말을 연상시키듯, 이 시에서 끊임없이 다른 물체로 변한다. 빛은 즉시 '무지개 빛 스카프'(l. 352)가 된다. 그러나 무지개 혹은 무지개 색깔의 스카프가 드리워지는 것은〈아도네이어스〉(셸리가 키츠의 죽음을 애도한 시)에서처럼 영원성에 대한 약속이 아니다. 스테인드stained(더럽혀진) 글라스의 색깔이 이 지상의 속된 타락을 상기하듯, 이 스카프의 색은 곧 다가올 엄청난 추락을 다시 예고하고, 마침내 루시퍼(악마)로부터 떨어진다(ll. 412~15).

아침에 떠오르는 태양, 데카르트로 하여금 신의 존재를 재천명하도록 했던 태양광선은 빠른 속도로 끊임없이 다른 형상으로 변한다. 처음에는 물과 음악으로, 그 다음에는 무지개로, 이어 잣대measure로, 그리고 마침내 물속 밑으로 가라앉아버린다. 에로틱한 부드러움도 함께 강조되지만, 이것은 점차 폭력으로 변한다. 형체는 그렇게 물의 표면 밑으로 가라앉는다. 형체가 끊임없이 변형되는 것은 아직 수사가 개입하지 않았음을 말한다. 그러나 미끄러지는 빛은 잣대measure가 되면서 모든 것을 짓밟아버린다. 이 잣대로 표현된 소리는 언어다. 이러한 언어가 표상으로서의 인식을 짓밟아버린다. 그리고 사유의 불꽃을 짓밟아버려 죽음의 먼지로 화하게 한다(l. 388) 그리고 여기에 등장하는 '발'('Her feet like embers')은 이 시에서 무려 네 번이나 되풀이되는데, 이 'feet'는 시 운율을 재는 미터meter인 feet를 뜻한다. 즉 feet는 발인 동시에 시다. 그리고 시가 비전을 전해주는 것이 아니라, 오히려 모든 것을 짓밟아버린다는 뜻이다. 끝내 이것은 우리의 모든 기억을 모래로 만들어버린다(l. 405). 모래. 이것은 바로 끊임없이 흔적을 만들지만, 파도에 의해 흔적은 끊임없이 삭제되는 표면이다. 데리다의 차연의 또 다른 기표가 흔적이다. 글쓰기가 이러하다. 비전도 광휘도 다 헛것이었다. 바로 이러한 수사, 즉 사유를 파괴하는 알레고리로 인해 셸리가 흠모한 루소도 추락한다. 셸리의 시에서 루소의 모습이 묘사된다: '언덕배기에서 이상하게 비틀리면서 돋아난 늙은 뿌리는 미망에 싸인 군중의 한 사람, 루소였다. 푸른 풀잎은 백발이 된 머리, 감추려 했던 구멍은 바로 자신의 눈眼이었다'(ll. 183~188). 셸리의 시에서 묘사된 루소는 글자 그대로 얼굴을 잃어 버렸다disfigured. 프랑스어로 얼굴은 figure이다. 자신의 얼굴을 잃은 루소는 수사figure도 잃어버렸다.

그러나 이 말은 셸리 또한 얼굴을 잃어버려 수사화 되는 위기에 처했지만, 이 사실을 분명히 인지하고 있었기 때문에 수사화되지 않았다는 것이 드 만의 논문 제목 〈얼굴을 잃어버린 그러나 비수사화된 셸리〉('Shelley Disfigured')다. Disfigured는 프랑스어로 얼굴을 잃어 버렸다défiguré를 뜻하는 동시에 영어로는 수사화되지 않았다는 말이다. 수사를 사용했지만, 그래서 얼굴을 잃어버렸지만, 이 수사의 성질을 알고 있었기 때문에 수사화되지 않았다는 인식이 루소에게 확연하게 드러나기 때문에 루소는 구원되었으며, 이 인식으로 루소는 행위와 의도와의 불일치를 극복했다고

드 만은 말한다.[48]

글을 쓰는 행위, 즉 부정negation·Verneinung이야말로 의도된 악마 추방이라는 말이다. 악마는 악마를 이용해 쫓아내야 한다. 독은 독으로 푼다는 뜻이다. 데리다가 말하는 언어의 성질, 즉 언어는 독이자 이 독을 푸는 약이라는 이중적 속성을 이용하는 것이다. 데리다는 언어의 이중적 속성을 초기 저서에서부터 끊임없이 되풀이 하여 상기시켰고 그의 글쓰기 전략으로도 사용했다. 드 만과 데리다 두 사람 모두 언어는 무서운 파괴력을 지니고 있지만, 이 파괴력을 알고 있다면, 구원될 수 있다는 가능성을 지적했다는 사실에서도 두 사람은 서로 같다. 따라서 산 자의 글쓰기는 끊임없이 자신의 얼굴을 잃고, 죽은 자의 얼굴과 목소리를 가진다prosopopoeia. 그러나 이것은 어떤 앎도 인식도 허락하지 않는다. 드 만은 이것은 글자가 가지고 있는 광기 때문[49]이라 했고, 데리다 또한 이런 말을 했다.

그러나 루소의 평가에서 데리다와 드 만과는 다른 입장을 취한다. 드 만에 의하면 루소가 수사figure를 정복한 것은 언어가 하는 것에 자신을 맡겨버렸기 때문이라는 것이다. '루소는 일어나면서 동시에 언어의 명령대로 굽힌다. 그렇게 해서 루소의 마음은 수동적으로 아무 저항 없이 죽음의 먼지 안으로 짓밟혀버렸다.'[50] 이유는 언어가 지니고 있는 막강한 폭력으로 인해 모든 자연성과 시원始原이 끊임없이 짓밟히고 망각될 수밖에 없다는 데 대한 확연한 인식이 있었고, 이에 대처하는 드 만의 태도가 무저항과 수동성이다. '루소는 언어가 시키는 대로 했고, 그러므로 루

---

48   De Man, *Blindness and Insight*, 18, 139.

49   De Man, 'Shelley Disfigured', 120, 122. in *The Rhetoric of Romanticism*.

50   위의 글, 116.

소는 구원받았다'는 것이다. 이는 바로 드 만 자신의 입장 표명이기도 하다. 계보학적 추적과 언어의 파괴성을 인식하는 것이 구원이라는 드 만의 귀착점은 그러나 데리다에게는 단지 출발점에 불과하다

(3) 데리다의 루소 읽기

데리다는 '루소는 구원되었다'라는 드 만의 평가와는 달리, 루소의 담론은 형이상학적 체계 안에 갇혀 있다고 주장한다. 이를 확인하기 위해 《그라마톨로지》에서 데리다의 루소 읽기를 우리는 읽어야 한다. 그러나 정세하고 다층적 데리다의 논의를 여기서 다 드러내는 것은 불가능해서, 앙상한 골격의 일부만을 제시한다. 데리다는 결코 루소를 순수한 재현을 믿는 사상가라고 평한 일이 없을 뿐만 아니라, 데리다가 루소 읽기를 전통적 평가 방법에만 의지했다는 드 만의 평은 사실이 아니다. 데리다는 루소는 언어의 기원이 차연임을 알고 있었지만, 형이상학적 욕망이 너무 강하여, 언어의 기원을 순수한 목소리, 즉 차연에서 면제된 말을 상정했기 때문에, 루소의 담화는 규칙적으로 모순을 끊임없이 드러내며 아래와 같이 갈라진다고 했을 뿐이다.

(3)-A에서는 글자보다 말을 언어의 기원으로 우선하는 루소를 데리다가 드러냈고,

(3)-B에서는 A와 모순되는 말, 즉 언어의 기원은 문자에 의해 가능함을 말하는 또 다른 루소를 지적했으며,

(3)-C에서는 이러한 모순이 루소의 담론을 규칙적으로 균열시킨다는 사실을 데리다는 적시했다.

(3)-A

① 《언어기원론》 4장에서, 루소는 의성어도 존재한다고 믿는다. 어근이 되는 단어는 소리를 그대로 모방하거나 열정을 드러내는 엑센트이거나 감각 대상의 효과이다. 즉 의성어적 표현을 담고 있다고 믿는다.

② 루소는 목소리, 말을 우위의 것으로 상정한다. '너가 받은 첫 선물은 족쇄에 불과하고 첫 대우는 고문인 것을. 오로지 그들의 목소리만이 자유로운 것'(《그라마톨로지》 237/168).[51] 이미 루소의 텍스트는 진부하다고 데리다는 말한다. 데리다는 루소의 《언어 기원론》과 《에밀》의 근거가 된 텍스트는 콩디악의 《인간적 지식의 기원에 관한 연구》(1746)임을 지적하고 있다. 루소는 서구의 전통을 그대로 답습하면서, 목소리(말)가 글자(문자)보다 훨씬 효과적으로 인간의 심리 속에 침투하여 인각될 수 있다고 말한다(341~2/239~40). 말이 이렇듯 우리의 심리를 강력하게 자극함으로써 발생되는 효과를 일반적으로 고유한 시너지synergy 혹은 고유한 공감각共感覺, synestheia이라 믿는다.

③ 목소리가 언어의 기원이라는 루소 자신의 신념이 증거 제시를 어렵게 한다. 처음에는 말을 배우기 전의 어린아이의 옹알이를, 그리고는 사회화되기 이전 원시인들이 사용하는 말을 순수한 말로 루소는 전제하지만, 이것이 결코 순수한 언어가 아니라는 사실을 인지한다(353/247). 그러나 이를 시인하지 않고, 루소는 단번에 비약한다. 아마도 가장 순수한 말은 숨결Neume로 이는 신에 의해 주어지는 것으로, 홀로 기도하면, 이 순수한 말을 들을 수도 있다는 것이다. 이는 이미 교황이 빈번히 했던 말이다(356/251). 그리고 루소는 순수한 말인 신의 음성을 상 피에르 섬에서 들었다고 기록하고 있다(355/249).

---

51 이하 괄호 안의 수는 이 책의 쪽수.

④ 루소는 콩디악을 질정했다. 왜냐하면, 콩디악은 언어를 만든 사람들이 살았던 사회제도와 관습이 언어 기원의 결정적 요인으로 간주해야 한다는 사실을 제시했기 때문이다(312/219).

(3)-B

데리다는 또 다른 루소의 일면, 즉 문자가 언어의 기원임을 인지하고 기술하는 루소를 조명하는 데 충분한 지면을 할애했다.

① '글자가 말의 전야前夜다'(340/238)라고 루소가 말했다. 즉 목소리(말)보다 글자(차연)가 먼저라 는 인식을 루소가 하고 있었다. 이는 드 만이 말하는 알레고리, 데리다가 말하는 차연이 언어의 기본속성임을 인식한 것과 동일하다.

② 고대 문자, 즉 요술지팡이에 새겨진 부적, 중국 표의문자는, '원시적인 목소리를 이끌어내는 표현' 이라고 루소는 말한다(340/238). 즉 고대 문자를 목소리(말)와 버금가는 위치로 격상시킨다.

③ 루소는 모든 언어는 수사적임을 알고 있었다(157/107).

④ 루소가 글자를 우선하는 사실을 데리다는 구체적으로 보여준다(203/141).

⑤ 《고백론》에서 루소 자신의 성性 생활을 말과 문자와의 관계에 비유하여, 대체적인 것 즉 문자적인 것에 해당하는 수음으로 일관되어왔음을 고백한다. 문자에 비유한 수음이 결국 자신의 건강을 앗아갔음도 고백한다. 즉 문자(수음)가 말(실제 성교)보다 상상력이 풍부한 자신에게 그 유혹이 더 막강했지만, 동시에 파괴적이라는 사실을 고백했다. 이 수음이 결국은 글쓰기와 동일하다는 유추를 루소가 했음도 데리다는 지적하고 있다. 그리고 수음은 자아중심적인 경제성(대체성)으로 도덕적 표상의 전

체계 안에서 그 기능을 한 것이다(226-7/150-6).

⑥ 루소가 인간의 역사는 '맹목성에서 대체로의 전이가 법'임을 알고
있었다. 즉 인간의 상징적 활동은 야금학冶金學, Metallurgy에 다름 아님을
상당히 적나라하게 묘사하고 있는 루소를 데리다는 길게 인용하고 있다.

⑦ 언어의 구조는 자연적 원인들로는 설명될 수 없고, 오직 산파, 즉
dispersion은 데리다의 산포 dissemination와 같다. 이것이 언어의 가장
기본적인 특징이며, 언어의 자연적 상황을 전적으로 다른 것으로 결정짓
는다(330/232)고 루소는 말한다.

⑧ 마침내 루소는 소리 없는 기호가 존경되어야 하며, 말은 재앙이라
고 한다(343/241). 즉 종전까지 글자가 악이요 재앙이라고 했는데, 여기
서 말, 즉 목소리의 위치를 강등시킨다.

⑨ 루소는 소쉬르에 버금가는 언어관을 가지고 있었다. 즉 목소리(말)
는 이미 자연을 소리를 대체한 소리임을, 그리고 어근학은 미신이라고
루소는 말한다(326/228). 뒤클로Duclos와 앙드레 마르틴André Martine이 말
하는 이중 표현double articulation이 언어의 속성이라고 루소는 인용한다.

⑩ 모방은 불가능하다는 것도 루소는 알고 있었다. 멜로디와 하모니를
아무리 다듬고 다듬어도 음악은 아무것도 그대로 모방할 수 없음
(308/215)을 루소는 알고 있었다.

루소가 언어에 대한 다른 사상가들의 혜안을 많이 인용하지만, 여전히
자신의 담화 안에서 놀게 할 뿐, 이러한 안목이 루소 자신의 담화가 보이
고 있는 엄청난 모순을 제거하거나, 제대로 추스르지는 못한다고 데리다
는 평한다.

(3)-C

우리는 A에서는 목소리를 우선시하는 루소를, B에서는 대체(성)야말

로 언어의 기원이며, 문화(상징적 활동)의 가장 본질적인 속성이지만, 자연성을 회복할 최소한의 시간조차 허락하지 않을 정도로 파괴적으로 진행되고 있음을 피력하는 루소를 보았다. 이러한 모순은 루소의 담화 전체를 두 갈래로 갈라지게 한다. 이에 대한 데리다의 표현은 다양하다. '끔찍하고 참혹할 정도의 모순을 드러낸다', 혹은 '언어 고찰에서 루소가 직시한 사실과 루소 자신이 지키기 원하는 원칙, 즉 언어 실지 현상과 루소 자신의 이상적 바람, 언어가 기원에서 창조된 것이라는 루소의 형이상학적 전제, 그리고 언어는 전적으로 구조라는 루소 자신의 인식 사이의 간격 혹은 균열이 루소 담화의 법칙처럼 규칙적으로 드러난다'(310/217)고 데리다는 평한다. 이러한 루소의 담화가 보이는 증후는 다음과 같다.

① 모든 체계 (정열,언어, 사회 등)의 원칙이 되는 분절화 articulation에 긍정적 가치를 부여한다. 그러나 동시에 체계와 분절화로 인해 배제된 모든 것, 즉 엑센트, 삶, 에너지, 정열에도 긍정적 가치를 부여한다.

② 글자의 이점을 공시적으로 천명하거나 선언하는 대신, 비밀리에 주장한다(341/239).

③ 순식간에 예증의 순서를 뒤바꾼다(341/239).

④ 루소의 두 가지의 언어와 이 두 언어 기원 즉 두 개의 기원을 상정한다. 북쪽 언어와 남쪽 언어의 기원이다. 큰 애착을 보이는 것은 늘 정열로 잉태된 남쪽 언어여서, 언어의 기원이 남쪽 언어에서 발생했다고 말하지만, 동시에 북쪽에서 발생했다고도 말한다. 두 가지 언어에 부여한 특징을 기후, 토양, 그리고 사람들의 특성을 토대로 분류했다. 언어의 기원이 체계임에도 불구하고 체계와는 반대인 외부의 자연적인 것에서 기인했다고 믿고, 이 결과 루소는 언어 형태의 분류학typology과 지형학topology을 동일시하거나 혼동했다는 사실을 데리다는 패러디한다. 이 배경에는 서

구의 기하학주의, 그리고 신학이 있다. 이에 대한 비판을 데리다는 《글쓰기와 차이》 2장에서 길게 했다. 루소 역시 자신도 알게 모르게 신학과 기하학주의라는 거대한 뿌리로부터 완전히 자유로울 수 없었다.

⑤ 이 결과 루소의 담화는 두 개의 양축 그 사이를 끊임없이 미끄러지면서, 갈지자의 행보로 돌고 도는 순환성을 보인다. 언어의 순수 기원, 혹은 언어 탄생의 순간이 실질적으로 불가능해지자, 루소는 헤겔처럼, 역사 이전에 사용되었던 언어를 기원적 언어로 상정한다(360/254). 이것을 언어의 기원, 혹은 가장 기원적 언어라고 말하지만, 루소가 의지한 《성경》은 농경사회는 이미 부권 사회로서 언어가 있었음을 말하자 이러한 전제를 포기해버린다. 그러나 《성경》은 다시 루소를 구원해주는 것 같다고 데리다는 또 패러디한다. 왜냐하면, 《성경》은 신이 인간에게 선물로 준 언어를 처음부터 사용하였지만, 노아의 홍수 같은 재앙이나, 죄악으로 인한 데카당스 혹은 야만주의에 의해, 농경사회가 무너지고 모든 것을 처음부터 다시 시작했다는 사실이 기록되어 있기 때문이다. 이로서 루소의 언어 기원에 대한 철학적 고찰은 다시 0점에서 시작할 수 있는 철학적 (신학적) 기반을 얻는다. 따라서 루소의 언어 기원의 고찰은 일직선적으로 진행되는 것이 아니라, 순환적이 된다. 즉, 시작 → 발달과정 → 끝(대홍수 혹은 타락) → 시작 → 발달과정 → 끝이라는 순환성의 패턴이 끊임없이 되풀이된다. 이것을 데리다는 '회귀론', '목적론', 혹은 '유령론'이라 패러디하는 것을 앞에서 우리는 지적했다.

⑥ 이원 구조가 범람한다(339/236). 북쪽언어에도 기원이 있고 남쪽언어에도 기원이 있다. 북쪽에 남쪽과 북쪽이 있고, 남쪽에도 북쪽과 남쪽이 있다(305/212). 북쪽의 언어 안에서는 덜 남쪽의 언어가 북쪽 언어가 되고, 남쪽 언어 안에서도 덜 남쪽의 언어가 북쪽 언어가 된다고 데리다는 패러디한다. 이원 구조로 무한대로 나누는 것은 변증법이자 현상학의

과정이다.

⑦ 두 개의 양극은 어느 순간 동일해진다. 기호와 목소리가 동일한 것이라고 루소는 판단한다(338/235). 요술지팡이에 쓰인 부적 즉 문자는 소리와 같은 가치를 가졌다고 루소는 말한다(331/233). 자연적인 것이 우선되다가 갑자기 그 가치를 하강시킨다. 즉 사랑을 눈에 호소하면 더 효과적이라고 하는가 하면, 말없는 기호(글자)가 더 효과적이라고 말한다. 필요와 정열을 늘 분리시키지만, 동시에 겹치게도 한다(314/221).

빠져나올 수 없었던 폐쇄된 순환성 속에서 고뇌에 찼던 루소를 우리는 데리다를 통해 일견했다. 왜 루소는 그리고 그의 담화는 끊임없이 좌충우돌하면서, 서서히 추락하고 스스로 해체되고 있는가? '비록 많은 경우 루소가 앞서가는 언어관을 인용하고 스스로 말하지만, 여전히 강렬한 형이상학적 욕망 때문이다.' 프로이트의 탁견이 전하는 바대로, 우리의 욕망은 정체성 원칙the principle of identity에서 제외된 사실에 아랑곳하지 않고, 욕망을 순간적으로 충족시키면, 이 욕망은 서로 모순되는 것까지도 포섭한다. 즉 루소의 담론이 보이는 이러한 현상 혹은 증후는 루소의 욕망의 대체다. 따라서 '루소는 정체성의 논리처럼 대체성의 문자 안에 갇혀 있다'고 데리다는 평가했다. 순수 언어의 태곳적 기원을 추적하려는 루소의 욕망이 충족되지 않게 되자, 루소는 대체를 받아들였다. 이때 대체란 문자를 뜻하기도 하지만, 문자를 따로 떼어 생각한다는 것은 이에 반反하는 말(사실은 없는 것)을 받아들이면서, 이원 구조를 받아들인 것을 뜻한다. 이는 프로이트가 갈파한 대로 무의식은 어쩔 수 없이 무의식 자체에는 위배되지만, 의식의 논리적 시간을 받아드리는 것과 동일하다(348~9/245~6). 물론 논리적 시간과 의식 혹은 무의식은 별개의 것이다.

데리다가 드 만을 추모하는 글을 묶은 책,《폴 드 만을 위한 추모》[52]는 데리다가 드 만에 대한 추모이기도 하지만, 서구 형이상학 철학사에서 대화두가 되어온 기억Memory·Mnemsia에 대한 것인 동시에, 이 글에서 데리다 자신과 드 만의 유사성과 함께 차이점을 분명히 지적하고 있다.

1971년 드 만은 데리다에게 보낸 편지에서 다음과 같이 고백했다. 자신이 '무슨 수를 쓰더라도 루소가 눈먼 사람이 아니었다'고 평한 이유는 자신이 루소에게 지고 있는 빚에 대한 개인적 충의 때문이었다고. 자신의 삶이나 인식이 막힌 채 방황하고 있을 때, 계시인 양, 운명인 양, 다가오는 책들과 사상가들, 그 중 유독 자신의 인식 지평을 넓혀준 스승에게, 그 누가 후한 평을 하여 충의를 표시하지 않겠는가? 드 만은 비록 루소가 눈이 멀었지만 루소가 철학적 주제를 문학적으로 기술했다는 점에서는 눈멀지 않았다고 평해야 한다고 말한다. 그러나 단지 철학적 주제를 문학적 글쓰기로 풀어내는 것만으로는 충분하지 않다는 것이 데리다의 입장이다. 그리고 연이어 드 만은 루소의《에밀》은 '가장 미친' 텍스트임을 데리다에게 고백했다(129~130).[53]

드 만에 대한 데리다의 평이다. '…드 만이 지적하는 독해불가능성의 이러한 아포리아는…여태까지 사유가 불가능했던 것, 혹은 사유되지 않았던 것에 대한 가능성 그 자체에 대해 사유하도록 자극한다'(133). 이 말은 언어의 수사성이 파괴적이고, 이에 따른 결과로 담화가 진퇴양난의 상태에 있음을 조명하는 것을 허무적이거나 파괴적인 이데올로기로 간주하면 안 된다는 말인 동시에 난공불락의 아포리아를 도외시하면 안 된다는 뜻이다. 이 점을 드 만이 상기시켰다는 것이다. 이것은 긍정적이라

52　이하 책명 없는 괄호 안 숫자는 이 책의 쪽수.

53　미친 것은《에밀》이라는 텍스트만이 아니다. 여러 명의 여자들 사이에 태어난 자신의 아이들을 모두 고아원에 보낸 것도 미친 짓이다.

고 데리다는 평가한다. 그러나 데리다가 보기에는 여기에서 드 만은 더 나아가지 않는다. 이 결과 드 만의 담화는 이원 구조 안에서 잉태하고 그 속에 안주하고 있다. 그 이유는 '환원될 수 없는 알레고리를 설명하기 위해 폴 드 만은 몇 개의 예를 사용했다: 알레고리와 아이러니, 수행적performative 차원과 항구적constative 차원을. 늘 대칭의 이원 구조로 끝'나기 때문이다. 그러므로 '드 만의 진퇴양난은 금지를 금지로 굳힌다. (그럼에도 불구하고) 아이러니가 우리 앞에 드리우는 억압을 통해 다른 사유, 다른 텍스트, 다른 약속의 미래를 약속한다. (그러나) 매번 같은 차원에서 되풀이된다. 이 결과 진퇴양난이 가장 값진 것이며 가장 믿을 만한 조회의 관점이 된다'(134).

다시 말하면, 아포리아를 제시했지만, 제시로 끝났고, 여전히 이원 구조 안에 머물고 있다는 말이다. 더 설명하면, 드 만의 담론, 그리고 글쓰기는 어느 특정의 이데올로기를 선호하여 고정시켰고, 이의 결과는 진퇴양난의 허무주의에 빠져 있다는 말이다. '허무주의도 언어가 꾸며낸 농담'이라는 비트겐슈타인의 말을 상기하면, 드 만은 언어의 파괴적인 힘을 피하지 못했을 뿐만 아니라, 언어 성질 자체를 충분히 인지했다는 드 만 자신의 주장에 대해서도 의구심을 갖게 된다. 사실 드 만의 담론은 끊임없이 이원 구조에서 잉태되고 있다. 즉 상징과 알레고리, 자연적 혹은 경험적 자아 vs 언어적 자아를 분류하고, 항상 이전의 인식과 앎이 맹목blindness이었음을 드러내는 것insight이 우수한 혹은 우세한 입장임을 주장한다. 프랭크 렌트리키아가 지적했듯이, 드 만의 담화는 실존주의적 허무주의를 최고의 담화로 고정시킨다.[54] 아트 버만 역시 드 만은 시어와 보통어의 구별과, 시어의 우위성을 주장하고 지적 의지를 재천명하고 자연

---

54   Lentricchia, 291~2.

과 자아라는 이분법을 그대로 지키고 있다고 지적했다.[55]

이뿐만이 아니다. 정치, 행위, 법, 역사, 철학, 그리고 문학 모두가 수사이기에 더 이상 어찌 해볼 수가 없다는 것이 드 만의 제언이다. 왜냐하면, 이 모두가 텍스트에 불과하기 때문이고 텍스트가 드러내 보이는 아포리아는 텍스트 바깥의 상황에도 그대로 적용될 수밖에 없기 때문이라는 것이다. 이는 데리다의 입장과는 결코 동일시될 수 없다. 데리다가 강조한 언어의 이중성 중 한쪽만을 보는 것이기 때문이며, 데리다가 특히 후기에 언어의 수행성을 강조하면서 자신의 해체가 여전히 차연의 효과이기는 하지만, 정치, 경제, 교육, 종교, 그리고 국제정치 등, 현실을 변화를 유도할 수 있음을 주장한 것과는 매우 다르다.[56] 데리다의 '텍스트 바깥에는 아무것도 없다'는 말은, '언어는 어떤 의식도 불가능하게 만든다'는 드만의 말과 동일선상에서 이해되면 안 된다.

드 만에 대한 데리다의 평이다. '…니체에서 한 걸음도 더 나아가지 못하기 때문에 니체의 틀 속에 갇혀 있다. 그럼에도 불구하고 전략적으로 그리고 정치적으로 해체가 무엇을 할 수 있을 것인가에 대한 단호한 문제 제기를 한 것으로 보아야 한다.' 즉 문제 제기는 했지만, 그의 사유와 글쓰기는 여전히 구 틀에 갇혀 있다는 평가다. 이 결과, 드 만이 말하는 '믿을 만한 조회의 관점'은 불행하게도 '모든 가능성이 마비되는, 약속이 지켜지지 않는 끔찍한 운'(148)이 되고 만다고 데리다는 평가했다.

데리다와 드 만의 차이는 심각하다. 데리다는 이원 구조를 해제시키기 위해 총력을 다하는데 비해, 드 만은 중요한 순간마다 이원 구조에

55　Berman, 246~6, 269, 271.

56　데리다가 허무주의자, 혹은 데카당이 아니라는 사실에 대해서 필자는 이미 여러 곳에서 설명했고, 데리다 자신도 인터뷰에서 자신을 두고 데카당이라고 평가하는 것이 가장 이해하기 힘들다고 말한 바 있다. Derrida, *Positions*, 13/5~6.

안주한다. 워즈워드를 위시한 많은 시인들의 시를 읽은 과정에서 드러나는 드 만의 이분법적 사고를 바이오라스타스키는 철저하게 지적했고, 워터즈는 '드 만이 워즈워드를 논할 때, 하이데거의 메타언어(이원구조)를 고수한다는 사실이 가장 뚜렷하게 드러난다'고 했다. 하이데거의 용어들, 예를 들면, '권위적 시간성'과 '비권위적 시간'이 빈번히 사용된다. 이러한 하이데거의 흔적과 영향은 드 만이 언어와 수사성으로 전회했을 때는 상당히 희석되었지만, 하이데거의 도식, 즉 은폐와 탈폐를 시간화한 '앞으로'와 '뒤로'라는 변증법적 틀을 사용할 뿐만 아니라, 네일 허츠Hertz가 지적한대로, 드 만은 워즈워드를 읽는 데도 이를 사용했다. 권위적 vs 비권위적이라는 이분법을 사용하면서, 인간과 자연, 인간과 의식이라는 도식으로 워즈워드, 릴케, 횔덜린의 시를 드 만이 읽었다. 또한 바이오라스타스키가 지적한 대로, 베이컨의 충고대로 긍정적 요소와 부정적 요소, 이 모두를 아우를 줄 알아야 하는데, 드 만은 부정적인 쪽으로만 기울어진다. 심지어 '진리를 논할 때 우위를 차지하는 상상력의 언어조차도 언어 자체가 주장하는 것만을 주장할 뿐, 우리의 경험적 목적이나 욕망을 주장하지 못한다.' 드 만은 자연과 역사가 실패했다고 주장하면서, 상상력이나 자연이 우리의 정신을 회복할 수 있다는 것이 워즈워드의 단정적assertive 주장을 부정하는 것이 드 만의 유일한 단정적 힘이라고 바이오라스타스키는 질정했다. 이뿐만 아니라 하이데거의 권위적이라는 말에 고착된 나머지, 워즈워드를 위시해 많은 시인들의 시를 자신의 허무적 입장에 권위를 부여하며 해석했을 뿐, 정확성과는 거리가 멀다고 지적했다.[57] 드 만의 강조한 맹목과 허무적·부정적 태도에 권위를 부여하는 이유는 이분법에 안주했기 때문이다. 이

---

57 Bialostasky, 56~9. 165, 168, 190, 166~7.

런 이유로 드 만은 데리다 해체도 잘못 이해했다. 데리다는 드 만이 자신의 '해체를 수사학 안으로 끌어들여 안착시켰다'고 평가했다.[58] 물론 데리다 해체는 수사의 힘으로 구금당하지 않으려는 일련의 시도임에도 불구하고.

데리다와 드 만의 차이는 여러 비평가들이 지적하듯, 글쓰기에서 더욱 선명하게 드러난다. 밀러는 드 만의 글쓰기는 '일반적'인데 비해, 데리다의 글쓰기는 개별적이며 '독특하다'고 했고, 줄리앙 울프리즈는 '아주 특이하다'[59]고 평했다. 드 만과 데리다 두 사람의 선언은 동일했지만, 실천(글쓰기)은 달랐다. 데리다는 '거세되지 않는 글'(77b/65b)을 쓰기 원했고, 그는 썼다. 데리다 자신의 글쓰기를 매우 강렬한 이미지로 시각화한 데리다의 글은 데리다 글쓰기에 대한 우리의 이해를 구체적으로 도울 것이다.

책은 완전히 수분이 빠져나간 두루마리가 되어 살며시 이 위험한
구멍(중심) 속으로 들어가, 뱀이나 물고기의 움직임처럼 빠르게 조용히
부드럽게 탁월하게 기어가면서 우리를 끊임없이 위협하는 폐쇄 속의 안
주지 안으로 침투해 들어간다. 이것이 바로 책에 대한 고뇌이자 욕망이다.
이 욕망은 강고하고 책의 기생충이 되어, 바다의 괴물, 폴립처럼
우리의 피부에 수천 개의 프린트를 남기고 수천 개의 입을 통해
사랑하고 숨 쉬고 있다.

우습기 짝이 없군. 배로 기는 네 모습이. 밑바닥 벽에 구멍을 뚫고 있군.

---

58   Miller, *For Derrida*, 90에서 재인용.

59   wolfrey, 14.

도망가려고, 쥐처럼. 아침이 올 때 길 위의 그림자처럼, 피곤하고 배가
고파도

직립하려는 의지인가? 그래도 여전히 구멍일 뿐이야. 책을 쓸 수 있는
기회일 뿐이야. (너의 글쓰기는 문어가 벽에다 뚫어놓은 구멍? 천정에 매달려
있는 문어. 그러나 문어의 촉수는 빛을 발하는구나.) 그래도 넌 여전히 벽의 구
멍일 뿐.

너무 좁아 일단 들어온 후, 이 구멍으로 절대 도망 못가. 그러니 네 거처
에 대해 알고 있어야 해. 거긴 항상 우호적인 곳은 아니니까. 《글쓰기와 차
이》 433~34/297~8)

배로 기어간다는 것은 속도가 없는, 즉 논리적 진행과는 어긋나는 글
쓰기다. 그럼에도 불구하고 배로 기어가지만, 글쓰기란 존재가 직립하려
는 의지의 산물이다. 이는 이원 구조와 차연에 의해 거세당하지 않으려
는 열정의 산물이다. 구멍은 《글라》에서 보았듯이, 이원 구조의 개념을
허물기 위한 미세 폭력이다. 이를 '스폰지 글쓰기'라 칭한다. 그러나 바로
이런 구멍 때문에 갇혀 있던 사유에 통풍이 잠시 가능해진다. 또한 데리
다는 자신의 해체(들)는 여리다고 했다. 그 여린 정도를 문어다리가 벽을
뚫는 것에 비유한 것이다. 그러나 놀라운 것은 문어의 발이 순간적이나
마ㅡ결코 영원하지 않다는 것은 일찍이 니체가 갈파했고, 데리다도 이
사실을 되풀이 강조했다ㅡ벽을 뚫었다. 그러나 벽은 여전히 겹겹이 나
타난다. 즉 언어로 글을 쓰는 순간 감옥이라 비유되는 언어의 폐쇄 혹은
모든 것을 사상시키는 언어의 광기에 대항하는 해체적 글쓰기는 끝이 없
다. 글쓰기에는 위험, 즉 사유의 죽음, 혹은 독특한 개인성의 거세가 항상
따른다. 차연에 조심하지 않는 글쓰기는 모두 사체logophagique로, 비석으
로, 이론으로 변하든가, 거세당한다.

언어의 파괴성을 피하려는 자신의 글 역시 메두사로 비유한 언어만큼 괴물스럽다고 한다(《글쓰기와 차이》428/293). 위의 인용에서는 '폴립'으로 비유했다. 이 결과 메두사가 여러 개의 머리를 가진 것처럼, 그의 글도 '여러 개의 머리polyhedron'를 지닌 괴물 같다. 또한 수많은 사람들로부터 의 인용을 바느질해서 부쳐놓은 '모자이크' 글쓰기라고도 한다. 데리다 의 독특한 글쓰기는 궁극적으로 데리다가 추구하는 미래의 타자를 위한 것이다. 그리고 이 타자는 차이의 잡종화에서 가능하다고 데리다는 믿 는다: '타자는 오직 여러 개의 목소리로 말할 때만 드러난다L'autre appelle à venir et cela n'arrive qu'à plusieurs voix.'[60] 여러 목소리에서 드러나는 모순 혹 은 아포리아를 통해 기존의 틀이나 개념이 제거해버린 사유, 타자, 사건 이 드러난다고 데리다는 말한다. 왜냐하면, 아포리아aphoria에 있는 'ap' 는 '멀리서'라는 뜻이고, 'phors'는 빛이기 때문이다. 데리다의 표현으로 는 '다른' '검고 아주 낯선 빛lumière noire et si très peu naturelle'(《글쓰기와 차 이》95/61)이며, 이는 이성이 침묵시킨 광기이다. 이 빛이, 이 코기토가, 이 광기가 체계화된 코기토의 주변에서 늘 서성거리고 있다는 사실을 가장 전통적인 철학자 데카르트도 알고 있었다. 그러니 논리적 체계가 끊어지는 아포리즘과, 이중적 모순의 아포리아를 부정적으로 간주하지 말고, 미래 사유를 위한 귀중한 자산과 가능성으로 간주해야 된다는 것 이다.

데리다는 왜 광기의 글쓰기를 하는가? 이는 신비주의나 종교를 통해 서가 아니라, 해체적 글쓰기를 통해 지금의 체계 너머에 있는 코기토를 탐지하려는 열정적 의지(광기) 때문이다. 지금의 체계와 언어가 담지 못 한 미래로 향하기 위한 것이다. '미래를 향해 유희한다. 끝내는 거의'(《글

60 Derrida, 'L'invention de l'autre', *Psyché*, 61.

라》77a/65a). 미래를 향한 데리다의 이러한 도저한 지향이 드 만에게는 없다. 두 사람의 차이는, 허무의 유희와 포월의 광기의 차이다. 이 차이가 두 사람의 글쓰기 차이로 드러난 것이다.

4장

데리다와 조이스

8. 데리다와 조이스의 가족 상이성

데리다와 조이스의 가족 상이성과 유사성을 구체적으로 논하기 전에 데리다가 조이스에 대해 느낀 '영향의 불안'에 대해 잠시 언급하기로 한다. '영향의 불안'이란 후배 시인이 선배 시인의 영향 때문에 자신만의 시가 불가능하지 않을까 하는 불안을 뜻하는 말로, 블룸이 사용했다. 데리다는 조이스를 30년 훨씬 넘게 읽었다. 데리다가 가장 오래 읽은 책이 헤겔의 철학서가 아니라, 조이스의 《율리시즈》(1905)와 《경야》(1922)다. 데리다가 후설의 현상학 연구를 위해, 1956년~57년 하버드대학에 1년 간 체류했을 때도, 데리다는 심혈을 기울여 조이스를 읽었고, 이에 대한 자신의 견해를 《후설의 '기하학 기원'에 대한 서설》(1964)에서 조이스와 후설을 비교하며 밝혔다. 데리다는 후설의 현상학이 지향하는 투명단일 의미주의univocity·monothematism와 조이스가 《경야》에서 벌이는 불투명다 의미주의polysemy·plurivocality·polythematism는 대척점에 있지만, 사실은 전 체화하려는 동일한 의도에서 나온 것이라 평했다. 조이스의 '다의미주 의는 의미의 단일한 재구성이 가능하다는 모호한 지평 안에서 구성되며'[1] 이는 후설의 단일의미주의의 발전된 형태이며, 둘 모두 재전체화를 안전하게 해두기 위한 것이라 했다. 즉 후설과 조이스 두 사람 모두 언어가 역사성을 수용할 수 있다는 동일한 전제와 목적 하에 글을 썼지만, 그 방식과 방법은 정반대라는 뜻이다. 즉 후설은 투명단일의미, 의미의 핵, 즉 이상적 객관성을 찾기 위해, 모든 경험적인 것을 제거하면서 의미의 무한대의 빼기를 한 것에 반해, 조이스는 무한복수의미를 통해 의미의 전체성을 드러내려 의미의 무한대의 더하기를 했다는 것이다.[2]

1964년 이후에도 데리다는 조이스를 계속 읽었고 영향을 많이 받았음을 고백하고 있다: '내가 글을 쓸 때마다, 심지어 가장 학문적인 글을 쓸 때에도 조이스의 유령은 내 글에 항상 승선하고 있었다. 무엇보다도 10년 후 《엽서》(1978)는 다시 조이스라는 유령에 사로잡혀 있었다'(《문학》 149~150). 《후설의 기하학에 대한 서설》이 출판된 지 10년 후 출간된 《엽서》와 《산포》의 〈플라톤 약방〉에는 조이스의 영향이 너무나 선연하다. 조이스 소설은 철학서이자 자서전인데, 데리다의 《엽서》 또한 이러하다. 또한 조이스의 《경야》에 나오는 쌍둥이 형, 즉 시인 기질의 동생, 쉠Shem/penman이 쓴 글을 배달하는 형 솬Shaun/postman, 둘로 분화된 자아가 끊임없이 합쳐졌다 갈라졌다를 반복하며 변화한다. 이와 마찬가지로 《엽서》에서도 쌍둥이 소시 vs 소시, 서로 반목하다 살해한 남자 형제, 아트레스 vs 티에스테스, 소크라테스 vs 플라톤, p vs p(penman vs postman), 그리

---

1   Derrida, *Edmund Hussurl's Origin of Geometry*, 103-5.

2   솔레스와 식수는 데리다의 《후설의 기하학 기원에 대한 서설》에서 언급된 조이스를 읽고 매우 고무되어 서로 만났는데, 이때 식수는 데리다가 조이스에 대해 엄청난 열정을 가지고 있음을 알게 되었다고 했다. 이것을 계기로 이들의 우정은 그 후 40년 넘게 지켜졌다. 식수 역시 박사학위 논문이 《조이스의 망명 혹은 대체 예술》(*L'Exil de James Joyce ou art du remplacement*)이다.

고 쾌락원칙pleasure principle vs 마비원칙paralysis principle[3]의 P는 사실은 서로 뿌리가 동일한 사람(것)으로 서로에게 더블(분신)로 하나이자 둘이기도 하며, 무한대로 변화한다. 《엽서》에서 인칭대명사인 '너'와 '내'가 수시로 바뀌는 것은 바로 이러한 이유에서다. 그래서 데리다는 '조이스가 《경야》에서 했던 것처럼, 점점 더 나 자신을 윤회시킨다'(《엽서》154/142)고 한 것이다. 조이스의 《경야》와 데리다의 《엽서》에서 인물들은 분화와 변신을 거듭하고 있다. 또한 《경야》의 주인공 ALP가 쓰레기 더미에서 쪼아 올린 쓰레기litter가 결국 편지letter로 변하고, 이것이 여러 사람들의 손을 거치게 되지만, 편지의 내용은 끝내 밝혀지지 않는다. 데리다의 《엽서》도 마찬가지다. 수없이 많은 자신의 편지는 결국 편지 내용이 아니라, 편지의 외부 무게로 값을 매기는 우체국 체계와 동일한 기표(언어)체계에 의해 기표(글자)가 끊임없이 윤전되기 때문에, 《경야》에서처럼 편지의 내용도 밝혀지지 않으며 목적지에 도착하지도 못하고, 데리다가 찾고자 한 타자, 에로스 및 철학도 분분히 공중에서 헤어진다.

데리다가 보드레앙 도서실에서 산 우편엽서(미상인 화가의 잘못으로 소크라테스와 플라톤의 위치가 뒤바뀜)에서 플라톤이 소크라테스 등 뒤에서 뭔가를 지시하고 있다. 이러한 플라톤과 소크라테스의 관계는 데리다 역시 조이스로부터 많은 것을 배웠음을 말한다:

조이스 후에는 시작은 없으니, 로프의 끝에 있는 언어의 베일 뒤로 모든 것들을 지나가게 하라. 그럼에도 불구하고 우연성으로 인해, 번역에 대한 조이스 국제 심포지엄 때문에, 나는 《경야》에 있는 모든 바벨적 지시들을 따랐고, 어제 나는 취리히로 가는 비행기를 타기를 원했고, 내내 나는 그

---

3 김보현, 《정신분석학 해체》 참고.

〔조이스〕의 무릎에 앉아 큰 소리로 읽었다(바벨, 타락, 아일랜드와 고대 언어에 관한 것). 《엽서》257/240).

　이 조이스 학회에 참석해서 발표한 글이 바로 아래에서 구체적으로 논의할 〈율리시즈 그라마폰〉과 〈조이스의(에게 하고 싶은) 두 마디의 말〉이다. 이 두 글은 조이스에 대한 '매우 겸손한 응대'라고 데리다는 말한다. 그러나 존경과 함께 분노도 토로한다. 조이스의 《경야》를 두고 데리다가 '이미 우리를 다 읽어내고, 다 약탈했으며, 우리를 거대한 망에 걸려 꼼짝도 못하는 파리로 만들었다'고 했다. 이런 이유로 데리다가 드 만과 함께 취리히에 있는 조이스 무덤을 찾기 전까지는 데리다는 공포를 지니고 있었다고 한다. 그러나 이러한 공포는 안도의 폭소로 바뀐다. 봉해진 조이스의 시신이 안치된 취리히 조이스 기념 건물 복도 끝 조이스 동상Torso 바로 옆에는 두 개의 돌로 만든 조형물이 포개어 있는데, 밑 조형물에는 알파와 오메가라는 글자가 새겨져 있고, 바로 위 조형물에는 제작된 옛날 축음기가 놓여 있었다. 그리고 그 축음기 나팔(소리통) 안에 한 뭉치의 원고가 끼여 있다. 우연인지, 필연인지, 이 조형물이 데리다 자신이 조이스에 대해 말하고자 한 것(〈율리시즈 그라마폰〉)을 너무나 절묘하게 대변해주었기 때문에 안도의 폭소가 터져 나왔다는 것이다. 조이스가 주조한 그 엄청난 언어유희의 소리글자는 문법체계에 의해 만들어져 무한 반복이 가능한 기계음과 동일하다는, 즉 조이스의 글자 소리는 표상하는 것도 없고 의미하는 것도 없는 소리가 축음기를 통해 무한 반복되는 것과 동일하다는 데리다의 주장을 이 조형물이 다 대변해주었다는 말이다. 우연의 일치치고는 기막힌 우연이 아닐 수 없다. 차연체계에 따른 글자 소리(조이스 언어유희 창출)를 지적하기 위해 데리다는 조이스에 개입, 반대서명을 하는 이유다. 그리고 많은 세월이 흐른 후, 데리다는 더블린 시가에 있는 조이스의 실물크기의 동상 옆에서 사진을 찍을 정도로 조이스에게 지닌 애정과 존경은 각별했다.[4] 조이스는 데리다가 뛰어넘을 수 없는 거인이었다. 데리다는 '분노와 존경, 그리고 질투와 함께 참을 수 없을 정도로 조이스를 흉내 내고 싶었다'고 아주 솔직하게 고백했다.

　포스트구조주의에 들어와 조이스를 포스트구조주의적·해체적 작가로 해석하는 비평가들이 주류를 이룬다. 그러나 또 다른 한편으로 에트리지와 롯지는《율리시즈》와《경야》를 전통적 서구 문학의 정수로 간주하며,[5] 서구 문학 전통을 계승, 극대한적으로 발전시킨 것이라고 본다. 골든버그는 조이스는 '고전적 기질'의 작가라 했고,《초상》과《율리시즈》가 지니고 있는 현대미학을 지적했다.《율리시즈》나《경야》에 대해 이글턴도 조이스가《초상》에서 주장한 서구 전통을 다시 해석하고 우리의 인식을 넓히기 위해 쓴 것이라 했고,[6] 엘리엇은 무질서한 서구 현대 문명에 질서를 부여한 것이라고 평가했다. 이렇게 조이스에 대한 비평은 양대로 갈라져 있다. 이것은 조이스 시학에 구성과 해체가 공존하기 때문이다. 데리다는 이를 '이중 제스처'라 했다. 이런 이유로 데리다는 조이스에게 서명과 함께 반대서명을 동시에 한다. 데리다 자신과의 유사성이 없었다면, 데리다는 '조이스 없이는 자신의 해체가 불가능했다'는 말을 하지 않았을 것이고, 자신과 상이성이 없었다면, 데리다가 조이스에게 반대서명을 하지 않았을 것이다. 데리다가 지적한 조이스의 '이중적 제스처'를 크리거는 '완

4　말라르메가 바그너의 무덤을 찾아갔지만, 말라르메는 후기의 니체처럼 바그너의 음악에 대해 반심叛心을 가지고 맹렬히 반대했던 사람이다. 데리다가 조이스의 무덤을 찾은 상황은 말라르메가 바그너를 찾은 감정에 비하면, 매우 상서로운 것이었다.

5　Attridge, *Peculiar Language*, 233. 그리고 Lodge, 226.

6　McMillan and Willis, ed., 108~112.

전한 폐쇄와 완전한 개방의 모순적 동시성'[7]이란 말로, 하트만은 '빛을 발하고, 부서진다'[8]고 표현했다.

데리다가 조이스의 《율리시즈》와 《경야》에 개입해 반대 서명을 한 이유는 아래에서 설명하는 세 가지를 조이스가 영원히 타의 추종을 불허하는 기교로 창출해서, 독자들을 유혹, 조이스 자신의 작품 안에 영원히 가두어버렸기 때문이다.

(1) 글자 소리

천재적 음감을 지녔고, 프로급 테너였던 조이스는 스스로 자신을 《경야》의 '소리 지휘자'(183.09)라 칭했다. 이런 조이스가 주조한 글자 소리 gramophone, 혹은 글자 의성어lexical onomatopoeia는 지극히 유혹적이라, 수많은 독자들을 유혹해서 조이스 작품 안에 영원히 가두지만, 드러내거나 표상하는 것이 아무것도 없다는 것이 데리다의 주장이다. 글자 소리는 천연의 순수한 의성어가 아니라, 문자처럼 글자체계와 문법에 의해 배치된 소리이기 때문에 실제 소리는 아니다. 사실 의성어까지도 문법 체계를 통과한 것으로 지극히 자의적 소리이기 때문에 실제의 소리가 아니다. 따라서 《경야》에서 조이스가 창출한 글자 소리는 의성어인 듯하지만, 전혀 의성어가 아니다. 이는 글자 소리gramophone에 불과하다.

데이비드 오버스트리트를 비롯한 수많은 조이스 전공자와 평자들은 예외 없이 모두 《경야》는 소리 내어 읽어야 한다는 것을 거듭 강조해왔다. 이때 소리는 개념적으로 혹은 관념적으로 머리로 이해하는 것이 아니라,

---

7   정정호, 395. 원래는 Murry Kreiger의 *Words about Words about Words*, 108.

8   Geoffrey Hartman, *Saving the Text*, 21.

'그 소리 자체를 경험하고 그 소리에 웃고 단어와 우리가 하나가 되는 것임을 외치고 있'[9]기 때문이라는 것이다. 이는 라랑그lalangue를 논하는 대목에서 라캉이 '정신분석자들은 말의 소리가 지니는 의미적 울림에 각별한 주의를 기울여야 한다'고 강조한 것과 동일한 취지이다. 그리고 라캉은 '정신분석학자들은 조이스의 밤의 언어(《경야》)를 공부해야 한다'고 하며 조이스에게 최고의 찬사를 보냈다. 그러나 말소리에 의미가 있다고 생각하는 한, 말의 소리라는 질료성을 새롭게 부각시킬 필요가 있다. 즉 말소리가 개념적 틀에 갇혀 사장되어 있는 것을 해방시킴으로써 잠재적으로 지니고 있지만, 틀에 의해 질식된 소리를 복원시켜 원래의 다多의미를 복원시킨다는 주장이다. 이것을 조이스는 전적으로 데리다를 포함 타의 추정을 불허하는 경지로 성취했다.

소리에 대한 조이스의 매료는 움직일 수 없는 것이었다. 조이스가 원용한 비코에 의하면, 천둥소리를 듣고 인간은 언어를 배웠다는 것인데, 조이스를 이 천둥소리를 《경야》에서 9번(《경야》 3, 23, 44, 90, 113, 257, 314, 414, 424)은 100개의 철자로, 마지막 10번째 천둥소리는 101개의 철자(《경야》 15~17)로 만들었다. 소리phoneme는 현상phenomena을 일대 일로 직접 모방 재현 표상할 수 없음을 조이스는 이론적으로는 이미 알았지만, 소리에 대한 그의 애착이 얼마나 깊고 강한가를 말한다. 아름다운 리듬과 운율이 자신의 글에서 흘러나오도록 하는 것은 비단 조이스만의 욕망만은 아닐 터. 아름다운 소리와 리듬은 인간 모두에게 절대 필요이고, 이에 대한 갈망은 본능 그 자체 아니던가.

조이스는 기존의 단어를 가루가 될 때까지 분화시켜(여기까지는 데리다와 일치한다) 다시 재조립한다(여기서 조이스는 데리다와 헤어진다). 이 결과

---

9   Sartiliot, 83.

는 기존의 단어가 가리키고 있는 기존의 대상에서 떨어져 나오게 하고, 무한대로 많은 다른 대상을 가리킨다. 그러나 이러한 상황 하에서도 기존의 어휘에서 완전히 탈피할 수 없다. 이미 아리스토텔레스가《시학》에서 지적했듯이, 어느 정도는 기존언어를 신조어(시어)의 여운에서 감지할 수 있도록 잔존시켜야 한다lexical integrity. 즉 시어는 보통어에서 너무 이탈되어서도 안 되고, 보통어와 너무 닮아도 물론 안 된다. 조이스는 이 법칙을《경야》에서 아슬아슬하게 지켜 내며, 역사적으로 그 유례가 없었고 앞으로도 그 유례가 없을, 무한대의 복수의미를 만들었다. 이 점에서 자신을 포함 그 누구도 조이스를 넘어서는 것은 불가능하다는 말은 데리다가 했다.

소리도 이미 글자처럼 기표에 불과하지만, 이 소리를 십분 활용하는 것을 두고 예콥슨은 '소리 상징주의'[10]라 했다. 글자 소리는 아무것도 상징하지 못하지만, 음악 같은 리듬을 살려내면, 독자들에게 쾌를 선사한다. 이를 두고 소리와 의미와는 연결이 안 된다는 이론을 앞세워버려야 할 이유가 없다는 것이다. 많은 사람들이 예콥슨의 이러한 주장을 시대착오적 고집이라 여기고, 별 관심을 기울이지 않았으나, 지라르는《모방론》에서 상당히 길게 언급하고 있다. 그런데 야콥슨의 이러한 주장이 서구 문학 전통을 그대로 총합하고 있다는 사실이다. 예를 들면, 소리 패턴을 가장 중시하며 소리에만 집중하는 러시아 형식주의자들과 미래주의자들이 단어와 전이-합리적trans-rational 언어는 자체적으로 스스로 의미를 지닌다고 주장하는 것, 포스트구조주의자들이 단어는 독립적으로 자체적으로 존재한다는 이론, 기호의 물질성만으로 시를 접근하는 마르크스주의자들, 그리고 시의 음률에서 나오는 쾌에 대해 자주 언급하는 포

---

10 Attridge, *Literature of Difference*, 131.

스트구조주의자들의 주장은 모두 '소리 상징주의'에 속한다. 이들의 주장은 소리가 일대일로 자연적 소리와 연결되지는 않지만, 기의와 기표의 단절의 불안을 소리의 쾌가 주는 체면효과로 잠시 잊게 해주는 것이 왜 나쁘냐는 것이다. 이는 바로 경험주의를 고수하는 미국 비평가들, 에트리지, 하트만 등의 입장이기도 하다. 이러한 '소리 상징주의'는 다른 말로 '메아리주의'라 하는데, 조이스가 자신의《경야》를 '메아리 땅'이라 한 것은 영원히 타의 추종을 불허하는 기교로 '소리 상징주의'에 가장 철저하게 부응한 것이다. 이 결과 글자 소리가 현상학적 목소리가 아니라도, 다시 말하면 데리다가 지적하듯이, 문자 체계에서 다 걸러져 원초적 소리를 다 상실한 메아리의 메아리(차연의 차연)에 불과하더라도 조이스와 조이스 독자들은 아랑곳하지 않고 이 가짜의 글자 소리를 음악 즐기듯 즐긴다.《경야》를 소리 내어 읽는, 영어가 모국어인 영문학 전공자들을 끊임없이 웃는다. 조이스는《경야》를 즐거운 리듬과 소리로 철저하게 조이스화Joyced한다.

《경야》를 집필하는 내내, 조이스는 자신의 천재적 음악성을 지닌 귀를 활짝 열고 매일 취리히 기차역으로 나가, 몇 시간 동안 수없이 많은 사람들이 제각기 다른 나라의 언어를 말하는 것을 유심히 들었다. 이렇게 서로 다른 언어가 동시적으로 들려오는 이 복합적 소리를 조이스는 그의 노트에 적었고, 그 적은 것을《경야》에 적어 넣었다. 그래서《경야》는 조이스가 밝힌 대로, '소리글자vocable scriptsign'(118.26)인데, 이것이 바로 데리다가 문제 삼는 글자 소리gramophone다.

어렸을 때부터 조이스는 단어를 음악으로, 종소리를 노래로 들었다.[11]

---

11 'A tremor passed over his body. How sad and how beautiful! He wanted to cry quietly but not for himself; for the words, so beautiful and sad, like music, The Bell! The Bell! Farewell! O Farewell!'《초상》,67~8).

자신의 가야 할 길이 성직이 아니라, 예술가의 길임을 깨달은 것도 이 소리에 대한 자신의 매료와 환희 때문이었다. 놀라운 것은 이 환희가 청각과 시각으로 동시에 조이스에게 다가온다는 사실이다.[12] 단어를 통해 들려오는 액체의 소리는 스티븐(조이스)에게 더할 수 없는 기쁨을 주었다. 단어는 음악으로 변하고, 이것은 쾌 그 자체였다. 장면이나 글자를 보는 순간 음악이 귀를 타고 들려온다: '부드럽고 긴 모음들이 소리 없이 부딪히고 떨어져 나가면서,…그 외침이 끊임없이 일으키는 물결의 흰 종소리를 흔들며 헤엄치고 다시 돌아올 때, 액체처럼 부드러운 기쁨이 단어들을 통해 흘렀다.'[13] 그래서 조이스에게는 소리와 글자는 하나가 된다: '국립극장이 개관하던 날 밤, 홀 장면이 눈에 떠오르자, 나지막하게 기억의 귀에서 시가 낮게 흘러나왔다.'[14] 조이스는 작품의 유기적 통일성은 리듬을 통해서라고 말한다.[15] 그리고 이 사실은 회화적, 공시적 미를 우선시했던 모더니즘 시학이 풍미했던 그 당시에도 조이스가

---

12 'The end he had been born to serve yet did not see had led him to escape by an unseen path; and now it beckoned to him once more and a new adventure was about be opened to him. It seemed to him that he heard notes of fitful music upwards a tone and downwards a diminished fourth, upwards a tone and downwards a major third, like triplebranching flames leaping fitfully, flame after flame, out of a mid time, he seemed to hear from under the boughs and grasses wild creatures a racing, their feet pattering like rain upon the leaves …'(《초상》, 이재호 해설, 232).

13 'A soft liquid joy flowed through the words where the soft long vowels hurtled noiselessly and fell away, lapping and flowing back and ever shaking the white bells of their waves in mute chime and mute peal and soft low swooning cry …'(위의 책, 309).

14 'The verses crooned in the ear of his memory composed slowly before his remembering eyes the scene of the hall on the night of the opening of the national theatre.' (위의 책, 126) 인용한 문장을 소리 내어 읽어보면, 혀를 힘들여 움직이지 않아도, 이 문장 흐름이 오히려 혀를 먼저 이끌고 있다는 느낌을 받는다. 믿기 어려우면, 영문학도들이여, 소리 내어 읽어보시라!

15 '… Rhythm is the first formal esthetic relation of part to part in any esthetic whole or of an esthetic whole to its part or parts or of any part the esthetic whole of which it is a part …' (이재호 해설,《초상》, 206).

지녔던 신념이었다.

소리에 예외적인 재능을 지닌 조이스는 《율리시즈》의 〈사이렌〉에서 는 대위법의 바흐의 푸가형식[16]을 사용했다. 이러한 시도는 조이스가 문학가 중 유일하다. 푸가는 처음 한 사람이 말을 시작하면(정), 그 다음 이에 반대하는 사람의 말이 들어오고(반), 그 다음 또 다른 사람이 상대 의 말을 모방하면서 동의(합)하는 형식이다. 이러한 푸가에 대한 무파의 극찬이다.

> 느린 속도와 빠른 속도, 크고 부드러운 소리가 서로 경쟁하고, 위대한 합 창이 만드는 풍부한 소리와 정교하고 섬세한 트리오로 이루어지는 이 대 조의 소리를 듣는 것은, 빛과 그림자의 대조로 눈이 황홀해지듯, 귀가 독특 한 황홀감에 빠져드는 것이다.[17]

대위법이란 '구심력을 지닌 형식이다.…놀라울 정도의 통일성을 유지 한다.…짜인 질서set order로 진행된다.…푸가의 근본 특징은 사유의 집중, 표현의 순수성, 그리고 연속적 모방과 표현 과정을 통한 유기적 통일성'[18] 이다. 바로 이런 이유로 푸가는 가장 헤겔적 음악 형식이다. 조이스가 대 위법을 《경야》에서 사용한 것은 많은 비평가들에게 의해 풍성하게 채집 되었고, 버게스는 《율리시즈》 〈사이렌〉에서 조이스가 얼마나 정확하고 철저하게 푸가를 도입했는가를 아주 정세하게 지적하고 있다.[19] 조이스 는 글자 소리를 단순히 대상의 모방 차원이 아니라, 음악으로 환원한 것

---

16   아주 엄격한 형식의 푸가a fuga per canonem. Burguess, *Rejoyce*, 138.

17   Machlis, 407에서 재인용.

18   위의 책, 411.

19   Burgess, *Joysprick*. 83~93.

이다. 케네스 버크는 《경야》를 두고 의성어(글자 소리)로 형식과 주제를 일치시켰다고 했다. 이의 완성도는 소리에 대해 상징적 번역을 불가능하게 하고, 그래서 《경야》는 멜로디의 여러 가지 변형이라 했고,[20] 트릴링과 길버트는 《경야》는 '…여러 개의 음역에 있는 다성성의 효과를 읽어야 한다'고 했다.[21] '읽어야 한다'보다, 들어야 한다가 더 정확할 것이다. 귀를 막고 몸이 묶인 오디세우스만 제외한 나머지 모든 선원들을 유혹한 사이렌의 노래를 《율리시즈》〈사이렌〉에서 글자 소리로 만들기 위해, 조이스는 여러 가지 음악 기법을 도입한다. 포르타멘토,[22] 스타카토,[23] 1도의 차이로 주음을 물결치듯 흔드는 트릴,[24] 장식음,[25] 강하게 내려치는 주음,[26] 론도,[27] 속도를 한층 빠르게affrettando 한 후, 바로 그 다음에 한 음을 길게 끄는, 가수들이 종결에서 많이 하는 기법, 이 모든 기법을 사용했다.

한 개의 단어는 음악에 비유하면, 한 개의 단음이다. 두 개의 단어가 합쳐지면 이는 음악에서 말하는 화성chord이 된다. 즉 화성단어를 조이스는 무제한적으로 만들었다. 예를 들면, 'thorn'과 'thought'을 'thornghts'로, 'Bloom stood up'을 'Blostp'으로 압축하면, 사유의 어려움과 아픔, 그리

---

20   Grossvengal, 274.

21   Mitchell and Slote, ed, 87. Gilbert, 255.

22   'Rain, Diddle, iddle, addle, codle, oodle'. Gilbert, 254~5에서 재인용.

23   'Will? You? I. What. You. To.'

24   'Her wavyavyeavyheavyeyyevy'. 존 서덜랜드가 하이 C와 하이 C# 사이에서 새가 지저귀는 소리를 내는 기교인데, 이는 엄청난 폐활양, 그리고 쇠처럼 단단한 횡격막이 필요하다. 마릴린 혼과 파바로티가 서덜랜드로부터 이 기교를 배웠지만, 두 사람 모두 서덜랜드처럼 하지 못했다.

25   Appoggiatura: 'luring, ah, alluring'—lulling은 ah로 인해 자연스럽게 alluring으로 장식된다.

26   Martellato: 'One rapped on a door, one tapped with a knock, did he knock Paul de Knock, with a loud pound knocker, with a cock carracarracarra cock.'

27   Rondo: 'From the saloon a call came, long in dying … A call again. That now he poised that it now throbbed. You hear? It throbbed, pure, purer, softly and softlier its buzzing prongs. Longer in dying call.'

고 블룸이 일어서는 속도가 매우 빠르고 급하다는 사실이 암시된다. 이렇게 합쳐지고 포개어진 단어들이 《경야》의 단어들이고 이런 단어는 음악의 화성처럼 기능하기에, 결과적으로 의미가 모호해지는 동시에 단어들은 잘려지고 접합되면서, 의미의 두께는 기하급수적으로 증가 amphibology한다.[28]

음악은 선악, 그리고 논리까지 초과한다. 그래서 이상적 미학의 매개다. 조이스는 '최고의 형식'은 '리듬의 구조'로 구현된다고 했다.[29] 이는 공간의 다면의 통일성으로 중심을 드러내려는 피카소의 큐비즘(기하학주의)과는 정면 대치된다. 그러나 조이스는 피카소의 공간미학도 원용한다. 동시에 이에 반反하는 소리의 시간 미학을 공존시킨다. 데리다가 항상 철저하게 이중적 포석을 하듯 조이스도 이중적이다. 이것이 조이스의 천재성이다.

리듬에 대한 조이스의 본능적 결착은 그의 모든 작품에서 늘 노래가 빠지지 않는다는 사실로 드러난다. 《경야》를 조이스는 '마음의 무드 속에서 소리를 파고 있는 것soundigged inmoodminded'이라 했다.[30] 《경야》 44쪽에서 47쪽까지는 악보다. 독자들은 악보를 보고, 이 발라드('The Ballad of Persse O'Reilly')를 직접 부르라는 뜻이다. 이 노래 제목에 들어 있는 'Persse O'Reilly'는 프랑스어로 남의 환심을 사는 사람earwig을 뜻한다. 동시에 터놓고 하는 위안의 이야기란 뜻이다. 그런가 하면 Persé는 그리스 신화에 나오는 메두사를 죽인 영웅, 페르세우스와 연결된다. oreille는 귀이고 oreiller는 베개이자, 위안을 뜻한다. 그렇다면 《경야》의 주제곡인 이 발라

---

28   Burgess, *Joysprick*, 92.

29   '… the gift of tongues rendering visible not the lay sense but the first entelechy, the structural rhythm.'(353:108).

30   Gorden, 54에서 재인용.

4장 데리다와 조이스 265

드는 귀에 들려주기 위해 글자 소리로 짠,[31] 위안의 무용담이다.

조이스는 공간보다 소리를 선호했다[32]는 사실은 W. 루이스의 대화에서도 드러난다. 루이스가 공간을 선호한 반면, 조이스는 시간을 선호했다. 조이스는 시간적 인식을 모호성, 충동성, 상대성—아인슈타인과 하이젠베르크의 물리학에서도 그리고 심리에서도— 을 결정체로 간주했으며, 깰 수 없는 단어의 부동성을 전복시켜, 단어가 움직이게 하면 살아난다고 간주했다.[33] 이에 비해 루이스는 공간적 인식이 합리성, 투명성, 절대 진리의 결정체라고 주장했는데, 이것이 모던 문학이 회화처럼 되기를 지향했던 이유이자 근거다. 그러나 조이스는 정지된 공간보다는 흐르는 시간을 모든 인식의 아바타로 간주했다. 《경야》에서 시간과 공간을 의인화한 주인공들이 서로 타투는 장면이 나오는데, 눈眼이 먼저 가수로 알려졌다. 그러나 눈의 노래는 쉬운 감정만으로 노래를 되풀이했다. 이에 참다못한 귀가 이야기를 하자, 훨씬 더 복잡한 리듬을 들을 수 있게 되어, 멈춘 단어를 다시 굴러가게 만들어, 죽은 단어를 살려낸다는 이야기다. 조이스는 모던 시학이 회화적 공간을 강조했을 때, 시간의 미학이 더 우수하다고 믿었고, 더 나아가 조이스는 모던과 포스트모던, 공존시키기 어려운 이 대립과 모순을 공존시켰다. 음을 들으면 장면이 떠오르고, 장면

---

31 이에 대해 작곡가들은 화답했다. Luciano Berio는 《율리시즈》의 일부를, John Cage는 조이스에 헌납 음악, 'Roaratorio'(roar과 oratorio를 합친 것)를, Toru Takemitsu는 'Riverrun' 'Away alone' 'Far Calls, Coming, Far!'를 각각 작곡했다. Fordham, 20.

32 조이스가 타계한 후, 그의 부인 노라는 조이스에 관한 것 중 제일 잊을 수 없는 것은 조이스가 지녔던 소리에 대한 '날카로운 쾌a keen pleasure'라고 회상했다. 동시에 조이스는 매우 빈번히 아주 단순한 대상, 예를 들면, 꽃병이나 컵과 연필과 같은 물건들을 함께 두고 학생들에게 이를 50가지 다르게 기술해 보라는 숙제를 내는가 하면, 스스로 이를 연습하기도 했다. 조이스의 '기술적 탐욕a descriptive lust' 또한 엄청났다. Richard Ellman, *James Joyce*, 324, 743.

33 Rosenbloom, 90, 95.

을 보면 그 장면과 관계된 음악이 들린다는 조이스의 천재성[34]이 이러한 시공간미학을 가능케 했다.

《경야》의 의성적, 몽유병적 파노라마의 밤 글자somambulistic NIGHTLETTER·onomastics·oneiroparonomastic는 낮의 명료한 언어를 가일층 심화시켜 주제에 가장 근접한 모방의 음악이다. 이 소리는 글자 체계를 통과한 소리여서 아무것도 의미하거나 표상하지 않지만, 영어를 모국어로 하는 독자들을 유혹하기에 충분하다. 그런데 데리다는 이런 글자 소리에 유혹당하지 말 것을 주문한다: '언어로부터의 해방은 시도되어야 한다.…우리는 오늘날 구조주의적 형식화에서 진행되고 있는 가장 풍부한 뉘앙스로 최악의 쾌를 유발하는 언어로부터의 해방을 포기해서는 안 된다'(《글쓰기와 차이》 46/28). 체면 당한 채, 안주하면, 역사도, 타자도, 정의도, 사건도 다 사라지게 되기 때문이다.[35] 전적으로 맞는 말이다. 그리고 데리다의 주문은 우리 모두의 의무이기도 하다. 그러나 인간은 결코 이론적이지만은 않다. 오히려 인간은 끊임없이 체면 당하려고 필사적이며, 체면 당하는 것을 행복과 구원으로 착각한다. '인간은 인간이다'(브레히트).

(2) 이원 구조에 터한 제유

개별성 vs 보편성의 이분법에 바탕한 제유를 조이스가 《율리시즈》와 《경야》에서 기본 틀로 사용했음은 조이스 전공자들에게는 상식이다. '양극은 만난다'는 말은 《율리시즈》에서 린치의 모자Cap가 한 말이다.[36] 린

---

34 아리스토텔레스가 《시학》에서 신기神技의 연극배우는 대사를 하는 동안 그 대사와 관여되는 장소가 눈에 선하게 떠오른다고 했다. 그렇다면 조이스에게는 장면뿐만 아니라, 음악 소리까지 귀에 들어오는 것은 이중의 신기다.

35 Derrida, 'Marx and Son', in Sprinker, ed., 254~5.

36 《율리시즈》에서 린치의 Cap이 한 말, '(With saturnine spleen) Ba! It is because it is woman's reason. Jewgreek is greekjew. Extremes meet. Death is the highest form of life. Ba!' (152:097–

치는 여기서 스티븐의 형이상학을 조롱하고 신비한 거짓말로 간주하며 부정한다. 역의 논리는 옥시모란oxymoron인데, 이는 여성의 이성, 즉 흠결의 인식, 다시 말하면 성립되지 않는 것을 합하려는 것이다.

《율리시즈》에서 정신적으로 부자관계에 있는 스티븐과 블룸은 양 극을 상징한다. 즉 스티븐은 이성, 지력, 이상주의자, 그리고 교수로서 이 작품에서 변증법적[37] 구심력인데 반해, 블룸은 경험주의적, 실용주의적, 그리고 과학적인 원심력이다.[38] 블룸은 직접적 긍정으로, 스티븐은 부정을 부정함으로써 긍정으로 합쳐진다.[39] 《율리시즈》의 모든 장에서 사용되는 이원 구조 역시 합쳐진다. 《율리시즈》1부 1장 〈텔레마코스〉는 2장 〈네스토르〉와, 3장 〈프로테우스〉, 4장 〈칼립소〉, 5장 〈연꽃 먹는 사람들〉은 6장 〈하데스〉와 거울 구조로 서로 닮아 있어, 결국에는 합쳐진다. 이러한 거울 구조는 다시 2부 4장 〈레스트리고지언즈〉와 1부 3장 〈프로테우스〉, 그리고 1부 1장 〈텔레마코스〉와 3부 16장 〈에우마이오스〉가 닮아 있는 거울 구조다.

이원적 대립으로 설정된 스티븐과 블룸이 합해지는 것이《율리시즈》

---

98)에 대해 슬로트는 'Lynch is mocking Stephen's metaphysics and denounces it as mystical hocus pocus. The two sentences Derrida quotes are examples of faulty reasoning, 'woman's reason' or oxymoron. ⋯ but it should be clear that Lynch is not a positive figures and that his utterances cannot in any useful sense be taken as an expression the author's opinions.' 슬로트는 조이스의 말이 아니라고 데리다의 지적이 틀렸다고 했다(Crispi et al. ed., 275~9). 그러나 조이스의 목소리는 케너가 말한 '찰리 아저씨 법칙'('The Uncle Charles Principle,' in Kenner, *Joyce's Voices*, 15~38)에 따라, 모든 소설 인물들 속으로 들어갔다 나왔다가를 반복하며 드러난다는 법칙을 상기하면, 슬로트의 주장은 근거를 잃는다. 또한 스티븐의 역할은 《율리시즈》에서는 아주 축소된다. 또한《율리시즈》와《경야》에서 조이스는 이원 구조를 사용하지만, 동시에 해제한다. 조이스의 이중적 시학이다. 따라서 이 말은 조이스의 말이기도 하고 조이스의 말이 아니기도 하다.

37 《율리시즈》, (하) 김종건 381. 이 책은 이하 김종건으로 약함.

38 김종건, 383, 394~396, 383, 그리고 여기 저기.

39 Richard Ellman, *Ulysses on the Liffey*, 56.

의 주제다. Bloom과 Steven이라는 두 사람 이름이 때로는 'Blephen'으로 때로는 'Stoom'으로 합쳐진다. 에클레 7번가에서 블룸과 스티븐이 서로 모르는 사이지만, 코코아를 마셨기 때문에 만나기로 예정되어 있는 이유는 이 'cocoa'란 말의 어근은 '함께'를 뜻하기 때문이다. 하나님과 예수가 만나듯이, 예정된 만남이다. 스티븐이 예술가로서 수많은 수난에 봉착하는 과정에서 블룸이 우연히 그러나 필연적으로 나타나 스티븐을 구출한다. 이런 뜻에서 《율리시즈》에서 사용되는 시제는 전미래다. 즉 과거에 일어났던 일이 미래에 발생한다는 변증법의 시제이자 기독교 시제다. 따라서 이 시제를 따르는 《율리시즈》에서는 '과거를 되돌아보는 조명flashback이 미래를 예견하는 조명flashahead이 된다.' 이 결과 '구상球狀 구조와 거울 구조가 사용된다.'[40] 《율리시즈》에서 조이스는 '지금과 여기를 고수하라. 왜냐하면, 지금과 여기를 통해 모든 미래는 과거로 뛰어들기 때문'[41]이라는데, 이 시제는 헤겔이 사용한 전미래이며, 조이스도 이원 구조의 이중의 끝은 합쳐진다('doublends J(o)ined' 20.16)고 말한다.

《더블린 사람들》은 유년기, 청소년기, 성년기, 공적 삶, 이렇게 4등분해서 통일성을 유지시킨다. 이 4는 이중의 이원 구조의 통합을 의미한다. 낮의 작품인 《율리시즈》와 《경야》 역시 《초상》처럼 4단계로 전체를 구성하고 있다.[42] 또한 이원 구조에 터한 제유를 조이스는 끊임없이 사용했다: '각 단어는 이 자체의 구조로 《경야》의 구조를 반영하고 있다.'[43] 솔로

---

40 김종건, 386~7, 390.

41 'Hold to the now, the here, through which all future plunges into the past.' Gilbert, 87에서 재인용.

42 Gordon, 97, 105.

43 Atherton, 53.

몬은 '큰 것들은 작은 부분을 가리키고, 또 부분은 큰 것들로 끊임없이 전
도된다'[44]고 했다. 그러므로 《경야》는 제유의 움직임을 계속하면서, 《경
야》가 구성된다. 조이스 자신도 끊임없이 제유를 사용했음을 반복해서
밝히고 있다: '과거는 빛을 위해 의무를 다한다/부분은 전체를 위해 의
무를 다한다Past does duty for the holos'(19.01), '부분과 전체의 관계는 항구와
고래와의 관계와 같다a part of the whole as port for a whale'(135.28), 그리고 '부
분은 구멍(전체)보다 우아하다.…그러나 앙상한 틀이 내 운명이다the park
is gracer than the hole.… but skeleton is my fortune'(512.28). 미세한 사실적 자료들
이 우아하지만, 사실주의 작가인 조이스에게는 틀이 그 무엇보다도 중요
했다. 제유에 대한 이러한 조이스의 신념은 이미 초기 때부터다: '나는 항
상 더블린에 대해 쓴다. 왜냐하면, 내가 더블린의 중심부까지 들어가면,
이 세상에 있는 모든 도시의 심장에 도달하는 것이기 때문이다. 특수성
은 보편성에 포함된다.'[45] 조이스 자신도 '이원 구조는 결코 바뀔 수도 없
고, 협상의 대상이 될 수 없는 실재'[46]이며, '아주 효율적이기를 원한다면
나눌 수 없는 실재를 갈라야 하는 것은 필수'이며, 또한 '이원 구조를 뒤

Solomon, 89.

《초상》, 이재호 주 16에서 재인용.

Clive Hartman, 132~3: 'double-crossing theme is ubiquitous'(60.33) 이러한 'epical forged
cheque which he foists on the world is rendered doubly,'(이중으로 만들어진 세상을 위조한 서
사적 가짜 수표) 'Not Negotiable, a hermetically sealed entity(이러한 사실은 밀교적으로 봉인
한 실재로 결코 협상할 수 없는, 즉 바꿀 수 없는 것), like Plato's outline of a 'taylorised world of
celestine circle (356.10;191.15)(천상의 서클이 플라톤에 의해 깔끔하게 재단된 세상의 틀처럼). 또
한 찬은 끊임없이 우리에게 이중의 진리와 이의 합에 대한 갈망과 욕망을 상기시키고 있
다. 마치 이원 구조가 합쳐지는 것은 서로 반대되는 성이 합쳐지는 것과 같다':The twofold
truth and the Conjunctive Appetites of Oppositional Oresexes'(305.11), 그리고 'twinnt
Platonic yearllings'(292.30) whose 'mutual ratations is described as spirals wobbles pursuiting
their revoinghamilton selves.'(플라톤적 갈망의 자손, 즉 정과 반을 따르는 사람들이 교차 직조되는
것이며, 회전하는 자아들을 추구하는데 어울리는 나선의 소용돌이로 기술되는 상호 회전이다).

집는 것은 나르시시즘이지만 동시에 필수'[47]임을 조이스는 여러 번 강조
했다. 바로 이런 역의 논리로 질서와 무질서는 동떨어져 있는 것이 아니
라, 무질서 안에 질서가, 질서 안에 무질서가 있음을 조이스는 지적한다:
'나눈 무질서dividual chaos'(186.04)는 '질서가 타자화된 것 order othered'
(613.14)이기에, 이런 '무질서aosch'(286.02)는 철자를 뒤집듯, 뒤집으면 질
서가 된다고 조이스는 말한다. 이는 조이스가 원용한 역사에 대한 비코
의 비전이기도 하다. 바로 이런 이유로 서로 반대되는 성향의 인물로 설
정한 쉠과 솬, 그리고 스티븐과 블룸의 정체성까지도 때로는 서로 바뀐
다. 조이스가 이원 구조를 철저하게 사용했다는 사실은 솬을 HCE와 쉠
의 긴장관계를 융화하는 역할을 부여했다는 사실에서 드러난다.[48] 또한
사각을 반으로 가르는 것 역시 이원 구조에 준한 것이다. 그런데 이 둘로
갈라진 사각은 아리스토텔레스가 육체와 영혼의 통합으로 규정한 것이
다.[49] 이뿐만이 아니다. 조이스는 무한을 두 개의 공🟤·○이 짝을 이루는
것∞·zeroic couplet'(284.11)으로 표현했다.

정과 반을 합하려는 조이스의 노력은《경야》III. 3에서 극대화된다. 중
심점에 해당하는 인물, 즉 '십자로 수수께끼를 푸는 사람'(475.03)인 솬이
당나귀와 합해지면서,《경야》II. 3은 등장하는 주인공들이 프로테우스처
럼 끊임없이 바뀌면서, III. 3의 중심점을 향해 다가간다. 클리브 하트만은
이 중심에 이르러 조이스의 장인술은 극대화된다고 말한다. 그러나 이 중
심에서 전통적 의미에서 초월은 없다. 다만 시작이 다시 시작되는 곳일 뿐

---

47 ' … you must, how, in undivided reawlity draw the line somewhawre)' (292.31~2),
'Nircississies are as the doaters of inversion.'(526.34~36)

48 Crispi and Slote, ed., 185.

49 Solomon, 104~5.

이어서[50] 《경야》는 서사의 사이클epicycles이 된다. 이 역시 조이스가 원용한 비코의 역사관이다. 또한 모든 것은 동일한 것에 준해 진행된다. 이는 '모든 이들에게 어필하기 위해서'[51]다. 이것을 조이스는 모든 글자·소리의 파편들과 부스러기들을 모아 이원 구조와 이의 합의 구조에 의지했지만, 일대 일의 표상이 불가능하다는 인식을 조이스는 분명히, 그리고 데리다보다 앞서 하고 있었다. 이런 이유로 조이스는 자신의 작품을 두고 더 이상 표상이 되지 제대로 않기 때문에 '흔들리는 망원경', 혹은 기존의 인식을 패러디하는 '웃는 망원경', 혹은 통일성이 산산이 부서져 논리를 부조리로 대체하는 '깨어진 망원경[52]이라 했다. 데리다의 《글라》에서는 웃음은 조이스의 것처럼 빈번하지 않지만, 우리는 《글라》가 수없이 많은 구멍으로 인해, 산산이 깨진 것임을 우리는 앞에서 읽었다. 이 점에서 데리다와 조이스는 상통한다. 이러한 여러 개의 표상 방식과 도구로 조이스는 기존의 언어와 일대 일의 표상 양식에 대한 대혁명이다. 이런 대혁명은 《경야》의 여주인공 ALP의 전신인 암탉이 우연히 쪼아 올린 한낱 쓰레기 부스러기litter가 글자 편지letter로 바뀌고, 이를 끊임없이 파격적인 철자변치를 통한 글자의 혁명이 세계의 혁명임을 조이스는 증명하면서 스스로 신神이 된 것 이다.[53] 데리다 역시 글자의 창조는 우연하게 발생되었고, 그래서 글자의 유희를 강조한다. 글이 모든 것의 기원(《글쓰기와 차이》 inaugurale 22/11)이라면, 글은 창조의 기원이 아니라, 점(augures 23/12)의 기원이다. 즉 글을 쓴다는 것은 이미 존재하는 기호를 사용하면서 점을 칠 수 있는

---

50   Weir, 66.
51   'in the old homsted here'(26.25). '옛날 이야기를 지금 여기 식으로'
52   'Secilas(Alice) through their laughing classes(glasses) (will becomes) poolermates in laker life.'(526.34~35)
53   Solomon, 88. 조이스가 왜 신이 되었는가에 대해서는 이 책, 305~306.

자유[54]를 뜻한다. 그러나 존재의 비밀은 언어로 드러나는 순간 죽어버린다. 바로 이런 이유로 글을 쓴다는 것은 철저하게 근원 없는 유희에 불과하다. 글을 쓰는 의지는 최초의 의지가 아니라, 근원이 이미 잘려나간 상태에서 이 근원에 대한 의지에 대한 의미를 일깨울 뿐이다. 글자는 이렇게 모든 근거와 태초로부터 떨어져 나와 이 모두를 잃어버린 근원이 없는 글쓰기에는 현기증을 일으키는 자유가 부여된다. 근원과 신성을 잃어버린 글자를 제련, 재조합하면서 조이스는 스스로 신이 되고자 했다. 이런 이유로 조이스는 파격적으로 신성을 세속화했고, 우주 탄생을 순전히 성교로만 해석하면서, 조이스는 이원 구조를 끊임없이 사용했다. 성이 남성과 여성의 두 성으로 이루어졌듯이bisectualsim(524.36), 조이스는 자신의 《경야》가 '거대 말mackerglosa'과 '미시 말microrocyphyllicks'(525.8~9)로 이루어졌음을 암시한다. 'mackerglosa'는 macrogloss를, 'microrocyphyllicks'는 microglossia를 강하게 암시하기 때문이다.[55] 이는 남녀 성의 이분법bisectualism을 수호하기 위한 것이다.[56] 솔로몬은 조이스가 《경야》에서

---

54 언어의 시작inaugural은 점augure처럼 자의적이다. 언어의 원래 속성이 유희와 우연이다. 그러나 변증법은 오직 정과 반으로만 사유를 해야 한다고 주장하고 유희와 우연을 제거했다. 데리다는 철학이 우리의 삶과 유리되지 않으려면, 철학에서도 유희와 우연을 중시해야 한다고 주장한다.

55 늘 그러하듯, 이에 또 다른 뜻이 있다. macrogloss는 '잘못 해석하다'는 뜻이다. 《경야》가 전통을 의도적으로 잘못 해석한다는 뜻으로, 전통의 수정을 뜻한다. 또한 'glossitis'는 혀가 탄다 혹은 염증의 뜻이다. 데리다가 《엽서》에서 글을 손과 입을 태우는 것으로 묘사한 것과 상동하다. 그런가 하면, 《경야》를 두고 조이스는 'cunifarm school of herring', 'them little upanddown dipplies they was all of a libidous pickpuckparty and raid on a wriggolo finsky'(524.33~36)라 했다. 'herring'이란 방황하는 것erring을 암시하는 동시에, 이단설heresy을 암시한다. 또한 'cunnifarm'은 마구 헤엄치는 청어herring들이 있는 사각농장 학교로 이는 리비도의 야단법석으로 정규 담장(틀)에 대한 습격임을 암시한다. 그러나 동시에 cuneiform 즉 쐐기모양의 설형문자의 쐐기로 사각(책)의 듣기, 즉 글자로 소리를 마구 찌르고 난동을 부려 무의식 자체가 모두 공습을 받았음도 암시한다.

56 Solomon, 92~3.

세 사람의 성행위[57]까지 포함시킨 것은 음탕해서가 아니라, 3이라는 숫자에 대한 깊은 매료 때문이라는 것이다. 조이스는 변증법의 정반합에서 합에 해당하는 숫자 3을 그만큼 중시했다는 증표다. 심지어 조이스는 3이라는 수를 신비화하기도 했다: '세 번은 마술이다three-times-is-a-charm.'[58] 여기에 사용된 하이픈 (-)은 논리적으로는 연결될 수 없는 것이지만, 연결시키려는 것이 조이스 의도다. 이런 이유로 웨이어는 시차변이parallax를 통해《경야》와《율리시즈》를 신新 헤겔주의로 환원했으며, 수사의 오용과 남용으로 정지된 것이 아니라 진행 중의 모방 양식[59]을 창조했다고 평가했다. 이원 구조의 틀을 유동적으로 유연하게 만든 것은 시차변이, 즉 시간에 따라 달라지는 장소, 사건, 그리고 인물을 묘사하는 것, 그리고 이를 통해 담긴 내용이 무한대로 확장된 것은 무제한적 수사의 오용과 남용catachresis으로 가득 채웠기 때문이다.

데리다가 조이스를 일러 '가장 헤겔적인 소설가'라고 한 것은 이런 배경에서다. 이토록 조이스가 이원적 틀에 집착했다는 사실에 대해 조이스 자신도《율리시즈》를 지나치게 체계화하지 않았나 하고 베케트에게 솔직하게 털어 놓았을 정도였다.[60] 조이스가 이원 구조를 사용한 이유는 '조이스는 결코 사실주의를 포기하지 않았'[61]기 때문이다. 사실주의와 경험주의 계열의 작가에게 이원 구조라는 틀은 절대 필수다. 위의 인용에서 조이스가 틀과 언어 자체를 순진하게 믿지 않았지만, '틀은 나의 운명'

---

57 대표적인 예가 피닉스 공원에서 주인공 HCE와 어린 소녀들과의 추행, 프랭Prankean, 해군 장교captain, 양복점 주인tailor, 그리고 러시아 장군의 성행위에서는 항상 세 사람이 등장한다.

58 Solomon, 102.

59 Weir, 53.

60 Ellman, *Ulysses on the Liffey*, 57.

61 Mitchell and Slote, ed, 69에서 재인용.

이라고 말한 것에서 볼 수 있듯이.

(3) 기하학 틀

엘먼은 조이스의 《율리시즈》를 두고 '엄혹한 기하학'[62]이라 했다. 조이스는 제유의 이원 구조와 합을 끊임없이 사용하면서, 이를 훨씬 더 정교하고 더 복잡하고 그리고 더 유연하게 만들어 《경야》의 기하학 틀로 사용했다. 조이스는 《경야》의 주인공을 'Bygmester Finnegan'라 했다. Bygmester는 gyomaster와 eternal geomater의 합성어다. geo는 땅과 기하학을, mater는 통달한 자와 어머니를, 동시에 풍자에 달인master인 jester로서의 조이스 자신도 암시한다. 또한 'Bygmester'는 노르웨이 말로 뛰어난 대건축가Masterbuilder라는 뜻이다. 버게스는 조이스는 소리까지 신화의 틀에 맞추었다고 지적했다.[63] 조이스는 《경야》의 공간도 철저하게 기하학 틀로 환원했다. 무엇을 위한 것인가? 조이스는 주인공 이름과 제목으로 우리에게 알려준다. Finnegan에는 맨 앞에 있는 프랑스어 fin과 다시라는 영어 egan → again가 합쳐 있다. 《경야》는 시작과 끝, '수없이 되돌아오는 행복한 이야기', '수없이 되풀이되는 동일한, 그러나 새로운 귀향' ('many happy returns', 'tell Bappy returns', 'the seim anew' 215.22)을 기하학 틀로 구성한 것이다. 이를 조이스는 《경야》의 'graphplot'[64]이라 했다. 《율리시

---

62 Ellman, *Ulysses on the Liffey*, 57-61.

63 Burgess, *Joysprick*, 144.

64 'A Tullagrove pole to the Height of County Fearmanagh has a septain inclinaision and the graphplot for all the functions in Lower County Monachan, whereat something is rivisible by nighttim, may by involted into the zeroic couplet, palls pell inhis heventh glike noughty times, find, if you are not literally cooefficient, how minney combinaisies and permutations can be played on the international surd!(밑줄은 필자의 것. 284.5~13) Tullagrove는 telegraph 와 tall grove의 합성어, zeroic couplet은 무한의 쌍으로 ∞을 뜻한다. 그런데 이는 영국 정형시 소네트sonnet의 마지막 종결 두 문장을 heroic couplet이라 하는데, 이것을 살짝 바꾼 것

즈》는 물론 《경야》는 애매모호폭력적 밤의 글자, 혹은 더듬거리는 말의 홍수[65]가 이상적 독자들로 하여금 잠 못 이루는 밤을 보내게 하지만,[66] 동시에 선명한 플롯이 있다. 《경야》는 선명한 구성, 문장 구조와 통사로 인해 결코 구성 자체가 방해받지 않는다.[67] 또한 《경야》에서 조이스 자신이 매우 빈번히 매우 확실한 언어로 독자들이 길을 잃지 않도록 인도하고 독려하고 있다.[68] 또한 옆 주와 주를 독자들로 하여금 길을 잃지 않도록 사인포스트까지 설치해 놓았다(《경야》 260~308). 이 결과 《경야》의 플롯을 요약하기 위해 수많은 조이스 비평가들이 많은 시간과 에너지를 소진하고 있다.[69] 플롯뿐만 아니라, 《경야》에는 중심으로 들어가는 열쇠와 본질적 주제를 풀 수 있는 열쇠 단어도 있다.[70] 물론 이 열쇠(628.15)와 열쇠

이다. 수없이 많은 결합과 변형이 국제적인(외국어로) 무진근수에 의해 유희된다는 뜻.

65 'Nightletter'(308:20)(의식이 아니라, 무의식의 글자, 즉 무질서한 글자), 'Scribbledeholes' (275:22)(데리다가 끊임없이 우리에게 환기시킨 말의 공호 안에서의 낙서), 'Hectitancy' (주인공 HCE의 주요 특징인 주저주저하는 말더듬).

66 'sentenced to be nuzzled over a full trillion times for ever and a night till his noddle sink or swim by that ideal reader suffering from an ideal insomnia'(120.12~12).

67 Beckett, et al. ed, *A Symposium: James Joyce/Finnegans Wake*, 136.

68 '(Stoop) if you are abcedminded, to this claybook, what cuiros of signs (please stoop) in this allaphbed! Can you rede(since We and Thou had it out already) its world? It is the same told lived and laughed ant loved end left. Forsin. Thy thingdome is given to the Meades and Porsons. The meandertale, aloss and again, of our old Heidenburgh in the days when Head-in-Clouds walked the earth'(18.17~24). 철저하게 《성경》의 틀과 어투를 빌리고 있으나, 《경야》는 타락 이후 인간 세상에 관한 이야기이자, 《성경》 이야기에 대한 패러디다.

69 Margaret Solomon, *Eternal Geometer*, Clive Hartman, *Structure and Motif in Fennegans Wake*, John Gorden, *Finnegans Wake: A Plot Summary*, Robert Martin Adams, *Surface and Symbol*, Michael H. Bengal, *Dream scheme*, Joseph Campbell and Henry Morton Robinson, *A Skeleton Key to Finnegans Wake*, 그리고 조이스의 공간미학에 대해, Michael Seidel, *Epic Geography* 등 많은 비평가들이 조이스를 틀과 공간미학, 그리고 이원 구조를 사용한 작가로 다룬다.

70 Campbell and Robinson, 359~60.

단어를 우리가 발견할 수 있는 것은 절대 아니다.[71] 마치 블룸이 자기 집 열쇠를 호주머니 안에 넣어두고는 이 사실을 망각하고는 찾지 못해, 밀담해서 집으로 들어가는 것처럼.

플롯을 구성하며 '생각에 잠겨 낙서하는doodling 가족', 즉 조이스 가족—물론 이는 제유에 의해 세상의 모든 가족들을 동시에 뜻함—들을 다음과 같이 표시했다. 아버지 HCE는 ⊨, 어머니 ALP는 △, 아들 쉠은 ⊏, 아들 솬은 ∧, 딸 Issy는 ⊣, 시간은 ⟂로 각각 표했다(《경야》 299). 이 모든 시글라는 주인공들의 움직이고 만나고 성교를 하듯, 만나 합쳐지고 움직인다. 주인공 HCE가 눕고, 엎드리고 움직일 때마다 ⊓ ⊨ ⊒ ⨆로 표해진다. 두 쌍둥이 아들 솬과 쉠이 합해지는 상태를 ⋏으로, 그리고 딸 잇씨의 그림자는 ⊢로 표했다. 가족들의 시글라가 모두 합쳐져 ⋏이 되는데(다음 그림), 이는 가족의 집이자, HCE와 그의 술친구들의 술집인 동시에, 사각의 책인《경야》를 뜻한다. 모든 세상의 일들은 글자로 사각의 책 안에 기록되기 때문이다.[72] 삶과 우주의 반복되는 소용돌이Vortex 역시 글·말이 쓰이는 4각의 텍스트Vertext로 환원될 수밖에 없다.[73] 이는 비코의 역사관이기도 하다. 글자가 태어남으로써 가짜 종교와 신들이 사라지게 된다는 것이다. 그 신이란 베케트의《고도를 기다리며》에서 암시한 잔인하고 무심한 신, 그리고 데리다가 신을 위해 글쓰기를 한다는 그 변하지 않고 항상 동일하다는 무한의 신이 사라지게 된다는 것이다. 가족들의 시글라를 모두 합치면 다음과 같다. 물론 이는《경야》를 전체화 하기 위한 것이다.

---

71 Weir, 61.

72 Rosenbloom, 17~8. 그리고 이 책 서문 참고.

73 'The Vortex. Spring of Sprung Verse. The Vertex'(《경야》, 293 주).

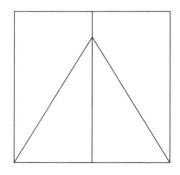

 T는 조이스가 'trilitter'라고 한 것인데, 이는 핀의 세 자녀, ALP을 상징하는 △, 생명의 나무tree/tri, 시간time을 뜻하는 ┬다. 조이스는 공간을 아버지(ㅁ)로 시간을 어머니(△)로 보고, 남성과 여성이 성교를 하듯, 시공간이 합쳐져 삶과 우주 창생이 가능했다고 본다. 이 사각은 역사를 움직이는 바퀴, 우주의 중심, 자궁이다.[74]

 가족들이 끊임없이 움직이듯, 우주의 모든 것이 움직인다. 혹은 우주가 움직이기 때문에 가족들이 움직이고 변한다. 사각은 원래는 원추다. 원추가 하나만 있는 것이 아니라, 서로 대립(달 vs 해, 객관적 vs 주관적 등)되는 원추 두 개가 오른쪽 왼쪽에 각각 있고, 이 두 원추는 자체적으로 돌면서 동시에 반대 원추antithetical gyre·vortex[75]를 향해 움직이다가 중심에서 만난다. 이는 이원 구조의 합을 뜻한다. 성聖 vs 속俗, 셈 vs 솬, 조국 아일랜드와 신에 대한 성 페트릭의 성스러운 사랑 vs 잇솔에 대한 트리스트럼의 세속적 사랑은 합해짐을 뜻한다.

---

74 'wombe of your eternal geomater'(296.31~297.1).

75 돌아가는 원추에 매료된 사람은 비록 예이츠와 조이스뿐만이 아니다. 에즈라 파운드 역시 이 원추가 돌아가는 것처럼 시 역시 에너지와 유동성을 지녀야 한다며, 시의 '소용돌이주의Vorticism'를 주창했다. 김보현,《입문》, 215, 주 참고.

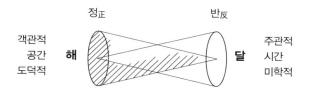

객관적　공간　도덕적　**해**　정正　　반反　**달**　주관적　시간　미학적

　　조이스는 역사와 우주의 수없이 반복되는 소용돌이의 시리즈를 시차
변이로 연결시킨다. 이 원추는 예이츠가 사용한 것으로, 원래는 그리스
철학자 티마에우스Timaeus의 것이다. 이것이 조이스가 원용한 비코의 역
사관과도 일치한다.[76] 하트만에 따르면, 조이스는 티마에우스가 사용한
동일자와 타자라는 어휘조차 수정하지 않고《경야》(300.20)에서 그대로
사용했다고 지적한다.[77] 중심에서 만난다는 것은 조이스에게는 또 다른
시작을 뜻한다. 조이스는 타락이 구원이라 한다: 'Dawn give rise.⋯Eve
takes fall' (293.30~31). 이는 예이츠가《비전》(1923)에서 '꿈꾸며 되돌아
가는 것은 깨어나는 것Dreaming back is awakening')을 표상하기 위해 사용한
것[78]을 조이스가 그대로 차용한 것이다. 점선으로 상부의 것을 반영한
하부는 거울(반영·환)의 구조로 타락 상태를 뜻한다. 즉 가운데 변을 대
고 있는 두 개의 삼각은 ALP가 타락 이후의 모습(밑의 점선으로 그린 삼
각)[79]과 타락 이전의 모습(위의 선으로 그린 삼각)을 합친 것이다. 위 두 그
림을 합하면, 다음과 같다.

76　Clive Hartman, 93~95, 129~34.

77　위의 책, 51.

78　Unterecker, 25.

79　위 그림에서 삼각형이 위 아래로 서로 맞닿아 있는 것이 거울에 비쳐진 형상을 의미한다('I
　　　remumble from the yules gone by purr lil murrerof myhind' 295.4~6).

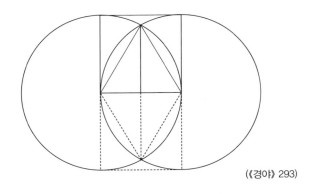

《경야》 293)

밑에서 돌아가는 동일자와 안에서 돌아가는 타자를 표상하는 두 개의 원을 납작하게 누르면 X가 된다. 그러나 조이스는 이 X는 반反예수적임을 분명히 적시한다.[80] 대신 이 X를 다섯 개의 점으로 연결시킨다 (quincunx ⠒⠒). 사각 안에 있는 중심점은 네 개의 점의 총합이다. 이 중심점은 ALP의 배꼽인 동시에, 예수나 솬처럼 짐 진 당나귀 같은 인물을 동시에 뜻한다. 따라서 이 중심은 나귀[81]다. 나귀ass 는 어원적으로 이집트의 태양-신을, 고대 노르웨이어에서도 신을, 힌두교에서는 3대 신의 하나인 보존을 관장하는 신을 뜻한다.[82] 동시에 아일랜드의 중심에 있는 로얄 미드에 있는 배꼽 모양의 돌을 상징하고 있어, 이 중심의 함의는 거의 무한하다.

왜 조이스가 기하학적 형식에 이토록 공을 들이고 집착하는가? 데리다는《글쓰기와 차이》1장에서 기하학주의가 서구 철학 자체임을 지적

---

80 'Such Crossing is antichristian of course'(114.11).

81 'carryfour...their happyass cloudious'(581.22).

82 Clive Hartman, 139.

280

했다. 그리고 이 기하학주의는 신학에 그 연원을 둔 것이다. 기하학주의는 인간을 신의 형상Imago dei으로 빚어졌다는 성서의 말을 서구인들은 곧이곧대로 믿었고, 신과 비슷한 인간은 그 능력에서도 신과 비슷하다고 유추했다. 그러므로 신이 하늘에서 우주 모두(전체성)를 동시에(즉각성) 볼 수 있듯이, 인간은 기하학적 형식(구조)을 통해 세상과 우주를 이해할 수 있다고 믿었다. 인간이 만드는 개별 구조는 신의 보편 구조 안으로 모두 포섭된다고 유추했다.

이러한 기하학적 믿음을 서구는 강고하게 철학은 물론 문학과 문학 비평에서까지 지켜졌다. 이에 따라 문학작품 속에 기하학적 구성은 가장 중요한 것이었다. 예를 들면, 20세기 E. 에즈라 파운드가 주창했던 '소용돌이주의Vorticism'는 글자 그대로 위로 올라가는 원추를 뜻하고, 이것이 실제로 에너지를 발생시킨다고 주장했다. 이러한 소용돌이주의나 피카소의 큐비즘은 하나같이 공간적 형식을 통해 서구 철학이 말하는 중심을 작품 속에 현현시키려는 시도다. 큐비즘이 화폭에서 드러내려 했던 이 공간은 정적의 공간이 아니라, 이 안에서 행위들이 무한 반복 발생하고, 이 모든 행위들은 통일성 아래 연결되는 공간이자 중심이어야 한다고 주장했다. 그러므로 서구인들에게 공간(형식)은 통일성(신) 아래에서 통제·압축된 행동과 행위, 그리고 이에 따르는 에너지가 발생하는 공간이 된다. 그리스 비극의 무대 공연이 좋은 유추가 될 것이다. 시작 전개 결말이라는 통일된 사건이 무대 공간에서 벌어지는 행위를 통해 신의 출현, 의지, 계시 혹은 섭리 등이 드러난다는 것이 그것이다.

17세기에서 20세기 현대 프랑스 문학 작품에는 여러 가지 공간적 형식, 예를 들면 환상형, 나선형, 나사못의 형식들이 있다. 기하학주의가 코르네유와 마리보 작품을 위시한 수많은 작품 속에서 드러났다면, 기하학주의를 더욱 정교하게 완성시킨 전성설前成說préformisme은 P. 클로델과 프루스트의 작품에 있다. 전성설은 이 말이 뜻하는 대로 미리 형식이 정해져 있고, 작품 속 주인공들은 이러한 형식에 따라 행동하고 운명이 정해진다. 그리고 이 운명은 신이 정한 것이다.

클로델은《황금의 머리》에서《비단 신》에 이르기까지 신적 운명의 궤적을 꾸준히 더듬었던 작가다. 혼란의 카오스를 통해 눈에 보이지 않는 신의 불가개한 초월적 구성 하에 새로운 통일성과 의미를 갖게 된다는 것이다. 즉 '신은 곧은 것을 곡선으로 그린다Deus escrive por linhas tortas'(《비단 신》가운데 인용된 포르투갈의 격언). 클로델의 작품에는 즉각 이해할 수 없는 이 곡선을 재현시키며 그 가운데 '곧은 것,' 즉 직선으로 드러나는 초월자의 의도를 판독하려 했다.[83]

기하학주의와 전성설은 변증법을 따른 구조다. 변증법은 잃어버린 정正(절대정신, 중심, 존재, 원)을 되찾기 위해, 무한대로 경험적 세계를 부정하는 반反(죄를 잘라내듯)을 통해 되찾을 수 있다고 한다. 데리다는 서구 대부분의 담론은 되돌아가는 것을 주장하기 때문에 '회귀설', 원래의 것(곳)으로 찾(가)는 것이 목적이기 때문에 '목적론', 그러나 되돌아간다면 이미 이원 구조와 차연, 그리고 변증법의 절대 필수인 반反의 무한 되풀이로 인해 죽어 돌아가는 것이니 '유령론'이라 패러디했다는 사실은 우리는 이미 앞에서 지적했다.

이러한 목적론, 회귀설, 혹은 유령론이 17세기부터의 문학은 물론이고 20세기 현대 프랑스 소설 대표작인 프루스트의《잃어버린 시간을 찾아서》의 주제이고 구성이다. '잃어버린 시간을 찾는' 것이 목적이고 이

---

83 이화영 외 다수, 259.

를 위해 되돌아가는 것이다. 되돌아간다는 구성은 까마득하게 호머의 《오디세우스》, 그리고 우리가 지금 다루고 있는 20세기 조이스의 《율리시즈》의 구성과 플롯으로 이어진 것이다. 이렇듯 동일한 목적을 지닌 구성이 무한하게 반복되었다. 기독교, 철학, 문학 할 것 없이 모두 상이하게 반복된 귀향(목적)이 주제이자 플롯이다. 되돌아간다는 담론이 서구 담론에서 무한 반복, 복사된 것을 두고 데리다는 서구 담론의 가장 일반적 경제성[84]이라 했다. 그리고 이 회귀설의 원형은 바로 기독교다. 죄를 지어 낙원에서 추방되었지만, 죄를 회개하면 다시 낙원으로 되돌아간다는 플롯이다.

물론 《초상》의 스티븐이 경험하는 현현은 신의 현현도 예수구세론도 아니다. 스티븐의 현현은 예술(글자)을 통한 것이다. 즉 세속화된 현현이다. 표상방식도 파격적으로 달라졌다. 왜냐하면, 전통적 의미에서의 '일대일의 표상a mirror up to nature' (15:3820)이 불가능해졌고, 조이스는 신의 현현을 믿지 않기 때문이다. 이 결과 조이스에게 예술가의 현현은 오직 형태발생morphogenesis으로만 가능하다. 그러나 여전히 어쩔 수 없이 세속적 현현도 기하학 틀로 귀착된다. 그리고 진행·반복되는 사건과 행위는 시차변이를 통해 표상된다. 《경야》는 신학형이상학적 틀을 사용하지만, 그 틀을 엄청난 양의 수사의 오용과 남용catachresis, 그리고 더 이상 기의가 없는 글자 소리로 가득 채운 채, 신학 및 형이상학을 패러디한다. 이중적 시학이다. 데리다 역시 이원 구조에 바탕한 신학을 해체하기 위해 반드시 이원 구조를 사용해야 한다는 사실을 수도 없이 반복했다(《글쓰기와

---

84 '경제성'은 차연, 죽음, 폭력의 또 다른 기표다. '경제성'에 대한 설명은 김보현 《입문》 129, 주 38 참고.

차이》4장, 9장, 10장)

　물론《경야》의 기하학 틀은 프루스트나 클로델이 사용한 것에 비하면 비교가 되지 않을 만큼 정교하고 복잡하다. 또한 조이스가 자신이 사용한 기하학적 틀이 곧이곧대로 자신이 말하고자 하는 주제를 드러낸다고 생각하지는 않았다. 예이츠 역시 원추를 기본으로 하는 체계를 '경험에 대한 특유한 배열'이라 했다. 그러나 프루스트나 조이스, 예이츠 모두 돌아간다는 귀향의 주제를 택한 점이나, 하나같이 기하하적 틀로 주인공들 경험과 주제를 드러내고자 했다는 점에서는 동일하다. 프루스트는 되돌아온다는 주제를 생략된 형식으로 미리 말하기 위해 그의 소설 시작 부분에 작은 볼록렌즈 거울을 놓아두었다(《글쓰기와 차이》 39~40/23). 이처럼 소설은 미리 짜진 형이상학적 신학의 틀을 따랐다. 조이스의《율리시즈》역시 블룸과 몰리의 귀향을,《경야》는 HCE의 ALP의 귀향을 틀로 삼았다. 회귀설의 형이상학적 전제를 소설의 주제로 삼았다는 점에서는 서구 형이상학을 되풀이한 것이기 때문에 대동소이하다.[85] 그러나 데리다는 조이스는 자신의 해체의 가능성을 열어놓았다고 할 만큼 조이스의《경야》는 틀 안에서 해체적 확장을 최대화했다는 점에서 언급된 프랑스 소설가들의 소설과는 판이하다. 이런 이유로 조이스를 두고 이원론자인 동시에 이원론자가 아니라고 했다. 이에 대해서는 곧 다음에서 다루어진다.

85　절대 언어를 포기하는 것이 아니라, 이를 위해 주어진 텍스트를 다른 식으로 반복하는 것이다. 데리다는 이러한 취지를 여러 곳에서 반복했다.

9. 조이스에 대한 데리다의 개입

(1) 〈조이스의 율리시즈 그라마폰—소문을 듣고 예(스)라고 말하기〉

데리다는 《율리시즈》의 조이스 implied author를 선지자 엘리야, 그리고 《경야》의 조이스를 야훼라 했다. 물론 여기서 엘리야는 기성종교에서 말하는 엘리아가 아니다. 아직 창조되지 않은 인간의 의식을 창조하는, 조이스가 《초상》에서 말한, 시대를 앞서가며 아직 창조되지 않은 인간의 의식을 창조하는 예술가·작가를 뜻한다. 물론 현현도 종교적인 것이 아니라, 예술가의 순간적 투시이자 인식임을 앞에서 언급했다.

데리다가 조이스를 두고 선지자 엘리야, 그리고 야훼라 한 극찬은 자세히 음미해보면 두 가지다. 분명히 조이스는 현대를 살았지만, 이미 데리다의 해체와 버금갈 정도로 서구 현대와 전통이 고수하고자 했던 것들이 더 이상 지탱될 수 없어 해체되어야 한다는 사실을 너무나 명증하게 인지하고 있었다. 따라서 조이스는 시대를 앞섰던 선지자이다. 그러나 선지자라는 뜻을 뒤집어 보면, 대중들보다 앞선 사람일 뿐만 아니라, 가공할 만한 기교로 일반 독자들을 완벽하게 통제하고 있다는 뜻이다. 앞에서 지적한 대로, 이원 구조와 기하학 틀, 그리고 그라마폰, 즉 글자 소리로 조이스는 자신의 작품 안으로 독자들을 유인, 유혹해, 그 작품 안에 영원히 가두어 놓고 꼼짝달싹할 수 없게 만들어버린다. 이것이 데리다가 조이스에 개입하는 이유다. 열어두는 것 같지만, 조이스는 독자들을 폐쇄 속에 가둔다는 것이 데리다의 입장이고 이러한 조이스의 폐쇄에 데리다는 제동을 건다.

제목 'Ulysses Gramophone'에 있는 Gramophone은 축음기이지만, 이는 우리가 앞에서 논의한 글자 소리를 뜻한다. gramma-phone의 gramme은 grammatology의 gramme과 동일한 것으로 글자와 문법을 뜻한다. 조이스가 주조한 글자 소리는 문법과 글자 체계를 따라 정해진 소리이기 때문에, 순수한 의성어도, 현상학 목소리도, 신의 목소리도 아닌, 차연의 소리, 즉 자동(타동) 효과다. 이런 이유로 《율리시즈》의 몰리가 '예'라고 응하는 것을 두고 데리다는 '언어의 눈 안의 예스oui dans l'oeil de la langue', 혹은 '눈의 언어Langue d'oeil'[86]라는 말을 여러 번 한다. '눈의 언어'란 눈으로 읽는 글자, 문자다. '눈 속의 예스' 역시 글자의 체계와 문법에 의해 폐쇄되고 자의적으로 정해진 글자 소리, 그러나 이 소리를 신이 인간을 소환하며 부르는 신의 목소리La Voix로 전통 신학과 철학이 주장한 것에 몰리가 예라고 답했다는 뜻이다. 그러니까 차연에 따른 자동 효과 혹은 타동 효과에 불과한 것을 신의 목소리로 착각하며 자동적으로 예라고 응답했다는 것이 데리다의 주장이다. 소쉬르 같은 출중한 언어학자도 의성어가 있는지 없는지에 한동안 주저했다. 그러나 우리가 전통적으로 의성어로 분류하는 의성어 역시 '눈의 언어', 즉 문자 체계의 언어임에 대해 토를 달 사람은 이제 없다. 따라서 글자와 말은 전통적으로 서로 다른 것으로 간주되었지만, 둘 다 문법체계로 정해지기 때문에 전통적으로 믿어왔던 말과 글자의 차이가 있는 것 같지만, 사실은 없다. 'gramophone' 그리고 'grammaphony'을 단순히 축음기로만 해석할 것이 아니라, 보다 광의로 이해할 필요가 있다. 데리다는 차연을 다른 기표로 끊임없이 바꾸듯, 'gramophone'을 조금씩 다른 말로 끊임없이 바꾼다: 'stéréophonique,' 'technotélécommunication,' 'gammaphonie,' 'télégramaphonique'. 'The Gramaphone'. 'machine hypermnesique' 'programmaphonèe,' 'programmatotéléphonique'(78~100) 등으로. 이 여러 말들의 뜻은 이미

---

86 Derrida, *Ulysse gramophone deux mots pour Joyce*. 86. 12. 조이스에 대한 데리다의 개입 글에서 책명 없는 괄호 안 수는 이 책 쪽수.

프로그램화된 글자 소리가 전화나 축음기의 기계장치로 인해 무한히 반복되는 것과 동일하다는 뜻이다. 데리다는 이것이 우리가 사용하는 언어의 속성임을 상기시킨다. 그래서 데리다는 '태초에 전화가 있었다'[87]고 말하며, 우리를 웃게 만든다. 물론 이는 '태초에 차연이 있었다'는 말의 상이한 반복이다.

몰리가 이러한 무한 반복되는 기계를 통해 나오는 글자 소리에 '예'라고 응답한 것을 어린아이의 정신연령이며, 바로 이런 이유로 우습기도 하고 잘못된 것이라고 데리다는 말한다. 이를 가리켜 전화를 받고 대답하는 정신연령에 지나지 않는다는 것이다(100). 전통적으로 존재, 정신 등을 담고 있다고 전제했던 현상학적 목소리는 결국 'Gramophone'에 지나지 않는다는 것이 데리다의 주장이다. 다시 말하면, 존재, 정신, 현상학적 목소리와는 아무런 관계가 없는 무한 복사 기계로 전달되는 글자 소리를 여태 정신의 현상학적 목소리라고 전제했다는 말이다. 이 Gramaphone에 '예'라고 답하는 것을 데리다는 '정신적 전화'라 했다. '정신'은 전화기에서 들리는 소리와는 무관하지만 이 전화기에서 들리는 소리를 정신이라고 주장하는 서구 신학과 현상학에 몰리가 동의했다는 말이다. 심지어 데리다는 '독자들에게 조이스가 전화를 건다'(《문학》273)라고까지 한다. 이는《율리시즈》가 전화와 같은 전신기구나 축음기와 같은 기계를 통해 무한 반복되는 글자 소리로 만들어졌고, 조이스는 독자들을 이런 글자 소리로 조종을 한다는 뜻이다. 상술한 대로 이 글자 소리가 너무나 아름답기 때문에 유혹 당한다. 그래서 몰리의 yes는 소리이지만, 실인즉 '문자소le graphème'(78)라는 것이 데리다의 주장이다.

데리다가 조이스 국제 심포지엄에 발표할 글의 제목으로 몰리의 수긍

---

87 Derrida, *Acts of Literature*. 390. 이하《문학》.

하는 응답인 '예'로 정한 이유는 Yes가《율리시즈》에서 222번 나오는데, 프랑스어로 번역하면 이것보다 더 많을 만큼 매우 중요하기 때문이다. 그래서 데리다는 Yes를 제목으로 잡아 놓았던 것이다. 그런데 라바트가 쓴 저서《또 다른 독자의 조이스 '초상화'》가 조이스 국제 심포지엄이 개최되기 일주일 전에 데리다에게 전달되었고, 이 저서 4장 제목이 'Molly: ouï-dire'였다. 여기 oui에는 트레마tréma로 dire와 연결되어, 이 뜻은 소문이다. 이 소문에 대해서는 조이스 심포지엄에서 발표한 글에서는 일체 밝히지 않았지만, 데리다는《글라》에서 변증법과 서구신학형이상학을 전설이라 했다. 따라서 'ouï-dire'의 함의는 전설(서구의 신학)을 소문으로 듣고 몰리가 예(스)라고 말한 것인데, 이 예(스) 또한 무한 복사된 것이라고 데리다는 말한다. 그래서 제목이 'Ulysse Gramaphone: ouï-dire de Joyce'다. 데리다는 라바트의 발표 글과 부제목이 같지만, 내용은 서로 다르다는 것을 알고, 라바트의 부제목을 자신의 글 부제목으로 사용했다. 라바트가 아니었다면, 데리다는 'oui dire de Joyce'라고 했을 것이다. 영문번역은 'Hear Say Yes'다. 이 영문번역 'Hear Say'를 귀로 들으면 소문이라는 말로 들린다. 그러나 눈으로 읽으면(글자로는) 듣고 말하다가 된다.

라바트와 데리다 두 사람이 우연히 몰리의 Yes을 제목으로 선택한 것이 의미심장하다고 데리다는 강조한다. 우연은 필연 안에 있기에, 우연을 변증법처럼 결코 제거해야 할 대상이 아님을 데리다는 줄곧 강조해왔다. 우연한 제목 일치를 두고, 데리다는 스티븐과 블룸이《율리시즈》에서 만난 것만큼 의미심장하다는 것이다. 몰리의 oui는《율리시즈》에서 중심이자《율리시즈》을 관통하고 있는 거대한 끈이기 때문에 두 사람이 선택한 것이다.

심포지엄이 개최되기 직전 L. 레쉐르가 lui와 oui을 합치면, l'ouir로 되고 이는 Louis로 들리는데, 아직 아무도《율리시즈》와 Louis의 관계에 대한 논문이 없기 때문에, 또 다시 조이스 연구를 다른 각도(관점)에서 바꾸어 놓을 것이라며 흥분했다(77). 그런데 oui와 lui와의 관계는 확실하다. lui는 선지자 엘리야이고 이 엘리야는 조이스이고, 이 조이스가 전화 앞에서 글자 소리를 보내면, 몰리 같은 독자로부터 oui라는 자동 응답이 나온다는 것이다. 신의 위치에 있는 작가 조이스의 말에 독자들은 환호, 숭배, 경배한다는 뜻이다. 또한 엘리야를 영어로 표기하면, Elijah인데, 이 말에 ja, 즉 예(스)가 들어가 있다. 몰리의 예yes를 엘리야에서 들을 수 있다(91)고 데리다는 지적하는 것은 몰리의 예(스)와 신학이 불가분의 관계에 있기 때문이라고 지적한다.

데리다는 부제목이 쉽게 번역되지 않는 것이 매력적이라고 생각해서 제목으로 택했다고 했는데, 물론 한가지로 번역은 안 되지만, 여러 가지 번역은 가능하다. oui dire는 예라고 말하기, ouï-dire은 소문, ouï(ouir의 과거분사) dire는 들은 말이다. 그런데 소리로 들으면, 공통적으로 들리는 소리는 ouir, 듣다이다. 이렇게 되면, 듣고 예oui라고 말하기dire가 가장 두드러진다. ouir에 두 단어, ouir와 oui가 박혀 있고 들리기 때문이다. 그래서 영어 번역도 'Hear Say Yes'다. 소문이 가장 중시했다면, 영어번역은 두 동사를 붙여 Hearsay라고 했을 것이다. 듣고 예하는 것이 소문보다 더 중요해서다. 소문이 아무리 돌아도 예하지 않으면 되는데, 그렇지 않다는 것이 데리다의 말이다.

ouï dire, 즉 들은 말을 -으로 연결해야 소문이다. -으로 연결시킨 것은 연결된 것을 뜻하지만, 원래는 떨어져 있어, 연결될 수 없는 것을 연결시켰다는 것도 동시에 암시한다. 확인도 하지 않고, 소문으로 들은 것에 대해, 예하고 복종하는 것은 연결이 될 수 없는 것인데 서구 신학이 이를 연결시켰고, 그래서 위험하다는 것이 데리다의 말이다.

데리다는 이원 구조에 바탕한 서구의 형이상학과 신학 자체가 역사적 미망이며, 신화이자 전설이라 했다. 축음기나 녹음기에서 나오는 소리, 즉 무한대로 반복되는 글자 소리와 다를 것이 없는 신학의 강령에 몰리가 순종하고 '예'라고 했다는 것이다. 신학의 강령 역시 기계적으로 반복된 차연의 소리에 불과하기 때문이다. 어떻게 이런 해석이 가능한가? 조이스 소설은 자서전적 소설인 동시에 철학책이기에 문학 속의 철학, 혹은 철학 속의 문학을 지적하기에 금상첨화다. 그래서 데리다는 《율리시즈》를 '사이비 초월적 대체적 해석학', '잠재력이 과다한 텍스트', '서구기억뿐만 아니라, 실지로 미래 종족을 포함한 세계 모든 언어를 저장하는 거대한 서사적 작품의 모조기억 기계'이며, '보편적 전제', '선험적 구조들', '초월적 상황들', '선험적 종합', '선험적 종합 판단력', 그래서 '한 치의 틀림도 없는 철학적 작품'[88]으로 평가했다. 조이스 소설 속에 이미 서구 신학 형이상학이 그 밑절미로 사용되었다는 것이다. 그러나 다른 한편으로는 데리다는 조이스가 이상할 정도로 전신, 전화, 편지, 엽서, 전보, 축음기 등을 작품 속에 지나치게 많이 등장시켜 사용하고 있어 《율리시즈》를 점령hanter하고 있는 것은 조이스가 서구 형이상학을 끊임없는 패러디하는 기생충〔해체적으로라는 뜻임. 이 책, 28〕으로 사용한 것이며(89), 이와 마찬가지로 조이스가 몰리로 하여금 예(스)를 222번—프랑스어로 번역하면 이보다 훨씬 더 많다고 데리다는 말한다—이나 반복하도록 한 것 역시 신학을 패러디하기 위한 것이라고 데리다는 지적한다. 여러 비평가들이 조이스의 '이중적 시학'이란 말을 기억하면 이 말은 사실로 받아들여야 한다. 즉 조이스는 조이스가 신학적 틀을 사용했지만, 동시에 신학을 패러디했다는 것은 사실이다.

　수천 년 기독교 문화 속에서 살아온 서구인들의 집단 무의식에는 몽유

88　《문학》303, 276, 288, 298~299, 286, 그리고 여기 저기.

의 부주의 혹은 자유스러움에서 나온 이 몰리의 Yes가 깊이 침투해 있고, 그래서 몰리로 하여금 자동적으로 예(스)라고 답하게 한다는 것이다. 데리다는 몰리의 마지막 Yes I Will, 세 단어 모두 대문자로 표기된 것은 철학에서 모든 형이상학 개념을 표시할 때 대문자를 사용하기 때문이라는 것이다. 이 예(스)는 서구 형이상학과 신학이 서구인들에게 수천 년 동안 부과해온 계약에 응하는 Yes라는 것이 데리다의 풀이다.

I think I. Yes I Will.

위의 몰리의 말은 분명히 자신을 정립하려는 시도다. 이는 데카르트의 '나는 생각한다. 그러므로 나는 존재한다I think. Therefore I am'라는 말을 묘하게 연상시킨다. 그러나 데카르트의 I think가 아니라, I think I라 함으로써 서구 이성주의 토대를 강화했던 데카르트의 '나는 생각한다. 그러므로 나는 존재한다'는 사실인즉 폐쇄 속 중언부언이라는 사실임을 조이스는 절묘하게 패러디한다. 데리다에 따르면, 데카르트가 말한 주체란 폐쇄 속에서 진행되는, 대상과는 아무런 관계가 없는 자동 효과이자 타동 효과[89]라는 것이다.[90] 몰리의 Yes를 조이스는 아래의 말과 연결된다.

But I, entelechy, form of forms, am I

by memory because under everchanging forms.

---

[89] 자동 효과auto-affection와 타동 효과hetero-affection에 대해서는 김보현, 《정신분석학 해체》, 163~6, 그리고 김보현, 《입문》, 122~25 참조.

[90] 《글쓰기와 차이》 2장에서 데리다는 데카르트를 카드놀이에 능한 도박사에 비유했다. 데카르트가 확신한 주체와 형이상학적 근거는 모두 허구와 유한적인 것들로 구성되었기 때문이다. Descarte는 des는 프랑스어 부정관사 복수형이고 carte는 카드. 데카르트는 카드놀이에 능했다는 것이 데리다의 풀이다.

I that sinned and prayed and fasted.

A child Conmee saved from pandies.

I, I and I. I.

A. E. I. O. U. (《문학》301~2)

Yes는 단순히 몰리의 예스가 아니다. 삶의 근원적 힘, 형식 중의 최고의 형식entelechy이다. 몰리나 블룸이나 모두 꽃 이름이다. 몰리Moly는 풀이고 블룸Bloom은 산꽃이다. 꽃은 서구 담론에서 만능 기표다. 그러나 만능 기표이기 때문에 실은 아무것도 표상하지 않는다. 꽃이라는 이 만능 기표가 형식 중의 형식, 완전히 구현된 형식, 영원한 이 형식의 표상이 되었고 이는 서구인들의 무의식 기억의 원형일 것이다. '죄짓고 기도하고 금식했던 나. 어린아이가 와서[91] 나를 때리고pandies 구원해주었다.' 기독교의 미션을 이상하게 비튼다. 이 말은 다시 어린아이가 사용하는 가장 기본적인 모음 다섯 개로 무한, 변조, 전환되어 엄청난 글쓰기 《경야》가 되었고, 이것으로 조이스가 서구의 모든 (무)의식과 역사를 썼다. 몰리의 Yes는 서구의 무의식과 역사를 신학·형이상학이 통제했다는 사실을 드러낸다.

여기서 되풀이되는 I는 I will의 강박적 표시다. 그리고 I think I은 중언부언인데,《율리시즈》에서 반복적으로 나온다. ' ⋯ write a message for her. Might remain What? I ⋯ Am. A'(《문학》302). 왜 반복적이며 강박적일까? 서구의 철학은 주체의 정립을 거의 강박적으로 강압했기 때문이다. 'Might remain What'은 '힘이 무엇으로 남는가' 혹은 ' ⋯ 이 무엇으로

---

91 Conmee는 come me라고 들리지만, 동시에 이는 실지로 존 컨미Rev. John Conmee 목사이기도 하다.

남아 있을지도 모른다'다. I 라는 자아는 힘이기도 하지만, 무엇인지도 모른다는 뜻이다. 또 A. E. I. O. U.에서 A와 E를 빼면, 'I owe you'다. 무엇을 빚졌는가? '나의 존재는 당신인 구세주에게 빚짐으로서 이루어졌다'[92]는 신학 강령이다. 그리고 I, O, U(I Owe You)를 철자 변치하면 프랑스어 oui가 되어, 이 역시 영어 yes와 같다. 몰리가《율리시즈》의 마지막에서 한 이 말은 생에 대한 강력한 긍정, 남성의 성적 요구에 순순히 복종하는 Yes이지만, 동시에 신의 부름에 대한 순종의 예로 답하라는 신학의 강령이다.[93] 따라서 예(스)는 이미 '나 속에 있는 타자의 말의 표상'에 불과하다(《문학》265). 그러나 들려온 말은 실지로 신으로부터 들려온 것이 아니라, 차연의 효과, 즉 전신, 전화, 축음기 등을 통해 무한 반복될 수 있는 글자 소리다. 따라서 몰리의 예(스) 역시 서구 로고스 중심사상을 차연 체계로 확대시킨 것이다. 그런데 신학의 이 부름에 응답하는 것이 책무존재인 인간의 약속이며, 계약이고, 이것이 하이데거의 존재론에서 가장 중요한 강령《존재와 시간》)이다. 그러나 실지로 부르지도 않았고, 존재가 존재자를 통해 드러나지 않았지만, 허구, 즉 하이데거 존재론과 헤겔의 변증법에 따른 절대정신이지만 그럼에도 불구하고 이러한 믿음만은 영속화되어왔다. 존재에 대해 사유해야 하는 것도 사실은 존재 혹은 신의 부름에 답하겠다는 것은 약속이다. 그러나 이러한 약속은 아무것도 돌려주지 않으며, 아무것도 약속하지도, 제시하는 것도 아니다. 그럼에도 불구하고 약속은 이미 생긴다. 어떤 질문보다도 앞서, 그리고 바로 그 질문 속에서 언

---

92 진지하고 학구적인 데리다의 풀이는 다시 패러디된다. 조이스가 실제로 타워에 기숙할 때 멀리건에게 방세를 물지 않아 조이스가 진 빚을 뜻하기 때문이다.

93 이 맥락과 연결될 수 있는 하이데거의 존재론에 대해서는 김보현,《해체》, 299~302, 그리고 Gasché, 299.

어는 항상 약속으로 귀착된다. 이것을 정신의 약속[94]이라고 하이데거는 주장한다. 이것이 선물이고 이 선물을 그대로 수용해야 하는 것이 약속이고, 이 약속에 대해 약속을 지키는 것이 이미 약속되어 있다는 것이다. 하이데거가 말하는 약속, 사건, 언약, 선물, 책무 등은 바로 존재가 현존재와 맺고 있는 관계를 설명해주는 말이다.[95] 그러나 이는 그라마폰에서 만들어지고 퍼져나가고 반복된 것으로 존재에서 들리는 말이 아닌, 소문으로 들은 예ouï, oui이고, 이에 대해 몰리가 자동적으로 Yes라고 말하는 것oui dire이라고 데리다는 풀이한다.

하이데거의 존재의 드러남 즉 '사건'은 발생하지 않았지만, 이미 목적론 신학에 의해 체결된 것이고, 이에 약속하고 Yes 하며 계약하기 때문에 중언부언이다. 아무런 보상이나 선물도 없는—선물은 죽음을 통해서만 가능하다는 사실을 우리는 앞에서 지적했다—대상에 대해 충성과 약속에 서명한 것이기 때문에 이런 약속에 이러한 부름은 함정이라고 데리다는 말한다.[96] 이런 이유로 끊임없이 되풀이되는 몰리의 대문자 Yes는 몰리 개인의 Yes이면서 동시에 기독교를 수용하는 것이며, 이미 이것은 긍정적으로 수용하기로 예정되어 있는 Yes다. 기독교는 신성한 희극Divine

---

94 김보현,《해체》, 299~300.

95 부른다는 것은 소환을 말하고 이에 응해야 한다는 것이 서구의 형이상학 전통을 그대로 이어받은 하이데거가 강조한 것이고, 하이데거의 존재는 그의 신이었고, 그의 존재론은 그의 종교였다(《존재와 시간》 58장 59장 60장). (1) 호소: 불러서 깨닫는 의미 부름의 의미Rufsinn와 책임, 그리고 비난보다는 책임전과의 불가능성과 도덕적 의식보다 앞서는 책무 존재Schuldigsein. (2) 결의, 결단성: 존재의 부름에 자기를 열어보이는 것Entschlossenhiet과 보냄Sendung을 떠맡음, 수확Ubernehmen의 가능성(《형이상학 입문》)(김보현,《해체》303)을 하이데거는 강조했다. 또 하이데거는 주장하기를 부름에 응한다는 약속은 이미 언어 속에 있다(L'en-gage는 language와 소리가 비슷하다)는 것이다. 또 말의 본질Zusage은 이미 모두 약속에 관한 것임을 주장했다. 그래서 순종의 예(스)는 절대적이라는 것이 하이데거, 칸트, 그리고 헤겔의 주장이다.

96 Gaché, 229.

Comedy이다. 즉 죄를 짓고 떨어지지만, 몰리처럼 예하고 동의, 약속, 복종하면, 다시 구원을 받는 것Felix Culpa이 기독교의 강령이다. 따라서 몰리의 Yes는 니체가 짐 진 당나귀로 비유한 자들의 예(스)다. 프랑스어 짐 somme은 영어 소환하다summon와 소리가 비슷하다.《율리시즈》는 존재 부름에 소환당한 짐 진 인간이 주제라는 것이 데리다의 풀이다(《문학》293). 그러므로《율리시즈》에서 조이스가 드러내는 '청각과 시각의 필연적 형식'은 사실인즉 글자전화소리로 꾸민(만든) 유대주의와 헬레니즘의 장면a scripturo-telephonic and Judaeo-Hellenic scene', 즉 허구(무대장면)라는 것이 데리다의 풀이다. 그리고 전화로 에덴 마을로 연결시켜달라는 블룸의 전화대화를 데리다는 인용한다: 'Hello. Kinch here. Put me on the Edenville'(《문학》290). 조이스는 신학의 틀을 그대로 차용, 그 안에서 이를 절묘하게 이를 패러디했는데, 데리다는 이 사실을 정확하게 집어낸다. 천재의 깊은 속을 깊은 속을 지닌 천재만이 집어낸다. 데리다 이전의 조이스 비평가들은 이 사실을 완전히 간과했다.

이제 데리다가 독자들에게 선물하는 위트를 보자. 데리다는 일본 요쿠라 호텔 지하 부속 서점에서 구입한 책을 언급한다. 이 책은 일본 기업가나 경영인들이 예Yes라고 말하면서, 실지로는《아니오No'을 의미하는 16가지 방법》이다. 데리다는 Yes라는 말을 자꾸 쓰다가 몇 번 사고가 날 뻔했다고 한다. 그런데 일본에서 산 이 책을 집으로 돌아오는 비행기 안에서 읽으면서 집으로 무사히 돌아왔다고 한다. 이 말은 무엇을 뜻하나? 귀향설을 주장하는 서구 신학 형이상학이 요구하고 계약에 yes라고 했다가는 비운을 맞는다[97]는 말이다. 즉 귀향을 못하거나, 아다미와 데리다가

---

[97] 김보현《데리다의 정신분석학 해체》참고. 그리고 이 책, 144~169와 193~200 참고.

합작한《그림》속 물고기 처지가 되거나, 단두대로 향하게 된다는 것이다 (이 책, 193, 198). 그러니 겉으로는 예(스)하지만, 속으로는 No 하는, 영악하기 그지없는 일본인들의 말의 하이-테크를 이용했기 때문에 집으로 무사히 귀향했다는 뜻이다.

서양이 아닌 동양, 일본은 서구인들에게는 기특한 나라이고 가장 잘 알려진 나라임에도 조이스가《율리시즈》에서 이상하게도 빼놓았던 일본은 서구의 형이상학 신학으로부터 자신들의 신교를 지켜냈다. 일본은 신교를 조선에 전파하기 위해 전쟁을 일으켰다고 하면서, 서구가 기독교를 전파할 때의 변명까지를 그대로 따라했고, 광적으로 서구문물을 받아들였지만, 기독교의 전면적 틈입을 허락하지 않은 나라다. 이런 일본에서 구입한, 겉으로는 yes라 하지만, 사실은 no을 의미하는 16가지 방법을 데리다 자신이 읽고, 하이데거나 헤겔의 형이상학에 속으로 No 했기 때문에, 비운이나 사고를 당하지 않고 집에 무사히 돌아왔다는 뜻이다. 기독교, 변증법 그리고 형이상학이 제시하는 위약 faux-bond 에 예(스) 하고 계약하지 말라는 말이다. 최소한 속으로라도 No라 해야 한다는 것이다.

몰리의 예스Yes에 있는 대문자 Y는 특별한 고유성과 특별한 중요성을 나타내어 다른 소문자로 쓰인 yes와 구별했고, 그리고 들어보라고 강조하지만, 차연 체계에 의해 철저하게 랑그가 되고 마는 글자 소리에 불과하다. 조이스의 글자 소리 창출은 우리의 뇌리에서 떠나지 않는 유쾌한 소리로 복화된 음악이지만, 고유명사, 즉 조이스 개인의 사인signature이 빠진 환영이며, 조이스는 '차연 체계로 프로그램 된 글자 소리를 멀리까지 전화로 조종하는 최고의 우두머리'《문학》249)라는 것이다. 조이스는 가장 강력한 우두머리이지만, 그러나 진정한 의미에서 능력은 없다고 데리다는 말한다. 그 이유는 글자 소리는 아무것도 표상하지 않기 때문이며, 서구의 철학과 종교의 대체계를 자신의 작품에 그대로 차용하기 때문에 조이스 독특함이 빠졌기 때문이다. 또 다른 한편으로는 데리다는 조이스와 조이스 전공자들이 가장 무서운 대상이라고도 했다. 이 순간 데리다는 소크라테스처럼 무지를 가장한다. 그러나 동시에 조이스를 읽는 자신의 새로운 혹은 해체적 방식이 조이스의 올가미, 혹은 1000번째 컴퓨터 안으로 들어가 종속되지 않는 방법이라 했다. 자신처럼 조이스를 읽기 위해 즉 조이스가 쳐 놓은 망에 걸려들지 않으려면, 조이스가 우리에게 드리우는 이중의 환幻과 유혹적인 소리에 저항할 줄 알아야 한다는 것이다.

조이스의 절묘한 술책la ruse·cunning[98]에 대해 철저하게 훈련한 조이스 전공자들의 축적된 지식 없이는《경야》로부터 그 어떤 진리나 사실도 나올 수 없다고 데리다는 평했다. 이것은 조이스의 작품이 너무나 어렵다는 뜻도 있지만, 동시에 현실과 동떨어졌다는 말이다. 그런데 데리다 자신도 이런 질책을 듣지 않았던가? 이 사실이 조이스를 물심양면으로 도와주었던 에즈라 파운드까지 등을 돌리게 했을 뿐만 아니라, 조이스 전공자들에 의해서도 제기된 문제다. 이렇게 현대문학이 순수주의라는 이름 하에 현실과 동떨어졌다는 사실은 수많은 현대 작가들에게 불안과 근심의 근원이 되었다. 이것이 포스트모더니즘에 와서 신비평이 붕괴되는 계기가 된다. 조이스의 단어 만들기는 단어나 말이 소설의 주인공들의 의식을 구성하고 전하는 것이 아니라, 조이스의 현실도피로서 가장 매력적인 방법이 되었다는 혹평을 하는 이유다. 즉, 말과 단어가 작중인물들의 의식이나 내적 표상으로 사용된 것이 아니라, 단어와 단어들이 드러낼 수 있는 가능성을 보다 자유롭게 즐기기 위해 다중들이 도저히 이해할

---

98 'cunning'은 효과적인 전략을 뜻하는 것으로, 헤겔도 '이성은 간교하다'라고 표현했는데, 나쁜 뜻으로 사용한 것이 아니다. 이 책, 71, 주 10번.

4장 데리다와 조이스 297

수 없는 언어유희를 했다는 것이다. 이런 점에서 조이스의 언어는 그 당시 풍미했던 다다이즘과의 연계도 가능하다. 사실《텔 켈》구성원들은 전적으로 조이스《경야》를 다다이즘으로만 조명했다. 리츠Litz는 조이스가 말 짓기에서 누리는 자유는 궁극적으로 조이스의 '에고이즘'이라 했고, 레빈Levin은 '독자들에 대한 거의 파라노이드적 무관심'이라 했다. 케네스 버크는 의성어로 형식과 주제를 일치시켰다고 했다. 그래서 이 결과는 여러 개의 멜로디만 있다는 것이다.[99] 틴덜이 말하듯,《경야》는《경야》에 대한 것이다. 외부의 그 어떤 것과 아무런 연관성이 없다. 그런데 이것이 바로 모던 시학이 추구했던 신비평의 이상理想이었다. 외부의 대상이나 현실과 무관하게 유아독존적으로 존재하는 시를 목표로 했기 때문에, 신비평가인 J. C 랜섬은 서구 현대 시학을 '존재론적' 시학이라 했다. 만약 조이스가 위 비판으로부터 자유롭지 못하다면, 그가 현대시학을 가장 완벽하게 완결시킨 탓이다. 그러나 조이스는 현실에 무관심한 사람이 결코 아니었다. 조이스는 자신에게 노벨문학상이 돌아갈 것이라는 소문으로 끝난 소문이 돌자, 자신은 문학상이 아니라, 평화상을 받고 싶다고 했다.[100] 아마도 조이스처럼 예리하고 섬세하고 타협을 모르는 천재에게는 잔혹하고 약탈적인 개인들과 국가들이 번성하는 것은 감당하기 어려운 좌절이었을 것이다. 오죽했으면, '역사는 악몽'이라 했을까!

---

99 Grossvogel, 274에서 재인용.

100 조이스는 애국심도 정의감도 대단했다. 이미 7살 어린 나이에 아일랜드 독립 투사의 선봉이었던 파넬이 유부녀 오쉬와의 간통으로 그의 명성이 땅에 추락하고, 아일랜드 독립이 무산되자, 〈힐리, 너까지도〉라는 시를 프랑스어로 썼다. 또한 조이스가 입센을 그토록 흠모했던 것도 입센이 평생 내려놓지 않았던 윤리의식 때문이었다. 이런 입센에게 조이스는 10세도 채 되지 않은 어린 나이에 노르웨이어를 배워 노르웨이어로 쓴 편지를 보냈다. 조이스가 일찌감치 조국 아일랜드를 떠난 것도 입센이 조국을 떠나 30년간 타국에서 체류했다는 사실에 영감을 받은 것으로 필자는 추측한다. 조이스의 역사의식과 윤리는 필자가 볼 때는 결코 데리다 못지않다.

그러나 많은 비평가들이 《경야》를 현실로부터 격절·결탈되었다는 이러한 비판에도 불구하고, 수많은 평자와 독자들은 《경야》의 자구 하나 음소 하나까지 뜻을 결코 다 파헤치지 못하지만, 파헤치고 있고, 더구나 조이스가 주조한 단어들의 그 소리에 매우 즐거워하고 감사한다. '메아리 땅echoland', 즉 《경야》의 소리 지휘자이자 '우스운 벌레 세공인Funnycoon wicker' 조이스가 짜 만든 《경야》의 소리가 선물하는 쾌를 만끽한다. 영어를 모국어로 사용하는 사람들에게는 조이스가 주조한 《경야》의 소리가 그들의 원천적인 심층과 청각을 즐겁게 두드리고 있기 때문이다. 조이스는 유럽인European들도 영어를 사용하는 사람들처럼 자신의 작품에 귀를 열어야 한다earopen(419.14)고 주문한다. 글자 소리는 의미가 없다는 데리다의 비판은 논리·이론적으로는 정확하다. 그러나 데리다 스스로 토로했듯이, 이는 데리다의 질투다. 자신의 이름 Jacques Derrida를 철자 변치하면 dernier Déjà가 되기에 '이미 뒤늦었음'을 뜻한다고 데리다 스스로 밝혔듯이, 조이스에 대해 데리다의 반대 옹서와 비판은 너무 늦었다. 또한 천재적 음감을 지닌 조이스가 만드는 유쾌한 소리가 주는 유혹에 넘어가지 않는 사람이 없기 때문에 데리다의 비판은 너무 궁색하다. 우리 모두 아름다운 소리를 갈망하고 수도 없이 반복해서 듣지 않는가! 왜 마리아 칼라스와 파바로티의 노래를 그토록 열심히 반복해서 듣는가? 이는 생에 대한 의욕과 일치한다.

(2) 〈조이스의(에게 하고 싶은) 두 마디의 말, He War〉

조이스는 단테가 누리는 불멸성을 누릴 수 있는 길은 비평가들이 자신의 작품 해석에 대부분의 시간을 바치도록 만드는 것이라 생각하며 쓴 것이 《경야》다. 17년간의 각고의 노력 끝에 완성시킨 이 작품을 끝내기 직전 조이스는 이미 실명을 했고, 곧 사망했을 정도로 조이스의 에너지를 완전하게 소진시켰다. 조이스 학자들에 따르면, 이《경야》에는 무려 6만3천9백2십4개의 어려운 단어가 들어가 있고, 48개의 외국어가 사용되었다고 한다.《경야》는 서구 역사의 모든 것을 무의식(밤)의 언어로 표상하는 대작 중의 대작이다. 라캉은 '정신분석자는 반드시 읽어야 할 책'이라 격찬했다. 데리다는 조이스 없이는 자신의 해체는 불가능하다고 했다. 테리 이글튼은 '그 어떤 문학비평 이론도 어떻게 조이스의《경야》에 적용될 수 있는가?'[101]라는 물음을 해야 한다는 것이다. 그 어떤 비평적 관점도《경야》에 적용하는 것은 가능하지만, 그 어떤 비평적 관점도《경야》와는 결국에는 어긋나게 된다는 말이다. 심지어《율리시즈》가 낮의 작품이고《경야》는 밤의 작품, 혹은《율리시즈》를 바흐라면,《경야》는 바톡Bartok에 비유하는, 이런 산뜻한 구분도 전혀 적용되지 않는다. 이것이《경야》다. 그래서 에덤즈는《경야》에 대한 그 어떤 평가와 비평도 모두 '멋지게 숭엄하게 틀린 혹은 멋지게 숭엄하게 옳은 것 Alpsolumply wrought'(595.19)이라 했다. 'wrought'는 wrong과 right, 그리고 빚었다 wrought가 들어가 있는 '애매모호한' 말이다. alpsolumply란 단어도 absolutely, all solumnly란 두 단어가 '애매폭력적'으로 합해졌다. 바로 이런 이유로 에덤즈는《경야》의 문장을 해석하는 순간, 훌륭하게 맞는 만큼, 훌륭하게 틀린다고 했다.《경야》에 관한 평론 또한 마찬가지다.[102] 그러므로 조이스를 잡는 순간, 조이스는 평자의 손에서 미끄러져

---

101 Lernout, ed., 25~6.

102 《경야》에 대해 평론가가 무엇을 주장해도 충분한 증거를《경야》안에서 채집할 수 있다. 비코, 브르노, 토마스 아퀴나스와, 융, 프로이트, 페미니즘, 음악, 라캉, 셰익스피어, 아방가르드, 부조리 연극, 실존주의, 허무주의. 조이스가 믿지 않았던 천주교, 도교, 불교, 등 이 모두와의 관계를 논제로 잡아도《경야》는 늘 풍성한 증거자료를 제공한다. 심지어 조이스는 미래의 종교는 불교가 될 것이라 했다. 특히《경야》후반부는 불교와의 연관이 가중하지만, 그러나 이 모든 것과 관계를 갖지 않는다. 다른 것들이 틈입되어 있어 이를 해제하기 때문이다. 가장 좋은 예가 서구 형이상학의 틀을 철저하게 사용하지만, 동시에 이 틀

내려버린다는 이 불안감은 항상 따라다닌다. '조이스의《경야》는 영문학의 시금석이자 블랙홀이다.'[103]

조이스에 대해 어떤 비평도 다 훌륭하게 맞는 동시에 다 훌륭하게 틀린다는 사실은《경야》가 얼마나 위대한 작품인가를 웅변한다. 우리의 삶도 꼭 그러하기 때문이다. 인간과 삶에 대해 동서고금 현자들과 사상가들이 온갖 이야기를 했다. 다 훌륭하게 맞는 말이지만, 동시에 훌륭하게 틀린 말이지 않던가. 그래서 삶이 무엇인가에 대해 우리는 끊임없이 궁구하지만, 그 답은《경야》에서처럼 항상 연기된다. 그럼에도 불구하고 우리는 이런 저런 축제를 벌이고 재미있게 살아간다.《경야》역시 인간(신)이란 무엇인가에 대한 결정적인 답은 늘 연기ferral/deferal되지만, 재미만점의 축제funferral는 계속된다. 마찬가지로 '블룸의 날'(조이스와 노라가 법적 결혼식 없이 합방한 날)에 더블린에서는 축제가 벌어진다.[104]

조이스는 단테와 셰익스피어가 누리는 불멸성을 자신도 누릴 수 있는 길은 비평가들이 최소한 앞으로 300년 동안 자신의 작품에 시간을 바치도록 하는 것이라고 말했다.[105] 그리고 그렇게 되었다. 이 작품은 서구 역사 모두를 총망라하며, 서구인의 집단 무의식을 밤의 언어로 창출 표상

안에서 이 틀을 끊임없이 패러디한다는 사실이다.

103 Lernout, ed., 79~80.

104 김종건 교수가 조이스 100주년 기념 축제에 참가하고 보고했다. '세계 도처에서 모여든 5천 명의 학자, 그의 찬미자들은 그를 찬양하는 합창 속에서《율리시즈》의 날을 노래와 기네스 맥주의 열기로 지새웠다. …아일랜드 국립방송은 전국에서 선발된 40명의 성우들을 동원하여 38시간 동안 계속《율리시즈》를 낭독, 이를 방송했다. …남녀노소, 신부와 수녀, 노동자와 학자, 주인과 하인 할 것 없이 아일랜드 전 국민 모두가 웃고 즐기는 고무적 프로그램이 됨으로써 방송사상 불멸의 금자탑이 되었다.'(《율리시즈》, 김종건 해설 및 번역, 상권, 17)

105 'sentenced to be nuzzled over a full trillion times for ever and a night till his noddle sink or swim by that ideal reader suffering from an ideal insomnia'(120.12~14). 조이스의《경야》는 한두 개인이 할 수 있는 것이 아니라, '위원회 일감'이다.

하고자 했던 대작 중의 대작이다.

《경야》는 서구 남성의 과다한 야망,[106] 그리고 이에 따른 천재적 광기의 결정체다. 데리다는《율리시즈》에 대해 다음과 같이 말했다. '투명한 종이 한 장 차이로 정신 병리학적 광기와 섬세한 광기가 차별화될 수 있다'(《글쓰기와 차이》51/31). 즉 조이스가《율리시즈》와《경야》를 쓰지 않았다면, 조이스는 실지로 광인이 되었을 것이라는 뜻이다. 글쓰기를 통해 자신의 광기를 글로 승화시켜 섬세한 광기로 환원시켰다는 뜻이다. 언어가 표상을 불가능하게 하지만, 이 불가능과 끝까지 조이스는 대항하며 마지막 극한점까지 갔다. 그런데 조이스를 매우 깊이 읽는 몇몇 조이스의 비평가들과 엘먼은《경야》의 마지막 후반부에서 조이스는 길을 잃었다고 한다. 조이스 스스로 자신을 '반쯤 정신 나간 어릿광대this semidemented zany'(179.25)라 했다. 그리고 자신에 대해 가장 신랄하고 혹독한 비판자인 자신의 반쪽인 더블 솬을 통해 이 사실을 반복해서 말한다: 'Sh! Shem, your. Sh!. You are mad!(193. 27~8).《경야》를 두고 조이스는 '한 녀석이 미쳐갈 때, 어떻게 스파이가 되어 화약고로 세상을 파괴하려다 죽는가How a Guy Finks and Fawkes When He Is Going Batty'(177.29)에 대한 것이라 했다. 조이스가 보인 이러한 광기는 조이스에게만 보이는

---

[106] 이방인으로 조이스가 경험한 혹독한 가난(차림이 너무나 남루하여 산책을 할 때마다 동네 개들이 조이스를 향해 달려와 짖어대어 개를 쫓기 위해 조이스는 바지 주머니에 돌을 가득 넣고 산책했다)과 수모는 감당하기 어려운 것이었다.《초상》은 출판사로부터 10번이나 거절당한 후, 간신히 출판되었고,《율리시즈》는 음란도서로 낙인이 찍혀 도서실로부터 추방당했다가 간신히 기사회생 도서실로 귀환했다. 그리고 딸 루치아의 정신병과 정신장애, 아들의 표류, 7번 이상이나 진행되었던 자신의 눈 수술, 그리고 마침내 실명. 더구나 그 당시《경야》를 많은 사람들은 이해하지 못했고, 지인들은 하나둘 썰물처럼 빠져나간 후 끝낸《경야》는 조이스 자신이 예술가로서의 고독과 불운을 승화시키려는 웅대한 도전과 몸부림의 결정체라고 필자는 생각한다.

특이한 증후는 물론 아니다. 데리다의 장광 역시 일종의 광기다.[107] 데리다의 해체는 허무주의는 아니지만, 무서운 공horror vacui과 광기에 대한 두려움이 있다.[108] 광기는 이름을 남긴 위대한 자들 가까이 혹은 속에서 늘 어른거린다. 데카르트의 '과장된 의심'도 광기의 일환이며, 키르케고르는 '결정의 순간은 광기'라 했고, 고흐, 고갱, 니체 역시 광기로 치달았었다. 그리고 이 광기로 역사는 조금씩 앞으로 나아갔다.

《경야》의 언어는 밤의 언어로, 《율리시즈》의 낮의 언어가 지니는 명료함이 대폭 감소되면서, 몽환의 의식을 드러낸다. 그러나 이런 언어 창출은 조이스에게만 보이는 현상은 물론 아니다.

홀로코스트 이후 글자와 세계를 부정하는 파편을 줍고, 이것을 우편배달로 재기술하는 것이다. 수많은 언어의 빠르고 복잡한 변화는 성, 위치, 성별, 기존의 전통적 담화를 해체하면서, 또 다른 미래의 담화를 밝히는 여명이다. 《경야》에서 단어는 기하급수적으로 늘어나고, 유일한 규칙이 되는, 끝도 토대도 없는 대체를 통해 단어들은 서로 부딪치고, 곤두박질하며 서로 삼키기도 한다. 이는 전통적 의미 밖에서의 유희를 긍정하는 것이다. 이는 전통적 담론의 흔적을 지우기만 하는 텅 빈 말에 대한 무한대의 웅얼거림도 이를 통해 말을 취소하는 것도 아니다. 이는 죽음에 대한 즐거운 긍정 속에서 벌어지는 기호의 축제인데, 이 축제에서 기호는 타고, 소모하고 그리고 낭비 된다. 이것은 희생이자 도전이다. (《글쓰기와 차이》 404/274)

이러한 말의 축제가 《경야》이고, 언어의 강림절 A Linguistic Pentecost이다.

---

107   Caputo, xix.
108   Llewelyn, 102.

ALP는 바로《경야》의 여주인공 이름 Anna Livia Pluralbelle이다. 그런데 이러한 말의 축제 강림절은 말의 죽음을 인식하면서 시작되고 진행된다. 그래서《경야》는 언어의 경야이기도 하다. 언어란 이미 우리가 주지했듯이, 우리의 의식 모두를 사상捨象·死傷시킨다. 그래서 가스통 바쉘라르는 인간의 의식을 '도서관·책의 기억bibliomenon'으로 비유하기도 했다. 이를 뒤집어버리는 모험이《경야》의 언어 강림절이고 언어 축제다.

그러나 데리다는 조이스가《경야》에서 벌인 언어 축제, 글자 실험과 혁명은 종전의 모든 것을 해체하는 듯하면서, 틀과 망으로 우리를 통제하고 있다고 본다. '분노나 질투 없이 조이스를 좋아할 수 있을지 모르겠다. 우리를 앞질러 우리를 읽어버리고, 우리를 이미 써버렸고, 우리를 약탈한 조이스를.' '앞으로 모든 사람들은 거미줄에 걸린 파리의 운명을 면치 못한 채 통제받으면서 거대한 미궁 속〔《경야》〕에서 영원히 길을 잃고 갇힌 채, 조이스를 숭배·경외하며, 조이스 계보에 소속되기 위해 평생을 바쳐 땀을 흘려야 한다'는 것이다. 그럼에도 불구하고 조이스가 건축한 거대 모조 기계 장치인《경야》에 또 다른 일면, 즉 개방성도 있다고 데리다는 지적한다.

《경야》는 작은 무엇? 회전적이며 백과사전적인 이 작품은 서구 문화의 손자이지만,《오디세우스》의 전체성보다 훨씬 더 크다.…이것은 호머의 《오디세우스》를 품고comprendre, 이것을 방해한다. 전적으로 독특한 모험을 하면서, 이 자체 밖으로 끌어내면서, 스스로 이 사건에 갇혀 폐쇄되는 것을 방지한다. 이러한 조이스의 글쓰기는 지형학의 패러독스다. (26)

《경야》는 서구 문명과 문화 및 역사의 시작이라고 하는 호머의《오디세우스》이야기를 원형으로 조이스가 재사용하면서, 이를 무한대로 확장시켰다. 시간적으로 조이스는 호머의 손자의…손자이지만, 조이스의 《율리시즈》와 《경야》는 호머의 《일리아드》와 《오디세우스》의 범위를 특유한 지형학topologie, 즉 기하학 틀과 수사학을 통해 무한대로 확장시키면서, 동시에 방해한다는 말은 물론 호머가 살았던 그 시대의 인식론을 무한대로 초과한다는 것이다. 방해하고 초과하는 것은 특유한 지형학인데, 이는 카타크레시스, 즉 수사의 오용과 남용, 아이러니, 그리고 패러디이다. 이런 것들을 호머 소설의 틀을 빌려, 이 틀 속에 집어넣어, 이 틀을 초과했다는 말이다. 이 초과는 개방성이자, 미래 흔적이다. 바로 데리다가 찾는 것이다.

데리다는 《율리시즈》의 작가 조이스implied author를 선지자 엘리아, 그리고 《경야》의 조이스를 야훼라 했다. 조이스는 작가로서 자신을 예언자와 신의 위치로까지 격상시켰다는 것이다. 조이스는 《초상》에서 작가를 신에 비유했다. 수없이 많은 인물들을 뒤에서 손톱을 만지작거리며paring his fingernails 조종하고 소설 주인공들은 자신들의 의지와 상관없이 단지 복화술을 한다고 했다. 데리다는 《경야》 중간·중심에 나오는 두 마디 He War(258.12)가 조이스가 작가로서 자신을 신에 비유한 것과 일치할 뿐만 아니라, 방대한 《경야》를 쓴 조이스의 동기와 《경야》의 주제를 가장 선명하게 드러내는 말이라고 한다. 이 두 마디의 말은 얼른 보면 혹은 들으면 영어다. 즉 그는 전쟁한다. 동시에 이 극의 주인공, 인류 남성을 대표하는 남자 HCE(Here Comes Everybody)가 술에 만취해 꿈을 꾸며 하는 말임을 감안하면 He War는 Hear 들어보라라고도 들린다. 의미심장한 것은 이 말이 바벨탑을 묘사하는 장면에서 나온다는 사실이다. 데리다의 촉은 더욱 예민해진다. He War를 합쳐 철자변치를 하면, 야훼YAHWE가 되고, He War는 He were로 들릴 수 있어, 야훼가 존재했다가 되어 데리다는 야훼가 존재했다로 번역했다.

조이스는 언어로 전쟁war을 선포한 신, 야훼YAHWE가 되기 원했고, 되었고, 이는 언어로 전쟁함으로써 그는 존재하게 되었다He were. 이것은 어김없는 진리 Wahr(독일어)이며, 조이스는 이것을 지키고 보호하고 독자들로 하여금 이 진리를 들을 수 있도록 했으나, 독자들이 요약할 수 없도록 했다고 데리다는 말한다. 요약하지 못하도록 하는 것은 데리다도 마찬가지다. 그런데 He War라는 말은 Ear 혹은 Hear로도 들릴 수 있다. 이는 조이스가 자신의 언어 창출이 만들어 내는 소리, 글자 소리를 들어 보라고, 조이스는 마치 야훼처럼 명령한다는 것이 데리다의 풀이다. 그러나 조이스 비평가들이나 독자들은 조이스가 만든 《경야》의 언어의 유희와 수수께끼를 이해하려고 노력하지만, 48개의 다른 언어로 수만 개의 단어를 주조해 《경야》를 쓴 조이스는 바벨탑을 세운 신처럼 조이스는 이것을 허락하지 않는다고 데리다는 부언한다. 조이스 자신이 바벨탑을 무너뜨려 서로가 이해할 수 없는 말을 사용하도록 벌준 그 야훼처럼 조이스는 스스로 야훼가 되어 자신을 벌한 야훼를 벌한다는 것이다. 이런 데리다의 풀이가 어떻게 가능한가? 바벨Babel을 거꾸로 철자변치하면 Lebab이 되는데, 이것은 애란어로 책이다. 즉 여태 쓰인 책에 있는 언어를 완전히 혁명적으로 무너뜨림으로써, 바벨탑을 무너뜨린 야훼처럼, 조이스의 이상적 독자들과 전공자들은 전혀 의미를 알 수 없는 글자로 잠 못 이루는 밤을 보내게 된 것이다. 신의 말씀, 진리, 종교는 결국 책(글자)으로 귀결된다. 이 사실을 데리다는 반복해서 상기시켰다. 조이스는 기존의 언어를 완전히 혁명적으로 무너뜨려, '애매모호폭력적' 언어 대창출을 함으로써 신이 된 것이다. He War의 소리는 쉽게 미끄러진다. Ear → Hear → Wahr(독일어의 진리)로. 즉 귀로 진리를 들어보라. 이미 앞에서 설명했지만, 소리에 대한 조이스 애착과 천착은 조이스의 본능이었다. 소리가 현상을 모방할 수 없다는 것을 알았지만, 가장 가까이 가장 근접한 상태로 표상하고자 했다. 그리고 소리에 대한 조이스의 이러한 집념이 《경야》라는 대작을 완성시키게 했던 것이다. '들어보라'는 말은 조이스가 조이스 독자에게 마치 야훼처럼 명령하는 말로 데리다는 풀이한다. 그러나 데리다는 조이스의 이러한 신념의 무용성을 다시 차연이라는 이름으로 해체한다. 조이스가 주조한 글자 소리가 의미를 가지기 위해서는 차연의 체계, 문자보관소, 피라미드로 상징되는 죽음 속으로 들어와야만 하기 때문에 글자 소리는 무의미화 된다는 것이다.

조이스가 번역할 수 없게끔 만들어놓았지만, 영어가 주도권과 패권을 쥐고 있고, 따라서 영어의 문자 체계를 따라 이루어진 소리의 의미는 번역이 가능하다는 사실, 그리고 들어보라고 만든 소리는 소리 자체가 의미를 전하는 것이 아니라, 문자 체계에 따라 자의적으로 배치된 소리로 들려지는 것이기에 이해될 수 있다는 사실, 그럼에도 불구하고 들려지는 이해·번역되는 의미는 차연으로 인해 무의미에 불과하다는, 이 두 마디의 말을 데리다는 조이스가 쓴 두 마디의 말 He War에 대항하여 혹은 대해 하는 것이다. 다시 말하면, 데리다는 조이스의 He War에 반대서명 countersign을 한 것이다.[109]

데리다의 이러한 해석은 매우 견고하고 정확하다. 왜냐하면, 조이스 스스로 야훼와 같은 위치에 있기를 원했고 이를 선언했고, 사실 자신의 원대로 실현되었다. 물론 이는 불경이다. 신이 인간과 세계를 창조했다는 신학에 대한 정면 도전이자 해체이기도 하다. 실제로 조이스는 《경야》를 통해 셰익스피어와 함께 그의 불멸성을 얻었다는 점에서도 신과의 유추가 가능하다.

---

109   김보현, 《해체》 52~4.

데리다가 He를 신(조이스·야훼)으로 풀이한 것에 대해, 슬로트는 He는 이미 쉠과 솬으로 갈라져 둘이 서로 반목하면서 전쟁하고 있음을 암시하기 때문에, He는 단수가 아니라 복수라는 것이다. 의외의 반론이다.《경야》에서는 모든 것은 끊임없이 변한다. 복수와 단수의 개념 자체가 고정되지 않는다. 유배당한 채, 떠돌아다니며 글을 쓴 사람은 쉠이자 조이스이며, 시인 기질의 경계인 모두를 뜻한다. 슬로트도 지적했듯이, 두 사람, 이스라엘과 이슈마엘은 쉠과 솬, 혹은 모든 남자형제들이 그러하듯 서로 반목하고 죽이는, 역사에 등장하는 모든 남자형제들을 상징한다. 동시에 정신분석학에서 말하는 분화split된 이고들이기도 하다.

슬로트는 He War에 전쟁하는 He는 두 사람이라는 것이다. 그러나 Nek Nekulon과 Mak Makal, 그리고 making Nek 그리고 neking Mak에서 보듯, 서로 다른 두 사람은 서로 매우 닮은 쌍둥이이기도 하지만, 동일해져 한 사람이 되기도 한다.《경야》의 모든 주인공들이 남성이 여성으로 바뀌지고, 복수가 단수, 다시 단수가 복수로 되는 무한 변형이 끊임없이 일어나는 곳이《경야》의 대원칙이다. 술 취한 듯, 더듬는 듯, 잠꼬대하는 듯《경야》의 밤의 언어와 꿈같은《경야》에 나타나는 인물을 둘로 혹은 하나로만 고정시키는 것은 무리다.

상술했듯이《경야》에 대해 데리다가 문제 삼고 있는 것은 우리들을 향해 조이스가 쳐놓은 아름다운 음의 유혹과 언어의 망網·罠과 기하학적 틀이다. 이 망·틀에 걸려드는 우리는 거미줄에 걸려든 파리처럼 꼼짝도 못한다. 조이스가 타의 추종을 불허하는 기교로 창조한 글자 소리와 기하학 틀은 우리의 삶과 역사를 표상하지 못한다. 다만 거대한 모조 기계장치라며 데리다는 개입한다:

분노나 질투 없이 당신은 이런 선수를 치는 조이스를 좋아할 수 있는지나는 확신할 수 없다. 선택의 여지도 주지 않는 채, 사전에 당신에게 채무를 지우고 당신이 읽고 있는 책에 이미 한발 앞서 당신을 기술하는 이러한 모조 기억 장치를 우리는 용서할 수 있을까? 조이스의 모조기억장치는…이미 앞서 당신을 산정 통제하고 이 1000번째 세대가 만들 수 있는 컴퓨터인《율리시즈》와《경야》에 이미 모든 것을 전산화한 이러한 컴퓨터와 우리가 사용하는 컴퓨터와 조이스의 마이크로 컴퓨터 보관소, 즉《경야》를 비교하면, 선사 이전의 어린아이가 가지고 놀던 조립식 장남감에 불과하기 때문에, 당신은 단 하나의 음절도 당신 뜻대로 시작하거나 사용하지 못하도록 금지하는 무섭고도 거대한 모조 기억 기계 장치를 만들어 놓은 가학적 신이라는 사실은 분명해진다.[110]

그리고,

조이스의《경야》와《율리시즈》는 모조기억 기계이다. 이 기계는 서구기억과 그리고 미래의 흔적까지를 포함해 세계의 거의 모든 언어까지를 저장하고 있다. 그렇다. 조이스의《율리시즈》와《경야》로 인해 우리에게 이미 모든 것이 발생했고, 조이스가 우리보다 앞서 서명했다.

바로 이런 이유로 데리다는 조이스를 30년 이상 읽었지만, '끊임없이 강독 위로 내던져지고, 무한대로 가능한 또 다른 강독 위로 다시 내던져진다'[111]고 고백한다. 그러나 이러한 데리다의 비판은 데리다를 읽는 독자 역시 이런 느낌과 고충을 갖게 된다. 그럼에도 불구하고 '조이스의

---

110   김보현,《해체》, 533~4.

111   김보현,《해체》, 532.

이 장광적hyperbolic 능력은 정신의 전화소리이기 때문에 아무것도 초월적이지 않다'는 것이 데리다의 지론이다. 데리다 글 역시 장광적이다. '모든 것은 미리 프로그램 된 전화소리로 백과사전을 통해 거세 화안으로 통일성 있게 짜인 것이기 때문이다. 이는 원자보다 더 작은 단자적 미물학subatomistic micrology이지만 동시에 모든 것을 전체화하는 요약이다.' 조이스의 작품은 전체주의적 발상에 바탕하고 있다. 그래서 전체주의에 저항하는 데리다는 자신을 조이스 집단 속에서는 사생아로 간주한다(《문학》283). 그럼에도 불구하고 《경야》는 데리다와 같은 사생아까지를 모두 품고 있다고 데리다는 지적한다. 조이스 시학은 닫힌(폐쇄·과거)듯 열려 있다(개폐·미래). 데리다가 조이스를 두고 '이중적'이라고 한 이유다. 데리다 해체 역시 이중적이다. 데리다 자신이 심포지엄 초대에 응한 이유는 조이스 작품이 지니고 있는 바로 이중성이 공존하는 조이스의 세계에 대한 매료 때문이라 했다. '본인은 이 심포지엄에 초대를 받을만한 자격이 전혀 없다고 생각합니다. 그러나 사생아, 적법適法과 비적법의 모든 타자들을 다 요약하는 경향을 가진 조이스 전문인들의 거대한 가족의 일부가 되고자 하는 불투명하고 모호한 욕망을 오랫동안 키워오고 있었습니다. 제가 이 심포지엄을 수락한다면, 그것은 상궤이탈적 도전이 합법 속에 아주 관대하고 풍족하게 제공되고 있지 않나하고 저가 추측하기 때문입니다'(《문학》279). 데리다가 조이스를 두고 '가장 헤겔적인 소설가'라 했지만, 데리다는 왜 조이스 집단의 일부가 되고자 했는가? 조이스의 작품은 가장 전통적이지만, 그럼에도 불구하고 모든 서자와 경계인까지 아우르는 가장 반反헤겔적 요소도 동시에 있기 때문이다.

그 다음 데리다가 《경야》를 비판하는 것은 《율리시즈》에서처럼 《경야》에 잠복해 있는 하이데거 존재론의 흔적이다. 데리다는 조이스의 두 마디 'He War'에 하이데거의 존재론이 잠재되어 있다는 것이다.[112] 이러한 하이데거식의 존재론·구원주의가 인본주의와 밀착해 있다는 것이다.[113] 데리다가 'He War'를 조이스 자신이기도 한 야훼로 해석하고 비판하는 동기는 윤리적인 것이다. 하이데거가 보존하려 한 존재론, 신학, 그리고 형이상학이 결국 인종차별주의, 유대인 멸절정책, 남성우월주의의 이론적 원인이고 자신이 피해자였기 때문에 개입·해체하려는 것이다. 데리다 해체는 엄청난 오해와는 달리 철저하게 윤리적이다(《문학》 54, 그리고 《마르크스의 유령들》 참고).

10. 조이스의 '애매폭력적' 언어유희

조이스 스스로 자신의 언어유희를 '애매폭력적ambiviolent'이라 했다. 이는 기존의 언어를 폭력적으로 분해하고 다시 만들어 그 의미를 애매모호하게 만들었다는 뜻인데, 이는 무제한적인 다의미 단어를 만들기 위한 것이다. 무한대로 떠돌아다니는 분절된 글자를 재통합한 다의미 창출을 위한 다면적, 입체적 글자, 단어들은 작품 전체를 통해 떠돌아다니면서 normadic·circulating 무수히 다른 뜻으로 변모한다. 이 이유는 모든 것들

---

112 하이데거는 〈아낙시만더의 파편〉에서 다음과 같이 말했다. '있거나 혹은 없는 모든 사물들은 보는 자를 위해 한 번의 현존화 과정에서 모아지고 보존된다. 고대 독일어 war(was)는 보호를 뜻한다. 이 말이 독일어 wahrnehmen(인지한다)에 남아 있다. 예를 들면, gewahren, verwahren 라는 말이 유지 혹은 보존하고 있다라는 말에서 보듯. 그러므로 우리는 wahren이라는 말의 뜻을 밝히고 모아 안전하게 하는 것이다. 현존하는 것은 현재 있는 것과 그렇지 않은 것을 현재화에서 열려지며 보존된다wahrt. 보는 자는 현존하는 것을 보호Wahr하는 것을 근거로 말을 한다. 그는 예언자Wahr-Sager다.'(Slote, 196에서 재인용)

113 Eaglestone, 'Philosophy of Cinders and Cinders of Philosophy', in Mcquillan and Willis, ed., 237.

이 변하고 있기 때문이다. 돌고 도는 역사와 삶, 그리고 자연은 마치 리피 Liffy 강이 흐르고 흘러 다시 만나듯,《경야》의 시작과 마지막이 자연스럽게 연결[114]되는 것으로 암시된다. 관능적인 미가 강하게 암시되고 리듬은 섬세하다. 's' 소리가 연이어지는 두음법이 나타나는 이 's' 소리는 섬을 애무하는 강의 소리인 것 같기도 하고, 섬을 기어다니는 뱀의 소리hissing인 것 같기도 하다. 또한 여기에 뱀은 이브이자 암탉Belinda이며, 블룸의 아내 몰리, 혹은 ALP, 성모 마리아, 잇씨, 혹은 모든 소녀인 동시에 창조와 타락의 편에 있는 위대한 어머니로서, 모든 여자이며, 강이며, 갈보이자, 영계이고, 남자를 살리기도 하고 남자의 숨통을 끊어버릴 수 있는 여성의 힘이기도 하다. 동시에 이는 추락하는《경야》의 주인공은 HCE인데, 그 이유는 'Here Comes Everybody'의 세 단어 첫 글자를 따온 것이고, 이 HCE는 아담이자, 아일랜드 전설에 나오는 핀Finn이자, 유부녀 오쉬의 유혹으로 파경을 맞았던 아일랜드의 독립투사이자 정치인 파넬이기도 하며, 역사에서 나타난 서구의 모든 남성이자, 기네스 맥주집에서 흔히 볼 수 있는 보통남자이기도 한 이 남자가 섬ile(프랑스어)이다. 프랑스어 그 il에 e을 붙이면, ile섬이 된다. 리피 강이 애무하고 어루만지는 것이 섬이다.《경야》에서 물은 여성으로 땅은 남성으로, 여성은

---

114 'A way a lone a last a loved a long the(628.15~16) riverrun, past Eve and Adam's, from swerve of shore to bend of bay, brings us by a commodius vicus of recirculation back to Howth Castle and Environs...'(3. 1~3). 여기 마지막 3단어의 첫 철자만 합치면,《경야》의 남자 주인공 HCE의 이름이다. HCE의 추상적 속성은 Health! Chance! Endless necessity! 다(Campbell and Robinson, 352). 역사적으로 구체적인 인물이기도 하다. Huges Caput Earlyfouler로 Hugh Capet을 암시하는데, 그는 프랑스 카페 왕조 설립자이다(위의 책, 133). 여주인공 ALP의 추상적 속성은 Arrive, Lickypuggers, in the poke란 앞 창이 넓은 모자를 쓴 운 좋은 애완용 원숭이가 도착하다를 뜻하며, 그녀는 동시에 생선이기도 한다. 그녀는 111('aleveen') 명의 자식을 낳았다는 데, 이 수는 풍요를 뜻하는 것으로 러시아 신화에서 바다의 신에게 111명의 생선을 낳아주었다는 암컷 생선을 뜻한다. 그런데 HCE도 생선으로도 분扮한다: 'Our Human Conger Eel'(525.26).

흐르는 시간으로, 남성은 딱딱하고 고정된 땅으로 표상된다. 'HCE는 조이스의 가족지형학에서 언덕을 뜻하고, ALP는 강을 뜻한다.'[115]

's' 소리는 ALP가 남자 주인공인 HCE를 유혹하는 소리와도 연상된다. 이 's' 소리는 규칙적으로 'b' 소리와 만난다. 이렇게 두 개의 다른 음이 만나, 여자와 남자가 교접함으로써, 생기는 'a commodius vicus of recirculation'는 편재한 우리 삶의 순환성과 'commodius'는 commotion으로 삶의 소용돌이를 뜻하는 동시에 로마의 황제 Commodius가 일으킨 엄청난 환란을 암시한다. 또한 vicus는 Vico를 뜻하기도 하고 Vico가 말한 되풀이되는 역사성을 암시하기도 하며, 인류를 삶의 소용돌이로 추락하게 한 원죄의 악vice을 암시하며, 동시에 'viscous' 즉 한 번 발을 들여놓으면 절대 빠져나갈 수 없는, 끈적끈적한 우리의 삶을 암시한다. 동시에 이 장면은 HCE와 ALP의 침실 장면이다. 왜냐하면, 'Howth Castle and Environs'로, 이 지형이 주인공의 철자를 가지고 있기 때문이다. 아일랜드 호스 성城과 그 주위를 리피 강이 감돌고 있다. 이는 자연이지만, 동시에 남자 주인공 이름(Here Comes Everybody)과 여자 주인공이기도 한다. 자연과 인간의 구분도 없다. 인간은 사후 지풍화수로 변하며, 끊임없이 태어난다는 불교의 윤회설metempsychosis은 이미 《율리시즈》에서도 그리고 《경야》에서도 거대 법칙으로 장착되어 있다. 자연과 인간 모두가 강처럼 돌고 도는 것, 이것이 《경야》의 주제다: '시간과 행복한 귀환들로 가득함. 새로운 동일함. 비코가 말한 되돌아옴.'('Teems of times and happy returns. The seim anew. rodovico,' 215.22)이다.

조이스와 친분이 두터웠던 베케트도 시간과 공간을 초월하여 끊임없이 다른 것으로 변신된다. 숲('Bethicket' 112.5)으로, 새와 물고기('berbecked

---

115 Tindall, 4.

fischical ekksprezzion Nachinsky', 64.30~31)로. 조이스의 카운터파트너('Sin and Sam' 408.24~25)로. 이는 다시《경야》의 두 남자 주인공들(Sham and Shaun)의 관계를 반영한다. 이는 다시 성자聖者 토마스 베케트('Solid Sam… passed away painlessly after life's upsomedowns' ,49.21~23)로, 이는 윤회설이다. 조이스는 심지어 미래의 종교는 불교가 될 것이라 했는데 특히《경야》후반부에서 불교가 전면에 부상된다.

사람이 끊임없이 환생을 거듭하듯이, 글자 또한 마찬가지다. 라캉이 〈포의 '도둑맞은 편지'에 관한 세미나〉에서 그리고《에크리》에서 가장 중요한 무게를 두면서 언급한 것이 편지·글자letter였는데,《경야》에서 암탉 Belinda이 쓰레기litter 더미middenheap에서 쪼아 올린 쓰레기litter가 음화로, 낡은 지도로, 바뀌면서 결국은 엄청난 의미로 윤전되는 편지letter로 바뀌면서《경야》작품 그 자체가 된다.

이 대작의 주제까지도 끊임없이 다른 것으로 변한다. 원죄에 대한 청문회로, HCE가 피닉스 공원에서 가진 정사에 대한 끝없는 소문과 이를 밝혀내려는 시도(그러나 결코 밝히지 못한다)로. 시차변이를 따라 시공간도 순간적으로 바뀐다. 따라서 조이스가 주조한 한 개의 단어는 이 모든 변화를 응축시키면서, 변하고 있다. 주인공 이름 Finn은 마치 큐비즘에서 사용한 축적기법superimposition·telescoping에 의해 이루어진 것처럼 끊임없이 다른 이름과 포개어진다: 'Timeagen'(반복의 시간·시간 대리인), 'Quinnigan'(누구인지 모르는 피니건), 'Funnycoon'(벌레 같이 우스운 사람), 'Eadermann Fanagan'(애란 성직자), 'Fullacan'(애란 정치인), 'Big Maester Finnykin'(대건설자 주인공 핀의 친척), 'funn make called Foon MacCrawl', 즉 재미를 창조하는 그 이름은 멍청한 맥쿨로. Mac은 애란인임을 나타내고, Foon과 Crawl이 들어간 것을 보면, cocoon 안에서 기고 있는 사람이라는 뜻도 암시되는데, 이는 술 취해 자면서 꿈을 꾸고 있는 주인공 Finn

의 묘사다. 그런가 하면 주인공은 'Earwicker.' 'Wicker', 고리버들 세공자로 바뀐다. 물론 고리버들 세공도 글쓰기의 양태를 의미하기 때문에 조이스 자신을 암시한다. 또한 제목에 있는 경야 Wake도 수없이 다른 것으로 대치된다. 'weak', 'Week', 'Make', 'Wick', 'Berwick'(원시공동체), 'fake', 'Quake', 'Sake' 'Take', 그리고 Awake로. A. 버게스는 조이스라는 가공할 만한 언어주조자('fabulous artificer')는 이러한 광적인 이름 짓기 혹은 환유적 대치에 따르는 언어적 향연을 이미 《더블린 사람들》에서 이미 베풀었다고 한다.

조이스의 이러한 언어유희는 앞에서 언급한 대로, 인간과 동물의 경계까지도 허물어버린다. HCE와 ALP와의 침실 장면은 언어유희에 의해, 즉 복수 의미 창출을 통해 동물의 교접[116]과 포개진다: '남자를 원하는 인간 암사자는 뿔 달린 인간염소와 털 위로 남들이 보는 데서 옆구리를 맞대고 누울 것이다'('…the manewanting human lioness with her dishorned manram will lie down together publicly flank upon fleece' 112.21~23).

이러한 복수의미 창출은 조이스가 48개 언어를 이해하고 있어, 많은 유럽언어들을 넘나들 수 있었기 때문에 가능한 것이다. 소문이 무성한 편지에 대해 어린 소녀들의 장난기 있는 재잘거림은 이렇게 표기된다: 'Honeys ere camelia points'(113.17). 이 문장은 프랑스어로도 영어로도 들릴 수도 있다: 'Honi soit qui mal y pense', 혹은 'honeys wore camelia paints.' 그런가 하면 영어에서 약한 단어의 하나인 정관사 the는 조이스의 손길을 거치면, 그리스어 어근에 근거해 신神으로 격상된다. 'pissasphlatium'은 오줌을 누는 것, 혹은 아스팔트asphalt 혹은 개들의 방뇨로, 그리고 'tarrisestnus'는 terra 즉 뱀이 기어다니는 땅, 혹은 성聖 패트

---

116   이 주에 관해서는 Solomon, 92.

릭이 뱀을 쫓아내었던 아일랜드를 뜻할 수도 있음을 암시함으로써 스페인어와 영어를 합쳐 만든 것이다.

이러한 조이스의 복수의미 창출로 합성어portmanteau는 풍자[117]와 더불어 다 같이 엄숙하고 전통적인 담화에서는 간통에 비유되면서 추방되지만, 정전에 속하는 작품 속에서 보이는 풍자보다 합성어가 훨씬 더 파격적이다. 그럼에도 불구하고 사생아로 취급받아온 이러한 수사법은 끈질긴 생명력을 보이며, 자족적이고 견고하고 투명하고 온전하다고 믿어진 진리와 이성, 합리성을 피해, 변덕스럽고 사고뭉치로 취급을 받으면서도 살아남았다.[118] 합성어를 만드는 이유는 단어 하나가 한 가지 의미를 지니고 있다는 신화를 허물고 언어가 가지고 있는 잠재된 가능성을 완벽히 드러내기 위한 것이다. 잠재성이란 언어 소리voix 혹은 음소phoneme가 물리학에서 말하는 미립자quark나 원자atom처럼 끊임없이 돌아다니면서 만나 무한히 다르게 변하는 성질(잠재성)을 뜻한다. 또한 이러한 글쓰기는 원자가 부서지거나 나누어지지 않는 것이 아니라 무한대로 분열할 수 있다는 사실을 인지한 물리학의 발전과도 무관하지 않다. 이러한 합성어 만들기는 거의 '정신착란 기제delirious mechanism'로 작용하면서, 인유, 패러디에 의한 유추가 축적되고 마침내 전통적인 경전을 산산이 부수어버린다.[119] 이 결과 미세한 음소 하나가 일파만파로 수없이 다른 의미와 연결될 수 있다는 가능성을 여지없이 드러낸다. 이러한 텍스트 안에서는 단어의 음절이 분분히 분화된다. 따라서 물리학의 원자atom는 어근etym과 유추가 가능하다. 즉 소리가 의미를 지니고 있다고 전제한다면 이 두

---

117 조이스가 동음어 유사음어를 익살스럽게 사용하는 것에 대해서는 Geoffrey Hartman, *Saving the Text*, 33~46 참고.

118 Attridge, *Peculiar Language*, 189.

119 위의 책, 207.

단어의 소리의 유사성에 근거해서. 따라서 어근은 《경야》에서 사라져버릴 때까지 철저하게 분화된다('abnihilisation of the etym').[120] 이렇게 철저하게 분화하는 이유는 다시 조립해서 엄청난 다의미를 갖기 위한 것이다. 케너는 이러한 다의미를 '한 사람의 신부와 여러 명의 서로 모순되는 6명의 신랑을 결혼식에 세워 둔 것'[121]에 비유했다.

이러한 '애매모호폭력적' 언어는 실용주의적 담론과 부르주아 계급의 가치관까지 허물어버린다. 조이스의 언어유희는 문법 위반과 어법 위반 anagrammatic·solecism을 하면서 느슨하기 짝이 없는 오자로 넘쳐난다. 이러한 오자투성이의 단어, '말의 설사logorrhea'라 이름 지어진 밤의 언어는 개념화에 저항하면서, 모든 틀이 흐릿해진다.[122] 이 결과 모든 경계가 허물어진다. 보통어와 시어, 성스러운 것과 음담패설, 성기와 목의 기관, 과거와 현재, 여자와 남자, 영웅과 보통사람 등, 이원적 대립이 속절없이 녹아버린다. 에스컬레이터의 상하의 움직임과 남자의 성기의 들고남이 포개어지는가 하면, 도시의 고층건물들이 먼 옛날의 전쟁터의 산야가 된다: '눈에 잘 띄는 가장 우뚝 솟은 저 울워스 건물을 위시해, 모든 고층건물 안에 있는 틱틱프록픽픽하는 소리를 내며 높이 올라갔다 내려갔다 하는 승강기는, 핀(이 작품의 주인공)의 남근이 주기적으로 발기하고 가라앉는 것처럼, 남자와 여자라는 인간 동물을 태우고 올라갔다 내려갔다 하는구나. 높이가 제각기 다른 저 건축물들이 이루는 숲은 전쟁으로 인해 굉음으로 가득하고 불붙은 아일랜드의 산야와 같다. 거기서 로렌스 오툴은 최고 권좌에 올라갔고, 토마스 베케트의 목은 잘린 채 떨어졌

---

120   Sartiliot, 83.

121   Kenner, *A Colder Eye*, 278.

122   Benstock, 146~49.

다.'[123] 동시에 여기 승강기의 글자 소리(가짜 의성어)는 옛날의 인쇄기계 boustrophedon 소리다('writing thithaways — hithaways writing'). 《율리시스》의 블룸이 근무하는 신문사에서 신문 찍어내는 소리이다.[124] 비교적 좁은 모음은 수직적인 움직임을, 비교적 음양이 많은 모음은 수평적인 움직임을 나타낸다. 인쇄기계의 움직임을 뜻하는 이 단어는 원래는 소가 밭을 갈 때, 느릿느릿 밭을 왔다 갔다가를 반복하는 모습인데, 이를 조이스는 《경야》에서도 언급한다.[125] 동시에 이런 움직임은 글 쓸 때 움직임이기도 하다.

영어를 이렇게 산산이 부수어버리는 조이스의 심리에는 아일랜드를 식민지화한 영국에 대한 복수의 염이 잠재했던 것일까? 문법과 어법을 위배하면서 재창출된 이러한 '애매모호폭력적' 언어유희를 두고 '언어의 밑바닥 지층을 쇄토碎土하고 써레 하는 것',[126] '언어에 가하는 가학증', '언어에 대한 무차별적 착취'라고 평자들은 표현한다. 언어의 밑바닥까지를 전부 파내어 뒤엎어버리는 이유는 물론 언어는 더 이상 대상을 비추는 거울이 되지 못한다는 철저한 인식에서 비롯된 것이다. 그러나 겉으로 보기에는 영어를 완전히 부수어 버리는 것 같지만, 다의미적이고 입체적인 단어로 무한대의 의미로 다시 뭉쳐진다. 히스는 'venessoon'(3.10)에는 25개의 다른 언어가 들어가 있다고 한다.[127] 이러한 언어의 혁명적

---

123 '… a waalworth of a skycarpe of most eyeful hoyth entowerly, erigenating from next to nothing and celescating the himals and all, hierdrchitecfitiptitoploftical, with a burning bush abob off its baubletop and with larrons o'toolers clittering up and tombles a'buckets clottering down' (4:35~5:1~4).

124 McHugh, *The Finnegans Wake Experience*, 35.

125 'A …an earshare he pourquose of which was to cassay the earthcrust at all of hours, furrowards, bafawars, like yoxen at the turnpath.'(18.29~32)

126 Robert Matin Adams, 62.

127 Heath, 'Ambiviolences' in Attriege and Ferrer, ed., *Post-structuralist Joyce*, 62.

318

분화는 베케트, 데리다, 혹은 말라르메에서 보이는 의미 빼기가 아니라, 무한대로의 의미 더하기이고, 이렇게 해서 만들어진 무한대의 의미를 암시하는 수없이 많은 단어들이 유연하기 그지없는《경야》의 망罔·網·妄 안에 있다.

우리가 알고 있는 명증하고 정확한 글자에 조이스가 '애매폭력적'으로 전쟁을 일으켜, 조이스의 단어들은 '요약할 수 없는 의미의 비雨'를 내리게 했다. 이 결과 글리브 하트만 같은 조이스의 이상적 독자들에게는 잠못 이루는 밤[128]이 잦아지게 된 것이다.《경야》의 글쓰기는 결코 무의미의 거대한 혼동이나 아방가르드가 실험했던 무의식의 자동 글쓰기도, 혹은 조이지 스텐이너처럼 음에만 의존했던 것도 아니다. 과다의미로 팽창되어 끊임없이 터지는 재미 만점의 팡파레funferral다. 동시에 주인공 Fin의 장례식funeral이기도 하다. 이렇듯 분해, 조립한 조이스 단어는 무한대로의 의미 창출을 위한 것이다. 하트만은 조이스 단어를 '다면체적'이라고 했다.[129] 큐비즘의 단어라는 뜻이다. 시간미학과 공간미학 모두에 능한 조이스가 무서운 속도로 진행시킨 언어유희는 복수 의미 창출을 위해서다.

우리가 상술한 데리다의 미시적 gl 언어유희(이 책)는 조이스의 것과는 정반대 방향으로 진행된다. 이를 G. 하트만은 '에피그라마톨로지epigrammatology'라 했다. epi-는 epiphany에서 따온 음절이다. 이 말의 뜻은 성체나 신의 현현이다. 데리다의 그라마톨로지는 현현, 존재, 신, 인식소, 진리, 이 모든 것들이 차연의 효과에 불과하다는 사실을 그만의 독특한 글쓰기를 통해 포스트구조주의 인식의 현현을 가능케 했다는

---

128 'sentenced to be nuzzled over a full trillion times for ever and a night till his noddle sink or swim by that ideal reader suffering from an ideal insomnia'(120.12~12).

129 Clive Hartman, 31~2.

뜻이다.

데리다가 펼치는 이러한 언어유희는 바로 초월적 기의·절대 진리가 소리와 철자의 요행적 교접과 우연임을 드러낸다. 요행소_{alloseme}의 접착으로 형성된 것임을 드러내 보여주는 언어유희다. 모방 표상체계 속에 있는 의미론_{semantics}에 쐐기를 박고, 구조 안에서 행해지는 현란한 언어유희의 한계를 드러낸다. 이 결과 필연이란 전적으로 자의적으로 이루어졌음을, 이념_{L'Idée}은 조직된 짜깁기, 제조된 글자 효과에 불과함을 드러낸다. 철자 혹은 글자는 물건 같은 것_{letter=thing}으로 이 자체에는 아무런 의미가 없음을 드러낸다. 헤겔도 데리다도 '사전辭典을 생산적이고 유전 발생적으로, 그리고 시적 방식으로' 사용했지만, 헤겔이 고수하고자 한 고유 의미와 시적 창조는 결과적으로는 이동 가능한 것들을 이동시켜 풀로 다시 붙인 것에 불과함을 데리다는 gl 언어유희를 통해 보여준 것이다. 그러나 데리다는 글자는 한낱 물질이고, 결코 고정되지도 의미도 갖지 못하지만, 이것을 해체적으로 사용하면, 가장 중요한 자원이라는 사실을 데리다가 되풀이 강조했음도 함께 기억해야 한다.

데리다와 조이스의 언어유희를 비교하면, 표면적으로는 여러 가지 유사점을 지닌다. 여러 개의 외국어로 다양한 문체를 동시다발적으로 구사했으며, 단어를 무제한적으로 분절시키는 것, 그리고 이원 구조를 허물어버린다는 점이다. 그러나 데리다의 언어유희가 더 이상 분절되지 않을 때까지 분절시켜 분산시키지만, 조이스의 분화와 분산은 이를 다시 단단하게 모으는 '통합적 그물망_{synthetic grid}' 안에서 제유의 법칙을 따르면서 원형적 패턴 안에서 통제된다.[130] 이 결과 조이스가 만든 단어들은 음악 용어로는 화성이 되고, 공간적으로는 다면체다.

---

130 Krupnick, ed., 85.

조이스는 글자 소리는 전통적 의미의 의성어는 아니지만, 마치 의성어인 것처럼 이 자의적 음성주의를 여전히 강고히 유지하고 있다. 이에 비해 데리다의 글쓰기는 어떤 형태의 음성주의도 배제한다. 이는 음성중심주의를 후원하는 형이상학 신학을 철저하게 해체하기 위한 것이다. 조이스는 천연적 의성어가 없다는 사실을 그 누구보다 더 잘 알고 있었지만, 소리에 대한 자신의 지대한 애착과 매료, 그리고 사실주의 계열의 작가에게는 절대 필요이기 때문에 이를 극대화시킨 것이다. 비유하면, 조이스의 언어유희는 눈을 굴러 그 의미가 점점 눈덩이가 커지는 것이고, 데리다의 언어유희는 분무기에서 나오는 수없이 많은 물방울이 공중에서 산포되어 사라지는 것에 비유된다.

11. 데리다와 조이스의 가족 유사성

두 사람의 유사성은 10.〈조이스와 데리다의 가족 상이성〉에서 조이스가 창출한 글자 소리, 이원 구조에 근거한 제유, 그리고 기하학 틀을 조이스 스스로 그의 작품에서 어떻게 해제하는가를 점검하는 것으로 드러날 것이다.

(1) 이원 구조 해제

데리다가 조이스에 개입하는 첫 번째 이유는 조이스가 이원 구조에 바탕하는 제유라는 수사를 사용했기 때문이다. 서구 인문학을 지배해온 이원 구조와 변증법 틀은 경험주의·사실주의 작가에게는 표상의 절대 필수이지만, 조이스는 이원 구조를 믿은 적이 없다. 그는 삼위일체설을 위대한 농담으로 생각한다.[131] 조이스는 이미《초상》에서 이원 구조에 의문을 던진다: '논리적 통일성이란 부조리를 버리고, 비논리적 비통일성을 수용한다는 것, 그것은 어떤 해방일까?'[132] 그는 유카리스트를 믿지도 안 믿지도 않으며, 그래서 회의를 극복할 의지도 없다고 한다.《더블린 사람들》〈죽은 자〉에서 이미 이원 구조의 경계는 지극히 모호해진다.[133]《경야》는 죽음과 깨어남이 모호하게 뒤섞인다.[134]

데리다 또한 신성모독의 파격적·세속적 사유자로 간주된다.[135] 조이스와 데리다, 두 사람은 이런 점에서 유사하다. 조이스는 자신의《율리시즈》는 '음란애淫亂愛적 철학 신학pornosophical philothology'이며 '맥클린 저자거리 형이상학Metaphysics in Mecklenburg street'이며, '분뇨학적 종말신학scatological eschatology'이라 했고,《경야》를 '이중의 눈으로' '미국 출판사나 도서실에 의해 보호받는 것이 아니라, 이에 역행하는 것으로, 아일랜드인들 특유의 쓰디 쓴 아이러니를 가지고, 육적으로, 고약하게, 동시에 적절하게, 숭엄화가 완전히 부식할 때까지, 연속적으로 현재 시제로 천천

131　After all, he said to Frank Budgen, 'The Holy Roman Catholic Apostolic Church was built on a pun. It ought to be good enough for me.'

132　'What kind of liberation would that be to forsake an absurdity which is logical and coherent and to embrace one which is illogical and incoherent?'

133　《더블린 사람들》〈죽은 자〉의 배경은 바깥에는 눈이 온통 산야를 덮고 있다. 이와는 대조적으로 실내는 크리스마스 파티가 벌어지고 있다. 산더미처럼 차려진 음식과 술, 웃음과 덕담, 음악과 춤의 향연이 펼쳐진다. 그러나 주인공 가브리엘Gabriel이 이야기 말미에서 기절한다('swoon')는 이 단어를 두고, 초월의 황홀경을 암시하는 것인가, 아니면 정신을 잃어버리는 죽음/마비를 뜻하는가를 두고 엄청난 논쟁을 벌였다. 마비(죽음)는 크리스마스에 내리는 눈(축복)과 포개어진다superimposition. 이렇게 이원 구조는 흐릿해진다. 이 남자 주인공 이름이 성서에서 마리아에게 수태를 알린 대천사의 이름이어서, 아이러니의 효과는 배가 된다.

134　Burgess, *Rejoyce*, 94.

135　O'Connor 참고.

히 회전목마를 타고 빙빙 돌아가는 전 역사에 대해 쓴 것'[136]임을 선언했다. 조이스의 말이다: '태초에 풍자가 있었다.' 서구 형이상학과 신학을 작정하고 조이스는 풍자한다.[137] 데리다가 한 말, '태초에 차연이 있었다', 혹은 '태초에 전화통화가 있었다'보다 한 발 더 간다. 조이스는 초월을 원하지도, 가능하다고도 보지 않았다. 또한 정과 반, 이 둘은 동일하다는 것도 알고 있었다. 이런 이유로 조이스는 《율리시즈》에서 '모든 극과 극은 만난다Jewgreek is Greekjew. The extremes meet'고 했고, 정과 반이 동일함을 인유, 암시하는 합성어는 무수하다.[138]

---

136 '… he shall produce nichthemerically from his unheavenly body a not uncertain quantity of obscene matter not protected by copyright in the United States of Ourania or bedeed and bedood and bedang and bedung to him, with this double dye, brought to blood heat, gallic acided on iron ore, through the bowels of his misery, flashly, faithly, nastily, appropriately, this Esuan Menschavik and the first till last alshmist write over every square inch of the only foolscap available, his own body, till its corrosive sublimation one continuous present tense integument slowly unfolded all marry-voising moodmoulded cyclewheeling history …'(185:28~186:02) 'nichthemerically'는 24시간이고 'from his unheavenly body로 보인다. 'quantity of obscene matter'는 자신의 일이 bedeed and bedood and bedang and bedung to him이라는 말은 모두 성행위와 배설을 열거한 것이다. 'alshmist'는 ash와 alchemist 두 단어를 섞은 것이다. 조이스라는 작가는 작품을 만들어 재와 동일한 글자로 작품을 만들어내는 alchemist라는 뜻이다. 데리다도 언어를 재로 비유했다. 그러나 재가 동시에 미래 형이상학의 가능성임을 지적했다. 데리다 글쓰기와 조이스의 언어 역시 안개mist처럼 애매모호하다는 뜻도 alshmist에서 암시된다. foolscap은 인쇄하는 종이를 뜻하지만, 동시에 fool's cap은 광대들이 쓰는 모자이기도 하다. 조이스는 자신의 글로 우리를 계속 웃기는 그래서 평론가들이 조이스에게 'Jim Joker'라는 애칭을 붙였고, 조이스 자신도 자신을 광대라 부른다. 그 다음은 역사에 대한 비코의 틀에 따라 서구역사를 종이라고 하는 (나무) 껍질integument에 쓴다는 뜻이다.

137 조이스 어머니는 임종 시, 조이스에게 천주교 신자가 되어줄 것을 유언했으나, 조이스는 거절했다. 데리다 또한 그의 어머니로부터 동일한 부탁을 거절했다.

138 1. 'Sanglorious'(4.07) Sans glory(without glory)/Sang glory(with blood and glory) Sans은 프랑스어로 없이, Sang은 피라는 뜻이다. 여기서 피(폭력 죽음)와 영광은 동일한 것이라는 함의다. 기독교의 영광은 무수한 피로 얼룩졌다는 말로, 영광인지 폭력인지 알 수 없다는 함의.

2. 'Say us wherefore in our search for tighteousness, O Sustainer'(5.18~19).
'Support us, be our stay/hinder us, stop us, stay us' 이 구절은 셸리의 시, 〈서풍에 부치는

이렇게 정과 반이 동일해지고, 결국 합쳐진다고 했으니, 이것이 변증법이 아니냐고 하겠지만, 변증법이 아닌 이유는 정과 반이 합쳐지면, 정신으로의 지양이 일어난다고 헤겔은 말했지만, 조이스에게는 정신의 기양이 아니라, 동일한 것의 조금 다른 반복이 다시 시작되는 것[139]이라 했기 때문에 변증법이 아니다. 데리다가 모든 역사는 글쓰기의 반복으로 구성된다고 말한 것과 동일하다. 이런 이유로 조이스는 《경야》의 주제가 되는 꿈의 틀로 비코의 틀ricorsi, 인도 종교의 틀, 경첩으로 이어진 삼면경 三面鏡의 구조를 사용한다.[140] 그리고 이러한 변화를 무한 반복하는 중심은 바로 불교에서 말하는 중심으로 '연꽃의 사이클에 돌아가는 수수께끼, 신비, 꿈A conansdream of lodascircle')이다. 동시에 이 중심은 침묵으로 모든 것이 소멸하는 순간이다. 그리고 이 소멸 바로 다음 단계는 또 다시 생

노래)의 한 구절이다. 셸리는 서풍을 우리를 파괴하면서, 다시 봄의 만물의 소생을 약속하는 이중적 요인으로 보았다. 조이스는 '우리를 지속시켜 달라. 우리와 함께하며 우리를 감추어 달라. 우리를 정지시키고, 우리를 지속시켜 달라고 한다. 즉 죽이고, 동시에 살아나게 하라는 뜻. tighteousness는 righteousness에 대한 고의적 오음. 그러나 이 둘은 사실 공통성이 있다. 정의를 결코 느슨한 것이 아니고 엄혹하기 때문이다.

3. 'there's leps of flam in Funnycoom's Wick'(499.13) 이것은 'You'll have loss of fame from Wimmergame's fake(375.16~17)을 살짝 변형시킨 것으로 여기서 leps은 loss, 그리고 lots 가 동일하다는 것이다. 즉 손실과 많음이 서로 닮았다, 거의 동일하다는 함의.

4. 'for the loathe of Marses'(518.02). loathe는 증오이지만 이 단어는 스펠링도 공통되는 것이 많고, 발음도 love와 거의 동일하게 들린다.

5. 'melevelance'(350.13): my lance of Love/malevolence(also loveless and Lovelace, malevolent seducer).

6. 'life wends'(595.02). wends에 went와 ends의 합성어.

7. 'his heavenlaid twin'(177.21): heavenly/ugly(프랑스어 laid), 또한 '하늘에서 태어난laid'이라는 뜻도 포함. 추醜와 미가 동일하다는 뜻.《맥베스》시작 대사와 동일.

8. 'andthisishis'(177.33): antithesis(antithesis/other)의 뜻과 and-this-is-his는 이것은 그의 것으로 같음을 뜻함. Heath, in Derek and Ferrer, Daniel. ed, 59에서 재인용했고, 여기 저기 필자가 부언 설명.

9. 우리가 이미 인용한 'wrought' (595.19)는 'right'와 'wrong'의 합성어.

139   'Mere man's mine: God has jest. The old order changeth and lasts like the first'(186.09).

140   Clive Hartman, 251.

324

성이다. 초월이나 절대정신이 아니다. 따라서《경야》의 1권 2권 3권은 생성과 이의 변화는 AUM으로, 이는 불교·힌두교에서는 사바세계를 뜻하는 것이다. 4권은 침묵의 가장 깜깜한 밤인 동시에 가장 흰빛Turiya으로 암시되는 지점이다. 이 흰빛이 기양이나 천상으로 되돌아가는 것이 아니라, 또 다른 시작이기에《경야》는 헤겔의 변증법을 따르지 않는다.

이원 구조를 믿지 않았던 조이스는 데리다와 베케트처럼 데카르트를 패러디한다: 'cog it out, here goes a sum'(304.31). 이 말은 데카르트의 유명한 말, '나는 생각한다. 그러므로 존재한다'(Cogito, Ergo sum)를 묘하게 비튼 것이다. '장부〔정과 반을 잇는 이음새〕를 빼버려라. 그리하면 총합이 있다'인데, 이는 정신과 물질이 연결된다는 이음새를 빼버리면, 남게 되는 합계·전부sum는 자아의 존재가 아니라, 타자의 합계일 뿐이라는 뜻이다. 또한 조이스는 A. 포프Pope의 시, 〈비평에 대한 에세이〉(1709~11)의 한 구절(Drink deep, or taste not the Pierian spring.' 2부, II, 215~6)을 빌려, 데카르트를 풍자한다: 'Sink deep or touch not the Cartesian spring'(301.24~5). 조이스는 데카르트에 대해 아주 깊이 사유하면, 이원 구조가 허구임을 알수 있을 터이지만, 그렇게 하기가 쉽지 않으니, 어설프게 할 것이면 차라리 건드리지 말라는 뜻이다. 또한 조이스는 베케트처럼 데카르트를 이상하고 섬뜩한 괴물로 묘사한다.[141] 조이스는 데카르트의 이원 구조를 우리의 인식을 끊임없이 혼침昏沈 속으로 빠지게 하는 마상魔想으로 간주한다. 이를 제어하기 위해 스티븐은 그의 부적인 물푸레나무ashplant 지팡이

---

141 'A white mist is falling in slow flakes. The path leads me down to an obscure pool. Something is moving in the pool. it is an arctic beast with a rough yellow coat. I thrust in my stick and as he rises out of the water I see that his back slopes towards that he is very sluggish. I am not afraid but, thrusting at him often with my stick drive him before me. He moves his paws heavily and mutters words of some language which I do not understand.' Heath, in Derek and Ferrer,. ed, 62에서 재인용.

로 땅을 친다. 조이스에게 천주교 신자가 되줄 것을 임종 시 부탁했던 어머니는 죽음의 악귀로 묘사된다.《율리시즈》에서 죽음의 춤이 끝나자마자 스티븐의 죽은 어머니가 나타난다. 그녀의 말은 더할 수 없이 아름답지만(모든 종교인들이 그러하듯), 숨을 쉴 때마다 재 가루가 입에서 나오고, 머리칼은 거의 다 빠진 채다. 교리에 맹종했던 그녀의 영혼은 더 이상 구원된 영혼이 아니라, 악귀로 변해 있다. 스티븐은 악귀라고 외친다. 이는 바이런의 맨프레드가 구원에 도움을 주겠다는 승려를 악귀로 취급하는 것과 매우 유사하다. 이뿐만이 아니다. 성스러운 찬송은 시간이 깔리고, 그리고 도깨비hobgoblin 축음기 — 우리는 앞에서 글자 소리와 연관해 축음기에 대해 논했다 — 를 통해 들려온다(413: 2170). 종교제식에서의 기도 역시 세속의 잡음과 대동소이한 글자 소리의 반복되는 기계소리다. 데리다의 해체적 손길을 거치면, 데카르트, 헤겔, 하이데거는 얄팍하고 계산이 빠른, 매우 세속적인 개인으로 화하듯, 조이스의 풍자가 지나가면, 성스러운 것은 웃음거리가 된다. 조이스는 삼위일체를 루이스 케럴(Louis Carroll, 본명은 Charles Lutwige Dodgson)의 가족관계로 대체한다: 'Dodg-father, Dodgson & Coo.'[142] 여기서 도우선은 세 개의 분리된 개체 안에 있다는 뜻이다. 작가, 작중인물, 그리고 'Coo'는 성모聖母에 해당하는 것으로 온유한 비둘기를 연상시키는데, 사실은 도우선이 함께 놀며 사진도 찍고 한 소녀 엘리스다. 그리고 Dodg에서 d를 빼면 dog이 되는데, 이는 God의 철자변치paronomasia다. 조이스가 법noma를 어기는paro- 단어는 곧 바로 신성을 어기는 것이 된다. 데리다의 철자변치도 이러하다.

이원 구조의 무근거는 결국 인간과 신의 경계까지 허물어버리게 된다. 조이스가《경야》에 출현시키는 역사의 기록자이고 성서의 일꾼 4명,

---

142   Polhemus, 247에서 재인용.

즉 마마루조mamalujo, 예수의 제자들 4명(Mark, Mathew, Luke, John)의 이름의 첫째 둘째 철자를 따와 합친 것인데, 이들은 전혀 경건하지 않다. 이들이 즐겨 부르는 노래는 〈올드 랭자인〉이고, 기네스 맥주를 즐기며 더블린 술집에서 상주하는 사람이다. 그럼에도 불구하고 이 네 사람은 《경야》의 주인공인 HCE의 일거수일투족을 바라보고 언급한다. 여기서 HCE가 보통 사람Everyman으로 어린 소녀들과 피닉스 공원에서 추문에 가까운 정사를 벌인 남자인 동시에 하나님 같기도 하다. 왜냐하면, 마마루조는 마치 신학자들·법관들인 양, 끊임없이 HCE의 추문에 대해 추궁하고, 특히 암탉(ALP)이 물어 나른 쓰레기·글자·편지litter·letter에 대해 온갖 노력을 다해 연구하고 해독하려 하나, 모든 것은 끝까지 미궁에 빠지기 때문이다. 신의 존재가 무엇인지 전혀 알려지지 않는 것처럼, HCE에 대해서도 아무것도 알려지지 않는다. HCE은 분명 보통남자지만, 서구 인문학이 3천 년 동안 온갖 가정과 전제로 알아내려 했으나, 여전히 모든 것이 밝혀지지 않았다는 점에서 신이다. 인간과 신은 아무리 연구를 해도 그 정체가 드러나지 않는 점에서 신=인간이 조이스가 뜻하는 바이다. 조이스는 《경야》을 'Scripture'가 아니라, 'secret stripture'(293. 2n)라 했다. 즉 《성경》을 비밀리 발가벗기는 글이다. 데리다 역시 《글쓰기와 차이》의 책 제목을 대문자 Écriture(프랑스어로 대문자로 쓰면 《성경》을 뜻함)로 하지 않고 소문자 écriture라 한 것 역시 신학을 해체하기 위한 것이다.

HCE는 모든 일반 인간이다. 그는 항시 존재하는 자로 Your Ominence이며, 이 합성단어는 Omnipresence와 omen을 섞은 것으로, 늘 존재하지만, 불길한 존재를 뜻한다. 또한 마마루조는 그를 'Your Imminence', 급박한 사태라고 부른다. HCE가 피닉스 공원에서 어린 여자와의 추문에 휩싸이면서, 조사를 받게 된다는 것은 급박한 사태다. HCE는 한때는 영웅이고 구원자였지만, 지금은 술에 취해 잠을 자다가 침대에서 떨어진 채, 꿈을 꾸고 있는 중이다. 술에 취해 침대에서 떨어진 것은 기독교의 경사스런 타락Culpa Felix과 연관되지만, 낙원으로 되돌아간다는 전제는 없다. 조이스는 'Culpa Felix'을 'coupla felix'라 했다. 죄를 짓고, 예수를 통해 구원받는 것(기독교 교리)이 아니라, 행복한 짝짓기, 즉 성교를 통해서 구원받는다.[143] 조이스는 예수를 신으로 받아들이지 않는다psilanthropy. 깨어나는 것, 부활이 주제인《경야》의 줄거리를 조이스는《성경》이 아니라, 아일랜드 사람들이 술을 먹고 즐기며 게임을 하면서 부르는 노래가사에서 가져온 것이다. 1864년 뉴욕에서 악보와 가사가 출판된 이 노래 가사의 주인공 팀은 '술 사랑으로 태어났다.' 이 팀 맥쿨이 술을 먹고 공사판에서 일을 하다 떨어져 죽어, 사람들이 그의 시신을 집으로 옮겨와 침대 위에 눕혀놓고 11명의 친구들이 술을 마시며, 게임을 하는 내용이다. 슬랩스틱slapstick같은 장면과 지나친 장난과 소음 때문에 교회회의는 이를 금지했다.[144] 마지막 낭만주의자 예이츠는 아일랜드 역사의 고상한 주인공Deirdre Cuchulain을 자신의 시에 등장인물로 선택한 데 반해, 재담과 풍자에 능한 조이스는 명성을 잃어버린 역사인물Fionn Mac Cumhail을 자신의 작품 주인공으로 선택한 것이다. 이원 구조를 믿지 않으면 성聖과 속俗의 경계가 무너진다. 조이스의 이러한 불경은 이원 구조를 믿지 않는 데서 나온다. 대신 조이스 자신이 그의 작품 안에서 신이 되었다. 데리다도 불경을 선언한다: '유한한 신이여, 당신을 무한으로부터 일깨우기 위해 나는 글쓰기를 하오.'《경야》는 이미 서구의 경건한 종교와 철학으로부터 멀리 있다. 오히려 장자의 '나비 꿈'과 연계된 것 같기도 하다. 이원 구조

---

143   Ellmann, *Ulysses on the Liffey*, 169.

144   Kenner, *A Colder Eye*, 279~80.

를 믿지 않으면서 코즈모폴리턴적인 입장을 견지한다. 더블린에 있는 듀크 거리―조이스의 작품에 늘 등장하는 장소―에는 동서양이 연결되어 있다. 아랍인들도 등장한다. 데리다 역시 전체화가 아니라, 코즈모폴리턴적인 관점을 견지하고자 했다. 두 사람 모두 이방인으로 자의 반 타의 반 떠돌아 다녔다.

(2) 글자 소리 해제

조이스가 그의 천재적 음감을 살려, 신화까지 소리 틀(푸가)에 맞추었다.《경야》에서 자신을 '소리지휘자'(183. 09)로 칭하며《경야》를 '메아리 땅'이라 했지만, 조이스는 이 소리글자가 표상을 한다고는 전혀 믿지 않았다는 증거는《경야》에 편재해 있다. 조이스는 글자 소리가 아무런 기의와도 연결되지 않는다는, 소위 포스트구조주의 인식을 이미 자명하게 밝히고, 언어가 덧됨을 안다: 'this is nat language at any sinse of the world' (83.12). 여기서 sinse는 sense와 sin의 합성어인데, 언어는 더 이상 천연적인 의성어나 의미, 기의를 가지고 있지 못한 것은 인간이 죄를 지어 떨어졌을 때, 언어도 함께 떨어져 의미가 상실되었다는 함의다. 이런 의식이 데리다에게도 있다. 이런 이유로 술에 취해 자다가 침대에서 떨어진《경야》의 주인공 HCE는 항상 복화술의 운명에 처해진 소요자('doomed but always ventriloquent Agitator' 56.05~06)인 동시에 귀를 깨우는 자('herewaker' 619.12)이다. 귀를 깨우는 자로 계몽할 수 있는 이유는 문학literature은 얼른 보면 한낱 쓰레기litter/letter지만 궁극적으로 빛lit을 포함하고 있기 때문이다. 이중적이다. 그러나 조이스는 소쉬르처럼 언어를 화폐체계와 시공간화과 동일시한다. '동시적으로 체계로 서로 엉켜있고, 매일 여기저기서 교환되고 팔리고 또 팔리고 한다seemaultaneously sysentangled themselves, selldear to soldthere, once in the dairy days of buy and buy' (161.06~14). 그러므로 조이스는 '소리 형식, 글자 소리는 단지 대리인에 지나지 않는다 The speech form is a mere surrogate.'(140.19)고 말한다. 언어는 '경제성'이란 말은 포스트 구조주의에 와서 우리가 깨달은 것이지만, 모더니즘의 문학 대가인 조이스가 데리다보다 먼저 우리에게 알려주었다. 이런 이유로 표상은 전적으로 불가능해진다. 스티븐이 복도 거울에서 본 셰익스피어('a mirror up to Nature') 환영의 얼굴은 마비되어 있다(12:3820). 절망에서 나오는 그의 외마디의 말은 목이 졸린 듯하다: 'Iagogo! How my Oldfellow chokit his Thursdaymoum. Iagogo!' 조이스는 작가의 운명을 이아고Iago의 간계에 속아 오델로가 목 졸라 죽인 데스데모나의 운명에 비유한다.

이와 동일한 인식이 데리다에 의해 강조, 조명된다. 글이 모든 것의 기원inaugurale(《글쓰기와 차이》 22/11)이라면, 글은 창조의 기원이 아니라, 점augures(23/12)의 기원이다. 그러나 존재의 비밀은 언어로 드러나는 순간 죽어버린다. 바로 이런 이유로 글을 쓴다는 것은 철저하게 근원 없는 유희에 불과하다. 글자는 모든 근거와 태초로부터 떨어져 나오기 때문에 글쓰기에는 현기증을 일으키는 자유가 부여된다. 그러나 자유이자 의무는 고뇌angoisse를 수반한다. 이 고뇌는 한 작가의 개인에게 국한되는 것이 아니라 절대적으로 근원적인 것이다. 말(쏨)이 말로 드러날 때 좁디좁은 협도augustia을 통과해야 하고, 이때 의미가 방해받고 숨이 옥죄어지면서 질식당해, 말(쏨)이 드러나지 못한다는 데서 오는 고뇌고 비애다.

그러나 비록 이렇게 모든 것으로부터 갈라진 채, 폐쇄 속의 자체적 법칙에 따라 생성되는 죽은 의미지만, 이것이 신성한 기호를 잃어버렸다는 사실을, 예측불허하게 우리에게 상기시켜주고 일깨워준다. 유대 역사도 이 사실을 말하고 있다. 예레미야가 하나님의 말씀을 제대로 받아 적을 수 없었을 때의 고뇌(〈예레미야〉 36: 2, 4)를 말할 때다. 유대주의가 말하는, 하나님의 숨과 말ruah은 정신과 일치하지만, 인간은 영원히 숨과 정신을 일치시킬 수 없는 데서 오는 고뇌이다. 하나님의 말씀, 스토아 학파가 제5 원소로 간주한 생명원소인 뉴마pneuma는 그래서 영물학靈物 學, pneumatologie이다. 뉴마는 라틴어 spiritus를 뜻하고 이 spiritus는 정신 이자 동시에 숨을 뜻한다. 이 정신에서 로고스란 말이 나왔다. 이 로고 스·정신은 다시 신성神性, 천사, 인간, 이렇게 셋으로 나뉜다. 그러나 숨 인 정신은 이렇게 분화되어 글(로고스)로 쓰일 때 질식된다(《글쓰기의 차 이》19/9).

이런 상태에서 현기증 나는 언어유희는 불가피해진다. 일대 일의 표상 이 전적으로 불가능하기 때문이다. 요행과 우연에 의지할 수밖에 없기 때문이다. 이 결과 《율리시즈》는 우리의 언어 경험과 언어를 배열하는 그 사이에 통제된 개입을 통해 만드는 3차원의 환幻을 창조하는 언어의 홀로그램'[145]이 된다. 그래서 작가 솀의 절망은 공허한 웃음으로 표현된 다: 'Hu, Hu, Hu.' 이러한 언어로 인해 모든 사물은 흔들리고, 산산이 깨 어진 거울을 통해 볼 수밖에 없다. 데리다의 《글라》가 이런 글쓰기임을 우리는 앞에서 보았다. 조이스는 이상적 보편적 언어와 순수 시어는 사 라졌음을 표명한다. 그는 한밤에 배뇨mishe mishe하고 이 양은 그의 주체 의 한계를 넘어선다(502.30). 소리와 글자 사이에는 아무런 연관성이 없 음도 조이스는 지적했다. 소리는 눈이 볼 수 없고, 글자는 귀가 들을 수 없으니, 소리와 글자 사이에는 지혈기가 있다고 말한다.[146] 그래서 이 '눈

---

145 Weir, 39에서 재인용.

146 'What can't be coded can be decorded if an ear aye seize what no eye ere grieved for' (482.35~6), Heath, 58. 그러나 이것을 전혀 다르게 해석하는 보일Boyle은 눈과 귀 등, 공감 각synaesthesia이 전혀 이해하지 못하는 것은 〈고린도 전서〉 2:9에서 말하는 하나님을 뜻하 는 것으로 풀이한다(Boyle, x). 그렇다면, 이는 〈고린도 전서〉에 대한 조이스의 풍자라고 보 는 것이 좀 더 타당하다. 왜냐하면, 조이스가 형이상학과 신학에 대한 풍자는 《경야》에서 지속적으로 계속하기 때문이다.

의 듣기optical listen'는 '잉크병inkstand'(173.34) 없이는 불가능하고, 이 결과 언어의 속성은 '뛰어나가, 물 속으로 빠져버리고 폭행당해greet scoot, duckings and thuggery' 그 의미가 모두 사라지고 없어진다. 여기서 'scoot'는 Scott, 'duckings'는 Dickens 그리고 'thuggery'는 Thackeray다. 사실주의 계열의 위대한 작가들의 단아한 언어도 차연으로 폭행당해 만신창이가 되었다는 뜻이다.[147]

조이스가 지적한 이런 언어의 폭력성 역시 데리다가 간단없이 지적했다. 언어는 겉으로 보면 아무런 문제가 없고 평온한 상태에 있다. 그러나 그 이면은 전혀 다르다는 사실을 조이스도 지적한다[148]: 언어의 이면은 칼과 갈래진 도구로 수없이 많이 베였고, 깊은 상처로 쪼개어졌고, 구멍이 뚫리고 동시에 기하학의 점(구멍)이다. 이 종이는 4개의 유형으로 상처를 지니고, 서서히 그리고 정확하게 글자가 쓰이는 폭력에 4각의 종이는 중지할 것을 주문한다. '제발 그만'은 종이가 하는 말이다. 그러나 이런 호소에도 불구하고 하나의 진실한 실마리를 따라, 외골수 남자의 벽은 할례당하고 상처투성이가 된다. 그 다음 나오는 'bi tso'는 펜으로 글자

Heath, in Attridge and Ferrer, ed., 58.

148 'Yet on holding the verso against a lit rush this
new book of Morses responded most remarkably to the silent
query of our world's oldest light and its recto let out the piquant
fact that it was but pierced butnot punctured (in the university
sense of the term) by numerous stabs and foliated gashes made
by pronged instrument. These paper wounds, four in type,
were gradually and correctly understood to mean stop, please
stop, do please stop, and O do please stop respectively, and
following up their one true clue, the circumflexouous wall of
singleminded men's asylum, accentuated by bi tso fb rok engl
a ssan dspl itch ina,···Yard inquires pointed out → that they ad bin 'provoked' ay ^ fork, of
à grave Brofèsor: àthe é's Break —fast —table; acùtely profèššionally *piquèd*, to=introdùce a
notion of time ùpon à plane(?) sù ,' ' fàç'e'by pùnt! ingh oles(sie) in iSpace?!' (123.34~124.12).

를 쓸 때 나는 소리다. 그리고 조이스의 글쓰기인 이 벽은 음산한 교수들에 의해 조사당한다. 이 결과 벽은 직물처럼 짜여 지면서, 동시에 마치 아침식사 테이블처럼 빠르고 날카롭게 부서지고 난도질당한다_piquèd_. 글쓰기는 어쩔 수 없이 모든 것을 일률적으로 시공화하기 때문이다. 찔리고 구멍 나고 '할례당한 벽'은 바로 데리다《글라》의 기둥 모습이다.

> 《글라》는 원추통의 기둥인 책을 현전시키고, 이미 구멍이 뚫리고, 조각
> 나고 깨어지고, 문신당한 원추형 기둥 위에 쓰고, 동시에 기둥 주위에, 그
> 리고 기둥을 대항하여, 철저하게 입이자 텍스트인 그 기둥 사이에서 쓴다.
> (7b/1b)

조이스는 자신의 글쓰기를 두고 불꽃 튀는 남성의 재치와 말솜씨 phallopyrotechique라고 했는데, 글쓰기는 방화적 기술pyrotechnique이라는 뜻이다. 글은 모든 것을 태우는, 무화시키는 것임을 뜻한다. 이 역시 데리다가 언어의 속성이라 했던 것이다. 그래서 데리다는 다 타버린 재(의미가 타버린 언어)에서 미래를 모색한다.[149] 정교하게 기하학적 배열을 가진 조이스 자신의 작품 구성을 두고 조이스는 '모든 것을 조용하게 만드는 유령성'[150]이라 했다. 유령 역시 데리다가 차연의 또 다른 기표로 사용한 것이다.[151] 조이스는 '태초에 말(로고스)가 있었다'에 대해 '태초에 Woid가 있었다'(378.29)라 했다. 'Woid'는 물론 Word와 Void를 합친 것이다. 둘은 동일하다고 조이스는 생각한다.

---

149 Derrida, 'Feu la cendre' 참고.

150 Tindall, 226.

151 김보현,《입문》, 127~8.

조이스는《율리시즈》를 쓰기 시작했을 때 이미 글자는 모든 것을 태워 버리고 비평까지를 황폐한 불모지에 남기는 것이라 했다.[152] 이 결과 글쓰기란 베케트가 말한 대로 '의미가 부족한 크림을 급하게 그리고 얄팍하게 빨아들이는, 3 혹은 4로 조건 지워진 이해는 똑똑 흘러내려 다 없어진 것의 반영reflex of dribbling comprehension'을 지나, 조이스가 말한 대로, 즉 영원히 이의 현재 과거 미래의 글쓰기가 굴러가는 것은 결국 파괴의 세계로 들어가는 것이다('is, was and will be writing its own wruns for ever', 19.35~6), wruns은 ruin과 run, 그리고 짠다의 과거분사 wrung이 모두 들어가 있는 합성어다. 의미가 모두 파괴되면서 굴러간다는 뜻이다. 그래서 조이스는 우리가 프린트(언어)에서 잃어버린 것, 감추어진 것, 힌트 되는 것이 무엇인가 묻는다: 'what us meed of, made of, hides and hints and misses in prints'(20.10). 그렇다면 우리가 명증하지 않고 의미가 없는 언어를 사용하고 사는 이 세계는 꿈의 세계('dreamoneire' 280.01)처럼 이해할 수 없는 세계가 아닌가. 그래서 조이스는 우리가 사용하는 언어 원칙은 사후효과를 다시 일으키는 것 외에는 아무것도 아니지 않는가 자문한다: 'Now, the doctrine obtains we have occasioning cause causing effects and aftereffcts occasionally recausing aftereffects'(482.36). 바로 이런 이유로 《경야》에는 표상은 없고, 대신 곤경, 즉 글쓰기의 어려움(254.18)만 있다고 조이스는 말한다. '어떻게 사람이 아침에 오는가. 그러나 결코 여기는 여기가 아니고 사람은 토트의 장소에서는 내일이다how one should come on morrow here but it is never here that one is always tomorrow in toth's

---

152   '…scorching effect, each successive episode, dealing with some province of artistic culture(rhetoric or music or dialectic), leaves behind it a burnt up field.' Heath, 32에서 재인용. 원래는 조이스가 그의 후견인 Harriet Shaw Weaver에게 1919년 7월 20일 보낸 편지의 일부.

tother' place' 570.8~10). 토트의 장소Thoth's place는 글자의 장소로 토트는 이집트의 문자 신으로 이는 치유와 독(죽음)이라는 이중성을 말한다. 토트 역시 데리다가 언어의 이중성을 조명하며 부각시켰다. 조이스가 지적하는 언어의 이중성은 데리다 역시 줄기차게 말해온 것이다. '빛으로 마음을 여는 책book of the opening of the mind to light'(258.31)인 동시에 검은 빛으로 나가는 장도 있다chapter of the going forth by black.'(62.27). 그래서《경야》는 '과정에 있는 작품, 일, 도보a walk in process'(609.31)이자, '위조 양피지a forged palimpsest'(182.02)이며, 위조 수표인 동시에 '찰과상, 곤경, 그리고 충돌이다collideorscape'(143.28). 이 말에 scrape가 들어가 있고, collide 역시 충돌이지만, 이 합성어 'collideorscape'를 자세히 보면 order 철자가 다 들어가 있어, 질서가 이미 여러 가지 폭력으로 뒤죽박죽된 무질서 안에 있음을 암시한다. 이러한 이중성 역시 데리다가 줄기차게 강조한 것이다. 그리고《경야》는 이 질서를 찾는다. 그럼에도 불구하고《경야》는 '훔친 이야기stolentelling'(424.35)이자 도둑맞은 이야기이며, 이는 표절과 해석이지, 일대 일의 표상은 아니다.《경야》를 'sound seemetery'(17.36)라고 했는데, 이는 견고한 좌우대칭symmetry인 동시에 소리로 만든 그럴듯한 좌우대칭이지만, 동시에 소리의 무덤cemetery이라는 말이다. 이 소리 무덤은 천연적인 의미에서의 의성어 대신 이러한 의성어들이 모두 사산되어 태어난 가짜 소리의 무덤, 혹은 이 가짜 소리로 만든 좌우대칭이란 뜻이다.《경야》는 사실이 아님을 인정한다: 'a matter of fict or mere matter of ficfect'(532.29). 이 결과 조이스의 혁명적 언어 주조에도 불구하고《경야》역시 더블이고 환幻임을 조이스 스스로 말한다.

아일랜드 의미 혹은 장면(정경)의 소리를 들어보라. 정말?(implied 독자의 말) 여기 영어가 보일지도 몰라. 지배국에 대한 충성으로? 한 개의 패권은 보잘 것 없는 펜 끝으로 풍자당했어. 정말로? 귀족적으로 장려하게? 침묵은 장면을 말한다. 완전 사기! 그래서 여기는 더블린인데 너가 소속해 있는 곳이냐? 더블린을 더블한 모조냐? 쉿! 조심! 메아리 땅![153]

여기 Hush, Caution, Echoland, 이 세 단어의 첫 철자만 따오면, 《경야》의 주인공 이름 HCE다. 따라서 HCE 역시 소리의 환이고 모조다. 《경야》의 주인공의 또 다른 이름은 Earwig(벌레)·Earwick인데, ear는 소리를 듣는 기관이고 wick는 짜다 세공하다의 뜻이다. 글쓰기는 천을 짜다에서 나온 말이다textile →text. 이 사실 역시 데리다가 《글쓰기와 차이》 9장에서 부각시켰다. 따라서 글자 소리로 짜서 만든 것이 《경야》의 밤의 언어다. 동시에 메아리는 복사이자 더블이다. 조이스는 단어/글자 의성어(전통적 의미의 의성어가 아님)의 효과를 극대화했지만, 동시에 이의 한계를 확실하게 독자들에게 알려준다. 조이스는 창조가 허구임을 《초상》에서 이미 말했다. 예술가를 'smithy' 그리고 'forge'라는 말로 표현했는데, 이는 즉시 forgery로 연결된다. 조이스는 예술가를 'artificer'라 했다. 또한 조이스는 《경야》를 '그 어디에도 없는 〈전도서〉에 대한 환영의 생성이자 다양한 여러 가지 연설, 변형, 그리고 변주곡이며, 주인공 Finn에 대한 우스운 환영에 대한 환영Fantasy! funtasy on fantasy, amnaes fintasies, a varioration, on Eccles'[154](493.18)이라 했다. 우리는 데리다가 서구의 존재론, 헤겔의 변증

---

153 'Behove this sound of Irish sense. Really? Here English might be seen. Royally? One sovereign punned to petery pence. Regally? the silence speaks the scene. Fake! /So this is Dyoubelong?/ Hush! Caution! Echoland!'(12.35~13.5) 또, 이 책 280쪽 삼각형이 서로 맞닿아 있는 것 중, 아래 삼각형은 거울에 비친 환을 의미한다: 'I remumble from the yules gone by purr lil murrerof myhind'(295.4~6). 이는 모든 것들이 환幻이다. 분명히 조이스는 이원 구조는 환임을 암시한다. 이런 이유로 베케트는 《경야》는 '절대가 절대적으로 비어 있는 것'이라 했다.

154 여기 이클레스Eccles는 주인공 HCE의 또 다른 이름인 동시에 Eccles는 솔로몬이 썼다는

법이 유령과 환을 생성하고 이 담론을 유령론이라 패러디했음을 앞에서 지적했다. 베케트가 조이스에게 '역사는 어떤 역사일까요?'라고 묻자, 조이스는 '표상의 역사'라 했다. 그리고 '역사와 현실의 부정, 이 두 말은 같은 말'[155]이라고도 했는데, 역사 역시 언어에 의한 표상이기 때문이다. 바로 이런 이유로 많은 사람들이 ALP의 편지를 두고 검사하고 논쟁을 벌이지만, 편지는 결코 마지막 최후의 것을 발견하지 못한다. '편지letter는 끝에 오는 그 후later를 결코 찾지 못하며, 메달/모형 없는 글쓰기의 하나로 주장하는 글쓰기 과정에서 지금 설명되어져야 하는 그 끝의 시작을 결코 찾지 못하기 때문에, 편지는 사실상 편지가 아니라, 또 다시 연기되는 후(letter →latter)로 되어버린다.[156] 라캉이 무의식의 언어라고 극찬한《경야》에서 도둑맞은 편지이자 글자letter는 돌아온다는 라캉의 주장은 더이상 그 어떤 근거를 찾을 수 없음을 라캉은 알았을까? 과연 영어 독해력이 거의 없었던 라캉이 실제로 조이스의《경야》를 읽었을까? 아마도 그만이 알고 있는 독특한 무의식과 꿈속에서 읽었을지도 모른다.

모더니즘의 거두인 조이스는 데리다보다 먼저 포스트모더니즘과 포스트구조주의의 인식을 그의《경야》에 넘치도록 부어 넣었다. 데리다가 말한 차연을 조이스는 밤의 언어의 대홍수가 되어 넘쳐 흐르게 만들었다. 이렇게 놓고 보면, 조이스와 데리다의 관계는 서구 인문학사의 원형

전도서 Ecclesiastes의 약자이며, 동시에 더블린 시내에 있는 거리 이클레스 7번가의 이름이기도 하다.

155 '… history or the denial of reality, for there are two names for the one thing.' Heath, 47에서 재인용.

156 'the letter that never begins to go find the latter that ever comes to end that must now be accounted for in a process of writing that claims to be one of writing without model.('Mahon ,82)

적 관계인 소크라테스 vs 플라톤이다. 그래서 조이스가 짝으로 그의 작품에 등장시킨 시인pensman 과 배달부postman, 즉 시인 스테판과 블룸으로 분한 시인과 생활인이다. 데리다는 조이스가 설파한 것을 세계 방방곡곡에 성실하게 전달한 배달원에 해당한다.

이미 보았듯이 조이스와 데리다의 유사성은 풍성하다. 《경야》는 HCE의 죽음을, 혹은 술에 취해 자고 있다가 깨어나는 것을, 《글라》는 서구 형이상학과 신학의 죽음을 다루지만, 동시에 변증법의 3이라는 수를 넘어 4로 넘어가며 깨어나는Wake 것에 관한 책이다. 둘 다 여명의 책이다. 《경야》와 《글라》둘 다 이중적 시간이 장착되어 있다. 둘 다 미래 사유를 위한 경야의 종소리다.

사각의 중요성은 글쓰기의 중요성을 의미함을 데리다는 수없이 강조했다. 조이스 역시 마찬가지였다. 이 사실을 조이스의 후견이었던 미스 위버에게 조이스는 다음과 같이 말했다. '나는 지금 바퀴 하나만 달린 엔진을 만들고 있소. 물론 스포크가 없소. 수레는 완벽한 사각형이오. 내가 지금 무엇을 말하려는지 알지 않소? 나는 정말 매우 진지하오. 그러니 당신은 이것이 멍청한 이야기라고 절대 생각해서는 안 되오. 절대. 이건 수레요. 세상에 말하겠소, 그리고 이 수레는 전적으로 사각형이오.'[157] 이 사각형이 《글라》와 《경야》의 문장紋章이다. 틴덜은 바퀴가 사각이라고 말한 조이스의 말이 상당히 혼란스럽다고 하면서, 굴러가야 하는 둥근 바

---

157 Lernout, 127에서 재인용. 'The extract from a letter in which James Joyce defines for Miss Weaver what one could consider as the blazon of FW. "I am making an engine with only one wheel, No spokes of course. The wheel is a perfect square. You see what I am driving at, don't you? I am awful solemn about it, mind you, so you must not think it is a silly story about the mooks and grapes. No it's a wheel, I tell the world. And it's all square.'

퀴가 사각형이라는 것은 그 행로의 어려움을 상징한다고 풀이했다.[158] 이 말도 맞다. 글쓰기의 어려움이다. 표상이 전적으로 불가능한 언어로 표상을 해야 하는 작가로서 경험하는 어려움인 동시에 책의 중요성을 의미한다. 역사와 인간의 모든 것은 결국 사각인 책 안으로 들어가 기록된다. 이것이 데리다가 4라는 수에 각별한 의미를 부여한 많은 이유 중의 하나다.

라캉은 글자, 편지, 기의, 무의식은 돌아온다고 말했지만, 조이스와 데리다는 돌아오지 못한다고 말한다. 데리다와 조이스가 가장 중시한 글자지만 편지letter는 데리다의《엽서》에서 돌아오지 못하고, 조이스의 암탉이 건져올린 쓰레기/글자는 편지가 되어 역사 안에서 순환하였지만, 결코 HCE의 정체를 드러내지 못한다. ALP의 이야기와 증언에 대해 마마루조Mamalujo가 끊임없이 심문하고 수많은 사람들의 소문을 참조했고, 암탉인 ALP가 설명하지만, 끝내 HCE가 피닉스 공원에서 한 추행과 HCE의 정체성은 드러나지 않는다. HCE는 단 한 번도 현전하지 않는다. 이유는《경야》는 '비상상력의 여백immarginatively'(4.19)에서 '편지/글자로 주제를 쓰고 구성한 이야기epistlemadethemology'(374.17)이기 때문이다. 이 긴 합성어가 암시하는 것은 신학도 글자/편지로 된 것이기 때문에 '절대적 말씀'이 아니라는 말이다. 같은 이유로 HCE의 정체성 혹은 고유성을 드러내지 못한다. 조이스의 암탉, ALP(Anna Livia Plural)는 모든 여성을 상징하는 인물인데, 이 여성의 글자 모으기는 하이데거가 전제한 대로, 존재로 향한 모으기가 아닌 이유는 암탉의 모으기는 모으기이지만 모으기가 아니기('ygathering' 10.32) 때문이다. 'ygathering'의 y는 최소한 두 가지 뜻이다. 아주 자의적으로 혹은 편의를 위해 기획된 사람이나 그 어떤 것을 뜻한다. 하이데거의 존재론이 그러하다는 뜻이다. 기독교를 위해서 자

---

158 Tindal, 245.

의적으로 기획된 것이라는 말이다. 우리는 앞에서 하이데거는 이원 구조의 허구성을 그 누구보다도 잘 알고 있었다는 것을 확인했다. 그리고 또 다른 뜻은 두 개로 갈라진 길 혹은 철도가 나중에 다시 Y의 모양으로 합쳐지는 것을 뜻한다. 이원 구조의 정과 반은 결국은 하나였던 것이다. 따라서 이 둘이 합해 정신으로의 지양이 되는 것도 아니다. 하이데거의 모으기는 불가능하다. 동시에 조이스의 '비상상력의 여백'은 19세기 낭만주의자들이 전제했던, 콜리지가 말한 통각을 지닌 제2 상상력이 아니라, 비상상력의 여백immarginative에 불과하다. 이 말에 여백margin이라는 단어가 선명하게 들어가 있다. 그리고 이 여백의 철자를 바꾸어가며 끊임없이 다른 것으로 변환한다: '이상한 이미지eocpehlse·inmaggin'(337. 6). 혹은 '제대로 작동하지 못하는 엔진 혹은 상상력immengine'(337. 8) 등으로. 소쉬르는 언어 사용은 개인이 장기를 둘 때보다 개인의 자유가 더 없다고 말했다. 그래서 언어 사용은 엔진 작동과 대동소이하다. 그런데 그 엔진도 정확하게 제대로 작동되지 않는다. 'ygathering'은 중심을 향하는 모으기가 아니라, 여백을 위한, 여백에서, 구조 안에서 구조 밖으로 향하는, 현재에서 미래를 향하는 글자의 작동이다. 이 역시 데리다가 줄기차게 시도한 것이다. 중요한 데리다의 책 제목이《철학의 여백들》이다.

밀턴은《실낙원》시작에서 '노래하라, 천상의 시신Muse이여'라고 시신에게 자신의 시작詩作이 최고의 걸작이 되도록 도와달라고 기원했다. 그러나 조이스는 중심이 아닌 여백, 즉 쓰레기litter 더미를 파헤쳐 편지·글자letter를 물어올린 암탉, ALP에게 기원한다: '닭이여, 친절히 인도하라' (112.9), 그리고 '여자와의 펜팔이 살게 하라'('let annapal livibel', 337. 6)(《경야》여주인공 ALP의 철자Anna Livia Belle가 다 들어 있다)고 기원한다. 왜냐하면 남성적인(거세되지 않은) 글이란 이미 없기 때문에 여성 ALP에게 모든 것을 건다. 글은 태어나기 위해 먼저 거세되기 때문이다. 이 역시 데리다가 수없이 반복해서 우리에게 주지시킨 것이다. 글의 속성은 여성이다. 글은 거세되었다. 잘 다투는 남성주인공들, 즉 Bloom, Boylan, Stephen, HCE, Shem and Shaun의 말은 매우 유연한 여성주인공들, 즉 Molley, Issy's gramma' grammar, ALP's languo of Flows, 그리고 Anna's grammes 의 말 안에서 드러난다. 남자의 말도 여자의 말을 통과해야 된다. 이 사실은 말과 글자가 모두 문법gramma이자 여성인 할머니 gramma를 통과해야 하기 때문에 남성의 거세인 여성이 말의 기원이다. 그래서 남성적 주체의 웃음은 모성과 침묵으로 전환된다.[159]

이런 이유로 암탉(글자)이 존재 모으기로 향하지만, 모으지 못한다 ('ygathering', 10.32). 형이상학과 글자litter·letter는 같이 갈 수 없다(116. 25~35, 117.12~16). 물론 주인공 핀의 성추문 조사도 불가능해지고, 구성인물의 분류학도 제대로 되지 않는다. 분석적 비결정성 효과만이 《경야》에 있기 때문이다. 그리고 이는 또 다시 연기되고 흩어진다.[160] 그러므로 모든 것은 암탉, 《경야》의 여주인공 ALP에 따르는 요행에 달린 것 (559.30)임을 조이스는 암시한다. 그런데 이 요행은 데리다가 매우 중시하고 집요하게 잡으려고 했던 것이다. 모든 기록은 결국 글자에 의해 사전에 결정되기 때문에, '에이도스와는 관계없는 역사 기술 그라피non-eidetic historiography'이지만, 조이스의 암탉이 쓰레기를 긁어 파헤치고 쪼고 부수는 것은 이전의 쓰레기·글자를 혁명적으로 바꾼다. 차연이 모든 것을 사상捨象·死傷시켰다고 단정하고 포기하는 것은 가장 어리석다. 이 차연의 죽음에서 빠져 있는 나머지 부분, 그리고 이 죽음의 재에서 생명의 가능성을 요행(필연)을 통해 건져올리는 것이 바로 《경야》와 《글라》의

---

159   Roughley. 81, 85.
160   위의 책, 94

모험이다. 데리다의《글라》는 서구의 인문학을 삼켜 버린 헤겔의 변증법으로 죽어 버린 것, 변증법으로부터 남아 있는 나머지(재)로부터 비결정성을 드러낸다.《경야》의 여주인공 이름 ALP는 현전 자체를 패러디한다. 신新플라톤적 로고스logos, 즉 하나One, 그리스어인 이 '하나'는 'to hen'으로, '암탉으로'가 원래 뜻임을 조이스는 상기시킨다(110.22).[161] 또한 logos는 legein에서 나온 말이다. 이는 모으기를 뜻한다. 그러나 조이스는 'gathering' 대신 'ygathering'이라 했다. 이는 하이데거의 존재로 향하는 것이 아님을 말하는 것이다. 이 역시 데리다가 기원으로 갈 수 있다는 전제를 가진 담론들을 모두 '회귀설', '유령론', '경제목적론'이라 패러디했다. 조이스 역시《경야》는 언어에 대한 광기어린 천착을 통해 서구의 이성에 근거한 담론은 결국 모으기의 비철학적 시뮬러크럼으로 부각시킨다. 마찬가지로 '차연'에 의해 태어난 진리는 여성임을 니체와 데리다는 반복해서 상기시켰다. 마혼은 암탉의 모으기는 매우 신체적인 것으로 데리다의《글라》에서 보여지는 접착/접목과 동일한 것임을 지적한다. 이렇게 됨으로써《글라》와《경야》는 철학적 변증법과는 어긋난다.[162] 조이스는 변증법을 '6월에 내리는 눈',[163] 그리고 이원 구조와 이의 합에 근거한《경야》를 '서사적 가짜 수표'라 한다. 바로 이런 이유로《경야》는 '더듬거림Hectitancy'(주인공 HCE의 특징)으로 진행되고, 모든 사실들은 흐릿하고 확신할 수 없는 거울에 비쳐진 상象이자 환幻이 된다.

HCE의 스캔들은 점점 더 미궁에 빠져 들면서, 편지는 결코 마지막 최후의 것을 발견하지 못하는 또 하나의 이유는 시간 때문이다. '아주 멋진

---

161 Mahon, 144.

162 위의 책, 12.

163 'The June snow was flocking in thuckflues on the hegelstomes'(416.32~3). 데리다가《글라》에서 헤겔 변증법을 얼음과 폭력, 죽음으로 표현한 것과 동일하다 (이 책, 117).

모든 것을 끝내며 무화無化시키는 시간의 농담을 유심히 주목하라. 시간은 모든 공간을 무無의 껍데기 안에 집어넣는 것임을 알아라Mark Time's Finest joke, Putting Allspace in a Notshall'(455.29). 이 역시 데리다가 역점을 두고 강조했다(227a~229a). 그러나 칸트, 헤겔, 그리고 하이데거는 시간을 통해 존재 모으기, 정신의 지양, 누메나로 가는 항로라 했으나, 이것이야말로 조이스는 '가장 멋진, 가장 세련된 농담'이라는 것이다. 그럼에도 불구하고 서구 철학사에서 드러난 것처럼, 공간Shan과 시간Shem은 서로가 우수하다고 투쟁하고 있다. 조이스는 W. 루이스와 실제로도 논쟁했고,《경야》에서도 논쟁한다(191.28).

편지letter/litter의 기의(내용)가 끝내 밝혀지지 않고, HCE가 현전되지 않는 이유는 또 있다. 인간이 눈으로 볼 수 없는 하나님은 자신의 분노를 천둥으로 인간에게 알렸다. 그러나 이 소리를 듣는 귀는 이미 대체물(글자 소리)에 의해 제대로 듣지 못한다. 이 소리를 듣지 못하는 사람들을 위해 소리를 글자로 바꾼 기구가 'optophone'인데, 글자의 역사 또한 이것과 유사해서, 결국 우리의 글자는 'optophane'(13.19), 즉 눈으로 보는 환이라는 것이다. 글자 소리로 인해 소리를 그대로 들을 수 없다는 말이다. 원래의 소리를 현상학phenomenology에서는 찾으려 하나, 이것은 들리는 소리가 아니라, '소리를 환으로 대체함으로써, 이로 생긴 소리는 소리를 없애는 장치phonomanon로 확대된 소음moguphonoised' (258.21~22)이 되었고, 이 확대된 소음은 기표만을 복사·반복한다.[164] 눈이 보지 못하고 귀가

---

[164] 'for the Clearer of the Air from on high has spoken in tumbuldum tambaldam to his tembledim tombaldoom worrild and, moguphonised by that phononemanon, the unhappitents of the earth have terrerumbled from fimament unto fundament and fom tweedledeedumms down to twiddledeedees.' (258.20~4) 하늘에서 들려왔다는 말은 반복되는 차연의 소리라는 뜻이다.

듣지 못한다는 사실을 조이스는 여러 차례(16.29, 183.36, 482.35~6) 강조한다. 귀는 이미 다르게 구성되었고(310.18) '패러다임화 된 귀paradigmatic ear'(70.36)이며, '귀를 열어야earopen'(598.15) 하는데, 그러하지 못해 듣지 못한다.[165] 그래서 HCE는 Earwig, Earwicker, 즉 귀로 듣는 자가 아니라, 귀에 들리는 글자 소리를 짜는 사람이 되었고, 《경야》에서 들을 수 있는 소리란 이중화된 반복(3.21~2) 뿐이다. 데리다 역시 서구 형이상학에서는 눈과 귀의 공모가 있었다고 말했다.[166] 듣지 못하는 귀로 인해 생긴 글자는 오직 글자를 통해서만 소리를 확인하게 된다. 듣지 못하지만, 들을 수 있다고 했기 때문에 공모다.[167]

《경야》역시 《글라》처럼 변증법의 폐쇄 순환성을 벗어나지 못한다. 그러나 암탉이 갈지자의 움직임으로 생산되는 《성경》을 벗기는 글쓰기의 엄청난 다층polyhedron of scripture'(107.8)은 《경야》가 형이상학적이지 않음을 말한다. 언어의 복수성 혹은 다양성과 지극히 원숭이적인 모방과 육체적이고 물질적 언어는 전통적 형이상학을 파열시킨다.[168]

---

165 'taubling'(7.6, 독일어 deaf), 'sordomitcs, 117.14, 스페인어 deaf), 'What can't be coded can be decorded if an ear aye seize what no eye ere grieved for …' (482.35~6).

166 Derrida, 《여백들》, iv/xiii '/Mais nous analyscerons l'echange métaphysique, la complicité circulaire des métaphores de l'oeil et de l'ouïe/… the metaphysical exchange the circular complicity of the metaphors of the eye and the ear' Mahon, 150~4.

167 그러나 이것을 전혀 다르게 해석하는 보일Boyle은 눈과 귀 등, 공감각synaesthesia이 전혀 이해하지 못하는 것은 〈고린도 전서〉 2장 9절에서 말하는 하나님을 뜻하는 것으로 풀이한다. 그리고 조이스가 《경야》에서 추구하는 것은 바로 하나님을 듣고 보기 위한 노력이라고 한다. 그렇다면, 조이스는 왜 하나님을 듣고 보지 못하는 이유를 차연의 속성이라고 그 이유를 충분히 설명한 것이다.

168 'For if the lingo gasped between kicksheets, however basically English, were to be preached from the mouths of wickerchurchwardens and metaphysicians in the row and advokaatoes, allvoyous, demivoyelles, languoaths, lesbiels, dentelles, gutterhowis and furtz, where would their practice be or where the human race itself were the Pythagorean sesquipedalia of the panepistemion, however apically Volapucky, grunted and gromwelled…' (116.25~33). '만약 언어가 빠른 종이 사이에서 헐떡거리며 말하는 것이라면, 비록 기본적으로 영어지만,

《경야》의 글쓰기 역시《글라》가 사용한 상호교차대구법적 글쓰기로 이중 구조와 이중 표시를 사용한다. 암탉의 글쓰기 양태는 지그재그(115.8)이며 이미 철자가 붙인 단어들을 잘게 깨고 부수는 것이다: '글자의 최초 저주인 듯, 이를 진흙처럼 접착시킨 엉망이 된 기원of an early muddy terranean origins whether man chooses to damn them agglutinatively'(120.29)을 키스로 잘게 쪼개고, 이것이 위기가 되지만, 위기를 가로질러, 이 십자가에 키스 한다With Kiss. Kiss Criss. Cross Criss. Kiss Cross'(11.27). 조이스가 선택한 이 어휘는 닭이 부리로 기존의 여러 개 붙인 철자들을 빠른 속도로 쪼고 깨는 소리의 의성어에 가깝지만, 동시에 Cross란 말은 건너다. 건너가는 이유는 4번의 교차 키스로 쌍둥이('Twoinns with four crosskisses' 117.17)[169] 상호교차대구법을 만들기 위해서다. 다만 상호교차대구법 글쓰기를 조이스는《경야》에서 부분적으로 사용했고, 데리다의《글라》는 전체가 상호교차대구법의 글쓰기다. 이러한 상호교차법적 글쓰기의 특징은 헤겔의 지양이 부드럽게 운영되지 않는다는 사실을 보여준다. 상호교차대구법의 X는 글자의 자동효과auto-affection로 인해 의미를 상호교차법으로 지워버렸다X-chiasma는 뜻인 동시에, 서로를 마주 보며 상대를 보호하는 것을 뜻한다. 그래서 X는《글라》와《경야》는 텍스트적 표장이다.

그것이 줄로 이어지는 모음과 반모음, 언어로 된 맹세, 순음과 치음, 목구멍에서 나오는 소리로 만들어진 것이라면, 교회 교구의 나쁜 목사들과 형이상학자들의 입으로부터 나오는 설교는 결국 무엇이며, 이것은 어떻게 실천되는가. 즉 지극히 물리적이고 육체적인 언어발화는 이것을 초월하는 내용(진리)을 드러내지 못한다. 인위적인 언어는 원숭이 같은 흉내이고, 서사적인 내용을 담았다고 해도, 그리고 단 한 번 사용되는 언어가 기록되어도, 이는 돼지처럼 쿵쿵거리고 천둥처럼 쾅쾅거리는 지극히 물리적인 것인데, 매우 긴 단어들이라도 이것으로 대학에서 추구하는 보편적 지식 도출이 어떻게 가능하겠는가?' 여기서 'hapaxle, geomenon'은 'hapax legomenon'으로 'once said'이다. McHugh, *Annotations to Finnegans Wake,* 116.

169 Mahon, 138, 77, 148, 114.

이 결과《경야》의 무대가 되는 아일랜드의 수도 Doublin은 doubling 이자 dabbling이며 babbling이다. '항상 속임수 허구를 이중화doublin their mumper all the time'(3.8~9)한 결과다. 이중화로 발생되는 외부성과 이차성 의 효력, 효과, 힘은 통제도 되지 않는다. 따라서 전통철학이 추구한 에이 도스는 심연의 장면 속, 허구 속의 허구에 놓인다. 이러한 조이스의 해체 때문에 데리다는 자신의 해체는 조이스 없이는 불가능하다고 했다.

> 조이스의《율리시즈》나《경야》에서 드러나고 있는 헤겔주의는 거대한 모조기억hypermnesia 장치로 서구 역사를 거의 다 저장하는 효율적인 방식 일 뿐만 아니라 조이스가 벌이고 있는 엄청난 언어유희는 미래의 흔적을 포함하고 있다.《문학》281)

《경야》는 물론《율리시즈》역시 모더니즘과 포스트모더니즘을 동시 에 품고 있다. 마혼은 '차연은 상상력을 가동시키는 제유적 수사화의 전 체 메커니즘으로 사변적 변증법의 로고스를 패러디하면서 동시에 상상 적으로 재기술하고 있다'고 말했다.

(3) 기하학 틀의 연성화

우리는 앞에서 조이스가 얼마나 기하학적 모형에 천착했는가를 살폈 다. 그러나 기하학에 대해서도 조이스는 전혀 믿지 않았다.《더블린 사람 들》첫 번째 이야기,〈자매들〉시작에서다: '매일 밤 나는 창문을 올려보 며, 부드럽게 마비라는 말을 중얼거렸다. 그런데 이상하게도 이 말은 내 귀에는 유클리드가 말한 그노몬gnomon과 성직 매매에 따른 이익simony 〔〈사도행전〉8:18~24〕이란 말처럼 들렸다. 그러나 지금 이것은 죄 많고 악의 적 존재의 이름처럼 들렸다. 두려움이 나를 엄습했으나, 나는 이 끔찍한 일에 다가가 조사해보기를 염원했다.'[170] 기하학은 기하학이 할 수 있다고 한 일을 하지 못한 채, 수천 년 동안 자리를 지키고 있었던 것은 종교의 성직 매매와 한 귀퉁이가 똑같은 사변형으로 잘려나간 평행사변형의 모습처럼 사기와 무관하지 않다는 것을 함의한다.[171]

그러나 이는 조이스가《경야》에서 틀을 모두 해제했다는 뜻은 결코 아니다. 포스트구조주의적/해체적으로《경야》를 읽고 있는 히드는 조이스가 사용한 나선형이 계열성으로 환원되었다는 사실을 지적하면서,《경야》에는 틀은 없다고 주장한다. 즉 '구조의 상실은 결국 계열성으로 떨어졌다'[172]며, 히드는 자신의 논지를 강화하기 위해 조이스의 말을 인용한다: '구조적이라 함은 자료들을 담는 대담한 외부의 앙상한 뼈대를 뜻하는 것이 아니라, 이 3박자에 대한 끝없는 변형이며, 3개의 내부 주제를 아라베스크 장식으로 만드는 것을 뜻하는데, 이때 아라베스크는 장식이자 장식 이상의 것이다.' 그래서 히드는《경야》에는 단단한 구조나 틀은 없고 다만 격자세공의 무늬만 있다고 주장했다.[173] 그러나 이 말은 틀이 없다는 말은 아니다. 계열 series는 라틴어 seira/seros, 그리고 그리스어 eiro에서 나온 말인데, 이는 파일file, 차례, 영역, 결과, 규칙적 복수성의 정돈된 연결, 선을 묶는 것을 뜻하며, 라틴어 seros 역시 상호 접착, 땋기, 체인, 재부착을 뜻하며, seria는 코드, 체인, 레이스, 올가미 밧줄을, 그리고 eiro 역시 레이스와 말을 엮는 것simplokè[174]을 뜻한다. 작가로서 조이스는 시차변위를 통해 시공간을 초월해 주인공들의 생성소멸과 끊임없는 변성

---

170 Joyce, *Dubliners*, 7.

171 Michell and Slote, ed., 286.

172 Heath, in Attridge and Ferrer, ed., 48.

173 위의 글, 47.

174 Derrida, 'At This Very Moment in This Work Here I Am', in *Rereading Levinas*, 28.

을 다 볼 수 있는 전지전능한 위치에 있고, 이를 위해 조이스는 거대 틀 안에 수없이 많은 미시적 계열적 사건과 변화를 통제하고 있다. '개열성으로 떨어졌다'는 말은 틀이 없다는 뜻이 아니라, 거대 틀 안으로 수없이 많은 계열적 사건과 인물, 즉 비슷하지만, 상이한 인물들이 장소와 시간에 따라 비슷하거나 다소 상이한 행동 모두를 거대 틀 안에 담아내고 있다는 뜻이다. 여전히 틀은 존재한다. 다만 지극히 복수적이고 연성적이다. 또한 조이스가 '아라베스크는 장식이자 장식 이상의 것'이라고 했는데, 여기서 '장식 이상의 것'에 대해 히드는 주의를 전혀 기울이지 않고 그냥 지나쳤지만, 조이스가 '장식 이상의 것'이라 한 것은 틀을 의미한다. 틀이 더할 수 없이 많고 유연해서 '틀의 수렁'[175]이라고 불릴 만큼 《경야》의 미세 틀은 복합적이다. 이 계열성은 너무나 유연해서 열린 것 같지만, 거대 틀은 동일한 것을 새롭게 하는 미세 틀을 끊임없이 움직이고 변화시키고, 각개의 미세 인물들과 사건 및 행위들은 그 나름대로 제한된 자유가 허용되지만, 부드럽게 이 모두를 통일성을 유지하며 통제한다.

기하학 틀은 조이스가 결코 포기하지 않은 경험주의적·사실주의적 표상을 위한 마지막 보루다. 조이스는 직선을 그나마 보완할 수 있는 것이 원이라 생각했다.[176] 이것이 비코의 바퀴였다. 그리고 이러한 바퀴가 돌아가면서, 즉 반복되면서, 원은 수백 개로 세분화·연성화된다. 이런 자신의 모방을 조이스는 '미모사의 다多/복수 모방 mimosa multi-mimetica'(267.2~3)이라 했다. 즉 함수초처럼 민감한 연성의, 혹은 분자적molecular 복수모방이다. 이의 배경으로는 물리학에서 말하는 상대성 원리나 불확실성의 원칙이 있다. 또한 이토록 섬세한 유연성에 조이스가 천착하는

175   Norris, 10.

176   Burgess, *Rejoyce*, 191.

것은 '디테일이 신'이며 미세한 묘사 없이 전체는 없다는 믿음에서다.[177] '넘쳐나는 극소極小의 디테일은 숨겨진 텍스트 subtext에 걸려들기 위해 합쳐진다.'[178] 그래서 조이스는 말한다: '여기 디테일이 있다'(611.03). 이 디테일이 중요한 것은 전체성 때문이다.《경야》주인공들의 '이름도 사실은 전체성이다.'[179] 단어 또한 전체성을 지니기 위해 무한대로 굴러간다. 마치 눈덩이가 굴러가면서, 서너 개의 기존 단어를 합성하여 화성적 단어로 만들어 무수한 직시直示와 암시를 동시에 지닌 다면체적 단어들로《경야》는 넘쳐난다. 조이스가 해체하고 부수는 것은 이를 다시 합치기 위한 것임을 조이스가 독자들에게 상기시킨다(614.27~615.10).[180] 물론 일직선상의 시제도《경야》에서는 존재하지 않는다. 조이스는 '시제 자체를 완전히 다르게 배치했을 뿐이다only is…othered' (613.13~14). '과거-현재, 현재-현재, 그리고 미래-현재를 다르게 한 것이다othered.' 이 결과 '이전에 거기 없었던 그 누구도 현재 여기 없다Yet is no body present here which was not there before'(613-13).[181]

《경야》는 가장 최첨단화한 모방으로, 조이스 자신의 말한 대로, '큐비즘적 역사적 그라피cubistic historiography'다. 큐비즘이란 각 개의 요소들이 하나의 통일성을 이루기 위한 공간화다. 또한《경야》와《율리시즈》의 주제도 '되돌아온다'는 서구 담론의 가장 일반적인 대주제, 즉 귀향의 보편적 주제다. 보편성과 전체성을 조이스는 결코 포기하지 않았다. 버게스는 조이스가 결코 무질서와 혼란, 그리고 시련을 그대로 두는 성정의

---

177 Fordham, 36.

178 위의 책, 226.

179 위의 책, 238.

180 'Our wholemole millwheeling vicocirclometer receives the separated elements of precedent decomposition for the purpose of subject recombination ....' (밑줄은 필자의 것).

181 Fordham, 126.

사람이 아니었다고 한다.《율리시즈》의 〈방황하는 바위들〉에서 바위들의 위험, 방황, 그리고 미궁은 인간이 만든 것으로 이를 다시 인간의 기억과 간교[182]로 해결할 수 있음을 보여준 것이 그 증거라고 주장한다. 시간과 공간을《경야》보다 더 정확하게 구성한 작품은 없고, 시간과 공간으로 사건들의 거리를 재지 않고서는《경야》을 이해할 수 없으며, 조이스는 구성에 탁월했다.[183]

　　데리다가 이 몰리의 Yes와 ALP의 마지막 독백에 주목하는 이유는 두 가지다. 하나는 이것이 거대 띠로 기능하며 작품 전체를 감싸고 폐쇄시키기 위한 것이기 때문이고, 또 하나는 우리가 앞에서 설명했듯이, 몰리의 Yes는 서구 신학 형이상학의 수용 반영이기 때문이다. 틴덜은《율리시즈》의 주인공은 몰리이고 Yes에 대한 아라베스크라고 했다.[184] 마찬가지로《경야》의 주인공은 언어라고 길버트가 말한 것을 상기시키면서, 그 이유는 ALP가 언어의 대축제A Linguistic Pentecost를 뜻하기 때문이다. 데리다 또한 이에 동의한다(《문학》306-7).《경야》의 ALP는 HCE(모든 남자)를 복속시킬 뿐만 아니라, 이 여성적 힘이《율리시즈》의 세계를 창조하고 돌아가게 하는 근원이기 때문이다. 몰리의 yes는 이렇게 저렇게 잘려지지만 다시 결합하면서 또 돌아다니다가,《율리시즈》의 마지막 장을 감싸버린다. 동시에 이 yes는《율리시즈》의 마지막 장이며 동시에 그녀의 맨 처음 말이자 맨 마지막 말로서 그녀 조차도 떠나보내는 말이다. 동시에 남성의 모든 것을 감싸는 힘의 원천이기도 하다.《경야》에서 ALP의 중요하고 긴 독백이 여러 번 등장한다. ALP의 말, 즉 '물 흐르듯 한 언어languo of

---

182　'cunning'은 부정적과 긍정적 의미로 사용된다. 이 책, 71.

183　Clive Hartman, *Structure and Motif in Finnegans Wake*, 44, 65.

184　Tindall, 240.

flows'(621.22)는 남성 언어를 감싸고 남성의 원시적 욕망을 충족시키고 이 것을 숙지하게 만든다. 조이스는 꿰뚫어볼 수 없는 미궁을 연속적으로 변화시키면서(유동적으로 만들면서) 엄청나게 복잡한 이 미궁에 독자가 빠지지 않도록 '단단한 끈A coil of cord'(433.28)을 제공한다.[185] 이렇게 해서 《경야》의 미궁은 폐쇄의 유동적인 사이클이다.[186] 《경야》와 《율리시즈》에서도 여성의 주요 대사와 독백이 거대한 틀을 탄탄하게 이어주고 있다.[187] 도저히 빠져나갈 수 없는 거대한 폐쇄의 띠다. 이런 이유로 데리다는 '그녀의 예스는《율리시즈》를 주위를 빙빙 항해하다가, 그녀의 최초의 말과 최후의 말, 그녀의 출발과 죽음을 감아버리고 폐쇄시킨다'고 말한다. 이는 한 단독 개인 여성이 아니라, 자연 그 자체이기 때문이다.[188] 섬뜩할 정도로 긴 몰리의 독백[189]과 ALP의 마지막 독백은 역사의 못이자, 지구 회전의 상징이다.[190] 몰리 역시 돌아가는 이 못을 따라 돌면서 몰리의 생각도 정체성도 사정없이 바뀐다. 이 회전으로부터 벗어날 수 있는 것은 아무것도 없다. 몰리의 대사와 ALP의 독백은 절대 빠져나갈 수 없는 불가항력vis major의 원동력vis motiva인 삶 자체다. 여성적인 것이 삶을 영원하게 한다. 노자老子는 이를 곡신불사谷神不死라 했다. 부처가 기진맥진했을 때 우유죽을 먹인 사람도, 예수가 십자가에 못 박혔을 때 달려온 사람들도 모두 여자들이었으며, 바로 이런 이유로 인류를 유지하게하는 힘은 여자다. 그래서 솔레르는《경야》의 남자주인공 이름 HCE를

---

185   Clive Hartman, 136.

186   위의 책, 184.

187   491.25~195.33, 565.18~566.6, 617.30~619.19, 그리고 619.20~628.16.

188   'her yes circumnavigates and circimcises, encircling the last chapter of *Ulysses* since it is at once her first and her last word, her send-off and her closing fall.'

189   《율리시즈》608~644.

190   Fordham, 195에서 재인용. 그리고 Gilbert, 401.

Hic Est Filius Meus(593.01~594.09, 596.34~598.16, 626.35~628.16)라고 번역했는데, 이는《경야》는 '어머니 안에서 아버지에 의해 세례 받은 것'이다.[191] 아버지는 어머니 안에 있다.

몰리와 ALP의 독백이 이토록 중요함에도 불구하고 조이스를 포스트구조주의적/해체적으로 접근하는 비평가들[192]은 이 거대한 띠에 대해서는 전혀 언급하지 않는다. 그러나 포덤은《경야》에는 연성의 틀과 고체의 틀이 있다고 했다.[193] 그리고 조이스가 끊임없는 수정을 거치면서《경야》를 완성시켰는데, 수정의 대부분은 고체의 틀을 연성화하기 위한 것임을 예증했다. 포덤은 보들레르의 말, '예술의 반은 우연적이고 변화하는 것이고, 나머지 반은 영원한 것, 이 둘의 합이 예술이라는 것인데, 조이스의《경야》가 이러하다'고 평했다. 따라서《경야》에서 단단한 틀이 없는 것이《경야》가《율리시즈》보다 못하다고 평하는 합산은《경야》를 충분히 이해하지 못했다는 증거라고 포덤은 일갈한다. 예술이란 그럴듯한 속임수의 완성품이 아니라, 완성과 미완성이 동시에 공존하는《경야》야말로 가장 정직하고 가장 깊이 있는 예술품이라는 것이다.[194]《경야》는 질서 → 무질서 → 질서 → 무질서를 되풀이하면서, 보편성과 이 보편성이 부서지는 디테일, 그리고 다음에는 다시 질서를 되찾는 보편성의 반복이다. 그러므로 조이스의《경야》를 단순히 해체적·구조주의적으로만 보려는 것은《경야》의 반편半偏만에 대해서다. 데리다, 하트만, 크리거, 포

191　Lernout, ed, 128.

192　Alan Roughley, Claudette Sartiliot, Jean-Michel Rabate, Stephen Heath. Geroge Bataille, Peter Mahon, Cixous, *Tel Quel* 구성원들 등.

193　Fordham, 220.

194　Forham, 224~5.

덤 등 많은 비평가들이《경야》와《율리시즈》가 품고 있는 해체와 구성의 이중성을 지적한 것이 정확하다.

이렇게 전통적 모방 양식(언어와 형식)을 혁명적으로 재창출한 이유는 《경야》의 주제인 HCE를 전통적 표상에 걸려 죽지 않고 살려내고자 했던 것이다. HCE는 환생을 거듭한 모든 역사적 인물이지만, 동시에 아일랜드의 산야Howth Castle Environs이고, 공空이자 카오스이며, 남녀의 성기이자, 동시에 조이스 자신인 것이다. HCE로 분한 조이스는 '예전에 능수능란한 대구 입erst crafty hakemouth' (597.36)을 가진 생선으로 이 생선이 언어의 망(83.12)과 '눈에 보이지 않는 두 개의 막대기invisible two poles', 즉 이원 구조 안으로 걸려들지 않고 작은 물고기들, 즉 조이스보다 한 수 아래의 작가들, 그래서 그물에 걸려든 물고기들 사이를 미끄러지듯 ('snakked mid fish' 597.36) 빠져나와, 무사히 조이스가《경야》라는 거대한 바다로 다시 되돌아오기 위해 전대미문의, 미증유의 표상 형식과 방법이 절대적으로 필요했다.[195] 그래서 점근선적으로 HCE의 표상 가장 가까이 이르고자 자신만의 비결정성이라는 이중적 시학을《경야》안에서 창출했다. 조이스 스스로《경야》자체가 '서사적 모조 수표'이고 사실이 아님('the unfacts' 57.16)을 자인하면서도, 이 모조에 지나지 않는 틀에 대해 끊임없이 패러디하고 이 틀을 극대한적으로 연성화함으로써《경야》안에 조이스만의 독특한 비결정성과 이중적 시학을 창출했다. 데리다 역시 언어는 차연으로 인해 모든 것을 사상시켰지만, 바로 이 죽음의 언어로 인해 잃어버린 것을 드러내고자 데리다 자신만의 독특한 비결정성, 즉 이중적 시학의 글쓰기를 했다. 이중적 시학은 조이스의 기본적 입

---

195 Roughley, 94.

장이다. 마혼은 암탉의 모으기는 배우 신체적인 것으로 데리다의《글라》에서 보여지는 접착agglutination, 혹은 접목greffe과 동일한 것임을 지적한다. 이렇게 됨으로써《경야》와《글라》는 철학적 변증법과는 어긋나며 일치되지 않는다.[196]

이뿐만이 아니다. 비록 조이스가 48개의 다른 언어를 총동원시켰지만, 헤겔의 변증법이 지닌 폐쇄된 순환성을 벗어나지 못한다. 그러나 '암탉의 글쓰기의 엄청난 다층多層, polyhedron of scripture'(107.8)은 형이상학적인 글쓰기가 아님을 조이스는 분명히 밝히고 있다(116.25~35). 데리다의 글쓰기 역시 헤겔의 변증법의 틀 속을 완전히 빠져 나가지 못하지만, 이를 분쇄하기 위한 글쓰기를 여러 개의 다리가 달린 문어의 움직임에 비유되기도 한다.

형식과 틀로 현상과 세계를 이해, 설명하는 것은 서구인들에게는 가장 숭엄한 행위로 간주되었다. 형식, 구조, 기하학 틀을 만든다는 것은 서구인들에게는 세상에 대한 참여이고 행동인 동시에 우주를 설명 지배하려는 의지다. 기하학주의는 신학에서 유래되었고, 이는 서구 철학사에서 한 번도 쇠망한 적 없이 장구한 세월 동안 주류로 그 맥을 유지하고 있는 이유다. 데카르트와 이원 구조를 반대했던 홉스도, 그리고 '섬세한 정신'을 강조한 스피노자도《기하학 정신에 관하여》에서 기하학의 한계를 지적했음에도, 그리고 얀센주의Jansenism로 전회한 이후, 이성으로는 신을 알수 없다고 열정적으로 강조했지만,《윤리학》(1677)을 기하학 서술 방식으로 썼다.[197] 이미 우리가 앞에서 지적했듯이 수많은 작가들 역시 마찬

---

196   Mahon, 12.

197   김용환, 129.

가지였다. 그리고 이러한 서구의 기하학 정신이 조이스로 하여금 《경야》를 기하학적 틀로 표상하도록 했다.

그러나 조이스가 만든 《경야》의 틀은 가장 거대하지만 동시에 가장 유연하다. 그 유연함의 정도는 《경야》의 틀 중심은 모든 것을 품고 있지만, 동시에 아무것으로도 고정되지 않는다. 베케트가 표현했듯이, '절대의 절대 부재'로 중심 자체의 부재다. 이 틀 안에서는 질서가 무질서(카오스)가되는 동시에 다시 이 반대가 되기도 한다. 조이스는 카오스와 질서를 합성하여, chaomos라는 단어를 여러 번 사용했는데, 이것을 《경야》의 주제라고까지 했다('chaosmos of Alle' 118.21).[198] 틀은 무질서와 질서까지를 다포괄한다.

왜 기본적인 표상의 틀을 데리다와 조이스는 가루가 될 때까지 허물어버리지만, 여전히 틀을 완전히 제거해버리지 않는가? 기하학주의는 서구인들의 무의식이자 서구 인문학의 중추이다. 동시에 이는 서구인들의 야망과 직결된다. '일一과 다多라는 일련의 존재론적 문제 꾸러미는 하나와 여럿의 유기적 통전성을 한눈에sub species aeternitatis 통찰할 수 없는 인간들을 매혹시켰다. 이 논변들의 배후를 뒤집어보면 세상을 싸잡아 파악하려는 종합적 시각synoptic vision과 사물의 뒤통수를 치려는 형이상학적 기질이 인식론적 긴장 가운데 첨예화되었음을 알 수 있다.'[199] 조이스의 《경야》는 한눈에 전체를 이해하려는 서구인들의 갈망을 자극하기에 충분하

---

198 chaosmos란 말은 많은 작가들이 자신들의 책 제목으로 사용했을 정도로 영향을 끼쳤다. 에코의 저서 *The Aesthetics of Chaosmos*, 구와타리의 *Chaosmos*, 그리고 Philip Kuberski의 *Chaosmos* 가 그 예이다. 첨언하면, chaosmos라는 말은 chiasmus라는 말과 매우 유사하게 들리기 때문에, 이것은 카오스와 코스모스는 서로 연결되어 있다는 것을 암시하며, 이의 형체 역시 원호arc 圓弧다. 그러나 이 원은 다시 사각이 된다(이 책). Fordham, 47.

199 김영민, 《철학과 상상력》, 103~4.

다. 이것이 데리다가 조이스를 형이상학적인 소설가로 평하는 이유 중 하나다. 동양은 엄청난 양의 경전과 함께 장좌불와長座不臥와 묵언默言 속 용맹정진으로, 마침내 해탈을 꾀하려 불립문자의 전통을 세웠지만 서구는 자신들이 채택했던 표상의 허구성을 알고 있지만, 표상 자체를 포기하지 않는다. 서구인들은 심지어 무질서, 공, 그리고 무한까지를 언어와 틀, 그리고 형식을 통해 표상·설명·이해하려 했다.[200] 이원구조를 가루가 될 때까지 해체하면서도, 구조나 틀을 빌리지 않는 해체는 오히려 구조나 틀의 먹이가 된다(《《그라마톨로지》38/29)고 여러 차례 경고한 데리다. 서구의 종교철학과 이원구조를 전혀 믿지 않았고, 이에 대해 더할 수 없는 불경으로 풍자했지만, 끝까지 틀을 고수하면서 틀의 무한 확장을 구현시킨 조이스. 이는 틀과 형식을 가장 중시하는 서구 정신을 두 사람이 뼈 속 깊이 이어받았다는 증거다. 이러한 서구 정신을 구현하기 위해 조이스는 소외, 적빈, 망명, 그리고 실명이라는 고난을 맞대면 하면서도 밀랍의 날개로 날아올랐고, 데리다는 '무한의 신'을 계몽시키기 위해 글쓰기를 한다고 선언하며, 마치 바람의 아들처럼 죽기 바로 직전까지 세계를 돌아 다니며, '해체적 전회'를 계도했다. 이의 결과는 서구 남성의 본능과 야망이 야기한, 미래의 표상과 틀, 그리고 구조를 위한 지각 변동이었다. 조이스와 데리다의 혁명적 글쓰기는 기존의 서구 신화神話를 부수면서 창출해낸 또 하나의 신화神話이자 신화新話다.

데리다와 조이스가 많은 유사성에도 불구하고 건너갈 수 없는 상이성이 존재하는 이유는 블룸의 말을 상기하면, 이해할 수 있다: '문학은 반드시 반反니체적이고 반反데리다적이어야 한다.' 여기서 문학은 사실주의

200　동서양 정신의 차이에 대해서는 위의 책, 178~199.

경험주의 문학이다. 사실주의 계열의 작가 조이스는 모든 방법을 동원해서 표상을 해야 하고, 해체적 사유자 데리다는 이 표상의 한계를 문제 삼을 수밖에 없다. 조이스는 자신은 니체적 슈퍼-맨이 아니라, '알파벳으로 죽을 끓이는 우수한 사람alpabet-souperman'이며, '폴 스터프Fall stuff'(366.30)라 했다. 떨어진 물질이란 흙으로 빚어진, 천상으로부터 떨어진 인간, 아담이며, fall guy, 즉 바보, 혹은 실패자를 뜻한다. 동시에 셰익스피어의 《헨리 4세》(1597~8)에 등장하는 최고의 희극적 인물, 허풍쟁이Falstaff를 뜻한다. 조이스는 비극적 리어 왕이 되기보다는, 세상의 모든 부조리와 참담함을 웃음의 예술로 독자들을 위로하는 사람이 되고자 했다. 조이스는 초월을 꿈꾸는 사유자가 아니라, '모든 인간들에게 공통적인, 무질서, 멸망, 암담한 의식 속에서 느리게 타는 불[글자] 안에서 사고로 미끄러진 채 살아낸 사람의 투영'[201]임을 표상하고자 했다. 조이스는 이원 구조와 변증법을 믿지는 않았지만, 이것을 사용해 서구의 모든 의식과 사건을 표상해야 하는 사실주의 계열의 작가로 이 모든 것을 패러디하면서, 아름다운 글자 소리와 함께 웃음의 예술로 삶의 비참함을 극복하고자 했던 사실주의 경험주의 계열의 작가다.

---

201 'the reflection from his person of lived life transaccidentated in the slow fire of the consciousness into a dividual chaos, perilous, potent, common to all flesh, mortal only' (185.03~06) 'transaccidentated'란 말은 초월을 사고로 인해 하지 못했다는 말도 되지만, 사고로 인해 변화가 생겼다는 뜻도 된다. 그런데 이 사고란 말은 나쁘거나 파괴적인 뜻은 아니다. 실체가 변화하려면 사고가 있어야 한다. 이 역시 이단설이지만, 가장 좋은 예가 바로 십자가에 못 박히는 사고로 인해 그는 예수가 된 것이다. 그리고 대부분은 사고치는 사람들이 이단자나 위선자들이 자신들의 생각을 확대함으로써 사고가 난다. 이 사고로 인해 역사와 인식의 발전이 가능했다면, 사고를 나쁜 의미로만 해석해서는 안 된다. 이러한 생각은 루터에도 영향을 끼쳤다고 한다. 조이스는 언어로 엄청난 사고를 쳐, 몰이해와 가난 속에서 많은 날들을 보내야 했고, 독자들을 당황하게 하고 불면증에 시달리게 했지만, 모방 문학 수준을 타의 추적을 불허하는 정도로 앞당겼고, 셰익스피어와 동등한 위치를 쟁취할 수 있었다. Fordham, 47.

오, 주여, 당신을 찾는 우리의 기도를 들으소서. 이 시간 평화의 잠을 허락하소서. 그들을 보살피소서. 다시는 오줌도 싸지 않으며, 바깥에 나가 여자를 취하지도, 말도 만들지도 않을 것이며, 살인도 간음도 하지 않을 것입니다. 주여, 우리 위로 산더미처럼 쌓인 비참함이 웃음의 예술과 함께 어우러지기를 빕니다. 하, 헤, 히, 호, 후. 멈멈.[202]

'주여Lord'라고 필자가 해석했지만, 철자는 'Loud'이다. 이 '큰loud'은 동시에 Lord로도 들린다. 자신의 신념과 의지로 기성종교에 대항하면서 종교 대신 웃음의 예술로 삶의 모든 비참함과 부조리를 극복하겠다는, 기도의 형식을 빌렸지만, 신에 대한 도발적 도전의 선언이다. 조이스는 서구의 형이상학의 틀을 이용하면서 형이상학 자체를 패러디했다. 데리다가 이원 구조 안에서 이원 구조를 해체한 것과 유사하다.

그러나 데리다가 지향하는 것은 니체의 차라투스트라가 천명한 '한계 없는 영원한 긍정'(365b/262b), 혹은 이원 구조를 극복한 코오라, 혹은 모든 기성종교의 구원주의를 포월하는 '구원적인'[203]인 것이었다. 데리다가 '구원주의 없는 구원성'을 추구하지만, 이 구원성은 단지 윤리적이거나 종교적인 것이 아니라, 개인의 욕망과 자서전적 요소까지를 품고 있음을

---

202 'O loud, hear the wee beseech of thees of each of these they unlitten ones! Grant sleep in hour's time. O Loud! That they take no chill. That they do ming no merder. That they shall not gomeet madhowaitress. Loud, heap miseries upon us yet entwine ours with laughters low! Ha he hi ho hu. Mummum.'(258.11~259.10) 'wee'는 프랑스어로 oui(yes)인데 이 긍정의 소리는 《율리시즈》맨 마지막 몰리의 'yes'와 'will', 두 단어가 합성된 것으로 보인다. 'litten'은 독일어로 고통을 받는다는 뜻이다. 밍ming/名이름을 뜻하고, mean murder는 살인을 의도하지 않는다, 프랑스어로 merde, 라린어로는 mingere로는 오줌을 싸다의 뜻. McHugh 참조.

203 김보현,《입문》, 127~8, 그리고 〈보론〉 참고.

우리는 앞에서 지적했다. 이를 위해 데리다는 기존의 형이상학의 틀 안으로 들어가 이것을 재가 될 때까지 분쇄했다. 데리다는 표상을 해야 하는 사실주의 작가가 아니기 때문에 틀을 만들 필요가 없었고, 대신 기존의 이원구조를 사용, 이를 해체했지만, 여전히 언어와 개념의 중요성을 강조했다. 서구인들의 본능이자 믿음이다. 그러나 두 사람 다 기존의 표상 방식 한계를 극한점으로까지 끌고 가는 실험적 글쓰기를 통해 철학, 문학, 그리고 자서전이라는 종전의 경계 자체를 허물었다. 이 과정에서 두 사람 모두 광기를 드러냈다. 그러나 이러한 광기는 '고뇌에 찬 웃음'인 동시에 '즐거운 고뇌'(《글쓰기와 차이》 281/259)를 유발했다. 이러한 장려한 웃음과 고뇌에 데리다, 조이스 그리고 베케트[204]는 각기 다른 음조로 앙상블을 이룬다. 미성의 프로급 테너였던 조이스가 가장 높은 음과 현란한 기교로 끊임없이 웃음을 터트리고, 데리다는 테너와 바리톤 사이 음에서 유장한 웃음을, 그리고 베케트는 길게 침묵하다가 아주 가끔, 매우 울림이 큰 베이스 톤의 거의 울음 같은 웃음으로 조이스와 데리다의 열기와 광기를 간혹 식힐 것이다. 이렇듯 이들 웃음에는 색과 톤의 차이도 있지만, 상호텍스트성도 있다. 이 세 사람들의 웃음은 고뇌와 광기 사이에 있어 이중적이고, 그래서 이원 구조로 정리되어 모을 수 없기 때문이다.

---

204 베케트의 소설 《와트》에서 주인공 아르슨은 웃음에 대해 분석한다. '쓰디 쓴 웃음은 선하지 않은 것을 비웃는 웃음이다. 이것은 윤리적인 웃음이다. 공허한 웃음은 진실하지 않는 것을 비웃는다. 이것은 지적인 웃음이다. 그러나 아무런 즐거움이 없는 웃음은 추론적 이성적 웃음이다. 이것은 웃음 중의 웃음, 가장 정결한 웃음, 웃음에 대해 웃는 웃음, 최고 농담을 바라보며, 환영하며, 행복하지 않는 웃음에 대해 웃고 있는 웃음이다'(48).

인용 문헌

김보현.《데리다 입문》. 서울: 문예출판사, 2011.

_____ 《자크 데리다: 해체》. 해설 및 편역. 서울: 문예출판사, 1996.

_____ 《데리다의 정신분석학 해체—프로이트와 라캉을 중심으로》. 부산: 부산대 학교 출판부, 2000.

_____ 〈데리다의 시, '재…불': 언어의 여백에서〉《비평과 이론》, 제13권 2호, 2008. 가을/겨울 통권 제29호, 55~82.

김영민.《동무와 연인》. 서울: 한겨레출판, 2006.

_____ 《문화文化 문화文禍 문화紋和》. 서울: 동녘, 1998.

_____ 《동무론》. 서울: 한겨레출판, 2011.

_____ 《철학과 상상력》. 서울: 시간과 공간사, 1966.

김용환.《리바이어던》. 서울: 살림, 2005.

김종건. 번역 및 해설.《율리시즈》상·중·하 권. 서울: 범우사, 1991.

권석우.〈처녀와 창녀—서양문화와 (성)처녀와 이데올로기〉《비평과 이론》. 제13권 2호 통권, 제23호, 105~112.

이기상·구연상,《하이데거의 '시간과 존재' 용어해설》. 서울: 까치, 1998.

이재호. 해설 및 주.《젊은 예술가의 초상》. 서울: 신아사, 1978.

이택광. 〈신성한 유물론: 발터 벤야민의 정치신학에 대하여〉《비평과 이론》. 제17권 2012 가을 겨울 통권, 제31호, 195~216.

이화영 외 다수,《불문학 개론》, 서울: 정음사, 1974.

변학수. 옮김. 하인트 슐라퍼.《니체의 문체》. 서울: 책세상, 2013.

정명환. 〈철학과 문학과 진실〉《문학과 철학의 만남》. 서울: 민음사, 2000,

정정호. 편저.《현대영미비평론》. 서울: 신아사, 2000.
진선주. 해설 및 주.《더블린의 사람들》. 서울: 형설출판사. 1992.

Ackerley. G. J. and Gontarski, S. E.. *The Grove Companion to Samuel Beckett*. New York: Grove Press, 2004.

Adams, Hazard. *Critical Theory Since Plato*. New York: Harcourt Brace Jovanovich, Publishers, 1971.

Adams, Robert Matin, *Afterjoyce*. New York: Oxford University Press, 1977.

Aldan, Daisy. Tr. *To Purify the Words of the Tribe: The Major Verse Poems of Stéphane Mallarmé*. New York: Huntington Woods: Sky Blue Press, 1999.

Atherton, James S. *The Books at the Wake: A Study of Literary Allusion in James Joyce's Finnegans Wake*. Illinois: Southern Illinois University Press, 1959.

Attridge, Derek. *Peculiar Language: Literature of Difference from the Renaissance to James Joyce*. New York: Cornell University Press, 1988.

——— and Ferrer, Daniel. Ed. *Post-structuralist Joyce: Essays from the French*. Cambridge: Cambridge University Press, 1984.

Bair, Deirdre. *A Biography: Samuel Beckett*. New York: A harvest/HBJ Book, 1978.

Balle, Søren Hattesen. Ed. *Five Faces of Derrida*. New York. Eye Corner Press, 2008.

Barnett, Stuart. Ed. *Hegel After Derrida*. London: Routledge, 1998.

Banhan, Gary. 'Cinders: Derrida with Beckett' in *Beckett and Philosophy*. Ed. Richard Lane. New York: Palgrave Publishers, 2002, 55~67.

Baptiste, Gabriella. 'Another Dialogue between Poetry and Thought?: Derrida and Celan between Hegel, Höderlin, and Heidegger.' in *Jacques Derrida: Critical Assessments of Leading Philosophers* III. Ed. Zeynep Direck and Leonard Lawlor. Routeledge, 2002, 304~324.

Barker, Stephen. 'Qu'est-ce que c'est d'après in Beckettian Time' in *Beckett after Beckett*. Ed. Gontarski, S.E. and Ulmann, Anthony. Gainesville: University Press of Florida, 2006, 98~115.

Barnett, Stuart. Ed. *Hegel After Derrida*. London: Routledge, 1998.

Beardsworth, Richard. *Derrida & the Political*. London: Routledge, 1996.

Beckett, Samuel. *Nohow On: Company, Ill Seen Ill Said, Worstward Ho*. With Introduction by S. Gontarski. New York: Grove Press, 1996.

―――― *More Pricks Than Kicks*. New York: Grove Press, Inc., 1972.

―――― *Proust*. New York: Grove Press, 1956.

―――― *Stories and Texts for Nothing*. New York: Grove Press, 1967.

―――― *Three Novels: Molloy, Malone Dies, The Unnamble*. New York: Grove Press, 1965.

―――― *Watt*. New York: Grove Press, 1953.

―――― *I can't go on, I will go on*. Ed. Richard W. Sever, New York: Grove Press Inc, 1978.

―――― *Murphy*. New York: Grove Press, Inc., 1982.

―――― *Waiting for Godot*. New York: Grove Press Inc., 1982.

―――― *Worstward Ho*. New York: Grove Press Inc., 1967.

―――― et al. Ed. *A Symposium: James Joyce/Finnegans Wake: Our Examination Round His Factification for Incanmination of Work in Progress*. New York: New Directions, 1972.

Behler, Ernst. *Confrontations: Derrida Heidegger Nietzsche*. Tr. Steven Taubeneck. Standford: Standford University, 1998.

Benamou, Michel and Caramello, Charles. Ed. *Performance in Postmodern Culture*. Madison: University of Wisconsin–Milwaukee Coda Press, Inc., 2007.

Bennington, Geoffrey. 'Aberrations: De Man (and) the Machine,' in *Legislations: The Politics of Deconstruction*. London and New York: Verso, 1994, 137~151.

―――― *Jacques Derrida*. Tr. Geoffrey Bennington. Chicago: The Univeristy of Chicago Press, 1993.

Benstock, Bernard. *James Joyce*. New York: Frederic Ungar Publishing Co., 1985.

Bergo, Bettina et al. Ed. *Judeities: Questions for Jacques Derrida*. Fordham: Fordham University Press, 2007.

Berman, Art. *The Reception of Structuralism and Post-Structuralism*. Chicago: Univeristy of Chicago, 1988.

Bialostosky, Don H. *Wordsworth, Dialogics, and the Practice of Criticism*. Cambridge: University of Cambridge Press, 1992.

Blanchot, Maurice. 'Nots' in Mark C. Taylor. *Alterity*. Chicago: The University of Chicago Press, 1987, 219~253.

Bloom, Harold. *The Anxiety of Influence*. London: Oxford University Press, 1975.

Booth, Wayne C. *Rhetoric of Fiction*, The University of Chicago Press, 1973.

Boyle, Robert. *James Joyce's Pauline Vision: A Catholic Exposition*. Southern Illinois University Press: Carbondale and Edwardswille, 1978.

Brater, Enoch. *Beyond Minimalism: Beckett's Late Style in the Theatre*.

Breadby, David. *Modern French Drama 1940-1980*. Cambridge: Cambridge University Press, 1984.

Brockett, Oscar G. *History of the Theatre*, Boston: Allan and Bacon, Inc., 1982.

Burgess, Anthony. *ReJoyce*. New York: W. W. Norton & Company, 1965.

———— *Joysprick*. London: Andre Deutsch, 1973.

Campbell, Joseph and Robinson, Morton. *A Skeleton Key to Finnegans Wake*. New York: Penguin, 1986.

Caputo, John D. *The Prayers and Tears of Jacques Derrida*. Bloomington & Indianapolos: Indiana University Press, 1997.

———— Ed. *Deconstruction in a Nutshell: Conversation with Jacques Derrida*. New York: Fordham University Press, 1996.

Castricano, Jodey. *Crytomimesis: The Gothic and Jacques Derrida's Ghost Writing*. London. McGill-Queen's University Press, 2007.

Chipp, Herschel B. *Theories of Modern Art*. Berkeley: University of California Press, 1968.

Cixous, Hélène. *Portrait of Jacques Derrida as a Young Jewish Saint*. Columbia Univsity Press, 2004.

Cluck, Barbara Reich. *Beckett and Joyce: Friendship and Fiction*. London: Lewisburg Bucknell University Press: Associated University Presses, 1989.

Cohn, Ruby. *Back To Beckett*. Princeton: Princeton University Press. 1973.

Cohn, Tom. Ed. *Jacques Derrida and the Humanities: A Critical Reader*. London: Cambridge University Press, 2001.

Conley. Tom. 'Trace of Style', Mark Krupnick. Ed. *Displacement Derrida and After*. Bloomington: Indiana University Press, 1983, 78~90.

Conner, Steven. *Samuel Beckett: Repetition, Theory and Text*. London: Blackwell, 1988.

Critchley, Simon. 'The Chiasmus: Levinas, Derrida and the ethical demand for Deconstruction' in *Deconstruction Critical Concepts in Literary and Cultural Studies*, ed. Jonathan Culler Vol. IV. London: Routledge, 2003, 296~311.

De Man, Paul. *The Rhetoric of Romanticism*. New York: Columbia University Press, 1984.

_____ *Blindness and Insight: Essays in the Rhetoric of Contemporary Criticism*. 2nd Ed. Minneapolis: University of Minnesota Press, 1979.

_____ 'Rhetoric of Temporality,' *Critical Theory Sicne 1965*. Eds. Hazard Adams and Leory Searle. Tallahassee: University of Florida, 1986.

Derrida, Jacques. *Acts of Literature*. Ed. Derek Attridge. London: Routledge, 1992.

_____ *La Carte postale: de Socartes à Freud et au-delà*. Paris: Flammarion, 1980/*The Postcard: From Socrates to Freud and Beyond*. Trans. Alan Bass. Chicago: University of Chicago Press, 1987.

_____ and Bennington, Jeffrey. *Circumfession/Derridabase*. Tr. Gerffrey Bennington. Chicago: The University of Chicago Press, 1993.

_____ *La Dissémination*. Paris: Editions du Seuil, 1972/ *Dissemination*. Tr. Barbara Johnson. Chicago: The Chicago University Press, 1981.

_____ *The Ear of the Other: Otobiography, Transference, Translation*. Tr, Christes V. McDonald. Schocken, 1985.

_____ *L'écriture et la différence*. Paris. Editions du seuil, 1967/*Writing and Difference*. Tr. Alan Bass. Chicago: University of Chicago Press, 1978.

_____ *Edmund Husserl's Origin of Geometry: An Introduction*. Trans. John Leavey Jr. Lincoln: University of Nebraska Press, 1989.

_____ *De l'esprit: Heidegger et la question*. Paris, Seuil, 1987/*Of Spirit: Heidegger and the Question*. Tr. by Geoggrey Bennington and Rachel Bowby. Chicago: University of Chicago Press, 1989.

_____ *Feu la Cendre*. Intro. Ned Lukacher. Lincoln: University of Nebraska Press, 1990.

_____ *Given Time: I. Counterfeit Money*. Tr. Peggy Kamuf. Chicago: Chicago University Press, 1992.

———— *The Gift of Death*. Tr. David Willis. Chicago: The University of Chicago Press, 1995.

———— *Glas*. Paris: Editions Galilee, 1974/*Glas*. Tr. John Leavey Jr. et al. Nebraska: University of Nebraska, 1987.

———— *Learning How to Live Finally: An Interview With Jean Birnbaun*. Trans. Pascale-Anne Brault and Michel Nass. New Jersey: Melveillhouse Publishing, 2004.

———— *Marges de la philosophie*. Paris: Minuit, 1982/*Margins of Philosophy*. Tr. Alan Bass. University of Chicago Press, 1980.

———— *Memories for Paul de Man*. New York. Columbia UP, 1989.

———— *Passions de la littérature*. Paris: Editions Galilée, 1992.

———— *Passions: L'offrande oblique*. Paris: Editions Galilee, 1993.

———— *Points: Interviews, 1974~1994*. Standford: Standford University Press, 1995.

———— *Positions*: Entretiens avec Henri Ronge, Julia Kristeva, Jena-Louis Houdebine, Guy Scaroetta. Paris, Minuit, 1975/ Positions. Tr. Alan Bas .Chicago, University of Chicago Press, 1982.

———— *Psyché: invention de l'autre*, Paris: Editions Galilée, 1987.

———— *Résistances de la psychanlyse*. Paris: Gallilee,1996/*Resistances of Psychoanalysis*. Tr. Peggy Kamuf, Pascale-Anne Brault, & Michal Nass. Standford: Standford University Press, 1998.

———— *Spectres de Marx, L'Etat de la dette, le travail du deuil, et la nouvelle Internationale*. Paris, Galilée. 1993/*Specters of Marx: The State of the Debt, the Work of Mourning, & the New Interational*. Tr. Peggy Kamuf. Intro. Bernd Magnus & Stephen Cullenberg. New York and London: Routledge, 1994.

———— *Of Spirit: Heidegger and the Question*. Tr. by Geoffrey Bennington and Rachel Bowby. University of Chicago Press, 1989.

———— *Spurs: Nietzsche's Styles/Epérons: Les Styles de Nietzsche*. Chicago: The University of Chicago Press, 1979.

———— and Ferraris, Maurizio. *A Taste for the Secret*. Tr. by Giacomo Donis, and Ed. by Giacono Donis and David Webb, Polity Press, 2002, 40.

———— *On Touching Jean-Luc Nancy*. Tr. Christine Irizarry. Standford: Standford University Press, 2005.

———— *Ulysse gramophone deux mots pour Joyce*. Paris: Editions Gaililée, 1987.

———— *La Vérité en peinture*. Paris: Flammarion,19780/*The Truth in Painting*. Trans. Geoff Bennington and Ian MacLeod. Chicago: University of Chicago Press, 1987.

———— *La voix et le phénomène*. Presses Universitaires de France, 1967/*Speech and Phenomenology*. Tr. David Allison and Newton Garver. Evanston, Northwestern University Press, 1981.

———— 'At This Very Moment in This Work Here I Am' in *Rereading Levinas*. Trans. Ruben Berezdivin. Ed. Robert Bernasconi and Simon Critichley. Bloomington: Indiana University Press, 1991, 11~48.

———— 'Nietzsche and the Machine'. Interview with Jacques Derrida by Richard Beardsworth. Journal of Nietzsche Studies 7, 1994, 7~66.

———— 'Typewriter Ribbon: Limited Ink (2)' (within such limit) in *Material Events: Paul de Man and the Afterlife of Theory*. Ed. Tom Cohn, Barbara Cohen, J. Hillis Miller, and Andrez Warminski. Minneapolis: University of Minnesota Press, 2001. 277~360.

———— 'What is Poetry?' in *A Derrida Reader: Between the Blinds*. Ed. and tr. Peggy Kamuf New York: Columbia University Press, 1991, 221~240.

———— 'A certain Impossible Possibility of Saying the Event'. *Critical Inquiry*. 33, Winter 2007, 441~61.

———— *Ethics, Institutions, and The Right to Philosophy*. Tr. Ed. Peter Pericles Trifornas. New York: Rowman & Littlefield Publishers, INC., 2002.

Dick, Kirby and Kofman, Ziering Amy. *Derrida: Screenplay and Essays on the Film*. Manchester: Manchester University of Press, 2006.

Dobrez, L.A.C.. *The Existential and Its Exits*. New York: St. Martin's Press, 1986.

Dostoevsky, Fyodor. *Great Short Works of Fyodor Dostoevsky*, Tr. By Ronald Hingley. New York: Paper and Row Publisher, 1968.

Ellis, John M. *Against Deconstruction*. Princeton: Princeton University Press, 1989.

Ellmann, Richard. *Ulysses on the Liffey*. Oxford: Oxford University Press, 1972.

———— *James Joyce*. Oxford: Oxford University Press, 1983.

Fraser, Giles. *Redeeming Nietzsche: On the Piety of Unbelief*. New York: Routledge, 2002.

Federman, Raymond. 'Beckettian Paradox' in Melvin J, Friedman. Ed. *samuel beckett now*, 2nd ed. Chicago: The University of Chicago Press, 1975.

Ferry, Luc and Renault, Alain. 'French Heideggeriansim(Derrida)' in *Jacques Derrida: Critical Assessments of Leading Philosophers*, ed. Zeynep Dirkby and Leonard Lawlor Vol. I. London: Routedge, 2002.

Ferguson, Frances C.. 'Reading Heidegger: Paul De Man and Jacques Derrida' in *Martin Heidegger and the Question of Literature toward Postmodern Literary Hermeneutics*, Ed. William V. Spanos. Bloomington: Indiana University Press, 1989.

Fordham, Finn. *Lots of Fun at Finnegans Wake*. Oxford: Oxford University Press, 2007.

Fraser, Giles. *Redeeming Nietzsche: On the Piety of Unbelief*. London: Routledge, 2002.

Friedman, Melvin J. Ed. *samuel beckett now*, 2nd Ed. Chicago: The University of Chicago Press, 1975.

Friedrich. Carl. Ed. *The Philosophy of Hegel*. New York: The Modern Library, 1949.

Frye, Northrop. *Anatomy of Criticism*. Princeton: Princeton University Press, 1957.

Ferguson, Frances, 'Jacques Derrida and the Critique of the Geometrical Mode: The Line and the Point'. *Critical Inquiry*, 33. Winter, 2007. 312~329.

Gasché, Rodolphe. *Inventions of Difference: On Jacques Derrida*. Cambridge: Harvard University Press, 1995.

Gaston, Sean. *Starting with Derrida*. London: Continuum, 2007.

Genet, Jean. *The Balcony*. Tr. Bernard Frechtman. New York: Grove Press, Inc. 1958.

――――― *The Maids and Deathwatch*. Tr. Bernard Frechtman. New York: Grove Press, Inc. 1958.

――――― *Miracle of the Rose*. Tr. Bernard Frechtman. New York: Grove Press, Inc. 1966.

――――― *Our Lady of the Flowers*. Intro. Jean-Paul Sartre. New York: Grove Press, Inc. 1963.

――――― *The Thief's Journal*. Foreword by Jean-Paul Sartre. Tr. Bernard Frechtman. New York: Grove Press, Inc. 1984.

Gilbert, Stuart. *James Joyce's Ulysses*. New York: A Vintage Book, 1955.

Glendinning, Simon et Eaglestone, Robert. Ed. *Derrida's Legacies: Literature and Philosophy*. London: Routledge, 2008.

Goldberg, S. L.. *The Classical Temper*. New York: Barnes & Noble, Inc., 1963.

Gordon, John. *Finnegans Wake: A Plot Summary*, 1981.

Grossvengal, David I. *Limit of the Novel*, New York: Cornell University Press, 1968.

Haar, Michel. 'The Play of Nietzsche in Derrida.' Ed. David Wood. *Derrida: A Critical Reader*. Oxford: Blackwell Publishers, 1992.

Habermas, Jürgen. 'Excursus on Levelling the Genre Destinction Between Philosophy and Literature.' in *Jacques Derrida: Critical Assessments of Leading Philosophers*, ed. Zeynep Dirkby and Leonard Lawlor Vol I, Routedge, 2002.

Hägglund, Martin. *Radical Atheism: Derrida and Time of Life*. Standford: Standford University Press, 2008.

Handelman, Susan. *The Slayers of Moses: The Emergence of Rabbinic Interpretation in Modern Literary Theory*, New York: New York State University Press, 1982.

Hartman, Clive. *Structure and Motif in Finnegans Wake*. Northwestern University Press. 1962.

Hartman, Geoffrey. *Saving the Text: literature/Derrida/Philsophy*. Baltimore and London: The Hopkins University Press, 1981.

———— 'Homage to *Glas*'. *Critical Inquiry* 33. 2 (2007): 344~361.

Hassan, Ihab. *The Literature of Silence: Henry Miller and Samuel Beckett*. New York: Alfred A. Knopf, 1967.

Heidegger, Martin. *On Time and Being*. Intro. Joan Stambaugh. Harper Torch Books, 1972.

———— *Poetry, Language, Thought*. Tr. Albert Hofstadter. New York: Harper 7 Row, Publishers, Inc., 1971.

———— *On the Way to Language*, Tr. Peter D. Hertz, New York: Harper & Row, Publishers, 1959.

———— *What is Called Thinking*. Tr. Fred D. Wieck and J. Glenn Gray. New York: Harper and Row, 1968.

Hobson, Marian. *Jacques Derrida: Opening Lines*. London: Routledge, 1998.

Hooker, Michael. Ed. *Descartes: Critical and Interpretive Essays*. Baltimore: The Johns Hopkins University Press, Baltimore, 1978.

Hume, David. *An Inquiry Concerning Human Understanding*. The Bobbs-Merrill, company, Inc, 1955.

Jakobson, Roman. *Language in Literature*, Ed. Krystyna Pomorska and Stephen Rudy.

Cambridge : The Belknap Press of Harvard University Press, 1987.

James. Carol P. 'Reading Art Through Duchamp's Glass and Derrida's *Glas*'. *Substance* 31, 1981, 105~128.

Jones, David Andrew. *Blurring Categories of Identity in Contemporary French Literature: Jean Genet's Subversive Discourse*. Lampeter: The Edwin Mellen Press, Ltd., 2007.

Joyce, James. *Ulysses*. New York: The Gable Editions, 1986.

———— *Finnegans Wake*. London: Pelican, 1978.

———— *A Portrait of The Young Man as an Artist*. New York: The Viking Press, Penguin Books, 1964.

———— *Dubliners*. New York: The Viking Press, Inc., 1967.

Kaufmann, Walter. *From Shakespeare to Existentialism*. New York: Anchor Books, 1960.

Kenner, Hugh. *A Reader's Guide to Samuel Beckett*. New York: Farra, Struss Giroux, 1973.

———— *A Colder Eye: The Modern Irish Writers*. New York: Penguin Books, 1983.

———— *Joyce's Voices*. Berkeley: University of California Press, 1978.

Kern, Edith. *Sartre: A Collection of Critical Essays*. New York: Prentice-Hall, Inc., 1962.

Kierkergaard, Søren. *The Concept of Irony with Continual Reference to Socrates*. Ed and tran. Howard V. Hong and Edna H. Hong. Princeton: Princeton University Press, 1989.

Knowlson, James and Pilling, John. *Frescos of the Skull: The Later Prose and Drama of Samuel Beckett*, New York Grove Press, Inc, 1980.

Krupnick, Mark. Ed. *Displacement: Derrida and After*. Bloomington: Indiana Univeristy Press, 1993.

Lacan, Jaques, *Écrits: A Selection*. Tr. Alan Sheridan. New York: Norton, 1977.

Lane. Richard. Ed. *Beckett and Philosophy*. New York: Palgrave Publishers Ltd, 2002.

Lang, Beral. Ed. *Philosophical Style*. Nelson-Hall Inc. Publishers, 1980.

Leavey Jr, John P. *Glassary*. Lincoln: University of Nebraska Press, 1986.

Lernout, Geert. *The French Joyce*. Ann Arbor: The University of Michigan Press, 1992.

Lewis, R. W. B. *The Picaresque Saint: A Critical Study*. New York: J. B. Lipppincott Company, 1958.

Llewelyn, John. *Appositions of Jacques Derrida and Emmanuel Levinas*. Indianapolis and Bloomington: Indianna University Press, 2002.

Lodge, David. *The Modes of Modern Writing*. Wheeling: Whitehall Company, 1983.

Lucie-Smith, Edward. *Late Modern: The Visual Arts since 1945*. New York: Praeger Publishers, 1969.

Machlis, Joseph. *The Enjoyment of Music*. New York: W·W· Norton & Company, 1963.

Mahon, Peter. *Imagining Joyce and Derrida*. Toronto: University of Toronto Press, 2007.

McHugh, Roland, *The Finnegans Wake Experience*. Berkeley: University of California Press, 1981.

———— *Annotations to Finnegans Wake*. Baltimore: The Johns Hopkins University Press, 1982.

Mcquillan, Martin and Willis, Ika. Ed. *The Origins of Deconstruction*. London: New York: Palgrave Macillan, 2010.

Melvin J, Friedman. Ed. *samuel beckett now*, 2nd ed. Chicago: The University of Chicago Press, 1975.

Mercier, Vivian. *Beckett/Beckett*. New York: Oxford University Press, 1977.

Milesi, Laurent. Ed. *James Joyce and the Difference of Language*. Cambridge University Press, 2007.

Miller. Hillis. *For Derrida*. New York: Fordham University Press, 2009.

———— *Others*. Princeton and Oxford: Princeton University Press, 1999.

———— 'Performativity as Performance / Performativity as Speech Act: Derrida's Special Theory of Performativity'. *South Altantic Quarterly*, Spring 2007. 219~235.

Mitchell, Andrew and Slote, Sam. Ed. *Derrida and Joyce: Texts and Contexts*, New York: State University of New York Press, 2013.

Morot-Sir, Edoudard, et al. Ed. *Samuel Beckett: The Art of Rhetoric*. Chapel Hill: University of North Carolina Press, 1976.

Müller, Verlag. *The Anti-Aesthetics of Jean Genet: The Inversion of Ugliness, Criminality and Evil*. VDM Publishing House Ltd. New York, 2011.

Murray, Timothy. Ed. *Mimesis, Masochism & Mime The Politics of Theatricality in Contemporary French Thought*. Ann Arbor The University of Michigan Press, 2000.

Naas, Michael. *Derrida From Now On*. New York: Fordham University Press, 2008.

370

Nietzsche, Friedrich. *The Birth of Tragedy and The Genealogy of Morals*. New York: Doubleday Anchor Books, 1965.

The Portable Nietzsche. Ed. Kaufmann, Walter et al. New York: Random House, 1974.

Norris, Margot. *The Decentered Universe of Finnegans Wake*. Baltimore: The Johns University Press, 1976.

O'Connor, Patrick, *Derrida: Profanations*. London: Continuum, 2010.

Ofrat, Gideon. *The Jewish Derrida*. Tr. From Hebrew by Peretz Kidron. New York: Syracuse University Press, 2001.

Olsen, Stein Haugom. *The End of Literary Theory*. Cambridge: Cambridge University Press, 1987.

The Philosophy of Kant. Ed. Carl Freidrich. New York: The Modern Library, 1954.

Plato. *The Great Dialogues of Plato*. Tr. W .W. D. Rouse. Ed. Eric H. Warmington and Philip G. Rouse. New York: A Mentor Books, 1956.

Peeters, Benoît. *Derrida: A Biography*. Cambridge: Polity Press, 2013.

Peter, Michael et al. Ed. *Performance in Postmodern Culture. Futures of Critical Theory: Dreams of Difference*. Oxford: Rowman & Littlefield Publishers, Inc. 2003.

Polhemus, Robert. *Comic Faith: The Great Tradition from Austin to Joyce*. Chicago: Chicago University Press, 1980.

Powell, Jason. *Jacques Derrida: A Biography*. London: Continuum, 2006.

Pronko, Leonard Cabell. *Avant-Garde: The Experimental Theatre in France*. Berkeley: University of California Press, 1966.

Rapaport, Herman. *The Theory Mess: Deconstruction in Eclipse*. New York: Columbia University Press, 2001.

Regard, Frédéric. 'Autobiography as Linguistic Incompetence: Notes on Derrida's Readings of Joyce and Cixous', *Textual Practice*, 19. 2, 2005, 283~95.

Ricks, Christopher. *Beckett's Dying Words*. Oxford: Oxford University Press, 1990.

Michel. 'Syllepsis.' *Critical Inquiry* 6, 1980, 625~638.

Rosenbloom, Eric. *A Word in Your Ear: How & Why to Read James Joyce's Finnegans Wake*. London: Booksurging Company, 2007.

Roughley, Alan. *Reading Derrida Reading Joyce*. Gainesville: The University of Florida Press, 1999.

Sallis, John. Ed. *Deconstruction and Philosophy: The Texts of Jacques Derrida*. Chicago: The University of Chicago Press, 1987.

Sartiliot, Claudette. *Citation and Modernity: Derrida, Joyce, and Brecht*. Norman and London: University of Oklahoma Press, 1987.

Sartre, Jean-Paul. *Being and Nothingness*. Tr. Hazel E. Barnes. The Citadel Press, 1965.

———— *No Exit and Three Other Plays: Dirty Hands, The Flies, The Respectful Prostitude*. New York: Vintage Books, 1949.

———— *Nausea*. Tr. Lloyd Alexander. Forward Richard Howard. Into. James Wood. A New Directions Paperbook, 2007.

———— *Saint Genet: Actor and Martyr*. Tr. Bernard Frechtman. New York: Geroge Braziller, 1963.

Savona, Jeannette L. *Jean Genet*. London: Macmillan Press, 1983.

Schlueter, June. *Metafictional Characters in Modern Drama*. New York: Columbia University Press, 1979.

Scruton, Roger. *A Short History of Modern Philosophy*. London: Routledge, 2002.

Seaver, Richard W. Ed. Samuel Beckett, *I can't go on, I'll go on: A Selection from Samuel Beckett's Work*. New York: Grove Press, Inc., 1976.

Shaffer, Andrew. *Great Philosophers Who Failed at Love*. New York: Harper Perennial, 2011.

Shelley, Percy Bysshe. *The Triumph of Life* in *The Norton Anthology of English Literature*, Sixth Edition. Vol. 2. New York: W. W. Norton & Company, 1993.

Smith, Robert. *Derrida and Autobiography*. Cambridge: Cambridge University Press, 1966.

Solomon, Margaret C. *Eternal Geomater: The Sexual Universe of Finnegans Wake*. London and Amsterdam. South Illinois University Press, 1969.

Sørensen, Bent. Ed. *Five Faces of Derrida*. New York: Eye Corner Press, 2008.

Spacks, Patricia Meyer. 'Logic and Language in *Through the Looking-Glass*' in Robert Phillips, ed. *Aspects of Alice*, Penguin Books, 1981.

Sprinker, Michael. Ed. *Ghostly Demarcations*. New York: Verso, 2008.

Steinmetz, Rudy. *Les styles de Derrida*. Bruxelles: Le Point Philosophique, 1994.

Sturrock, John. Ed. *Since Structuralism*. Oxford: Oxford University Press, 1979.

Szafranice, Asja. *Beckett, Derrida, and The Event of literature*. Stanford: Stanford University Press, 2007.

Taylor, Mark C. 'Non-Negative Negative Atheology' in *Deconsturction: Critical Concepts in Literary and Cultural Studies*, ed. Jonathan Culler, Vol. III, London: Routledge, 1989.

Ulmer, Gregory L. *Applied Grammatology*. Baltimore: Johns Hopkins University Press, 1989.

Unterecker, John. *A Reader's Guide to William Butler Yeats*. New York: The Noonday Press. 1959.

Weir, Lorraine. *Writing Joyce: A Semiotics of the Joyce System*. Bloomington: Indiana University Press, 1989.

Windelband, W. *History of Ancient Philosophy*. Tr. Herbert Ernst Cushman. London: Dover Publications, Inc., 1956.

Winkler, Josef. *Flowers of Genet*. Tr. Michael Roloff. Riverside: Ariadne Press,1992.

Wolfreys, Julian. *Deconstruction·Derrida*. New York: Macmillan Press, LTD, 1998.

———— et al. Ed. *The French Connections of Jacques Derrida*. New York: State University of New York Press, 1999.

Wood, David. Ed. *Philosophers' Poets*. New York: Routledge, 1990.

Wood, Sara. *Derrida's Writing and Difference*. New York: Continuum, 2009.

Wortham, Simon Morgan. *Derrida: Writing Events*. New York; Continuum, 1998.

원고 출처

- 1장 〈데리다: 서구인문학 전통의 포월〉은 2014년 5월 한국외국어대학 외국문학 연구소 봄 학술대회 발표문인 〈데리다와 전통〉을 확대, 심화시킨 것이다.

- 2장 〈철학의 문학화〉는 2014년 11월 20~22일 열린 한국 영어영문학회 주최 국제학술대회에서 영어로 발표한 〈Philosophy Becomes Literature〉를 확대, 심화시킨 것이다.

- 3장의 6. 〈데리다와 베케트: 잃어버린 침묵을 찾아서〉는 한국비평학회지(제12권 2호, 2007년)에 실린 동일 제목의 논문을 수정, 보완한 것이다.

- 3장의 7. 〈데리다와 드 만: 포월의 광기와 허무의 유희〉는 한국비평학회지(제11권 2호, 2006년)에 실린 동일 제목의 논문을 수정, 보완한 것이다.

- 4장 9.2 〈조이스의(에게 하고 싶은) 두 마디의 말 He War〉은 필자의《해체》의 〈해설〉 일부(52~54쪽)을 확대, 심화한 것이다.

- F4장 11. 〈조이스의 '애매폭력적' 언어유희〉는 〈라캉의 라랑그, 조이스의 애매폭력적 언어, 데리다의 에피그라마톨로지〉라는 제목으로 한국비평학회지(제7권 2호, 2002년)에 실린 글 중에서 '조이스의 애매폭력적 언어유희' 부분만 발췌, 확대, 심화시킨 것이다.

찾아보기

지은이 **김보현**

한국외국어대학교 영어과를 졸업하고, 미국 워싱턴 주립대학교 (시애틀)에서 문학박
사학위를 받았다. 외무부 재미유학생 명예장학금을 받았으며, 워싱턴 주립대학교 드
라마 학과 학부생 지도조교로 일했으며, 미국 시애틀 Conservatory Theatre Company
에서 연극배우로도 활동했다.

경희대학교 영문학과 전임강사를 거쳐 부산대학교 영어교육학과 교수로 재직했으
며 2015년 퇴임했다. 2000년 부산대학교 국제교류 협력처의 환태평양 실장 Dean of
International Affairs을 역임했으며, 2001년 데리다의 초청으로 프랑스 사회과학연구원에
서 방문연구를 수행했다.

데리다의 《해체》(미국 캘리포니아 주립대학 어바인 캠퍼스, 특별보관소 영구보관/2001년 문화관
광부 우수학술도서)를 편역했으며, 저서로는 《데리다 입문》(미국 캘리포니아 주립대학 어바
인 캠퍼스, 특별도서보관소 영구보관)이 있다.

유진 오닐, 아서 밀러, 버나드 쇼, 브레히트, 라캉, 윌리엄 블레이크, 말라르메, 제임스
조이스에 대한 논문들과 《포스트모더니즘과 포스트구조주의》(공저), 《현대문학비평
이론의 전망》(공저), 《정신분석학과 여성주의》(공역)가 있다.

데리다와 문학

1판 1쇄 발행 2019년 2월 28일

지은이 김보현
펴낸곳 (주)문예출판사 | **펴낸이** 전준배
출판등록 1966. 12. 2. 제 1-134호
주소 03992 서울시 마포구 월드컵북로 6길 30
전화 393-5681 | **팩스** 393-5685
홈페이지 www.moonye.com | **블로그** blog.naver.com/imoonye
페이스북 www.facebook.com/moonyepublishing | **이메일** info@moonye.com

ISBN 978-89-310-1140-1 93800